MARSHA CANHAM

DIE BRAUT DES DRACHENS

Roman

Deutsche Erstausgabe

WILHELM HEYNE VERLAG
MÜNCHEN

HEYNE ROMANE FÜR »SIE«
Nr. 04/197

Titel der Originalausgabe
THROUGH A DARK MIST
Aus dem Amerikanischen
von Alexandra von Reinhardt

2. Auflage

Printed in France 1997
Umschlagillustration: Pino Daeni / Agentur Schlück
Umschlaggestaltung: Atelier Ingrid Schütz, München
Satz: Fotosatz Prechtl, Passau
Druck und Bindung: Brodard & Taupin

ISBN 3-453-12412-X

PROLOG

Stimmen!

Sie hätte schwören können, Stimmen zu hören — nicht nur eine, sondern mehrere —, und sie rappelte sich mühsam auf, wobei ihr Rücken schmerzhaft an der rauhen Steinmauer entlangschrammte. Die Zelle war klein, kalt und feucht. Die Luft stank nach Schimmel und Salz, und das Tosen der Brandung hallte unheimlich durch den Raum.

Servanne ließ ihre Hände über die schlickerige schmale Tür gleiten, deren Eichenholz vermodert war, und klammerte sich mit den Fingerspitzen an die Vertiefung hoch über ihrem Kopf. Ein natürlicher Spalt im Gestein war die einzige Möglichkeit festzustellen, ob es draußen Tag oder Nacht war. Und selbst dann konnte sie kaum unterscheiden, ob dunstiges Sonnenlicht oder heller Mondschein durch den Wirrwarr aus Moos und Flechten drang, mit denen die Mauer auf der Außenseite dicht bewachsen war.

Kaum mittelgroß, mußte sie sich auf die Zehenspitzen stellen und ihre aufgeschürften Finger in den rissigen Stein krallen, um die Lichtquelle beurteilen zu können. War es Tageslicht, Mondlicht oder Feuerschein? Waren es wirklich Stimmen, die sie gehört hatte, oder hatten Wind und Brandung ihr nur etwas vorgegaukelt? Verlor sie schon den Verstand? Sie *sollte* den Verstand verlieren, das stand für sie fest, denn bei dieser unglaublichen Kälte und Feuchtigkeit, unablässig beschallt von den Wellen und total isoliert, würde selbst der stärkste Geist nicht lange der Versuchung widerstehen können, sich in den Wahnsinn zu flüchten.

War es das, worauf De Gournay hoffte? Hoffte er, daß die Angst vor dem Wahnsinn ihren Willen brechen und sie gefügig machen würde wie ein Lamm, das zur Schlachtbank geführt wird?

Servannes trockene Augen brannten, und sie begriff, daß sie entgegen ihrem festen Vorsatz eine Zeitlang geschlafen haben mußte. Sie konnte im trüben Halbdunkel ihrer Zelle nicht viel erkennen, aber das verstohlene Rascheln im modrigen Stroh verriet ihr, daß sie nicht die einzige Insassin dieses Steinkäfigs war. Die grauenhafte Vorstellung, von Ratten geweckt zu werden, die an ihrem Fleisch nagten, hatte sie zu dem Entschluß bewogen, nicht im Schlaf Vergessen zu suchen, doch irgendwann mußten ihre vom stundenlangen Weinen geschwollenen Lider einfach zugefallen sein.

Mit einem verzweifelten Schluchzen lehnte sie sich an die unebene Steinmauer. Heiße Tränen traten ihr wieder in die Augen. Keine Stimmen waren zu hören. Niemand war gekommen, um sie zu retten. Seit sie in diese Zelle gestoßen worden war, hatte nicht einmal jemand nachgesehen, ob sie noch lebte oder schon tot war. Irgendwo dort draußen waren Wachposten. Sie hatte von Zeit zu Zeit das Klirren von Waffen gehört, wenn die Männer auf und ab gingen, um sich zu wärmen. Und einer von ihnen machte sich einen Spaß daraus, vor der Tür stehenzubleiben und in allen grausigen Einzelheiten zu schildern, was er und seine Kameraden mit ihr anstellen würden, um den langweiligen Dienst vergnüglicher zu gestalten.

Am ganzen Leibe zitternd, biß Servanne die Zähne zusammen, um nicht laut zu stöhnen, und sie umschlang ihre Oberarme mit den kleinen Händen — ein vergeblicher Versuch, sich etwas aufzuwärmen. Sie war völlig durchfroren, bis ins Mark hinein. Ihre hellgelbe Seidentunika bot keinen Schutz vor Wetterverhältnissen, die sogar Männern in Lederkluft und Kettenhemden aus Damaszenerstahl zu schaffen machten. Diesen rauhen Gesellen war die grazile Servanne de Briscourt, die mit dem natürlichen Selbstbewußtsein einer Dame von edlem Geblüt auftrat, wie eine Sylphide vorgekommen, wenn sie in ihren luftigen knöchellangen Gewändern leichtfüßig dahinschritt, die langen blonden Haare weder geflochten noch unter einer Haube verborgen, so daß die dichten Locken ihr über Schultern und Rücken wallten. Während ihres einwöchigen Aufenthalts in Bloodmoor Keep waren ihr die vielen lüsternen Blicke natürlich nicht entgangen, doch bis zu diesem Morgen hatte sie mit kühler Verachtung darauf reagiert, weil sie sicher gewesen war, daß niemand es wagen würde, auch nur ihre Schuhe mit den Fingerspitzen zu berühren.

Jetzt war die gelbe Seide an vielen Stellen zerrissen und starrte vor Schmutz. Sie spürte, daß ihr Gesicht geschwollen war, und sie wußte, daß es mit blauen Flecken übersät sein mußte, ebenso wie ihre zarten weißen Arme, die von den Spuren grob zupackender Hände gezeichnet waren. Sie hatte einen ihrer eleganten Seidenschuhe verloren, und den mit Edelsteinen besetzten goldenen Gliedergürtel, den sie um die Hüften getragen hatte, hatten die Wachposten als Lohn für ihre Mühe unter sich aufgeteilt.

Die Zelle war vier Schritte lang und drei Schritte breit. Es gab nur einen Zugang — eine niedrige Eichentür mit Eisenbeschlägen, die von der Meeresluft zerfressen waren. Servanne war halb bewußtlos gewesen, als man sie aus dem Burgturm weggeschleppt hatte: die gierigen Hände, die ihre Brüste und ihr Gesäß begrapschten, und die plötzliche Kälte hatte sie nur vage registriert. Es war zunächst die Rede davon gewesen, sie ins Verlies zu werfen, aber offenbar glaubte De Gournay, daß der Steinkäfig ihren Widerstand noch schneller brechen würde.

Verschwommen erinnerte sie sich daran, daß man sie

durch die schmalen, feuchten unterirdischen Gänge der riesigen Burg gestoßen und getragen hatte, bis sie durch ein Hintertor in den Außenmauern ins Freie gelangt waren, und sie erinnerte sich daran, daß sie laut aufgeschrien hatte, als sie sah, daß sie am Rand eines Kliffs stand. Über ihr war nur der Himmel, und unter ihr toste und donnerte die zornige Brandung. Sie hatte geglaubt, dies wäre das Ende — man würde sie in die Tiefe stoßen, und etwas Gelbes würde in den schäumenden Wassermassen verschwinden. Hätte ein Wächter sie nicht mit eisernem Griff festgehalten, wäre sie aber vielleicht sogar versucht gewesen, ihrem Leben selbst ein schnelles Ende zu bereiten. Wenn sie gewußt hätte, welche Hölle der Ungewißheit und Angst ihr bevorstand, hätte sie es mit Sicherheit getan.

Statt dessen hatte sie sich einen haarsträubend schmalen Felspfad hinabführen lassen, bis zu der Höhle auf halber Höhe der steilen Klippe. Erst als der Mann sie in die natürliche Vertiefung im Gestein stieß, die mit Holz und Eisen künstlich versiegelt werden konnte, hatte sie sich verzweifelt gewehrt und ihm Gesicht und Arme zerkratzt.

Seitdem hatte sie weder etwas zu essen noch zu trinken bekommen. Ihre Schreie und Bitten waren genauso wirkungslos geblieben wie ihre Wutanfälle: der schwere Eisenriegel an der Außenseite der Eichentür war nicht zurückgeschoben worden.

Lucien hatte versucht, sie zu warnen. O Gott, Lucien hatte sie davor gewarnt, mit Kräften zu spielen, die sie nicht begriff und unterschätzte. Aber sie hatte nicht auf ihn gehört. Sie hatte — Allmächtiger! — sie hatte sogar an Lucien gezweifelt, seine Warnungen in den Wind geschlagen und sich gefragt, ob er nicht einfach verrückt war.

Servanne erstarrte plötzlich. Mit weit aufgerissenen

Augen blickte sie zu dem Felsspalt empor, hielt den Atem an und spitzte die Ohren, um trotz der tosenden Meeresbrandung etwas hören zu können. Vor ihrer kleinen, dunklen Zelle tat sich tatsächlich etwas. Jemand war dort draußen, jemand unterhielt sich mit dem Wächter, jemand *lachte*!

Servanne kroch in die hinterste Ecke der Zelle, zu Tode erschrocken über das unerwartete Geräusch.

Gelächter? Gelächter in einer Welt, die nur Finsternis, Schmerz und Grauen bereithielt? Trieb De Gournay ein neues Spiel mit ihr, um ihr den Verstand zu rauben, oder war das einfach der Anfang vom Ende? Hatte er endlich einen Entschluß gefaßt, was mit ihr geschehen sollte? War etwas geschehen, das ihn zu dem Glauben veranlaßte, ans Ziel seiner ehrgeizigen Wünsche gelangen zu können, ohne seine Braut am Leben zu erhalten?

Etwas polterte gegen die Tür — einmal, dann ein zweites Mal —, und ein kurzer gedämpfter Laut brach plötzlich ab. Um nicht laut aufzuschreien, biß Servanne sich so fest in die Hand, daß sie den bitteren metallischen Geschmack von Blut im Mund hatte. Sie hörte das Schaben, als der Riegel langsam zurückgeschoben wurde, und starrte entsetzt auf die Tür, die sich knarrend öffnete.

Ein eisiger Windstoß fegte ihr die schmutzigen und verfilzten Haare ins Gesicht und trieb Nebelschwaden vor sich her, die ihr die Sicht raubten. Gleichzeitig wurde sie vom grellen Schein einer Fackel geblendet, so daß sie einige Sekunden lang nur erkennen konnte, daß die Gestalt, die sich mit der Fackel in der Hand stark bücken mußte, um über die Schwelle zu treten, eine grobe graue Mönchskapuze tief in die Stirn gezogen hatte.

Als der Eindringling sich zu voller Größe aufrichtete, war sein Kopf nur wenige Zentimeter von der moosbewachsenen Decke entfernt. Die Augen wegen des rauchenden Pechs zu schmalen Schlitzen verengt, sah er sich schnell in der Zelle um und stieß einen leisen Fluch aus, als er den hellen Fleck gelber Seide in der Ecke entdeckte.

Servanne schirmte ihre Augen mit der Hand gegen das Fackellicht ab und hätte fast wieder aufgeschrien, als sie den Stahldolch in der Hand des Mönchs sah: die Klinge war bis zum Heft rot und naß. Im nächsten Moment mußte sie einen weiteren grausigen Anblick verkraften. Der Wächter, der gerade noch zusammen mit dem Mönch gelacht hatte, lag jetzt regungslos auf der Schwelle. Sein Kopf mit dem konischen Stahlhelm war fast vom Rumpf abgetrennt, und aus der schrecklichen Wunde schoß Blut hervor und bildete eine rote Lache auf dem Steinboden.

»Servanne?«

Als sie aufschaute, schob der Mönch die graue Roßhaarkapuze zurück, und anstatt der erwarteten Tonsur kam eine dichte Haarmähne zum Vorschein, die wirr auf die breiten Schultern hinabfiel.

»Lucien?« stammelte sie. »Bist das ... bist das wirklich du?«

»Kennst du einen anderen Mann, der töricht genug wäre, dich in einer Nacht wie dieser zu suchen?« grinste er. Strahlendweiße Zähne kamen zum Vorschein — ein vertrauter Anblick, der ihren Herzschlag stocken ließ.

»Ich dachte, du wärest tot«, flüsterte sie, ihren Augen immer noch nicht trauend. »Als niemand kam ... als nichts zu hören war ... dachte ich, du wärest tot.«

»Hast du wirklich geglaubt, mich so schnell loswerden zu können?« neckte er sie liebevoll.

Mit Tränen in den Augen sprang Servanne auf und warf sich in seine Arme, die sich so fest um sie schlossen, als wollte er sie zermalmen.

Der blutige Dolch fiel zu Boden, und seine Hände gruben sich in ihre strähnigen Locken und bogen ihren Kopf zurück. Er preßte seine Lippen auf ihren Mund, und dieser Kuß war so leidenschaftlich und sinnbetörend wie ein Liebesakt.

»Lucien!« zischte eine Stimme von der Schwelle her. »Kannst du nicht später feiern, wenn wir dafür Zeit und Muße haben?«

Servanne schrie vor Enttäuschung leise auf, als er sich fluchend von ihr losriß. Noch ganz benommen von den Lustgefühlen, die jede Berührung dieses Mannes in ihr hervorrief, dem eine Aura von Mut und Freiheit anhaftete, verstand sie kein Wort von dem kurzen Gespräch der beiden Männer.

Sie wußte nur eines: Lucien lebte, er war bei ihr, er wollte sie retten — allem Betrug und Verrat, allen Lügen zum Trotz.

Das flackernde safrangelbe Licht der Fackel erhellte für den Bruchteil einer Sekunde das Gesicht des zweiten Mannes unter der Mönchskapuze.

Alaric! Liebreiche Jungfrau Maria, beide waren also am Leben — Lucien und Alaric!

»Mylady!« Obwohl Alaric lächelte, sah sie die Sorge in seinen sanften braunen Augen, denen weder ihr geschwollenes Gesicht noch ihre zerrissene Kleidung entging. »Glauben Sie, daß Sie laufen können?«

»Ich werde so schnell wie der Wind rennen, wenn es sein muß«, versicherte Servanne, unter Tränen lächelnd.

Lucien nahm sie bei der Hand, warnte sie, den Kopf einzuziehen, und führte sie aus der modrigen Steinzelle in die kalte Nachtluft hinaus. Der Wind bemächtigte sich sofort ihrer Rockfetzen und wirbelte die Seide wie einen gelben Korkenzieher um ihre Knöchel herum, so daß sie mehrmals stolperte. Obwohl sie keinen sehnlicheren Wunsch hatte als ihrem Gefängnis zu entfliehen, blieb sie am Rand des Kliffs schreckensstarr stehen. Der Pfad zum Strand war nicht einmal einen Meter breit: ein einziger falscher Schritt, und sie würden zweihundert Meter in die Tiefe stürzen und von den schwarzen Wellen verschlungen werden. Der Mond stand schon so tief, daß er die Dunkelheit kaum aufzuhellen vermochte. Sein Licht fiel hauptsächlich auf die in Nebel gehüllten Mauern und Wälle von Bloodmoor Keep, hoch oben auf der Felsklippe.

Die Burg sah in dieser gespenstischen Beleuchtung wie ein riesiger schwarzer Raubvogel aus — hohe Zinnen und vorspringende Wachttürme, unbezwinglich, kalt und totenstill.

Servanne erschauerte unwillkürlich, und Lucien begriff plötzlich, daß ihr Gesicht nicht nur von den Mißhandlungen, die sie erduldet hatte, blau verfärbt war, sondern auch vor Kälte. Rasch zog er die wollene Mönchskutte aus.

»Hier, zieh das an«, befahl er. »Wir haben noch ein ganzes Stück Weges vor uns, und . . .«

»Lucien«, rief Alaric leise, »komm schnell her!«

Lucien blickte in die Richtung von Alarics ausgestrecktem Zeigefinger und sah hoch über sich orange Lichtpunkte am hinteren Tor der äußeren Burgmauer. Ein Dutzend Wächter mit Fackeln, die einem weiteren Dutzend Männer mit Schwertern und Armbrusten leuchteten. Die Prozession kam auf dem Pfad am Rand des Kliffs langsam näher.

»Los, flieht!« rief Alaric, während er sich der hinderlichen Mönchskutte entledigte. »Ich werde sie mit ein paar Pfeilen aufhalten, bis du mit Lady Servanne unten bist.«

Lucien zögerte, hin und her gerissen zwischen seinen wilden Rachegelüsten und dem Wunsch, seine Liebste in Sicherheit zu bringen.

»Um Himmels willen«, schrie Alaric, um Lucien aus seinem Blutrausch zu reißen, »willst du etwa alles aufs Spiel setzen, was wir bis jetzt erreicht haben? Mach, daß du wegkommst! Nur keine Angst, du wirst nicht lange auf mich warten müssen — ich habe nicht die Absicht, an diesem gottverlassenen Ort zu krepieren!«

Lucien wußte, daß sein Freund recht hatte. Sie durften keine Zeit verlieren. Er packte Servanne wieder fest bei der Hand und führte sie vorsichtig den steilen, unebenen Pfad hinab. Hinter ihnen fluchte Alaric aus vollem Herzen, während er sich mit den Armbrusten der toten Wachposten bewaffnete. Er war ein Meisterschütze, und gleich darauf stürzten zwei Männer schreiend über die Felskante in die Tiefe. Mit Leichtigkeit hätte er auch alle anderen nacheinander erschießen können, doch in dem einen Köcher befanden sich nur sieben Bolzen, in dem anderen sogar nur drei, so daß er schweren Herzens darauf verzichten mußte, sich zu lange hier aufzuhalten oder einen Fehlschuß zu riskieren. Zunächst aber legte er neue Bolzen in beide Waffen ein und spähte zu der gespenstischen Silhouette der mächtigen Burg empor. Gaukelte seine Fantasie ihm etwas vor, oder wich die finstere Nacht tatsächlich schon vor den ersten Anzeichen der Morgendämmerung zurück?

Der Weg vom Burgtor zur Steinzelle war eine breite, gepflasterte Straße gewesen, verglichen mit dem bröckligen Pfad, den Lucien und Servanne jetzt Hand in Hand hintereinander hinabstiegen. Einen Arm um eine Hüfte schmerzhaft an die kalte Felswand gepreßt, mußte Servanne sich eingestehen, daß ihre Behauptung, schnell wie der Wind rennen zu können, maßlos übertrieben gewesen war. Ihr Herzschlag stockte jedesmal, wenn sie über irgendein kleines Hindernis stolperte, ihr unbeschuhter Fuß schien jeden spitzen Stein zu finden, und die schwere Mönchskutte blieb an Dornbüschen und Felszacken hängen und mußte mühsam losgerissen werden.

Ein schmaler graublauer Streifen am Horizont deutete darauf hin, daß die Dämmerung nicht mehr fern war, doch dieses trügerische Licht erschwerte die Sicht nur noch zusätzlich. Lucien schien sich bei jedem Schritt nur auf seinen Instinkt zu verlassen — oder auf seine inbrünstigen Gebete.

Endlich am Fuße des Kliffs angelangt, wurde das flüchtende Paar von der Gischt durchnäßt. Sie umrundeten den Felsvorsprung, und im ersten schwachen Morgenlicht konnte Servanne erkennen, daß der Pfad plötzlich breiter wurde und in eine kleine Bucht mündete, die durch riesige Felsblöcke vor der Brandung geschützt war. Obwohl die Luft auch hier vom Tosen und Donnern der Wellen vibrierte, war die schillernde Wasseroberfläche relativ ruhig — und einem Boot war es gelungen, bis auf etwa sechs Meter ans Ufer heranzukommen.

Die letzte Fluchtetappe führte über scharfe Schieferplatten. Servanne schrie vor Schmerz auf, als ein Gesteinsplitter sich wie Glas in ihre nackte Fußsohle bohrte. Lucien fackelte nicht lange. Er hob sie einfach hoch und trug sie ins knietiefe Wasser hinein. Platschende Schritte veranlaßten ihn, sich kurz umzudrehen, und im nächsten Moment grinste er breit: Alaric war dicht hinter ihnen und watete ebenfalls schon auf das Boot zu.

Gleich darauf verging ihm jedoch das Lachen, denn Alaric winkte heftig, brüllte etwas und deutete auf die vielen konischen Stahlhelme, die das Ufer säumten.

Sie saßen in der Falle!

Wasserfontänen spritzten auf, als ein Hagel von Armbrustbolzen dicht um sie herum niederging. Lucien zwang seine Beine, ihr Letztes herzugeben, doch das Wasser, das ihm jetzt schon bis zur Taille reichte, verhinderte ein schnelles Vorwärtskommen, und trotz der Wellenbrecher gab es in der Bucht eine tückische Unterströmung, die ihm den Stand unter den Füßen wegzog.

Kaum zehn Schritte vom rettenden Boot entfernt brachte eine Welle Lucien zu Fall. Hustend und fluchend kam er wieder auf die Beine, ohne Servanne losgelassen zu haben.

Eine der beiden Silhouetten, die an Bord des Bootes kauerten, sprang plötzlich ins Wasser und schwamm auf das Paar zu, das nur noch mühsam vorwärtskam. Die andere Silhouette — groß, gertenschlank, mit kurzgeschorenen Haaren, die im Mondlicht feuerrot schimmerten — legte einen Eschenholzpfeil in einen straff gespannten Langbogen ein und erwiderte seelenruhig das Feuer der Leibgarde, die jetzt parallel zum Ufer dahinrannte, aber zwischendurch immer wieder stehenbleiben und niederknien mußte, um die kurzen Bolzen in die Armbruste aufzulegen und abzuziehen. Dieses umständliche Hantieren mit den unhandlichen Waffen ermöglichte der geschmeidigen Gestalt im Boot, sorgfältig zu zielen und exakt zu treffen. Viele Gardisten hörten das Schwirren der Pfeile, die aus der Dunkelheit auf sie zugeflogen kamen, und brachen tot auf den Schieferplatten zusammen. Andere suchten Deckung hinter den Felsen entlang des Ufers, um den stählernen Pfeilspitzen zu entkommen, die sogar Rüstungen zu durchbohren vermochten. Aber das hinderte die Männer nicht daran, ihre eigenen Waffen zu gebrauchen, und die Wut stachelte sie sogar zu größerer Treffsicherheit an.

Servanne hörte einen Aufschrei, warf einen Blick über Luciens Schulter hinweg und sah, wie Alaric seitwärts ins Wasser stürzte, vom Eisen eines Armbrustbolzens in die Brust getroffen. Lucien brüllte etwas Unverständliches, stellte sie auf die Beine und stieß sie auf das Boot zu, bevor er kehrtmachte und hastig zu der Stelle watete, wo Alaric untergegangen war. Servannes Warnung verhallte ungehört. Einer von De Gournays Rittern gab einen Schuß aus seiner Armbrust ab, und der Bolzen traf Luciens rechte Schläfe und hinterließ eine tiefe Wunde.

Vor Schmerz benommen und von seinem eigenen Blut

geblendet, taumelte Lucien dennoch weiter auf Alaric zu. Der Ritter legte einen neuen Bolzen ein, doch bevor er abziehen konnte, hörte er ein Surren und spürte, wie ein Pfeil in seinen ledernen Brustpanzer eindrang. Die Pfeilspitze durchbohrte sein Herz und zersplitterte einen Rükkenwirbel. Er starb, bevor er auch nur einen Laut von sich geben konnte.

Kaum war der tote Ritter in der schäumenden Brandung verschwunden, da tauchte auch schon ein anderer Goliath scheinbar aus dem Nichts auf. Mit gezogenem Schwert eilte er auf Lucien zu, das Gesicht zu einer Fratze grenzenlosen Hasses verzerrt.

Im Mondlicht erkannte Servanne den Mann, aus dessen zu schmalen Schlitzen verengten Augen blinde Mordlust loderte, und sie schrie wieder auf und versuchte verzweifelt, sich von dem kräftigen Arm zu befreien, der sich um ihre Taille geschlungen hatte und sie zum Boot zog.

»Nein!« kreischte sie. »Nein! Lassen Sie mich zu ihm! Lassen Sie mich los! Lucien . . . Lucien . . . *hinter dir*!«

Der Arm hielt sie unbeirrt fest, obwohl sie wild strampelte und mit den Füßen trat. Salzwasser brannte in ihren tränenden Augen, und ihr langes nasses Haar wickelte sich um ihren Hals und drohte sie zu ersticken. Sie schlug blindlings nach dem Unsichtbaren, der sie von ihrem Liebsten — von dem Mann ihres Lebens — trennen wollte. Ihre Hand prallte gegen etwas Hartes: das Boot. Ein rasender Schmerz schoß durch ihren Arm und zwang sie, ihren Kampf einzustellen und einen Blick auf ihren Feind zu werfen.

Es war Eduard! Trotz seiner eigenen schweren Verletzung bemühte er sich heldenhaft, sie in das heftig schwankende Boot zu heben. Ein Schmerzenslaut entrang sich seiner Kehle, als sein verwundetes Bein von der Strömung an den bleiverkleideten Kiel gepreßt wurde.

Servanne spürte, daß sein Griff sich lockerte, und sie sah, daß er verzweifelt nach einem Halt am Bootsrand suchte, doch seine Finger glitten ab, und er wurde von den Wellen überrollt. Instinktiv wollte sie nach ihm greifen — aber ihre Hand war kurz zuvor einfach gegen das Boot geprallt, wie sie erst jetzt feststellte, sondern von einem Armbrustbolzen getroffen worden. Das mit Widerhaken versehene Eisen hatte ihr Fleisch zwischen Daumen und Zeigefinger durchbohrt und war im Holz des Bootes steckengeblieben. Ihre Hand war festgenagelt.

Eine Welle schwappte über ihren Kopf hinweg, und sie bekam Salzwasser in die Augen, Mund und Nase. Ihre Widerstandskräfte erlahmten, und das Boot, das unaufhaltsam den am Ufer lauernden Gefahren zutrieb, riß sie mit sich. Sie verlor den Boden unter den Füßen und wurde von der Strömung in die Tiefe gezogen. Sie hatte starkes Ohrenbrausen, und trübe Finsternis umfing sie. Bevor Schmerz und Atemnot ihr die Sinne raubten, zog ihre Vergangenheit blitzartig an ihr vorüber, und sie fühlte sich an den Ort zurückversetzt, wo alles begonnen hatte — der Himmel ... die Hölle ...

1

Seine Augen waren grün, leuchtend und kugelrund. Sein Körper war gedrungen und etwas plump, verglichen mit dem anderer Raubvögel, aber er war schnell und sehr geschickt, und seinem scharfen Blick blieb keine Bewegung in dem dichten Wald tief unter ihm verborgen. Ein durchdringender Moschusduft erfüllte die frische, klare Frühlingsluft. Seine Flügel, die eine Spannweite von über ein Meter zwanzig hatten, trugen ihn mühelos durch das blaue Himmelsgewölbe, und dieser anmutige Flug veranlaßte andere Geschöpfe, denen Gott diese Gabe versagt hatte, neidisch zu ihm emporzublicken.

Der Habicht schwebte durch die Lüfte, nutzte jede Strömung perfekt aus, beschrieb plötzlich eine scharfe Linkskurve und brauste im spiralförmigen Gleitflug fast bis zu den Baumwipfeln herab. Das leise Schwirren seiner Flügel im Wind erschreckte die Kolonne, die sich langsam durch den Wald bewegte. Der Habicht hatte sie erspäht, lange bevor sogar die schärfsten Augen eines Menschen imstande gewesen wären, den schwarzen Fleck am Himmel zu erkennen. Aus Neugier, Verachtung und Belustigung flog er dicht über ihren Köpfen hinweg, und im Bewußtsein seiner Überlegenheit spreizte er seine Flügel und wölbte den gefiederten Kopf, so als wollte er diese erdgebundenen Kreaturen verhöhnen.

»Verdammt!« knurrte der Mann, auf dessen Lederhandschuh die grünlich-weiße Masse gelandet war, mit der der Raubvogel seine Geringschätzung demonstrativ zum Ausdruck gebracht hatte. Er schüttelte den Kot von sich ab und wischte seinen Handschuh an der hellblauen Satteldecke sauber. Dieser Reiter gehörte zu der Eskorte aus zehn Rittern und dreißig Soldaten, deren Aufgabe es war, die im Wald nur erschreckend langsam vorankommende Kavalkade zu beschützen.

Die Ritter trugen volle Rüstung — dunkelgraue Kettenhemden mit Kapuzen, das Eisen schuppenförmig angeordnet wie eine Schlangenhaut. Darüber fiel ein ärmelloser himmelblauer Waffenrock mit dem aufgestickten Wappen der Wardieu — ein unverwechselbares Wappen: Drache und Wolf, die einen verbissenen Kampf auf Leben und Tod ausfochten. In den Scheiden an den Ledergürteln steckten das lange Schwert und der kurze scharfe Dolch. Alle Männer hatten auch ihre konischen normannischen Helme aufgesetzt, deren Naseneisen fast bis zu den grimmig zusammengepreßten Lippen herabhingen. Die eine Hälfte ritt mit über die Schulter zurückgeschlagenen Mänteln, damit die schußbereite Armbrust auf dem Schoß nicht zu übersehen war. Die andere Hälfte bildete den inneren Schutzring für die farbenfrohen Gestalten, die in der Mitte sorglos dahinritten.

»Das ist also der furchterregende Wald von Lincoln, über den wir soviel gehört haben«, kicherte eine freche Kammerzofe. »Stellt euch das nur mal vor — erwachsene Männer, die auf jedes raschelnde Blatt und auf jeden knisternden Ast schießen, aus Furcht, daß sich Teufel dahinter verstecken könnten. Was glauben Sie, Mylady, wieviel Bäume sie bisher zersplittert haben? Zehn, Zwanzig?«

Der Hauptmann der Leibwache ignorierte die Bemerkung und das anschließende glockenhelle Gelächter. Am liebsten hätte er sich freilich umgedreht und diese unverschämten Weibsbilder energisch zur Rede gestellt, aber die geschlossene Formation der Eskorte auf diesem schmalen Waldweg und seine schwerfällige Rüstung hinderten ihn daran, seinem Unmut lautstark Ausdruck zu verleihen. Zähneknirschend ritt er weiter.

In der Hälfte der königlichen Wälder Englands wimmelte es von Banditen und Geächteten, die eine ernsthafte Bedrohung darstellten. Seit König Richard zum Kreuzzug ins Heilige Land aufgebrochen war und sein Bruder, Prinz Johann, seine Abwesenheit weidlich ausnutzte, herrschten im ganzen Land Gsetzlosigkeit und Unordnung. Überall rotteten sich Banden von Abtrünnigen zusammen und machten die Wälder unsicher. Räuber, Wegelagerer, Verräter und Mörder — oft ›Waldgänger‹ oder ›Wölfe‹ genannt — bildeten Widerstandsnester gegen die übertrieben hohen Steuern, die der Prinz erhoben hatte. Zehn, zwanzig, ja sogar dreißig Ritter waren erforderlich, um Reisende vor diesem Gesindel zu beschützen, und manchmal konnte nicht einmal eine derart starke Eskorte einen rücksichtslosen Angriff verhindern. Erst vor einem Monat war in ebendiesem Wald ein Bischof mit seinen Begleitern überfallen worden, obwohl sie unter dem Schutz von Onfroi de la Haye, dem Lord High Sheriff von Lincoln, standen: zehn tapfere Männer wurden getötet, ein weiteres halbes Dutzend erlitt schwere Verletzungen, und die übrigen wurden — ihrer Waffen und Rüstungen beraubt — wie Mehlsäcke über die Sättel ihrer Pferde geworfen und daran festgebunden. Dem Bischof — einem Vetter dritten Grades des Königs — wurde das Gold abgenommen, das er der Abtei Sleaford überbringen wollte, und er mußte seinen Weg ebenso wie vierzehn seiner Priester auf fast genauso demütigende Weise wie die Eskorte fortsetzen.

Diesen Räubern war nichts und niemand heilig. Jeder war für die Wölfe eine willkommene Beute — je reicher, desto besser.

Der Ritter riskierte verdrossen einen Blick über seine Schulter hinweg, als neuerliches Gelächter von den Bäumen widerhallte. Doch es war nicht nur die Furcht vor den Räuberbanden, die Bayard von Northumbria eine Gänsehaut verursachte, sobald eine der Frauen ungehörigen Lärm machte. Sollte Servanne de Briscourt, der Witwe von Sir Hubert de Briscourt und zukünftigen Frau des mächtigen Lords Lucien Wardieu, während der Reise auch nur ein blondes Haar gekrümmt werden, würde ein langsamer und qualvoller Tod all jene Männer erwarten, die für ihre sichere Ankunft in Bloodmoor Keep verantwortlich waren.

Die Person, deren Wohlergehen dem Hauptmann aus reinem Eigennutz so sehr am Herzen lag, ahnte nichts von seinen düsteren Gedanken. Servanne saß aufrecht und anmutig auf dem Rücken ihres schneeweißen Zelters, und ihre ausdrucksvollen blauen Augen schweiften bald hierhin, bald dorthin. Tief beeindruckt von der Stille dieses unberührten Waldes, erfreute sie sich am Anblick der majestätischen Eichen, deren Stämme einen Durchmesser von bis zu sechs Metern hatten. Mitunter reckte sie ihr zierliches Kinn und blickte zu den Baumkronen empor, wo es der Sonne gelang, das dichte Flechtwerk von Ästen zu durchdringen und geheimnisvolle Lichtreflexe auf das dunkelgrüne Laubwerk zu zaubern. In Tausende dünner Strahlen aufgesplittert, wurde das Licht nach unten zu immer schwächer, und in Bodennähe verblaßten die Farben zu einem schimmernden Hellgrün, durchsetzt mit dunklen Schatten.

Wie schockiert der Hauptmann gewesen wäre, wenn er gewußt hätte, wovon die künftige Baronin träumte! Sie konnte sich lebhaft seine Empörung vorstellen, wenn sie dem Verlangen nachgäbe, ihre Stute auf dem Weg ausgelassen tänzeln und traben zu lassen, bis der Wald endlich hinter ihnen liegen würde — falls dieser Wald überhaupt irgendwo ein Ende hatte. Außerdem sehnte sie sich danach, die Leinenhaube abzunehmen, die züchtig ihren Kopf bedeckte, das lange goldene Haar zu entflechten, von den Haarnadeln zu befreien und die dichten Locken im Wind flattern zu lassen. Am liebsten hätte sie auch den steifen Brokatmantel von sich geworfen, der aus sechs Bahnen himmelblauer Seide bestand und ihr nach dem stundenlangen Ritt noch unpraktischer vorkam als die Kettenhemden der Männer. Das schwere Gewand behinderte sie, sobald sie versuchte, ihre Beine oder ihren Oberkörper zu bewegen oder im Sattel eine bequemere Haltung einzunehmen, und wenn sie sich zu schnell umdrehte, wurde sie von dem steifen Kragen fast erwürgt und drohte das Gleichgewicht zu verlieren.

Trotz dieser Unbequemlichkeit kam keine Klage über ihre Lippen, denn sie konnte es kaum erwarten, das Ziel ihrer Reise zu erreichen. Zum erstenmal in ihrem achtzehnjährigen Leben brannte sie darauf zu erfahren, was die Zukunft für sie bereithielt.

Servanne war schon als Kind verwaist und unter die Vormundschaft von Englands großem König Richard gestellt worden, dem seine Soldaten, die ihn liebten und verehrten, den Beinamen Löwenherz gegeben hatten. Seine Besessenheit, im Heiligen Land Krieg zu führen, verschlang Unsummen und zwang ihn, die leeren Kassen auf jede nur erdenkliche Weise aufzufüllen. Deshalb war Servanne gegen eine erhebliche Geldsumme mit Hubert de Briscourt verheiratet worden. Sie war damals knapp fünfzehn, ihr Ehemann fünfzig Jahre älter. Kein Wunder, daß die nun folgenden drei Jahre für sie zu einer schweren Schicksalsprüfung wurden. Langeweile, Einsamkeit und Enttäuschung bestimmten ihr Leben. Nicht daß Sir Hubert bösartig oder geizig gewesen wäre — im Gegenteil, im Laufe der Zeit hatte sie eine tiefe Zuneigung zu dem vornehmen alten Ritter gefaßt —, aber sie war nun einmal jung und lebensfroh, und es genügte ihr nicht zu spinnen, zu weben, zu nähen und ihren betagten Herrn und Gemahl zu umsorgen. Trotzdem war sein Tod für sie ein schwerer Schlag gewesen, und sie hatte aufrichtig um ihn getrauert. Und als dann das königliche Sendschreiben eingetroffen war, hatte sie das Siegel mit zitternden Händen aufgebrochen, weil sie ahnte, daß sie erneut an den Höchstbietenden verkauft werden sollte.

Der Name des Heiratskandidaten hatte sie wie ein Blitz getroffen. Lucien Wardieu! Jung, attraktiv, männlich — ein Mann, von dem eine Frau mit fest zusammengekniffenen Lidern träumte, während in Wirklichkeit ungeschickte Hände im Dunkeln an ihr herumfummelten.

Ein lustvoller Schauer überlief Servanne, als sie die Brosche an ihrem Mantel betrachtete. Blutrote Rubine markierten den Körper eines aufrecht stehenden Drachens, Smaragde und Diamanten den Körper eines wilden Wolfs. Dieses Verlobungsgeschenk ihres Bräutigams, das sie voller Stolz trug, zeigte aller Welt, daß sie ihm gehörte.

»Biddy, erzähl mir doch noch einmal, was du über den Herrn Baron gehört hast«, flüsterte sie. »Ich muß gestehen, daß ich immer nervöser werde, je näher unsere Begegnung rückt, je weniger Meilen mich von ihm trennen.«

Die ältere Frau, die an ihrer Seite ritt, war die Amme und Zofe von Servannes Mutter gewesen und hatte sich nach deren Tod hingebungsvoll des verwaisten Mädchens angenommen, es betreut und beschützt. Ein rundes, pausbäckiges Gesicht, runzlig wie ein überreifer Pfirsich, wandte sich Servanne mit gespielter Überraschung zu. »Du hast offenbar ein sehr kurzes Gedächtnis, meine Liebe. Habe ich dir nicht erst heute morgen in aller Herrgottsfrühe stundenlang alle Vorzüge deines Bräutigams aufgezählt — sowohl seine Siege bei allen möglichen Turnieren als auch seinen Ruf als Witwentröster? Es wird allmählich langweilig, sein Loblied zu singen, zumal du selbst ja schon von diesem Mann schwärmst, seit du ihn zum erstenmal gesehen hast — ganz zu schweigen von den Übertreibungen und Fantasiegespinsten aller schwachen Weiber, die jemals seinen Weg gekreuzt haben.«

Servanne erötete heftig, während ihre Zofen sich ein gedämpftes Gelächter nicht verkneifen konnten.

»Ich habe gehört«, kicherte eine schamlos, »daß Lord Lucien als Liebhaber unermüdlich ist. Er soll es oft tagelang treiben, ohne zu essen oder zu trinken . . . oder sonstwas zu machen!«

»Ich habe ihn einmal gesehen.« Giselle, die jüngste Zofe, stieß einen so schweren Seufzer aus, daß der Hauptmann mit den Augen rollte und dem Ritter, der neben ihm herritt, zugrinste. »Es kann in der ganzen Christenheit keinen stattlicheren und schöneren Ritter geben. Sogar Helfise mußte zugeben, daß es jeder Frau schwerfallen würde zu entscheiden, wer göttlicher aussieht und fürstlicher auftritt — Lord Lucien oder unser ruhmreicher Lehnsherr, König Richard.«

»Habe ich das wirklich gesagt?« fragte eine dunkeläugige Zofe stirnrunzelnd.

»O ja!« erwiderte Giselle eifrig. »Weißt du das nicht mehr? In derselben Nacht hast du auch erzählt, du hättest mit zwei von Sir Huberts Wachmännern vorlieb nehmen müssen und . . .«

»Schon gut, ich erinnere mich jetzt wieder daran«, fiel Helvise ihr hastig ins Wort, weil ihr nicht entgangen war, daß alle Männer in der Nähe plötzlich die Ohren spitzten.

Servannes Wangen waren immer noch hochrot, obwohl die gutmütigen Neckereien jetzt nicht mehr ihr galten. Daß ihr Verlobter auch bei anderen Frauen den Eindruck von Stärke und animalischer Männlichkeit erweckte, machte sie verlegen, aber zugleich überglücklich. Gewiß, sie hatte ihn nur ein einziges Mal in einer überfüllten Halle gesehen, und das vor vielen Monaten, aber welche gesunde, heißblütige Frau hätte sich nicht schon nach einem flüchtigen Blick an diesen strahlenden Helden erinnert, an jede Einzelheit, bis hin zu den flachsblonden Locken? Seine Augen waren strahlendblau, sein Gesicht war schmal und edel geschnitten, sein Körper perfekt proportioniert, mit unglaublich breiten Schultern, schmaler Taille und langen muskulösen Beinen. Lord Lucien hatte zudem bei Turnieren kaum seinesgleichen; niemand konnte sich daran erinnern, daß er nicht den Sieg errungen hätte. Sein Geschick mit Lanze und Schwert war legendär; seine Heldentaten in Europa und bei den Kreuzzügen hatten ihm den Respekt von Königen und einen Reichtum beschert, von dem andere Ritter nicht einmal zu träumen wagten.

Lucien Wardieu mit Sir Hubert de Briscourt zu vergleichen war so, als wollte man ein juwelenbesetztes goldenes Szepter mit einem verkohlten Stock vergleichen. Servanne machte sich keine Illusion, warum er beim König um ihre Hand angehalten hatte — im Gegenteil, sie dankte Gott mit jedem Atemzug dafür, daß ein Teil der riesigen Lehnsgüter, die sie nach Sir Huberts Tod geerbt hatte, an den Besitz des Barons in Lincoln grenzte. Lucien Wardieu gelüstete es nach diesem fruchtbaren Ackerland, und Servanne war für ihn zweifellos nur eine Schachfigur, ein Bauer in dem Ränkespiel von Politik und Wirtschaft. Er hätte auch um ihre Hand angehalten, wenn sie fett und glatzköpfig gewesen wäre und gerülpst und gefurzt hätte. Aber störte sie das? Nicht im geringsten! Wenn es ihr nun einmal vom Schicksal beschieden war, die königlichen Schatullen aufzufüllen, so wollte sie dieses Werk viel lieber in den Armen eines attraktiven Helden vollbringen als im Bett eines schwächlichen alten Mannes.

Servanne streichelte lächelnd den Hals ihrer prächtigen Stute Undine. Dieses Pferd gehörte zu den vielen kostbaren Geschenken, die Lord Lucien ihr geschickt hatte —

als Entschädigung dafür, daß er sie nicht persönlich abholen konnte. Sie hatte ihm bereitwillig verziehen. Abgesehen von ihrem schneeweißen Zelter hatte er sechs prächtige Rotschimmel für ihre Zofen bereitgestellt. Die weißen Pferdegeschirre waren blank geputzt, und die beinfarbenen Sättel waren mit Silberknöpfen und Quasten verziert, die wie Diamanten funkelten. Blaue Seidenbänder waren in die Mähnen und Schweife geflochten; Federbüsche von derselben Farbe schmückten die silbernen Helme der Ritter. Satteldecken, Schilde und Stander trugen das Wappen der Wardieu, und die Farben der Wardieu — blau und silber — herrschten in der ganzen Kavalkade vor.

Dem Reitertrupp folgten langsam — flankiert von Dienstboten und Pagen, die zu Fuß unterwegs waren — drei Fuhrwerke, die unter ihrer schweren Last ächzten: Truhen mit Samt und Seide in allen Regenbogenfarben, mit prächtig bestickten Brokaten, mit Hermelinen, Zobeln und Fuchspelzen, die als Besatz für Mäntel und Kleider gedacht waren. Zur Ausstattung gehörten ferner Strümpfe aus durchsichtiger gazeartiger Seide, mit Gold und Silber verzierte Gürtel, Perlen von erlesener Farbe und Größe an Schnüren aus reinem Gold. Drei Schneiderinnen waren mit auf die Reise gegangen. Sie hatten zwei Wochen lang Tag und Nacht gearbeitet, um die Hochzeitsgewänder vorzubereiten, und sogar jetzt noch, da man sich endlich dem Ziel näherte, griffen sie bei jeder Rast, die der Hauptmann befahl, sofort zu Nadel und Faden und rührten hurtig die Hände.

Würde der Baron überrascht oder aber enttäuscht sein, wenn er sie in Bloodmoor Keep erstmals zu Gesicht bekommen würde? Überrascht, hoffte Servanne. Vielleicht sogar erfreut? Sie wußte, daß sie kein froschgesichtiges Scheusal war; als zierliche Blondine würde sie einen reizvollen Gegensatz zu dem Riesen mit seinem sonnengebräunten Gesicht bilden. Außerdem war sie alles andere als eine hirnlose Puppe, deren Schönheit man zwar bewundert, die aber ansonsten nur zum Gebären von Erben zu gebrauchen ist. Servanne konnte lesen und schreiben — so gut, daß sie sogar nach einiger Zeit entziffern konnte, was sie geschrieben hatte. In ihrer Position als Gemahlin von Sir Hubert hatte sie zudem gelernt, mit Geld umzugehen und einen Haushalt perfekt zu führen — keine leichte Aufgabe bei fast tausend Dienstboten und Vasallen. Ihr zukünftiger Mann würde bestimmt erfreut sein. Er *mußte* einfach erfreut sein.

»Könnten Sie mir sagen, wo wir uns jetzt befinden, Hauptmann?« fragte sie. »Ist die Burg noch weit entfernt?«

Bayard von Northumbria überlegte kurz, bevor er sich nach ihr umdrehte. »Mit etwas Glück müßten wir die Abtei bei Alford noch heute bei Einbruch der Dunkelheit erreichen, Mylady. Dragon's Lair ist nur eine halbe Tagesreise von dort entfernt.«

»Dragon's Lair?«

Bayard hätte sich wegen seines Versprechers auf die Zunge beißen mögen. »Entschuldigen Sie vielmals, Mylady. Ich meinte selbstverständlich Bloodmoor Keep.«

Servanne lehnte sich im Sattel zurück, und ihre glatte Stirn legte sich in Falten. Dies war nicht der erste Versprecher gewesen — und diese Unstimmigkeiten bereiteten ihr Kopfzerbrechen. Einmal hatte sie zufällig mit angehört, wie zwei Ritter über die Methoden spotteten, die der Sheriff von Lincoln anwandte, um widerspenstigen Besuchern seiner Burg wichtige Informationen zu entlokken. Sie behaupteten, daß der Folterer des Barons die gewünschten Informationen in einem Zehntel der Zeit erhalten hätte.

Der Gebrauch der Folter bei Verhören war nichts Ungewöhnliches, aber normalerweise wurde diese Methode nur bei politischen Gefangenen und bei Personen angewandt, die im Verdacht standen, ein Komplott gegen die Krone zu schmieden. Es wurde gemunkelt, daß Prinz Johann keine Reise ohne seinen zuverlässigen Folterer unternahm, weil er befürchtete, daß hinter jedem Busch und Strauch Mörder und Verräter lauern könnten.

Aber welche Verwendung konnte Lucien Wardieu für die ständigen Dienste eines professionellen Folterknechts haben? Soviel sie wußte, war Bloodmoor Keep eine uneinnehmbare Festung. Weder vom Land noch vom Meer her drohten irgendwelche Gefahren. Um auch nur die Außenmauern zu erreichen, die sechs Meter dick und achtzehn Meter hoch waren, mußte man einen fast anderthalb Kilometer breiten Sumpf überqueren oder aber eine zweihundert Meter hohe Felswand erklimmen, an der die tosende Brandung zerschellte. Außerdem wurde behauptet, daß der Baron sich nicht nur auf seine Vasallen verlasse, deren Lehnseid manche zu vierzig Tagen Militärdienst im Jahr zwang, sondern daß er zusätzlich Söldner einstellte, die seinen Besitz das ganze Jahr über bewachten.

Aus den Augenwinkeln musterte Servanne ihre Eskorte. Diese Männer sahen allesamt so aus, als wäre es für sie ein amüsanter Zeitvertreib, jemandem die Kehle aufzuschlitzen.

Diese Beobachtung warf eine weitere Frage auf, die Servanne erneut eine Gänsehaut verursachte. Warum zuckten diese furchterregend großen und brutalen Kerle erschrocken zusammen, sobald irgendwo ein Zweig knackte oder ein Blatt raschelte?

Die Antwort ließ nicht lange auf sich warten. Ein leises Schwirren durchbrach die idyllische Stille des Waldes, dicht gefolgt vom Schmerzensschrei eines Gardisten, der seitwärts vom Sattel glitt und mit seiner behandschuhten Hand den Pfeilschaft umklammerte, der aus seiner Brust herausragte. Und gleich darauf hörte Servanne das unheimliche Schwirren erneut, ein halbes dutzendmal hintereinander, jedesmal gefolgt von einem Schrei, der jäh abbrach.

Bayard von Northumbria brüllte eine Warnung und fluchte laut und wütend über die Unfähigkeit der Kundschafter, die er vorausgeschickt hatte, um die Möglichkeit eines solchen Hinterhalts auszuschließen. Doch noch während er seinem Zorn Luft machte, begriff er, daß sie zweifellos genauso tot waren wie diese Trottel, die — anstatt auf die tödlichen Gefahren des Waldes zu achten — vom Gekicher und von den Kurven einer Schar alberner Gänse abgelenkt worden waren.

Nach weiteren kräftigen Flüchen mußte Bayard sich eingestehen, daß die Falle außerordentlich geschickt aufgestellt worden war. Vier seiner besten Kundschafter waren zum Schweigen gebracht worden, sieben Leibwächter waren tot oder lagen im Sterben, und die übrige Kavalkade war offenbar innerhalb von Sekunden umzingelt worden, ohne daß vom Feind etwas zu sehen gewesen wäre.

»Legt die Waffen nieder!«

Der Befehl erscholl aus den Bäumen, und Bayard spähte in die Höhe, konnte aber außer schwankenden Ästen und gebrochenen Sonnenstrahlen nichts erkennen.

»Armbruste und Schwerter auf den Boden — es sei denn, ihr wollt das Schicksal eurer gefallenen Kameraden teilen.«

Bayard knirschte in ohnmächtiger Wut mit den Zähnen und stieß zischend die Luft aus. Seine scharfen Augen glitten suchend durch den Wald, aber er sah nichts — keinen hellen Hautfleck, kein Kleidungsstück, keine Bewegung in den Bäumen oder auf der Erde. Sein Blick schweifte zu den Pfeilen, die aus den Brustkörben der toten Soldaten ragten. Schlank, fast einen Meter lang mit Stahlspitzen versehen, konnten sie sowohl Leder als auch

Kettenpanzer mühelos durchbohren. Kein Zweifel, diese Pfeile waren von den straffen Sehnen walisischer Langbogen abgeschossen worden — einer neuartigen Waffe, mit der ein geübter Schütze die Schußweite der kürzeren und dickeren Bolzen von Armbrusten um hundert Meter und mehr übertreffen konnte. Schon manch einem Handelszug war in einer so beträchtlichen Entfernung aufgelauert worden, daß die Überfallenen ihre Angreifer in den Bäumen nicht einmal ausfindig machen konnten.

Das war auch jetzt der Fall, dachte Bayard erbost. Er und seine Männer boten ideale Zielscheiben, wie Enten in einem Teich, und da er nicht die Absicht hatte, sich wehrlos abschlachten zu lassen, blieb ihm keine andere Wahl als seinen Leuten widerwillig ein Zeichen zu geben, daß sie ihre Waffen niederlegen sollten.

»Wer wagt es, uns den Weg zu verwehren?« bellte der Hauptmann wutschnaubend. »Welches Kind des Todes? Dieser Mann möge vortreten und sein Gesicht zeigen.«

Ein tiefes, kehliges Lachen wirkte in der gespannten Atmosphäre wie ein jäher Donnerschlag.

Servanne de Briscourt hielt Biddys Hand umklammert, die ihrem Schützling mütterlich einen Arm um die Schultern gelegt hatte, doch bei dem unerwarteten Geräusch drehte die junge Frau bestürzt den Kopf nach allen Seiten und suchte nach der Quelle dieser unangebrachten Heiterkeit.

Ein Mann war zwischen dem Hagedorngestrüpp hervorgetreten und hatte sich kühn mitten auf den Weg gestellt. Seine langen Beine in hautengen Hirschledergamaschen waren weit gespreizt; ein Mantel aus glänzendem schwarzem Wolfspelz ließ seinen kräftigen Körper noch imposanter erscheinen. Mit einer Hand hielt er lässig den geschwungenen Griff seines Langbogens fest, die andere Hand stemmte er provozierend in die Hüfte.

Servannes Blick glitt an dem muskulösen Körper dieses

Riesen empor — er mußte mindestens eins fünfundachtzig groß sein — und blieb an dem kältesten, grausamsten Augenpaar haften, das sie je gesehen hatte. Helle blaugraue Augen, zwei Spiegel aus Eis und Frost, Stahl und Eisen. Durchdringende Augen. Augen, die mehr Geheimnisse kannten, als irgendeine Menschenseele überhaupt wissen sollte oder jemals preisgeben würde. Für einen so dunklen Mann — Haare, Kleidung und wettergebräunte Haut, alles an ihm war dunkel — waren es sehr seltsame Augen, und erst, als Biddy sie noch fester an sich zog, vermochte Servanne ihren Blick von ihm loszureißen und ihr Gesicht zwischen den tröstlich weichen üppigen Brüsten der Matrone zu vergraben.

»Ich heiße dich in meinem Wald willkommen, Bayard von Northumbria.« Der Schurke lachte wieder, diesmal leise. »Hätte ich gewußt, daß ausgerechnet du es wagen würdest, mein Land zu durchqueren, hätte ich dir ein viel herzlicheres Willkommen bereitet.«

Die Augen des Ritters verengten sich hinter dem Naseneisen seines Helms zu schmalen Schlitzen. In drei Teufels Namen, woher wußte dieser Waldgänger, wer er war? Und was hatte dieses Gerede zu bedeuten, dies sei *sein* Wald, *sein* Land? Der größte Teil der ausgedehnten Ländereien von Lincolnwoods gehörte zum Grundbesitz der Wardieu, seit deren Vorfahren mit Wilhelm dem Eroberer aus der Normandie nach England gekommen waren.

Eine unsichtbare Hand kratzte mit scharfen Nägeln über Bayards Rücken und raubte ihm den Atem.

Um Gottes willen, das war unmöglich! Nein, nein, es war völlig ausgeschlossen! Der Mann war tot ... gestorben im heißen Wüstensand von Palästina! Bayard hatte den leblosen Körper doch mit eigenen Augen gesehen und ihm verächtlich einen Fußtritt versetzt, bevor er ihn in der sengenden Sonne liegenließ. Kein Mensch hätte mit solchen Wunden überleben können — von den Knochen geschältes Fleisch, ein halb von der Schulterpfanne abgetrennter Arm, zu blutigem Brei zermalmte Rippen ... Es war einfach unmöglich! Selbst wenn die Sonne ihn nicht vollends zur Strecke gebracht hätte — die Geier, Ameisen und wilden Hunde hätten es bestimmt getan.

Und doch — diese Augen! Konnte es solche Augen auf der ganzen Welt ein zweites Mal geben?

»Aha, du erinnerst dich also an mich, Bayard von Northumbria«, stellte der Waldgänger ruhig fest, dem die eingehende Musterung nicht entgangen war.

»Ich ... ich kenne dich nicht ... du bist nur einer der unzähligen Schurken, die sich in den Wäldern herumtreiben und die Landeshoheit in Frage stellen. Was aber das herzliche Willkommen betrifft ...« Der Hauptmann, der es nicht über sich gebracht hatte, seine Armbrust in den Staub zu werfen, und der dank langjähriger Erfahrung ein schneller und sicherer Schütze war, hob seine Waffe, zielte dicht am Ohr seines Pferdes vorbei auf den unverschämten Burschen, der nach wie vor breitbeinig mitten auf dem Weg stand, und drückte auf den Abzug.

Der Vogelfreie sprang nicht etwa beiseite. Ohne auch nur mit der Wimper zu zucken, bewies er ein unheimliches Reaktionsvermögen, spannte blitzschnell seinen Bogen und schoß einen Pfeil ab, der haargenau ins Schwarze traf — in den Augenschlitz auf der linken Seite von Bayards Helm. Der Kopf des Ritters flog nach hinten, er riß unwillkürlich die Arme hoch, und der Bolzen seiner Armbrust landete irgendwo zwischen den Bäumen. Doch das konnte Bayard nicht mehr sehen, denn er war schon tot und glitt langsam aus dem Sattel, während unter seinem Helm Blut hervorquoll.

Fast gleichzeitig kam es zu einem weiteren Zwischenfall. Einer der Ritter, der nicht das Hellblau der Wardieu trug, sondern das Scharlachrot und Gelb der De Briscourt, brüllte seinen Männern zu, daß sie angreifen sollten, und zog sein eigenes Schwert. Doch sein Befehl ging in einen Schmerzensschrei über, als ein Pfeil seinen Schenkel durchbohrte und ihn an seinen Sattel nagelte.

»Sir Roger!« rief Servanne entsetzt, doch ihr Protest wurde sofort an Biddys Brüsten erstickt, die sich vor Angst und Empörung hektisch hoben und senkten.

Unerschrocken versuchte der verwundete Ritter, Sir Roger de Chesnai, erneut sein Schwert zu zücken, wurde diesmal aber von der Bärenpranke eines Vogelfreien daran gehindert — eines riesigen Walisers mit mächtigem Brustkorb, dessen bösartiges Grinsen die Vermutung nahelegte, daß er mit wahrer Wollust ein, zwei Schädel zertrümmern würde. Sir Rogers Finger lösten sich vom Schwertgriff, und der Waliser nickte zufrieden, während hinter ihm nun auch der Bogenschütze hervortrat, einen neuen Pfeil einspannte und seine Waffe mit drohend gerunzelter Stirn auf die Reihe der Leibwächter richtete, deren Gesichter aschfahl wurden.

Hastig entfernten sie ihre Hände von jedem Gegenstand, den die Angreifer als Bedrohung ansehen könnten, und verharrten regungslos. Nur ihre Augen schweiften nervös umher, als überall Äste knackten: ein Dutzend Wölfe kam aus verschiedenen Verstecken im dichten Unterholz hervor. Nur ein Dutzend! Die Gesichter der gedemütigten Ritter, die vermutet hatten, von zwei oder gar drei Dutzend Männern überwältigt worden zu sein, liefen vor Zorn hochrot an. Dem Anführer der Geächteten, dem Mann im Wolfspelz, entging nicht, wie empfindlich diese Männer in ihrer Ehre getroffen waren, und er beugte weiteren unbesonnenen Versuchen eines Gegenangriffs vor, indem er seinen Bogen auf die dicht zusammengescharten Frauen richtete, so als wollte er auf die nächstbeste weiche Brust schießen.

»Also, meine Herren, wenn Sie jetzt die Güte hätten abzusteigen und sich von Ihren Waffen zu entfernen, werden meine Leute Ihnen anschließend weitere Anweisungen geben.« Das Wolfshaupt lächelte wohlwollend. »Jeder Versuch, sich unseren Befehlen zu widersetzen, wird zur Folge haben, daß die Zahl der schönen jungen Damen, die Sie nach Bloodmoor Keep eskortieren sollen, schrumpft.«

Die Männer tauschten erboste Blicke, doch letztlich ließ der Ehrenkodex der Ritterlichkeit ihnen gar keine andere Wahl als zu gehorchen. Sie schnallten ihre Gürtel und Wehrgehänge ab, um gar nicht erst in Versuchung zu geraten, doch noch zu Dolch oder Schwert zu greifen. Nachdem alle entwaffnet waren, wurden die Ritter von den anderen Leibwachen getrennt, auf eine Lichtung am Wegesrand geführt und ihrer Geldbeutel beraubt. Auch jeglicher Zierat aus Gold und Silber wurde ihnen abgenommen. Dann mußten sie ihre Mäntel, Waffenröcke und Kettenhemden ablegen und auf einen der Wagen steigen, von dem die Truhen mit weiblichem Tand mittlerweile abgeladen worden waren. Die Schildknappen, Pagen und Dienstboten, die zu Fuß unterwegs gewesen waren, gehorchten aufs Wort, als ihnen befohlen wurde, sich um eine riesige Eiche zu scharen. Auch sie mußten sich bis auf die Unterkleidung ausziehen und wurden aneinandergefesselt. Zitternd und zähneklappernd harrten sie in der Kälte ihres weiteren Schicksals.

Nun blieben nur noch die Frauen übrig, die immer noch — verängstigt und dicht nebeneinander — zu Pferde saßen.

»Sag kein Wort«, flüsterte Biddy eindringlich. »Du darfst auf gar keinen Fall Aufmerksamkeit erregen. Vielleicht lassen diese ruchlosen Schurken uns dann friedlich unseres Weges ziehen, ohne daß es zu weiterem Unheil kommt.«

Bis zu dieser Warnung hatte Servanne keinen Gedanken daran verschwendet, was ›weiteres Unheil‹ bedeuten könnte. Sie selbst war bisher noch nie von Wegelagerern überfallen oder beraubt worden, aber sie wußte natürlich, daß Frauen im Namen des Rechts der Vogelfreien manchmal mißhandelt, vergewaltigt oder sogar ermordet wurden.

»Heb den Kopf nicht, Kind«, ermahnte Biddy sie wieder. »Und halt den Blick gesenkt.«

Es war leicht, einen solchen Befehl zu erteilen, aber unmöglich, ihm Folge zu leisten, zumal Biddys Worte es notwendig erscheinen ließen, den Mann näher in Augenschein zu nehmen, in dessen Händen jetzt ihrer aller Schicksal lag. Und was für Hände das waren — stark und geschmeidig, mit langen schmalen Fingern, die den riesigen Bogen kraftvoll spannten. Er sprach ein klares unverfälschtes Französisch, und das deutete darauf hin, daß er kein gewöhnlicher ungebildeter Räuber war. Auch die Gesichter seiner Leute zeugten weder von besonderer Verkommenheit noch von übermäßiger Geldgier. Sie hatten keine Ähnlichkeit mit den zerlumpten, halb verhungerten Bauernhorden, die sich in den Wäldern versteckten, um den Vollstreckern der königlichen Gesetze zu entkommen. Wenn diese Männer statt ihrer grünen Kleidung Rüstungen getragen hätten, wäre es einem schwergefallen, zwischen Wölfen und Gardisten zu unterscheiden.

Servanne erlag der Versuchung, von verbotenen Früchten zu kosten, und musterte den kühnen Anführer, der Bayard von Northumbria fast beiläufig erschossen hatte und seinen Bogen jetzt schamlos auf die arme dunkeläugige Helvise gerichtet hielt. Der Kerl hatte lange kastanienbraune Haare, die ihm in dichten Locken bis auf die Schultern fielen. Sein Gesicht war schwer zu beschreiben — viel zu braungebrannt, um dem normannischen Schönheitsideal heller Haut zu entsprechen, und viel zu kantig, um auf adlige Herkunft schließen zu lassen. Ein

Angelsachse? Dem widersprachen seine Augen und sein Auftreten: er war mit Sicherheit kein gewöhnlicher Gesetzloser, kein Bauer, der sich früher hinter dem Pflug abgerackert hatte.

Wie seine Männer, so war freilich auch er wie ein typischer Waldgänger gekleidet — grün und braun; nur der schwarze Wolfspelz unterschied ihn von den anderen. Sein weitärmeliges Hemd aus grüner Halbwolle war fast bis zur Taille V-förmig geöffnet und entblößte schamlos einen muskulösen Brustkorb, dicht bewachsen mit krausen schwarzen Haaren.

Die Waffe in seiner Hand sah eigentlich nicht bedrohlich aus: ein etwa ein Meter achtzig langer biegsamer Holzstab, mit Hilfe einer straffen Sehne zu einem Bogen geformt. Doch obwohl er viel harmloser und anmutiger aussah als die schwerfällige, mit Eisen beschlagene Armbrust, war der Langbogen dieser an Schnelligkeit, Schußweite und Durchschlagkraft weit überlegen. Bayard war mindestens zehn Schritte von ihr entfernt gewesen, als der Pfeil ihn niedergestreckt hatte, und doch war die Vorhand ihrer Stute mit Blutstropfen gesprenkelt — ein beredter Beweis für die Kraft, die sich hinter der Anmut verbarg.

Servannes Blick schweifte zu dem toten Hauptmann und weiter zu den tief gedemütigten Rittern auf dem Karren, und sie wunderte sich über die Tollkühnheit dieser Wölfe, die es riskierten, den Zorn von Lucien Wardieu, Baron de Gournay, zu erregen. Sie mußten verrückt sein. Jeder Überfall auf Reisende wurde schwer geahndet, aber die Waffen gegen das Wappenschild eines der mächtigsten Barone von ganz England zu richten, war ... glatter Wahnsinn! De Gournay würde keine Mühe scheuen, um diese Beleidigung gebührend zu beantworten. Notfalls würde er bestimmt sogar den ganzen Wald niederbrennen lassen. Und seine Rache an den Schuldigen ...

Servanne malte sich gerade genüßlich — in allen gräßlichen Einzelheiten — aus, für welche der vielen möglichen langsamen Todesarten ihr Verlobter sich wohl entscheiden würde, als scharfe graublaue Augen über die verängstigten Gesichter der Frauen glitten und bei der einzigen verweilten, die nicht sofort eingeschüchtert die Lider senkte, und in deren Wimpern auch keine Tränen glänzten.

Wenn er überrascht war, statt dessen ein leichtes Lächeln auf ihren Lippen zu sehen, so ließ sich das Wolfshaupt jedenfalls nichts davon anmerken. Und wenn Servanne erwartet hatte, daß er plötzlich das ungeheure Ausmaß seines Verbrechens begreifen, zur Salzsäule erstarren und wie ein reuiger Sünder sprachlos dastehen würde, so wurde sie bitter enttäuscht.

»Ich hatte gehört, daß der Drache sich eine Schönheit an Land gezogen hat«, murmelte er nachdenklich. »Nun ja, Kuriere neigen dazu, die Wahrheit zu verfälschen.«

Wütend über seine Unverschämtheit, von dem höhnischen Kommentar ganz zu schweigen, riß Servanne sich von Biddy los und straffte ihre schmalen Schultern.

»Verzeihen Sie, Monsieur«, sagte sie mit der ganzen Arroganz und Eiseskälte eines uralten Adelsgeschlechts, »aber wissen Sie eigentlich, wer ich bin?«

Ein schelmisches Lächeln huschte über sein Gesicht, verflog aber sofort wieder, während er einige gemessene Schritte in ihre Richtung machte. »Haben Sie vor Aufregung vielleicht sogar Ihren Namen vergessen, Lady de Briscourt? Falls das der Fall sein sollte, entschuldige ich mich für unsere rauhen Methoden, aber Überrumpelung und Schnelligkeit sind nun einmal unsere wirksamsten Waffen.«

Mit hochroten Wangen hielt Servanne dem kühnen Blick der regengrauen Augen stand. »Nachdem Sie offenbar wissen, wer ich bin und welches Reiseziel ich habe, müssen Sie doch auch wissen, unter wessen Schutz ich stehe und wessen Ehre Sie besudeln.«

Diesmal grinste er länger. »Ich weiß es, Mylady, und mein Herz droht vor Angst zu zerspringen.«

»Sie werden es noch mehr mit der Angst zu tun bekommen, wenn Sie uns nicht sofort den Weg freigeben, ohne uns weiter zu belästigen.«

»Bedauerlicherweise kann ich Ihren Wunsch nicht erfüllen. Sie jetzt einfach Ihres Weges ziehen zu lassen, nachdem es uns soviel Mühe gekostet hat, Sie aufzuhalten — nun, bestimmt begreift sogar ein so reines und unschuldiges Geschöpf wie Sie, daß wir darin wenig Sinn sehen würden. Was indessen die Belästigung betrifft«, — die stechenden Augen begutachteten ihre Figur, von der unter dem schwerzen Brokat allerdings nicht viel zu sehen war — »so muß ich Ihnen zu meinem großen Bedauern sagen, daß ich im Moment Wichtigeres zu tun habe. Doch bevor Sie jetzt vor Wut wieder in die Luft gehen, möchte ich Ihnen versichern, daß weder Ihnen noch einer Ihrer liebreizenden Begleiterinnen etwas Schlimmes zustoßen wird, solange Sie unter meinem Schutz stehen. Darauf gebe ich Ihnen mein feierliches Ehrenwort.«

»*Ihr* Schutz? *Ihr* Ehrenwort?« höhnte Servanne. »Wer sind Sie denn schon? Ein Räuberhauptmann, der es wagt, sich gegen die Autorität von Lucien Wardieu, Baron de Gournay, aufzulehnen!«

Der Schurke trat näher an sie heran und griff nach den Zügeln ihrer Stute, um jeden Fluchtversuch der Reiterin zu vereiteln.

»Der Name, den der Sheriff mir gegeben hat, um seine eigene Schwäche zu rechtfertigen, ist — der Schwarze Wolf von Lincoln.« Er legte eine kurze Pause ein, um zu beobachten, welche Wirkung diese Worte auf seine verängstigten Zuhörer hatten. »Der Name, den Gott mir gegeben hat, ist ... Lincoln Wardieu, Baron de Gournay!«

2

Servanne sah die Schönheit des Waldes nicht mehr. Die Luft war nicht mehr frisch und klar, sondern kalt und feucht, und sie fror trotz ihrer vielen schweren Kleidungsstücke bis ins Mark. Sie schenkte den majestätischen Eichen keine Beachtung, und sie hatte auch keine Freude mehr an den tanzenden Sonnenstrahlen oder am silberhellen Murmeln eines gewundenen Baches. Steif wie ein Brett saß sie auf Undines Rücken, mit starrer Miene, die ihre Empörung und Fassungslosigkeit widerspiegelte. Nachdem der Räuberhauptmann sich der Zügel ihres Pferdes bemächtigt hatte, das er jetzt durch den Wald führte, hielt sie den Sattelknopf vor mühsam beherrschtem Zorn mit beiden Händen so fest umklammert, daß die Knöchel weiß hervortraten.

Die lächerliche Anmaßung dieses Wolfshaupts hatte ihr zunächst völlig die Sprache verschlagen. Lucien Wardieu, führwahr! Doch bevor sie ihre Fassung zurückgewinnen und Erklärungen verlangen konnte, hatten seine kurzen Kommandos Bewegung in die ganze Bande gebracht. Innerhalb von Sekunden wurden Biddy und sie von den anderen Frauen getrennt und in den Wald gebracht. Sämtliche Wertgegenstände wurden von den Wagen auf Packpferde umgeladen, zusammen mit den Waffen und Rüstungen der Leibgarde. Das Wolfshaupt überreichte dem verwundeten Sir Roger de Chesnai ein kleines Jutesäckchen und eine Botschaft, die er in Bloodmoor Keep abliefern sollte — offenbar eine Lösegeldforderung und ein Beweis, daß die Geisel sich tatsächlich in der Gewalt der Vogelfreien befand.

Die Unverschämtheit des Mannes war einfach unglaublich! Immer wieder schweiften Servannes Blicke vom Pfad ab und schleuderten unsichtbare Giftpfeile gegen den breiten Rücken des Schurken, der es wagte, sich als

Lucien Wardieu auszugeben. Sie hatte ihm schon viele wesentlich treffendere Namen gegeben — Verräter, Angeber, Irrer, Scharlatan, Betrüger, Vollidiot ...

Bei jedem wütenden Blick auf den Kerl fiel ihr ein neuer Ausdruck ein, um diese unerhörte Frechheit zu beschreiben. Wer kannte in England nicht die edle Gestalt und die schönen hellen Gesichtszüge des *echten* Barons de Gournay? Welcher Mensch, der auch nur halbwegs bei Sinnen war, könnte auch nur einen Moment lang glauben, daß diese ungehobelte, ungebildete, ungepflegte, mörderische Kreatur aus dem Wald an denselben Tisch wie Könige und Königinnen gehörte? Unvorstellbar, daß ein solcher Rohling sich auch nur auf der Galerie der *Dienstboten* aufhalten dürfte. Vielleicht in den Ställen. Im Schweinestall oder, noch besser, in der Mistgrube, wo alle Abfälle aus den Latrinen gesammelt wurden. Von wegen Burgherr von Bloodmoor Keep! Von wegen Baron!

Das höhnische Schnauben, das sie beim besten Willen nicht unterdrücken konnte, veranlaßte den kastanienbraunen Kopf, sich nach ihr umzudrehen. Sein ironisches Lächeln verriet deutlich, daß er all die stechenden Blicke, mit denen sie ihn während der letzten zwei Stunden durchbohrt hatte, gespürt und all ihre Gedanken gelesen hatte. Diese Erkenntnis brachte sie noch mehr in Zorn.

»Gefällt Ihnen die Landschaft nicht, Mylady? Dabei sind Sie hier von einer Natur umgeben, wie sie schöner nicht sein kann. Sie bietet Ihnen Stille und Einsamkeit, die nirgendwo sonst zu finden sind. Eine wilde Reinheit, nur zu vergleichen mit der einer Jungfrau, die noch nie durch den Kontakt mit einem Mann befleckt wurde.«

»Die Natur wird allein schon durch deine Gegenwart befleckt, Schurke!« erwiderte Servanne trocken. »Und das verdirbt allen anderen Menschen jeden Genuß an ihr.«

»Ah, aus Ihnen spricht die Erfahrung, was es in Wirklichkeit mit den ehelichen Freuden auf sich hat. Darf ich annehmen, daß Ihre bisherige Ehe in dieser Hinsicht etwas zu wünschen übrigließ?«

Servannes blaue Augen schleuderten Blitze. »Du darfst gar nichts annehmen! Meine Ehen — weder die bisherige noch die künftige — gehen dich nicht das geringste an. Wie kannst du es wagen, mich darauf anzusprechen oder überhaupt das Wort an mich zu richten? Nichts, was dir über die verderbten Lippen kommt, könnte für mich von irgendeinem Interesse sein, und ich wünsche nicht weiter belästigt zu werden.«

Der Räuber zuckte unter seinem Wolfspelz mit den breiten Schultern. »Ich befürchte, daß Sie sich damit selbst bestrafen, denn ich habe bisher noch nie eine Frau getroffen, die so gut schweigen konnte wie ein Mann. Am allerwenigsten, wenn sie vor gerechtem Zorn kocht.«

Servanne öffnete den Mund zu einer schlagfertigen Antwort, doch als sie sah, daß er mit spöttisch gehobenen Brauen nur darauf wartete, preßte sie ihre Lippen fest zusammen, wandte den Blick von ihm ab und starrte geradeaus. Aber es dauerte nicht lange, und sie *mußte* ihrem Groll einfach Luft machen.

»Ich habe Lord Lucien mit meinen eigenen Augen gesehen«, verkündete sie scharf. »Woher nimmst du die Anmaßung, ihn zu verhöhnen?«

»Verhöhne ich ihn denn, Mylady? Ich dachte, Sie würden geschmeichelt sein, daß ich ihn um seine Braut beneide.«

»Geschmeichelt!« Ihre Stimme wurde vor Wut sehr hell und schrill. »Du könntest uns beide einen großen Gefallen erweisen, indem du auf der Stelle tot umfällst und dem Baron die Mühe ersparst, dich zur Strecke zu bringen! Und ich würde es sogar vorziehen, von einem krummbeinigen und aus dem Mund stinkenden Sarazenenheiden begehrt zu werden als von einem Wolfshaupt wie dir! Und bevor ich zum Objekt des Neides von deinesgleichen werde, ist es mir lieber, wenn ein Pfeil mir auf der Stelle das Herz durchbohrt!«

Der Schwarze Wolf betrachtete das hochrote entrüstete Gesicht seiner Geisel, ließ plötzlich die Zügel ihrer Stute los und nahm seinen Bogen von der Schulter. Servannes Zunge klebte am Gaumen, und bei Biddys Schreckensschrei überlief es sie eiskalt, während sie beobachtete, wie der Wolf seine langen Beine spreizte und einen Pfeil einlegte. Erst in allerletzter Sekunde, bevor seine Finger das Geschoß losließen, korrigierte er die Zielrichtung, so daß der Pfeil nicht Servannes wild klopfendes Herz durchbohrte, sondern in weitem Bogen über ihren Kopf hinwegschwirrte und irgendwo zwischen den Bäumen verschwand.

In der tiefen Stille, die nun eintrat, war sogar das leise Summen eines Bienenschwarms irgendwo in der Ferne zu hören, ebenso wie das Schlagen von Undines Schwanz, als die Stute eine lästige Fliege vertrieb. In dieser unheimlichen Stille rutschten die beiden Frauen vor Schreck fast aus ihren Sätteln, als ein Pfeil dicht an ihnen vorbeisurrte und mit bebendem Schaft in einem nahen Baumstamm steckenblieb.

»Wenn Sie nur ein Wort gesagt hätten, Mylord«, rief der stämmige Waliser, der plötzlich aus dem Gebüsch auftauchte, »hätte ich selbst das Signal gegeben, um Ihnen die Mühe zu ersparen.«

»Es war keine Mühe«, sagte der Anführer sanft und schlang seinen Bogen wieder über die Schulter, ohne den Blick von Servanne zu wenden. Ein spöttisches Lächeln spielte um seine Lippen, als er sodann wieder nach Undines Zügeln griff.

Servannes Herz klopfte immer noch zum Zerspringen. Der Schock über den perversen Sinn für Humor des Wolfshaupts saß ihr immer noch in den Knochen. Und sie mußte sich auch noch von einem zweiten Schock erholen, von einer Besonderheit, die ihr in der Aufregung über den Hinterhalt zunächst nicht aufgefallen war.

Der Kerl war ein Linkshänder!

Erst jetzt stellte sie bestürzt fest, daß er das Schwert an der rechten Hüfte trug — leicht erreichbar für die linke Hand — und daß der Köcher über seine linke Schulter geschlungen war.

Ein Sohn Satans! Eine Ausgeburt des Teufels! Jedermann wußte, daß ein Linkshänder mit Luzifers Siegel auf der Seele geboren wurde. Als hätte sie einen zusätzlichen Beweis für seine Hinterlist überhaupt benötigt!

»Unser Ziel ist jetzt nicht mehr fern, Mylady«, sagte er. »Den Gerüchen nach zu schließen, vermute ich, daß es Ihnen zu Ehren frisches Wildbret geben wird.«

Servanne roch gar nichts, aber sie registrierte das dreiste Schuldgeständnis eines prahlerischen Wilderers: die Liste seiner Verbrechen wurde immer länger. Jeder Mann verwirkte sein Leben, wenn er beim Wildern ertappt wurde, denn das Wild gehörte dem König. Der Gesetzesbrecher wurde geblendet und über einem schwelenden Feuer gemartert, bis seine Haut Blasen warf und in großen schwarzen Schuppen abblätterte. Anschließend wurde er gehenkt, geschleift und gevierteilt — zur Abschreckung. Ein angemessenes Ende für einen Schurken wie diesen Schwarzen Wolf, dachte Servanne.

»Du kannst versichert sein, Bursche«, erklärte sie ruhig, »daß ich lieber bis auf die Knochen abmagern würde als das Gesetz zu brechen und etwas zu essen, das nur dem König allein zusteht. Du und deine Männer — ihr könnt von mir aus gern Hochverrat begehen, indem ihr euer Mahl genießt, aber Mistress Bidwell und ich würden lieber verhungern als davon auch nur zu kosten.«

Biddy schnaubte zustimmend, während das Wolfshaupt spöttisch lachte. »Ein Königreich für diesen Anblick — eine Wange, deren Grübchen nicht mit Fett beschmiert ist, eine schmale Hand, die nicht als erste in den Topf mit gebratenem Fasan greift, ein verwöhnter Magen, der nicht mit Kapaun und Pasteten vollgestopft wurde!«

Servannes Magen knurrte plötzlich laut und vernehmlich und erinnerte sie daran, daß sie seit dem frühen Morgen nichts gegessen hatte, und auch da nur Schwarzbrot mit bitterem Ale.

»Und dann sind da auch noch die Süßspeisen«, schwärmte einer der anderen Männer. »Unsere brave Hausfrau Mab bereitet die köstlichsten Leckerbissen zu, die ich je auf der Zunge hatte. Was meint ihr, Freunde?« rief er über die Schulter hinweg. »Kann es diesseits des Ärmelkanals jemand mit Mab aufnehmen?«

»Gott segne den guten Stern, der sie zu uns geführt hat«, erwiderte eine fröhliche Stimme. »Oder vielleicht sollte er lieber Gil Golden segnen, der Mab bei seinem letzten Einkauf von Pfeilspitzen in Lincoln mitgebracht hat.«

Servanne drehte sich unwillkürlich nach dem Mann namens Gil um, dem die anderen anerkennend auf die Schultern klopften. Es war derselbe, der Sir Rogers Schenkel mit einem Pfeil so gekonnt an den Sattel genagelt hatte. Er hatte ein Adlerprofil, und die glatte Haut legte die Vermutung nahe, daß er bis vor kurzem ein leichteres Leben als das jetzige und zukünftige geführt hatte. Seine Schultern waren eckig, wenn auch etwas schmal, und die Beine waren so lang und agil, daß sie mühelos meilenweit durch den Wald laufen konnten. Seinen schmucken grünen Filzhut hatte er schief aufgesetzt und tief in die Stirn gezogen; darunter lugten vorwitzig kurze kupferfarbene Locken hervor. Die grünen Augen waren mit Braun und Gold gesprenkelt, und die Fältchen um die Augenwinkel deuteten auf einen fröhlichen und gutmütigen Mann hin. In krassem Gegensatz dazu stand allerdings die lange zackige Narbe, die seine linke Wange verunstaltete. Obwohl er trotz dieses Brandmals ein gutaussehender Mann war, wies es ihn als Dieb aus, der bestimmt keine Skrupel gehabt hätte, auf Sir Rogers Herz anstatt auf den Schenkel zu zielen.

An weiteren Beobachtungen wurde Servanne durch lautes Knacken und Rascheln irgendwo hoch oben im Geäst gehindert. Sie hob den Kopf und sah, daß von einem Baum ein winziges Geschöpf mit wild flatternden Haaren herabgeflogen kam. Es lachte schrill, schaukelte an einem Ast hin und her, spreizte Arme und Beine und warf sich dem Schwarzen Wolf an den Hals, der unter der Wucht des Aufpralls einige Schritte rückwärts taumelte, bevor er sein Gleichgewicht zurückerlangte. Servannes Pferd scheute erschrocken, und Biddy stieß einen Fluch aus, den die Wölfe in ihrer Nähe mit beifälligem Grinsen quittierten.

»Sparrow!« knurrte der Schwarze Wolf ungnädig und schnitt eine Grimasse. »Verdammt, eines Tages werde ich dir einfach ausweichen, und dann segelst du direkt ins Verderben, das schwöre ich dir!«

Das zappelnde Bündel löste sich von ihm und sprang auf den Boden. Der Mann — oder Zwerg oder Kind — reichte dem Schwarzen Wolf kaum bis zum Gürtel. Gertenschlank und braungebrannt wie eine geröstete Nuß, hatte er — oder sie — riesige, leuchtende schwarze Augen, die für das kleine runde Gesicht viel zu groß waren und einen wissenden Ausdruck hatten, der nicht zu dem schelmischen Grinsen paßte.

Servanne zwinkerte ein ums andere Mal mit den Augen. Sie hatte Gerüchte gehört, daß solche Kreaturen in den Wäldern lebten: Waldfeen, die mehrere Jahrhunderte alt waren und mit Hilfe heidnischer Riten und Rituale jung und kindlich blieben. Natürlich hatte sie an solche Geschichten über Magie und Hexerei nie richtig geglaubt.

Magie war nur etwas für die Augen und Ohren abergläubischer Menschen, und was Hexen und Zauberer betraf . . .

Sie ertappte sich dabei, daß sie den Räuberhauptmann wieder anstarrte. Ihr Mund war so trocken wie dürrer Weizen.

»So, so.« Sparrows Stimme war so hoch wie die einer Frau. »Das sollte also das neue Spielzeug des Drachen werden. An ihr ist nicht viel dran, stimmt's? Aber ich vermute, daß ein solches Kind eine ganz willkommene Abwechslung sein könnte, wenn man ansonsten immer zwischen den Schenkeln von Nicolaa de la Haye eingezwängt ist. Hast du deine Forderungen gestellt?«

»Wir haben erreicht, was wir wollten«, erwiderte das Wolfshaupt. »Und ihr? Habt ihr den Sheriff gefunden?«

»Er hat am Moor gewartet, genau wie du vorhergesagt hattest.« Sparrow grinste. »Zusammen mit dem größten Teil der Wachen von Lincoln Castle. Diese Vollidioten! Wenn sie sich nur einen halben Kilometer in den Wald hineingetraut hätten, hätten sie möglicherweise unsere Pläne durchkreuzt.«

»Vielleicht hätten sie es versucht«, erwiderte der Wolf leichthin. »Aber ich glaube fast, daß ein paar gezielte Pfeile genügt hätten, um De la Haye und seine Mannen in die Flucht zu schlagen, sogar wenn es Berengaria, die Braut von König Richard höchstpersönlich, gewesen wäre, die er hätte abholen sollen.«

»Eigentlich müßte der Sheriff doch mittlerweile wissen, daß er solche Angelegenheiten lieber seiner Frau überlassen sollte. Nicolaa die Lasterhafte wäre geblieben und hätte mit wahrer Wonne gegen uns gekämpft.«

»Und unsere Leute? Sind sie ohne Zwischenfälle zurückgekommen?«

»Pah, der alte Esel hat doch nicht einmal bemerkt, daß wir uns in Schußweite befanden. Aber er hat sich ständig am Hinterkopf gekratzt« — Sparrow imitierte boshaft die nervösen Bewegungen des Sheriffs — »und Wasserfälle von Schweiß von sich abgeschüttelt« — er schüttelte sich wie ein Hund nach einem Bad im Teich — »und deshalb vermute ich, daß er mit dem Schlimmsten rechnete.«

»Ein Jammer, daß wir ihn enttäuschen mußten.«

»Ja.« Sparrow seufzte schwer. »Und dabei waren unsere Pfeilspitzen ständig auf ihn gerichtet.«

»Zu einem günstigeren Zeitpunkt werden die Pfeile auch abgeschossen werden, aber im Augenblick ist ein lebendiger Onfroi de la Haye für uns nützlicher als ein toter.«

»Jawohl, Mylord«, sagte der Zwerg, »das erzählst du uns dauernd.«

»Und es stimmt«, beharrte der Schwarze Wolf. »Der Sheriff von Lincoln ist ein Narr, eine schwache, unfähige Marionette. Wir können jeden seiner Schritte mühelos und mit absoluter Sicherheit vorhersagen und uns entsprechend darauf einstellen. Wenn jemand anderer seine Stelle übernähme — beispielsweise seine süße Frau —, würde sie ihren Blutrausch auf unvorstellbare Weise stillen.«

»Ja, die Lasterhafte ist wirklich nicht zimperlich«, mußte der Gnom zugeben.

Der schlanke Meisterschütze mit den kurzen kupferfarbenen Haaren trat vor. »Und sollte jemand außer mir auf ihre geharnischten Brüste zielen, so werde ich ihn dafür zur Rechenschaft ziehen.«

Sparrow blickte hoch, und Servanne hätte fast schwören können, daß der kühne kleine Elf vorsichtshalber etwas näher an den Schwarzen Wolf heranrückte. »Das vergesse ich bestimmt nicht, Gil Golden. Ich verspüre nicht die geringste Lust, von deinen Pfeilen gekitzelt zu werden. Sie gehört dir, dir allein, und das gönne ich ihr von Herzen. Aber wir sind heute ein bißchen überempfindlich, wie mir scheint. Hast du nicht genug Normannenblut vergossen, um deine Pfeile darin waschen zu können? Aha, wie ich sehe, ist dein Köcher noch fast voll. Und die Sehne ist ja ganz schlaff.«

Gil lächelte langsam, ominös. »Dagegen ist leicht Abhilfe zu schaffen. Man braucht sie nur mit etwas Sperlingsblut einzureiben.«

»Dazu müßtest du mich erst einmal fangen, du schwerfälliger Holzklotz!«

Blitzschnell sprang der Gnom vor, versetzte Gil einen kräftigen Tritt vors Schienbein und verschwand hinter dichtem Erlengebüsch. Sein helles Lachen, zuerst zwischen den Erlen, dann neben ihnen, dann irgendwo hoch oben im Hagedorn, bewies seine unheimliche Geschwindigkeit und erklärte, warum er Sparrow – Sperling – genannt wurde. Während Gil noch fluchend auf seinem unverletzten Bein herumhüpfte, schwirrte auch noch ein Pfeil, der nicht länger als die Handfläche eines Mannes war, durch die Luft und trug seinen heißgeliebten grünen Filzhut davon.

»Jetzt reicht's aber!« fluchte Gil Golden. »Diesmal wird der verdammte Kobold mir das büßen.«

»Hast du schon vergessen, was beim letzten Mal passiert ist?« dröhnte Robert der Waliser. »Damals bekam nicht nur dein Hut ein Loch ab, sondern auch noch deine Hose, nicht zu vergessen dein Hintern.«

Gils Augen verengten sich zu schmalen Schlitzen. »Danke, daß du mich daran erinnert hast. Wenn ich ihn erwische, zieh ich ihm wegen dem Leder, das er mir bis heute schuldet, das Fell über die Ohren!«

Die anderen Wölfe lachten schallend und kramten in Gürteln und Ärmeln nach Kupfermünzen.

»Ich behaupte, daß Gil Golden diese Runde gewinnen wird«, wettete der Waliser, nahm seine Mütze ab und warf eine Münze hinein. Die anderen folgten seinem Beispiel, ›ja‹ oder ›nein‹ rufend. Zwanzig Münzen oder auch mehr landeten in der Mütze. Sogar die beiden gefangenen Damen konnten sich eines Lächelns kaum erwehren, als der langbeinige Meisterschütze erbittert die Verfolgung seines winzigen Herausforderers aufnahm. Servanne zwang sich aber sofort wieder zu einer strengen Miene, als sie sah, daß die eisigen grauen Augen des Anführers auf ihr ruhten.

»Es kommt mir fast so vor, Biddy«, erklärte sie scharf, »als wären sich diese *Kinder* der Schwere ihrer Verbrechen gar nicht bewußt.«

Der Schwarze Wolf trat näher an sie heran. Seine Augen funkelten im Licht der Nachmittagssonne. »Sie sollten dankbar sein, Mylady, daß wir in der Welt, in der wir leben müssen, unseren Humor noch nicht ganz verloren haben.«

»Humor? Findet ihr Mord und Entführung etwa auch amüsant? Du wirst mir gewiß verzeihen, wenn ich diese Art von Humor nicht teilen kann.«

»Das Wort ›Mord‹ hört sich aus Ihrem Munde so an, als wären wir die einzigen, die sich dieses Verbrechens schuldig machen.«

»Ich habe jedenfalls keinen deiner Männer tot auf dem Weg liegen sehen, als Opfer eines kaltblütigen Hinterhalts.«

»Ein heißblütiger Hinterhalt ist eine Seltenheit, und man kündigt einen Überfall normalerweise auch nicht mit Fanfarenstößen an.«

»Du machst dich über mich lustig, Schurke!« sagte sie kalt.

»Ich mache mich nur über Ihre Ignoranz lustig, Mylady, über die bedauerliche Tatsache, daß Ihr Horizont nicht über die eigene Nase hinausgeht — was freilich nicht verwunderlich ist, weil Sie sie ja so hoch tragen.«

Servanne spürte, wie die Zornesröte ihr ins Gesicht

schoß. »Du kannst mich nicht beleidigen, Wolfshaupt, denn deine eigene Nase hat so lange nur an Misthaufen geschnuppert, daß sie nicht mehr zwischen Recht und Unrecht unterscheiden kann.«

Verblüfft betrachtete der Schwarze Wolf das störrische Kinn der jungen Witwe und wunderte sich, daß ihre perlweißen ebenmäßigen Zähne bisher unversehrt geblieben waren. Ihm selbst zuckte es in den Fingern, sie bei der Kehle zu packen und so lange zu schütteln, bis einige dieser hübschen kleinen Zähne wackeln würden.

»Vielleicht bin ich einfach zu lange von England weg gewesen«, dachte er mit einem schiefen Lächeln laut nach. »Viel zu lange, um den Hochmut und die Habgier einiger weniger Personen verstehen zu können, die für das Elend all der vielen anderen verantwortlich sind. Oder sind Sie vielleicht auch blind für die katastrophalen Zustände, die man in jeder Stadt und in jedem Dorf des ganzen Königreichs auf Schritt und Tritt findet? Menschen verhungern, werden erniedrigt, geprügelt, verstümmelt, zu Tode gefoltert. Verschließen Sie davor einfach die Augen, Mylady?«

»Wenn jemand verhungert, so nur deshalb, weil er zu faul ist, die Felder zu bestellen. Und wenn er hart bestraft wird, hat er sich eines Verbrechens gegen die Krone schuldig gemacht. Und was den Hochmut und die Habgier betrifft, die du erwähnt hast — in meinen Augen treffen diese Eigenschaften am ehesten auf einen Schurken zu, der die Wälder unsicher macht und durch Diebstahl und Mord zu Wohlstand und Ansehen zu kommen trachtet. Oder bist du selbst etwa blind für die Ironie deines menschenfreundlichen Geredes?«

Ihre geistreichen und schlagfertigen Antworten beeindruckten seine Männer, und der Schwarze Wolf spürte, daß einige von ihnen sich darüber amüsierten, daß es ihm nicht gelang, sie kleinzukriegen. Ihr Widerspruchsgeist war gefährlich, denn er konnte zu Verachtung führen, und Verachtung zog Rebellion nach sich — und er hatte weder Zeit noch Lust, eine Rebellion zu riskieren.

Hingegen führte Furcht zur Vorsicht, und das waren jene Eigenschaften, die sich anstelle von Trotz in den strahlendblauen Augen der jungen Witwe widerspiegeln sollten.

»Robert, geh mit den Männern voraus und vergewissere dich, daß alles für unsere Gäste vorbereitet ist.«

»In Ordnung. Soll ich die da auch mitnehmen?« Ein riesiger Daumen deutete auf Servanne.

»Nein.« Der Schwarze Wolf lächelte anzüglich. »Um die kümmere ich mich persönlich.«

Er griff wieder nach Undines Zügeln und murmelte beruhigend auf die Stute ein, während seine Gesellen mit den schwere beladenen Packpferden an ihnen vorbeizogen. Biddy drehte sich besorgt nach ihrem Schützling um, und Servanne blickte ihr nach, bis auch der letzte Zipfel der gestärkten Haube im Dickicht verschwunden war. Dann blieb ihr nichts anderes übrig als den Räuber anzusehen — mit leichtem Unbehagen.

Der Schwarze Wolf war barhäuptig, und im grellen Sonnenlicht schimmerten seine kastanienbraunen Locken rötlich und goldfarben. Allein sah er noch größer und massiver, noch kraftvoller und viel gefährlicher aus als inmitten seiner Männer. Sein durchdringender Blick war auf Servanne gerichtet, und sie las die Drohung in diesen eisigen Augen. Ein heißer Schauer jagte ihr über den Rücken und brachte ihre Lenden zum Glühen.

»Ich glaube, ich habe Ihnen versprochen, daß weder Ihnen noch Ihrer Zofe ein Leid zugefügt würde«, sagte er ruhig und monoton. »Aber zweifellos ist Ihnen bewußt, Madam, daß Sie die Geduld eines Mannes auf eine harte — nein, schier unerträgliche — Probe stellen.«

Servanne befeuchtete ihre Lippen und bemühte sich,

ihrer Stimme einen genauso kühlen und gelassenen Klang zu verleihen. »Ganz im Gegenteil, Wolfshaupt. Wenn ich höflich und respektvoll behandelt werde, genießen die meisten Männer nach ihren eigenen Worten meine Gesellschaft ungemein.«

»Ich bin nicht ›die meisten Männer‹, und Sie sind nicht hier, um mir Gesellschaft zu leisten. Sie sind meine Geisel, Madam. Ein wertvolles Tauschobjekt, das freikommt, falls beide Parteien sich auf einen angemessenen Preis einigen können. Wenn irgend möglich, möchte ich mein Ehrenwort halten und das Objekt dem rechtmäßigen Eigentümer in ... äh ... in unversehrtem Zustand zurückerstatten. Sollte es allerdings dennoch zu irgendwelchen Schäden kommen — durch Unachtsamkeit oder pure Dummheit, was durchaus der Fall sein könnte —, so werde ich bestimmt kein härenes Gewand anziehen und mich blutig geißeln, um einen gebrochenen Schwur zu büßen. Mit anderen Worten, Lady Servanne — Sie werden sich anständig benehmen ... oder aber, ich werde mich *nicht* anständig benehmen.«

»Ich bezweifle, daß dein Benehmen noch schlimmer werden könnte«, fauchte Servanne unbedacht. »Und ich bezweifle, daß du mir noch mehr Ungemach als bisher zufügen könntest.«

Seufzend wandte der Waldgänger sich für einen Augenblick von ihr ab. Dann wurde sie, ehe sie sich's versah, von kräftigen Händen gepackt und mühelos aus dem Sattel gehoben. Ihre Glieder waren von dem stundenlangen Ritt so taub, daß sie außerstande gewesen wäre, sich auf den Beinen zu halten, wenn er sie nicht gestützt hätte.

Ein Arm schlang sich um ihre Taille und preßte sie an den stählernen Körper. Mit der freien Hand umfaßte er ihr Kinn und drückte ihren Kopf weit nach hinten, bis sie ihm ins Gesicht sehen mußte. Urplötzlich kam er ihr so groß und mächtig wie die Kiefern ringsum vor, und sie fühlte sich sehr verletzlich.

Das Blut pochte in ihren Schläfen, und ihr Herz klopfte zum Zerspringen. Ihre Lippen bebten, und sie ballte krampfhaft die Fäuste, so als könnten ihre Finger den Kontakt mit diesem granitharten Körper nicht ertragen, der vor Männlichkeit strotzte.

»Sagten Sie nicht eben, ich könnte Ihnen kein ... Ungemach bereiten?« fragte er.

Sie mußte tief Luft holen, bevor sie antworten konnte. »Kein *schlimmeres* Ungemach als bisher«, wiederholte sie eigensinnig.

»Tatsächlich? Sind Sie so welterfahren und abgehärtet, daß Sie genau wissen, wozu ein Mann schlimmstenfalls fähig ist?«

Servanne kämpfte mit aufsteigenden Tränen. Für sie bestand kein Zweifel mehr daran, daß dieser Barbar, der sich ihrer so rücksichtslos bemächtigt hatte, mit dem Teufel im Bunde stand.

»Laß mich los!« keuchte sie. Ihre kleinen Fäuste trommelten an seine Brust und schoben das offene Hemd noch weiter auseinander, doch die Muskeln unter den krausen dunklen Haaren und der heißen Haut glichen einem Stahlpanzer, gegen den bestenfalls eine Brechstange etwas ausrichten konnte.

»Laß mich los!« kreischte sie wieder. »Wie kannst du es wagen, mich zu berühren?«

»Wie ich das wagen kann?« Sein warmer Atem streifte ihre Wange. »Sie sollten lieber beten, daß ich mir nicht mehr herausnehmen werde, Mylady.« Seine Hand glitt von ihrer Taille zur Hüfte hinab und wölbte sich um ihr Gesäß. »Diese Vorstellung ist mir jetzt nämlich gar nicht mehr so zuwider wie anfangs.«

Servanne riß vor Schreck den Mund weit auf, denn er preßte sie jetzt noch fester an sich, und sie hatte plötzlich das Gefühl, als lösten sich ihre schweren Brokat- und Seidengewänder in Luft auf, versengt von einer glühenden Hitze, die sich von seinem Körper auf den ihren übertrug und ihr lustvolle Schauer entlockte, gegen die sie völlig machtlos war. Ihre Erregung blieb ihm offenbar nicht verborgen, denn seine Arme schlossen sich noch besitzergreifender um sie.

»Nein!« schrie sie und begann wie eine Wildkatze zu kämpfen. Verzweifelt um sich schlagend, grub sie ihre Nägel in seine Haut und hoffte inbrünstig, tiefe blutige Spuren zu hinterlassen. Leise fluchend preßte er sie so fest an seine stählerne Brust, daß sie keine Luft bekam und sich bald nur noch schwach wehrte. Die Finger in den Wolfspelz gekrallt, wurde ihr schwarz vor Augen, und sie fiel in eine gnädige Ohnmacht.

Der Schwarze Wolf lockerte langsam seinen Griff, damit ihre Lungen sich wieder mit Luft füllen konnten. Mit völlig unbewegter Miene blickte er auf sie hinab. Ihr schlaffer Körper war im Augenblick noch nicht zu erneutem Widerstand fähig. Sie schien gezähmt, doch er zweifelte nicht daran, daß ihre blauen Augen wieder haßerfüllt funkeln würden, sobald etwas Farbe in die bleichen Wangen kam. Sein Blick blieb an ihren halb geöffneten vollen Lippen haften, und zu seiner eigenen Überraschung begehrte er sie plötzlich so übermächtig, daß er sie am liebsten wieder an sich gezogen und leidenschaftlich geküßt hätte.

Statt dessen schob er sie auf Armeslänge von sich und ließ sie plötzlich los, so als stünde sie in lodernden Flammen. Taumelnd wich Servanne einige Schritte zurück und preßte ihre Finger auf die heißen Lippen, die so brannten, als hätte er sie tatsächlich geküßt.

»Zweifeln Sie noch immer daran, daß mein Benehmen viel schlimmer werden könnte?« fragte er ruhig.

Servannes Blut war so in Wallung geraten, daß sie

kaum denken, geschweige denn ein Wort hervorbringen konnte. Ihre Haut glühte, so als hätte der Kontakt mit seinem Körper unauslöschliche Brandmale hinterlassen. Vor Wut und Demütigung traten ihr Tränen in die Augen — und er registrierte aufmerksam diesen verräterischen Glanz an ihren dichten honigfarbenen Wimpern.

»Nun, Mylady?«

Sie blickte zu ihm auf, ihre zitternden Finger noch immer auf die Lippen gepreßt.

»Werden Sie bereitwillig bei uns bleiben, oder werde ich gezwungen sein, zu harten Maßnahmen zu greifen, um Ihren Starrsinn zu brechen?«

»Wie ... wie lange willst du mich gefangenhalten?« flüsterte sie mit unsicherer Stimme.

»So kurze Zeit wie nur möglich, das verspreche ich Ihnen.« Der Schwarze Wolf spürte, wie die Anspannung, die seinen ganzen Körper in eine straffe Bogensehne verwandelt hatte, endlich nachließ, und das Feuer in seinen Augen verglühte zu rauchgrauer Asche. »Und sie wird um so schneller vergehen, wenn wir uns in Zukunft diese überflüssigen Wortgefechte ersparen, deren Ausgang sowieso von vornherein feststeht.«

Kalter Zorn ließ die Tränen in Servannes langen Wimpern zu Eis erstarren. Er machte sich über sie lustig, er verhöhnte ihre vergeblichen Bemühungen, ihm Widerstand zu leisten. Dieser verdammte arrogante Bastard! Er hatte sie beleidigt, er hatte es gewagt, sie zu berühren, und um die Demütigung komplett zu machen, redete er jetzt so begütigend, als müßte er einen Einfaltspinsel beruhigen.

Die panische Angst, die soeben noch ihren Willen gelähmt hatte, machte abgrundtiefer Empörung Platz, und in ihrer Verzweiflung wirbelte sie herum und rannte auf das Dickicht zu, das vor einer Weile Sparrow und Gil verschluckt hatte. Sie hörte hinter sich einen wütenden

Fluch, achtete aber nicht darauf. Sie hörte Undine laut wiehern und erriet, daß der Wolf versucht hatte, das Pferd aus dem Weg zu stoßen, das jedoch eigensinnig stehenblieb und ausschlug. Die wenigen Sekunden, die er benötigte, um den Hufen auszuweichen, verschafften Servanne den nötigen Vorsprung. Sie nahm alle Kraft zusammen, stürzte durch das Dickicht und fand sich zwischen Erlen und Wacholder wieder.

Von dem einzigen Wunsch beseelt, ihrem Verfolger zu entfliehen, duckte sie sich unter tiefhängende Äste, knickte dünne Zweige und zerteilte mit den Armen das hohe Farnkraut, das sich hinter ihr sofort wieder zu einer Wand schloß. Ihre Röcke behinderten sie, und die flatternden Flügel ihrer Haube blieben im Geäst hängen, aber sie riß sich immer wieder los und hastete tiefer in den Wald hinein, vorangetrieben vom Trampeln eiliger Schritte im Unterholz. Der Mann war ihr zunächst dicht auf den Fersen, doch er hatte sie offenbar aus den Augen verloren, und plötzlich hörte sie nur noch ihr eigenes rasendes Herzklopfen.

Sie blieb kurz stehen, um Luft zu holen und angestrengt zu lauschen, und schlagartig begriff sie, daß sie ihren Verfolger noch lange nicht abgehängt hatte, daß er vielmehr alle paar Schritte stehenblieb und die Ohren spitzte. Wenn sie ihm entkommen wollte, mußte sie sich vorsichtiger und leiser bewegen. Leichtfüßig und behende wie ein gehetztes Reh setzte sie ihren Weg fort.

Die nun schon tiefstehende Sonne schien ihrer Flucht Vorschub leisten zu wollen, denn sie warf immer längere und dunklere Schatten, die Servanne Schutz boten.

Sie rannte durch das Labyrinth von Bäumen und wildem Wein, bis ihre Seiten schmerzten und ihre Beine vor Erschöpfung fast einknickten. Längst hatte sie jedes Zeitgefühl und jede Orientierung verloren. Einmal glaubte sie, den Rauch eines Holzfeuers zu riechen, und vor

Angst, in die unmittelbare Nähe des Räuberlagers geraten zu sein, flüchtete sie hastig in die Gegenrichtung. Sie wußte nicht, welche Strecke sie bereits zurückgelegt hatte und wie weit sie noch gehen mußte, um in irgendeine Ortschaft zu kommen. Der Himmel — soweit er durch das dichte Flechtwerk von Ästen und Laub überhaupt zu sehen war — verfärbte sich zu düsteren Grautönen, fast so, als wäre er aus Zinn — ein sicheres Anzeichen dafür, daß die Sonne am Horizont versank. Servanne wußte, daß sie irgendein sicheres Versteck finden mußte, bevor die Dunkelheit sich endgültig über den Wald senkte. Schon hüllten dünne Nebelschleier ihre Füße bis zu den Knöcheln ein, und die Feuchtigkeit drang durch ihre dünnen Schuhe und saugte sich am Saum ihres langen Kleids fest.

Inmitten eines wogenden Meeres aus taillenhohem Farn blieb sie wie angewurzelt stehen und hielt den Atem an, weil sie ein leises Geräusch gehört zu haben glaubte — ein liebliches, vertrautes Geräusch.

Sie lauschte angespannt. Da war es wieder! Sie hatte sich also nicht getäuscht. Heilige Mutter Gottes, eine Glocke! Ein Klosterglocke, die zur Vesper läutete!

Das Echo dieses süßen Klangs in den Ohren, hastete Servanne durch das Farnkraut und kletterte einen steilen Abhang hinab. Ein Bach wand sich dort unten zwischen zwei hohen felsigen Hügeln hindurch, die mit Stechginster bewachsen waren. Vorsichtig ging sie dicht am Ufer entlang, einen weichen Moosteppich unter den Füßen, und als sie hinter den Hügeln hervorkam, sah sie kaum zweihundert Meter entfernt die lange, niedrige, mit Flechten überzogene Mauer einer Abtei.

Die von hohen Kiefern umgebene Lichtung lag schon im Dunkel, doch der Glockenturm ragte deutlich sichtbar hinter dem schweren Eichentor empor, das die Mönche vom Rest der Welt abschloß.

Wie in Trance ging Servanne darauf zu. Ihre Füße glitten lautlos durch hohes Gras, während ihre Röcke den Nebel aufwirbelten. Endlich am Ziel, lehnte sie sich mit flehend ausgebreiteten Armen an das modrige Holz und rang um Fassung. Mit tränenblinden Augen zog sie an der rostigen Eisenkette, die von der Mauer herabhing, und als sie hörte, daß im Hof daraufhin tatsächlich eine kleine Glocke ertönte, hätte sie vor Erleichterung fast aufgeschluchzt. Sie läutete ein zweites Mal, und erst jetzt fiel ihr auf, wie schmutzig ihre Hand war. Auch die Ärmel ihrer Tunika waren schmutzig und mit Grasflecken übersät, ebenso der Rock. Ihr Gesicht würde genauso schlimm aussehen, vermutete sie, aber ausnahmsweise war ihr das völlig egal. Was für sie jetzt zählte, war einzig und allein das willkommene Geräusch eiliger Schritte in Holzsandalen, die sich dem Tor näherten, um festzustellen, wer den klösterlichen Frieden störte.

Ein kleines quadratisches Fenster in dem Eichentor öffnete sich knarrend einen Spalt breit. Ein braunes Auge spähte mißtrauisch in die Lichtung hinaus, bevor es nach unten blickte. Das Fenster wurde weiter geöffnet, das zweite Auge wurde sichtbar und darüber eine besorgt gerunzelte Stirn.

»Mein Kind?«

»Vater . . . helfen Sie mir!«

»Allmächtiger Himmel!« Der Mönch hob erstaunt die Brauen. »Bist du allein?«

»Ja, ja, ich bin allein, aber ein Mann verfolgt mich . . .«

Das Fenster wurde geschlossen, doch gleich darauf ächzten die schweren Eisenangeln des Tores, und ein Flügel wurde geöffnet. Der Mönch, der seine Kapuze tief in die Stirn gezogen hatte, trat heraus und streckte Servanne freundlich die Hände entgegen.

»Was ist das für eine Geschichte? Ein Mann verfolgt dich?«

»Bitte, gütiger Vater«, keuchte sie, »bitte verstecken Sie mich! Ich flehe Sie an! Im Wald sind Räuber. Sie suchen mich, sie verfolgen mich ... Sie wollten mich entführen und als Geisel gefangenhalten. Ich bin ihnen entkommen, aber ...«

»Mein Kind, mein armes Kind!« Der Mönch griff nach ihren Händen. Seine eigenen Hände waren warm und glatt, kein bißchen abgearbeitet. Offensichtlich mußte er zur Ehre Gottes keine schwere körperliche Arbeit verrichten. Und auch das Gesicht unter der groben Kapuze war faltenlos, das Gesicht eines Gelehrten, ein freundliches Gesicht, das Mitgefühl ausstrahlte. »Bist du verletzt, mein Kind? Haben sie dir etwas zuleide getan?«

Servanne rang nach Luft und Worten. »Es war ein Hinterhalt. Sie haben mich als Geisel genommen ... die Wachen getötet ... und jetzt verfolgen sie mich! Der Wolf ... der Schwarze Wolf von Lincoln, so nennt sich ihr Anführer. Er will mich töten, Vater, das weiß ich. Bitte ... Sie müssen mich verstecken. Sie müssen mich im Kloster beherbergen, bis jemand Lord Lucien, Baron de Gournay, benachrichtigen kann.«

Der Name schien den Mönch nicht zu beeindrucken, und sie drängte ihn hastig auf das Tor zu, weil sie donnernde Pferdehufe hörte, die sich rasch näherten. Ohne sich umdrehen zu müssen, wußte sie, daß *er* es war, aber sie warf trotzdem einen Blick über ihre Schulter hinweg, und als er unter dem Baldachin von Bäumen hervorkam und über die Lichtung ritt, krampfte Angst ihr schmerzhaft den Magen zusammen.

»Das ist er!« flüsterte sie heiser und duckte sich hinter den Schultern des Mönchs. »Das ist er ... der Schwarze Wolf! Bitte ... Sie müssen mir helfen. Sie dürfen nicht zulassen, daß er mich mitnimmt.«

»Fürchte dich nicht, mein Kind«, sagte der Mönch ruhig. »Er wird dich nicht von diesem Ort wegbringen.«

Trotz dieser Versicherung blickte Servanne dem Schwarzen Wolf fast genauso furchtsam entgegen wie einst dem Chirurgen, der ihr erstmals Blutegel gesetzt hatte, um Abhilfe gegen hohes Fieber zu schaffen. Daß das Wolfshaupt vor Zorn keuchte, war seinem verkniffenen Gesicht genauso anzusehen wie dem verspannten Körper. Er mahlte mit dem Kiefer, und die Adern an seinem Hals und an den Schläfen glichen zuckenden blauen Schlangen.

Er zügelte seinen riesigen Rappen vor Servanne und dem Mönch, und seine hohe Gestalt hob sich dunkel und drohend vom grauen Hintergrund der Dämmerung ab. Kalte Schauer jagten Servanne über den Rücken, und sie hatte weiche Knie.

Die eisgrauen Augen musterten sie von Kopf bis Fuß, und sie wußte genau, daß ihm kein Schmutzfleck und kein Kratzer entging. Und als er seinen Blick endlich verächtlich von ihr abwandte, so als wäre sie nur eine lästige Fliege, und seine Aufmerksamkeit auf den Mönch konzentrierte, stockte ihr Herzschlag erneut. Woher wollte sie wissen, daß er nicht auch einen Mönch umbringen würde? Woher wollte sie wissen, daß er die Heiligkeit der Kirche respektieren oder sich dem ungeschriebenen Gesetz über die Freistatt beugen würde? Dieses Wolfshaupt erkannte vermutlich keine Autorität außer seiner eigenen an, und er machte seine eigenen Gesetze.

Der Schwarze Wolf schlang ein langes Bein über den Sattel, und in der nebligen Abendstille konnte man das Leder knarren hören. Servanne zuckte erschrocken zusammen, als er langsam auf sie zukam, und ohne den Schutz des Mönchs, der unerschütterlich vor ihr stand, wäre sie vermutlich in Ohnmacht gefallen.

»Mönch«, sagte er ruhig.

»Mein Sohn«, lautete die ebenso gelassene Antwort.

Der Schwarze Wolf betrachtete das leichenblasse Gesicht, das hinter einer Schulter des Mönchs hervorspähte, und grinste wie ein schläfriger Löwe.

»Die Glocke zu läuten war ein Risiko, aber es hat sich gelohnt«, murmelte er. »Es hat uns die Zeit und Mühe erspart, die Wälder nach Ihnen abzusuchen. Sie können sich bei Friar — beim ›Mönch‹ — für diese Idee bedanken; er befürchtete, daß Ihre Seele eine leichte Beute für den Teufel werden könnte, wenn Sie die Nacht allein im Freien verbringen müßten.« Ein noch breiteres Grinsen brachte die weißen Zähne zum Vorschein. »Ganz zu schweigen von dem, was Wildschweine und Wölfe Ihnen antun könnten.«

»Aber, aber«, seufzte Friar. »Könntest du nicht etwas taktvoller und galanter sein? Das arme Kind ist schon halb überzeugt, daß du sie umbringen und auffressen willst.«

»Die Idee ist gar nicht so schlecht«, erwiderte der Schwarze Wolf trocken.

Friar drehte sich um und schob mit seiner schmalen Hand die Kapuze zurück, unter der eine dichte rabenschwarze Haarmähne ohne Tonsur zum Vorschein kam. »Verzeihen Sie mir, Lady Servanne, aber dieses Täuschungsmanöver war notwendig, allein schon, um zu verhindern, daß Sie die Nacht allein und schutzlos im Wald verbringen.«

Der Schock hatte Servanne die Sprache verschlagen, und sie konnte sich nur unter Aufbietung aller Willenskraft der schwarzen Welle erwehren, die vor ihren Augen tanzten und sie zu verschlingen drohten.

»Sind die anderen drinnen?« fragte der Schwarze Wolf, und seine Stimme schien aus weiter Ferne zu kommen.

»Ja, alle, bis auf die zusätzlichen Wachposten, die Gil und Sparrow aufgestellt haben, um sicherzustellen, daß die Glocke keine ungebetenen Besucher angelockt hat. Obwohl ich das für unwahrscheinlich halte. Der Nebel ist dicht genug, um alle Geräusche zu dämpfen, und selbst wenn jemand etwas gehört haben sollte, wird er die Richtung nicht bestimmen können.«

Der Schwarze Wolf warf einen Blick über seine Schulter und knurrte zustimmend, denn die weißen Schwaden hatten bereits die Hügel verschlungen. »Du hast wahrscheinlich recht, aber wir werden bis morgen früh doch lieber scharf aufpassen. Ärger haben wir ohnehin schon mehr als genug.«

Bei den letzten Worten bedachte er Servanne mit einem giftigen Blick. Sie hielt es für überflüssig, auf seinen Vorwurf einzugehen.

»Was ist das hier für ein Ort?« fragte sie statt dessen. »Was habt ihr mit den echten Mönchen gemacht?«

Friar sah das boshafte Funkeln in den Augen des Wolfs und antwortete hastig an seiner Stelle. »Die Abtei steht schon seit fast hundert Jahren leer. Wie Sie gleich sehen werden, sind die Gebäude nur noch Ruinen. Alles wurde vor langer Zeit geplündert und niedergebrannt.«

»Aber die Dörfler in dieser Gegend wissen doch bestimmt von der Existenz dieses ehemaligen Klosters. Sie werden den Soldaten des Königs sagen, daß man zuallererst hier nach euch suchen sollte«, betonte Servanne, zutiefst verwundert über den scheinbaren Leichtsinn der Wegelagerer.

»Selbst wenn man einen Dörfler findet, der zugibt, etwas von der Existenz der Thornfeld Abbey zu wissen«, erwiderte der Schwarze Wolf trocken, »wird er sofort hinzufügen, daß es in den Ruinen spukt, daß sie von heidnischen Teufelsanbetern heimgesucht werden, daß hier feuerspeiende Dämonen hausen, die sich von Menschenfleisch ernähren. Das ist für uns sehr zweckdienlich«, fügte er ironisch hinzu, »obwohl wir, ehrlich gesagt, im allgemeinen lieber Wildbret als Menschenfleisch verzehren.«

»Wenn es Sie … äh … wenn es Sie irgendwie tröstet«, fiel Friar ihm hastig ins Wort, »ich habe einmal das Priesterseminar besucht und stand kurz vor meiner Weihe. Es beruhigt die Männer, die mir den Spitznamen ›Friar‹ — Mönch — gegeben haben, daß ich sie täglich zum Gebet rufe, um irgendwelche bösen Geister zu vertreiben, die vielleicht noch im Wald ihr Unwesen treiben.«

»Ich lasse mir von Geschichten über Hexerei und Teufelskünste nicht so leicht Angst machen«, verkündete Servanne, doch ihre schrille Stimme raubte den Worten die Überzeugungskraft.

»Ausgezeichnet«, sagte der Schwarze Wolf. »Dann werden Sie sich bestimmt auch nicht mit Fragen quälen, woraus die Blutwurst gemacht ist, die heute abend aufgetischt wird.«

Mit einer leichten ironischen Verbeugung griff er nach den Zügeln seines Hengstes und schritt hochmütig an ihr vorbei, ohne sie auch nur noch eines Blickes zu würdigen. Friar blickte ihm mit gerunzelter Stirn nach, bevor er Servanne sanft am Arm berührte.

»Kommen Sie! Ihre Zofe wartet auf Sie, und die Räume, die wir für Sie vorbereitet haben, sind wirklich recht warm und bequem, obwohl Sie mir das vielleicht nicht glauben werden.«

Glauben, dachte Servanne bitter. Wem sollte sie überhaupt noch etwas glauben? Ein Mönch entpuppt sich als Mitglied der Räuberbande, und das Wolfshaupt maßte sich den Namen eines anderen Mannes an, der vielleicht überhaupt nur in ihrer Fantasie existiert hatte. Der Traum hatte sich in einen Alptraum verwandelt, und dieser Alptraum war Realität.

Mit müden, bleischweren Schritten betrat sie den Hof der Abtei. Die Pflastersteine waren zerbrochen, und aus jedem Riß und Spalt wucherte Unkraut hervor. Die alten, einstmals von Holzsandalen ausgetretenen Pfade waren kaum noch kenntlich, weil Dornbüsche sich dort breitgemacht hatten.

Verzagt hob Servanne den Kopf, doch auch die Ruinen, die in der Dämmerung vor ihr emporragten, boten keinen tröstlichen Anblick. Von den Schieferdächern waren nur noch verkohlte Balken übrig, die wie groteske Skelette aussahen. Die Mauern waren rauchgeschwärzt und verwittert. Sogar die Kirche und das Refektorium am Rand des Hofes waren ein Raub der Flammen geworden, und den Überresten hatten Wind und Wetter zugesetzt. Die Außenmauer, die von der Lichtung her so trutzig ausgesehen und Schutz versprochen hatte, war in Wirklichkeit bröckelig und wurde von mächtigen Bäumen bedrängt.

Die Dunkelheit war so schnell hereingebrochen, daß Servanne es gar nicht bemerkt hatte. Doch während sie jetzt zum steinernen Gerippe der ehemaligen Pilgerhalle geführt wurde, konnte sie dort deutlich das safrangelbe Leuchten der Lagerfeuer erkennen.

Sie setzte immer zögernder einen Fuß vor den anderen, als ihr die Gerüche von brennendem Holz und gebratenem Fleisch in die Nase stiegen. Die ausgelassene kameradschaftliche Atmosphäre, die offenbar in der Halle herrschte, war ihr so zuwider, daß sie sogar die Gesellschaft von Wildschweinen vorgezogen hätte. Sie wünschte sich sehnlichst, sie hätte nie etwas von Lucien Wardieu, Baron de Gournay, gehört und wäre nicht so stolz darauf gewesen, seine Frau zu werden. Und sie konnte beim besten Willen nicht mehr verstehen, wie sie jemals hatte denken können, ihr bisheriges Leben als Lady de Briscourt sei eintönig und langweilig gewesen und werde sich nun zum Besseren wenden.

3

Kaum dreißig Kilometer weiter nördlich, jenseits des riesigen dichten Waldes namens Lincolnwoods, erstreckte sich ein tiefliegendes Sumpfgebiet, wo nur Farnkraut und langes schlüpfriges Gras gediehen. Der Frühling war die einzige Jahreszeit, in der etwas Farbe in die Monotonie metallgrauer Himmel, dunkler Granitfelsen und windgepeitschter Strände kam, die für Mensch und Tier tückisch waren.

Anfang April streckten winzige rote Anemonen eigensinnig ihre Köpfe aus dem Moor heraus, und für eine Weile erstrahlte die Landschaft von morgens bis abends in leuchtenden Rottönen, ehe es dem sintflutartigen kalten Regen und den gnadenlosen Winden erneut gelang, alles in einen trostlosen Morast zu verwandeln. Romantische Gemüter verglichen die unzähligen Anemonen gern mit einem scharlachroten Seidenteppich, den ein versöhnlich gestimmter Gott ausbreitete, um die bedrohliche Feindseligkeit der Meeresküste wenigstens vorübergehend gnädig zu verhüllen. Andere Menschen, besonders jene, die Kriege und Kreuzzüge durchlebt und schreckliche Gemetzel mit angesehen hatten, fühlten sich eher an ein Meer von Blut erinnert.

Die trutzige Steinfestung am Rand des Sumpfes war von einem Mann dieser zweiten Kategorie erbaut worden. Draggan Wardieu aus dem Distrikt Gournay in der Normandie hatte im Jahre 1066 den Ärmelkanal mit Wilhelm dem Eroberer überquert, und als Belohnung für seine unermüdlichen loyalen Bemühungen, die Angelsachsen zu besiegen und zu unterwerfen, hatte er neben zahlreichen ausgedehnten fruchtbaren Ländereien in Lincoln auch diesen trostlosen Küstenstreifen erhalten. Draggan besaß ein scharfes Auge für natürliche Verteidigungsanlagen und errichtete seine Burg deshalb wie einen Adlerhorst an dieser Stelle zwischen der stürmischen See und dem unpassierbaren Moor.

Bloodmoor Keep war ursprünglich ein relativ simpler quadratischer Bau mit achtzehn Meter hohen Mauern aus riesigen Steinblöcken, die aus den Felsen entlang der Küste gebrochen worden waren. Das Erdgeschoß hatte weder Fenster noch Türen und diente als Lagerraum für Getreide und Fleisch — den Zehnten, den Leibeigene und Pächter entrichten mußten. Das erste Stockwerk bestand aus einer einzigen großen Halle, einem riesigen gewölbten Raum, in dem sich das ganze Leben des gesamten Haushalts abspielte. Die Familienmitglieder waren gegenüber den Dienstboten und Gardisten nur insofern privilegiert, als sie über kleine private Schlafkammern verfügten, die in die dreieinhalb Meter dicken Mauern geschlagen waren. Alle anderen Bewohner der Burg arbeiteten und schliefen einfach in der Halle, die auch als Eßzimmer, Rüstkammer und gegebenenfalls als Gerichtssaal diente. Das oberste Geschoß war nicht überdacht, hatte aber mächtige Zinnen; von hier aus konnten Bogenschützen einen Hagel von Pfeilen auf die ungeschützten Köpfe irgendwelcher Angreifer niedergehen lassen. In der ganzen Festung gab es keine Fenster. Die Schießscharten in der Halle waren so hoch angebracht, daß man nur von dem schmalen Wehrgang aus einen Blick ins Freie werfen konnte, und deshalb fiel nie genug Licht in den Raum ein, um das Halbdunkel und die Feuchtigkeit zu vertreiben. Die Feuer zum Kochen und Heizen wurden mitten in der Halle auf einem Eisenrost entfacht, und es blieb dem Rauch selbst überlassen, den Abzug in der Decke zu finden. Verraucht, dunkel, feucht und übelriechend, war die ursprüngliche Burg alles andere als eine behagliche Wohnstatt, und auf unerwartete Besucher wirkte sie geradezu abschreckend.

Im Außenhof rund um die Burg waren die Ställe untergebracht, geschützt durch eine zwölf Meter hohe und sechs Meter dicke Steinmauer mit einem Wehrgang hinter der hohen Brüstung. Die Mauer war mit der Burg durch eine Zugbrücke verbunden, die beim ersten Anzeichen einer Gefahr hochgezogen wurde, wodurch das einzige Tor im Hauptturm für jeden Angreifer unerreichbar wurde. Diese Mauer war ihrerseits von einem Wallgraben mit einer zweiten Zugbrücke umgeben, über deren Sicherheit ein Turm mit dickem Eisenfallgatter wachte. Außerdem waren die Mauern mit Vorsprüngen ausgestattet, aus denen brennendes Pech oder siedendes Öl auf die Angreifer gegossen werden konnte, sowie mit sogenannten *meurtrières* — V-förmigen vertikalen Schlitzen, die den Bogenschützen im Inneren genügend Bewegungsfreiheit ließen, während die Öffnungen nach außen hin so schmal zuliefen, daß kein Feind das Feuer wirkungsvoll erwidern konnte.

Das war die schmucklose, aber äußerst effektive Festung, die Draggan Wardieu errichten ließ und zeit seines langen Lebens erfolgreich verteidigte. Seine Söhne William und Crispin und deren Söhne und Enkel bauten immer neue Höfe, Hallen, Palisaden, Türme und Torhäuser an, bis die ursprüngliche Burg nur noch eine kleine isolierte Ecke am nördlichsten Ende des mächtigen Bollwerks bildete. Innerhalb des riesigen Außenhofes entstand ein komplettes Dorf mit Schmiede, Gerberei, Arsenal, Mühle und Schenke, mit Ställen, Scheunen, Gärten und Obstgärten, alles im Schutz der Steinmauern. Bauern und auswärtige Handwerker hatten im Laufe der Zeit immer wieder einmal versucht, sich in der Nähe der abschreckenden Festung anzusiedeln, aber das Moor war so naß und trostlos, und das tosende Meer war eine solche Geißel für jeden Fischer, daß die Hütten aus Lehm und Rutengeflecht, die sich im Schatten der Burgmauer aneinander drängten, nach spätestens ein, zwei Jahren leerstanden und verfielen. Nur die Einwohner von Bloodmoor Keep hatten unter keinen Unbilden zu leiden. Die Mauern waren hoch und dick genug, um selbst die stärksten und kältesten Winde abzuhalten. Ebenso war die Festung auf der hohen Klippe gegen die stürmische Brandung gefeit. Niemand kam uneingeladen nach Bloodmoor. Niemand blieb lange dort, wenn er nicht erwünscht war. Und niemand wagte einen Blick zurück, sobald das schwere eisenbeschlagene Tor hinter ihm zufiel.

»Wenn du willst, daß ich gehe, so sag es einfach. Es kommt nicht oft vor, daß meine Gesellschaft einen Mann bis zur Lethargie langweilt und zu anhaltendem Schweigen veranlaßt. Ehrlich gesagt, könnte ich mir meine Zeit anderswo besser vertreiben.«

Die Frau sprach mit tiefer, leidenschaftlicher Stimme und betonte bewußt die wichtigsten Wörter durch ein leises Gurren. Nicolaa de la Haye war eine Schönheit, und das wußte sie genau, auch ohne es sich ständig von polierten Stahlspiegeln bestätigen lassen zu müssen. Die faszinierten Blicke aller Männer verrieten es ihr stets aufs neue, und die unverkennbaren Erektionen unter den Tuniken bewiesen, daß sie mit ihren dreißig Jahren noch genauso begehrenswert war wie mit dreizehn, als sie ihren ersten Liebhaber derart überbeansprucht hatte, daß er keuchend, in Schweiß gebadet und völlig entkräftet dalag, während sie sich befriedigt entfernte.

Seitdem hatte sie viele Liebhaber gehabt, gute und schlechte. Einige waren so fantastisch gewesen, daß sie mit ihnen über Jahre hinweg eine Affäre gehabt hatte, weil sie sie genauso dringend und genauso häufig brauchte wie andere Frauen jene mit Bilsenkraut oder Opium versetzte Molke, um ihr eintöniges Leben zu ertragen.

Von hohem, schlankem Wuchs, hatte Nicolaa einen aufreizend wogenden Gang, und ihre Brüste, Hüften und

Hände waren im Umgang mit Männern viel beredter als das gesprochene Wort. Ihr pechschwarzes Haar fiel, in der Mitte gescheitelt, wellig bis zu den Hüften hinab. Ihre dunkelgrünen Augen wirkten fast schwarz, und die schweren Lider legten — nicht zu Unrecht — die Vermutung nahe, daß ihre Gedanken ständig um Lust und Verführung kreisten. Die Lippen waren voll, sinnlich und von Natur aus purpurrot; unwillkürlich fragten sich die meisten Männer, was diese Lippen wohl alles vermochten — nicht nur auf einem anderen Mund, sondern auch anderswo.

Im Augenblick schienen jedoch all ihre weiblichen Reize und all ihre Betörungskünste zu versagen. Ihr Ehemann, Onfroi de la Haye, ein grämlicher Jämmerling, wartete irgendwo in den Lincolnwoods auf die Ankunft der Witwe De Briscourt, und Nicolaa war nach Bloodmoor Keep geeilt, angeblich, um bei den Hochzeitsvorbereitungen zu helfen — sie knirschte mit den Zähnen, sobald sie dieses Wort hörte —, in Wirklichkeit aber, um eine Zeitlang mit dem hinreißendsten ihrer Liebhaber, mit dem Drachen Lucien Wardieu, allein zu sein.

War jemals ein anderer Mann so dafür geschaffen gewesen, jedes Bedürfnis einer Frau vollkommen zu befriedigen? Allein schon sein Anblick war atemberaubend: ein blonder Riese mit den Schultern eines Herkules und mit Augen, die gefährlicher als jede Lanze funkelten. Der Klang seiner Stimme jagte ihr heiße und kalte Schauer über den Rücken. Er roch nach Sonne und Wind und nach der wilden Ursprünglichkeit des Sumpfes, der sein Zuhause war. Jede Berührung — sogar eine flüchtige Berührung mit der Spitze seiner langen schmalen Finger — versetzte ihre Lenden in Glut, und wenn er sie in Besitz nahm, stand ihr ganzer Körper lichterloh in Flammen, bis sie in wilder Raserei auch den letzten heißen Tropfen seines Samens in sich aufgesogen hatte.

Sogar jetzt, da er im Schatten der Fenstervertiefung

stand und ihr den Rücken zuwandte, hatte Nicolaa Mühe, ihre Stimme ruhig klingen zu lassen. Jede Bewegung, jeder Schritt stellte ihre Selbstbeherrschung auf eine harte Probe. Sobald der weiche Stoff ihrer Tunika auch nur ihre Brustwarzen oder Schenkel streifte, wurde sie von hohen Wellen erotischer Erregung überrollt, so daß sie zunehmend befürchtete, die verräterische Feuchtigkeit zwischen ihren Beinen könnte auf den Boden tropfen.

»Lucien«, murmelte sie ungeduldig, »hast du überhaupt gehört, was ich gesagt habe?«

»Ich habe dich gehört, Nicolaa, Liebste. Wie könnte es anders sein?«

»Dann störe ich dich wohl tatsächlich, und du wärst heute nacht lieber allein.«

Das sarkastische Gurren riß den Mann aus seinen Gedankengängen, und er wandte sich langsam vom Fenster ab. Zunächst waren seine unglaublich blauen Augen noch von einem leichten Schleier der Zerstreutheit verhüllt, doch mehrfaches Schlagen mit den dichten langen Wimpern schaffte rasch Abhilfe.

»Nicolaa«, sagte er lachend, »ein Mann, der zugeben würde, daß ihn ein solcher Anblick stört« — sein Blick blieb auf ihren üppigen Brüsten haften, die sich unter der Seidentunika deutlich abzeichneten — »kann kein richtiger Mann sein.«

Die Frau des Sheriffs von Lincoln erwiderte sein Lächeln. »Ein gewisser Löwenherz könnte dem widersprechen.«

Wardieu zuckte die Achseln und trank einen Schluck Met aus dem Becher in seiner Hand. »Richard hat seine eigenen Vorlieben, ich habe die meinen.«

»Ich bin sehr erleichtert, das zu hören. Die Frauen von Lincoln würden sich in Scharen vom nächsten Felsen ins Meer stürzen, wenn ihnen zu Ohren käme, daß der mächtige Kriegsherr, der Drache de Gournay, sich plötzlich für knackige Knabenhintern erwärmt.«

»Äußerst geschmackvoll ausgedrückt«, bemerkte er trocken.

»Es sind nun einmal geschmacklose Szenen, die man sich dabei ausmalt«, erwiderte sie gelassen. Mit einem schweren Seufzer fügte sie hinzu: »Es ist eine so bedauerliche Verschwendung, wenn man bedenkt, welch ein prächtiges Mannsbild Richard Löwenherz ist! Ehrlich gesagt, wollte ich es lange Zeit einfach nicht glauben.«

»Und zweifellos hast du versucht, diesbezügliche Gerüchte persönlich zu widerlegen.«

»Nun ja ...« Sie fuhr sich mit der Zungenspitze über die volle Unterlippe. »Ich hatte die Gelegenheit zu einer Privataudienz beim König, als Onfroi zum Sheriff ernannt wurde.«

»Bei dieser Audienz wäre ich für mein Leben gern zugegen gewesen«, sagte der Baron mit boshaftem Augenzwinkern.

»Daran zweifle ich nicht, du Scheusal! Aber weißt du — er hat mir richtig leid getan. Und noch mehr tut mir jetzt seine Braut, die unschuldige kleine Berengaria, leid.«

»Dir tut irgendeine andere Frau leid?«

Die dunklen Augen verengten sich zu schmalen Schlitzen. »Ein- oder zweimal ist so etwas durchaus vorgekommen.«

»Aber doch nur, nachdem du sie mißhandelt, verstümmelt oder geblendet hast. Na komm schon, Nicolaa, falsche Sentimentalität paßt nicht zu dir. Solltest du plötzlich auf weich und aufrichtig spielen, würden sich wohl wirklich unzählige Menschen von den Felsen in die Tiefe stürzen — aus berechtigter Angst!«

»Mich überfällt nun einmal Melancholie, sobald ich mich vernachlässigt fühle.«

»Vernachlässigt? Warum denn das?«

Nicolaa seufzte frustriert. »Es ist jetzt über einen Monat her, mein rüstiger Held. Vier Wochen. Zweiunddreißig Tage. Unzählige Stunden, seit meine armen Schenkel zuletzt von einem richtigen Mann gespreizt wurden.«

Seine azurblauen Augen folgten ihrem Finger, der provozierend von der Kehle über Brüste und Bauch zu den Schenkeln hinabglitt. Sie hatte unter der hellgelben Tunika nichts an. Ihre dunklen Brustwarzen schimmerten durch den weichen Stoff, und die dichten Schamhaare ließen sich als weicher Mooshügel erahnen.

Gerüchte besagten, daß sie in Blut badete, um ihre Haut so zart und weiß zu erhalten. Fest stand jedenfalls, daß sie zur Befriedigung ihrer grenzenlosen Eitelkeit die Dienste zahlreicher Kräuterfrauen in Anspruch nahm, die sie mit Cremes gegen Falten, mit Pulver für weiße Zähne und rote Lippen sowie mit Molke versorgten, die ihrem langen Haar das ganze Jahr über den Duft von wildem Moschus in einer leichten Frühlingsbrise verliehen. Auf ihren Befehl hin war einmal eine ungeschickte Schneiderin, die sie mit einer Nadel gestochen hatte, in siedendes Öl geworfen worden, und eine törichte Kammerfrau, die einer anderen ein wenig zu laut zugeraunt hatte, ihre Herrin finde genauso oft vor einem Spiegel wie mit einem Mann ihre Befriedigung, war gepfählt worden.

Einzig und allein eine lebensgefährliche Krankheit hätte sie zwingen können, auch nur eine Woche lang auf sexuelle Kontakte zu verzichten, und selbst dann hätte sie bestimmt keine heißen Breiumschläge gewählt, um ins Schwitzen zu geraten.

»Läuft bei den Hochzeitsvorbereitungen alles nach Plan?« erkundigte sie sich honigsüß. »Ich muß danach fragen, denn schließlich bin ich unter dem Vorwand, helfen zu wollen, früher als notwendig hergekommen.«

»Alles bestens. Wilhelm Marshall hat sein Kommen zugesagt, ebenso Salisbury und Tavistoke. Prinz Johann müßte Anfang der Woche eintreffen, etwa zur selben Zeit wie Fournier aus der Normandie und La Seyne Sur Mer aus Mirebeau.«

»Der Favorit der Königin?« Nicolaa hob eine Braue. »Du solltest dich wirklich geschmeichelt fühlen, daß Eleonore von Aquitanien ihren Lieblingsritter entsendet. Ein Jammer, daß die runzlige alte Krähe viel zu schwach ist, um sich auf eine so weite Reise zu begeben, aber daß sie La Seyne Sur Mer überredet hat, sie zu vertreten, ist eine hohe Ehre. Wird er auch am Turnier teilnehmen?«

»Das bleibt noch abzuwarten.«

De Gournays Miene verriet eine leichte Genugtuung. »Ich könnte mir vorstellen, daß es ihn reizen wird, sich auch in England einen Namen zu machen.«

»Allmächtiger! murmelte Nicolaa. »Du würdest also deinen Lorbeerkranz mit ihm teilen? Wie großmütig du bist!«

»Keine Großmut, meine Liebe — nur Weisheit. Ich möchte sein Geschick mit eigenen Augen sehen, anstatt mich auf die mysteriösen Berichte anderer verlassen zu müssen.«

»Es heißt, niemand könne ihm bei Turnieren das Wasser reichen«, betonte Nicolaa, um ihn zu provozieren.

»Wenn er erst einmal in England ist, wird er seinen Meister finden«, entgegnete Wardieu.

Ein köstlicher Schauer überlief Nicolaa, und die Innenseiten ihrer Schenkel wurden feucht. Wenn Wardieu bis zur Weißglut gereizt wurde, war er als Liebhaber noch sensationeller als gewöhnlich.

»Du willst ihn also herausfordern?«

»Der Gedanke ist durchaus reizvoll.«

»Aber ich könnte mir vorstellen, daß deine Braut ihren Angetrauten nicht verlieren möchte, ohne wenigstens die Wonnen der Hochzeitsnacht erlebt zu haben.«

Lucien grinste breit. »Aha, jetzt kommen wir endlich

zum Kern der Sache! Mir ist sofort aufgefallen, daß deine Augen heute grüner als sonst funkeln.«

»Zur Hölle mit dir, Lucien Wardieu! Kannst du mir verraten, worauf ich eifersüchtig sein sollte? Du lieber Himmel, doch nicht etwa auf eine schüchterne kleine Witwe mit schlotternden Knien und leichenblassem Gesicht! Du vergißt, daß ich sie gesehen habe — ich war bei ihrer Hochzeit mit Hubert de Briscourt zugegen, und da bot sie einen beklagenswerten Anblick. Die dreijährige Ehe mit einem Invaliden dürfte auch nicht dazu angetan gewesen sein, sie zu einer Schönheit erblühen zu lassen, und wenn die Gerüchte stimmen, daß der alte Sack an den Blattern gestorben ist, hat sie sich bestimmt bei ihm angesteckt und wird sowohl deine Augen als auch deinen Geruchssinn beleidigen.«

Er lachte laut auf. »Sir Hubert ist an einem über sechzig Jahre alten Herzen gestorben.«

»Kein Wunder, daß er an Herzschwäche litt, wenn er Nacht für Nacht ein blatternarbiges Scheusal neben sich im Bett liegen hatte!«

»Nicolaa . . .« Er schüttelte langsam den Kopf, und im Kerzenlicht schien seine goldene Haarmähne Funken zu sprühen. »Der arme Onfroi kann einem wirklich leid tun. Verständlich, daß er in deiner Nähe immer schweißgebadet ist. Deiner scharfen Zunge ist kein Mensch gewachsen. So schlimm kann diese Witwe doch nicht sein.«

»Hast du sie gesehen?« fragte Nicolaa anzüglich.

»Ein einziges Mal, glaube ich«, mußte er zugeben. »Sie stand sehr weit von mir entfernt, und der Raum war sehr voll.«

»Siehst du? Sie war so häßlich, daß man sie im Hintergrund verstecken mußte, damit niemand Anstoß an dieser Vogelscheuche nehmen konnte.«

Lucien stellte seinen Becher am Fenster ab, ging auf Nicolaa zu und blieb dicht vor ihr stehen. Seine muskulösen

Arme legten sich auf ihre schlanken Hüften und schoben die glatte Seidentunika hoch.

»Was soll ich denn deiner Ansicht nach machen?« Er warf das dünne Gewand beiseite und beobachtete, wie das lange schwarze Haar den nackten Körper wie ein Mantel umhüllte. »Zulassen, daß irgendein Tölpel um ihre Hand anhält und sich ihre Ländereien aneignet?«

»Ist das wirklich alles, was du von ihr willst? Sie ist sehr jung.«

»Ich kann ein blutjunges Ding haben, so oft mir danach der Sinn steht.« Er schob eine Haarsträhne zurück, die über ihre Brust gefallen war. »All dieses Jammern und Klagen und all die unvermeidlichen Tränenströme aus Unerfahrenheit. Nein, ich heirate sie bestimmt nicht wegen ihre Jugend.«

Lucien mied absichtlich ihren intensiven Blick und begann statt dessen, mit Daumen und Zeigefinger eine steife Brustwarze zu streicheln. Das schwache Licht ließ ihre verführerischen Kurven golden schimmern, und das Feuer im Kamin untermalte die knisternde Spannung und den Funkenflug zwischen den beiden erhitzten Körpern.

Nicolaa schloß die Augen und beugte sich den liebkosenden Fingerspitzen entgegen. »Wirst du mit ihr ins Bett gehen?«

»Soll ich sie etwa links liegen lassen? Kurz darauf würden mit Sicherheit Gerüchte über meine ... meine Vorlieben kursieren. Möchtest du das?«

»Ich möchte, daß du sie tötest«, fauchte sie heiser. »Heirate sie und bring sie um, sobald ihre Besitztümer auf dich übergegangen sind.«

Lucien preßte seine Lippen auf ihren Hals. Sie warf stöhnend den Kopf zurück, und er umschlang mit einem Arm ihre Taille, während seine andere Hand sich von der erwartungsvoll geschwollenen Brustwarze löste und zu dem dichten Wald zwischen ihren Beinen hinabwanderte. Sie umklammerte seine Oberarme, spreizte die zitternden Schenkel und stöhnte vor Lust, als seine Finger tief in ihr warmes Fleisch eindrangen.

»Du weißt doch, wie sehr ich überflüssige Gewalt verabscheue«, murmelte er ironisch, den Mund auf ihr zartes weißes Fleisch gepreßt.

»Ich würde es selbst tun«, keuchte sie. »Ich würde sie mit wahrer Wonne umbringen. Oh ...«

Seine Finger hinterließen feuchte Spuren auf ihrem Bauch, während sie wieder zu ihren Brüsten emporwanderten und sich besitzergreifend daran zu schaffen machten. Sein Mund verschmolz mit ihrem und erstickte ihre Schreie. Dieser Kuß war genauso wild wie ihre Finger, die es so eilig hatten, ihm die kurze, weite Tunika vom Leibe zu reißen, daß sie seine Haut zerkratzten. In ihrer Raserei zerriß sie den Stoff, ohne es auch nur zu bemerken. Ihre Wangen und ihr Hals brannten von seinen harten Bartstoppeln, aber auch inwendig wurde ihr ganzer Körper von lodernden Flammen verzehrt.

Unter der zerrissenen Tunika glitten ihre gespreizten Finger gierig über seinen muskulösen Brustkorb und über seine Rippen, entblößten den flachen Bauch und die blonden Schamhaare. Nach einem letzten kräftigen Ruck fiel das Gewand zu Boden, und sie konnte sich ungehindert des mächtigen Phallus bemächtigen.

»Mon Dieu!« flüsterte sie heiser. *»Mon Dieu!«*

Ihr Mund saugte sich an seinem Hals fest, dann an den bronzefarbenen Brustwarzen, und sie war im Begriff, auf die Knie zu fallen, um seinem kraftstrotzenden Körper weiter zu huldigen, als er ihrem Treiben Einhalt gebot. Seine großen Hände wölbten sich um ihr Gesäß, hoben sie hoch und durchbohrten sie mit seinem Speer aus Fleisch und Blut.

Nicolaa warf den Kopf zurück und schnappte mit weit

geöffnetem Mund nach Luft, von Krämpfen wilder Lust geschüttelt, die an Schmerz grenzten. Er ließ ihr etwas Zeit, damit sie soweit die Besinnung wiederfand, um ihn mit Armen und Beinen zu umschlingen. Dann pfählte er sie wieder ... und immer wieder ... bis sie vor Ekstase zu explodieren glaubte.

Ihr langes Haar hüllte die beiden verschwitzten, erhitzten Leiber wie ein seidiger schwarzer Kokon ein und flatterte im Rhythmus der rasenden Bewegungen. Ihre Silhouetten tanzten über die Wand — zwei riesige ineinander verschlungene Schatten.

Dieses Liebesspiel im Stehen wurde Lucien auf Dauer doch zu anstrengend, zumal nach dem ersten Orgasmus. Während er neue Kräfte sammelte, trug er Nicolaa zu seinem Bett. Ein gutturaler Klagelaut entrang sich ihrer Kehle, als er sich vorübergehend von ihr löste und den Sinnenrausch unterbrach, der ihr einen Höhepunkt nach dem anderen beschert hatte, und um so begieriger und dankbarer gewährte sie ihm auf dem Bett wieder Zutritt in ihre nasse, warme Grotte.

»Mein Gott!« keuchte er zwischen zwei mächtigen Stößen. »Wie kann ein Mann wie Onfroi dich jemals befriedigen?«

»Er schafft es nie«, japste sie. »Und deshalb brauche ich dich, du Lüstling. Und deshalb ...« — sie wühlte ihren Kopf in die Kissen und wölbte sich ihm entgegen — »... und deshalb brauchst du mich. Wir hätten heiraten sollen ... damals ... damals hätten wir heiraten sollen.«

»Wir hätten einander mittlerweile umgebracht«, knurrte er. »Auf die eine oder andere Weise.«

»Ah, aber was für ein herrlicher Tod das gewesen wäre! Vereint in ewiger Ekstase! Verdammt, gib es zu! Gib zu, daß du nie eine andere Frau gefunden hast, die dich so befriedigen kann wie ich!«

Lucien gab nichts zu, jedenfalls nicht mit Worten. Doch

sein Körper antwortete ihr um so beredter: jede Ader, jeder Muskel, jeder Nerv pulsierte vor wilder Leidenschaft, während er immer tiefer, härter und schneller in ihr zukkendes Fleisch eindrang.

Nicolaas Nägel hinterließen blutige Spuren auf seinen Schultern und auf seinem Rücken. Sie hob ihm ihre Hüften entgegen und beobachtete, wie sein schönes Gesicht sich im Feuerschein verzerrte. Krämpfe schüttelten ihn und machten ihn so hilflos und verletztlich wie ein Wikkelkind. Sie hätte ihm in diesem Moment einen Dolch ins Herz stoßen können, ohne daß er die Gefahr erkannt hätte. Sie hätte ihm die Kehle aufschlitzen oder einem in den Schatten verborgenen Mann heimlich ein Zeichen geben können, ihren Geliebten von hinten anzugreifen. Und er hätte nichts von der tödlichen Bedrohung bemerkt, bis es zu spät gewesen wäre.

Er sollte sich meiner nicht so sicher sein, dachte sie hämisch. Und er sollte nicht daran zweifeln, daß ich töten würde, um zu bekommen, was ich mir im Leben am meisten wünsche. Es wäre nicht das erste Mal.

Eine junge Braut, der dieser Lüstling zweifellos ungeahnte Wonnen bescheren würde, war wirklich das allerletzte, was Nicolaa sich wünschte. Sie wußte natürlich, daß er einen enormen Verschleiß an Mädchen, Frauen und Dirnen hatte, aber eine Heirat hatte er nie in Erwägung gezogen, nicht einmal, wenn die Mitgift sein Vermögen verdoppelt oder verdreifacht hätte. Warum also jetzt?

Nicolaa *hatte* die Witwe Servanne de Briscourt gesehen. Ein kleines, zartes Vögelchen, blond und taufrisch wie der junge Morgen.

Wenn Lucien sie nun sah und ... und ...

Das Stöhnen, mit dem sie den keuchenden, erschöpften Mann in ihre Arme nahm, war nicht nur gespielt. Sie hielt ihn fest, fuhr ihm mit den Fingern durch die feuchten blonden Locken und kostete die letzten Schauer aus, die den kraftvollen Körper überliefen.

Nicolaa hatte nicht die Absicht, ihn wieder zu verlieren. Diesmal nicht. Sie hatte sich jahrelang in Geduld gefaßt, weil sie einsah, daß Diskretion und Vorsicht not taten. Doch jetzt gab es niemanden mehr, der wagen würde, mit dem Finger auf Baron de Gournay zu zeigen und ihn daran zu erinnern, daß sein Vater als Verräter gebrandmarkt und sein Bruder als Mörder erschlagen worden war. Als Letzter seines Geschlechts hatte er es geschafft, den Schandfleck der beiden Tragödien zu tilgen. Er war König Richards zuverlässiger Verbündeter und Prinz Johanns Vertrauter. Geduld war nun bald überflüssig. Sie würde ihren strahlenden blonden Kriegshelden bekommen. Sie würde die Herrin von Bloodmoor Keep sein, und sie würde ohne Skrupel jeden beseitigen, der ihr dabei im Wege stehen könnte!

4

Servanne hatte das Gefühl, als sollte ihr keine Demütigung erspart bleiben, solange sie die Gesellschaft der Waldgänger ertragen mußte. Nicht nur, daß sie gezwungen war, ebenso wie die Räuber den heiligen Boden der ehemaligen Abtei zu entweihen, ihr blieb auch keine andere Wahl als sich an sonstigen Gesetzlosigkeiten zu beteiligen. Sie hatte kaum Zeit gehabt, sich den Schmutz und die Feuchtigkeit vom Gesicht und von den Händen zu schrubben, als man sie auch schon zum Abendessen der buntscheckigen Bande beorderte. Ihre Weigerung führte nur dazu, daß der Schwarze Wolf höchstpersönlich auf der Schwelle der winzigen fensterlosen Kammer auftauchte, die einst eine Mönchszelle gewesen war, und eine unmißverständliche Warnung aussprach: wenn sie sich weiterhin weigerte, würde er sie einfach über seine Schulter werfen und zum Tisch tragen.

Mit rotgeweinten Augen und schmerzenden Gliedern begleitete Servanne den Rohling in die lange Pilgerhalle, das einzige der drei Gebäude, das noch teilweise überdacht war und der Bande deshalb als Wohn- und Schlafquartier diente.

Um ihrer Erniedrigung die Krone aufzusetzen, mußte sie als Ehrengast auch noch mit dem Schwarzen Wolf und einem Dutzend seiner wichtigsten Gefolgsleute auf dem Steinpodium an einem Ende des Gewölbes Platz nehmen.

Es war unheimlich, an einem langen Holztisch zu sitzen, mit weißer Tischdecke und teurem Silber und Zinn, und in einen Raum zu blicken, dessen Mauern rauchgeschwärzt waren und in denen unternehmungslustige Schwalben nisteten. Der Fußboden war mit modrigen Blättern und Binsen übersät, in denen es immer wieder raschelte, weil irgendwelche kleinen Tiere dort hausten. In einem behelfsmäßigen Stall am anderen Ende der Halle wieherten Pferde und stampften mit den Hufen. Ihre Ausdünstungen vermischten sich mit Schweiß- und Ledergeruch, wurden mit Moder und Moschus angereichert und mit dem öligen schwarzen Rauch gewürzt, der von den Pechfackeln an den Steinwänden aufstieg.

Zwei längere Tische standen im rechten Winkel zum Podium, so daß ein Rechteck entstand, mit einer Feuergrube voll rotglühender Kohle als vierter Seite. Über diesem Feuer wurden an langen Spießen Eichhörnchen, Hasen, Kapaune und andere kleinere Tiere gebraten. Weder die Hitze noch die Flammen konnten die Männer, die die Spieße drehten, davon abhalten, Stücke von dem brutzelnden Fleisch und der knusprigen Haut abzureißen und genüßlich zu verspeisen. Zwei Frauen — die einzigen, die Servanne bisher im Lager gesehen hatte — waren damit beschäftigt, größere Stücke Wildbret, Hammel und Wildschwein an Spießen zu drehen und mit Öl zu begießen. Über einem zweiten Feuer hingen an langen Eisenhaken dampfende Wasserkessel und kleinere Töpfe mit Suppen und Saucen.

Man mußte nicht besonders scharfsichtig sein, um zu erkennen, daß diese Männer nicht von klein auf an Schwerstarbeit und Not gewöhnt waren. Feines Leinen, ausgezeichnetes Essen und Pokale mit Gold- und Silberverzierungen entsprachen nicht dem Bild, das Servanne sich vom Leben der Waldgänger gemacht hatte, die tagsüber raubten und plünderten und nachts von Ort zu Ort zogen, um nicht geschnappt zu werden. Außerdem hatten gewöhnliche Räuberbanden nicht so viele Pferde — jedenfalls keine solchen muskulösen, durchtrainierten Tiere, die sichtlich gut gefüttert und gepflegt wurden. Das waren keine Ackergäule und keine Mähren, die bis vor kurzem Fuhrwerke gezogen oder Lasten geschleppt hatten. Sir Hubert hatte in seinen Stallungen prächtige Schlachtrösser gehabt — riesige Tiere, dazu abgerichtet, einen Ritter in voller Rüstung und mit schweren Waffen zu tragen, ihm aufs Wort zu gehorchen und die Hufe notfalls als tödliche Waffe einzusetzen.

Mindestens die Hälfte der zwei Dutzend Pferde, die unter den verkohlten und vermoderten Balken untergebracht waren, hätten mühelos jedem Vergleich mit Sir Huberts besten Rössern standgehalten. Und ein riesiger Rappe mit silbriger Mähne und silbrigem Schweif, der nur leise zu schnauben oder einen Seitenschritt zu machen brauchte, damit die anderen ihm nervös auswichen, hätte sogar die Schimmel ausgestochen, die ausschließlich für König Richard gezüchtet wurden.

Wer waren diese Männer, wenn es sich nicht um gewöhnliche Vogelfreie handelte? Mit neu erwachtem Interesse musterte Servanne neugierig die Gesichter der Männer, die mit ihr zu Tisch saßen. Der Schwarze Wolf zu ihrer Rechten war ihr ein solches Rätsel, daß sie vorderhand darauf verzichtete, es ergründen zu wollen. Sparrow, der quecksilbrige Elf zu ihrer Linken, war genauso verwirrend. Zwischen ihm und Biddy, deren Haltung stoische Gelassenheit verriet, saß der Mann mit dem Spitznamen ›Mönch‹. Friar hatte die Kutte abgelegt und trug jetzt wie seine Kameraden bequeme grüne Gamaschen und ein grünes Wams. Daß er trotz seines offenen, freundlichen Gesichts alles andere als ein Schwächling war, verrieten die breiten Schultern ebenso wie die muskulösen Arme und Beine.

Gil Golden saß an der rechten Seite des Schwarzen Wolfs, und deshalb konnte Servanne die schreckliche Narbe, die seine linke Gesichtshälfte verunstaltete, deutlich sehen. Er hatte kein überflüssiges Gramm Fett, aber seine drahtige Gestalt machte keineswegs einen ausgemergelten Eindruck. Die beiden Wölfe rechts von Gil sahen einander so verblüffend ähnlich, daß Servanne anfangs geglaubt hatte, vor Schwäche doppelt zu sehen. Zwillinge waren in England eine Seltenheit. Daß es diesen beiden, die von ihren Kameraden ›Mutter‹ und ›Stutter‹ — ›Murmler‹ und ›Stotterer‹ — genannt wurden, gelungen war, erwachsen zu werden, ohne irgendwelche Unterscheidungsmerkmale wie verrenkte Glieder, fehlende Zähne oder Pockennarben davonzutragen, grenzte an ein Wunder. Sie führten ihre Messer gleichzeitig zum Mund, kauten gleichzeitig, bekamen nach dem dritten Becher Ale gleichzeitig hochrote Köpfe und rülpsten gleichzeitig.

Was die zwanzig Männer betraf, die an den anderen Tischen saßen, so fiel Servannes scharfem Blick auch an ihnen einiges auf, was nicht ins Bild gewöhnlicher Räuber paßte. Hin und wieder hob einer in Gedanken die Hand, so als wollte er einen Diener oder Knappen herbeiwinken, und ließ sie dann schnell wieder sinken. Außerdem deutete die freundschaftliche Atmosphäre darauf hin, daß diese Männer sich nicht erst vor wenigen Monaten zusammengetan hatten, um arglose Reisende zu überfallen, sondern daß sie einander seit vielen Jahren kannten und vertrauten.

Und der Schwarze Wolf, der wie ein ungekrönter König in ihrer Mitte saß? Diese Schultern und Muskelpakete verdankte er gewiß nicht dem Pflug oder sonstiger Plackerei! Diese Arme hatten Schwert und Lanze geschwungen, und diese kühnen Augen hatten die Welt gesehen — vielleicht zuviel davon? Auch die kultivierte Stimme und die gehobene Sprache verrieten, daß er kein Bauer war. Er plauderte liebenswürdig mit seinen Gesellen, größtenteil auf Französisch, das er völlig akzentfrei beherrschte. Mit der Handvoll Männer, die die Pferde versorgten und die Bratspieße drehten, unterhielt er sich jedoch in der barbarischen Sprache der Angelsachsen. Und dem riesigen bärtigen Waliser, der irgendeinen Scherz gemacht hatte, antwortete er sogar in dessen melodischem, aber unaussprechlichen Kauderwelsch.

Auch wenn er sich noch so sehr bemühte, es zu verbergen — der Schwarze Wolf von Lincoln war ein Mann von bester Herkunft, gebildet und weitgereist. Ein Ritter, der sich in einen Wegelagerer verwandelt hatte? Ein Geächteter, der andere Ritter um sich geschart hatte, die aus irgendwelchen Gründen ihren Treueid gebrochen hatten, obwohl ihre Ehre ihnen einst mehr bedeutet hatte als ihr Leben? Und seine Behauptung, der echte Baron de Gournay zu sein? Natürlich würde bestenfalls ein Verrückter ihm Glauben schenken. Aber wer war er dann? Und warum machte er die Wälder von Lincoln unsicher? Warum raubte und mordete er? Und warum bediente er sich bei seinen Schandtaten des Namens Lucien Wardieu?

Immer verwirrter, versuchte Servanne sich an jedes Gerücht zu erinnern, das ihr über den Ritter zu Ohren gekommen war, der so zurückgezogen in Bloodmoor Keep lebte. Vor vielen Jahren hatte es einen aufsehenerregenden Skandal gegeben: sein Vater war des Hochverrats beschuldigt worden. Später wurde zweifelsfrei bewiesen, daß es sich um ein Komplott gehandelt hatte, daß die Anklage jeder Grundlage entbehrte. Aber welcher mächtige Baron hatte keine Feinde? Lord Lucien hatte alle Verschwörer aufgespürt und zu Geständnissen gezwungen, freilich zu spät, um seinen Vater retten zu können. Immerhin war es ihm aber gelungen, den größten Teil der während des Prozesses konfiszierten Güter zurückzubekommen. Weder diese lange zurückliegende Geschichte noch andere Gerüchte boten irgendwelche Anhaltspunkte dafür, weshalb zwei Männer Anspruch auf den Namen De Gournay erhoben.

»Die Brühe ist heute abend besonders köstlich.«

Jäh aus ihren Gedanken gerissen, starrte Servanne die Terrine an, die der Wolf ihr höflich anbot. Der dampfende Inhalt verströmte ein herzhaftes Fleischaroma, und Servanne lief das Wasser im Munde zusammen.

Es war in allen vornehmen Häusern der Brauch, daß beim Abendessen Paare zusammensaßen, die sich jeweils eine Suppenschüssel, einen Weinpokal und eine Scheibe frischen Brotes teilten, die ihnen zugleich als Teller diente. Der Herr mußte die Dame bedienen und ihr Suppe und Wein anbieten, bevor er selbst aß und trank; er mußte ihr die zartesten Fleischstücke überlassen und sie sogar — wenn sie das wünschte — mit mundgerechten Happen Brot oder Käse füttern. In ihrer derzeitigen Atmosphäre — rauchgeschwärzte Ruinen und verkohlte Balken — kam diese formelle Höflichkeit Servanne aberwitzig vor. Eine unerträgliche Farce! Das Leinen, das Silber, die mit Edelsteinen besetzten Speisemesser — es war die reinste Verhöhnung, und das Grinsen des Schwarzen Wolfs weckte in ihr den Wunsch, ihm das Gesicht zu zerkratzen.

»Vielleicht wird das Wildbret mehr nach Ihrem Geschmack sein«, sagte der Schwarze Wolf, völlig unbeeindruckt von ihrem eisigen Blick und noch eisigeren Schweigen. Er führte die Terrine an seinen Mund und leerte sie bis auf den letzten Tropfen Brühe. Sobald sie abgeräumt war, schnalzte er genießerisch mit den Lippen, denn nun füllte sich der Tisch mit großen Platten. Das Hasen-, Wild- und Hammelfleisch brutzelte noch ein wenig, während es aufgetragen wurde. Lauch, Zwiebeln und Erbsen in großen Schüsseln dienten als Beilagen. In Wein gekochte Aale verströmten ein süßsaures Aroma. Frisches knuspriges Brot, Pasteten und Fleischbällchen in würzigen Saucen zwangen Servanne, die Tischkante unter der blütenweißen Decke mit beiden Händen zu umklammern. Ihr Magen knurrte protestierend, als sie jedes der ihr zuvorkommend angebotenen Gerichte eigensinnig zurückwies. Ihr Gaumen lechzte nach Brot und Honig; ihre Blicke schweiften hungig von einer Platte zur anderen; ihr ganzer Körper schien sich verschworen zu haben, ihren Willen zu brechen.

»Mylady?« Ein Stück zartes rosa Hammelfleisch, fachmännisch auf ein Silbermesser gespießt, wurde einladend dicht vor ihrer Nase hin und her geschwenkt. Servanne ließ es nicht aus den Augen, bis ihr Peiniger den Happen achselzuckend zwischen seine eigenen Lippen schob. Einige Tropfen Fleischsaft liefen ihm über das Kinn, und Servanne ertappte sich dabei, daß sie sich mit der Zunge begierig über die Lippen fuhr, während er die Fettspuren lässig mit dem Handrücken abwischte.

»Vielleicht ein wenig Lerchenpastete? Dann könnten Sie selbst beurteilen, ob wir die Kochkünste unserer braven Mab zu Recht preisen.«

»Nein, danke«, flüsterte sie.

Gleich darauf glaubte sie, den knusprigen Teigmantel, der das saftige Fleisch umhüllte, zwischen seinen weißen Zähnen knirschen zu hören, und sie hatte selbst ein imaginäres Stück Pastete zerkaut, bevor sie sich energisch zur Ordnung rufen und die Zähne zusammenbeißen konnte.

Er war zweifellos nur deshalb so zuvorkommend, weil er wußte, daß sie halb am Verhungern war, dachte sie wütend. Es würde ihm nur recht geschehen, wenn sie plötzlich tot umfiele und ...

»Einfach köstlich«, murmelte er. »Mistress Mab, Sie haben sich heute selbst übertroffen.«

Eine kleine Frau, rund wie ein Kloß, kicherte geschmeichelt und bedankte sich mit einem Knicks für das Kompliment.

»Es stimmt, Mistress Mab. Ich habe seit langem nicht so gut gegessen, nicht einmal bei einem Besuch in den königlichen Küchen von Windsor.«

Servanne traute ihren Ohren kaum und starrte mit weit aufgerissenen Augen nach links.

Es war tatsächlich Biddy, die gesprochen hatte, den Mund voll Pastete. Außerdem war ihr Dreifachkinn verräterisch mit Fett überzogen, und ihre roten Wangen deuteten darauf hin, daß ihr Weinbecher nicht zum erstenmal nachgefüllt wurde.

»Sollen wir jetzt ›Judas‹ schreien und ihr wegen Ungehorsams die Haut abziehen lassen?« flüsterte ein rauher Bariton ihr ins Ohr.

»Biddy ist ... älter, nicht so kräftig wie ich. Sie muß auf ihre Gesundheit achten.«

Servanne wußte selbst, daß das eine fadenscheinige Entschuldigung war, aber sie erhielt unerwartet Hilfestellung.

»Sie sollten auch etwas essen, Mylady«, riet Sparrow ihr freundlich. »Die Luft hier im Wald ist ziemlich dünn und schwächt den Körper, wenn ihm nicht genügend

Nahrung zugeführt wird. Sogar ein Apfel oder ein Stück Käse könnte Ihnen helfen, bei guter Gesundheit zu bleiben. Sie wollen doch nicht krank werden und auf die Dienste des alten Norwood angewiesen sein, oder? Er ist zusammen mit Mab zu uns gekommen und behauptet, ein ausgezeichneter Barbier zu sein und sogar Zähne ziehen zu können, aber wir haben noch keinen Überlebenden gefunden, der bezeugen könnte, daß Norwood auch mit Blutegeln umzugehen versteht.«

Er schüttelte traurig seinen Kopf mit der krausen braunen Haarmähne und lenkte Servannes Aufmerksamkeit auf einen großen zahnlosen Mann, der an einem der seitlichen Tische saß, freundlich grinste und sich für die Komplimente bedankte, indem er ein fettriefendes Hammelbein schwenkte. Seine rote Nase war fast so breit wie das Gesicht, und er trug eine Lederschürze, die so fleckig und schmutzverkrustet war, daß sie seinen Körper wie eine Rüstung umschloß.

»Vielleicht ein Stückchen Apfel«, gab Servanne nach.

Sparrow sprang mit den Füßen auf seinen Hocker, um an alle Speisen, die auf dem Tisch standen, heranzukommen zu können. Gleich darauf präsentierte er ihr eine große Scheibe Weißbrot, auf der erlesene Fleischstücke, Pastete und andere Delikatessen lagen. Dann nahm er wieder auf seinem Hocker Platz und baumelte vergnügt mit den Beinen, die nicht bis zum Boden reichten. Der Gnom war sich ebenso wie Servanne bewußt, daß den eisengrauen Augen des Schwarzen Wolfs nichts entging, doch sein nächster weiser Rat deutete nicht darauf hin, daß er sich vor diesem Mann fürchtete.

»Nach einer lästigen Fliege darf man nicht schlagen«, sagte er augenzwinkernd und mit schelmischem Grinsen. »Irgendwann wird es ihr langweilig, und sie fliegt davon, um jemand anderen zu belästigen.«

Seine Worte leuchteten Servanne ein, und die Tatsache,

daß die Augen des Schwarzen Wolfs plötzlich Blitze schleuderten, war Anlaß genug, ihren festen Vorsatz zu brechen, lieber zu verhungern als diese Speisen anzurühren. Sie griff nach einer dünnen Scheibe Kapaun und biß ein winziges Stück davon ab. Das Fleisch schmeckte so köstlich, daß ihr Magen nach einem zweiten Bissen schrie, dann nach einem dritten ...

Sie aß heißhungrig alles auf, ließ sich von Sparrow neue Delikatessen vorlegen und verspeiste auch diese. Zuletzt brach sie das mit Fett durchtränkte Brot in mundgerechte Stücke und ließ keinen Krumen davon übrig. Sparrow schob ihr auch immer wieder seinen Weinbecher zu, und sie stellte überrascht fest, daß dieser vollmundige Wein von viel besserer Qualität war als die meisten Tropfen, die bei reichen Adligen auf den Tisch kamen.

Die Zwillinge gaben endlich dem beharrlichen und lautstarken Drängen ihrer Kameraden nach, standen vom Tisch auf, verscheuchten mit Fußtritten die Hunde, die sich ausgelassen um weggeworfene Knochen rauften, stellten ihre Hocker vor das Feuer und griffen zu Laute und Viola.

Das gute Essen, der Wein und die Musik erzeugten eine unwirkliche, märchenhafte Atmosphäre. Orange und gelbe Funken stoben aus den Flammen in die Dunkelheit empor, und die Steinmauern wirkten im Spiel von Licht und Schatten fast wie eine gemütliche Höhle.

Servannes Lider wurden immer schwerer, und unter dem Gewicht der Haube sank ihr Kinn auf die Brust.

»Nun, Mylady« — sie hob ruckartig den Kopf, als sie die sonore Stimme des Schwarzen Wolfs hörte — »jetzt haben Sie sich am Wild des Königs gelabt und dadurch Ihren Verbleib auf Erden etwas verlängert. Außerdem haben Sie eine bemerkenswerte Zurückhaltung in der Frage des Lösegelds an den Tag gelegt. Sind Sie gar nicht neugierig zu erfahren, wieviel Ihr Leben wert ist — oder, genauer gesagt, wieviel Ihr Wohlergehen Ihrem Bräutigam wert ist?«

Servanne seufzte, viel zu müde, um nach dem Köder zu schnappen. »Ich bin sicher, daß er jede verlangte Summe bezahlen wird.«

»Aha, also ein edler Ritter vom Scheitel bis zur Sohle? Ein Mann, der mit funkelnden Goldsporen und blitzendem Schwert angaloppiert kommt, um Edelfrauen aus der Bedrängnis zu retten, koste es, was es wolle. Das hört sich fast zu schön an, um wahr zu sein.«

Servanne starrte ihn nur schweigend an.

»Sie zweifeln also nicht daran, daß er jede Summe bezahlen wird?«

»Du etwa?«

»Mylady, ich zweifle an allem und jedem — gelegentlich sogar an meiner eigenen Vernunft. Diese Einstellung hat mich am Leben erhalten, während andere schon längst zu Staub zerfallen sind.«

»Ein Jammer, daß du nicht weniger scharfsinnig warst!« murmelte sie säuerlich und bedachte ihn mit einem eisigen Blick, bevor sie ihre Aufmerksamkeit wieder den Spielleuten zuwandte. »Ich zweifle jedenfalls nicht daran, daß mein Aufenthalt hier nur von kurzer Dauer sein wird.«

»Da dürften Sie recht haben — wie auch immer die Sache ausgehen mag«, erwiderte er zweideutig. »Immerhin — zehntausend Mark sind kein Pappenstiel.«

Servanne erstarrte. »Zehntausend Mark?« stammelte sie fassungslos. »Bist du verrückt?«

»Befürchten Sie, daß er sich von soviel Silber doch nicht trennen wird?«

Sie stieß erbittert den Atem aus. »Wenn du wissen willst, ob Lord Lucien reich genug ist, um eine derartige Unsumme aufzubringen — ja, das ist er. Er könnte sogar das Zehnfache bezahlen.«

Der Wolf hob fragend eine dunkle Braue. »Dann hätte ich also mehr verlangen sollen?«

»Nein! Ich meine ... nein.« Sie nagte wütend an ihrer Unterlippe. »Zehntausend Mark sind ...«

»Die geeignete Summe, um seine Ergebenheit auf die Probe zu stellen?«

»Maßlos übertrieben! Warum sollte jemand soviel bezahlen für ...«

»Für eine Braut, die nicht nur einen engelgleichen Charakter hat, sondern auch noch eine reiche Erbin ist? Sagen Sie mir ehrlich — wenn eine Frau dazu überhaupt imstande ist —, haben Sie sich nicht auch schon gefragt, aus welchen Motiven heraus er diese Heirat anstrebt?«

»Aus welchen Motiven heraus?« Frustriert ballte Servanne ihre kleinen Hände zu Fäusten und bemühte sich, ihren Zorn zu zügeln. »Ich weiß beim besten Willen nicht, worauf deine unverschämten Fragen abzielen, Wolfshaupt! Was willst du wissen? Lord Lucien ist ein Edelmann ...«

»Ein Edelmann, der Sie wahnsinnig liebt und es nicht ertragen könnte, noch lange von Ihnen getrennt zu sein?«

»Ein *Edelmann*«, wiederholte sie wütend, »der ...«

»Der etwas haben will, was Sie besitzen, und der bereit ist, dafür sogar seine Freiheit zu opfern, obwohl sie ihm stets sehr viel bedeutet hat.«

Sie bekam einen hochroten Kopf. »Die Mitgift mag eine gewisse Rolle gespielt haben, aber ...«

Der Rohling lachte schallend. »Mylady, Sie sind viel zu bescheiden! Dank Ihrer Mitgift wird ihm ganz Lincoln gehören. Ein kleines Königreich, wenn Sie so wollen, mit einem Drachen auf dem Thron, zu seinen Füßen ein Nest von Schlangen, die seine Befehle willig ausführen. Verstehen Sie mich nicht falsch — es spricht durchaus für Sie, daß Ihnen klar ist, was er von Ihnen will. Die meisten Frauen würden nur in den nächsten Spiegel schauen, um eine Erklärung für dieses plötzliche Streben eines eingefleischten Junggesellen nach den Freuden der Ehe zu finden.«

»Er wird seinen Entschluß bestimmt nicht bedauern müssen«, erklärte sie trotzig.

»Aus Ihnen spricht wahre Demut«, grinste er. »Für Ihre Sünden der Eitelkeit und Ignoranz werden Sie vor unserem guten Friar zehn Vaterunser beten.«

»*Du* solltest Buße tun, nicht ich!« fauchte sie wütend. »Denn du hast deine Seele mit Sicherheit schon vor langer Zeit an den Teufel verkauft. Als Christin werde ich für deine Errettung beten.«

»Sparen Sie sich Ihre Gebete lieber für sich selbst auf, Mylady. Sie werden sie viel dringender benötigen als ich, ob das Lösegeld nun bezahlt wird oder nicht.«

Servanne knirschte mit den Zähnen. »Wenn du mich bedrohen oder mir Angst einjagen willst ...«

»Ich habe gewiß nicht die Absicht, Ihnen noch mehr Angst zu machen. Ich möchte Ihnen nur die Augen für einige unangenehme Tatsachen öffnen.«

»Indem du zuerst ein enormes Lösegeld forderst und dann unterstellst, daß es nicht bezahlt werden wird? Wie rücksichtsvoll von Ihnen, Monsieur! Sind Sie zu all Ihren Geiseln so aufmerksam?«

»Eine oder zwei haben eher um Gnade gewinselt, wenn ich mich recht erinnere, aber ich lerne bei jeder Entführung dazu.« Unwillkürlich schweiften seine Blicke zu ihren feuchten rosigen Lippen. »Wenn ich richtig informiert bin, sind Sie Sir Huberts einzige Erbin?«

»Ich wüßte nicht, was dich das angeht.«

»Es gab noch einen Neffen«, fuhr er fort, ohne ihren Sarkasmus zu beachten. »Aber mir wurde berichtet, daß er vor einigen Wochen einen tödlichen Unfall hatte. Er ist in sein eigenes Schwert gestürzt — gleich dreimal! Ein ungeschickter Bursche, finden Sie nicht auch?«

Davon hatte sie bisher nichts gewußt, und ihr bestürztes Schweigen veranlaßte ihn zu einem eindringlichen Blick in die blauen Augen.

»Außerdem sind Sie selbst eine Waise, nicht wahr? Sollten Sie sterben, bevor Sie wieder verheiratet sind, geht Ihr gesamter Besitz per Gesetz auf die Krone über, und der König kann ihn nach seinem Belieben behalten, verkaufen oder verschenken.«

»König Richard würde niemals ...«

»König Richard ist vollauf mit seinen Kreuzzügen beschäftigt«, fiel der Schwarze Wolf ihr ins Wort. »Es bliebe folglich unserem Regenten Prinz Johann überlassen, Sir Huberts Besitztümer an den Mann zu bringen. Was würden Sie sagen — welcher der beiden Brüder ist habgieriger?«

»Prinz Johann«, flüsterte sie verstört, weil sie endlich begriff, worauf er hinauswollte.

»Und welcher der beiden Brüder hätte das größere Interesse daran, den Besitz des verstorbenen Barons schnell und ohne jedes Aufsehen zu verhökern?«

Prinz Johann, dachte sie, und ein eisiger Schauer vertrieb vorübergehend sowohl Zorn als auch Müdigkeit. Im Namen des Königs und unter dem Vorwand, daß der Erlös zur Finanzierung von Richards Kreuzzügen im Heiligen Land dienen würde, könnte der Prinz Sir Huberts Ländereien aufteilen und meistbietend verkaufen, wobei ein Teil des Geldes zweifellos in seinen eigenen Schatztruhen landen würde.

Der Schwarze Wolf beobachtete sie aufmerksam. »Denken wir noch ein wenig weiter ... Wenn ich die Wahl hätte, zehntausend Mark Lösegeld für eine Braut zu bezahlen, die ich im Grunde gar nicht haben will ... oder aber einfach abzuwarten und später für die Ländereien, an denen mir wirklich etwas liegt, viel weniger zu bezahlen ...« Er zuckte mit den breiten pelzverhüllten Schultern. »Ich könnte sehr versucht sein, jemand anderen das ausführen zu lassen, was mein hochgepriesener Ehrenkodex mir selbst zu tun verbietet.«

Servanne sprang leichenblaß auf.

»Genug!« schrie sie, außer sich vor Wut. »Ich werde nicht hier sitzen und mir solche Beleidigungen anhören! Deine Logik ist bestechend — für einen Mann, der sowohl ein Verräter als auch ein Räuber ist. Ich zweifle nicht daran, daß *du* tatsächlich den leichteren Weg wählen würdest, um dein Ziel zu erreichen, aber das beweist nur, daß du nicht der bist, der du zu sein behauptest. Du bist *nicht* Lucien Wardieu. Du bist nicht einmal ein Mensch! Du bist eine durch und durch verkommene Kreatur, die ihr krankhaftes Geltungsbedürfnis dadurch befriedigt, daß sie sich den Namen eines ehrenwerten Mannes anmaßt und unter diesem Namen abscheuliche Verbrechen begeht. Du hast keine Ehre, kein Schamgefühl. Ich hoffe ... nein, ich bete, daß der echte Lord Lucien in diese Wälder kommt und dich zur Strecke bringt! Ich bete, daß er dich pfählt und dann den Hunden und Wildschweinen überläßt, damit sie dich langsam zerfleischen! Mehr noch, ich bete von ganzem Herzen darum, daß es mir vergönnt sein möge, dich krepieren zu sehen!«

Mit hochrotem Kopf stand sie da, vor Zorn am ganzen Leibe zitternd. Die Köpfe aller Männer flogen herum, und sie starrten die junge Frau mit angehaltenem Atem an.

Der Schwarze Wolf betrachtete seelenruhig das funkelnde Speisemesser, das sie sich vom Tisch geschnappt hatte, obwohl es nur wenige Zentimeter von seiner Nase entfernt war. Eine Ewigkeit verging, bevor er etwas sagte. Seine Stimme klang gefährlich sanft, aber der Nachdruck, den er jedem Wort verlieh, verursachte Servanne starkes Ohrensausen.

»Ich habe Sir Hubert de Briscourt vor einigen Jahren in Frankreich getroffen. Er war auf dem Schlachtfeld ein furchterregender Krieger, und er duldete keine Unverschämtheit, weder von Dienstboten noch von Edelleuten. Deshalb ist es ein wahres Wunder, daß er Sie während der dreijährigen Ehe nicht erwürgt hat.«

Servannes Lippen waren leicht geöffnet, und in der kühlen Luft bildeten Atemwolken einen dünnen Schleier um ihren Kopf. Sie starrte in ein Augenpaar, in dem ein Feuer glomm, dessen Flammen bei der geringsten weiteren Provokation lichterloh auflodern würden.

»Legen Sie das Messer hin«, befahl er ruhig, »oder benutzen Sie es.«

Einen Moment lang umklammerte sie das Messer so krampfhaft, daß ihre Knöchel weiß hervortraten. Dann kam sie zur Besinnung und ließ es fallen, so als wäre der Griff plötzlich glühend heiß geworden.

Das laute Klirren durchbrach die beklemmende Stille und löste die Spannung. Alle Zuschauer nahmen erleichtert ihre Beschäftigungen und Unterhaltungen wieder auf. Nur die beiden Hauptdarsteller starrten einander weiterhin an.

»Erheben Sie nie wieder ein Messer gegen mich, Madam, es sei denn, Sie sind zur Tat entschlossen« — seine Stimme war so leise, daß sie ihn kaum hören konnte — »denn ein zweites Mal kämen Sie nicht so glimpflich davon.«

Servanne glaubte ihm aufs Wort. Nur ein blinder Narr hätte die Drohung in den verschleierten kalten Augen übersehen können.

»Du bist verabscheuungswürdig«, brachte sie mit zugeschnürter Kehle mühsam hervor. »Ich bete zu Gott, daß ich nicht lange genug leben werde, um einen anderen Menschen so abgrundtief zu hassen wie dich.«

»Setzen Sie sich hin«, befahl er barsch, »bevor all die vielen Gebete Sie so entkräften, daß Ihr Wunsch früher in Erfüllung geht, als Ihnen lieb ist.«

»Ich habe nicht den Wunsch, mich zu setzen, Wolfshaupt. Weder jetzt noch später.«

Er reckte bedrohlich das Kinn. »Überhaupt nicht?«

»Nie.«

»Ausgezeichnet. Wenn es Ihr ausdrücklicher Wunsch ist ...« Er stand abrupt auf, mit seiner Geduld am Ende. »Sparrow!«

Das bleiche Gesicht des Elfen lugte vorsichtig um Servannes Röcke herum. »Ja, Mylord?«

»Sorg dafür, daß Tische und Hocker weggeräumt werden. Lady Servanne wird auf ihren eigenen Wunsch hin bleiben, wo sie ist. Die Nacht verspricht kühl zu werden. Bring ihr deshalb einen Mantel und eine Decke. Aber sie darf sich weder setzen noch hinlegen, ohne mich vorher um Erlaubnis zu bitten. Wenn sie es aus Eigensinn oder Schwäche trotzdem tut, soll sie an Händen und Füßen gefesselt und stehend an die Wand gekettet werden. Ist das klar?«

»Schurke!« kreischte Biddy. »Ungeheuer! Unmensch!«

Der Schwarze Wolf richtete seine stechenden Blicke auf die keifende Matrone.

»Wenn Sie wollen, können Sie die Strafe Ihrer Herrin gern teilen. Wenn nicht, sollten Sie während der Nacht lieber in Ihrer Kammer bleiben, damit man Sie nicht versehentlich für einen Eindringling hält und erschießt. Gil! Friar! Wir haben noch einiges zu besprechen. Meine Damen ... ich wünsche Ihnen einen angenehmen Abend und eine ungestörte Nachtruhe!«

Servanne zitterte vor Zorn. Stolz und Eigensinn gaben ihr die Kraft, ihren Blick verächtlich über die Gaffer schweifen zu lassen. Sie würde hier stehenbleiben, bis die Hölle gefror, wenn es sein mußte. Ihn um Erlaubnis bitten? Sie würde sich lieber die Zunge abbeißen und daran ersticken als um Gnade zu winseln. Ihn um Erlaubnis bitten? Das war wirklich die Höhe!

»Mylady?«

Ein leichtes Zupfen an ihrem Mantel veranlaßte Servanne, ihren von Tränen verschleierten Blick nach unten zu richten.

»Mylady ... er hat eine schwere Last zu tragen. Und er gerät leicht in Zorn, wenn man ihn reizt. Aber seine Wut kühlt auch sehr schnell wieder ab, und ich bin mir sicher, daß er seinen Befehl nur zu gern rückgängig machen würde, wenn ich ihm nachgehe und ...«

»Ein Mann, der einer Frau ein Unrecht zufügt, erniedrigt nur sich selbst«, verkündete sie stoisch. »Und wenn sie seinen Willen brechen will, darf sie nicht vor ihm im Staube kriechen.«

Sparrow hob die Brauen, bis sie fast unter seinem lokkigen Haar verschwanden. Hielt sie den Schwarzen Wolf immer noch für einen durchschnittlichen Mann?

»Mylady«, warnte er eindringlich, »es ist weder weise noch notwendig, beweisen zu wollen, daß Sie einen genauso starken Willen haben wie er. Das haben schon viele versucht, aber es ist noch keinem gelungen.«

»Ich will mich nicht stärker als er erweisen. Ich will nur zeigen, daß mein Wille nicht so leicht zu brechen ist.«

»Das dürfte ihm inzwischen schon klar sein«, murmelte Sparrow. »Ich kann mich nicht daran erinnern, daß jemand, der es wagte, gegen ihn die Stimme zu erheben, hinterher überhaupt noch eine Stimme hatte. Und was das Messer betrifft ... o Gott, das war wirklich eine denkwürdige Situation!«

»Vielleicht hat diese junge Waldschnepfe recht«, mischte sich Biddy ins Gespräch. »Vielleicht solltest du ...«

Servanne brachte sie mit einer Geste zum Schweigen. »Es wäre sinnlos, wenn wir beide die Kälte und Feuchtigkeit erdulden wollten, Biddy. Meine Knochen sind um einiges jünger als deine, und ich bin fest entschlossen, diesem Rohling zu trotzen. Geh guten Gewissens ins Bett.

Du mußt dich ausruhen. Wer weiß, welche neuen Schicksalsprüfungen uns morgen früh erwarten werden.«

Biddy rang die Hände, und ihr Busen schwoll zu imposanten Ausmaßen an, bevor sie sich energisch von ihrem Hocker hochstemmte. »Wenn du willst, daß ich mich von der Stelle bewege, mußt du mich schon wegschleifen lassen! Diese steifen alten Knochen sind durchaus noch zu etwas zu gebrauchen. Du solltest dich schämen, in dieser Zeit der Heimsuchung so schlecht von ihnen und von mir zu denken. He, du da! Waldschnepfe!« Sie warf Sparrow einen eisigen Blick zu. »Hol Decken und Pelze, aber ein bißchen dalli, wenn ich bitten darf! Bring auch ein paar warme Felle mit, auf denen mein Lamm stehen kann, ohne kalte Füße zu bekommen. Nun, worauf wartest du noch? Auf den Abend vor Allerheiligen?«

Sparrow stemmte empört seine Hände in die Hüften. Er war weder bereit, sich von dieser Matrone in ›Waldschnepfe‹ umtaufen zu lassen, noch ihre Befehle auszuführen. Doch ein Blick in die traurigen Augen der jungen Dame, die tapfer mit den Tränen kämpfte, ließ seine Empörung dahinschmelzen, und er schleppte willig Decken und Pelze herbei und überließ ihr sogar seine eigenen Fäustlinge.

Dann zog er sich in seine Schlafstatt zurück — einige unbeschädigte Deckenbalken. Von dort oben konnte er das ganze höhlenartige Gewölbe überblicken und mehr sehen, als er eigentlich sehen sollte.

Der Schwarze Wolf stand weit außerhalb des Feuerscheins, im tiefsten Schatten, wo er fast mit der Steinmauer verschmolz, an die er sich gelehnt hatte. Seinen Gesichtsausdruck konnte Sparrow nicht erkennen, aber er vermutete fast, daß die breite Stirn in verwirrte Falten gelegt war, und das beunruhigte ihn ein wenig.

In all den Jahren, die sie zusammen verbracht hatten — zehn Jahre waren es nun schon, seit der Schwarze Wolf ihn von dem Alptraum befreit hatte, auf Jahrmärkten als Monstrosität zur Schau gestellt zu werden –, war ihm aufgefallen, daß sein Retter all die vielen Frauen, die ihm begehrliche Blicke zuwarfen und einladend ihre Röcke hoben, mit gelangweilter Höflichkeit behandelte. Er war durchaus kein Kostverächter und lehnte nicht ab, was ihm bereitwillig angeboten wurde; einige Frauen hatten ihm sogar so gut gefallen, daß er sich noch am nächsten Morgen an ihren Namen erinnerte.

Aber dies hier war seltsam. Wirklich seltsam. Bis zum Abendessen hatte sich an der ursprünglichen Konzeption der Entführung nichts geändert. Die junge Witwe war eine Geisel, und Geiseln waren Freiwild, besonders wenn es alte Rechnungen zu begleichen galt. Vergewaltigung, erzwungene Eheschließung und sogar Verstümmelung waren aus Rache durchaus nicht unüblich, und der Schwarze Wolf hatte jede dieser Möglichkeiten ernsthaft erwogen.

Im Laufe des Nachmittags und Abends hätte er ihr zumindest ein Dutzend Ohrfeigen verabreichen sollen. Die Tatsache, daß er sie nicht einmal *angerührt* hatte ... Sparrow konnte es einfach nicht fassen und war viel zu müde, um sich darüber den Kopf zu zerbrechen.

Die Hitze und der Rauch, die sich unter dem Dachgewölbe stauten, machten ihn schläfrig. Gähnend kuschelte er sich in sein Nest aus Pelzen, ohne weiter über das rätselhafte Verhalten des Schwarzen Wolfs nachzudenken.

5

Servannes junger Körper schmerzte von Kopf bis Fuß. Sie hatte die ganze schier endlose Nacht über verzweifelt gegen Schwäche und Übelkeit angekämpft. Kein Glockenschlag zeigte an, daß die Stunden vergingen. Die Feuer in der Halle waren zu flockiger weißer Asche niedergebrannt, und die meisten Fackeln waren gleich nach dem Abendessen gelöscht worden; nur zwei loderten weiter, bis sie zu kurzen Stümpfen abgebrannt waren und in den rostigen Eisenhalterungen von allein ausgingen. Und sogar die Sterne am Himmel waren meistens von dichten Nebelschwaden verhüllt.

Feuchtigkeit und Kälte waren Servannes einzige Gefährten. Biddy war eine knappe Stunde nach ihren Beteuerungen, bei ihrer Herrin ausharren zu wollen, fest eingeschlafen. Abgesehen vom leisen Schnauben der Pferde und vom zufriedenen Schnarchen der Männer, die auf Haufen alter Binsen schliefen, wurde die bleierne Stille nur vom gelegentlichen Zischen und Knistern der verglühenden Feuer durchbrochen.

Langsam machte die tiefe Dunkelheit, die sich über die ehemalige Abtei gesenkt hatte, jedoch einer trüben, milchigen Dämmerung Platz. Der Nebel begann sich in den Wald zurückzuziehen. Allmählich nahmen verschwommene Schatten wieder feste Konturen an, und die ersten Männer erwachten, streckten sich gähnend und rieben sich ihr verquollenen Augen mit den Fäusten. Ihr Husten und Spucken weckte die Hunde, die auf der Suche nach Essensresten die Binsen durchwühlten, sobald sie ihre Notdurft verrichtet hatten. Die Waldgänger wünschten einander einen guten Morgen, stöhnten über Brummschädel und faden Geschmack im Mund oder rissen Zoten über gewisse Körperteile, die mangels Betätigung einrosteten. Irgendwo blökte eine Ziege, und eine Axt hieb in Holz. Eine Schar aufgescheuchter Krähen flog als schwarze Wolke über die verkohlten Dachbalken hinweg.

Sparrow kam aus dem Nirgendwo angeschwirrt und landete mit einem lauten Plumps und einem vergnügten

Quieken, die Biddy so erschreckten, daß sie fast von ihrem Hocker gefallen wäre.

»Sie sagten gestern, Sie wollten sich nicht setzen«, neckte er Servanne gutmütig. »Bedeutet das vielleicht auch, daß Sie keinen Wert darauf legen, sich zu waschen und die Schatten der Nacht zu vertreiben?«

Servanne war viel zu erschöpft, um an seinem Humor Anstoß zu nehmen. »Ich würde mich gern erfrischen.«

»Gut, dann folgen Sie mir. Folgen Sie mir.«

Biddys steife Glieder ächzten und knackten, als sie auf die Beine zu kommen versuchte, aber mit Servannes Hilfe gelang es ihr schließlich. Jede Bewegung war schmerzhaft, und deshalb watschelte sie langsam und vorsichtig in einigem Abstand hinter ihrer Herrin her.

Sparrow führte sie über den Hof, auf die Rückseite der Steinbauten. Hier hatte es früher in der dicken Außenmauer eine niedrige Hintertür gegeben, durch die die Mönche die Abtei betreten oder verlassen konnten, ohne den Haupteingang benutzen zu müssen. Die Tür selbst war verschwunden, und der Torbogen war mit Unkraut und Efeu überwuchert, aber jemand hatte vor kurzem einen schmalen Durchgang freigehackt, und in dieser Öffnung blieb Sparrow grinsend stehen und winkte Servanne.

Einen herrlichen Augenblick lang glaubte sie in ihrer Benommenheit, daß der Gnom ihr zur Flucht verhelfen wollte. Die Hoffnung gab ihr neue Kraft, bis sie auf der anderen Seite der Mauer feststellen mußte, daß der Pfad in den Wald führte. Die beiden Frauen, die sie am Vorabend gesehen hatte, kehrten gerade mit vollen Wassereimern in die Abtei zurück.

»Die Zisterne im Klosterhof ist ausgetrocknet«, erklärte Sparrow, ohne auf Biddys gedämpfte Flüche zu achten, deren Haube sich im Efeu verfangen hatte. »Aber ganz in der Nähe gibt es eine Wasserstelle. Folgen Sie mir.«

Er tänztelte fröhlich in den Wald hinein und ruderte mit seinen kurzen Armen, um die Zweige und das hohe hellgrüne Farnkraut beiseite zu schieben. Dabei plapperte oder sang er unablässig vor sich hin. Servanne folgte ihm teilnahmslos. Sie bemerkte weder, daß die frische Luft herrlich nach Tannen duftete, noch daß ihre Schritte auf dem weichen Lehmboden kaum zu hören waren. In ihrer Trübsal sah sie nicht einmal, daß Sparrow stehenblieb, und wäre fast in ihn hineingelaufen. Nur sein lauter Schrei und seine flinken Hände retteten sie und ihn davor, über einen Felsen, der das abrupte Ende des Pfades markierte, drei Meter in die Tiefe zu stürzen.

Zur Linken führte eine steile Böschung zu einem hohen, kahlen Felsvorsprung empor. Vom metallischen Blau des Morgenhimmels hob sich die Silhouette eines Mannes ab. Zweifellos war es ein Wachposten, der von dort oben eine ausgezeichnete Fernsicht in alle Richtungen haben mußte. Aus einem Riß in halber Höhe der Felswand schoß ein breiter Wasserstrahl hervor und plätscherte anmutig über mehrere natürliche, dicht mit Moos bewachsene Stufen im Gestein. Unten sammelte sich das Wasser in einem kleinen dunkelblauen Teich, der etwa zur Hälfte von dem mächtigen Felsvorsprung überschattet wurde, während die andere Hälfte einladend im Sonnenlicht schillerte.

Vorsichtig setzte Servanne auf dem schmalen Pfad, den Sparrow ihr zuvorkommend gezeigt hatte, einen Fuß vor den anderen, bis sie unten ankam und über die flachen Steine am Rand des Teichs laufen konnte.

»Hier sind Sie ganz ungestört«, rief Sparrow ihr von oben zu. »Ich werde mal zurückgehen und nachsehen, wo die Alte mit der scharfen Zunge abgeblieben ist. Es wäre ein Jammer, wenn sie kopfüber in den Teich stürzen würde.« Er stellte sich dieses Bild vor und wiederholte kichernd: »Ja, das wäre wirklich ein Jammer!«

Im nächsten Moment verschwand er im dichten Unterholz. Als sich das Farnkraut nicht mehr bewegte, blickte Servanne zu dem Wachposten empor, der ganz unverhohlen auf sie hinabstarrte.

Doch Servanne dachte im Augenblick nicht an Flucht. Sie ließ sich auf die Knie fallen, beugte sich vor und bewegte vorsichtig den Kopf, um die völlig verspannten Nackenmuskeln zu lockern. Mit einem müden Seufzer öffnete sie den schweren Brokatmantel und streifte ihn von den Schultern. Nach kurzem Zögern nahm sie die Diamantbrosche ab, die dafür sorgte, daß die Leinenbänder ihrer Haube am Hals nicht verrutschten. Langsam, mit den steifen Bewegungen einer neunzigjährigen Greisin, löste sie die gestärkten Bänder und legte den Kopfputz ordentlich auf den blauen Brokat. Sie flocht die beiden dicken Zöpfe auf, fuhr sich mit den Fingern durch die Haare und schüttelte sie, bis die Locken lose hinabwallten. Während sie ihre Kopfhaut massierte, fühlte sie sich so befreit, daß sie fast vor Glück geweint hätte.

Sie wollte gerade ihre Hände in das gläsern schimmernde Wasser tauchen, als ein lautes Platschen sie erschrocken zusammenfahren ließ. In einiger Entfernung glitt ein blasser Schatten unter Wasser dahin und tauchte schließlich mehrere Meter vor den Ringen wieder auf, die er bei seinem Sprung in den Teich erzeugt hatte. Servanne erkannte sofort die kastanienbraune Haarmähne, die der Schwarze Wolf so kräftig schüttelte, daß die Tropfen in alle Richtungen flogen. Sie begriff, daß er sie noch nicht gesehen hatte, denn während er ins seichtere Wasser watete, rieb er sich Brust und Arme mit dem feinen Sand ab, der den Grund des Teichs bedeckte. Dann tauchte er erneut, und diesmal kam er auf der sonnigen Seite wieder zum Vorschein, so daß das Wasser, das an seinem Körper hinablief, in allen Regenbogenfarben schillerte.

Ein nackter Männerkörper barg für Servanne keine Überraschungen. Ihr Mann hatte drei Jahre lang nackt neben ihr geschlafen, und Ritter, die zu Besuch kamen, hatten splitternackt in ihrer Gegenwart gebadet und völlig ungezwungen ihre Hilfeleistungen in Anspruch genommen, wie es der Brauch war, um einen Gast willkommen zu heißen. Manche waren ähnlich männlich und kraftstrotzend gewesen wie dieses Wolfshaupt, obwohl ihr im Augenblick keiner einfiel, der einen so breiten Brustkorb und solche Muskelpakete gehabt hätte. Die Haare auf seiner Brust schimmerten wie eine Kupferplatte, setzten sich als schmaler Streifen zum Nabel hin fort und gingen in die dunkleren und dichteren Schamhaare über. Was wie ein unruhiges Tier aus diesem Wald hervorlugte, hätte Servannes Herzschlag bestimmt beschleunigt, wäre sie nicht durch einen anderen bestürzenden Anblick abgelenkt worden.

Eine schreckliche Narbe, so breit wie ihre Hand und so lang wie ihr Arm, verunstalteten seine rechte Seite von der Achselhöhle bis zur Hüfte. Die rechte Schulter war knorrig wie Rinde, von einer dünnen — unnatürlich weißen und glänzenden — Hautschicht überzogen, die darauf hindeutete, daß ein Chirurg versucht hatte, eine gräßliche Wunde am Oberarm zu schließen, indem er zerfetzte Hautlappen dehnte und mühsam zusammenflickte. Der linke Oberschenkel wies ähnliche Spuren von Verletzungen auf, die ein Mann sich nur auf dem Schlachtfeld zuziehen konnte.

Unter anderen Umständen hätte Servanne sich wohl über die perplexe Miene des Schwarzen Wolfs amüsiert, als er endlich bemerkte, daß er den Teich nicht für sich allein hatte. Seine Hände wollten unwillkürlich zur Waffe greifen, bis ihm bewußt wurde, daß er nackt und schutzlos war. Etwas wie Panik spiegelte sich flüchtig in den strengen, wie gemeißelten Gesichtszügen und den eisgrauen Augen — obwohl Servanne sich beim besten Willen nicht vorstellen konnte, daß es irgend etwas gab, was diesem seelenlosen Kerl Angst machte. Ihre eigene mißliche Lage hielt sie davon ab, über seine unerwartete Reaktion zu lachen. Sie war barhäuptig — ein schlimmer Verstoß gegen die Schicklichkeit, sogar hier im Wald. Und sie war *allein*. (Wo zum Teufel war Biddy abgeblieben?) Ihr Gesicht wies bestimmt Tränenspuren auf, und ihre Hände zitterten wie Espenlaub.

Der Schwarze Wolf blinzelte sich das Wasser aus den Augen und fluchte insgeheim, weil er tatsächlich einen Moment lang geglaubt hatte, eine Wassernymphe mit goldenen Haaren in der Sonne zu sehen. Die goldenen Haare waren Wirklichkeit, aber das Geschöpf war aus Fleisch und Blut, hatte ihm bisher nichts als Ärger bereitet und hielt sich unbefugt hier auf.

Sogar nachdem er den ersten Schock überwunden hatte, fiel es ihm schwer, ein ungezwungenes Benehmen an den Tag zu legen. Er liebte es nicht, überrascht zu werden, und er mutete einer Frau den Anblick seines mit Narben übersäten Körpers nicht gern zu. Nicht daß er sich seines Aussehens geschämt hätte — ihm war ziemlich egal, was andere dachten. Was ihn störte, war vielmehr das Mitleid, das sich oft in Frauenaugen widerspiegelte — oder auch das Entsetzen.

Doch obwohl es ihm zuwider war, von den klaren blauen Augen aufmerksam gemustert zu werden, konnte er sich nicht verhehlen, daß sein Blut schneller pulsierte. Unter der strengen Haube war nichts von ihrer blonden Haarpracht zu sehen gewesen. Die langen dichten Lokken, die ihr jetzt offen über die Schultern fielen, sahen wie flüssiges Gold aus und brachten die weiße Haut, die großen mandelförmigen Augen und die zarten Linien von Nase, Mund und Kinn vorteilhaft zur Geltung. Streng genommen war es kein schönes Gesicht, aber umrahmt von den goldenen Haaren wirkte es so reizvoll, daß er sich unwillkürlich fragte, ob ihm vielleicht auch in bezug auf ihre Figur Fehlurteile unterlaufen waren.

Nachdem sie ihn ihrerseits so ungeniert musterte, fühlte er sich berechtigt, auch seine eigene Neugier zu befriedigen. Sein Blick schweifte über ihren Schwanenhals und blieb an den Brüsten haften, die sich unter dem weichen Kleiderstoff deutlich abzeichneten. Sie waren zwar nicht atemberaubend üppig, aber straff und schön geformt, mit Brustwarzen, die kleinen runden Knöpfen glichen. Er vermutete, daß er ihre Taille mühelos mit seinen Händen umspannen könnte, und daß ihre Haut sich wie warme Seide anfühlen würde.

Seinen Blicken schutzlos ausgeliefert, wurde Servanne von einem unerwarteten Schwindel erfaßt. Es war nicht zu leugnen, daß dieser muskulöse Körper eine verführerische Ausstrahlung von Kraft und Männlichkeit hatte. Plötzlich erinnerte sie sich lebhaft daran, wie diese Arme sie umschlungen und an die breite Brust gepreßt hatten, wie diese Lippen, die sich jetzt scheinbar lautlos bewegten, dicht über ihrem Mund gelauert hatten.

»... ziemlich weit vom Lager entfernt, Mylady«, hörte sie ihn sagen. »Haben Sie allein den Weg hierher gefunden?«

»Sparrow hat mich hergebracht.« Sie senkte hastig den Blick und starrte ihre auf den Knien gefalteten Hände an. »Er ... er dachte, es würde mir erlaubt sein, mich zu waschen und zu erfrischen. Es ... es tut mir leid, dich bei deinem Bad gestört zu haben, aber Sparrow hatte versichert, ich würde den Teich für mich allein haben.«

»Tatsächlich?« Der Wolf hob eine Braue. »Dabei kennt er meine Gewohnheiten fast so gut wie seine eigenen.«

Servanne spürte, daß ihr heiße Röte in die Wangen schoß, und sie verwünschte den Gnom, der sich offenbar einen neuen Streich erlaubt hatte.

Der Schwarze Wolf blickte auf den gesenkten Lockenkopf hinab und fühlte sich aus unerfindlichen Gründen veranlaßt, sie zu beruhigen. »Man müßte seine Nase mindestens zweimal am Tag festbinden«, lachte er trocken, »damit er sie nicht in Angelegenheiten steckt, die ihn nichts angehen. Aber nachdem ich mein Bad ohnehin beendet habe, werden Sie jetzt ungestört sein.« Er wandte sich ab, blieb aber nach einem kurzen Schritt wieder stehen.

»Könnten Sie sich dazu überwinden, einen Rat zu befolgen? Halten Sie sich vom Wasserfall fern. Er sieht zwar harmlos aus, aber der Boden ist dort mit tückischem Unkraut überwuchert.«

Sie schüttelte den Kopf, ohne aufzuschauen. »Ich kann nicht schwimmen und traue mich höchstens bis zu den Knöcheln ins Wasser. Trotzdem ... danke für die Warnung.«

Der Wolf verspürte abermals eine unerwartete Gefühlsregung und fuhr sich mit den Händen ungeduldig durch die nassen Haare. »Ich will mich nicht für mein Benehmen entschuldigen, aber es ist lange her, seit meine Männer und ich in Gesellschaft von Edelfrauen waren, und wenn mich der Zorn packt ...«

Servanne krampfe ihre Hände ineinander. Verspürte er Gewissensbisse über die Art und Weise, wie er sie letzte Nacht behandelt hatte? Das war nur recht und billig! Am liebsten hätte sie ihm ins Gesicht gespuckt, um zu demonstrieren, wie wenig ihr an seinen lahmen Entschuldigungen gelegen war.

»Es ist wirklich nicht mein Wunsch, Ihnen weitere Unannehmlichkeiten zu bereiten, Lady Servanne. Mein Kampf gilt nicht Ihnen.«

»Aber dem Mann, der bald mein Gemahl sein wird«, entgegnete sie scharf. »Und deshalb gilt er durchaus auch mir.«

Der Anflug eines bewundernden Lächelns huschte über das Gesicht des Wolfs. Sie war mutig und loyal, und diese Eigenschaften würden ihr in den kommenden Tagen zugute kommen. Ob sie wirklich stark genug war, um alles unbeschadet durchzustehen, wußte er natürlich nicht, aber es nötigte ihm Respekt ab, daß sie nicht ständig jammerte und in Tränen zerfloß.

Er nahm ihre Zurechtweisung schweigend hin, was ungewöhnlich genug war. Seine schiefergrauen Augen schweiften zum blauen Himmelsgewölbe empor, verweilten auf den Baumwipfeln und richteten sich schließlich auf die Quelle des Wasserfalls hoch oben im Felsgestein.

»Dieser Ort heißt ›Stiller Teich‹, murmelte er geistesabwesend. »Die Legende besagt, daß er mit den Tränen einer Jungfrau gefüllt wurde, die sehr verliebt in einen Mönch aus der Abtei war. Bedauerlicherweise hatte aber auch der Bischof ein Auge auf sie geworfen, und als der Mönch eines Nachts auf dem Weg vom Kloster ins Dorf war, stieß ihm angeblich ein Unfall zu — er stürzte von jenem Felsen dort. Das Mädchen kniete neben seiner Leiche und weinte, bis das Becken mit ihren Tränen gefüllt war, um sicherzustellen, daß sie und ihr Liebster hier bis in alle Ewigkeit ungestört sein würden. Um ihr Mitgefühl und ihre Billigung für dieses Opfer zu zeigen, belegten die Druiden den Teich mit einem Zauber … einem Zauber absoluter Stille, der nur durch eine *erfüllte* Liebe gebrochen werden kann«, schloß er zynisch.

Seine melodische Stimme hatte Servanne eingelullt. »Glaubst du an solche Flüche und Zauber?«

»Ich glaube, was meine Augen sehen und meine Ohren hören. Schauen Sie sich doch um. Lauschen Sie. Im Wald wimmelt es von Tieren und Vögeln, aber sie kommen nie an den Teich heran. Der Wasserfall erzeugt keine Geräusche, und die Blätter bewegen sich zwar auf den Ästen, erzählen dem Wind aber nichts.«

Servanne hob mühsam den Kopf. Das war bestimmt eine neue Art der Folter, denn sie hörte viele Geräusche, die in ihren Ohren brausten und sausten. Sie versuchte, zu den Baumwipfeln emporzuschauen, aber die Sonne war ein heißer, verschwommener Ball, und die schillernde Wasseroberfläche machte sie ganz schwindelig und benommen. Der riesige Feuerball explodierte plötzlich in unzählige Lichtpunkte, zwischen denen sich eine dunkle Silhouette bewegte.

Der Schwarze Wolf erreichte sie gerade noch rechtzeitig, um zu verhindern, daß ihr Kopf auf dem Stein aufschlug, auf dem sie kniete. Sie riß erschrocken die Augen auf, als er sie auffing, aber die Lider schlossen sich sofort wieder, und die Wimpern senkten sich wie müde Schmetterlingsflügel auf die aschfahle Haut.

»Kleine Närrin«, murmelte er. »Ein Wunder, daß du deinen Kopf so lange hochhalten konntest.«

Er hob sie vorsichtig hoch und watete mit ihr in den Armen zu einer Stelle, wo er das knietiefe Wasser leicht verlassen konnte. Dann trug er sie in die Abtei zurück, ohne sich um die neugierigen Blicke zu kümmern, die seinem nackten Körper galten. Ein drohendes Stirnrunzeln genügte, um die Gaffer auf dem Hof und in der Pilgerhalle auf Abstand zu halten.

In der Kammer, die für Servanne und Biddy vorbereitet worden war, bettete er sie behutsam auf das Lager aus frischen Binsen und Pelzen. Sie hatte unterwegs im Schlaf die Arme um seinen Hals geschlungen und wollte ihn jetzt nicht loslassen, weil sein warmer Körper ihr mehr behagte als das kühle Bett.

Der Wolf löste ihre Hände sanft von seinem Nacken, und weil ihn niemand außer den stillen Klosterwänden beobachtete, strich er ihr zärtlich die langen Locken aus dem Gesicht. Die ehemalige Mönchszelle war fensterlos, und die Kerze brannte nicht, doch sogar in dem schwachen Licht, das durch die Tür einfiel, schimmerte ihr Haar wie Meereswellen im Mondlicht, und ihre Haut hob sich bläulich-weiß von den dunklen Pelzen ab.

Seine Stirn legte sich in Falten, als er auf sie hinabblickte und feststellte, daß der Saum ihres Kleides naß geworden war, während er sie durchs Wasser getragen hatte. Er warf einen flüchtigen Blick zur Tür, schob dann aber achselzuckend alle Bedenken beiseite, öffnete den goldenen Gürtel, den sie um die Taille trug, und zog ihn unter ihr hervor. Er konnte sich nur allzu gut ihre Reaktion vorstellen, wenn sie sehen würde, was er machte, und unwillkürlich grinste er, während er ihren Rock und das — ebenfalls nasse — dünne Leinenhemd bis zu den Hüften hochschob und den leichten Körper anhob, um ihr beide Kleidungsstücke ausziehen zu können, die sich zuletzt noch in ihren langen wirren Haaren verfingen.

Erst als er sie wieder auf das Lager bettete, verflog sein Lächeln, und in seinen Augen schwelte plötzlich ein Feuer. Zum erstenmal, seit der den ›Stillen Teich‹ verlassen hatte, wurde ihm bewußt, daß er nackt war — allein mit einer nackten Frau. Seine Fingerspitzen waren nur wenige Zentimeter von einer vollen, runden Brust entfernt und konnten der Versuchung nicht widerstehen, über die zarte Haut zu gleiten, auf die rosige Knospe der Brustwarze zu, während seine Hand sich um das feste Fleisch schloß.

Ein leises, kaum hörbares Stöhnen lenkte seine Aufmerksamkeit auf ihr Gesicht. Die Lippen waren leicht geöffnet und einladend feucht. Ihr Körper bebte leicht — freilich so unmerklich, daß er vielleicht geglaubt hätte, er bilde es sich nur ein, wenn er nicht gleichzeitig gespürt hätte, daß die Brustwarze in seiner gewölbten Hand anschwoll und hart wurde.

Seine Finger bewegten sich wieder, und ein zweiter Seufzer jagte ihm einen prickelnden Schauer über den

Rücken und setzte seine Lenden in Brand. Sein Blick schweifte von ihren Brüsten zu dem goldfarbenen Dreieck zwischen ihren Beinen. Die krausen Härchen waren weich und lockten seine Finger immer tiefer. Diesmal war ihre Reaktion unmißverständlich: sie erbebte heftig, und ihre Haut rötete sich.

Der Wolf zog seine Hand zurück und ballte sie zur Faust. Er wußte, daß nichts ihn daran hinderte, sie in Besitz zu nehmen. Hatte das nicht von Anfang an zu seinem Plan gehört, sobald ihm zu Ohren gekommen war, daß der Drache sich eine Braut ausgesucht hatte? Sie war keine unberührte Jungfrau, aber sie gehörte dem Drachen, und das machte sie zu einer wichtigen Spielfigur in seinem Rachefeldzug. Auge um Auge — stand es nicht so geschrieben?

Bittere Erinnerungen wurden in ihm wach, so sehr er sich auch dagegen wehrte.

Nicolaa.

Jung und voller Leben, geschmeidig wie eine Peitsche und genauso tödlich für die Unschuld und Ahnungslosigkeit eines jungen Mannes. Nicolaa hatte ihm beigebracht, daß es außer Turnierkämpfen auch noch andere weltliche Freuden gab. Sie hatte sich seiner aggressiven Lust angenommen und ihn wochenlang erschöpfend in der Liebeskunst unterwiesen.

Nicolaa.

Damals hatte er geglaubt, sie leidenschaftlich zu lieben. Er hatte sogar einen Ehevertrag aufsetzen lassen, überzeugt davon, daß diese Verbindung in politischer Hinsicht genauso vernünftig wäre wie in persönlicher. Als sie seinen schriftlichen Heiratsantrag positiv beantwortete, galoppierte er zur Burg ihres Vaters und setzte sich in seiner liebestrunkenen Ungeduld über alle Anstandsregeln hinweg: anstatt sie rufen zu lassen, stürmte er einfach in ihren privaten Turm.

Das Bild, das sich ihm bot, ließ ihn auf der Schwelle zur Salzsäule erstarren. Seine Angebetete — weiße Haut, rabenschwarzes Haar, lodernde Augen — hielt nackt einen anderen Mann umklammert, der seinen blonden Kopf in Ekstase zurückwarf. Als der Schwarze Wolf erkannte, wer Nicolaas Kehle diesmal die ihm so wohlvertrauten gutturalen Lustschreie entriß, war er versucht, sein Schwert zu ziehen und das Paar beim Höhepunkt ihres Betrugs zu töten.

Statt dessen wartete er, bis die brünstigen Akrobatikübungen endlich in wilden Zuckungen endeten — und während dieser Zeit legte sich eine dicke Eisschicht um sein Herz. Nicolaa sah ihn zuerst und schrie auf. Ihr Liebhaber drehte sich um — und lächelte triumphierend.

Wortlos hatte der Wolf den Ehevertrag zerrissen und den Raum und die Burg verlassen. Eine Woche später war er an Bord eines Segelschiffs in die Ferne gezogen, mit dem roten Kreuz eines Kreuzritters auf dem Wams.

Auge um Auge, brachte er sich jetzt in Erinnerung, während er seine Hände langsam nach der schlafenden Servanne de Briscourt ausstreckte. Es war nun einmal eine grausame, gefühllose Welt — für eine Frau noch viel grausamer als für einen Mann, und blindes Schicksal entschied darüber, welches Geschlecht aus seinem Samen entsproß. Als Mann war es ihm vergönnt, sein Geschick selbst in die Hand zu nehmen, während es nun einmal ihr Schicksal war, nur als Spielball zu dienen. Er konnte es sich einfach nicht leisten, in ihr etwas anderes zu sehen, trotz der Unschuld und Verletzlichkeit, die sie so verzweifelt hinter ihren funkelnden blauen Augen zu verbergen versuchte. Denn wenn er sich Gefühle wie Mitleid oder Bedauern erlaubte, würde ihrer aller Leben — auch das ihre — verspielt sein.

6

Das Pferd des Kuriers, der auf das Burgtor zugaloppierte, war vor Erschöpfung mit weißem Schaum bedeckt, und auch der Mann war so mitgenommen, daß er dem Wächter, der ihn mißtrauisch durch das Fallgatter beäugte, nur mühsam erklären konnte, was sein Begehr war. Mit einer Eskorte durchquerte er den Außenhof, gelangte über eine hölzerne Zugbrücke in einen Innenhof, wo er an mehreren Toren weitere lästige Fragen beantworten mußte, bevor er endlich in den innersten Hof eingelassen wurde. Die Pferdehufe, die abwechselnd über Holz und Kopfsteinpflaster donnerten, unterstrichen die Dringlichkeit seiner Botschaft und ließen Dienstboten und Pagen, die ihren morgendlichen Pflichten nachgingen, erschrocken zur Seite springen. Als der Kurier dann endlich abstieg, zwang er seine völlig verkrampften Beine, die umfriedete Treppe zum Haupteingang emporzurennen, wo er atemlos und verärgert seine Forderung wiederholte, sofort Lord Lucien Wardieu zu sehen.

Der Seneschall, ein kleiner Mann mit grimmigem Gesicht, erklärte eisig, der Lord schlafe noch und dürfe nicht gestört werden. Der Kurier schob ihn entgegen jedem Protokoll einfach beiseite und hetzte einen Korridor entlang, zu der schmalen Wendeltreppe, die in den Privatturm des Barons führte.

Oben angelangt, wurde er von den Dolchen und Schwertern der beiden aufgeschreckten Knappen aufgehalten, die im Vorraum des Schlafgemachs ihres Herrn geschlafen hatten. Der Lärm bewirkte, daß die Tür aufflog. Wutentbrannt stand Baron de Gournay auf der Schwelle, splitternackt, aber mit einem funkelnden Schwert in der Hand.

»Was zum Teufel geht hier vor?« brüllte er. »Rolf! Eduard! Wer ist dieser Mann, und was will er?«

»Bitte, Mylord«, keuchte der Kurier, dessen rechter Arm von Rolf, dem älteren Knappen, schmerzhaft verrenkt wurde, während der jüngere, dessen Gesicht vor Feuereifer glühte, ihm die Dolchspitze so fest an die Kehle drückte, daß einige Bluttropfen hervorperlten.

»Bitte, Mylord, hören Sie mich an! Ich bringe dringende Nachricht vom Sheriff! Mir wurde ausdrücklich gesagt, daß diese Botschaft nur für Ihre Ohren bestimmt ist, Mylord. Nur für Ihre Ohren!«

Wardieu ließ das riesige Stahlschwert sinken und nickte seinen Knappen zu, die daraufhin ihren Griff soweit lokkerten, daß der Kurier Luft bekam und sprechen konnte.

»Also? Ich höre.«

»Es ist eine Nachricht von ... vom Lord High Sheriff ... von Onfroi de la Haye.«

»Uns ist bestens bekannt, wie der Sheriff heißt«, ertönte eine kriegerische Stimme aus dem Schlafgemach, und gleich darauf tauchte Nicolaa de la Haye auf, mit wirren schwarzen Haaren, ein Bettlaken lässig über eine Schulter geworfen und in der Taille verknotet.

Dem Kurier verschlug es bei diesem Anblick die Sprache. Er starrte von ihrer entblößten Brust zu den verräterischen Kratzern und Bißmalen am Körper des Barons.

»Nun?«

»D-Da war ein Überfall, Mylord. In Lincolnwood. Mehr als zwanzig tapfere Männer wurden getötet, die übrigen ausgeraubt und gezwungen, den Wald zu Fuß zu verlassen.«

Nach einer Nacht übermäßigen Alkoholgenusses und sexueller Exzesse arbeitete Wardieus Gehirn langsamer als sonst, doch als er endlich begriff, was diese Botschaft bedeutete, stieß er einen so gräßlichen Fluch aus, daß die Knappen bestürzt zusammenzuckten.

»Und Lady Servanne?« schrie er. »Wo ist sie?«

Der Kurier, dem vor Angst die Augen fast aus den Höhlen traten, berichtete stammelnd: »Die Kavalkade wurde von Waldgängern überfallen, Mylord. Ihr Anführer — er nennt sich ›Schwarzer Wolf‹ — hat Lady Servanne als Geisel genommen und den überlebenden Männern geraten, den Wald unverzüglich zu verlassen, wenn sie nicht in ihrem eigenen Blut ertrinken wollten. Er hatte auch eine Botschaft für ... für ...« — der Kurier schloß die Augen und schluckte hart — »... für den Drachen von Bloodmoor Keep: ein Lösegeld von zehntausend Mark sei erforderlich, damit die Geisel freikommt.«

Wardieus eisige blaue Augen verengten sich zu schmalen Schlitzen. »Zehntausend Mark? Wer ist dieser Wahnsinnige, dieser ... ›Schwarze Wolf?‹ Warum habe ich bisher noch nie etwas von ihm gehört? Und wo in aller Welt steckte unser glorreicher Sheriff, während diese Schandtat verübt wurde?«

Wardieu ging bei diesen Worten drohend auf den zitternden Kurier zu, und sein grimmiges Gesicht — eine kalte Wand aus angespannten Muskeln — war so furchterregend, daß der Ärmste kein Wort hervorbringen konnte.

»Der Schwarze Wolf von Lincoln«, murmelte Nicolaa de la Haye. »Onfroi hat ihn einige Male erwähnt.«

Der Baron wirbelte zu ihr herum. »Was? Warum habe *ich* bis heute nie etwas von ihm gehört?«

»Mein Lieber, wie du genau weißt, gibt mein Mann Niederlagen nicht gern zu. Dieses Wolfshaupt spielt schon eine ganze Weile Katz und Maus mit Onfrois kühnen Männern — seit mindestens einem Monat, vielleicht auch länger. Ich bin sicher, daß er es dir irgendwann hätte sagen müssen, denn der Kerl scheint sein Lager unweit deiner Grenzen aufgeschlagen zu haben. Zu Onfrois Verteidigung muß ich allerdings sagen — obwohl ich eigentlich beim besten Willen nicht weiß, warum ich ihn verteidigen sollte —, daß er in letzter Zeit sehr beschäftigt war

— im Dienste unseres Königs und unseres Prinzen. Du versteht schon?«

Wardieu schob diese Anspielung darauf, daß der Sheriff wieder einmal Steuern eintreiben mußte — angeblich, um die königliche Armee zu finanzieren, in Wirklichkeit aber, um Prinz Johanns wilde Ambitionen zu befriedigen.

»Wenn dein Mann Hilfe brauchte, um ein Räubernest im Wald auszuräuchern, hätte er doch wie immer zu mir angekrochen kommen können«, knurrte Lucien.

»Vielleicht wollte er endlich einmal selbst etwas Beeindruckendes vollbringen, wer weiß!« Nicolaas Stimme triefte vor Sarkasmus. »Vielleicht glaubt er, daß seine Männlichkeit durch deine Überlegenheit auf anderen Gebieten schon genug bedroht ist.«

Wardieu knirschte mit den Zähnen. »Rolf, hol meine Kleider und meine Rüstung! Eduard, ruf meine Leibwache zusammen! Die Männer müssen in einer Stunde aufbruchbereit sein.«

Während die Knappen davoneilten, richteten sich die eisigen blauen Augen wieder auf den Kurier, der verstohlen seinen verrenkten Ellbogen rieb. »Wo ist der Sheriff jetzt, und wo sind die Männer, die Lady Servanne eskortierten? Ich möchte sie persönlich befragen.«

»Das hat mein Herr vorausgesehen, und deshalb hat er sein Lager auf der Grünfläche oberhalb der Alford Abbey aufgeschlagen, um dort auf Eure Lordschaft zu warten. Außerdem hat er einen Spähtrupp an den Ort des Überfalls geschickt, und da es Anfang der Woche viel geregnet hat, glaubt er, daß die Spuren ihm den Weg zu den Banditen weisen werden.«

»Onfroi hat sogar Mühe, eine volle Latrine zu finden, obwohl der Gestank ihm eigentlich den Weg weisen müßte«, warf Nicolaa gähnend ein. »Ich glaube, ich sollte mich ankleiden und dich begleiten, Lucien. Onfrois Männer beweisen viel lieber *mir* als ihm, was in ihnen steckt.«

»Wie du willst, aber ich werde bis zur Abtei keinen Halt einlegen und keine Verzögerung dulden.«

»Stell mir einen ordentlichen Hengst zur Verfügung«, erwiderte sie, den Blick anzüglich auf seinen nackten Körper gerichtet, »dann wirst du von mir bestimmt keine Klagen über einen harten Tagesritt hören.«

Lucien wandte sich dem fassungslosen Kurier zu. »Geh nach unten und sag meinem Seneschall, daß er dir warmes Essen und etwas zu trinken bringen lassen soll. Und dann halt dich bereit, uns zu besagter Grünfläche zu führen.«

»Ja, Mylord ... Mylord, da ... da war noch etwas.«

Wardieu hatte es eilig. »Ja, was ist?«

Schweißtropfen liefen dem Kurier über die Stirn. »Noch etwas vom Schwarzen Wolf, Mylord. Das hier soll Ihnen ausgehändigt werden, zusammen mit einer weiteren Botschaft, damit Sie wissen, daß er es ernst meint.«

Mit zittriger Hand griff er in einen Lederbeutel, der an seinem Gürtel hing, holte ein kleines Jutesäckchen hervor und überreichte es dem Baron. Die Schnur um das Säckchen hatte sich während des langen Ritts gelockert, es rutschte Wardieu aus der Hand, und der Inhalt fiel dicht vor seinen Füßen auf den Boden.

Es war ein Finger — der Größe und Form nach zu schließen, der Finger einer Frau.

Wardieu holte tief Luft. »Und wie lautet die Botschaft?«

Der Kurier klapperte mit den Zähnen, und sein Blick huschte nervös von Nicolaa zum Baron. »Nur ... nur daß Sie Ihre Braut nicht wiedersehen werden, wenn das Lösegeld nicht bezahlt wird ... jedenfalls nicht in Stücken, die groß genug wären, damit jemand sie noch erkennen könnte.«

Nicolaa trat näher heran, um den Finger besser sehen zu können, und sie war es auch, die das Schweigen brach.

»Nun«, murmelte sie, »dieser Schwarze Wolf versteht es jedenfalls, seine Absichten drastisch zu demonstrieren.«

7

Onfroi de la Haye war ein spindeldürrer Mann mit dem Gesicht eines Frettchens, der überdies das Pech hatte, bei jeder nervlichen Belastung übermäßig zu schwitzen. Ein Tick in seinen hohen, mageren Backenknochen ließ seine Brauen und Lider krampfartig zucken. Seine Lippen waren immer trocken, sogar wenn er am ganzen Körper schwitzte, und deshalb war seine Zunge wie bei einer Schlange ständig in Bewegung, um den Belag in die verkrusteten Mundwinkel zu schieben. Seine Augen standen zu dicht beisammen, um eine normale Sicht zu ermöglichen, und er kniff sie — wenn seine Lider ausnahmsweise nicht zuckten — zusammen, um Gegenstände erkennen zu können, die nur wenige Schritte entfernt waren. Seine Nase war lang und gebogen, sein Kinn spitz, und seine Haut unter den spärlichen Haaren, die er als Bart bezeichnete, wies deutliche Spuren von schweren Pocken in der Kindheit auf.

In Schweiß gebadet, krampfhaft zuckend und an einer Narbe auf der Wange kratzend, lief Onfroi vor der rauchenden Asche des Lagerfeuers auf und ab. Niedergetretenes Gras — fast schon ein kurzer Trampelpfad — verriet, daß er das schon eine ganze Weile machte. Seiner Schätzung nach waren fast achtzehn Stunden vergangen, seit er den Mut aufgebracht hatte, seinen Kurier nach Bloodmoor Keep zu schicken. Wenn man berechnete, wie lange es dauerte, von der Abtei zur Burg und zurück zu reiten . . .

Der Sheriff erreichte das Ende des Trampelpfads, blieb

kurz stehen, drehte sich auf dem Absatz herum und setzte seine Wanderung in engegengesetzter Richtung fort.

... konnte eine Nachricht vom Baron eigentlich nicht vor Mitternacht eintreffen.

Onfroi blieb lange genug stehen, um seinen Blick über die große Wiese schweifen zu lassen, wo seine Männer ihr Lager aufgeschlagen hatten. Ein Bach trennte sie von den Obstgärten, die das Kloster im Tal umgaben — einen geordneten Gebäudekomplex mit Steinmauern und Schieferdächern, die im Licht der untergehenden Sonne rötlich schimmerten. Abgesehen vom gelegentlichen Blöken eines Schafs oder dem Bimmeln einer Ziegenglocke war es sehr still. Die kleine Bronzeglocke des Klosters hatte im Morgengrauen geläutet, um die Mönche zur Messe zu rufen, und im Abstand von drei Stunden war sie immer wieder zu hören gewesen — zuletzt vor fast einer Stunde, zur Vesper. Onfroi hatte viel Zeit gehabt, um über jede Einzelheit des Hinterhalts nachzudenken und sich Antworten auf jede mögliche Frage zurechtzulegen.

Er wischte sich die Stirn mit seinem Samtärmel ab. Trotz all seines Grübelns hatte er keine Ahnung, wie sich der Zorn des Barons entladen würde. In den zehn Jahren, seit er Sheriff von Lincoln war, hatte er alle Extreme von Wardieus Temperament miterlebt, und er wußte nicht, wovor er mehr Angst hatte: vor der eisigen Ruhe, die einem das Mark in den Knochen gefrieren ließ, oder vor der rasenden Wut, bei der im wahrsten Sinne des Wortes die Fetzen flogen. Der Mann war eine Ausgeburt der Hölle, daran bestand kein Zweifel. Unergründlich. Unberechenbar. Und mit ausgeprägten Besitzansprüchen. Wie würde er wohl auf die Entführung seiner Braut reagieren?

Onfroi lief weiter auf und ab, auf und ab.

Es mußte eine vernünftige Erklärung dafür geben, wie es passieren konnte, daß dreißig Männer in einen Hinterhalt gerieten, aller Wertsachen beraubt und wie Perlhühner aus dem Wald gejagt wurden, nur mit Hemd und Hose bekleidet. Aber welche? Und wie sollte er einleuchtend erklären können, wie ein Geächteter es schaffte, sich seit fast zwei Monaten unauffindbar im Wald zu verstecken? Wie sollte er die Existenz eines Gespensts in schwarzen Wolfspelzen erklären — eines Gespensts, das zuschlug und verschwand, zuschlug und verschwand und nie auch nur die geringste Spur hinterließ? Männer konnten ihn nicht aufspüren. Hunde konnten ihn nicht aufspüren. Die besten Rüstungen konnten die Pfeile seiner Bogenschützen nicht abwehren, und die schnellsten Pferde konnten dem lautlosen Tod nicht entkommen, der im Wald lauerte.

Auf und ab, auf und ab.

Vernünftig? Das Wort war der glatte Hohn. Warum in drei Teufels Namen hatte er sich nicht mit den zwei kleinen Landsitzen begnügen können, die sein Vater ihm vererbt hatte? Warum hatte er Nicolaa erlaubt, ihn anzutreiben und zu manipulieren, bis er — ohne es selbst zu wollen — Sheriff von Lincoln geworden war?

Nicolaa! Gewiß, sie war eine Augenweide, aber verdorben durch Ehrgeiz, Habgier und einem Streben nach Unsterblichkeit. Ein schlaues Luder, kalt und berechnend. Und so in sich selbst verliebt, daß in diesem Herz aus Stein kaum Platz für etwas anderes blieb. Onfroi wußte, daß Nicolaas sexuelle Exzesse ihn der Lächerlichkeit preisgaben. Aber er hatte, ehrlich gesagt, gar nichts dagegen, daß sie ihre perversen Lüste in fremden Betten befriedigte, denn ihn ängstigte die Vorstellung, wohin diese Perversionen eines Tags noch führen könnten. Blut und Schmerzen bereiteten ihr Genuß, Folter war für sie ein amüsanter Zeitvertreib am Abend, und das Schlachten eines Menschen brachte sie in Feststimmung.

Ein eiskaltes Luder, ein jähzorniger Kriegsheld und ein

tückisches Wolfshaupt. Alle drei machten ihm schwer zu schaffen. War es unter diesen Umständen verwunderlich, daß er griesgrämig war und Magenbeschwerden hatte?

Auf und ab, auf und ...

Stehenbleiben!

Onfroi erstarrte zur Salzsäule und riß seine Augen vor Schreck so weit auf, daß das rotgeäderte Weiße zum Vorschein kam. Aus östlicher Richtung war ein dumpfes Donnern vernehmbar, herangetragen von einer Brise, die in Onfrois Einbildung nach Schweiß und Zorn roch.

Allmächtiger! Konnte das schon Wardieu sein? Wenn ja, so mußte er Bloodmoor Keep kurz nach dem Eintreffen des Kuriers verlassen haben, und dem Lärm nach zu schließen, brachte er seine gesamte Leibwache mit.

In panischem Schrecken betrachtete Onfroi den Lagerplatz, und seine Halsadern schwollen gefährlich an. Die Hälfte seiner Männer lag träge herum, die andere Hälfte hatte sich um ein angezapftes Fäßchen Ale geschart.

»Unverschämtes Gesindel!« brüllte er und versetzte zwei schnarchenden Männern kräftige Fußtritte. »Steht auf! Verdammt, steht sofort auf!«

Er rannte über die Wiese und traktierte jeden, der nicht schnell genug ausweichen konnte, mit Fäusten und Stiefeln. »Faules Pack! Unverschämte Esel! Wir werden ja sehen, wie gut ihr noch schlafen könnt, wenn ihr heiße Eisen zu spüren bekommt! Nehmt diese Männer fest!« Er deutete auf die beiden Unglückseligen. »Schafft sie mir aus den Augen, bevor ich zum Messer greife!«

»Was bin ich doch für ein gottverdammter Narr!« Er suchte nach weiteren Opfern, an denen er seine Wut auslassen konnte. »Kein Wunder, daß dieses verfluchte Wolfshaupt sich im Wald häuslich eingerichtet hat. Er könnte kaum zehn Schritte entfernt sein — er könnte in den Suppenkessel pissen! — und keiner dieser Ochsen würde es bemerken!«

Als Onfroi die Flüche auszugehen drohten, galoppierten die Pferde auch schon durch das friedliche Tal, allen voran Wardieus riesiger Schimmel, ein prächtiges Schlachtroß mit den roten Augen und geblähten Nüstern eines der Hölle entsprungenen Dämons. Sein Herr sah kaum weniger furchterregend aus. Die Rüstung ließ seine imposante Statur noch gewaltiger erscheinen, sein blauer Mantel flatterte im Wind, und sein Gesicht war eine Maske kalten Zorns. Direkt hinter ihm ritten seine beiden Knappen auf unauffälligeren Pferden, deren Hufe jedoch genausoviel Erde und Gras aufwirbelten. In einigem Abstand folgten vierzig Ritter, deren Mäntel zwar mit dem Wardieu-Drachen bestickt waren, deren trapezförmige Schilde aber mit ihren eigenen Wappen geschmückt waren.

»Allmächtiger!« murmelte Onfroi. Am liebsten hätte er sich bekreuzigt. Es war noch schlimmer, als er befürchtet hatte: unter den Söldnern, die Wardieus berüchtigte Leibwache bildeten, befand sich auch jener Mann, bei dessen bloßem Anblick Onfroi die Kontrolle über seinen Schließmuskel verlor.

D'Aeth! Ein Riese, dessen Gesicht von gräßlichen Narben entstellt und dessen Schädel so kahl wie ein Ei war. D'Aeth war Wardieus Inquisitor, und an seinem Sattel hingen die schrecklichen Werkzeuge, die zu seinem Beruf gehörten — Eisenzangen, mit denen man Knochen und Hoden zermalmen konnte, verschiedene Lederpeitschen sowie ein langer dünner Stachelstock, dessen Verwendungszweck dem Sheriff Schreckensvisionen verursachte. Wen wollte Wardieu foltern lassen?

Nur unter Aufbietung aller Willenskraft gelang es Onfroi de la Haye, seine Übelkeit zu bezwingen, als das Schlachtroß des Barons schnaubend zum Stehen kam. Wardieu ließ seinen scharfen Blick über das ganze provisorische Lager schweifen, bevor er sich aus dem Sattel schwang.

Onfroi eilte auf ihn zu. »M-M-Mylord Lucien«, stammelte er. »Ich hatte nicht erwartet, daß Sie so schnell hier sein würden.«

Die durchdringenden blauen Augen blieben auf dem Gesicht des Sheriffs haften. »Offenbar gab es in den letzten zwei Tagen so manches, was Sie nicht erwartet hatten, De la Haye.«

Ein kalter Schauer lief Onfroi über den Rücken. Die Stimme des Barons war sehr ruhig — aber auch im Auge eines Wirbelsturms herrschte Windstille.

»Haben Sie Gefangene?«

»G-G-Gefangene? Nein, Mylord, bedauerlicherweise nicht — die Waldgänger waren viel zu schnell. Als die Überlebenden des Überfalls uns endlich erreichten, hatten die Banditen sich längst in alle Himmelsrichtungen zerstreut. Das ist ihre übliche Taktik. Sie schlagen mit der Geschwindigkeit von Vipern zu und verschwinden im Dickicht, ohne Spuren zu hinterlassen.«

Wardieus Gesicht schien aus Stein gemeißelt zu sein. »Sie müssen sie ja recht gut kennen, wenn Sie sogar schon ihre Gewohnheiten studiert haben. Dann ist das offenbar nicht das erste Mal, daß diese Bande im Wald Untaten verübt.«

Ein heftiger Tick in Onfoirs Wange schloß sein linkes Auge. »Es gab G-G-Gerüchte, Mylord, weiter nichts. Gerüchte über einen Mann, der einen Wolfspelz trägt und die Kaufleute überfällt, die nach Lincoln Town unterwegs sind oder von dort kommen. Aber das sind alles nur Gerüchte. Sie wissen ja selbst, Mylord, wie die hiesigen Bauern den unbedeutendsten Zwischenfall zu einem Abenteuer von epischen Ausmaßen aufbauschen, speziell wenn die Geächteten ihre Verbrechen im Namen angelsächsischer Gerechtigkeit begehen.«

»Der Bischof von Sleaford wird erfreut sein zu hören, daß Sie den Überfall auf ihn im vergangenen Monat als

›unbedeutenden Zwischenfall‹ einstufen«, kommentierte Lucien kalt. »Und Lady Servanne ebenfalls.«

Onfrois Zunge glitt über seine Lippen. »Es gibt keine Beweise dafür, daß die beiden Verbrechen von ein und derselben Bande begangen wurden, Mylord.«

»Oh? Wollen Sie mir weismachen, daß sich gleich zwei Wolfsrudel in diesen Wäldern tummeln? Zwei Banden, die Ihren Spähtrupps auf der Nase herumtanzen, und das schon seit einem Monat? Oder sind es zwei Monate?«

»Wir haben gesucht«, jammerte Onfroi. »Es werden viel mehr Patrouillen als sonst durchgeführt, mit der doppelten Anzahl tüchtiger Männer. Spürhunde werden jeden Tag eingesetzt. Förster aus den Dörfern werden gezwungen, sich an der Suche zu beteiligen. Niemand sieht etwas. Niemand hört etwas. Kundschafter kehren nicht zurück, und wenn ihre Leichen überhaupt gefunden werden, so mit durchgeschnittenen Kehlen, durch die ihre Zungen gezogen wurden. Das Sachsenpack hilft uns nicht. Erst letzte Woche haben wir ein ganzes Dorf bis auf den Grund niedergebrannt und die Bauern gehenkt, einen nach dem anderen, aber keiner hat die Vogelfreien verraten. Kein Mann, keine Frau und kein Kind wollte den Mund aufmachen, um das eigene Leben zu retten.«

Wardieu schnitt eine Grimasse. »Ihre Methoden sind genauso beklagenswert wie Ihre Fähigkeiten, De la Haye. Ist es Ihnen überhaupt nicht in den Sinn gekommen, daß die Ausrottung eines ganzen Dorfs diesen Schwarzen Wolf — wenn er denn einer von ihnen ist — zu blutigen Vergeltungsmaßnahmen veranlassen könnte? Und ist es Ihnen nie in den Sinn gekommen, mich zu warnen, daß Gäste auf ihrem Weg nach Bloodmoor in Gefahr geraten könnten?«

»Es waren doch Ihre eigenen Männer, die diesmal überfallen wurden«, platzte Onfroi unbedacht heraus. »Herr im Himmel! Wer hätte sich denn vorstellen können, daß

Bayard von Northumbria nicht mit einer Bande halb verhungerter Holzfäller und Diebe fertig wird? Im Gegensatz zu Ihnen war er sich der Gefahr bewußt, weil er die Burg hin und wieder verließ, um in den Kneipen die Ohren zu spitzen!«

Wardieu, der gerade seine Lederhandschuhe abstreifen wollte, hielt mitten in der Bewegung inne, und sein Blick veranlaßte den Sheriff, hastig eine Entschuldigung zu stammeln.

»Gott steh mir bei, was ich sagen wollte ... ich meine, was ich *nicht* sagen ... äh ... nicht unterstellen wollte ... was ich sagen wollte, war nur ...«

Wardieu kehrte ihm den Rücken zu und winkte einem seiner Söldner.

»Suchen Sie ein Dutzend Ihrer besten Männer aus und reiten Sie an den Ort des Hinterhalts. Durchsuchen Sie die Gegend gründlich. Ein einzelner Mann kann sich in Luft auflösen, aber nicht zwanzig oder mehr — jedenfalls nicht mit Frauen und Packpferden. Ich will genau wissen, wieviel Personen zu diesem Wolfsrudel gehören und welche Richtung sie eingeschlagen haben. Ich wünsche Ergebnisse, Aubrey de Vere, keine Ausflüchte oder Entschuldigungen!«

»Sie werden Ergebnisse erhalten, Mylord«, erwiderte De Vere und wendete sein großes Pferd.

Während er seine Auswahl traf, trat ein Ritter vor, der bisher als schweigender Zuschauer unter den Leuten des Sheriffs gestanden hatte. Er hinkte, um einen bandagierten Schenkel zu schonen, und obwohl er sich keiner imposanten Statur rühmen konnte, verriet sein Auftreten, daß er sich auf so manchem Schlachtfeld bewährt hatte, und seine Stimme hörte sich so an, als würden zwei Steine aneinander gerieben.

»Sir Roger de Chesnai«, stellte er sich vor, als er Wardieus fragenden Blick sah. »Ich bin Hauptmann der Leibgarde von Sir Hubert de Briscourt und gehörte der Eskorte an, die Lady Servanne beschützen sollte.«

»Dann haben Sie wahrlich keinen Gund zum Prahlen«, sagte Wardieu, während er seinen Stahlhelm abnahm und die Kapuze des Kettenhemds von den feuchten goldenen Locken streifte.

Der Ritter nahm diese Beleidigung hin, ohne mit der Wimper zu zucken. »Ich übernahm das Kommando, nachdem Northumbria gefallen war«, erklärte er ruhig, den Blick fest auf das Gesicht des Barons gerichtet. »Ich würde gern mit Ihren Männern an den Ort des Verbrechens zurückkehren, wenn Sie es erlauben.«

Wardieu betrachtete den blutigen Verband. »Bayard war ein guter Mann. Bevor ich eine Entscheidung treffe, möchte ich von Ihnen wissen, was passiert ist.«

De Chesnai bekam einen hochroten Kopf und ballte die Fäuste. »Die Banditen sind plötzlich aus dem Nichts aufgetaucht, Mylord. Northumbria hatte vorsichtshalber Späher vorausgeschickt, die sicherstellen sollten, daß der Weg frei war, aber sie müssen so schnell gestorben sein, daß sie nicht einmal einen Schrei ausstoßen konnten. Wir haben ihre Leichen später gefunden — alle vier wurden mitten ins Herz getroffen. Ebenso erging es einem Dutzend Männer während des Überfalls. Es war ein perfekter Hinterhalt. Sie waren weder zu sehen noch zu hören, nicht einmal nach den ersten tödlichen Schüssen.«

Der verwundete Ritter mußte seinen Bericht unterbrechen, bis ein heftiger Fieberschauer abgeklungen war, und Lucien nutzte diese Gelegenheit, um eine Frage zu stellen. »Sie sagten, die Pfeile hätten Rüstungen durchbohrt?«

»Ja, Mylord. Diese Schurken benutzen Langbogen mit Pfeilspitzen aus Stahl, nicht aus Eisen.«

»*Stahl?*« wiederholte Wardieu, die Stirn in skeptische Falten gelegt. »Holzfäller und Diebe« — er warf Onfroi einen giftigen Blick zu — »verwenden Pfeilspitzen aus Stahl?«

De Chesnai blickte unerschrocken in die blauen Augen. »Ja, Mylord. Und obwohl sie ihre Pfeile nicht unnütz verschwendeten, machten sie sich auch nicht die Mühe, sie wieder einzusammeln. Offenbar mangelt es ihnen nicht daran.«

Wardieu begriff die Bedeutung dieser Mitteilung und rieb sich nachdenklich das Kinn. Daß Pfeil und Bogen den Geächteten als Waffen dienten, überraschte ihn viel weniger als die Tatsache, daß sie kostbaren — und sehr teuren — Stahl anstelle des weicheren und viel verbreiteteren Eisens für ihre Pfeilspitzen verwendeten.

»Weiter! Was ist dann geschehen?«

»Der Anführer trat aus dem Dickicht hervor und wechselte einige Worte mit Northumbria, bevor er ihn tötete. Allerdings hatte Bayard ihn herausgefordert, indem er mit der Armbrust auf ihn zielte. Aber ich glaube, daß das Wolfshaupt ihn auf jeden Fall umgebracht hätte. In seinen Augen stand Mord geschrieben.«

»Sie sagten, sie hätten einige Worte gewechselt. Was wurde gesprochen?«

»Ich war zu weit entfernt, um etwas verstehen zu können, zumal beide sehr leise sprachen. Aber das ganze Auftreten des Geächteten schien mir darauf hinzudeuten, daß er den Hauptmann kannte, und ich glaube ... ich glaube, daß Northumbria ihn ebenfalls erkannt hat.«

De Chesnai wandte zum erstenmal seinen Blick ab, so als machte ihm irgendeine Bemerkung schwer zu schaffen.

»Was ist? Woran erinnern Sie sich?«

Bayard von Northumbria hatte den Mut und die Kampferfahrung von zehn Männern besessen. Wie sollte er, Roger de Chesnai, da auch nur andeuten ...?

»Er war mehr als nur überrascht, Mylord. Er sah völlig ... völlig verstört aus. So als sähe er etwas, das einfach nicht sein kann. Jedenfalls muß er außer sich vor Wut gewesen sein, denn er hob seine Armbrust und wollte den Geächteten erschießen.«

»Und der Geächtete?«

»Sein Pfeil traf Northumbria mitten ins Auge, noch bevor dieser auf den Abzug gedrückt hatte.«

»Demnach also ein guter Bogenschütze?«

»Der beste, den ich je gesehen habe, Mylord.«

Wardieu betrachtete lange das hagere Gesicht des Ritters, bevor er zu den Wolken emporblickte, die im Schein der untergehenden Sonne gold- und rosafarben schimmerten.

»Beschreiben Sie ihn mir so genau, wie Sie können.«

»Ich hatte keinen ungehinderten Blick auf ihn, Mylord, und es war dort im Wald sehr schattig, aber ich konnte sehen, daß er sehr groß war. Etwa so groß wie Sie, würde ich sagen.«

»Haare? Bart?«

»Braunes Haar, Mylord. Sehr dunkel. Ziemlich lang, wie es die Angelsachsen lieben, obwohl ich zu bezweifeln wage, daß er wirklich einer ist.«

»Warum sagen Sie das?« unterbrach Wardieu ihn.

De Chesnai zuckte die Achseln und runzelte die Stirn. »Nur so ein Gefühl, Mylord — ein Gefühl, daß das keine gewöhnliche Räuberbande war, obwohl sie diesen Eindruck erwecken wollte. Außerdem trug der Mann ein Schwert, und seine Haltung deutete darauf hin, daß er damit umzugehen weiß.«

Wardieu nickte nachdenklich. Gewöhnliche Holzfäller und Diebe würden sich den Stahl für ein Schwert kaum leisten können, ganz abgesehen davon, daß sie nicht darin geübt waren, Gebrauch von dieser Waffe zu machen.

»Sein Gesicht war tief gebräunt. Kein Bart. Die Augenfarbe ... ich weiß nicht so recht, vielleicht grau ... oder hellblau.«

»Teufelsaugen war'n das«, murmelte einer der Knechte, die den Überfall überlebt hatten. »Keine natürlichen Augen, niemals nicht. Eiskalt is' es mir übern Rücken gelaufen, wie ich diese Augen gesehen hab' — so als tät' der Teufel einen anglotzen!«

»Woher willst du denn das wissen, Thomas Crab?« fragte eine zweite Stimme. Der Mann, dem sie gehörte, hielt wohlweislich den Kopf gesenkt, um nicht bemerkt zu werden. »Du hast doch den Kopf zwischen den Beinen versteckt, sobald du seinen Riesenbogen gesehen hast.«

»Ja, und ich hab' gut daran getan«, entgegnete Crab. »Nur 'n Narr schaut hin, wenn jemand 'nen Pfeil mit der linken Hand abschießt, denn dann hat in Wirklichkeit der Teufel die Sehne gespannt, das weiß doch jeder.«

Wardieu hatte nur halb zugehört, aber die letzte Bemerkung ließ ihn aufhorchen. Er starrte Thomas Crab mit gerunzelter Stirn an.

»Was hast du da eben über einen mit der linken Hand abgeschossenen Pfeil gefaselt?«

Bevor Thomas Crab seine zitternden Beine zwingen konnte vorzutreten, um diese Frage zu beantworten, ließ der pochende Schmerz in Roger de Chesnais Schläfen soweit nach, daß er wieder ins Geschehen eingreifen konnte.

»Bei Gott, der Kerl hat recht, Mylord!« rief er. »Das Wolfshaupt war Linkshänder. In ganz England dürfte es keine Handvoll Bogenschützen geben, die Linkshänder sind. Finden Sie heraus, wem der Teufel den Bogen spannt, dann kennen wir die wahre Identität des Schurken, der es wagt, seine Verbrechen in Ihrem Namen zu begehen.«

Lucien Wardieu hatte Mühe, Haltung zu bewahren. »*Er ... er hat meinen Namen benutzt?*«

De Chesnais dunkle Augen richteten sich erstaunt auf den Sheriff, der es versäumt hatte, Wardieu über diese unglaubliche Anmaßung des Geächteten zu informieren. Doch Onfroi hatte von der Unterhaltung der beiden Männer kein Wort mitbekommen, weil ihn ganz andere Sorgen quälten. Wie hatte er nur so töricht sein können, den Baron zu beleidigen? Schwitzend und zuckend dachte er nur an das erwartungsvolle Grinsen auf D'Aeths Gesicht, an die Schweinsäuglein, die beim Gedanken an jedes Blutvergießen freudig glänzten. Dabei hing Onfroi an jedem einzelnen Blutstropfen, der durch seine Adern floß.

»Ist Ihnen an dem Mann sonst noch etwas aufgefallen?« fragte Wardieu mit gepreßter Stimme. »Etwas Ungewöhnliches? Irgendwelche ... Narben oder ... Verstümmelungen?«

»Nein, Mylord. Ihm fehlten keine Gliedmaßen, und soweit ich sehen konnte, hatte er keine Narben oder Brandmale. Er war sehr groß und kräftig, aber vielleicht wurde dieser Eindruck noch durch den Wolfspelz verstärkt.«

Wardieu zwang sich, tief durchzuatmen. Einen Moment lang hatte er fast das Unmögliche geglaubt. Er hatte fast geglaubt ... Aber nein! Trotz aller Alpträume und Vorahnungen blieben die Toten tot.

Um seine flüchtige Schwäche zu kaschieren, fragte er hastig: »Und Lady Servanne — hat sie diesen Überfall gut überstanden?«

»Den Umständen entsprechend, durchaus«, erwiderte De Chesnai, der seiner Herrin treu ergeben war. »Natürlich hatte sie Angst, aber sie war sehr tapfer und mutig. Ich befürchtete, sie würde dem Wolfshaupt die Augen auskratzen, als der Kerl Ihren Namen zu benutzen wagte, aber Gott sei Dank wurde sie unversehrt abgeführt.«

Wardieu verspürte leichte Gewissensbisse, als er hörte, daß seine Braut so tapfer und loyal gewesen war. Selbst wenn sein Leben davon abhinge, hätte er nicht beschreiben können, wie Servanne de Briscourt aussah. Er hatte sie nur vage in Erinnerung — eine blasse Gestalt neben dem alten Schlachtroß Hubert de Briscourt. Was er haben wollte, war nur das Land, nicht die Frau. Prinz Johann hatte für das Siegel seines Bruders Richard auf dem Heiratsantrag bereits eine hohe Summe gefordert und erhalten, und nun sollte er weitere zehntausend Mark für etwas bezahlen, was er im Grunde nicht haben wollte. Bedauerlicherweise gab es aber zu viele andere reiche und mächtige Männer, die wußten, wieviel ihm an den Ländereien von Sir Hubert lag, und sie ihm nur zu gern vor der Nase wegschnappen würden.

»Unversehrt«, murmelte er. »Dann gehört dies hier« — er hielt das blutbefleckte Säckchen hoch — »also nicht Lady Servanne?«

»Nein, Mylord. Das Wolfshaupt hat den Finger einem der toten Gardisten abgeschnitten. Und den Ring hat er erst nach einer längeren Debatte mit seinen Männern hinzugefügt.«

»Den Ring?« Wardieu schüttelte den Finger aus dem Säckchen heraus und ließ ihn achtlos ins Gras fallen, aber ein harter Gegenstand hatte sich in den Jutefäden verfangen und mußte losgerissen werden.

Es war ein Goldring, und noch während Wardieu das getrocknete Blut abwischte, das daran haftete, spürte er, wie eine eiserne Faust sich um sein Herz schloß.

Ein drohend aufgerichteter Drache, kunstvoll geschmiedet, die scharfen Klauen zum Reif geformt, mit einem blutroten Rubin als Auge. Im Schein der untergehenden Sonne sah es fast so aus, als loderten Flammen aus dem Stein empor.

Wardieus Finger schlossen sich langsam um den Ring. Seine Hand begann zu zittern, und auf den verkniffenen Lippen bildete sich ein Anflug von Schaum.

»Mylord?«

Die blauen Augen starrten Roger de Chesnai an, ohne ihn wahrzunehmen. Der Ritter trat unwillkürlich einen Schritt zurück, erschrocken über den Zorn und Haß, die Wardieus schönes Gesicht in eine furchterregende Maske verwandelten.

»Mylord ... Ihre Hand!«

Lucien hatte Mühe, seine geballte Faust zu öffnen. Er sah, daß die goldenen Klauen des Drachen sich so tief in seine Handfläche gegraben hatten, daß Blut zwischen seinen Fingern hervorquoll, den Drachenkörper beschmierte und den Glanz des Rubinauges trübte. Bei diesem Anblick stieg eine Erinnerung aus den Tiefen von Wardieus Unterbewußtsein empor, eine Erinnerung, die ihm fast den Verstand raubte.

Er hatte plötzlich ein Bild vor Augen, ein Bild des Todes, eines Todes im heißen Wüstensand von Palästina. Das Gesicht des Todes hatte dunkelbraunes Haar und stechende graue Augen. Es sprach einen Fluch aus und schwor, eines Tages zurückzukehren und sich an der Welt zu rächen.

Dieser Tag war nun angebrochen.

Der Totgeglaubte war nach England zurückgekehrt.

8

Servanne schlief zwölf Stunden, ohne sich auch nur von einer Seite auf die andere zu drehen. Sie hätte sogar noch länger geschlafen, wenn das laute Widderhorn, das die Wölfe zum Abendessen rief, sie nicht geweckt hätte. Ihre Lider waren schwer, und am liebsten hätte sie ihren Kopf wieder in den Pelzen vergraben, doch Biddys vorwurfsvoller Blick hielt sie davon ab.

»Wie spät ist es, Biddy? Wie lange habe ich geschlafen?«

»Ich habe keine Ahnung, wie diese Wilden die Zeit messen«, erwiderte Biddy scharf. Sie saß so steif da, als hätte sie einen Stock verschluckt. »Hier läuten keine Glocken zur Vesper. Deshalb bete ich nun schon lange inbrünstig hier im stillen Kämmerlein.«

»Und wofür hast du gebetet?« fragte Servanne gähnend.

»Wofür? Natürlich um Erlösung«, verkündete die Matrone. »Um die Vergebung Gottes und die der Menschen — wenn es für beides nicht schon zu spät ist.«

»Oh, Biddy!« Servanne räkelte sich gemütlich unter den warmen Pelzen. »Wovon redest du? Wofür solltest du um Vergebung bitten müssen? Ist etwas passiert?«

»Ob etwas passiert ist?« rief Biddy schrill. »Du liegst da und fragst *mich*, ob etwas passiert ist? Das müßte eigentlich ich dich fragen — wenn ich die Antwort nicht schon wüßte. Heilige Maria, Mutter Gottes, ich hätte wissen müssen, daß es dazu kommen würde! Ich hätte wissen müssen, daß er von Anfang an diese Absicht verfolgte! Und *du!* Aber ich gebe nur mir selbst die Schuld an deinem Verhalten. Du warst einfach zu unschuldig. Zuviel dummes Gerede, eine zu große Versuchung. O ja, ich konnte die Versuchung sehen! Wer hätte sie übersehen können?«

Die Frau schneuzte sich laut in ein schon völlig durchweichtes Stück Leinen und fluchte, als sie ihre Finger am Saum der Tunika abwischen mußte. Dann setzte sie ihre Selbstzerfleischung fort, während Servanne sie völlig verwirrt und verständnislos anstarrte.

»In all den achtzehn Jahren, seit ich dich als Baby in meinen Armen hielt, hätte ich es nie für möglich gehalten, daß du dich derart liederlich benehmen könntest. Von anderen Frauen — einfachen Frauen und Dirnen — hätte ich das erwartet und entsprechende Abhilfe geschaffen, denn solche Weiber denken sich nichts dabei, mit jedem lüsternen Kerl ins Bett zu gehen! Eine läufige Hündin ist schließlich auch nicht wählerisch.«

»Biddy!« rief Servanne schockiert. Sie war jetzt hellwach.

»Aber du! Dem Herrn sei Dank, daß deine fromme und gottesfürchtige Mutter das nicht miterleben mußte! Und ausgerechnet mit einem wie *ihm!* Herrgott, wenn ich geahnt hätte, daß du so ausgehungert bist, hätte ich einen der Leibwächter gebeten, deinen Bedürfnissen Rechnung zu tragen ...«

»Biddy!«

»Ausgerechnet dieser geile Bock, dieser Unmensch! Das mindeste wäre etwas Diskretion gewesen. Aber nein! Er mußte splitternackt durch die ganze Halle laufen, und du hingst an seinem Hals, so als könntest du es kaum erwarten, ein Bett unter dir zu haben!«

Mit einem erstickten Schreckenslaut setzte Servanne sich aufrecht hin. »Biddy, was redest du da? Was wirfst du mir eigentlich vor?«

»Willst du etwa leugnen, daß du ihn umschlungen hast, während er dich in diese Kammer getragen hat?« fragte Biddy mit schmalen Augen.

»Ich habe ihn nicht umschlungen! Ich war ohnmächtig.«

»Kein Wunder! Jede normale Frau würde beim Anblick dieses riesigen Dings in Ohnmacht fallen! Verdammt, man hätte fast glauben können, ihm wäre ein dritter Arm gewachsen, um dich zu stützen!«

Servanne errötete. »Biddy, er war nackt, weil er im Teich gebadet hatte. Und ich bin ohnmächtig geworden, weil ich ... weil ich erschöpft war — du weißt genau, warum! Er muß mich hierher getragen haben, weil ich das Bewußtsein verloren hatte.«

Biddy hörte auf, den Leinenfetzen zu zerknüllen, und hob sarkastisch die Brauen. »Und ausgezogen hat er dich wohl nur, weil er befürchtete, daß deine Kleidungsstücke dich im Schlaf ersticken könnten? Und er hat wohl nur deshalb fast eine Stunde hier mit dir verbracht, weil er wohl befürchtete, daß du allein nicht einschlafen könntest?«

Servanne zog einen Pelz über ihre nackten Brüste. »Er ... er hat mich entkleidet?«

»In der Tat. Und er hat den Anblick sehr lange genossen — ohne sich auch nur die Mühe zu machen, die Kleidungsstücke ordentlich zusammenzulegen.«

Die Matrone deutete anklagend auf die Kleidungsstücke, die auf dem Lehmboden verstreut lagen, und Servanne bekam plötzlich einen trockenen Mund. Sie schluckte und preßte dann eine zittrige Hand an ihre Schläfe.

»Ich kann mich nicht erinnern«, flüsterte sie. »Ich weiß nur noch, daß ich ohnmächtig geworden bin — danach kann ich mich an nichts mehr erinnern.«

Aber das stimmte nicht ganz, und sie brauchte nicht erst Biddys verächtliches Schnauben zu hören, um zu wissen, daß ihr verräterische Röte in die Wangen gestiegen war. Sie erinnerte sich sehr wohl an etwas — an ein angenehmes Gefühl intensiver Wärme. Aber ... es war doch nicht möglich, daß er sie in Besitz genommen hatte, ohne irgendwelche Spuren zu hinterlassen.

Servanne warf die Pelze beiseite und betrachtete sich kritisch. Nichts deutete darauf hin, daß Biddy recht hatte. Auf der elfenbeinfarbenen Haut war kein Kratzer und kein blauer Fleck zu sehen, ihre Schenkel waren nicht klebrig, und es gab auch keinerlei Gerüche. Dabei hätte ein Mann von seiner Größe, seinem Gewicht und Temperament bestimmt Spuren hinterlassen — an ihrem Körper ebenso wie in ihrem Gedächtnis.

Gereizt ging sie in die Offensive. »Und wo warst *du* eigentlich die ganze Zeit über? Woher weißt du, daß er eine

Stunde mit mir allein war? Warum warst du nicht an meiner Seite, um mich zu beschützen?«

Die nußbraunen Augen der Matrone füllten sich wieder mit Tränen. »Ich hab's versucht! Ich habe nichts unversucht gelassen, um dir beizustehen. Es war diese verfluchte Waldschnepfe, die mich daran gehindert hat. Zuerst hat der Gnom mich kreuz und quer durch den Wald gejagt, und als wir endlich wieder in der Abtei waren — gerade rechtzeitig, um zu sehen, wie das Wolfshaupt dich in diese Kammer trug —, da hat dieser Zwerg sein Messer gezückt und mich gezwungen, ihm und einigen anderen dieser Mißgeburten Gesellschaft zu leisten, damit sein Herr ›ungestört seinen Privatangelegenheiten nachgehen konnte‹. Wenn ich mich bewegt oder geschrien hätte, hätte er mir die Klinge bestimmt mitten ins Herz gebohrt, und mit einem Messer in der Brust hätte ich dir nie mehr von Nutzen sein können.«

»Und von welchem Nutzen bist du jetzt«, rief Servanne, vor Wut am ganzen Leibe zitternd, »wenn du dich weigerst, mir zu glauben, daß ich mich an nichts erinnere und keinen Anlaß für Schuldgefühle habe?«

Als Biddy nur um so lauter schluchzte, verdrehte Servanne entnervt die Augen zur Decke und preßte ihre Hände an die Schläfen. Die wirren Locken, die ihr dabei zwischen die Finger kamen, lenkten ihren Zorn in eine andere Richtung.

»Wo ist er? Wo ist der Schuft? Ich werde ihn zur Rede stellen.«

»O nein, Mylady, nein!«

»Meine Kleider!« befahl Servanne. »Meine Kämme, meine Haube — wo sind sie?«

»Unsere Truhen sind bisher nicht aufgetaucht«, schniefte Biddy. »Wo sie sind und was aus dem Inhalt geworden ist, kann ich dir nicht sagen.«

»Macht nichts. Hilf mir beim Ankleiden.«

Biddy hob hastig die in der Kammer verstreuten Kleidungsstücke auf. Das Kleid war noch zerknitterter und schmutziger als am Vortag, und der Brokatmantel war nirgends zu sehen, aber Biddy nahm ihren eigenen schlichten grauen Umhang ab und legte ihn ihrem Schützling fürsorglich um die Schultern. Sie wollte auch die wirren Haare flechten, aber Servanne schob sie einfach beiseite und eilte auf den Gang hinaus, wo sie kurz stehenblieb, um sich zu orientieren, bevor sie sich in dem feuchten Gemäuer nach rechts wandte. Der Gang endete bei den Stufen, die direkt in die Pilgerhalle hinabführten, zwischen zwei Pfeilern, die einst die gewölbte Decke getragen hatten. Ihr bot sich das gleiche Bild wie am Abend zuvor: Fackeln brannten rauchend in den Wandhalterungen, und über den Lagerfeuern hingen dampfende Kessel, die aromatische Düfte verbreiteten.

Im überdachten Teil der Halle waren wieder drei Tische zu einem offenen Rechteck angeordnet, und *er* saß auf dem Podium. Sein Wolfspelz schimmerte im Feuerschein, während er sich angeregt mit Gil Golden unterhielt, doch als dieser aufschaute, verstummte auch der Schwarze Wolf und blickte seinerseits zu den Stufen hinüber.

Servanne konnte nicht wissen, welches Bild sie bot — aber sie hätte sich sowieso keinen Deut darum geschert. Der dunkelgraue Wollmantel hüllte ihre schlanke Gestalt von den Schultern bis zu den Zehen ein, und nur die lange goldene Haarflut hob sich gespenstisch vom schwarzen Hintergrund der Ruinen ab. Viele der Männer — sogar jene, die über die Legenden um die Abtei sonst nur spotteten — glaubten an eine Geistererscheinung, und einige griffen sogar instinktiv nach ihren Waffen, bis sie begriffen, daß es sich um ein irdisches Wesen handelte.

Der Schwarze Wolf erhob sich und durchquerte langsam die Halle. Sein Gesicht war im flackernden Licht kaum zu erkennen, sonst wäre Servanne vielleicht aufgefallen, daß seine grauen Augen einen weichen Glanz hatten, so daß sie fast hellblau wirkten.

»Fühlen Sie sich jetzt besser?« fragte er höflich. »Ich hoffe, daß der Schlaf Ihnen gutgetan hat.«

Servanne schwieg, bis er vor ihr stand, dann sagte sie so leise, daß er ihre Worte kaum verstehen konnte, aber mit bitterem Sarkasmus: »Und ich hoffe, daß du die Freiheiten genossen hast, die du dir herausnahmst, während ich schlief.«

»Freiheiten, Mylady?«

»Wie konntest du es überhaupt wagen, mich zu berühren, geschweige denn, mir auch nur einen Schuh auszuziehen?«

»Ahh, diese Freiheiten meinen Sie also! Hätten Sie lieber in kalten, nassen Kleidern geschlafen?«

»Meine Kleider waren nicht naß«, widersprach sie. »Ich war vom Wasser mindestens genauso weit entfernt wie jetzt von dir.«

»Sie wären kopfüber im Schlamm und Unkraut gelandet«, grinste er, »wenn ich Sie nicht noch aufgefangen hätte.«

Sein anerkennender Blick verriet, daß er sich nur allzu gut daran erinnerte, was unter dem weiten Umhang verborgen war. »Ich habe nur getan, was jeder ritterliche Mann tun würde, um seiner Dame eine Erkältung oder ein Fieber zu ersparen.«

Servanne ballte ihre kleinen Hände zu Fäusten. »Ich bin aber *nicht* deine Dame. Und warum hast du, wenn du wirklich so besorgt um meine Gesundheit warst, nicht meine Kammerfrau gerufen, damit sie sich um mich kümmert?«

»Das hätte ich natürlich tun können«, gab er unverblümt zu, »aber es war eine so günstige Gelegenheit, um den genauen Wert meiner Handelsware bestimmen zu können. Hätte ich das schon früher getan, wäre ich versucht gewesen, für eine Rückgabe in unversehrtem Zustand einen wesentlich höheren Preis zu fordern.«

»Dann ... dann hast du mich also nicht ...« Servanne biß sich auf die Unterlippe, weil ihr heftiges Erröten ihn sichtlich amüsierte.

»Ich bin niedergeschmettert, Mylady, daß Sie das fragen müssen.«

»Biddy glaubt, du hättest dir noch ganz andere Freiheiten herausgenommen, und sie glaubt mir nicht, daß ich mich nicht daran erinnern kann, was passiert ist, nachdem ich am Teich ohnmächtig wurde.«

»Mein Ruf als Wüstling wird völlig ruiniert sein«, murmelte er.

»Hast du die Situation ausgenutzt oder nicht, Wolfshaupt?« Sie stampfte zornig mit dem Fuß auf den Boden.

»Und wenn ich es getan hätte?«

»Wenn du es getan hast« — sie suchte in seinem Gesicht vergeblich nach einer Spur von Menschlichkeit — »dann bist du eine noch viel schändlichere Kreatur, als ich mir jemals hätte vorstellen können.«

Der Wolf lachte. »Ich hatte den Eindruck, als hätte Ihre Einschätzung meines Charakters bereits gestern den absoluten Tiefpunkt erreicht.«

»Es wäre nicht das erste Mal, daß ich den Charakter eines Mannes anfangs zu positiv beurteilt habe«, entgegnete sie. »Und die meisten Männer reagieren höchst allergisch, wenn ihr wahres Gesicht ans Licht kommt.«

»Das hört sich fast so an, als hätten Sie es satt, an wildfremde Männer verkauft zu werden.«

»Nein, Wolfshaupt, ich habe nur all die Männer satt, die vorgeben zu wissen, was für mich das Beste ist, obwohl es ihnen in Wirklichkeit nur um die Befriedigung ihrer eigenen Bedürfnisse geht.«

»Darf ich fragen, welche persönlichen Bedürfnisse *Sie* gern befriedigt sähen?«

Servanne errötete wieder. »*Mon Dieu,* du kannst einen wirklich zur Weißglut treiben! Wirst du mir jetzt endlich meine Frage wahrheitsgemäß beantworten?«

»Wahrheitsgemäß ...« Er sagte das Wort so, daß sie eine Gänsehaut bekam. »Wenn ich meine eigenen Bedürfnisse befriedigt hätte, Mylady, könnten Sie sich jetzt nicht mit Gedächtnisschwund entschuldigen, und Sie brauchten mich auch nicht zu fragen, welche Freiheiten ich mir erlaubt habe, denn Ihr Körper wüßte es genau.«

Servanne klappte höchst ungraziös der Unterkiefer herunter. Sie machte einen kleinen taumelnden Schritt zurück, dann einen zweiten, doch bevor sie sich umdrehen und vor den spöttisch funkelnden grauen Augen davonrennen konnte, schwirrte ein Pfeil durch die Luft und bohrte sich in den Holzpfeiler neben ihr. Sie stieß einen Schrei aus, und im nächsten Moment hielt der Schwarze Wolf ein zitterndes weiches Geschöpf in den Armen.

»Ein Meldegänger kommt, Mylord«, rief jemand.

»Wer?« fragte der Wolf, ohne sich umzudrehen.

»Das muß Sigurd sein«, sagte Gil Golden mit einer verächtlichen Grimasse. »Kein anderer vergeudet soviel Federn.«

Die anderen gaben keine Kommentare ab. Sie schienen Gils Worte gar nicht gehört zu haben — jedenfalls kam es Servanne so vor. Alle Männer — die an den Tischen ebenso wie ihre Kameraden, die noch irgendwelche Arbeiten verrichteten — und sogar die beiden Frauen, die in den Kesseln rührten, erstarrten zu Salzsäulen. Abgesehen vom Knistern und Prasseln des Feuers trat eine gespenstische Stille ein, in der sich das Schwirren des zweiten Pfeils, der in denselben Pfeiler einschlug, um so lauter anhörte.

Das lebende Bild löste sich wie durch Zauberei auf. Die Männer und Frauen arbeiteten weiter und nahmen ihre Unterhaltungen wieder auf. Servanne, die ihr Gesicht auch beim zweiten Schwirren im dicken Wolfspelz vergraben hatte, spürte sanfte Hände auf ihren Schultern.

»Wir verwenden das Doppelsignal, um sicher sein zu können, daß es wirklich unsere eigenen Leute sind, die in die Abtei kommen«, erklärte der Wolf, während er sie etwas von sich wegschob. »Unter der Folter geben sogar die tapfersten Männer manchmal Geheimnisse preis, und nachdem damit zu rechnen ist, daß der Sheriff seine Spürhunde auf uns ansetzt, haben wir für jeden Tag ein anderes Signal vereinbart.«

»Pah, der alte Trottel dürfte inzwischen völlig konfus sein«, kicherte Sparrow, der scheinbar aus dem Nichts aufgetaucht war. »Wir haben ihn ganz schön in die Irre geführt.«

»Ich glaube, daß Sigurd uns von der Anwesenheit eines neuen Spürhunds im Wald berichten wird«, sagte der Wolf nachdenklich. »Eines Hundes mit besonders ausgeprägtem Spürsinn.«

Wardieu! Das Blut pulsierte plötzlich schneller und heißer in Servannes Adern. Lord Lucien Wardieu hielt sich im Wald auf! Er eilte ihr zu Hilfe! Er würde sie retten vor diesem ... diesem ...

Bestürzt wurde sie der körperlichen Nähe zu ihrem Peiniger gewahr. Ihre Finger hatten sich in den glänzenden schwarzen Pelz gekrallt, und seine Hände lagen immer noch auf ihren Schultern, was den Blicken aller zwar dank ihrer Haarflut verborgen blieb, was sie selbst aber mit allen Fasern ihres zitternden Körpers spürte.

Seine Männlichkeit war verwirrend, um so mehr, als vor ihrem geistigen Auge plötzlich ein Bild auftauchte und sich nicht mehr verdrängen ließ — der muskulöse nackte Körper im knietiefen Wasser des Stillen Teichs.

Angesichts der Tatsache, daß er offenbar mühelos in ihren Gedanken lesen konnte, senkte sie rasch ihre Lider und riß sich von ihm los. Und wieder entging ihr der flüchtige Farbwechsel seiner Augen, und sie sah auch nicht, daß seine Finger sich schlossen, um länger die Erinnerung an ihre Wärme bewahren zu können.

»Ich würde jetzt gern in meine Kammer zurückkehren«, sagte sie.

»Ich hingegen würde mich über Ihre Gesellschaft bei Tisch freuen.«

»Ich habe keinen Hunger.«

»Ich schon, und wenn Sie nicht wollen, daß ich auf etwas anderes als nur auf Essen Appetit bekomme, sollten Sie meiner Einladung Folge leisten.«

Sogar ein Blinder hätte sehen können, daß es ihm ernst mit seiner Drohung war, und erst jetzt begriff sie, daß es an ein Wunder grenzte, daß sie vor einer Weile *allein* aufgewacht war.

»Ich . . . ich sollte mich zumindest etwas herrichten«, stammelte sie und fuhr sich mit unsicherer Hand über die wirren Locken.

»Sie können sich durchaus sehen lassen, so wie Sie sind«, widersprach er und reichte ihr galant den Arm.

Servanne bezweifelte, daß sie unbeschadet davonkäme, wenn sie ihn auch nur noch ein einziges Mal berührte. Deshalb raffte sie mit beiden Händen ihren Rock und Umhang, damit sie nicht über die modrigen Binsen schleiften, und schritt ihm hocherhobenen Hauptes zum Podium voraus.

Das Mahl verlief wie am Abend zuvor, nur daß Servanne diesmal Speisen und Getränke nicht mit Sparrow, sondern mit dem Schwarzen Wolf teilte. Der Gnom tat sich an einem Hammelbein gütlich, das fast so groß war wie er selbst, und machte eifrig Konversation, doch trotz seiner Bemühungen gelang es ihm nicht, dem goldhaarigen Gast auch nur ein einziges Lächeln zu entlocken. Er vermutete, daß Sigurds Bericht schuld daran war. Der Meldegänger hatte bestätigt, daß eine neue Figur sich jetzt an dem Katz-und-Maus-Spiel beteiligte. Sparrow lag mit dieser Vermutung zwar nicht ganz falsch, aber doch haarscharf daneben, denn Servannes Gedanken kreisten weniger häufig um ihren Verlobten als um den Mann zu ihrer Rechten — den Mann, der ihren Blicken standhielt, ohne auch nur eine Spur von Scham, Schuld oder Bedauern zu zeigen.

Vielmehr legte er die aufreizend arrogante Selbstsicherheit eines Mannes an den Tag, der seine Handlungsweise für die einzig richtige hielt.

»Wer bist du, Wolfshaupt?« fragte sie leise. »Und warum bist du nach Lincoln gekommen?«

»Ich habe Ihnen schon gesagt, wer ich bin.«

»Du hast mir aber nicht gesagt, warum ich dir glauben sollte.«

Ein Lächeln spielte um seine Mundwinkel. »Habe ich Sie je belogen?«

Sein intensiver Blick ging ihr durch und durch, und ihre Haut begann zu prickeln. »Soviel ich weiß, hast du mich in jeder Hinsicht belogen.«

»In *jeder* Hinsicht?« Sein Schenkel berührte den ihren.

Servanne rückte etwas von ihm ab und faltete ihre Hände im Schoß. »Du bist nicht das, wofür du dich ausgibst«, beharrte sie. »Du tarnst dich mit der grünen Kleidung der Waldgänger, aber du hast für deinen Aufenthalt in diesem Wald ganz andere Motive als den Kampf gegen Ungerechtigkeiten, die im Namen des Königs begangen werden, oder gegen Unterdrückung und Not. Du hast ein paar Dörfler um dich geschart, damit die Maskerade glaubwürdig wirkt, aber du selbst stammst nicht aus dieser Gegend. Ich bezweifle, daß du schon so lange in England bist wie dein Haar brauchte, um bis zu den Schultern zu wachsen — aber jedenfalls bist du nicht lange genug hier, um zu wissen, daß es in England keine schwarzen Wölfe mehr gibt, seit König Heinrich eine hohe Prämie für ihre Pelze ausgesetzt hatte. Ein paar Exemplare mögen überlebt haben, aber bestimmt nicht genug für einen so prächtigen Mantel. Und du kannst diese kostbaren Pelze sogar achtlos als Bettdecken verwenden!«

Der Schwarze Wolf war verblüfft und beeindruckt. Als ihm auffiel, daß auch seine Kameraden am Tisch überrascht schwiegen, wischte er die Klinge seines Speisemessers sorgfältig ab, steckte es in die Scheide, erhob sich und deutete mit einer Kopfbewegung zur Tür. »Kommen Sie, machen Sie einen Spaziergang mit mir. Wir haben zwar nur Halbmond, aber vielleicht bekommen Sie trotzdem einen ungefähren Eindruck, wie herrlich die Gärten früher gewesen sein müssen.«

»Ganz bestimmt nicht!« rief sie erschrocken.

Der Schwarze Wolf ließ ihr etwas Zeit, damit sie sich aus eigener Vernunft eines Besseren besinnen konnte. Als das nicht der Fall war, beugte er sich über sie und flüsterte ihr ins Ohr: »Sie können entweder jetzt mit mir einen Spaziergang machen oder später mein Lager teilen. Es bleibt Ihnen überlassen, wo wir uns ungestört unterhalten werden.«

Draußen breitete sich allmählich Nebel aus. Dicke Schwaden wirbelten in Kniehöhe über die feuchten Steine, verhüllten Unkraut und Risse, deckten einen gnädigen Schleier über alle Spuren von Verwüstung und Verwahrlosung. Außerhalb der Halle brannten keine Fackeln, doch sobald Servannes Augen sich an das schwache Mondlicht gewöhnt hatten, konnte sie die Umrisse der anderen zerstörten Gebäude, die Steinzisterne in der Mitte des Hofes und den mit wildem Wein bewachsenen Bogengang zur Kapelle erkennen. Sie war dankbar für Biddys warmen Umhang und zog ihn eng um ihre Schultern. Winzige Nebeltropfen blieben an ihrem Gesicht und Hals haften und bedeckten ihr Haar wie ein zartes Silbernetz.

»Die Gärten sind dort drüben.« Der Schwarze Wolf ging auf den Bogengang zu. »Wenn Sie genau hinsehen, können Sie zwischen dem Farnkraut noch wilde Rosenbüsche entdecken.«

Äußerst wichtig, dachte Servanne wütend. Im nächsten Moment stolperte sie über einen rissigen Kopfstein, streckte instinktiv einen Arm aus und zuckte leicht zusammen, als seine große warme Hand sich fest um die ihre schloß.

Sie entzog sie ihm erst, nachdem sie wieder festen Boden unter den Füßen hatte, weil sie sich nicht lächerlich machen wollte, aber nach wenigen Schritten blieb sie stehen, fest entschlossen, ihm nicht tiefer in die gespenstisch stillen Gärten zu folgen. Hatte sie nicht allen Grund zu glauben, daß dieser Mann sie bedenkenlos töten würde, wenn es in seine Pläne paßte?

»Wer bist du?« fragte sie wieder. »Und warum bist du nach Lincoln gekommen?«

Er blieb vor ihr auf dem Pfad stehen und drehte sich langsam um. »Mein Name ist Lucien Wardieu«, sagte er ruhig. »Und ich bin nach Hause gekommen.«

»Du behauptest, Lucien Wardieu zu sein, aber falls das stimmen sollte – warum versteckst du dich dann hier im Wald wie ein gewöhnlicher Geächteter? Wer ist der Mann, der jetzt auf Bloodmoor Keep residiert? Warum hat er sich deinen Namen angeeignet, wenn er ihm nicht zusteht? Und wie ist es ihm gelungen, diesen Namen so lange zu behalten, ohne daß jemand bis jetzt an seiner Identität gezweifelt hat?«

Der Schwarze Wolf verschränkte die Arme vor seiner breiten Brust und lehnte sich an einen Pfeiler des Bogengangs.

»Das sind sehr viele Fragen, Mylady. Sind Sie sicher, daß Sie die Antworten hören wollen?«

»Ich will die Wahrheit wissen«, erwiderte sie.

»Die Wahrheit sollte keiner Beweise bedürfen, und ein Mann sollte nicht beweisen müssen, wer er ist, wenn er bei seiner Ehre schwört, die Wahrheit zu sagen. Ich weiß, wer ich bin. Und der Betrüger, der auf Bloodmoor Keep residiert, weiß es auch.«

»Dieser ... dieser Betrüger, wie du ihn nennst, ist mit Richard Löwenherz in den Kampf gezogen.«

»Daran zweifle ich nicht.«

»Prinz Johann vertraut ihm.«

»Ist das in Ihren Augen eine Empfehlung für den Charakter eines Mannes?« spottete er.

»Es wird sogar gemunkelt, daß Johann — sollte er je den Thron besteigen — Baron de Gournay zum Kanzler oder Marshall ernennen wird, weil er ihm soviel Geld schuldet.«

»Johann Ohneland ist ein Schuldner, der es im allgemeinen vorzieht, lästige Mahner von gedungenen Mördern beseitigen zu lassen. Und wie sollte der den Thron besteigen, solange Prinz Arthur von der Bretagne am Leben ist?«

Servanne biß sich auf die Unterlippe. Von den fünf Söhnen König Heinrichs lebten nur noch Richard, der älteste, und Johann, der jüngste. Gottfried, der zweitjüngste, war vor einigen Jahren gestorben, hatte aber zwei Erben hinterlassen, einen Sohn und eine Tochter. Da er Richards Thronfolger gewesen wäre, würde im Falle von dessen Tod sein Sohn Arthur an die Macht kommen und nach diesem Prinzessin Eleonore, Arthurs Schwester.

»Aber Arthur ist doch noch ein Kind«, murmelte sie bestürzt. »Prinz Johann würde niemals ...« Sie verstummte abrupt und versuchte, sogar den Gedanken zu verdrängen.

Der Schwarze Wolf erlegte sich keine derartigen Zwänge auf. »Johann würde niemals seinen eigenen Neffen umbringen, wollten Sie sagen? Mylady, Sie befinden sich leider im Irrtum: Johann würde seine Mutter, seine Frau und seine Kinder beseitigen, um nach der Krone greifen zu können. Wenn Richard nicht so erpicht darauf wäre, vom Schwert eines Ungläubigen ins Jenseits befördert zu werden — glauben Sie, er hätte das Gift in seinem Weinpokal lange überlebt?«

»Ich glaube nicht«, widersprach Servanne wenig überzeugend. »Jedenfalls nicht in bezug auf Prinz Arthur. Außerdem ist er bei seiner Großmutter, Eleonore von Aquitanien, in der Bretagne gut aufgehoben. Sie würde niemals zulassen, daß ihm etwas zustößt, ganz bestimmt nicht durch die Hand ihres eigenen Sohnes.«

Der Wolf blickte lange zum Halbmond empor, bevor er sich wieder Servanne zuwandte. »Und wenn ich Ihnen nun sagen würde, daß bereits ein Anschlag auf das Leben des Prinzen verübt wurde? Daß er und seine Schwester vor vier Monaten aus dem Schloß der Königinwitwe in Mirebeau entführt wurden?«

»Entführt?«

»Sie wurden mitten in der Nacht geraubt, sozusagen unter den Augen von tausend Gardisten. Erst nach einer Woche fand man heraus, wie diese Entführung bewerkstelligt worden war — ein gewagtes Spiel, aber sehr geschickt durchgeführt. Zwei Männer kletterten den kleinen Turm hoch, durch den die Abfälle aus dem Schloß in den Burggraben befördert wurden, und auf demselben Weg wurden die Kinder hinausgeschmuggelt, ohne daß jemand etwas bemerkte, so seltsam das auch sein mag. Zum Glück«, fuhr er seufzend fort, »war die Flucht aus der Bretagne nicht so perfekt organisiert wie die eigentliche Entführung, und Arthur konnte befreit werden, bevor es den Schurken gelang, ihn an Bord eines Schiffes nach England zu bringen. Einer der Entführer wurde lebend gefaßt und hat seinem … äh … Inquisitor eine interessante Geschichte erzählt. Je mehr Fragen gestellt wurden, desto mehr Antworten erhielt man, und am Ende ließen sich die Auskünfte zu einem Gesamtbild zusammenfügen, das durchaus einen Sinn ergab.«

»Nein, es ergibt überhaupt keinen Sinn!« rief Servanne. »Warum sollte jemand den Prinzen entführen wollen? Er ist doch nur ein Kind.«

»Aber ein Kind, das in der Thronfolge an erster Stelle steht«, brachte der Wolf ihr in Erinnerung. »Wenn man ihn gefangenhalten und langsam in den Wahnsinn treiben könnte, so daß er unfähig wäre, die Herrschaft zu übernehmen, dann stünde Johanns Thronbesteigung nichts mehr im Wege.«

»Du vergißt Prinzessin Eleonore.«

»Die Schwester eines verrückten Prinzen wäre eine wenig aussichtsreiche Anwärterin.«

»Du glaubst also, daß Johann hinter dieser Entführung steckte?«

»Kein anderer hätte auch nur halb soviel zu gewinnen.«

Hieb und Gegenhieb. Ein Gespräch mit ihm erinnerte an eine Lektion im Schwertkampf.

»Hat die Königin ihn mit dieser Beschuldigung konfrontiert?« fragte sie.

»Fragt man ein Frettchen, an dessen Maul Federn kleben, ob er das Huhn gefressen hat? Was sollte dabei herauskommen — speziell, nachdem das Küken in diesem Fall mit heiler Haut davongekommen ist?«

Servanne runzelte die Stirn. »Du sprichst sehr frei und ungezwungen. Du willst doch wohl nicht andeuten, daß du das Vertrauen von Königin Eleonore genießt?«

»Ich, Mylady? Nach Ihren eigenen Worten ein Schurke und Wolfshaupt?«

»Ein Schurke ganz bestimmt«, bestätigte sie bedächtig. »Aber wie ich schon gesagt habe — du bist genauso wenig wie ich für ein Leben im Wald geboren. Ich weiß zwar nicht, *wer* du bist, aber ich weiß, *was* du bist, und das wußte ich vom ersten Moment an, als du uns den Weg versperrtest.«

»Tatsächlich?« murmelte er. Das Mondlicht verlieh seinen Augen einen unheimlichen Glanz. »Wie wär's, wenn Sie mir erzählen, was Sie wissen — oder zu wissen glauben?«

»Wirst du mir sagen, ob ich recht habe?«

»Das hängt ganz davon ab, *wie* recht Sie haben.«

Parade und Hieb. Trotzdem nahm Servanne die Herausforderung an, weil sie wußte, daß es die einzige Möglichkeit war, ihm vielleicht ein Geständnis zu entlocken.

Seine arrogante Haltung imitierend, verschränkte auch sie ihre Arme vor der Brust, ging langsam im Halbkreis um ihn herum und musterte den kräftigen Körper so unvoreingenommen, als nähme sie das Angebot auf einem Viehmarkt in Augenschein.

»Mein Leben lang habe ich Ritter beim Training und Kampf beobachtet«, begann sie. »Ich kenne die Muskulatur eines Arms, der ein Schwert zu schwingen versteht. Deinen Schultern und Armen ist ferner anzusehen, daß sie an das Gewicht und die Reibung des schweren Kettenpanzers gewöhnt sind, und die Narben, die ich heute morgen an deinem Körper gesehen habe, hast du dir weder im Wald noch auf einem Bauernhof zugezogen, sondern auf dem Schlachtfeld und bei Turnieren.«

Er schwieg, und Servanne wurde noch kühner.

»Du hältst dich gut«, mußte sie zugeben, während sie sein Gesicht betrachtete. »Aber ich glaube, daß du die Lebensmitte schon überschritten hast. Ich schätze dich auf etwa fünfunddreißig.«

»Nicht schlecht«, kommentierte er trocken, »obwohl ich doch drei Jahre weiter vom Grab entfernt bin, als Sie denken.«

»Wenn man davon ungefähr zwanzig Jahre abzieht, in denen du dir die Sporen verdient hast, bleiben immer noch ... äh ... zwölf geheimnisumwitterte Jahre. Was in dieser Zeit geschehen ist, entzieht sich natürlich meiner Kenntnis, aber dürfte ich einige Vermutungen anstellen?«

»Ich muß gestehen, daß Sie mich neugierig gemacht haben, Mylady. Bitte fahren Sie fort.«

»Gibst du zu, daß du ein Ritter bist?«

»Würde das Ihre Meinung über mich ändern?«

»Nicht im geringsten.«

»Dann gebe ich es zu«, grinste er.

»Gleichzeitig kannst du jedoch ausgezeichnet mit einem Bogen umgehen«, murmelte sie vor sich hin, »und das ist für einen Ritter keine gebräuchliche Waffe. Ich hatte bisher immer den Eindruck, als hielten Edelleute das Bogenschießen lediglich für einen verächtlichen Zeitvertreib.«

»Dieses Können habe ich der Weisheit eines Medicus zu verdanken«, gab er zu. »Er glaubte, das Spannen eines Bogens würde meine Armmuskulatur stärken, während ich langsam von meinen Verletzungen genas.«

Servanne dachte an seinen unglaublichen Bizeps und bewunderte das Urteilsvermögen jenes Arztes.

»Und deine Männer? Mußten sie ebenfalls nach schweren Verletzungen ihre Armmuskeln trainieren?«

»Bei ihnen war es verletzte Eitelkeit, nehme ich an. Sie wollten sich nicht damit abfinden, daß ihr Hauptmann besser mit einer Waffe umgehen konnte als sie.«

»Hauptmann?« griff sie seinen Versprecher sofort auf. »Ein früherer Rang oder der jetzige?«

Sein Schweigen genügte Servanne als Antwort, und sie verspürte ein wildes Triumphgefühl.

»Daß du an einem Kreuzzug beteiligt warst, unterliegt keinem Zweifel«, bohrte sie weiter. »Aber ich kann mir nicht vorstellen, daß irgendein Heide dir jene schrecklichen Wunden zugefügt hat, deren Spuren ich heute morgen gesehen habe.«

»Zweifeln Sie daran, daß die Heiden ebenbürtige Gegner sind?«

»Keineswegs, ganz im Gegenteil. Es müssen großartige Kämpfer sein, wild und gefährlich, andernfalls hätte König Richard ihre Armee schon vor Jahren vernichtet. Aber um dich zu bezwingen, Mylord Wolfshaupt, hätten sie wissen müssen, wie man einen Mann anzugreifen hat, der die linke Hand bevorzugt. Die allermeisten Soldaten stoßen nie auf einen Gegner, der Linkshänder ist, und wissen deshalb nicht einmal, wie sie den Angriff eines Linkshänders abwehren können, geschweige denn, daß sie einen Feind von deiner Statur und Fertigkeit besiegen könnten. Nein, wer auch immer dir diese Verletzungen zugefügt hat, wußte genau, was er tat. Er kannte deine schwächsten, verwundbarsten Stellen und setzte sein Wissen gezielt und gnadenlos ein. Ferner muß er fast genauso groß und kampferprobt wie du gewesen sein, um dich derart zurichten und selbst am Leben bleiben zu können.«

Der Wolf runzelte neugierig die Stirn. »Was bringt Sie zu der Annahme, daß er überlebt hat?«

»Während du badetest, hast du jede einzelne Narbe berührt. Ein Ritual, nehme ich an. Männer frischen die Erinnerung an alte Wunden nicht gern auf — es sei denn, sie wurden ihnen von Feinden zugefügt, an denen sie sich noch rächen könnten.«

Der Wolf schwieg und wartete.

»Was haben wir also?« faßte Servanne zusammen. »Einen Mann, der Ritter war — oder ist. Einen Mann, der vage Andeutungen macht, daß er im Dienste der Königin Eleonore steht, der aber zugleich nicht vor einer Entführung zurückschreckt, um ... was? ... um sich an einem alten Feind rächen zu können? An einem Feind, der angeblich seinen Namen und sein Geburtsrecht gestohlen hat?« Servanne blickte in die Dunkelheit empor. »Der Drache — so nennst du diesen angeblichen Usurpator. Aber wie hast du ihn früher genannt — Freund?«

Der Wolf schüttelte langsam den Kopf. Es war zu spät, um jetzt noch den Rückzug anzutreten.

»Viel schlimmer, Mylady«, sagte er mit erschreckender Intensität. »Einst nannte ich ihn Bruder!«

9

»Bruder?«

»Unehelich geboren, aber doch vom selben Blut.«

Servanne starrte ihn entgeistert an. *Das* hatte sie nun doch nicht erwartet, aber die Tatsache, daß sie Brüder waren, würde einiges erklären. Gleichzeitig machte es diese ganze verworrene Geschichte aber noch unverständlicher.

»Warum?« flüsterte sie. »Wie . . .?«

»Ich habe Ihnen doch erzählt, daß einer der Entführer sehr mitteilsam war. Auf die Frage, wohin sie die Kinder in England bringen sollten, berichtete er von einer Festung in Lincolnshire — einer Festung auf einer Felsklippe am Meer, wo ein Drache mit goldenen Haaren residierte.«

»Bloodmoor Keep!«

»Bis zu diesem Augenblick hatte ich keine Ahnung gehabt, daß Etienne noch lebte.« Der Schwarze Wolf riß ein Blatt von den Weinranken ab und zerfetzte es in winzige Stücke, während er fortfuhr: »Ich hatte seit vielen Jahren keinen Fuß mehr auf englischen Boden gesetzt, weil mir zu Ohren gekommen war, daß wir unserer Titel und Besitztümer nach einem Hochverratsprozeß gegen meinen Vater verlustig gegangen waren.«

»Dieser Prozeß hat tatsächlich stattgefunden.«

»Die Anklage war so falsch wie das Herz meines Bruders«, sagte er leidenschaftlich, »aber sie wurde erst angefochten, nachdem mein Vater im Kerker qualvoll verhungert war. Ich hatte auch gehört, daß Etienne infolge seiner Habgier und seiner Ränke zu Tode gekommen wäre, und ich hatte keinen Grund, an diesen Informationen zu zweifeln. Ehrlich gesagt — sie wirkten befreiend auf mich, denn nun durfte ich vergessen, wer ich eigentlich war, und einen Neuanfang machen. Ich hatte zwanzig Monate in einer stinkenden Wüstenoase verbracht, um mich von meinen schweren Verletzungen zu erholen, und es dauerte weitere drei Jahre, bis mein durch Sonne und Fieber geschädigtes Gehirn sich wieder an alle Geschehnisse erinnerte. Mittlerweile war die Normandie mein Zuhause geworden, und ich beließ es gern dabei. Ich stellte mich in den Dienst europäischer Könige und Königinnen. Ich zog für sie in den Krieg, befehligte ihre Armeen und machte mir einen Namen als ...« — er verstummte gerade noch rechtzeitig, um nicht zuviel zu verraten — »... als fahrender Ritter, der sein Schwert für jeden schwang, der bereit war, ihn gut zu bezahlen.«

Ein Söldner, dachte Servanne. Ja, das paßte ins Bild. Er war zweifellos ein gefährlicher Mann, listig wie ein Fuchs und mutig wie ein Löwe.

Er hatte keine Prinzipien — und seine körperliche Nähe bereitete ihr Unbehagen.

Möglichst unauffällig wich sie einen Schritt zurück. »Du hast ihn Etienne genannt?«

»Das ist sein richtiger Name — Etienne FitzRobert. Die Geliebte meines Vaters hat ihn etwa drei Monate nach meiner eigenen Geburt zur Welt gebracht. Als Kinder sollen wir einander zum Verwechseln ähnlich gewesen sein — sowohl äußerlich als auch dem Temperament nach. Und sogar später konnte niemand an unserer Blutsverwandtschaft zweifeln. Er hatte helleres Haar und dunklere Augen, aber das waren Kleinigkeiten. Wenn wir es darauf anlegten, konnten wir die Rollen tauschen, ohne daß jemand es bemerkte. Außerdem waren wir später beide fünf Jahre lang der sengenden Wüstensonne ausgesetzt. Hitze, Entbehrungen und blutige Gemetzel verändern das Aussehen eines Menschen, und wenn er dann endlich nach so langer Zeit nach Hause kommt, erinnert sich niemand mehr genau daran, wie er früher ausgesehen hat.«

Servanne versuchte vergeblich, vor ihrem geistigen Auge das Bild des strahlenden Helden heraufzubeschwören, mit dem sie verlobt war. Ihr Gedächtnis schien ihr einen Streich spielen zu wollen, denn sie stattete einfach den Schwarzen Wolf mit goldenen Locken und einem glattrasierten Kinn anstelle des Stoppelbarts aus.

Unmöglich! Die ganze Geschichte war völlig absurd, völlig unglaubwürdig. Wie sollte ein Mann fast zwölf Jahre lang den Platz eines anderen einnehmen können, ohne daß jemand dahinterkam? Was war mit den Freunden und Familienangehörigen? Oder auch mit dem Diener, der Lucien Wardieu früher bei Tisch die Speisen gereicht und Ale eingeschenkt hatte? *Irgend jemandem* wäre das veränderte Aussehen doch bestimmt aufgefallen.

Der Schwarze Wolf lachte leise, so als hätte er jeden Gedanken von ihrem Gesicht abgelesen.

»Meine Mutter starb wenige Stunden nach meiner Geburt, und Etiennes Mutter verlor den Verstand und sprang von einem der Burgtürme in den Tod, weil sie glaubte, vom Teufel besessen zu sein. Es gab keine Tanten, Onkel, Vettern oder Kusinen, und die entfernten Verwandten legten keinen Wert darauf, Bloodmoor Keep einen Besuch abzustatten. Als künftige Burgherrin wurden Sie doch bestimmt gewarnt, daß es in der Festung spukt, oder? Daß in unbewohnten Räumen Schritte zu hören und Fußspuren zu sehen sind, und daß die Mauern Blut schwitzen. Solche Gerüchte wurden in die Welt gesetzt, um Neugierige fernzuhalten.«

Servanne betrachtete ihn aufmerksam. »Warum wollte er dich umbringen?«

»In erster Linie aus Habgier, nehme ich an. Wäre ich eines natürlichen Todes gestorben, so hätte Etienne zwar einige Ländereien geerbt, aber nicht Bloodmoor, und natürlich hätte er auch niemals den Titel Baron de Gournay geerbt. Beides wäre an einen Vetter zweiten oder dritten Grades gefallen — dieser ungeschickte Bursche kam übrigens wenige Monate nach Etiennes heldenhafter Rückkehr von den Kreuzzügen durch einen Unfall zu Tode, genauso wie neulich Sir Huberts Neffe.«

»Allein hätte er all diese komplizierten Ränke doch niemals schmieden können«, murmelte Servanne.

»Nein, da haben Sie völlig recht«, stimmte er bereitwillig zu. »Er brauchte Hilfe, um einen Haftbefehl gegen Robert Wardieu — meinen Vater — zu erwirken, und er brauchte Garantien, daß das Urteil zu gegebener Zeit revidiert würde.«

»Prinz Johann?« Servanne schnappte nach Luft. »Willst du sagen, daß Prinz Johann seine Hände mit im Spiel hatte?«

»Er hat einen ähnlichen Hunger nach Macht und Reichtum wie Etienne, ganz zu schweigen von seinem Neid auf die Besitztümer seines königlichen Bruders. Zweifellos hat er für seine Dienste einen enormen Preis verlangt, aber Etienne dürfte den Verlust etlicher Ländereien gern in Kauf genommen haben. Und mittlerweile ist es ihm ja irgendwie gelungen, die meisten zurückzubekommen.« Die Augen des Wolfs verengten sich zu Schlitzen. »Ihm fehlt jetzt nur noch das Gebiet um die Lincolnwoods.«

Servanne versteifte sich. Diese Ländereien gehörten zu ihrer Mitgift, und nach der Hochzeit würden sie ihrem Mann gehören.

»Wagst du etwa zu behaupten, daß auch Sir Hubert in das Komplott verstrickt war?«

Der Schwarze Wolf betrachtete sie ungerührt und tat so, als bemerkte er nicht, daß sie einige Schritte zurückgewichen war. »Nein, Sir Hubert hat diese Ländereien erhalten, weil der gute Johann ihm eine erhebliche Geldsumme schuldete.«

Servanne stieß erleichtert den Atem aus, aber ihr schwirrte der Kopf vor all diesen Enthüllungen und Verwicklungen.

»Warum sollte ich dir glauben?« fragte sie, die zittrigen Finger in Biddys Umhang gekrallt. »Warum sollte ich etwas von all dem glauben, was du mir erzählst?«

»Es bleibt Ihnen überlassen, Madam, ob Sie mir glauben oder nicht. Sie wollten Antworten auf Ihre Fragen, und die habe ich Ihnen gegeben.«

»Ich wollte die Wahrheit wissen.«

»Sie wollten Beweise für die Wahrheit«, korrigierte er sie sanft. »Und die kann ich Ihnen erst liefern, wenn ich mich innerhalb der Mauern von Bloodmoor Keep befinde.«

Servanne biß sich schmerzhaft auf die Unterlippe. »Wenn ... falls du die Wahrheit sagst — wozu dann diese ganze Heimlichtuerei? Warum gibst du dich nicht in aller Öffentlichkeit als der wahre Lucien Wardieu zu erkennen? Und wenn wir schon dabei sind — welchen Namen hast du dir eigentlich zugelegt? Königin Eleonore würde doch bestimmt keinem Mann ihr Vertrauen schenken, der sich Schwarzer Wolf nennt.«

Ein grimmiges Lächeln huschte über sein düsteres Gesicht. »Es war die Königin selbst, die diesen Namen erfunden hat.«

»Sie glaubt deinen Behauptungen?«

Der Wolf riß ein zweites Weinblatt ab und zerpflückte es genauso wie das erste. »Ehrlich gesagt, hielt ich es für vernünftiger, sie nicht mit allen schmutzigen Einzelheiten meiner Vergangenheit zu belasten. *Noch* nicht. Sie brauchte jemanden, der sich in dieser Gegend auskennt.«

»Sie soll einen Trupp ihrer Gefolgsleute *sanktioniert* haben, sich als Waldgänger zu verkleiden und im Namen der Gerechtigkeit zu rauben und zu morden?«

Der Wolf bedachte sie mit einem zornigen Blick. Er war es nicht gewöhnt, daß man an seinen Worten zweifelte, und er war auch nicht gewillt, diese anhaltende Skepsis weiter zu dulden, am allerwenigsten von einer Frau, die ihre scharfe Zunge wie ein Schwert einsetzte, um minderwertige Geschöpfe mit Verachtung zu strafen und in die Knie zu zwingen. Außerdem hatte er ihr sowieso schon zuviel offenbart. Weitere Wahrheiten könnten sie sogar in tödliche Gefahr bringen.

»Die Königin hat gute Gründe für diese Vorgehensweise«, sagte er kalt, »und Ihnen ist sie mit Sicherheit keine Rechenschaft schuldig. Nur soviel — sie konnte unmöglich eine Armee nach England entsenden.«

»Und deshalb hat sie dich geschickt? Einen Mann mit blutigen Händen und tödlichem Blick! Einen Mann, der ohne Skrupel mordet und Frauen als Geiseln nimmt, nur um seinen Rachedurst zu stillen! Die Wahrheit?« In ihrem blinden Zorn warf sie ihm das Wort wie einen Fehdehandschuh hin. »Du würdest sie ja nicht einmal erkennen, wenn sie direkt vor deinen Füßen läge!«

Dem Schwarzen Wolf riß endgültig der Geduldsfaden. Mit zwei großen Schritten überwand er den Abstand, den Servanne mühsam hergestellt hatte, packte sie schmerzhaft an den Handgelenken und preßte ihr die Arme auf den Rücken.

»Ich habe Sie mehrmals gewarnt, Madam«, knurrte er. »Trotzdem legen Sie es offenbar darauf an, mich zum Äußersten zu treiben.«

»Gehörte das nicht von Anfang an zu deinen billigen Racheplänen?« Servannes Wut verdrängte jetzt sogar ihre Furcht. »Hast du das nicht die ganze Zeit beabsichtigt?«

»Madam«, sagte er eindringlich, »wenn es wirklich von Anfang an meine Absicht gewesen wäre, hätte ich Sie heute morgen oder gestern abend niedergezwungen — oder schon gestern nachmittag im Wald, als Sie zum erstenmal meinten, mein Benehmen könne nicht noch schlimmer werden.«

»Soll ich vielleicht auch noch dankbar sein, weil du mich so lange verschont hast?« rief sie, am ganzen Leibe zitternd und mit so weichen Knien, daß nur seine kräftigen Arme sie auf den Beinen hielten — Arme, die sich jetzt noch fester um sie schlossen, bis sie auf den Zehenspitzen stand, ihr Gesicht nur wenige Zentimeter von seinem entfernt.

»Sie sollten dankbar sein, daß Sie es mit mir und nicht mit meinem Bruder zu tun haben«, brummte er. »Wäre er an meiner Stelle, so hätte er Sie schon längst vergewaltigt, nur wegen des Triumphgefühls, Sie vor mir besessen zu haben.«

Als sie erschrocken nach Luft schnappte, rollten die Tränen, die glänzend in ihren Wimpern hingen, langsam über ihre Wangen, ihr Kinn bebte, und ihr ganzer Körper zitterte wie Espenlaub. Seine Nähe benahm ihr die Sinne, raubte ihr Vernunft und Logik. Ihr war ganz egal, welchen Namen er trug, sie wußte nur ...

»Du bist der Teufel! Laß mich los!«

»Der Teufel?« Er grinste sarkastisch. »Jetzt halten Sie mich also für den Teufel?«

»Ja!« schrie sie. »Ja, ja!«

Im ersten Moment verspürte er nur das Bedürfnis, sie zu schütteln, bis ihr Hören und Sehen verging, doch dann bemerkte er die nassen Tränenspuren auf ihrem Gesicht und spürte ihre Furcht, die mindestens so groß war wie die eines Lammes, das zur Schlachtbank geführt wird. Seine Muskeln entspannten sich, seine Augen verloren den gefährlichen Glanz, und er erinnerte sich plötzlich an ihren Gesichtsausdruck, als sie morgens am Teich seine Narben gesehen hatte.

»Der Teufel«, murmelte er. »Entstellt, verstümmelt und imstande, Geister zu beschwören ... sogar elfische Dämonen ... Ja, der Vergleich ist wohl gar nicht so abwegig.«

Servanne konnte nicht antworten. Sie konnte nicht einmal einen klaren Gedanken fassen, vor Angst, aber auch — was viel schlimmer war — vor Erregung, die ihr ein starkes Kribbeln im Bauch verursachte und ihren Puls beschleunigte. Ihre Haut prickelte, als wäre sie plötzlich viel zu straff gespannt und würde bei der kleinsten Bewegung wie Glas zerspringen.

»Schauen Sie mich an«, befahl er leise.

Servanne hatte gar nicht bemerkt, daß sie die Lider fest zugekniffen hatte, so als könnte sie sich dahinter verschanzen. Als sie gehorsam die Augen öffnete, sah sie nur den mächtigen Brustkorb.

»Verdammt, Sie sollen mich anschauen!«

Sie schüttelte heftig den Kopf, bis er ihr Gesicht mit beiden Händen umfing und zurückbog. Langsam und widerwillig wanderte ihr Blick vom muskulösen Hals zu seinem harten, eckigen Kinn empor, das von Kompromißlosigkeit zeugte, und weiter zu dem sinnlichen Mund, von dem sie hastig wegschaute, nur um dafür im nächsten Moment in den gnadenlosen grauen Augen zu versinken, die ihr einen Schauer über den Rücken jagten. Von einer heißen Welle wilden Begehrens überflutet, krallte sie ihre Finger in den dicken Wolfspelz.

»Ich bin nur ein Mann«, erklärte er ruhig, und sein warmer Atem streichelte ihre Haut wie ein Samthandschuh. »Ich empfinde Schmerz und blute wie jeder andere Sterbliche. Gewiß, ich habe gräßliche Narben, und ich kann verstehen, daß das ein erschreckender und abstoßender Anblick für Augen ist, die so unschuldig und so ... so schön wie Ihre sind. Aber Sie haben diesen Anblick überlebt, und Sie könnten die Narben sogar berühren, ohne daß ein Teufelsfluch Sie in Flammen aufgehen läßt. Hier ... Sie sagen, daß Sie die Wahrheit suchen ...«

Der Schwarze Wolf schob seinen Pelz und sein Hemd auseinander, griff nach Servannes Hand und preßte die eiskalten Finger auf jene Stellen, wo seine Haut am schlimmsten entstellt war. Ohne es sich eingestehen zu wollen, löste die Berührung ungewollte Reaktionen bei ihm selbst aus.

Servanne starrte von ihrer Hand auf die kräftigen Finger, die ihr Gelenk umspannten. Sie *ging* in Flammen auf. Sie schmolz dahin. Aber dieses Feuer kam nicht von außen, sondern loderte in ihrem Innern, setzte ihre Lenden in Brand und gaukelte ihr verlockende Bilder vor — zwei eng umschlungene nackte Körper im Nebel und Mondlicht.

Seine Hand glitt von ihrem Handgelenk zu ihrem Kinn empor und zog sie so dicht an seinen Mund heran, daß ihr Kopf weit zurückgebogen wurde und ihre Haare fast bis zu den Knien hinabwallten. Seine Lippen überwanden auch den letzten kurzen Abstand, ergriffen mit sanftem Druck Besitz von ihrem Mund, forderten sie heraus, der teuflischen Versuchung nachzugeben. Und sie leistete tatsächlich keinen Widerstand, als seine Zunge einen Vorstoß zwischen ihre Lippen wagte und ein kühnes Spiel mit ihrer eigenen Zunge begann. Sie war diesem Teufel machtlos ausgeliefert, das wußte sie, als sie sich leise stöhnen hörte, von bisher unbekannten Gefühlen überwältigt.

Sein Kuß wurde immer leidenschaftlicher, und ihr junger Körper erlebte zum erstenmal einen Sinnenrausch, der alle Vernunft auslöschte. Als er es wagte, eine Hand unter ihren Umhang zu schieben, stieß sie ihn nicht zurück, sondern schlang im Gegenteil ihre Arme um seine breiten Schultern, so als wollte sie mit ihm verschmelzen.

Die unverschämte Hand wölbte sich um ihre Brust, und sie hätte vor Lust schreien mögen. Doch es war statt dessen der Wolf, der einen wilden gutturalen Laut nicht unterdrücken konnte.

Ihre Brustwarze war eine harte, geschwollene Knospe, umgeben von warmem, geschmeidigem Fleisch, unglaublich lockend und verheißungsvoll ... und zum erstenmal seit unendlich langer Zeit wollte er wissen, was dieses Land der Verheißung an Schätzen bereithielt.

Seine Finger faßten ihr leises Stöhnen zu Recht als Einladung auf, die Erkundung fortzusetzen, und tasteten sich bis zu dem seidigen V zwischen ihren Schenkeln vor. Servanne spreizte bereitwillig die Beine und hieß diese Hand willkommen, von der sie sich eine Linderung der Glut erhoffte, die ihren Körper versengte.

Sie kam erst zur Besinnung, als er seinen Mund widerwillig von dem ihren losriß und nach der Spange griff, die ihren Umhang zusammenhielt. Auf eine derartige Unverschämtheit gab es nur *eine* Antwort: vor Scham und Wut zitternd, hob sie die Hand und schlug ihm ins Gesicht, so fest sie nur konnte. Das Geräusch zerriß die nächtliche Stille wie ein Donnerschlag. Der Wolf machte einen Schritt zurück, so überrascht und benommen, daß er instinktiv seinerseits zum Schlag ausholte und erst in letzter Sekunde die geballte Faust sinken ließ. Auch Servanne taumelte rückwärts, völlig verstört über die Leidenschaft, die er in ihr entfesselt hatte. Ihr Körper konnte sich nicht so schnell damit abfinden, daß sie ihm die Befriedigung versagt hatte. Ihr Blut war immer noch in Wallung, und ihre Lippen glühten. Sie fuhr sich mit dem Handrücken über den Mund, so als könnte sie auf diese Weise die Brandmale tilgen, die er hinterlassen hatte, aber auch ihre Hände waren Opfer seiner überwältigenden Männlichkeit geworden und zitterten so stark, daß auf Sie kein Verlaß war.

»Dafür sollte ich Sie umbringen«, sagte er heiser, mit abgewandtem Gesicht und geballten Fäusten. »Ich mag zwar nicht der Teufel sein, für den Sie mich halten, aber ich kann Ihnen nur raten, möglichst schnell zu gehen, Madam. Sofort! Rennen Sie in die Wärme und ins Licht zurück, bevor ich vergesse, wer ich bin, und mich tatsächlich in das verwandle, was Sie in mir sehen!«

Tränenblind wirbelte Servanne auf dem Absatz herum und stürzte den rissigen Steinpfad entlang. Ihr flatternder Umhang wirbelte korkenzieherförmige Nebelschwaden auf, die sich hinter ihr aber rasch wieder zu einem dichten Vorhang schlossen.

Sparrow, der auf dem Pfad stehengeblieben war, weil er Stimmen gehört hatte, wurde von einer laut schluchzenden Gestalt fast über den Haufen gerannt, und er hatte sich kaum vom ersten Schreck erholt, als ein lauter Fluch, gefolgt von einem dumpfen Schlag gegen den Bogengang, ihn erneut zusammenfahren ließ. Trotzdem setzte er vorsichtig einen kleinen Fuß vor den anderen, vorangetrieben von unbezwingbarer Neugier.

»Hat sich vielleicht ein wilder Eber in diese Gärten verirrt?« fragte er zögernd.

Der Schwarze Wolf drehte sich blitzschnell um, und seine Miene konnte durchaus mit der finsteren Nacht konkurrieren. Als er Sparrows winzige Gestalt im Nebel erkannte, schüttelte er fluchend seine schmerzende Hand mit den aufgeschürften Fingern.

»Hast du plötzlich eine Abneigung gegen wilden Wein entwickelt, daß du ihn mit Fäusten traktierst?« erkundigte sich der Gnom scheinheilig. »Soll er nicht weiter wachsen und gedeihen?«

»Der Wein kann von mir aus gern wachsen und gedeihen«, knurrte der Wolf, »ganz im Gegensatz zu ...«

»Aha!« Sparrow schürzte nachdenklich die Lippen. »Ja, solche hübschen Dinger entwickeln sich meistens zur

Landplage, auch wenn sie anfangs noch so harmlos aussehen.«

»Landplage?« Der Wolf knirschte mit den Zähnen. »Das ist stark untertrieben. Schlangen sind eine Landplage. Katzen sind eine Landplage. Aber dieses Weibsbild ...«

»Na, na, du magst Schlangen und Katzen doch recht gern, wenn deine Gedanken nicht mit anderen Dingen beschäftigt sind.«

»Dem Himmel sei Dank, daß sie mit etwas anderem beschäftigt sind. Verflucht ...«

»Komm, gib mal her, du schwerfälliger Tölpel!« Sparrow griff nach der verletzten Hand, tastete behutsam die geschwollenen Finger ab und stellte erleichtert fest, daß nichts gebrochen oder verstaucht war. »Du hättest besser mit dem Stiefel kräftig gegen einen Stein getreten, um deine Wut abzureagieren. Noch vernünftiger wäre es freilich gewesen, *ihr* eine ordentliche Tracht Prügel zu verabreichen. Wetten, daß sie ganz zahm geworden wäre?«

Der Wolf entzog ihm seine Hand und saugte an einem blutenden Knöchel. »Um *die* zu zähmen, bedarf es mehr als nur einer Tracht Prügel, und der Versuch bedarf eines noch größeren Narren, als ich einer bin.«

Sparrow seufzte schwer. »Seit sie deinen Weg gekreuzt hat, läufst du wie ein bepißter Wassermolch herum. Wenn dieses Weibsbild gegen deinen unwiderstehlichen Charme gefeit zu sein scheint — warum legst du sie nicht einfach aufs Kreuz und bringst die Sache hinter dich? Es wäre doch nicht das erste Mal, daß du Schenkel gewaltsam spreizt und die Frau dir nach einer Nacht in deinem Bett am liebsten jeden Wunsch von den Lippen ablesen möchte.«

»Ich bezweifle, daß eine Vergewaltigung sie für unsere Sache gewinnen würde.«

»Du brauchst sie nicht für unsere Sache zu gewinnen. Es genügt, wenn du sie soweit aus dem Gleichgewicht bringst, daß sie an ihrem Verlobten zu zweifeln beginnt. Sie könnte eine nützliche Verbündete sein, wenn sie in der Höhle des Drachen Augen und Ohren aufsperrt.«

»Du überschätzt gewaltig meine Talente im Bett!«

»Das glaube ich kaum. Immerhin habe ich oft genug gesehen, daß die Mädchen hinterher leuchtende Augen haben und so benommen sind wie betrunkene Maikäfer. Außerdem glaube ich, daß unsere kleine Pfauhenne sich nur deshalb so verzweifelt wehrt, weil sie insgeheim schon überreif ist. Und wenn du sie nicht zu Fall bringst, wird ihr lüsterner Bräutigam es bestimmt tun. Wetten, daß *er* mit wahrer Wonne ihren Widerstand brechen und sie zähmen wird?«

Dieser Schlag hatte gesessen, wie Sparrow an der Grimasse des Wolfs erkennen konnte, aber er wußte nicht, ob er darüber erfreut oder aber besorgt sein sollte. Daß ihr Anführer schwere Lasten auf seinen Schultern trug, unterlag keinem Zweifel, aber würde eine Liebelei mit Servanne de Briscourt den Druck ein wenig verringern oder noch weiter steigern? Als der Schwarze Wolf damals erfahren hatte, daß sein Bruder am Leben war und es sich auf Bloodmoor Keep gutgehen ließ, hatte er sich wie ein Irrer aufgeführt, und es hatte der brutalen Gewalt eines Dutzends kräftiger Männer bedurft, um ihn zu bändigen und wieder zur Vernunft zu bringen.

Die Nachricht von der bevorstehenden Hochzeit hätte ihm leicht den Rest geben können — jedenfalls waren alle auf einen gewaltigen Wutausbruch gefaßt gewesen, denn man brauchte kein Hellseher zu sein, um zu erraten, daß es für die Gleichgültigkeit des Wolfs in bezug auf Frauen (abgesehen von Huren) eine Ursache in seiner geheimnisumwitterten Vergangenheit geben mußte. Doch er hatte diese Neuigkeit zur allgemeinen Überraschung ganz ruhig und gelassen aufgenommen und sogar diesen raffinierten Plan ersonnen, um den Drachen aus der Ruhe zu bringen und möglicherweise eine Bresche in die unüberwindlichen Verteidigungsanlagen von Bloodmoor Keep zu schlagen.

Wer hätte sich vorstellen können, daß ein Küken mit gelben Haaren und frostigen blauen Augen den Panzer um das Herz des Schwarzen Wolfs sprengen würde?

»Schlaf mit ihr«, riet Sparrow weise. »Ob du sie nun vergewaltigst oder durch deinen Charme überwältigst, spielt keine Rolle. Der Drache wird nichts anderes erwarten. Würde er sich an deiner Stelle etwa anders verhalten?«

»Ich bin nicht mein Bruder«, brummte der Wolf, dem es widerstrebte, sich zum zweitenmal an diesem Abend rechtfertigen zu müssen.

»Nein, aber du trachtest doch danach, ihm heftiges Bauchgrimmen zu verursachen. Seine Braut zu vergewaltigen oder sie ihm sogar vor der Nase wegzuheiraten, könnte diesen Zweck durchaus erfüllen und deine eigene Stimmung heben.«

»Wenn ich aber eher in der Stimmung bin, sie zu erwürgen?«

»Dann halte ich ihre Beine fest, während du es tust«, sagte der Gnom achselzuckend. »Aber mit ihr zu schlafen wäre bestimmt ein größerer Genuß für dich.«

»Mir steht der Sinn nicht nach Genuß.«

»Dann eben nach Rache.«

»Die habe ich schon genommen, ob sie diesen Ort nun unbeschadet verläßt oder nicht.«

»Du meinst ... er wird nicht glauben, daß du sie nicht angerührt hast, selbst wenn dem so wäre?«

»Würdest du es etwa glauben?«

Sparrow überlegte einen Moment. »Nein. Aber willst du sie wirklich all den Qualen aussetzen, ohne daß sie zuvor wenigstens die Freuden genossen hat?«

»Sie genießt es viel mehr, keusch und rein zu sein.

Vielleicht sollte ich sie während der nächsten Tage noch in diesen Gefühlen bestärken, bis sie sich Gott weiß was auf ihre Tugend einbildet. Ja«, fuhr er bedächtig fort, »ja, sie sollte diesen Ort im Glauben an die eigene Vollkommenheit verlassen, stolz darauf, meinen Lüsten und Perversionen widerstanden zu haben.«

»Und wenn der Drache ihre Zehen nun mit heißen Eisen kitzelt, um die Wahrheit aus ihr herauszuholen?«

»Ein paar herzerweichende Schreie müßten ihn eigentlich von ihrer Rechtschaffenheit überzeugen«, erwiderte der Wolf gleichmütig. »Und es wird das Weibsbild von *meiner* Reinheit und Selbstlosigkeit überzeugen, von dem Opfer, das ich für ihre Ehre gebracht habe. Abgesehen davon wird der Drache nicht mehr lange genug leben, um sie foltern zu können. Vor den Hochzeitsfeierlichkeiten wird er ihr bestimmt keinen Finger — und keine Zehe — krümmen. Sie dürfte in Sicherheit sein, bis er die Urkunden über die Übereignung ihres Grundbesitzes in Händen hält.«

Sparrow seufzte. »Trotzdem wäre es viel einfacher, sie zu vergewaltigen. Und es wäre deiner Gesundheit viel zuträglicher.«

»Meine Gesundheit ist ausgezeichnet«, schnaubte der Wolf. »Deine könnte eventuell gefährdet sein, aber an meiner ist nichts auszusetzen. Und wenn du keine weiteren Weisheiten auf Lager hast, würde ich vorschlagen, daß du dich jetzt schleunigst in dein Nest begibst und die Nase im Gefieder versteckst, damit sie nicht von meinem Stiefel zertrampelt wird.«

Sparrow machte dem Wolf hastig Platz und folgte ihm in gebührendem Abstand, empört über das erlittene Unrecht. Warum ernteten Menschen, die die Probleme anderer erkannten und mühelos lösen könnten, nichts als Undank auf dieser Welt?

»Na gut«, schimpfte er leise vor sich hin. »Auf deinen

Schultern lasten also schwere Bürden? Na gut, dann überlaß sie dem Drachen, ohne ihr die Furcht vor dir genommen zu haben. Laß *ihn* Mitgefühl heucheln und ihre Schenkel erwärmen, und dann wirst du ja sehen, wie lange es dauert, bis sie entscheidet, daß *er* der echte Lucien Wardieu ist und du ein Betrüger! Dummer, schwerfälliger Tölpel!«

Als er aus dem verwilderten Garten trat, blieb er wie angewurzelt stehen. Nur sein Kopf und die Schultern ragten aus den dichten Nebelschwaden am Boden hervor, so daß man ihn leicht mit einem der vielen Baumstümpfe verwechseln konnte.

Eine Minute ... drei ... fünf ... stand er regungslos da und war schon nahe daran, den Nebel zu verfluchen, der ihm etwas vorgegaukelt und seine Nackenhaare gesträubt hatte, als er aus dem Augenwinkel heraus wieder eine flüchtige Bewegung wahrnahm.

Jemand hatte offenbar genauso wie er selbst in der Dunkelheit ausgeharrt und sich gefragt, ob er vom Nebel genarrt worden war. Dieser Jemand wollte nicht beobachtet werden, aber weil er etwas weniger Geduld als Sparrow gehabt hatte, konnte der Gnom nun einen Schatten von Baum zu Baum huschen und schließlich durch die schmale Öffnung in der Mauer verschwinden sehen.

»Nanu?« murmelte Sparrow vor sich hin. »Wer bist du, und wohin schleichst du zu dieser nachtschlafenden Zeit?«

Jedenfalls war es kein notwendiger Gang, denn die Latrinen befanden sich auf der anderen Seite der Klosteranlage.

Sparrow überlegte, ob er Alarm blasen sollte, verwarf diese Idee aber sofort wieder. Die Männer würden in den Wald ausschwärmen, und der Missetäter könnte sich mühelos unter sie mischen und in die Abtei zurückkehren, ohne sein Geheimnis preisgegeben zu haben.

Aber *welches* Geheimnis?

Der nächste Wachwechsel war erst in mehreren Stunden fällig. In der Nähe gab es keine Dörfer, folglich auch keine Huren, die einen Mann verbotenerweise aus dem Lager locken könnten. Außerdem lebten die meisten Männer nun schon jahrelang zusammen; die Bedürfnisse und Vorlieben jedes einzelnen waren bestens bekannt, und ihnen wurde auch Rechnung getragen. Nur Gil Golden und Robert der Waliser waren erst vor kurzem zu ihnen gestoßen, aber beide hatten sich als zuverlässig erwiesen und waren eigentlich über jeden Verdacht erhaben.

Oder doch nicht?

Trotz der Warnung des Schwarzen Wolfs, auf seine Nase zu achten, vergewisserte Sparrow sich nur noch, daß sein Bogen über der Schulter hing und sein Köcher voller Pfeile war. Dann vergeudete er keine Zeit mehr mit Gewissensbissen, sondern nahm die Verfolgung auf.

Der andere war sehr geschickt: kein Zweig knackte, kein Blatt raschelte verräterisch. Nichts deutete darauf hin, welchen Weg er eingeschlagen hatte. Doch mit Sparrow konnte er es trotzdem nicht aufnehmen. Der Zwerg kletterte behende in einen Baumwipfel empor und erhielt seinen ersten Anhaltspunkt vom empörten Ruf einer aufgeschreckten Eule.

Er brauchte nicht lange, um den Judas zu identifizieren, und nach zwei Stunden wußte er auch genau, wohin dieser wollte: ins Lager des Drachen bei der Alford Abbey.

10

Der Drache war kein Mann, kein Mensch, entschied Onfroi de la Haye, während er nervös auf seinem Hocker herumrutschte und mit zuckenden Lidern abwechselnd die kriegerische Miene seiner Ehefrau Nicolaa und das steinerne Gesicht des Barons betrachtete. Nicolaa war erst Stunden nach den anderen eingetroffen, obwohl ihr Pferd mit Schaum bedeckt gewesen war, weil sie alles daran gesetzt hatte, mit Wardieu und seinen Söldnern Schritt zu halten. Aber ein Zelter war nun einmal kein Schlachtroß, und Wardieu hatte seine Drohung wahrgemacht, keine einzige Rast eingelegt und sich geweigert, ihr ebenfalls ein Schlachtroß zur Verfügung zu stellen. Diese demütigende Niederlage hatte Nicolaa in wilde Rage versetzt, die sie nach der Ankunft im Lager abreagierte, indem sie einen ihrer Diener tüchtig auspeitschte und ihrem Stallknecht den Arm brach.

Onfroi wußte aus Erfahrung, daß man ihr nicht in die Quere kommen durfte, wenn sie einen ihrer Wutanfälle hatte, und deshalb hatte er sich wohlweislich von seiner Frau ferngehalten, bis sie aus reiner Erschöpfung wieder halbwegs ansprechbar wurde und menschliche Gesellschaft suchte. Trotzdem blieb er vorsichtshalber außer Reichweite der kleinen Knotenpeitsche, mit der sie ihre Worte und Gesten besonders zu unterstreichen pflegte.

In einem der größeren Zelte war ein Klapptisch aufgestellt worden. Das späte Abendessen hatte nur aus kaltem Hammelfleisch und hartem Käse bestanden; etwas anderes war von den störrischen Mönchen der Alford Abbey nicht zu bekommen gewesen. Die Unterhaltung hatte sich auf einige wenige nichtssagende Worte zwischen Onfroi und seiner Frau beschränkt; Wardieu hatte den ganzen langen Abend über düster geschwiegen. Der Sheriff wußte, daß dieser Zustand nichts Gutes zu verheißen hatte, und er fühlte sich denkbar unwohl in seiner Haut.

»Um Himmels willen, Onfroi, hör endlich auf, dich wie ein Wurm zu krümmen!« rief Nicolaa gereizt und schlug mit dem Peitschenstiel auf die Tischplatte. Sie hatte sich weitgehend von dem langen, harten Ritt erholt, und das unnatürliche Schweigen ihres Geliebten ging ihr so auf die Nerven, daß sie wie eine Luftblase zu platzen drohte.

»Verzeih mir, meine Liebe. Mir war nicht bewußt, daß ich mich ... äh ... krümme ...«

»Du krümmst dich, du zuckst, du schwitzt — und, mein Gott, du stinkst wie eine Senkgrube! Kannst du nicht mal rausgehen und ... und nachsehen, ob diese faulen Taugenichtse meine arme Arabella ordentlich versorgt haben? Wenn nicht, werde ich sie alle auspeitschen, bis ihre Haut in Fetzen hängt, das schwöre ich! Ich werde sie an ihren Eingeweiden aufhängen und ...« Sie verstummte abrupt, weil Wardieu aufgestanden war. »Mylord?« Ihre Stimme wurde honigsüß. »Sie haben ja kaum etwas gegessen. Möchten Sie vielleicht noch einen Becher Ale? Oder einen Apfel? Ein paar Trauben?«

Ohne sie auch nur einer Antwort zu würdigen, verließ der goldhaarige Ritter das Zelt, durchquerte das Lager und blieb auf dem Hügel stehen, von wo aus man das ganze Tal überblicken konnte, das jetzt allerdings in eine weiße Nebeldecke gehüllt war. Doch über den Baumwipfeln funkelten Tausende von Sternen, und hinter ihm leuchtete der Halbmond am samtschwarzen Himmel. Die Fenster der Abtei waren dunkel. Nach der Komplet wurden alle Kerzen gelöscht, weil die Mönche sowohl sparsam als auch todmüde von einem langen Arbeitstag waren.

»Was zum Teufel treibt dieser De Vere?« murmelte Wardieu vor sich hin. »Er hält sich nun schon stundenlang in diesem verfluchten Wald auf.«

»Du hast ihm eine schwierige Aufgabe gestellt«, sagte Nicolaa, die leise neben ihn getreten war. Sie berührte den Ärmel seines Kettenhemds und ließ ihre Finger besitzergreifend über den dicken Waffenrock gleiten, während sie seufzend erklärte, als hätte sie es mit einem ungeduldigen Kind zu tun: »Die Dämmerung brach schon herein, als du ihn in den Wald geschickt hast. Wie sollte er im Dunkeln nach Spuren suchen können?«

»De Vere könnte in einer mondlosen Nacht die Spur einer Ameise auf einer Wiese aufnehmen. Ein zweibeiniger Wolf dürfte für ihn eigentlich kein Problem sein.«

Nicolaa hob die Braue. Es war nichts Ungewöhnliches, daß Wardieu auf Unfähigkeit mit Unmut und Ungeduld reagierte, und wenn er stundenlang zu physischer Untätigkeit verurteilt war, wurde er gereizt und ungehalten. Einige ihrer denkwürdigsten Liebesspiele hatten zwischen Turnierkämpfen stattgefunden, wenn er noch mit dem Blut eines Gegners bespritzt war und es kaum erwarten konnte, dem nächsten alle Knochen zu brechen. Die Herausforderung, diesen Schwarzen Wolf aufzuspüren, hätte seine sexuellen Begierden eigentlich auf ähnliche Weise anregen müssen — deshalb hatte Nicolaa ja auch darauf bestanden, ihn zur Abtei zu begleiten.

Doch diesmal blieb die erhoffte Nebenwirkung einer Nervenanspannung aus. Ihr unvergleichlicher Hengst hatte sie den ganzen Abend über keines Blickes gewürdigt — und sie war nicht gewillt, einen solchen Affront gegen ihre Eitelkeit zu dulden.

»Lucien?« Ihre Hand glitt über seinen breiten Ledergürtel und wölbte sich um die Erhebung unter dem Saum des Waffenrocks. Er reagierte nicht einmal auf diese eindeutige Einladung. Sein Gesicht war wie versteinert.

»Lucien! Um Himmels willen!« polterte sie. »Du führst dich wie ein Besessener auf! Eigentlich müßtest du diesem Schwarzen Wolf doch dankbar sein, weil er dein Problem auf ideale Weise gelöst hat. Die Eheverträge sind schon unterschrieben, du bist mit dem kleinen Luder also so gut wie verheiratet. Kein Gericht im ganzen Land würde deinen Anspruch auf ihren Besitz in Frage stellen, nur weil ein blutrünstiger Wolf die Hochzeit verhindert hat.«

Wardieu starrte sie wortlos an.

»Es ist die perfekte Lösung, begreifst du das denn nicht? Soll er sie doch haben! Soll er sie doch behalten! Schick ihm deine Glückwünsche und leg ein scharfes Messer bei, damit er sie besser zerstückeln kann.«

Er starrte sie weiterhin so kalt und hart an, daß sie wütend wurde.

»Zuerst behauptest du, daß sie dir nichts bedeutet«, zischte sie mit zusammengebissenen Zähnen. »Und jetzt führst du dich plötzlich so auf, als bedeute sie dir alles! Ich warne dich, Lucien, ich lasse mich nicht zum Narren halten! Nicht noch einmal! Weder von dir noch von irgendeinem anderen Mann!«

»Warst du das?« flüsterte er ungläubig. »Hast du das für einen gelungenen Scherz gehalten?«

»Was soll ich für einen gelungenen Scherz gehalten haben? Das Mädchen entführen zu lassen? Allmächtiger, wenn es meine Idee gewesen wäre, sie als Geisel zu nehmen, hätte ich ihr bestimmt etwas anderes als einen Finger abgeschnitten!«

»Dann erklär mir, wie er an den Ring gekommen ist.«

»Wovon redest du?« fragte sie verwirrt. »Welcher Ring?«

»Den er dir zur Verlobung geschenkt hatte.«

Nicolaa schnappte nach Luft. »Onfroi? Meinst du vielleicht das erbärmliche Goldringlein, das er mir . . .?«

»Nein, ich meine den *Ring,* Nicolaa«, fiel Wardieu ihr drohend ins Wort. »Den Ring, den einst der rechtmäßige Erbe der Familie Wardieu am Finger trug.«

»Lucien, bist du verrückt geworden?« rief sie. »Wovon redest du?«

Wardieu beherrschte mühsam seinen Zorn. Im Grunde hatte er von Anfang an gewußt, daß Nicolaa nichts mit dieser Sache zu tun hatte. Solche subtilen Methoden paßten nicht zu ihr. Wenn der Ring über all die Jahre hinweg in ihrem Besitz gewesen wäre, hätte sie ihn längst damit erpreßt, um ihren Willen durchzusetzen.

»Ich rede *hiervor*«, sagte er ruhig und öffnete seine Faust.

Bestürzt über seine Kälte, die ihr gänzlich unverständlich war, betrachtete Nicolaa den Ring auf seiner großen Handfläche. Das Gold schimmerte matt, und das Rubinauge funkelte im Mondlicht, aber auf den ersten Blick fiel ihr nichts Besonders daran auf. Drachen, Schlangen, Löwen und andere gefährliche Kreaturen waren häufige Motive auf Ringen, Wappen und Siegeln. Allerdings war dieser Ring besonders kunstvoll geschmiedet: der Drache schien zum tödlichen Schlag auszuholen, und seine gespaltene Zunge schien Feuer zu speien.

Nicolaas Herzschlag setzte vorübergehend aus.

Sie griff nach dem Ring und hielt ihn hoch, so daß das Licht von den Lagerfeuern darauf fiel.

»Gott steh mir bei!« flüsterte sie.

»Gott steh uns beiden bei, falls du nichts damit zu tun hattest«, sagte er mit gepreßter Stimme.

»Ich?« Sie blickte schockiert auf. »Du glaubst, ich ...«

»Wenn du es nicht warst — wer dann?«

Sie starrte ihn mit schreckensweit aufgerissenen Augen an. »Nein! Nein, das kann nicht sein! Es muß sich um einen Irrtum handeln!«

»Schau dir den Ring doch an, Nicolaa. Es ist kein Irrtum.«

»Ein Duplikat! Es muß ein Duplikat sein!«

»Schau dir den Ring genau an, Nicolaa. Das ist kein Duplikat.«

Seine eisblauen Augen verrieten ihr, ohne daß sie hinzuschauen brauchte, daß eine goldene Ohrenspitze des Drachen abgebrochen sein würde.

»Aber« — sie packte ihn am Arm, und ihre Stimme wurde schrill vor Panik — »aber es kann nicht sein! Wie kannst du glauben, daß er überlebt hat? Mein Gott — all die vielen Jahre! Er war tot ... vergessen ... all die Jahre!«

Wardieu umklammerte schmerzhaft ihr Handgelenk, während er sie von all den neugierigen Augen und Ohren im Lager wegführte. »Verdammt, so red doch leise! Wir haben schon Probleme genug, auch ohne daß uns jemand belauscht.«

Sie blieb stehen. »Ein Scherz!« rief sie . »Es kann sich nur um einen geschmacklosen Scherz handeln.«

»Nur jemand, der die Wahrheit kennt, könnte auf einen solchen Scherz verfallen.« Wardieu nahm ihr den Ring aus der Hand und hielt ihn ihr unter die Nase. »Abgesehen von Ohneland war Bayard der einzige, der Bescheid wußte — und Bayard ist tot! Er wurde von jemandem umgebracht, den er erkannt hatte. Und Roger de Chesnai berichtet, daß Northumbria so verstört war, *als hätte er ein Gespenst gesehen!«*

Nicolaas Herzschlag stockte erneut. »Aber du hast ihn doch selbst niedergestreckt! *Du hast gesagt, du hättest ihn sterben sehen.«*

»Ich habe gesagt, daß kein Sterblicher solche Wunden hätte überleben können. Ich habe *nicht* gesagt, daß ich danebenstand, bis er tot war. Herrgott, immerhin war er mein Bruder! Ich habe ihn niedergemetzelt, und er lag verblutend im heißen Wüstensand, aber ich konnte doch nicht danebenstehen und seinen Todeskampf beobachten!«

»Und nur wegen deines Mitleids«, fauchte sie, »ist er jetzt zurückgekommen, um sich zu rächen! Allmächtiger, er muß einen tödlichen Haß auf dich haben! Aber warum hat er so lange gewartet? Warum ist er nicht schon viel früher hier aufgetaucht? Und warum ist er in die Rolle dieses Schwarzen Wolfs von Lincoln geschlüpft?«

Wardieus Faust schloß sich wieder um den Ring. »Ich soll wissen, daß er hier ist, daß er abwartet und mich beobachtet. Er will, daß ich bei jedem Schatten erschrocken zusammenzucke, daß ich bei jedem Bissen schwitze, daß ich jedem fremden Gesicht mißtraue. Der Schwarze Wolf — wie ungemein passend! Ich hätte es von Anfang an erraten müssen! Der Wolf jagt den Drachen, der den Wolf jagt.«

»Und was willst du jetzt tun?« fragte Nicolaa, die plötzlich so fror, daß sie die Arme über der Brust kreuzte.

»Tun? Natürlich werde ich tun, was ich tun muß. Gleich morgen früh werde ich zuverlässige Leute nach Bloodmoor schicken, damit sie das Lösegeld holen.«

»Du willst auf seine unverschämte Forderung eingehen?«

»Mir bleibt gar keine andere Wahl.« Wardieu lächelte gequält. »Wenn ich mich weigere, das Lösegeld zu bezahlen, wird er mir mit wahrer Wonne ein blutiges Säckchen nach dem anderen zukommen lassen, und ob es nun wirklich die Witwe De Briscourt ist, die er zerstückelt, oder nicht — die Kunde davon wird sich wie ein Lauffeuer in ganz England verbreiten. Sie wird auch Johann Ohneland zu Ohren kommen, und er wird in Panik geraten, weil er befürchten wird, daß auch seine eigenen törichten Intrigen auffliegen könnten. Und bis ihn jemand beruhigt und zur Vernunft bringt, wird es von den Brüstungen der Schloßmauern Leichen regnen.«

»Ohneland beruhigen? Mir wurde berichtet, daß er eine Woche lang tobte, als er erfuhr, daß deine Hochzeit schon so bald stattfinden würde. Wenn er *dies hier* erfährt, dürfte er sich wie ein Irrer aufführen. Kannst du diesen ... diesen Schwarzen Wolf« — sie brachte seinen richtigen Namen einfach nicht über die Lippen — »nicht finden und umbringen, bevor er zu einer noch größeren Gefahr wird?«

»Wie sollte ich ihn in diesen Wäldern finden können?« Wardieus Blick schweifte über die hohen Kiefern und majestätischen Eichen am Horizont. »Du vergißt, daß er jeden Weg und Wildpfad in diesem Wald so gut kennt, als wäre er wirklich ein Wolf, als wäre dies sein Jagdrevier. Meine Männer könnten monatelang suchen, ohne auch nur auf Schußweite an ihn heranzukommen. Seit er alt genug war, um ein Schwert hinter sich herschleppen zu können, gehörte es zu seinen Lieblingsspielen, sich im Wald zu verstecken. Vaters beste Holzfäller und Wildhüter konnten ihn nur selten finden.«

»Ein Jammer, daß du dich nicht an diesen Spielen beteiligt hast«, kommentierte Nicolaa trocken. »Sonst würdest du vielleicht seine Lieblingsverstecke kennen und könntest ihm sein Spiel verderben.«

»Man kann einem Wolf auch eine Falle stellen«, sagte Wardieu ruhig, »und es gibt emotionale Köder, denen kaum ein Mann widerstehen kann.«

Wieder jagte ein kalter Schauer über Nicolaas Rücken, während sie sich langsam umdrehte und Wardieus starrem Blick folgte. Vor den flackernden orangefarbenen Flammen des größten Lagerfeuers zeichneten sich die dunklen Silhouetten von Wardieus beiden Knappen ab, die seine ohnehin schon spiegelblanken Waffen auf Hochglanz polierten. Der mittlerweile sechzehnjährige Rolf stand auf Wunsch seines Vaters, eines benachbarten Barons, in Wardieus Diensten, um von diesem Kriegshelden möglichst viel zu lernen. Eduard war für seine dreizehn Jahre sehr groß und kräftig. Seit seinem sechsten Lebensjahr in Wardieus Haushalt und vor einem Jahr vom Pagen zum Knappen befördert, war er sehr stolz auf die größere Verantwortung, die jetzt auf seinen jungen Schultern ruhte. Beide Knappen waren mutig, zuverlässig und loyal. Beide brannten darauf, sich durch Heldentaten ihre eigenen goldenen Sporen zu verdienen, doch bis es endlich soweit war, würden sie ihrem mächtigen Lehnsherrn treu dienen.

Nicolaa hatte keinem von beiden jemals Beachtung geschenkt; sie behandelte die Burschen mit derselben

Gleichgültigkeit und Geringschätzung wie Lakaien. Nur in Momenten großer Schwäche — oder völliger Trunkenheit — erinnerte sie sich daran, daß sie unter Schmerzen einen Sohn geboren, das schreiende Kind von ihrer Brust gerissen und in den Norden verbannt hatte, weil niemand etwas von seiner Existenz erfahren sollte.

»Eduard hat sich zu einem prächtigen jungen Mann entwickelt«, flüsterte Wardieu ihr ins Ohr. »Jeder Mann wäre stolz auf einen solchen Sohn. Noch ein, zwei Jahre, und es wird ihm nicht mehr genügen, Rolf aus dem Sattel zu werfen, sondern er wird seine Kräfte mit mir messen wollen.«

»Als er geboren wurde«, sagte sie bitter, »wollte ich ihn eigentlich ins Freie tragen und seinen Schädel am nächstbesten Felsen zerschmettern.«

»Aha, das Mitleid!« schmunzelte er, froh darüber, ihr die Bemerkung von vorhin heimzahlen zu können. »Irgendwann überfällt es uns alle, dagegen läßt sich nichts machen. Es dürfte hochinteressant sein zu beobachten, wen Eduard beschützen wird, sobald er die Wahrheit erfährt.«

»Er braucht sie nie zu erfahren. Er glaubt, daß er dein unehelicher Sohn ist, und das glaubt die ganze Grafschaft. Es gibt keine lebende Menschenseele, die etwas anderes behaupten könnte. Nicht einmal ich selbst könnte bei meinem Blut — oder bei deinem — schwören, wessen Samen mich befruchtet hat.«

»Wirklich nicht, Nicolaa? Schau ihn dir doch an! Könntest du — wenn du aufrichtig wärst — wirklich behaupten, diese Augen nicht wiederzuerkennen, oder auch dieses Lächeln, das dich einst verzaubert hat? Beobachte seine Hände, Nicolaa! Deine Diener haben gut daran getan, ihm den bevorzugten Gebrauch der linken Hand abzugewöhnen, und ich bin sicher, daß er sich nicht daran erinnern kann, ein Schwert oder eine Lanze jemals *nicht* in der rechten Hand gehalten zu haben, aber Kleinigkeiten verraten ihn. Es sind letztlich immer Kleinigkeiten, die uns alle verraten.«

Nicolaa betrachtete Eduard, aber vor ihrem geistigen Auge sah sie nur *ihn.* Sie sah ihn so deutlich vor sich, als stünde er jetzt vor ihr. Sie war damals zu ihm gegangen, weil sie ihn um Verzeihung bitten und ihm erklären wollte, daß sie sich nur aus zügellosem Lebenshunger gegen ihn versündigt hatte, aber seine grauen Augen waren vor Groll fast farblos gewesen und hatten seinen Abscheu vor Betrug und Unkeuschheit deutlich widergespiegelt. In ihrer ohnmächtigen Wut hatte sie seinen Verlobungsring vom Finger gezerrt und nach ihm geworfen, und er hatte sich einfach abgewandt und war aus ihrem Leben gegangen, ohne sich auch nur einmal umzudrehen.

Nicolaa zuckte zusammen, als sie Eduard schallend lachen hörte. »Ist es nicht eine schwärende Wunde, ihn jeden Tag sehen zu müssen?« griff sie ihren Geliebten an. »Wie konntest du ihn überhaupt bei dir aufnehmen, wenn du den Verdacht hattest, daß er der Sohn deines Bruders ist?«

»Das störte mich lange nicht so sehr, wie es *dich* störte, daß ich ihn ausfindig gemacht hatte, trotz all deiner Bemühungen, ihn vor mir zu verstecken.«

»Ich wollte dir doch nur Schmerz ersparen«, beteuerte sie.

»Wo verläuft die Grenze zwischen Schmerz und Genuß?«

»Du hast es also genossen, ihn ständig an deiner Seite zu haben, nur um mich mit seinem Anblick zu konfrontieren?«

»Zugegeben, ich habe es genossen ... aber es war auch ein Gebot der Vernunft, ein kleines Druckmittel gegen dich in der Hand zu haben, meine Liebe.«

»Er bedeutet mir nichts — und dir auch nicht, sonst würdest du ihn anders behandeln.«

»Er dient mir als Gedächtnisstütze.«

»Wofür? Daß dein Bruder vor dir in meinem Bett war?«

Wardieu lachte. »Glaubst du, ich hätte dich jemals umworben, wenn mein Bruder nicht so verrückt nach dir gewesen wäre? Die Tatsache, daß du ihn so begierig und so ... so hingebungsvoll betrogen hast — nun, diese Tatsache erinnert mich stets daran, daß Dinge sich im Leben oft wiederholen.«

»Ich würde dich nie betrügen«, versicherte sie. »Ich ...«

Sie biß sich in letzter Sekunde auf die Zunge. Er würde ein Liebesgeständnis nur als Waffe gegen sie verwenden, das verrieten ihr die kalten blauen Augen, in denen eine schier unerträgliche Gleichgültigkeit geschrieben stand. Noch während sie um Fassung rang, tauchte auf dem Hügel eine vertraute Gestalt auf, deren bloßer Anblick ihr Übelkeit verursachte.

Onfroi de la Haye kam auf das Paar zugerannt, wild mit den Armen rudernd, um Aufmerksamkeit zu erregen — ein wichtigtuerisches widerliches Insekt, jedenfalls in Nicolaas Augen.

»Eine Nachricht von Sir Aubrey de Vere!« rief er atemlos. »Eine Nachricht von Sir Aubrey de Vere!«

Wardieus gereizter Blick schweifte zum Sheriff ... und gleich darauf wieder zurück zum Waldrand, wo er einen verdächtigen Lichtfunken gesehen hatte. Er brauchte nur den Bruchteil einer Sekunde, um zu begreifen, daß es das Aufblitzen einer Pfeilspitze im Mondschein war, und er konnte Nicolaa gerade noch rechtzeitig beiseite stoßen, so daß der Pfeil dicht an ihr vorbeischwirrte, anstatt sie mitten ins Herz zu treffen.

Wardieu riß sein Schwert aus der Scheide und hielt in der Dunkelheit Ausschau nach dem unsichtbaren Feind.

Hinter ihm spürte Onfroi de la Haye, daß etwas Heißes und Scharfes in den Samt seines Waffenrocks eindrang. Die Wucht des Geschosses war so groß, und der magere, fleischlose Körper bot so wenig Widerstand, daß der Pfeil mühelos den Magen durchbohrte und im Rücken gut zwanzig Zentimeter hervortrat, bevor die Befiederung endlich in Stoff und zerfetztem Gewebe steckenblieb. Onfroi starrte auf die Federn und brüllte los. Sein Blick schweifte verständnislos von seiner Frau zu Lord Wardieu und dann wieder zu dem Schaft des Pfeils, der ihn aus Versehen getroffen hatte. Er schrie wie am Spieß, bis Nicolaas geballte Fäuste ihn zu Boden streckten.

Kaum fünfzig Schritte entfernt fluchte Gil Golden am Waldrand leise vor sich hin, zog einen zweiten Pfeil aus seinem Köcher und spannte den Bogen. Doch bevor er schießen konnte, wurde er durch zwei Stiefel aus dem Gleichgewicht gebracht, und gleich darauf landete etwas Schweres auf seinen Schultern. Pfeil und Bogen entfielen seinen Händen, und eine wohlvertraute hohe Stimme zischte ihm wütend ins Ohr:

»Verdammt, was machst du da, du Hohlkopf? Bist du wahnsinnig? Ist die ganze Welt heute nacht verrückt geworden?«

Gil war sprachlos vor Wut. Die gellenden Schreie des Sheriffs hatten im Lager eine chaotische Betriebsamkeit ausgelöst. Fackeln wurden entzündet, Befehle gebrüllt. Männer rannten den Hügel hinab, auf den Waldrand zu. In Sekunden würde es überall von Rittern und Soldaten wimmeln.

Sparrow rappelte sich aus dem Dickicht auf und versetzte Gil, der auf dem Boden nach seinem Bogen tastete, einen kräftigen Rippenstoß.

»Los, mach, daß du wegkommst, du Affe! Renn, so schnell du kannst, bevor sie die Hunde auf uns loslassen!«

»Fast hätte ich sie erledigt!« schimpfte Gil, während er hinter Sparrow durch das Unterholz hetzte. »Und ich *hätte* sie zur Strecke gebracht, wenn du dich nicht eingemischt hättest! Wo kommst du überhaupt her? Was zum Teufel machst du hier, so weit vom Lager entfernt?«

»Was *ich* so weit vom Lager mache? Was hattest *du* denn hier verloren? Und was meinst du damit, daß du sie fast erledigt hättest — wen denn?«

»Nicolaa de la Haye«, zischte Gil. »Das gottlose Weib des Sheriffs.«

»Nicolaa de la Haye?« Sparrow blieb abrupt stehen. »Aber ich dachte . . .«

»Du dachtest, ich hätte auf jemand anderen gezielt? Du dachtest, ich hätte mich in dieser verdammt kühlen Nacht aufgemacht, um das einzige Herz in der ganzen Christenheit zu durchbohren, das der Schwarze Wolf ausschließlich für sich selbst reserviert hat? Glaubst du, ich will mir seinen Zorn zuziehen? Hältst du mich wirklich für so töricht?«

»Du bist noch viel törichter als ich dachte, du Hornochse!« erwiderte Sparrow, dessen scharfem Gehör trotzdem kein Geräusch aus dem Lager entging. Als er das Heulen und Bellen hörte, trat ihm kalter Schweiß auf die Stirn. Er verabscheute Hunde, er haßte diese räudigen Kreaturen mit ihren Fangzähnen mehr als irgendein anderes Lebewesen auf Gottes weitem Erdboden. Zu den Hauptattraktionen eines Jahrmarkts, an den er schon als Kind verkauft worden war, hatte der Kampf eines gefesselten Zwergs gegen einen rotäugigen geifernden Höllenhund gehört. Körper und Geist hatten davon gleichermaßen schreckliche Narben zurückbehalten, und er konnte sogar die zahmen und sanften Hunde kaum ertragen, die sich dem Schwarzen Wolf angeschlossen hatten.

»Begreifst du eigentlich, wieviel Ärger du mir bereitet hast?« keuchte er, während er hastig weiterrannte. »Ich mußte dich ja für einen Verräter halten, du Spatzenhirn! Dieser ganze beschwerliche Ausflug hätte sich wenigstens gelohnt, wenn du es auf den Drachen höchstpersönlich abgesehen hättest, aber jetzt muß ich hören, daß du nicht einmal soviel Ehrgeiz hattest, daß du nur die Brüste der Hure von Lincoln durchbohren wolltest!«

»Und um ein Haar wäre es mir gelungen. So ein verdammtes Pech! Hätte ich nur einen Wimpernschlag früher geschossen, hätte ich sie wie ein Ferkel aufgespießt ...«

»Dieses Schicksal hättest auch du selbst verdient, Gil Golden!«

»Ich hatte dich nicht gebeten, mir zu folgen«, konterte Gil. »Und wenn du glaubst, daß ich mich für deine Einmischung auch noch bedanken werde, hast du dich gewaltig getäuscht.«

»Spar dir deine Dankbarkeit und deinen Schweiß lieber für die Hunde auf«, schnaubte Sparrow. »Vielleicht hast du ja Glück, und sie reißen dich in Stücke, bevor die Männer des Drachen dich schnappen und deinem Gesicht eine Kupfermaske verpassen! Oder bevor Mylord von dieser Torheit erfährt und dir das Fell über die Ohren zieht!«

»Er wird nur davon erfahren, wenn du es ihm erzählst.«

»Aha, auch noch um Gefälligkeiten bitten!«

Sie huschten von einer Baumgruppe zur anderen, so schnell, wie es in der Dunkelheit möglich war. Ihre lärmenden Verfolger suchten sie etwas weiter westlich, aber beide wußten, daß die Spürhunde den Männern bald den richtigen Weg weisen würden.

Gil, der sich ohne seinen Langbogen über der Schulter so verletzlich wie ein neugeborenes Kind fühlte, bemerkte plötzlich, daß Sparrows kurze Beine Mühe hatten, mit ihm Schritt zu halten. Er blieb kurz stehen, packte den Zwerg um die Taille und hob das zappelnde Bündel auf einen Ast hinauf.

»Rauf in die Baumwipfel mit dir!« befahl er. »Da oben kommst du doppelt so schnell voran, besonders ohne mich.«

»Und du?«

»Ich komme mit meinen langen Beinen auf der Erde so schnell voran wie du in den Lüften. Mach dir um mich keine Sorgen.«

»Aber die Hunde ...«

Gil warf einen Blick über seine Schulter hinweg und wischte sich den Schweiß von der Stirn. »Ganz in der Nähe ist ein breiter Bach. Wenn ich ein Stück weit durch das Bachbett wate, verlieren die Hunde meine Spur.«

»Glaubst du wirklich, ich würde dich allein lassen?« Der Zwerg hörte sich empört und gekränkt an.

Weil er jetzt auf einem Ast saß, konnte er Gil bei den Schultern packen, und der krampfhafte Griff der knorrigen Hände verriet diesem, welche Ängste Sparrow seinetwegen ausstand.

»Ich komme gut zurecht, Waldgeist«, beruhigte er ihn. »Wir treffen uns oben am Teich ... sagen wir mal, in einer Stunde. Und ich wette, daß ich vor dir dort bin und sogar noch Zeit habe, mir einen neuen Bogen zu schnitzen. Bist du mit einer Goldmünze dabei?«

»Das ist kein Spiel, Gil«, erwiderte Sparrow mürrisch.

»Ich weiß.« Gil streckte die Hand aus und zauste kurz Sparrows Locken. »Trotzdem solltest du dich verdammt anstrengen oder am Ziel deine Münze schon bereithalten.«

Er zwickte den Zwerg zum Abschied liebevoll in den Bauch, eilte mit langen Schritten davon und tauchte gleich darauf im Nebel unter. Sparrow fluchte vor sich hin und wäre ihm am liebsten nachgerannt, doch ein furchterregendes Gebell und Geheul in unmittelbarer Nähe hielt ihn davon ab. Behende kletterte er in die höchsten Äste und schwang sich sodann wie ein Affe von Baum zu Baum. Sein Herz hämmerte in der Brust, und er spähte immer wieder in die Tiefe, in der Hoffnung, Gil irgendwo sicher durch den Wald rennen zu sehen. Doch nicht einmal seine scharfen Augen vermochten etwas zu erkennen, um so mehr, als Tränen seine Sicht behinderten. Einige Male schätzte er deshalb sogar die Entfernung zwischen den Baumkronen falsch ein und wäre fast abgestürzt.

»Gott gebe dir flinke Beine, mein Freund!« flüsterte er immer wieder der Nachtluft zu. »Gott steh dir bei!«

11

»Gott sei mir gnädig!« brüllte der Schwarze Wolf. »*Was* hast du gemacht?«

Gil und Sparrow, die so aussahen, als hätte man sie durch eine Dornenhecke gezerrt, traten schuldbewußt von einem Bein aufs andere und ließen das Donnerwetter mit gesenkten Köpfen über sich ergehen.

»Du hast die Abtei unerlaubt verlassen, Gil, du hast dich bis auf wenige hundert Meter ans feindliche Lager herangeschlichen, und du hast — ohne die Konsequenzen zu bedenken — auf Nicolaa de la Haye geschossen und damit uns alle in Gefahr gebracht.«

»Sie spielt bei deiner Mission für die Königin doch überhaupt keine Rolle«, erwiderte Gil eigensinnig, fuhr dann aber mit leiser, gepreßter Stimme fort: »Ehrlich gesagt — ich wollte sie nur sehen. Als Sigurd gestern abend erwähnte, daß auch sie sich im Lager des Drachen aufhält, da ...«

»Da wolltest du sie nur sehen«, wiederholte der Wolf ungeduldig. »Und?«

»Und ...« Die bernsteinfarbenen Augen blickten zum Wolf auf. »Und ich *habe* sie gesehen. Diese Teufelin stand nur etwa fünfzig Meter von mir entfernt im Mondlicht. Mir war gar nicht bewußt, daß ich einen Pfeil aus dem

Köcher gezogen und den Bogen gespannt hatte, bis der Pfeil durch die Luft schwirrte.«

»Du hast sie also erschossen?«

Der zerzauste rote Lockenkopf senkte sich wieder. »Ich habe auf sie geschossen, aber ich habe sie verfehlt.«

Friar, der das Geschehen bisher als stummer Zeuge verfolgt hatte, runzelte die Stirn. »Du hast sie verfehlt? Ein Schuß aus fünfzig Meter Entfernung — und du hast sie verfehlt?«

Gil errötete, was bei ihm selten vorkam. »Sie war nicht allein. Der Mann, der neben ihr stand, muß etwas gesehen haben, und er hat sie beiseite gestoßen, als ich den Pfeil abschoß, und dann ... na ja, bevor ich einen zweiten Schuß abgeben konnte, ist Sparrow plötzlich auf mich herabgesprungen und ...«

»Und hat dir zweifellos das Leben gerettet«, fiel der Wolf ihm trocken ins Wort. »Haben sie euch nicht verfolgt?«

»Doch, aber wir haben sie abgehängt. Niemandem wurde ein Schaden zugefügt!«

»Kein Schaden!« schnaubte Friar.

»Außer dem Sheriff«, zirpte Sparrow fröhlich, doch sein Grinsen verschwand blitzartig, als er Gils Seitenblick auffing.

»Was ist mit dem Sheriff?« fragte der Schwarze Wolf scharf.

Gil kaute an seiner Lippe und schien lebhaft zu bedauern, daß Sparrow nicht von den Spürhunden zerfleischt worden war. »Der Sheriff ist plötzlich aus dem Nichts aufgetaucht ...«

»Er stand hinter Nicolaa, als Gil geschossen hat«, warf Sparrow hilfreich ein.

»... und als sie beiseite gestoßen wurde ...«

»... hat er versehentlich den Pfeil abbekommen!« schloß der Elf zufrieden.

Friar und der Wolf starrten Gil entgeistert an.

»Du hast Onfroi de la Haye erschossen?« fragte Friar nach längerem Schweigen. »Er ist tot?«

»Der Pfeil hat ihn in den Bauch getroffen, glaube ich«, sagte Gil achselzuckend, um anzudeuten, daß das Schlimmste zu befürchten war.

Der Wolf schwieg beharrlich, stieß schließlich laut die Luft aus und wandte den anderen den Rücken zu.

Die vier standen in der Nähe des Haupteingangs. Die Morgendämmerung und ein aufmerksamer Wachposten hatten den Versuch der beiden Missetäter vereitelt, auf das Klostergelände zu gelangen. Sparrows Gesicht und Hände waren mit Harz beschmiert, und er hatte auf dem Weg durch die Baumwipfel seine Kleider zerrissen. Gil sah nicht ganz so schlimm aus, aber eine Schulternaht seines Hirschlederwamses war aufgeplatzt, und die ganze Vorderpartie hing herunter wie eine schlaffe Fahne an einem windstillen Tag. Beide fürchteten den Zorn ihres Anführers. Von Zeit zu Zeit warfen sie einen Blick zum Himmel empor und schienen sich zu fragen, wie die Sonne so unbekümmert scheinen konnte, während sich über ihnen düstere Gewitterwolken zusammenzogen.

Friar, der sich nicht erinnern konnte, den Wolf jemals zuvor so grimmig erlebt zu haben, schüttelte traurig den Kopf und starrte seine gefalteten Hände an.

»Der Drache wird über diese Wendung der Ereignisse alles andere als erfreut sein«, murmelte der Wolf endlich, fast so, als führte er ein Selbstgespräch. »Daß sein Marionettensheriff ausgerechnet jetzt ermordet wurde, während die Hochzeitsvorbereitungen in vollem Gange sind, seine Braut entführt wurde, und sein totgeglaubter Bruder plötzlich wieder aufgetaucht ist — nein, das wird ihm gar nicht gefallen! Gerade jetzt sollte doch alles möglichst diskret und unauffällig vonstatten gehen, da kommt ihm der Tod des Sheriffs bestimmt sehr ungelegen. Nicht etwa, daß er mir gelegen käme«, fügte er mit einem scharfen Blick auf die beiden Schuldigen hinzu, »aber die Tatsache, daß der Drache sich viel mehr als ich darüber ärgern dürfte, und daß Johann Ohneland bestürzt und aufgeschreckt reagieren wird — nun, das will ich als mildernde Umstände gelten lassen. Trotzdem ... du, Gil Golden, hast dich über Befehle hinweggesetzt, und du« — die grauen Augen schleuderten einen Blitz in Sparrows Richtung — »du hättest soviel Verstand haben sollen, nicht auf eigene Faust Gils Verfolgung aufzunehmen.«

»Ich hatte keine Zeit, um ...«

»Du wolltest wieder einmal auf eigene Faust herumschnüffeln, das meinst du wohl? Und wenn Gil nun tatsächlich ein Verräter gewesen wäre, der dem Drachen Informationen verkaufen wollte? Oder wenn man euch beide geschnappt und D'Aeth übergeben hätte, der sich rühmt, daß ihm kein Geheimnis lange verborgen bleibt? Oder wenn du kopfüber von einem Baum in die Tiefe gestürzt wärst und dir alle Knochen gebrochen hättest, ohne daß jemand bis zum Morgen etwas von deiner Abwesenheit bemerkt hätte?«

»Kein Mensch hätte um mich getrauert«, murmelte Sparrow mürrisch und trat nach einem Kieselstein.

»Du hast völlig recht«, bestätigte der Schwarze Wolf. »Niemand wird um dich oder um Gil trauern, wenn eure Torheit die Spürhunde zu dicht an Thornfeld heranführt. Es gibt durchaus noch Einheimische, die wissen, daß die Abtei nicht nur in Legenden über Druiden und Geister existiert — und jemand könnte für einige Münzen bereit sein, die Männer des Drachen hierher zu führen. Wir müssen sicherheitshalber die Zahl der Wachposten verdoppeln.«

»Ich kümmere mich darum«, sagte Friar.

»Treib auch gleich zwei Schaufeln für diese beiden Helden auf. Meine Nase sagt mir, daß es längst an der Zeit gewesen wäre, die alten Latrinen zuzuschaufeln und neue zu graben. Das dürfte ihre Abenteuerlust für eine Weile dämpfen.«

Friar grinste. »Ihren Geruchssinn ebenfalls.«

Gil sah bestürzt drein, Sparrow in höchstem Maße indigniert. Keiner von beiden war so töricht, gegen die Strafe zu protestieren, weil sie genau wußten, daß es viel schlimmer hätte kommen können. Trotzdem konnte Sparrow sich einen bissigen Kommentar nicht verkneifen. Zum Glück trug der Wind dem Wolf die Worte ›wie ein bepißter Wassermolch‹ erst zu, nachdem Sparrow und Gil um die Ecke der Pilgerhalle verschwunden waren.

Die Miene des Schwarzen Wolfs war immer noch so düster, daß Sparrows Vergleich einem Beobachter vielleicht gar nicht so abwegig vorgekommen wäre, als seine Morgenroutine zum zweitenmal gestört wurde. Er saß vornübergebeugt auf der rissigen Steineinfassung der Zisterne und wetzte seinen Dolch an einem Schleifstein. Die schmale Klinge funkelte, und das Geräusch von Stahl auf Stein hörte sich wie eine geflüsterte Warnung an.

Die Zisterne und der angebaute Steintrog waren in früheren Zeiten randvoll mit Wasser gefüllt gewesen, gespeist aus einer unterirdischen Quelle, doch nun enthielten sie nur noch jede Menge modriger Blätter. Der Wolf saß im Schatten einer alten Eibe mit tiefhängenden Ästen. Der Tag war so sonnig, daß er seinen Pelz abgelegt und sein Hemd geöffnet hatte. Das lange kastanienbraune Haar war nach einem Bad im Stillen Teich noch feucht, und er hatte die langen Beine ausgestreckt, um seine nackten Füße in der Sonne zu wärmen. Die hohen Hirschlederstiefel lagen auf dem Boden, daneben Bogen und Köcher sowie zwei gehäutete und ausgeweidete Kaninchen.

Als Servanne ihn so in seine Arbeit vertieft dasitzen

sah, blieb sie abrupt stehen. In den Klosterruinen gab es nur wenige Räume, die nicht allzu feucht und verwahrlost waren. Deshalb hatten Servanne und Biddy sich auf dem Weg zum Teich und zurück viel Zeit gelassen und die warme Sonne genossen. Biddy hatte zuvor dem sehr übellaunigen Sparrow so lange zugesetzt, bis er Servannes Truhen herausgerückt hatte, und das schlichte Samtkleid, das sie jetzt trug, war zwar etwas zerknittert, aber sauber und sehr züchtig. Der Kragen lag eng am Schlüsselbein an, das Mieder war reich bestickt und so brettsteif, daß die Brüste darunter kaum zu sehen waren, die langen Ärmel warfen von den Ellbogen bis zu den Handgelenken üppige Falten, und der Gürtel aus gehämmerten Goldgliedern betonte nicht die schmale Taille, sondern hing lose um die Hüften.

Das Kleid verhüllte ihre Figur, und eine gestärkte weiße Haube verhüllte ihre blonde Lockenpracht. Das Gesamtbild war sehr korrekt und so unauffällig, daß nicht einmal ein Floh von ihr Notiz genommen hätte — geschweige denn ein Wolf.

Servanne atmete mehrmals tief durch, während sie die Entfernung von der Zisterne bis zur Tür der Pilgerhalle abschätzte. Zwanzig Schritte, mehr nicht, und größtenteils lag der Weg im Schatten. Bedauerlicherweise mußten sie dicht an der Zisterne vorbei, um in die Halle zu gelangen, aber da es sich nun einmal nicht vermeiden ließ, wollte sie es möglichst schnell hinter sich bringen.

Sie machte einen kleinen Schritt vorwärts. Sofort blickten die grauen Augen vom Schleifstein auf und musterten sie unverschämt, von den Schuhspitzen bis zu den roten Flecken auf ihren Wangen.

»Einen wunderschönen guten Morgen, meine Damen«, sagte er honigsüß. »Hoffentlich haben Sie letzte Nacht gut geschlafen.«

Biddys üppiger Busen wogte vor Empörung, und Servanne rümpfte die Nase, so als wären es nicht nur die modrigen Blätter, die in der Sonne stanken.

»Die Räumlichkeiten sind grauenvoll«, bemerkte Lady de Briscourt eisig, »und die Gesellschaft läßt noch mehr zu wünschen übrig — lauter grobe, ungehobelte Gesellen! Ich habe letzte Nacht kein Auge zugetan und kann deshalb auch diesen schönen Morgen nicht genießen.«

Der Wolf grinste breit. »Immerhin ist doch aber Ihre Tugend auch in dieser Nacht unversehrt geblieben, und dafür sollten Sie dankbar sein. Oder hing Ihre Schlaflosigkeit vielleicht damit zusammen, daß Sie Ihre Tugend insgeheim bereuten? Sollte dem so sein, so würde ich Ihnen mit Freuden weitere schlaflose Nächte ersparen.«

Mehr als über seine unverschämte Bemerkung ärgerte Servanne sich darüber, daß ihr bei seinen Worten unwillkürlich ein heißer Schauer über den Rücken lief. Sie hatte tatsächlich fast die ganze Nacht wachgelegen, sich auf ihrem Lager unruhig von einer Seite auf die andere gewälzt und die pieksenden Binsen unter dem Laken verflucht. Am meisten hatte sie jedoch den Mann verflucht, der ihren Körper so erregt hatte, daß die Erinnerung daran ihr den Schlaf raubte. Sie sah sein Gesicht so deutlich vor sich, als läge er neben ihr im Bett, und es wollte ihr einfach nicht gelingen, ihn aus ihren Gedanken zu verdrängen. Ihre Lippen brannten, als hätte sein leidenschaftlicher Kuß sie versengt, ihre Brustwarzen richteten sich verräterisch auf, sobald sie nur die Pelzdecke streiften, und noch viel schlimmer war das Prickeln an anderen Stellen ihres Körpers. Sie durfte gar nicht daran zurückdenken — am allerwenigsten jetzt, da ihr Peiniger nur wenige Schritte von ihr entfernt seelenruhig dasaß, ein wölfisches Grinsen im Gesicht. Sie konnte den Blick nicht von seinen schmalen braungebrannten Fingern wenden, die mit gleichmäßigen Bewegungen den Dolch wetzten.

»Wie lange willst du uns noch gefangenhalten?« fragte sie.

»Aha, schon wieder eine Abfuhr!« murmelte er. »Aber vielleicht erleben Sie ja in ein oder zwei Wochen einen Sinneswandel.«

»Eine Woche!« rief Servanne. »Zwei Wochen! Sie haben Lord Lucien doch schon über Ihre unverschämte Lösegeldforderung informiert!«

»Ich habe dem Mann, der sich Lord Lucien *nennt*, meine Bedingungen gestellt«, korrigierte er. »Ich habe mich sogar erboten, Sie aus dem Weg zu räumen, falls er nun doch lieber von einer Ehe Abstand nehmen möchte. Er will bestimmt keine übereilte Entscheidung treffen, sondern das Für und Wider gründlich erwägen, und dafür war die Zeit seit Ihrer Entführung natürlich noch zu kurz.«

Servanne schoß das Blut zu Kopfe. »Es gibt kein Für und Wider, Wolfshaupt! Du wirst noch diese Woche von Mylord hören.«

»Tatsächlich?« Er verschränkte die Arme über der Brust. »Darf ich fragen, warum Sie so zuversichtlich sind?«

Servanne riß ihren Blick mühsam von dem dunklen Haarwald unter dem weit geöffneten Hemd los, versank statt dessen in den grauen Augen und konnte sich kaum noch an seine Frage erinnern.

»Die Hochzeit«, stammelte sie. »Alle Vorbereitungen sind doch schon getroffen.«

»Das stimmt. Zugegeben, es ist etwas unangenehm, wenn die Braut bei der Trauung nicht zur Stelle ist. Aber dagegen läßt sich Abhilfe schaffen. Sie wissen doch bestimmt, daß es die Möglichkeit einer Stellvertretung gibt. Ich könnte hier im Wald den Platz des Bräutigams einnehmen, während eine genau entgegenkommende Dame Sie in der Burg vertritt. Auf diese Weise könnten die Festlichkeiten, für die er bestimmt schon sehr viel Geld ausgegeben hat, wie geplant vonstatten gehen, während wir den Bund fürs Leben hier«, — wieder breitete sich das wölfische Grinsen auf seinem viel zu attraktiven Gesicht aus — »auf unsere eigene Weise feiern könnten. Ich habe ja schon erwähnt, daß der Drache und ich viele Gemeinsamkeiten haben, im Aussehen ebenso wie im Temperament. An die Zwillinge Mutter und Stutter kommen wir natürlich nicht heran, aber ich glaube doch, daß Sie eine ungefähre Vorstellung davon bekämen, was Sie im Ehebett zu erwarten haben.«

Servanne verspürte ein unerträgliches Kribbeln im Bauch. Biddy klappte vor Entrüstung der Unterkiefer herunter, und sie schnappte so geräuschvoll nach Luft, daß die Blätter der Eibe über ihrem Kopf raschelten.

»Andererseits«, fuhr er fröhlich fort, während er seine hohen Stiefel anzog, »gibt es gewisse Dinge, die wir doch ganz verschieden machen, und es wäre mir sehr unangenehm, wenn Ihr Eheglück durch unvorteilhafte Vergleiche Schaden nähme.«

Servannes Gesicht und Hals glühten, was dem Wolf natürlich nicht entging. Er stand auf und trat so nahe an sie heran, daß ihr der Geruch nach Leder und Wald in die Nase stieg, der Teil seiner überwältigenden Männlichkeit war. Er mußte sich am frühen Morgen rasiert haben, und die beiden verkrusteten Schnittwunden am Kinn verrieten, warum er sein Messer so sorgfältig geschliffen hatte.

Wenn es nach Servanne gegangen wäre, hätte er sich die Kehle von einem Ohr bis zum anderen aufschlitzen sollen — und noch lieber hätte sie es eigenhändig getan!

Gleichzeitig wurde ihr jedoch bewußt, daß sie ihre Furcht vor ihm verloren hatte. Offenbar hatte er nicht die Absicht, seine verbalen Drohungen und arroganten Versprechen in die Tat umzusetzen, sonst hätte er das gestern abend im Garten getan. Ein Mann, der eine Frau so küßte, wie er sie geküßt hatte, aber nicht weiterging, stellte keine Bedrohung dar! Sie kannte viele Ritter, und wenn sie einem von ihnen jemals auch nur halb soviel erlaubt hätte wie diesem Schurken, so hätten weder flehende Bitten noch trommelnde Fäuste noch scharfe Messer ihn davon abhalten können, ans Ziel seiner Wünsche zu gelangen. Und dabei hätte keiner dieser Ritter sich damit rechtfertigen können, daß er Rache für erlittenes Unrecht nehmen wollte.

Vielleicht *hätte* der Schwarze Wolf sie vergewaltigen sollen. Vielleicht hätte sie ihm dann eher geglaubt, daß er tatsächlich Lucien Wardieu war.

Um dem Maulhelden zu demonstrieren, daß sie sich von seinen vulgären Redensarten nicht mehr einschüchtern ließ, wandte sie sich seufzend an Biddy. »Jetzt verstehe ich erst, was du gemeint hast, wenn du sagtest, alle Männer würden alle Dinge im Leben nur nach der Größe des Gehirns beurteilen, das sich bei ihnen nicht im Kopf, sondern zwischen den Schenkeln befindet. Je kleiner das Gehirn und je geringer das Urteilsvermögen, desto lauter tönen sie, um alle Welt davon zu überzeugen, daß sie die Allergrößten sind. Wie wahr! Und wie traurig!«

Sie hängte sich bei Biddy ein, stolzierte am Schwarzen Wolf vorbei, ohne ihn auch nur eines Blickes zu würdigen, und betrat die kühle Pilgerhalle.

Es hatte Biddy soviel Anstrengung gekostet, draußen Schweigen zu bewahren und sich auf tiefes Luftholen und Schnauben zu beschränken, daß sie einer Ohnmacht nahe war, als sie endlich ihre Kammer erreichten.

»Ich sage dir — wir sind verloren!« jammerte sie. »Wir sind verloren! Er will dich schänden und mich umbringen! Und unsere Leichen wird er irgendwo am Wegesrand verscharren, so daß später irgendein Reisender über unsere Gebeine stolpert.«

»Oh, Biddy . . .« Auch Servanne fühlte sich etwas

schwindelig. »Nicht jetzt! Ich habe ohnehin weiche Knie.«

»Vor Scham, nehme ich an!« Die Matrone schöpfte sofort neue Kraft. »Was hat der Kerl mit seinem ›*schon wieder* eine Abfuhr‹ gemeint? Ist gestern abend etwas passiert, wovon du mir nichts erzählt hast?«

Servanne tat so, als wäre sie vollauf damit beschäftigt, die Flamme einer Kerze an den Docht einer anderen zu halten, um die Kammer ein wenig zu erhellen. Um Zeit zu gewinnen, hielt sie die zweite Kerze schräg, ließ etwas Wachs auf den Stein tropfen und drückte sie fest an.

»Nichts ist passiert«, murmelte sie endlich. »Wir haben einen Spaziergang gemacht und uns unterhalten. Er wollte mich davon überzeugen, daß er im Auftrag von Königin Eleonore in England ist und hier eine ehrenvolle Mission ausführen soll — zweifellos hofft er auf meine Unterstützung bei irgendwelchen Schandtaten, die diese Schurken noch verüben wollen, bevor sie alle geschnappt und gehenkt werden. Ansonsten ...«

Biddy hatte sehr scharfe Augen, wenn es darum ging, Halbwahrheiten von direkten Lügen zu unterscheiden. Servanne verheimlichte ihr etwas, und sie konnte sich vorstellen, was das war. Das Mädchen errötete so oft wie zu jener Zeit, als es Sir Hubert geheiratet hatte und feststellen mußte, daß ein Ehebett kein Rosenlager war, daß all das Keuchen und Schwitzen eines Mannes nicht hielt, was es versprach.

»Neugier ist eine eigenartige Sache«, sagte Biddy, bekümmert darüber, daß ihr Schützling unter einer Krankheit leiden könnte, der mit Blutegeln nicht beizukommen war. »Sie verführt uns oft dazu, etwas zu tun, obwohl wir genau wissen, daß es ein schlechtes Ende nehmen wird. Selten kommt etwas Gutes dabei heraus, wissen zu wollen, wohin eine Abzweigung führt. Selten gefällt uns, was wir dort finden, aber wenn wir diesen Weg erst einmal eingeschlagen haben, ist es für eine Umkehr zu spät.«

»Muß es immer so sein, Biddy?« fragte Servanne leise. »Lohnt es sich denn wirklich nie, ein Risiko einzugehen?«

Biddy trat hinter sie. »Ich gebe gern zu, daß er ein attraktives Raubtier ist — aber eben ein Raubtier! Er wird keine Verwendung für dich haben, wenn er sein Ziel erst einmal erreicht hat. Was seinesgleichen reizt, ist nur die Verfolgungsjagd, nicht das erlegte Wild.«

Servanne starrte in die Kerzenflamme. Ihre Augen brannten, ihre Kehle war trocken. Biddy hatte natürlich recht. Es würde nichts Gutes dabei herauskommen zu wissen, wie ... na ja ... eben *alles* zu wissen. Auch wenn dieser Schurke der männlichste Mann war, den sie je gesehen hatte — es würde nichts Gutes dabei herauskommen, wissen zu wollen, wohin die Abzweigung führte.

Was könnte schon Gutes dabei herauskommen, fragte sich Friar, während er nahe am Ufer stehenblieb und wartete, bis Gil seine frisch gewaschenen, tropfnassen Kleidungsstücke angezogen hatte. Die Dunkelheit brach schon herein, und er konnte die schlanke Gestalt nur umrißhaft erkennen. Nachdem Gil die abstoßende Arbeit, zu der er und Sparrow verdonnert worden waren, endlich beendet hatte, war er sofort zum ›Stillen Teich‹ gerannt, um sich vom Schmutz und Gestank der Latrine zu befreien. Der Hast nach zu schließen, mit der Gil in seine Kleider schlüpfte, war zu vermuten, daß er die Hornlaterne zwischen den Bäumen gesehen hatte. Friar hatte sie vorsichtshalber mitgenommen, nicht etwa, weil er befürchtete, sich in der Dämmerung einen Knöchel zu verstauchen, sondern weil Gil scharfe Augen hatte und blitzschnell zu Pfeil und Bogen griff. Ein Schatten, der sich im Wald bewegte, könnte Gil Golden durchaus zu einem voreiligen Schuß veranlassen, speziell in seiner derzeitigen gereizten Stimmung.

Friar trat aus dem Gebüsch hervor und hielt die Laterne hoch über seinen Kopf. »Ich dachte mir fast, daß ich dich hier finden würde. Wo ist Sparrow?«

Gil zuckte die Achseln. »Der wird wahrscheinlich noch ein paar Tage in seinem eigenen Saft schmoren, um uns alle zu bestrafen.«

Grinsend stellte Friar die Laterne auf dem flachen Felsen ab. Sie spendete nur wenig Licht, und das dünne Horn, das die schwache Flamme vor Wind schützte, warf ein spinnwebartiges Muster auf die Steine. In dieser Beleuchtung sah alles ringsum aschfarben aus — alles bis auf Gils leuchtendrote Haare.

»Du wirst dir in diesen nassen Kleidern den Tod holen«, sagte Friar, dem auffiel, daß Wassertropfen in alle Richtungen spritzen, sobald Gil sich bewegte.

»Ich habe schon Schlimmeres überlebt.«

»Da dürftest du recht haben. Und deine neueste Eskapade wird dein Selbstbewußtsein zweifellos weiter steigern.«

Die goldfarbenen Augen funkelten wütend. »Ich bin kein Kind, das Belehrungen benötigt, mein lieber Friar!«

»Letzte Nacht hast du dich aber durchaus wie ein törichtes Kind verhalten.«

»Mein Verhalten geht dich gar nichts an!« fauchte Gil.

»Es geht mich sehr wohl etwas an, wenn du unnötige Risiken eingehst, nicht nur für den eigenes Leben, sondern auch für das aller Männer im Lager, Gil!« Er packte ihn am Arm, aber der geschmeidige Meisterschütze riß sich fluchend los.

»Würdest du diese väterliche Unterhaltung auch mit jemand anderem führen?«

Friar nahm den Fluch und Ärger hin, ohne mit der Wimper zu zucken. »Du bist eben nicht wie die anderen,

Gillian. Du bist kein Mann. Und ich wette, daß unser hochverehrter Anführer nicht so sanft mit dir umgesprungen wäre, wenn du einer wärst. Es war eine Riesendummheit, allein loszugehen, und das weißt du genau!«

»Ich kann allein auf mich aufpassen!« Vor Wut zog Gil den Gürtel so fest an, daß ihre kleinen straffen Brüste sich unter dem nassen Stoff deutlich abzeichneten. »Vergiß nicht — ich habe mich euch angeschlossen und wochenlang mit euch zusammengelebt, bevor ihr mir auf die Schliche gekommen seid. Ich habe gekämpft wie ihr, und wenn es sein mußte, habe ich getötet wie ihr!«

Wie hätte Friar das je vergessen können? Gillian hatte sich vor keiner noch so harten Arbeit gedrückt, sie hatte bei Überfällen ihren Mann gestanden, und ihr Geschick mit dem Langbogen hatte ihr allgemeinen Respekt und Bewunderung eingebracht. Natürlich war es Sparrow gewesen, der sie als Frau enttarnte — aber seltsamerweise war Sparrow auch ihr leidenschaftlichster Verteidiger gewesen, als darüber abgestimmt wurde, ob sie bleiben dürfe oder gehen müsse. Als Tochter eines Bogenmachers aus Lincoln besaß sie ausgezeichnete Ortskenntnisse, und das hatte ebenso für sie gesprochen wie ihr grenzenloser Haß auf Nicolaa de la Haye.

Friar war sehr erleichtert darüber gewesen, daß seine Jugend unter Mönchen, die sich nachts gegenseitig in ihren Zellen besuchten, ihn nicht nachhaltig beeinflußt hatte, wie er befürchtet hatte, weil er sich von Anfang an zu Gil hingezogen fühlte. Seit er wußte, daß sie eine Frau war, brauchte er nicht mehr gegen seine Zuneigung anzukämpfen. Ihre Prahlerei provozierte ihn allerdings dermaßen, daß er sie oft am liebsten bei den Schultern gepackt und geschüttelt hätte, bis ihre Zähne aufeinanderschlugen.

»Ich weiß, daß du dich gut selbst verteidigen kannst«, sagte er ruhig, obwohl sie seine Geduld wieder einmal auf eine harte Probe stellte. »Aber auch wenn du dich als Mann verkleidest und besser mit Pfeil und Bogen umgehen kannst als jeder Mann, bist du gegen einen Schwerthieb nicht gefeit. Um Himmels willen, Gillian. Wardieus Leute hätten dich schnappen können! Wenn man dich und Sparrow dem Drachen vorgeführt hätte, hätte er seine Wut an euch ausgelassen. Glaubst du, er hätte euch nicht seinem Folterknecht D'Aeth übergeben, der so gut mit Eisenzangen und heißen Kohlen umzugehen versteht? Und glaubst du, daß Nicolaa de la Haye ihre eigene Arbeit nicht erkannt hätte?«

Gil strich mit den Fingern über die Narbe auf ihrer linken Wange.

»Das ist mehr als fünf Jahre her«, murmelte sie. »Die Teufelin kann sich unmöglich an jedes Gesicht erinnern, das sie gebrandmarkt hat ... es waren zu viele!«

Es war nicht zu übersehen, daß sie gegen schreckliche Erinnerungen ankämpfte, und Friar war heftig versucht, sie in die Arme zu schließen und zu fragen, was die tiefere Ursache für ihren Haß war. Er ahnte, daß viel mehr dahintersteckte als nur das Brandmal — obwohl es durchaus verständlich gewesen wäre, wenn sie die Frau des Sheriffs nur deshalb abgrundtief verabscheut hätte, denn ohne die Narbe wäre sie mit ihrem roten Haar und dem strahlenden Lächeln (das sie allerdings selten zeigte) eine Schönheit gewesen. In Friars Augen war sie trotzdem schön, und Mut, Stolz und Geist machten die Verunstaltung mehr als wett. Wenn er sie doch nur davon überzeugen könnte! Wenn er ihr doch nur begreiflich machen könnte, daß sie nicht allein war, daß er ihr nur zu gern bei der Bewältigung ihrer Vergangenheit helfen würde!

Aber was dann? Was könnte Gutes dabei herauskommen? Was könnten sie einander denn schon versprechen, nachdem sie nicht einmal wußten, ob sie die nächsten Wochen überleben würden?

Mit einem schweren Seufzer durchbrach er das Schweigen. »Wir alle schleppen Geister und Dämonen auf unseren Schultern herum. Auch ich möchte manchmal am liebsten den Kopf zurückwerfen und wie ein Wolf gegen den Mond heulen. Doch dann sage ich mir: was hätte es für einen Sinn, genauso gefühllos und grausam zu werden wie jene, die uns etwas angetan haben? Sie würden sich doch nur darüber freuen, daß es ihnen gelungen ist, auch uns zu verderben.«

»Aber es wäre ein Genuß«, entgegnete Gill kalt. »Es wäre für mich ein Hochgenuß zu sehen, wie mein Pfeil das steinerne Herz der De la Haye durchbohrt, genauso wie es für dich ein Hochgenuß gewesen sein muß, dein Messer in die Brust des Bischofs zu stoßen.«

»Das war eine andere Situation«, sagte Friar langsam.

»Warum? Weil es eine Affekthandlung war, während das Mädchen, das er vergewaltigt und mißhandelt hatte, noch blutend auf dem Altar lag? Oder weil du, Alaric FitzAthelstan, ein Edelmann bist und eine *edle* Tat vollbracht hast, als du das Mädchen rächtest.«

»Ich habe mich nicht edel gefühlt.«

»Aber hättest du dich selbst noch achten können, wenn du es nicht getan hättest? Hättest du mit der Schuld leben können, ihren Tod nicht gerächt zu haben?«

Alarics beredtes Schweigen ließ ihre Augen befriedigt aufleuchten. Er packte sie so fest bei den Schultern, daß Wasser aus ihrem nassen Hemd über seine Finger rann.

»Wenigstens habe ich die Bürde des Schmerzes nicht allein getragen. Ich habe Freunden von meiner Schuld und meinem Entsetzen erzählt, und dadurch konnte ich meinen inneren Frieden wiederfinden.«

»Für mich wird es keinen inneren Frieden geben, solange Nicolaa de la Haye lebt«, beharrte Gil, »genauso wie es für den Schwarzen Wolf keinen Frieden geben wird, bis der Drache tot zu seinen Füßen liegt. Aber *ihm* rätst du nicht, daß er auf Rache verzichten und seinen inneren Frieden finden solle. O nein, du tust alles, was in deiner Macht steht, um ihm bei seinem Rachefeldzug zu helfen!«

Sein Griff wurde noch fester. »Ich würde auch dir helfen, wenn du es mir erlaubtest.«

»Ich ... will ... deine ... Hilfe ... nicht!« schrie sie. »Ich will von niemandem Hilfe haben, nur von Gott — und auch Er soll mir nur eine ruhige Hand verleihen und meinen Pfeil sicher ins Ziel lenken.«

Friar hielt ihrem wütenden Blick mindestens eine Minute stand, bevor er sie mit einem frustrierten ›Pah!‹ losließ. Es war sinnlos. Sie war stur wie ein Maulesel und doppelt so dickköpfig.

»Sparrow ist nicht der einzige, der nur sich selbst bestraft, indem er den Rest der Welt zu bestrafen glaubt. Dein Selbstmitleid stinkt genauso zum Himmel wie das seine, und dieser Gestank wird mir jetzt zuviel!«

Ohne die Laterne mitzunehmen, stapfte er zornig davon. Gil beobachtete, wie er sich aus dem schwachen Lichtkreis entfernte, und machte einige zögernde Schritte in seine Richtung.

»Alaric ... bitte!« rief sie. »Du verstehst nicht ...«

Er blieb stehen, drehte sich aber nicht nach ihr um. »Nein, ich verstehe dich nicht. Weiß Gott, ich habe es versucht, Gillian! Aber ein Mann schlägt nur solange mit dem Kopf gegen eine Steinmauer, bis er einsieht, daß die Mauer viel härter ist. Dann gibt er seine Bemühungen auf.«

»Ich ... ich habe dich nie ... ermutigt«, stammelte sie.

»Das stimmt, aber ich habe lange Zeit gehofft, daß du es einmal tun würdest.«

Er erklomm den steilen Abhang und verschwand in der Dunkelheit. Gil Golden stand regungslos da, eine dunkle Silhouette am Ufer des Stillen Teichs. Alaric hörte nicht, daß sie verzweifelt seinen Namen flüsterte, und er sah die Tränen nicht, die ihr über die Wangen rollten.

12

Servanne mied in den nächsten zwei Tagen jeden unnötigen Kontakt mit dem Schwarzen Wolf. Das war nicht weiter schwierig, denn am ersten Tag stand er stundenlang Wache und führte sodann einen kleinen Spähtrupp an, um zu erkunden, wo die Männer des Sheriffs und des Drachens nach ihnen suchten. Am zweiten Tag ging er mit Gil und zwei anderen auf die Jagd, und sie kehrten mit einem großen Rehbock zurück — eine willkommene Ergänzung der Lebensmittelvorräte. Abends mußte Servanne zwar nach wie vor bei Tisch neben dem Wolfshaupt sitzen, aber er war derart mit anderen Angelegenheiten beschäftigt, daß er sie nur selten provozierte.

Die Zwillinge waren zu ihren Bewachern bestimmt worden und folgten ihr nun in diskretem Abstand, wohin sie auch gehen mochte. Mutter und Stutter waren immer gut gelaunt und neckten einander gutmütig, während sie Servanne sehr ehrerbietig behandelten. Ihre Aufgabe war leicht, denn die Witwe de Briscourt konnte nur durch die verwilderten Gärten streifen oder einen kleinen Ausflug zum Stillen Teich machen — und sie hielt sich an beiden Orten nicht gern auf, weil sie mit heiklen Erinnerungen verknüpft waren. Außerdem verführte das Wetter nicht zu Spaziergängen: eine dichte Wolkendecke verhüllte den Himmel, und es regnete immer wieder in Strömen, wodurch die ehemalige Abtei noch ungemütlicher wurde.

An den rissigen Mauern lief das Wasser herunter. Die Vögel, die seit Generationen in den Ruinen nisteten, zankten sich unablässig, und es war fast unmöglich, die Pilgerhalle zu durchqueren, ohne daß die Kleidung hinterher mit ihrem Kot beschmutzt war. Die Lagerfeuer schwelten nur, ohne Wärme spenden oder die Feuchtigkeit wirksam bekämpfen zu können. Die Kammern waren kalt und stanken nach Schimmel und Tierexkrementen.

Am fünften Tag von Servannes Gefangenschaft war der Himmel endlich wieder blau, obwohl der Wald noch im Dunst lag. Nach den Morgengebeten schlenderte sie über den Hof und genoß die warme Sonne auf ihrer Haut, die von der Feuchtigkeit faltig geworden war. Die Männer waren genauso glücklich über die Wiederkehr der Sonne, stellten Zielscheiben auf, um sich im Bogenschießen zu üben, erprobten ihre Künste mit Lanze und Schwert an Holzfiguren oder fochten mit nackten Oberkörpern Ringkämpfe aus, um ihre verkrampften Muskeln zu lockern. Sogar die riesigen Schlachtrösser wurden bewegt. Das Donnern ihrer Hufe und das Beben des Bodens weckte in Servanne Bedenken, ob das alte Gemäuer nicht vollends einstürzen würde. Ihre Befürchtungen erwiesen sich zum Glück als unbegründet: nur das Kopfsteinpflaster bekam neue Risse ab, und die große Wiese vor dem Haupteingang wurde völlig verwüstet, so als hätte dort eine Schlacht stattgefunden.

»Man kommt sich hier fast wie auf einem Jahrmarkt oder wie bei einem Turnier vor«, sagte Biddy mit widerwilliger Bewunderung. »Eines muß man diesen Banditen lassen — sie verstehen ihr Handwerk!«

Sie blickte anerkennend zu Gil Golden hinüber, die sich am anderen Ende des Hofes in Positur gestellt hatte, mit kerzengeradem Rücken und weit gespreizten Beinen, den Bogen so fachmännisch gespannt, daß man fast glauben konnte, er wäre ein Teil ihres Körpers.

»Mylady, jetzt werden Sie ...«, begann Mutter.

»... ein amüsantes Spektakel erleben«, beendete Stutter den Satz.

»Niemand kann sich im Bogenschießen mit Gil Golden messen ...«

»... obwohl Sparrow jeden Tag das Gegenteil zu beweisen versucht.«

»Glaubst du, daß es ihm eines Tages wirklich gelingen

könnte, Bruderherz?« fragte Mutter, und seine in Falten gelegte Stirn bewies, daß diese Frage für ihn von größter Bedeutung war.

Stutters Stirn legte sich genauso in Falten. »O nein! So geschickt und schlau unser Sparrow auch in vieler Hinsicht sein mag — gegen Gils Geschick vermögen nicht einmal seine elfischen Zauberkünste etwas auszurichten. Schauen Sie, Mylady!«

Gils Pfeil traf mitten ins Ziel — in ein kleines Jutesäckchen, gefüllt mit Getreidekörnern und an einem Ast aufgehängt, der über die Mauer am anderen Ende des Klostergeländes wuchs, gut zweihundert Meter von Gils Standort entfernt.

»Pah! Soll das etwas Besonderes sein?« rief Sparrow, der mit einer Hand seine Augen vor der Sonne abschirmte, um das durchbohrte Säckchen besser sehen zu können. »Dieses Ziel könnte ich ja sogar mit geschlossenen Augen treffen!«

Gil senkte den Bogen und blickte auf den Zwerg hinab. »Dein bester Schuß kommt nicht einmal an meinen schlechtesten heran, das weißt du genau, Waldgeist.«

»Das werden wir ja sehen!« Sparrow rannte über den Hof, riß das Säckchen vom Ast, lockerte die Schnur, schüttete die meisten Getreidekörner ins Gras, hängte es — auf die Größe einer Kinderfaust reduziert — wieder auf und versetzte ihm einen kräftigen Stoß, so daß es sich wie ein Pendel hin und her bewegte.

»Jetzt zeig mal, was du kannst, Prahlhans!« schrie er, die Hände trichterförmig vor dem Mund.

Gils Augen folgten dem pendelnden Säckchen, während sie einen Pfeil aus dem Köcher zog und ihren Bogen spannte, wozu sie höchstens zwei Sekunden brauchte. Ohne zu beobachten, ob der Pfeil ins Ziel treffen würde, griff sie nach einem zweiten und ließ auch ihn durch die Luft sausen.

Sparrow, der neben der pendelnden Zielscheibe stehengeblieben war, quiekte erschrocken, als der Pfeil das Säckchen durchbohrte und an die Mauer nagelte, kaum fünf Zentimeter von seiner Stupsnase entfernt.

Der zweite Pfeil, der so kurz nach dem ersten abgeschossen worden war, daß das Schwirren ineinander überging, streifte sein Ohr und riß ihm im Flug eine braune Locke aus.

Gil grinste, und alle Zuschauer lachten schallend — alle außer Sparrow, der sich mit offenem Mund und kugelrunden Augen hastig seinen Bogen schnappte und beleidigt in den verwilderten Gärten verschwand.

»Das geschieht ihm recht!« kicherte Biddy, die dem Zwerg seine diversen Streiche nicht verzeihen konnte — zumal er bei dem schlechten Wetter der vergangenen Tage besonders viel Schabernack getrieben hatte. Daß er nun selbst zur Zielscheibe des allgemeinen Spotts geworden war, war Balsam für ihre Seele.

Servanne hatte von der Schadenfreude ihrer Kammerfrau kaum etwas mitbekommen, weil zwei neue Kämpfer im Hof aufgetaucht waren. Alle anderen Männer stellten sofort ihre Aktivitäten ein, so als wäre die Welt plötzlich auf einen Kreis von dreieinhalb Meter Durchmesser zusammengeschrumpft.

Friar und der Schwarze Wolf wogen ihre Schwerter in den Händen, und der Stahl funkelte in der Sonne.

»Gleich wird wieder manch einem der Herzschlag stocken!« vertraute einer der Zwillinge Biddy an.

»Das kann man wohl sagen«, fuhr der andere eifrig fort. »Da geht es wirklich hart auf hart!«

»Anfangs war Friar natürlich ...«

»... kein ebenbürtiger Gegner für Mylord, aber jetzt ...«

»... jetzt fließt oft Blut, bevor der Sieger feststeht.«

»Ha, Blut aus einer Schweinsblase!« schnaubte Biddy verächtlich. »Und die Klingen sind bestimmt stumpf.«

»O nein, das ist kein Scheinkampf«, versicherte Mutter.

»Wir schließen immer Wetten ab, wer gewinnen wird, wobei wir besonders darauf achten, wer besonders grimmig und angriffslustig aussieht.«

»Heute setze ich auf Friar«, erklärte Stutter zuversichtlich.

»Schläfrig sieht er aus«, widersprach Mutter, während er eine Münze aus seinem Ärmel fischte. »Viel zu schläfrig, um Mylord zu besiegen.«

Auch Stutter holte eine Münze hervor, und zufrieden nahmen die Zwillinge auf dem Boden Platz, um den Kampf zu verfolgen.

Als Stahl auf Stahl traf, blickte auch Servanne unwillkürlich von den Strohhalmen auf, die sie geistesabwesend zu Zöpfen geflochten hatte. Sie hatte keine ausgesprochene Vorliebe für irgendeinen der angeblichen Waldgänger, aber Friar schien ihr von allen der rücksichtsvollste, vornehmste und ausgeglichenste zu sein. Wäre da nicht ein Haß auf die Kirche gewesen, und hätte sie ihm die Demütigung verzeihen können, daß sie ihn für einen echten Mönch gehalten hatte, hätte sie ihn vielleicht sogar sehr sympathisch gefunden, weil er so geistreich und charmant war, vor allem aber, weil er sich von der Arroganz und Herrschsucht des Schwarzen Wolfs nicht einschüchtern ließ. Auch jetzt hoffte sie insgeheim, daß Friar dem anmaßenden Wolfshaupt einig blutige Schrammen zufügen würde.

Zunächst sah es so aus, als hätte er gegen die brutale Kraft und Aggressivität des Wolfs keine Chance, doch nach einigen Hieben und Stichen zeigte sich, daß er mit Schnelligkeit wettmachte, was ihm an Muskelkraft fehlte. Das laute Klirren der Schwerter hallte von den Mauern wider, und Mutter umklammerte aufgeregt den Arm seines Bruders, als Friar in Bedrängnis geriet. Gleich darauf stimmten die Zwillinge in die Hochrufe aller anderen Männer ein, weil es Friar gelungen war, einem mächtigen Hieb auszuweichen.

Obwohl Servanne sich einredete, daß sie Friar den Sieg wünschte, konnte sie ihren Blick nicht von seinem Gegner losreißen.

Die Armmuskeln des Wolfs hatten gewaltige Ausmaße angenommen, seine Stirn war schweißnaß, und die feuchten kastanienbraunen Locken peitschten bei jeder Bewegung seine Wangen und seinen Hals. Er trug eine enge Hirschlederhose und ein grünes Hemd, das schon nach wenigen Minuten an seinem Oberkörper klebte. Seine Hände schwangen das Schwert so meisterhaft und scheinbar mühelos, als wäre er schon damit zur Welt gekommen.

Servanne zerpflückte nervös das Stroh auf ihrem Schoß. Ihre Kehle war plötzlich so trocken wie Pergament — ein seltsamer Gegensatz zum übrigen Körper, der sich in einen flüssigen Lavastrom verwandelt zu haben schien.

In den letzten Tagen hatte sie sich hauptsächlich in ihrer Kammer aufgehalten und seine Gesellschaft unter dem Vorwand von Unwohlsein und Müdigkeit gemieden, aber ihn gar nicht zu sehen und nur ihren Erinnerungen ausgeliefert zu sein, war noch schlimmer gewesen. Wenn er vor ihr stand, konnte sie sich immer an etwas klammern, was ihr an ihm mißfiel, und Zorn und Verachtung waren wirksame Waffen gegen romantische Träume. In der Erinnerung neigte sie hingegen dazu, alles zu verklären. Dann dachte sie nicht mehr an seine Anmaßung, sondern nur noch an seine Hände, an seine Lippen, an seinen gestählten Körper . . .

Sie wurde schamrot, sobald er sie nur ansah. Bei dem Gedanken, wohin seine Hände sich vorgewagt hatten, überlief es sie heiß und kalt. Was mochte er wohl von ihr halten? Woran erinnerte er sich? Es wäre schlimm genug, wenn er sich auch nur an ein Zehntel — oder an ein Hundertstel — all dessen erinnern würde, was ihr selbst ständig den Atem benahm!

Das Klirren von Metall lenkte Servannes Aufmerksamkeit auf den sonnigen Hof zurück. Die Kämpfer umkreisten einander jetzt langsam in geduckter Haltung, beide Hände an den Schwertgriffen, die Gesichter zu mörderischen Grimassen verzerrt. Ein Hemdsärmel des Wolfs war blutbefleckt, und der Stoff war an mehreren Stellen zerfetzt. Der Schweiß lief ihm in Strömen über Gesicht und Hals. Seine Haut mußte sehr heiß sein. Heiß, naß und salzig.

Servanne setzte sich auf dem Holzhocker etwas aufrechter hin und räusperte sich kräftig. Ihr Herz klopfte viel zu schnell, ihr Blut pulsierte viel zu heiß in den eiskalten Adern, ihr Magen krampfte sich zusammen, ihr Bauch kribbelte, und ihre Glieder zitterten.

Funken stoben von den beiden Schwertern. Der Wolf wollte Friar mit einem mächtigen Hieb zu Fall bringen, doch dieser machte einen Ausfall nach links und wehrte den Angriff geschickt ab.

Mit gekreuzten Klingen standen die beiden Männer sich gegenüber.

»Unentschieden!« knurrte Friar mit zusammengebissenen Zähnen.

»Das wäre das dritte Mal in diesem Monat.«

»Das vierte, aber sonst könnte der Kampf für die Damen viel zu blutig werden.«

Die grauen Augen des Wolfs schweiften zu der alten Eibe hinüber, in deren Schatten Servanne saß. Er sah verschwommen ihr bleiches Gesicht, bevor er begriff, daß ihm ein gravierender Fehler unterlaufen war — ein Fehler, der eigentlich nicht einmal einem unerfahrenen Pagen passieren durfte, weil jede noch so flüchtige Ablenkung tödliche Folgen haben konnte. Und Friar nutzte seine Chance: er schlang einen Fuß um den Knöchel des Wolfs und warf sich mit seinem ganzen Gewicht nach vorne. Beide stürzten schwer zu Boden, stießen laute Flüche aus und wälzten sich im Staub, doch letztendlich war es der Wolf, der auf dem Rücken lag, während Friar ihm die Dolchspitze an den Hals hielt.

»Gib's zu, Mylord!« keuchte er triumphierend.

»Ein unfairer Sieg!« protestierte der Wolf.

»Aber ein Sieg! Und mit Hilfe des gleichen Tricks, mit dem du mich vor einem Monat besiegt hast. Gib's zu, oder du brauchst dich mindestens eine Woche lang nicht zu rasieren!«

Der Wolf lachte. »Also gut, ein fairer Sieg, du Bastard! Aber steck deinen Dolch weg und schrei lieber nach Ale, sonst verdursten wir noch, bevor wir deinen Sieg gebührend feiern können!«

Erschöpft ließ Friar sich neben ihn auf die Erde fallen. Der Wolf grinste zufrieden. Er konnte das Geschick anderer Männer neidlos anerkennen, und Friar hatte wirklich nichts mehr von dem Mönch mit den sanften Augen und der leisen Stimme an sich, den er vor sieben Jahren aus einer Todeszelle gerettet hatte.

Er grinste immer noch, als er aufstand und sich den Staub aus seinen Kleidern klopfte. Ein gutmütiger Streit zwischen den Zwillingen lenkte seine Aufmerksamkeit erneut zu der alten Eibe, und nach kurzem Zögern ging er darauf zu, wobei ihm auffiel, daß Servanne so tat, als sähe sie ihn nicht. »Na, hast du jetzt deinen Verlust von letzter Woche wieder wettgemacht?« fragte er Stutter, der vor Überraschung und Freude einen hochroten Kopf bekam. Der Wolf gehörte zu den wenigen Menschen, die die Zwillinge auf den ersten Blick voneinander unterscheiden konnten, obwohl niemand wußte, wie ihm das gelang. Diese geheimnisvolle Fähigkeit hatte die Brüder einst davor bewahrt, als Dämonen gepfählt und verbrannt zu werden, wofür sie ihm bis an ihr Lebensende dankbar sein würden.

Der Schwarze Wolf sah Servanne an. »Und Sie, Mylady? Ich hoffe, daß unser Training Sie nicht gelangweilt hat.«

»Ich ... ich war sehr beeindruckt von Friars Können«, murmelte sie, ohne den Blick weiter als bis zu seinem Oberkörper zu heben.

Der Wolf strich über sein zerrissenes Hemd. »Wenn er nicht so geschickt wäre«, grinste er, »hätte ich jetzt eine frische Wunde.«

Servanne errötete noch mehr, weil sein Geruch nach Schweiß ihre Sinne betörte, und weil die kleinste Bewegung, die er machte, ihr Funken über den Rücken jagte.

»Ich ... ich kann nur nicht verstehen, warum ihr beide eure Haut und euer Leben riskiert, nur um eure Männlichkeit unter Beweis zu stellen. Besonders, wenn es tatsächlich — wie du mir weismachen willst — wichtige Dinge gibt, die demnächst mit dem Schwert entschieden werden müssen.«

»Ehrlich gesagt, haben Alaric und ich den Kampf absichtlich gefährlicher aussehen lassen, als er in Wirklichkeit war«, erklärte er leise. »Es flößt den anderen Männern Vertrauen ein.«

Ihr Blick glitt etwas höher, verweilte nun aber auf seinem muskulösen Hals. »Alaric?«

»Das ist der richtige Name Ihres Beschützers in der Roßhaarkutte, mit den Holzsandalen an den Füßen.«

Servannes Augen flüchteten zu ihren eigenen Händen, die verkrampft auf ihrem Schoß lagen, umgeben von zerfetztem Stroh. Doch auch das half nichts. Seine Nähe machte ihren festen Vorsatz zunichte, nicht mehr neugierig auf diesen Mann zu sein. Sie konnte weder nach rechts noch nach links, weder nach oben noch nach unten schauen, ohne die verführerische Anziehungskraft seiner Männlichkeit zu spüren.

»Ich würde meinen, daß es ein Sakrileg ist, sich als Mönch zu verkleiden.«

Er hob eine dunkle Braue. »Irgendwann im Leben begeht fast jeder von uns ein kleines Sakrileg. Alaric ist nicht besser und nicht schlechter als andere Menschen.«

»Warum ist er nicht Priester geworden?«

»Er hat seine Liebe zur Kirche verloren.«

»Dann kann es von Anfang an keine große Liebe gewesen sein.«

»Sie war jedenfalls viel größer als die meine.«

»Das sagst ausgerechnet du, der beim Kreuzzug fast sein Leben verloren hat?«

»Ich habe mich nicht aus Frömmigkeit am Kreuzzug beteiligt, und es war nicht der Zorn Gottes, der mich in der Wüste von Palästina niedergestreckt hat.«

»Trotzdem sehe ich dich jeden Tag beim Morgengebet mit deinen Männern«, beharrte sie.

Er schmunzelte. »Es flößt ihnen Vertrauen ein, genau wie ein Schwertkampf.«

Dem Schwarzen Wolf war die Erregung seiner Gesprächspartnerin nicht entgangen. Ihr gehetzter Blick, die hochroten Wangen und zittrigen Hände waren genauso verräterisch wie die beiden harten Knospen, die gegen den steifen meergrünen Samt drückten. Ungewollt reagierte sein eigener Körper in ähnlicher Weise, und während er wie gebannt auf ihre weichen Lippen starrte, erinnerte er sich daran, daß er sie geküßt und in seinen Armen gehalten hatte, und er erinnerte sich auch an ihr leises Stöhnen, das ihn fast um den Verstand gebracht hatte.

Tief Luft holend, bog und streckte er seine Arme. »Friars Können hat meinen alten Wunden offenbar doch mehr zugesetzt, als ich gedacht hatte. Was ich jetzt brauche, ist ein heißes Bad.«

»Ein heißes Bad? An diesem Ort, wo es sogar an den elementarsten Annehmlichkeiten fehlt? Ich kann mich nur noch vage daran erinnern, daß es irgendwo Wannen und heißes Wasser gibt.«

»Und wenn ich Ihnen nun beides bieten könnte? Würden Sie dann die Rolle der Gastgeberin spielen und meine schmerzenden Glieder massieren?«

Servanne erschrak so, daß sie unwillkürlich aufschaute — ein großer Fehler, denn nun konnte sie ihren Blick nicht mehr von den ironisch verzogenen Lippen losreißen. Es gehörte zu den Pflichten einer Burgherrin, wichtigen Gästen als Ehrenerweis beim Baden behilflich zu sein. Doch diese verwahrlosten Ruinen waren keine Burg, sie war hier nicht die Hausherrin, und dieser ungläubige Abtrünnige war nur in seinen eigenen Augen eine wichtige Persönlichkeit. Außerdem gab es auf dem ganzen Klostergelände keine einzige Badewanne. Biddy hatte sich überall gründlich umgesehen, und ihren scharfen Augen wäre ein Behältnis von dieser Größe bestimmt nicht entgangen.

Der Schwarze Wolf grinste immer noch — jetzt über ihre perplexe Miene. »Könnten Sie sich nicht wenigstens dazu herablassen, meinen Rücken zu schrubben?« murmelte er. »Der arme Sir Hubert! Mußte er immer betteln und vor Ihnen im Staube kriechen, bevor Sie ihm einen Gefallen erwiesen?«

Servanne warf den Kopf zurück und funkelte ihn wütend an. »Sir Hubert mußte mich nie um etwas bitten! Ich habe ihm bereitwillig jeden Wunsch erfüllt — begierig und mit größtem Vergnügen!«

Nun war es der Wolf, der verblüfft dreinblickte. Sie hatte solchen Nachdruck auf *begierig* und *mit größten Vergnügen* gelegt, daß die Zwillinge aufhorchten und kicherten.

»Sie waren also eine zuvorkommende Ehefrau und Gastgeberin? Kaum zu glauben! Diese geradezu überwältigenden häuslichen Tugenden möchte ich mit eigenen Augen sehen«, sagte er mit kreideweicher Stimme. »Kommen Sie mit. Der Gedanke an ein Bad gewinnt immer mehr an Reiz.«

Servanne zuckte zusammen, als hätte er ihr nicht seine Hand, sondern heiße Kohlen hingehalten. »Auf gar keinen Fall!«

»Nein? Haben Sie etwas immer noch Angst vor mir?« fragte er nachsichtig.

»Nicht halb soviel, wie du in deinem unglaublichen Hochmut gern glauben möchtest, Wolfshaupt!« konterte sie.

»*Meinem* Hochmut?« Er wandte sich lachend ab, und Servanne glaubte schon, den Kampf unversehrt überstanden zu haben, als sie an der Hand gepackt und so brutal vom Hocker gezogen wurde, als wollte er ihr den Arm ausreißen. Statt dessen hob er sie hoch und warf sie sich wie einen Mehlsack über die Schulter.

Ihre Haube rutschte tief ins Gesicht und raubte ihr die Sicht. Vor Empörung kreischend, trommelte sie mit den Fäusten auf seine Brust, strampelte wild und trat mit den Füßen, während er sie über den Hof trug, ohne auf Biddys Protestschreie zu achten, die gleich darauf im schallenden Gelächter der Männer untergingen.

Mit dem Kopf nach unten zu hängen und bei jedem Schritt durchgeschüttelt zu werden, war nicht nur demütigend, sondern auch höchst unbequem, und mit der Haube über den Augen konnte sie nicht einmal sehen, wohin er sie schleppte. Erst als Äste knackten, erriet sie, daß sie sich im Wald befanden. Kurze Zeit später ging es auf dem Abhang zum Stillen Teich so steil abwärts, daß sie von seiner Schulter abzurutschen drohte und sich krampfhaft an seinen Hemdsaum klammerte.

Entgegen ihrer Erwartung blieb ihr Entführer auch am Teich nicht stehen, sondern marschierte immer weiter durch dichtes Unterholz und einen zweiten, noch steileren Abhang hinab. Das Dickicht wurde so undurchdringlich, daß er seinen Dolch zu Hilfe nehmen mußte, um sich einen Weg zu bahnen, aber das registrierte sie kaum noch, denn der Blutandrang im Gehirn machte sie so benommen, daß für Fragen, Ängste und Beschimpfungen kein Raum mehr blieb. Ihr Körper erschlaffte, und ihre kraftlosen Hände verloren den Halt an seinem Hemd.

Abrupt auf die eigenen Beine gestellt, kam sie wieder zu sich. Jemand — nicht sie selbst — schob ihre Haube zurück, so daß sie wieder sehen konnte, doch sie brauchte mehrere Sekunden, bis sie ihre Umgebung richtig wahrnahm.

Er hatte sie in eine Grotte gebracht, in eine niedrige längliche Felshöhle. Die Schleier, die sie immer noch vor den Augen hatte, rührten nun nicht mehr von Angst und Zorn her, sondern von den Dampfwolken über der Wasseroberfläche eines kleinen Teichs von höchstens vier Meter Durchmesser. Das Wasser war glasklar, so daß man den feinen weißen Sand auf dem Grund sehen konnte. In der Mitte, wo das Wasser etwa einen Meter tief sein mußte, bildete der Sand einen kleinen Vulkan, aus dessen Krater das Wasser sprudelte. Servanne begriff, daß es irgendwo tief unten im Felsreich eine heiße Quelle geben mußte.

Von den kurzen, spitzen Stalaktiten an der kuppelförmigen Decke, die vor Nässe glänzte, fielen Wassertropfen in den Teich.

Hitze und Dampf stauten sich in der Grotte, um so mehr, als der Eingang mit einem dichten Vorhang aus Efeu und duftendem Geißblatt zugewachsen war, so daß es nur vereinzelten Sonnenstrahlen gelang, das Laubwerk zu durchdringen und die Abermillionen Sandkörner in den Felswänden glitzern zu lassen.

»Was ist das für ein Ort?« fragte Servanne mit zittriger Stimme. »Wohin hast du mich gebracht?«

»Sie haben an der Möglichkeit eines heißen Bades gezweifelt«, erwiderte der Schwarze Wolf nüchtern. »Und nachdem Sie ja behaupten, nicht abergläubisch zu sein und sich von Mythen nicht einschüchtern zu lassen, stört es Sie bestimmt nicht, daß die Druiden, die früher hier in den Wäldern gelebt haben sollen, das Wasser dieser heißen Quelle zur Reinigung ihrer Opfergaben benutzt haben.«

Servanne starrte ihn erschrocken an. Sie hatte nie behauptet, nicht abergläubisch zu sein, und es brachte ihres Wissens Unglück, über Druiden und deren Opfergaben zu sprechen.

Sie schluckte hart. »Na gut, jetzt habe ich dein Bad gesehen. Ich möchte unverzüglich in die Abtei zurück.«

»Ohne das heiße Wasser und meine hilfreichen Hände ausgenutzt zu haben? Sie sagten doch vorhin, daß Sie sich nach einem Bad sehnten — jetzt haben Sie die Gelegenheit dazu, und ich werde Ihnen gern assistieren.«

»Assistieren? Eher würde ich mir von einem Zuhälter assistieren lassen!«

Er setzte eine gekränkte Miene auf. »Sie tun ja gerade so, als wollte ich mehr von Ihnen als den Austausch einer reinen Gefälligkeit. Ich bitte doch nur um etwas Hilfe beim Baden. Sollten Sie selbst weitergehende Wünsche haben, so müßten sie sie ausdrücklich äußern.«

Servanne klappte der Unterkiefer herunter. »Bring mich zurück!« kreischte sie. »Bring mich sofort zurück, hast du gehört?«

Er überhörte sie völlig, zog sein schweißnasses Hemd aus und warf es achtlos auf den Boden. Servanne wich in die dunkle Höhle zurück, kam aber nicht weit, weil ihre Füße bei jedem Schritt auf dem dicken Moosteppich ausglitten und ihre Hände an den glatten nassen Wänden keinen Halt fanden.

Entsetzt beobachtete sie, wie der Wolf seelenruhig die

Lederriemen an seiner Hose aufband und aus dem Kleidungsstück schlüpfte, das neben seinen Stiefeln und dem Hemd auf dem Boden landete.

Nackt wie ein Gladiator watete er ins dampfende Wasser und setzte sich in der Mitte des Teichs mit einem wohligen Seufzer hin. Auf die Ellbogen gestützt, ließ er den Kopf zurückfallen und tauchte völlig unter. Als er wieder zum Vorschein kam, klebten die langen braunen Haare an seinem Kopf, und Wasser perlte an dem sonnengebräunten Oberkörper hinab.

Grinsend wandte er sich Servanne zu, die sich ängstlich an die Felswand drückte. »Ich warte auf Ihre Hilfe, Mylady.«

»Da kannst du warten, bis die Hölle gefriert, Mylord Wolfshaupt! Wie kannst du es wagen, mich so zu behandeln?«

»Wie behandle ich Sie denn?«

»Wie eine ... wie eine Dirne ... oder wie ...«

»Ja?«

Servanne sah das arrogante Lächeln und straffte herausfordernd ihre schmalen Schultern. »Du behandelst mich so, als müßte ich eigentlich vor dir auf den Knien liegen und dieses ... dieses armselige Stückchen Fleisch bewundern, das du offenbar gewaltig überschätzt!«

Sie deutete verächtlich auf seinen Unterleib, und er mußte feststellen, daß sein Glied im Augenblick tatsächlich alles andere als imposant aussah. Doch es schien die Beleidigung nicht auf sich sitzen lassen zu wollen, denn langsam richtete es sich auf und nahm an Länge und Umfang zu.

Servannes Augen weiteten sich erschrocken. Sie schluckte hart, aber der Kloß in ihrem Hals drohte sie zu ersticken. Ungläubig und furchtsam starrte sie den nackten Satyr an, beide Hände auf ihre Brust gepreßt, weil sie befürchtete, daß ihr Herz zerspringen könnte.

Das Grinsen des Wolfs verschwand, als er bemerkte, daß aus dem Spaß Ernst geworden war, daß sein Blut in Wallung geriet und genauso heiß wurde wie das Wasser.

»Komm in den Teich, Servanne«, befahl er ruhig. »Du weißt doch, daß du das willst.«

Sie zwang sich, ihm ins Gesicht zu blicken, Zorn und Scham in den Augen. »Nein«, flüsterte sie. »Nein, ich will es *nicht*!« Mit einem leisen Schluchzen rannte sie auf den Efeuvorhang zu, doch da sie nichts gesehen hatte, als sie in die Höhle getragen worden war, fand sie den schmalen Durchlaß nicht, der an die frische Luft und in die Freiheit führte. Verzweifelt zerrte sie an dem dichten Flechtwerk, aufgeschreckt durch lautes Platschen.

Trotz des duftenden Geißblatts nahm sie in der dunstigen Luft plötzlich nur noch den unverkennbaren Geruch des Wolfs wahr und wußte, ohne sich umzudrehen, daß er dicht hinter ihr stand.

»Wann wirst du endlich lernen, daß du dich mir nicht widersetzen kannst?« fragte er ruhig. »Und wann wirst du endlich begreifen, daß es dein eigenes Verlangen ist, gegen das du so beharrlich ankämpfst?«

»Laß mich gehen«, flehte sie. »Bitte, bitte ... laß mich gehen!«

Sie hörte ihn tief Luft holen und langsam ausatmen. »Nein, Mylady. Ich möchte gern wissen, was du so bereitwillig, so begierig und mit größtem Vergnügen für Sir Hubert getan hast. Und ich glaube, daß auch du neugierig bist und wissen möchtest, ob er im Gegenzug soviel für dich getan hat, daß er es verdient, von dir über seinen Tod hinaus noch immer so leidenschaftlich verteidigt zu werden.«

»Nein«, flüsterte sie kaum hörbar. »Nein, ich bin nicht neugierig darauf.«

»Du kannst nicht gut lügen.«

Seine Hände knoteten geschickt die Bänder ihrer Haube auf und enthüllten die goldenen Haare. Behutsam entflocht er die dicken Zöpfe und kämmte die fast hüftlangen Locken mit den Fingern, bis sie locker hinabfielen. Servanne stand schreckensstarr da. Ihre Haut glühte, und in ihrem Körper schienen Millionen Eiszapfen zu schmelzen.

Nachdem er ihr Haar befreit hatte, machte er sich an der Schnalle des breiten Goldgürtels zu schaffen, der ihre schmalen Hüften betonte, und ihr halbherziger Versuch, ihn daran zu hindern, wurde von kräftigen Händen abgewehrt.

Er schnürte ihr meergrünes Samtkleid sorgsam auf und streifte es ihr von den Schultern und Armen, worauf es von allein zu Boden fiel. Ihr blieb nur noch das lange weiße Unterhemd, und die kühnen Finger strichen liebkosend über die glatte Seide, von den Hüften abwärts bis zu den Oberschenkeln.

Servannes Finger krallten sich in den Efeu, als der Wolf niederkniete und ihr die dünnen Strümpfe und die eleganten Schuhe auszog. Die Reaktionen ihres Körpers erschreckten sie, denn sie hatte jede Kontrolle über ihn verloren. Ein Feuer loderte zwischen ihren Beinen — ein Feuer, das auf irgendeine Weise gelöscht werden mußte.

»Mylady, wir können uns jetzt ins Bad begeben.«

Servanne kniff die Augen fest zusammen und kämpfte gegen die Wellen sündiger Lust an, die seine melodische Stimme erzeugte. Es war einfach nicht richtig. Es war unmöglich. Es war undenkbar, daß sie dem Durchlaß im Efeu, den sie jetzt kaum einen Schritt entfernt deutlich sehen konnte, den Rücken zukehren würde ...

Der Wolf streckte seine Hand aus. Sie starrte darauf und wußte genau, daß es ein Eingeständnis ihrer Kapitulation wäre, wenn sie ihn aus eigenem Willen berührte. Aber wie sollte sie die glühende Leidenschaft, die in ihrem Körper wütete, noch länger zügeln?

Ihre verkrampften Finger lösten sich von dem Efeu und bewegten sich zögernd auf die Hand zu, die so geduldig darauf wartete, die ihre umschließen zu können. Als es endlich soweit war, seufzte sie unwillkürlich erleichtert und beglückt.

Es war undenkbar, sich ihm zu ergeben, und doch tat Servanne es, weil ihr einfach die Kraft fehlte, seiner vitalen Männlichkeit noch länger zu widerstehen. Sie folgte ihm in das klare dampfende Wasser, und es war angenehm warm. Herrlich warm. Und der Sand war weich und umhüllte ihre Füße wie ein Federkissen. Beim nächsten Schritt ging das Wasser ihr bis zu den Knöcheln, dann umspülte es ihre Waden, und als sie noch einen Schritt wagte, schwamm ihr weites weißes Hemd um ihre Schenkel herum. Der nackte Männerkörper vor ihr schien von einem begnadeten Bildhauer gemeißelt worden zu sein. Das blau-grüne Licht in der Grotte und die wogenden Dampfwolken erzeugten eine unwirkliche, märchenhafte Atmosphäre.

Das Gesicht des Schwarzen Wolfs hatte nichts Triumphierendes an sich, als er langsam im Wasser niederkniete, so daß sie seine gräßlichen Narben dicht vor Augen hatte.

Entstellt, verstümmelt und imstande, Geister zu beschwören . . . sogar elfische Dämonen.

Seine spöttischen, herausfordernden Worte im verwilderten Klostergarten.

Sie könnten diese Narben sogar berühren, ohne daß ein Teufelsfluch Sie in Flammen aufgehen läßt.

Servanne tauchte ihre Fingerspitzen vorsichtig ins Wasser, hob die Hand und beobachtete geistesabwesend, wie die glitzernden Tropfen auf die glasklare Oberfläche zurückfielen und winzige Kreise erzeugten. Dann schöpfte sie eine Handvoll Wasser und goß es behutsam über sein verunstaltetes Fleisch. Mut fassend, schöpfte sie das Wasser nun mit beiden Händen und wusch seinen Rücken mit kreisförmigen Bewegungen, wobei ihre Finger länger als notwendig auf den einzelnen Wirbeln und auf den harten Muskelpaketen an seinen Schulterblättern verweilten.

Trotz der Luftfeuchtigkeit war ihre Kehle wie ausgedörrt, und ihr Mund schien mit ungesponnener Schafwolle vollgestopft zu sein. Die Haut an ihren Brüsten spannte schmerzhaft, und sobald das dünne Seidenhemd ihre Brustwarzen streifte, richteten sie sich ungeduldig auf.

Der Wolf hatte sich nicht bewegt, und er bewegte sich auch nicht, als sie um ihn herum watete und vor ihm stand, mit geweiteten schwarzen Pupillen, umrahmt von leuchtendem Blau. Ihre Augen waren Spiegel der Erregung, die in ihren Adern pulsierte. Sein mächtiger Brustkorb zog ihre Hände magisch an, und ohne Wasser aus dem Teich geschöpft zu haben, strich sie über die krausen Brusthaare, die so dicht wie ein Pelz waren. Langsam glitten ihre Hände höher, über Schultern und Hals, bis sie ihre Finger fest in seinen langen braunen Locken vergrub.

Ihre bebenden Lippen waren leicht geöffnet. Sie wußte nicht, was sie sagen sollte, sie wußte nicht einmal, worum sie bitten wollte. Aber der Wolf wußte es, und er hob seine Hände aus dem Wasser empor und legte sie um ihre schmale Taille. Er zog sie an seine Brust und erstickte ihren leisen Aufschrei mit seinem Mund. Seine Lippen preßten sich besitzergreifend auf die ihren, und seine Zunge stieß sofort tief in ihren Mund vor, um von dem darin verborgenen Nektar zu kosten.

Servanne konnte einen leisen Protestlaut nicht unterdrücken, als er ihren Mund plötzlich wieder im Stich ließ. Statt dessen glitten seine Lippen nun aber über ihren Schwanenhals, versengten die zarte Haut vom Kinn bis zum Brustansatz und bemächtigten sich einer Brustwarze. Ein leiser Fluch, und die dünne Haut ihres Hemds zerriß, so daß sie die heißen Lippen noch viel intensiver spürte, die an der harten Knospe saugten, während die Zunge sie beleckte. Servanne schüttelte heftig den Kopf, so als wollte sie die Lust leugnen, doch ihr leises Seufzen und Stöhnen verriet sie, als er seine Aufmerksamkeit geschmeidig der anderen Brustwarze zuwandte.

Ihm entging nicht, daß ihre Beine sie nicht länger tragen konnten. Sanft zog er sie zu sich hinab und bettete sie in den feinen Sand. Ihr Kopf ruhte im weichen grünen Moos wie auf einem Kissen, während das warme Wasser ihren Körper umspülte. Er wühlte mit den Fingern in ihren Locken und breitete die goldene Haarpracht fast andächtig wie einen Heiligenschein auf dem Moos aus, bevor sein Mund sich wieder ihres Körpers annahm.

In ungläubigem Staunen hieß sie sein Glied zwischen ihren Schenkeln willkommen und gewährte ihm bereitwillig Einlaß, während ihre Arme den breiten Rücken umschlangen.

Sir Hubert hatte sie immer sehr sanft und zögernd in Besitz genommen, fast so, als müßte er sich dafür entschuldigen. Der Schwarze Wolf hielt offenbar nichts von solcher Rücksichtnahme. Sein Vorstoß war wild und leidenschaftlich, und er drang immer tiefer in ihren Körper vor, immer kraftvoller, so als wollte er sie pfählen. Und als er sich in ihr bewegte, konnte sie keinen Gedanken mehr an Stolz oder Scham verschwenden, sondern schlang nun auch noch ihre Beine um ihn, um noch mehr von ihm erfüllt zu werden, um ihre Wollust ins schier Unermeßliche zu steigern.

Der Wolf hörte ihre Schreie und ihr Stöhnen und war erstaunt über die rückhaltlose Hingabe dieses jungen geschmeidigen Körpers. Von samtweichem, heißem Fleisch umschlossen, gerieten die Schutzbarrieren aus

Eis und Stahl, die er vor so langer Zeit um sein Herz errichtet hatte, unversehens ins Wanken. Der einsame Wolf, der harte Krieger wehrte sich verzweifelt gegen seine Gefühle, wußte er doch, welche Gefahren die Liebe in sich barg.

Aber der leidenschaftliche Liebhaber von einst gewann plötzlich die Oberhand, und dieser Mann schmolz unter den Lustschreien seiner Gespielin dahin.

Seine Hände zitterten, als er sie unter ihre Hüften schob und sie noch fester an sich preßte, während die Flut der Ekstase immer höher stieg. Eine Welle nach der anderen überrollte Servanne, immer heißer und mächtiger, so überraschend und atemberaubend, daß sie keuchend nach Luft rang und den Kopf im Moos hin und her warf. Von lodernden Flammen verzehrt, stieß sie einen gebrochenen Schrei aus, den sie selbst jedoch nur wie aus weiter Ferne wahrnahm.

Der Wolf rollte sich stöhnend auf den Rücken, zog ihren nassen Körper auf den seinen und preßte ihn an sich, um neue Kräfte sammeln zu können. Doch Servanne wollte keine Ruhepause, und sobald sie entdeckte, daß sie genauso wie er die Initiative ergreifen konnte, schwang sie ihre Hüften in einem wilden, triumphierenden Ritt. Fasziniert von den wippenden Brüsten, gingen die kräftigen Hände, die ihre Taille umschlangen, auf ihren Rhythmus ein, der beiden die Sinne benahm und in einem phänomenalen Crescendo endete.

Der Schwarze Wolf hatte die Absicht gehabt, sich ihrem Körper und Geist für immer einzuprägen, doch während er sie genauso krampfhaft umklammerte wie sie ihn, befürchtete er, daß sie es war, die ein unauslöschliches Siegel auf seinem Herzen hinterlassen hatte.

13

Servanne öffnete langsam die Augen. Ihre Lider waren unglaublich schwer, ihr Kopf ruhte immer noch auf dem weichen Mooskissen, und ihre Beine wurden vom seichten warmen Wasser umspült. Der Sand unter ihr hatte sich perfekt ihrem Körper angepaßt und kam ihr bequemer als jede mit Daunen gefüllte Matratze vor. Hastig kniff sie die Augen wieder zu, weil sie es einfach nicht ertragen konnte, den dunkelhaarigen Kopf zwischen ihren Schenkeln zu sehen. Es war schlimm genug, seinen Mund und seine Zunge dort unten zu spüren. Zugeben zu müssen, daß sie wieder voll bei Sinnen war und ihm dennoch nicht Einhalt gebot, wäre noch viel schlimmer.

Schlimmer? Was konnte schlimmer sein als hilflos dazuliegen, einer bisher ungekannten wilden Leidenschaft ausgeliefert? Was konnte schlimmer sein als ihren Körper bereitwillig seinen Händen und Lippen auszuliefern und auf jeden provozierenden Vorstoß seiner Zunge mit leisen Wohllauten und heftigem Schauern zu reagieren, was ihn verständlicherweise zu immer gewagteren Liebkosungen ermutigte?

Servanne grub die Zähne in ihre Unterlippe, um nicht laut zu stöhnen, als seine Hände ihren Körper streichelten, und sie verfluchte halbherzig seine kundigen Fingerspitzen, die über ihre Brüste glitten und bei den verräterisch steifen Brustwarzen verweilten, die nun sanft gerieben und gezupft wurden.

Auf der Suche nach einem festen Halt spreizte sie ihre Hände, doch auf der einen Seite war nur Wasser und Sand, auf der anderen nur Moos, und so blieb ihr nichts anderes übrig, als ihre Finger in seinen kastanienbraunen Locken zu vergraben. Ihre Fersen wühlten tiefe Löcher in den Sand, und sie preßte ihren Kopf ins Moos, während das Wasser über ihre Hüften und über ihren Bauch schwappte. Die Hitze brannte in ihren Lenden wie eine lodernde Fackel, und die Funken tanzten hinter ihren geschlossenen Lidern.

Ihr lustvolles Stöhnen hallte von den feuchten Höhlenwänden wider, und ihr zuckender Leib brachte die Dunstschwaden in Bewegung.

Der Mund des Wolfs gab sie frei, doch dafür umschlangen seine Hände ihre Taille und zogen sie hoch. Im Wasser kniend, preßte er sie an seine Brust und durchbohrte sie mit seinem Spieß. Seine grauen Augen, denen sie nun nicht mehr entrinnen konnte, registrierten die Wonne, mit der sie ihn in ihrem Körper willkommen hieß, und sie schlang ihre Arme um seinen Hals und fachte seine Leidenschaft weiter an, bis er ihr mit Brachialgewalt Einhalt gebot, um nicht zu schnell zum Höhepunkt zu gelangen.

Der Genuß, sie in seinen Armen zu halten und ruhig in ihrer heißen, feuchten Höhle zu verweilen, war fast schmerzhaft, ließ ihn erschauern und nach Luft ringen.

Er stand auf, trug sie ans Ufer und legte sie in den Sand. Sein Mund erstickte ihre Schreie, als seine Stöße immer heftiger wurden. Servannes Händ gruben sich in seinen Rücken und glitten von dort zu seinen Hüften hinab, um ihn zu einem noch wilderen Ritt anzufeuern.

Von immer höheren Wellen der Lust emporgetragen, fanden beide endlich Erlösung in einem atemberaubenden Orgasmus. Doch auch nachdem ihre Körper zur Ruhe gekommen waren, empfand Servanne seine Anwesenheit in ihrem Unterleib so stark, daß die Hitze bis in ihre Zehen und Fingerspitzen ausstrahlte.

Sie hätte Biddys Warnung ernst nehmen und sich von diesem Raubtier fernhalten sollen. Sie hätte niemals ihre Neugier auf diesen so unglaublich männlichen Körper befriedigen dürfen, hätte ihrer Begierde niemals so schamlos und enthemmt nachgehen dürfen. Eigentlich müßte sie doch von dem Wunsch durchdrungen sein, diesen Wald so schnell wie möglich zu verlassen und diesen Schwarzen Wolf niemals wiederzusehen. Statt dessen wünschte sie sich nur, daß seine hungrigen Hände ihren Körper liebkosten. Sie wünschte sich, in dem geheimnisvollen Frieden dieser Grotte zu liegen, mit ihm zu einem Fleisch verschmolzen.

Mehr noch — sie wünschte sich sehnlichst, diesen Ort nie mehr verlassen zu müssen, nie andere Wahrheiten entdecken zu müssen als jene, die sich ihrem Körper und Geist soeben erschlossen hatten, die sie nun für immer prägen würden.

Aber natürlich bewegte sich der dunkle Kopf, und die grauen Augen suchten ihren Blick. Er sagte nichts. Seit sie den ersten zögernden Schritt ins Wasser gemacht hatte, war kein einziges Wort gefallen.

Völlig unerwartet küßte er sie wieder, diesmal sanft, fast zärtlich. Als seine Lippen sich widerwillig von den ihren lösten, seufzte er in gespielter Bestürzung.

»Was soll ich jetzt nur mit dir machen?« fragte er leise.

»Machen?« flüsterte sie mit großen Augen. »Was könntest du jetzt wohl noch machen, was du nicht schon gemacht hast?«

Der Wolf hätte gern über ihre naiven Worte gelacht, doch sie übten eine beklemmende Wirkung auf sein Herz aus. Auf die Ellbogen gestützt, betrachtete er ihre vollen Lippen, die von seinen Küssen rot und geschwollen waren, und dieser Anblick ließ ihn genauso wenig ungerührt wie die Tränen, die in ihren langen Wimpern schimmerten. Ihre Brüste waren noch von der erlebten Lust gerötet, und der bloße Gedanke daran, daß ihre feinen goldenen Schamhaare noch immer mit seinen eigenen verflochten waren, machte ihm schmerzhaft klar, daß wenig Hoffnung bestand, zu der kühlen Gleichgültigkeit zurückzukehren, die ihm bisher so dienlich gewesen war.

»Warum werde ich den Eindruck nicht los, daß du zwar

nicht im strengsten Sinne des Wortes, aber in jeder anderen Hinsicht noch Jungfrau warst?«

Servanne errötete, nicht nur über die direkte Frage, sondern auch, weil seine Stimme genügte, um sie dahinschmelzen zu lassen.

»Ich ... ich war keine Jungfrau«, widersprach sie wenig überzeugend.

»Du warst nicht unberührt«, bestätigte er, »aber völlig unerfahren.«

Servanne wollte ihren Kopf zur Seite drehen, um die ironischen Augen nicht sehen zu müssen, aber er hielt ihr Kinn mühelos mit einem kräftigen Daumen fest.

»Hat Sir Hubert nie mit dir geschlafen?« fragte er verwirrt und ungläubig.

»Er hat ... nie ... *so* ... mit mir geschlafen«, gab sie mit Tränen in den Augen zu.

Die wenigen Worte legten ein so beredtes Zeugnis von dem Aufruhr ab, der in ihr tobte, daß der Wolf sie in bestürzend neuem Licht sah. Der Dampf hüllte ihre regungslosen Körper wie ein milchiger Schleier ein, und das glatte Wasser hatte die Farbe von geschmolzenem Silber.

»Ich habe nichts vermißt«, murmelte sie hastig, durch sein anhaltendes Schweigen zu einer Erklärung veranlaßt. »Er war immer sehr freundlich und sehr gut zu mir. Ein rücksichtsvoller Ehemann in jeder Hinsicht. Aber ... er war alt und ... ermüdete sehr schnell. Und weil ... weil ich ja nicht wissen konnte ... ich meine, weil ich nichts anderes kannte ... keine Vergleichsmöglichkeiten hatte ... na ja, ich wußte einfach nicht genug, um *nicht* zufrieden zu sein«, stammelte sie.

»Die Logik einer Frau«, kommentierte er. »Verzeih mir bitte die neugierige und ungehörige Frage, aber warum hat er keine anderen Arrangements für dich getroffen?«

»Arrangements?« fragte sie und fröstelte plötzlich. »War meine Unerfahrenheit für dich ein solches Ärgernis?«

»Nein, du kleine Närrin.« Ihre Auflehnung wurde mit einem Kuß im Keime erstickt. »Aber warum hat er nicht dafür gesorgt, daß du ihm einen Erben schenken konntest?«

»Du meinst ... du meinst, er hätte mir einen Hengst für Zuchtzwecke besorgen müssen?« rief sie schockiert.

Der Wolf verlagerte sein Gewicht nach vorne, so daß sie ihrer Empörung nur mit ein paar halbherzigen Armbewegungen Ausdruck verleihen konnte.

»Einen *Mann*«, korrigierte er ruhig. »Und dich davor zu bewahren, nach seinem Tod höchstbietend an einen anderen Interessenten verkauft zu werden. Sir Hubert muß sich seiner ... seiner Unzulänglichkeit doch bewußt gewesen sein. Er hätte sicherstellen müssen, daß du nicht ein zweites Mal das Opfer königlicher Geldgier werden würdest, besonders wenn er so gütig und liebevoll war, wie du sagst. Wäre ich an seiner Stelle gewesen«, fuhr er leidenschaftlich fort, »so hätte ich alles Notwendige getan, um dich zu beschützen — ich hätte dir einen Zuchthengst besorgt, dich notfalls ans Bett gefesselt und den Vollzug persönlich überwacht.«

Servanne konnte nicht widersprechen. Er hatte recht — sie wäre jetzt nicht in dieser schlimmen Lage, wenn sie Sir Hubert einen Erben geschenkt hätte. Das Kind und sie wären bis zur Volljährigkeit des Erben Mündel des Königs gewesen, aber sie hätte das Recht gehabt, eine weitere Eheschließung abzulehnen.

Was die Theorie des Wolfs allerdings nicht berücksichtigte, war die Tatsache, daß sie bis vor wenigen Stunden mehr als zufrieden mit den Arrangements gewesen war, die für ihre Zukunft getroffen worden waren. Sie hatte sich wie ein naives Kind auf die Hochzeit mit Lucien Wardieu gefreut. Ihr war nie in den Sinn gekommen, daß sie eine andere Wahl haben könnte.

Aber hatte sie jetzt eine andere Wahl? Sie hatte nur sein

Wort, daß er sich im Auftrag von Königin Eleonore von Aquitanien in England aufhielt, in irgendeiner geheimen Mission. Sie hatte nur sein Wort, daß der Ritter mit den goldenen Haaren, der in ganz England als Baron de Gournay hohes Ansehen genoß, ein Betrüger und Usurpator war. Der Wolf hatte mit ihr geschlafen und ihr die Wunder ihres eigenen Körpers erschlossen, aber waren Leidenschaft und Lust geeignete Mittel, um die Wahrheit von der Lüge unterscheiden zu können?

Sie fror jetzt inwendig. Würde der Wolf es, sobald er wieder klar denken konnte, nicht als Triumph ansehen, vor seinem Bruder mit dessen Braut geschlafen zu haben? Alle Männer prahlten gern mit ihren Heldentaten, auf welchem Gebiet auch immer. Warum sollten ausgerechnet die Motive des Wolfs edler sein?

Unsicherheit und Angst führten zu tiefer Niedergeschlagenheit, und plötzlich wurde sie sich ihrer prekären Lage bewußt. Sie lag splitternackt und mit wirren Haaren unter einem Mann, in einer Grotte, wo einst heidnische Rituale vollzogen worden waren! Erschrocken und beschämt löste Servanne ihre Hände von den Schultern des Wolfs und versuchte, ihn von sich abzustemmen.

»Bitte, ich ...«

»Was hast du? Befürchtest du etwa immer noch, daß ich ein Teufel mit Hörnern und gespaltenem Schwanz sein könnte?«

Ihre Finger streichelten unwillkürlich wieder den dichten Pelz auf seiner Brust. »Teuflisch, ja«, murmelte sie, »aber kein Teufel, obwohl ich viel zu verwirrt bin, um den Unterschied zu bestimmen.«

»Verwirrung ist die normale Geistesverfassung einer Frau«, grinste er, »und deshalb mache ich mir auch keine Vorwürfe, daß ich dich in diesen Zustand versetzt habe.«

Er senkte den Kopf und nahm einen ihrer Finger zwischen seinen Lippen gefangen.

»Du hast getan, was dein Bruder von dir erwartet hätte«, sagte sie nüchtern und entzog ihm ihre Hand.

Er blickte ihr tief in die Augen. »Ich habe es aber nicht deswegen getan.«

»Trotzdem« — sie versuchte, in seinen grauen Augen zu lesen — »ist es geschehen, und das wird er wissen.«

Er schwieg so lange, daß Servanne Zeit genug hatte, sich ihre düstere Zukunft auszumalen — eine Zukunft in Einsamkeit und Verzweiflung. Endlich versicherte er: »Du wirst in Sicherheit sein. Der Drache wird seine Wut nicht an dir auslassen.«

»Aber er *wird* wütend sein?«

»Ja«, gab der Wolf zu.

»Und obwohl du das weißt, bist du nach wie vor entschlossen, mich wie geplant an ihn zurückzuverkaufen?«

»Deine Wortwahl läßt einiges zu wünschen übrig«, meinte er mit gerunzelter Stirn. »Ich verkaufe dich nicht an ihn. Ich schicke dich nur nach Bloodmoor Keep voraus, weil es der sicherste Ort für dich ist, bis alles erledigt sein wird.«

»Sicher?« rief sie. »Wie kannst du erwarten, daß ich mich dort sicher fühle, nachdem du alles in deiner Macht stehende gesagt und getan hast, um mich vor Bloodmoor Keep zu warnen?«

»Ich habe dich nur vor dem Mann gewarnt, der sich dort als Herr aufspielt. Die Burg als solche kann ja nichts dafür, daß er sie mit einem Makel befleckt hat. Du wirst dort in Sicherheit sein«, wiederholte er eindringlich. »Die Burg ist voller Hochzeitsgäste — wichtiger Gäste —, und der Drache wird keinerlei Risiken eingehen wollen, bis die Hallen sich wieder geleert haben. Wahrscheinlich wird er den Eindruck erwecken wollen, als wäre nichts passiert, außer daß er einem unverschämten Geächteten ein hohes Lösegeld für seine Braut bezahlen mußte. Er wird bestimmt nicht zugeben wollen, daß sein Bruder von den Toten auferstanden ist, oder daß es irgendwelche Gründe für einen Aufschub oder eine Absage der Hochzeit geben könnte. Außerdem gibt es andere wichtige Gründe für Diskretion und Stillschweigen. Diese Gründe hindern sowohl Etienne als auch mich daran, unseren Konflikt offen auszutragen, aber ich kann dir nicht erklären, worum es dabei geht, weil dieses Wissen dich in Gefahr bringen könnte.«

»Aber ... wäre es nicht besser, wenn ich über diese Gefahr Bescheid wüßte?«

Der Wolf strich mit den Fingerspitzen über die feuchten Locken an ihrer Schläfe. »Ich habe dir doch gesagt, daß Etienne und ich uns in mancher Hinsicht sehr ähnlich sind. Nachdem ich dir so mühelos ansehen kann, was du denkst und fühlst, bräuchte auch er nur einen Blick in deine großen blauen Augen zu werfen, um zu wissen, daß du ihm etwas verheimlichst.«

»Und trotzdem willst du mich ihm allein ausliefern?«

»Ich glaube, daß du allen Prüfungen, denen der Drache dich aussetzen könnte, mehr als gewachsen bist. Außerdem wirst du nicht ganz allein sein«, versprach der Wolf, beide Hände in ihrer nassen Haarpracht vergraben. »Der offizielle Vertreter von Königin Eleonore bei der Hochzeit ist Lord Randwulf de la Seyne Sur Mer. Sollte irgend etwas geschehen, das dir Angst macht, kannst du dich jederzeit an ihn wenden. Er und seine Männer werden dir helfen und dich beschützen, falls es nötig werden sollte.«

Er lächelte ihr beruhigend zu. »La Seyne ist ein ungeschliffener Bursche, an dessen Benehmen du bestimmt genauso viel auszusetzen haben wirst wie an dem meinen. Aber er ist der Königin treu ergeben, und er hat für die Anhänger von Prinz Johann nicht viel übrig. Du kannst ihm vertrauen. Ich selbst vertraue ihm blind.«

Servannes Augen füllten sich langsam mit Tränen. Als der Wolf behutsam ihren Kopf anhob, versuchte sie, seinem Mund auszuweichen, doch seine kräftigen Hände hinderten sie daran. Seine Lippen preßten sich heiß auf die ihren, und seine Zunge brachte ihr sehr schnell und nachdrücklich in Erinnerung, daß Widerstand zwecklos war. Sie stöhnte hilflos und schlang ihre Arme um seinen Hals.

Während Servanne de Briscourt zum erstenmal in ihrem jungen Leben Liebeslust erlebte, war der Drache in höchster Aufregung.

»Wir glauben, ihr Versteck gefunden zu haben«, berichtete Aubrey de Vere.

»Wir haben uns nicht zu dicht herangewagt, weil sie uns sonst eventuell bemerkt hätten, aber alles deutet darauf hin, daß dieser Schwarze Wolf sein Quartier in den Ruinen einer ehemaligen Abtei namens Thornfeld aufgeschlagen hat.«

»Thornfeld?« Wardieus Augen verengten sich zu schmalen Schlitzen. »Warum habe ich noch nie etwas von diesem Ort gehört?«

»Es ist ... vielmehr, es war ein Kloster, dessen Mönche jeden Kontakt mit der Außenwelt mieden. Die Abtei ist höchstens einen halben Tagesritt von hier entfernt, keine fünf Meilen von der Stelle entfernt, wo wir neulich die Spur der beiden Waldgänger verloren haben.«

»Mein Gott, direkt vor unseren Nasen!« knurrte Wardieu. »Und bis jetzt hat niemand daran gedacht, diese Abtei zu durchsuchen?«

De Vere runzelte die Stirn. »Die Mönche, die dort lebten, wurden verdächtigt, Anhänger des Antichrist zu sein. Deshalb wurden sie umgebracht, und das Kloster wurde niedergebrannt. Seit fast achtzig Jahren hat niemand einen Fuß in die Ruinen gesetzt oder sich auch nur in die Nähe getraut.«

»Niemand? Nicht einmal die Spürhunde unseres glorreichen Sheriffs, der behauptet, jeden Quadratmeter Wald nach dieser Räuberbande abgesucht zu haben?«

»Es ist nicht einfach, den Ort zu finden«, sagte De Vere. »Die Bäume stehen dort sehr dicht, und in den Hügeln gibt es viele Schluchten und Höhlen, in denen man sich leicht verirren kann.«

»Aber die Dörfler wissen doch bestimmt, wo dieses Kloster liegt, speziell die unverschämten Wilderer.«

»Das dürfte stimmen, Mylord, aber für diese Leute ist der Schwarze Wolf ein Held, dessen Aufenthaltsort sie nicht verraten würden, auch wenn er ihnen bekannt wäre. Nur ein zahnloses altes Weib hat überhaupt zugegeben, etwas von der Existenz der Abtei zu wissen, und auch das nur, weil sie schwachsinnig ist und seit zwanzig Jahren allein im Wald lebt.«

»Vielleicht sollten wir diese Schwachsinnige dann zum Sheriff machen«, rief Wardieu wütend, »wenn es den sogenannten vernünftigen Menschen nicht in den Sinn kommt, nach einem Mann, der die Welt glauben lassen möchte, er wäre ein Gespenst, das sich in Luft auflösen kann, zuallererst an einem angeblich verhexten Ort zu suchen! Nur gut, daß Onfroi de la Haye dem Tode nahe ist! Andernfalls würde ich diesen unfähigen Kerl eigenhändig erwürgen.«

Nicolaa de la Haye trat aus Wardieus Zelt und kniff in der Sonne die Augen zusammen. Der Baldachin vor dem Zelt verlieh ihrer Haut einen bläulichen Schimmer. Ihre Lider waren geschwollen, und sie taumelte ein wenig, denn sie hatte einen starken Absud aus zerstampfter Weidenrinde benötigt, um nachts ohne Alpträume schlafen zu können.

»Warum willst du Onfroi plötzlich erwürgen?« fragte sie mißmutig. »Seit Jahren habe ich dich gebeten, mich ihn erwürgen zu lassen, aber du wolltest nie etwas davon hören.«

»Sagt dir der Name Thornfeld Abbey etwas?« fuhr er sie barsch an.

»Thornfeld? Thornfeld ... irgendwie kommt der Name mir bekannt vor ...«

Wardieu verzog angewidert das Gesicht, nicht nur, weil sie in dem bläulichen Licht viel von ihrer Schönheit einbüßte und ein bißchen abgetakelt aussah, sondern auch, weil er an die beiden letzten Nächte keine angenehmen Erinnerungen hatte. Sie hatte sich wie ein Blutegel an ihn geklammert, doch obwohl ihr Körper ihm die übliche Entspannung beschert hatte, war ihre Raserei ihm irgendwie zuwider gewesen. Er wandte seine Aufmerksamkeit wieder De Vere zu. »Die Männer sollen ihre Rüstungen anlegen und in zwanzig Minuten aufbruchbereit sein. Sind Sie sicher, daß Sie den Ort wiederfinden?«

De Vere lächelte gezwungen. »Wir haben die Alte, und sie besitzt noch die Hälfte ihrer Finger und Zehen. D'Aeth konnte sie bisher ohne allzu große Mühe zur Zusammenarbeit bewegen, und ich zweifle nicht daran, daß es ihm auch weiterhin gelingen wird.«

»Sagen Sie ihm, daß er mehr als nur ihre Finger und Zehen haben kann, solange sie nur lang genug lebt, um uns zur Thornfeld Abbey zu führen.«

Servanne wußte nicht, ob eine Stunde, eine Woche oder ein Monat vergangen war, seit sie erschöpft eingeschlafen war. Die Luft kam ihr merklich kühler vor, obwohl der Körper des Wolfs genügend Wärme spendete, um ihrer Haut einen rosigen Schimmer zu verleihen. Sie lagen im Moos, nur wenige Zentimeter vom Teich entfernt, und als sie ihre Finger ins Wasser tauchte, konnte sie deutlich hören, daß sein Herz unter ihrem Ohr plötzlich schneller schlug.

Seufzend hob sie den Kopf. Er war wach, sah aber ziemlich schläfrig aus.

»Es muß schrecklich spät sein«, sagte sie errötend, verlegen darüber, daß der hellhäutige und der braungebrannte Körper so ineinander verschlungen waren.

»Du hast wie ein kleines Kätzchen geschlafen. Ich brachte es nicht übers Herz, dich zu wecken.«

Der Schwarze Wolf von Lincoln gab zu, ein Herz zu haben? Lächelnd sah Servanne sich im Halbdunkel um. Ihre Kleider würden bestimmt feucht und völlig zerknittert sein. Biddy würde sofort wissen — *alle* würden sofort wissen! —, wo sie gewesen waren, und womit sie den Nachmittag verbracht hatten. Es würde Stunden dauern, bis ihr Haar trocknete und sich halbwegs ordentlich kämmen ließ. Ihre Knie, ihr Rücken und Gesäß waren vom Sand wund gerieben, und sie war sich fast sicher, daß auf ihrer weißen Haut Spuren seiner Leidenschaft zu sehen sein würden.

Die grauen Augen beobachteten ihr Mienenspiel und errieten mühelos ihre Gedanken. Völlig unerwartet erwachte sein Beschützerinstinkt, und am liebsten hätte er sie wieder in die Arme genommen und festgehalten.

Ihr Schuldbewußtsein würde dem Drachen zweifellos sofort ins Auge springen, wie ein Leuchtfeuer in stürmischer Nacht, aber vielleicht würde der arrogante Bastard nicht auf die Idee kommen, daß sie sich freiwillig einem anderen Mann hingegeben hatte. Hoffentlich würde sein ganzer Zorn nur dem Mann gelten, der seine Braut entführt und vergewaltigt hatte, denn wenn der Drache wüßte, daß es keiner Gewalt bedurft hatte, um Servanne de Briscourt zu zähmen, wenn sie auch nur mit einem Wort oder einer Geste verriet, daß sie den einen Mann dem anderen bevorzugte ... Innerlich fluchend und von heftigen Gewissensbissen geplagt, stand der Wolf auf und suchte in den Dampfwolken nach seinen Kleidungsstücken. Er war gerade dabei, sein grünes Hemd über die breiten Schultern zu streifen, als sie mit den Fingerspitzen über die Narben strich, und diese sanfte Berührung setzte seinen Körper genauso in Brand, als hätte ein glühendes Eisen sein Fleisch versengt.

»Sie müssen dir lange Zeit entsetzliche Schmerzen bereitet haben«, flüsterte sie.

»Verrat schmerzt viel mehr als irgendwelche körperlichen Wunden«, erwiderte er barsch und zog sein Hemd über die Narben.

Servanne saß regungslos da, betroffen über seinen plötzlichen Ärger, dessen Ursache ihr unbegreiflich war. Als sie dann langsam nach ihren ruinierten Kleidern griff, verstärkte jede Bewegung den dumpfen Schmerz in ihrem Innern. Sogar ihr Haar rief, sobald es nackte Haut streifte, Erinnerungen an seine streichelnden Hände hervor, und sie wußte, daß sich daran nie mehr etwas ändern würde.

War der Wolf völlig unbeeindruckt aus diesen Stunden der Leidenschaft hervorgegangen? Konnte ein Mann so etwas erleben, ohne verändert zu werden? Sie hatte keine Schwüre ewiger Liebe und Treue erwartet, aber genauso wenig hatte sie erwartet, daß er ihre Kleidungsstücke so achtlos zuwerfen würde, als wäre dieser Nachmittag für ihn nur ein angenehmer, aber völlig bedeutungsloser Zeitvertreib gewesen.

»Darf ich eine Frage stellen, ohne befürchten zu müssen, daß du mir den Kopf abreißt?«

»Stell sie, dann werden wir ja sehen«, brummte er.

»Dieser ungehobelte Ritter, dem du mich aufhalsen willst, um dein Gewissen zu beruhigen ... weiß er, wer du bist, und warum du hier bist?«

»La Seyne?« Ein Lächeln schimmerte flüchtig in den dunklen Augen. »Ja, er weiß Bescheid.«

»Weiß er auch über diese andere Gefahr Bescheid, von der du gesprochen hast?«

»Er weiß mehr, als ihm lieb ist.«

»Du hast neulich gesagt, du könntest erst beweisen, wer du bist, wenn du dich in der Burg befindest. Soll dieser La Seyne dir den Rücken stärken, wenn du deine Ansprüche geltend machst?«

Der Schwarze Wolf sah sie mit widerwilliger Bewunderung an. Irgendwelche Ansprüche gegen einen Verbündeten von Prinz Johann geltend zu machen war sinnlos und selbstmörderisch, wenn man nicht die Unterstützung mächtiger und einflußreicher Zeugen besaß. La Seyne Sur Mer war der Favorit der Königinwitwe, ein Ritter ohne Furcht und Tadel, den man nicht zum Narren halten oder mit Halbwahrheiten abspeisen konnte.

»Du solltest deine Intelligenz vor dem Drachen lieber verbergen«, warnte er sanft. »Er schätzt keine naseweisen Geschöpfe mit scharfen Zungen.«

»Noch eine Gemeinsamkeit mit seinem Bruder! Ich muß gestehen, daß ich es kaum noch erwarten kann, seine Bekanntschaft zu machen, um selbst Vergleiche anstellen zu können.«

Der Wolf hatte sich gebückt, um seine Hirschlederhose aufzuheben, aber ihre sarkastischen Worte ließen ihn mitten in der Bewegung innehalten. Ihre Gesichter waren nur wenige Zentimeter voneinander entfernt, und das Licht fiel so günstig durch die Höhlenöffnung ein, daß Servanne glaubte, einen weichen Schimmer in seinen Augen zu erkennen. Doch seine barsche Antwort machte diese Hoffnung sofort wieder zunichte.

»Wie schon gesagt, es gibt auch Dinge, die wir ganz unterschiedlich machen. Wenn du mir nicht glaubst, kannst du jede seiner unzähligen Geliebten fragen — oder die derzeitige: Nicolaa de la Haye.«

Verwirrt über seine unverhohlene Bitterkeit, starrte Servanne auf ihr zerknittertes Samtkleid und fragte sich, warum er es immer wieder darauf anzulegen schien, sie zum Weinen zu bringen. Sie nahm ihren ganzen Mut zusammen, um ihm eine weitere wichtige Frage zu stellen, doch als sie aufschaute, schenkte er ihr überhaupt keine Beachtung. Er stand regungslos da und starrte auf den Efeuvorhang.

»Was . . .?«

Er verschloß ihr den Mund mit seiner großen Hand. Einen Augenblick später hörte auch sie die Geräusche: das Knarren von Leder, das leise Klirren von Metall auf Metall, das Knacken und Rascheln von Ästen.

Jemand war ganz in der Nähe, und dieser Jemand schlich sich genauso verstohlen an die Grotte heran wie ein Jäger an einen Wolfsbau.

14

Der erste Gedanke des Schwarzen Wolfs galt dem Wachposten hoch oben auf dem Felsvorsprung: der Mann hätte irgendwelche Feinde früh genug sehen müssen, um Alarm zu schlagen. Doch gleich darauf fiel ihm mit Schrecken ein, daß er den Posten mit einer gebieterischen Handbewegung verscheucht hatte, als er Servanne am Stillen Teich vorbeitrug, und er verfluchte seinen Leichtsinn, der ihn auch bewogen hatte, entgegen seinen sonstigen Gepflogenheiten Schwert und Bogen im Hof der Abtei zurückzulassen. Er hatte nur seinen kurzen Dolch und sein stumpfes Speisemesser bei sich, und die würden ihm nichts nutzen, es sei denn, er konnte sich bis auf eine kurze Distanz an einen Feind heranschleichen.

Er legte einen Finger auf seine Lippen, um Servanne überflüssigerweise Schweigen zu gebieten. Lautlos bewegte er sich auf den Höhleneingang zu, und sie sah durch die Dampfschwaden hindurch, daß er sich in geduckter Haltung an die Felswand preßte, als wenige

Schritte vor dem Efeuvorhang ein Zweig besonders laut knackte.

Servanne hielt den Atem an und malte sich einen blutigen Kampf aus, den Ritter und Soldaten mit den Männern des Wolfs ausfochten — Schreie, Getrampel, rote, nasse Schwerter ... Und sie würde inmitten des Gemetzels schreiend umherrennen — aber in welchem Lager würde sie Schutz suchen?

Sie kannte die Antwort in dem Moment, als der Wolf durch die Lücke im Efeu ins Freie stürzte. Sie hörte einen gedämpften Aufschrei, das Scharren von Füßen, das dumpfe Dröhnen eines gut gezielten Fausthiebs ... dann trat Stille ein.

Mit rasendem Herzklopfen und brennenden Augen kniete sie im Moos, das Kleid krampfhaft an ihre nackten Brüste gepreßt, und sie hätte um ein Haar aufgeschrien, als der Efeuvorhang sich bewegte, bis sie erleichtert die breiten Schultern des Wolfs erkannte, der jemanden in die Höhle zerrte.

»Sparrow, bei Gott, ich habe dich oft genug gewarnt ...«

»Wir haben alle seit einer halben Stunde überall nach dir gesucht«, quiekte Sparrow. »Die Männer des Drachen ... sie sind im Wald und bewegen sich auf die Abtei zu!«

Der Wolf ließ ihn los, und der Zwerg landete im Moos.

»Es stimmt wirklich, Mylord«, keuchte er, seine Kehle reibend. »Sie sind höchstens zwei Stunden entfernt, in voller Rüstung und sichtlich zu allem entschlossen. Sie wissen offenbar, daß wir hier sind — zweifellos irgendein loses Mundwerk oder eine unvorsichtig hinterlassene Fußspur.«

»*Zwei* Fußspuren, würde ich sagen — deine und Gils!« knurrte der Wolf. »Wieviel Männer sind es?«

»Im Lager hatte er vierzig bei sich, hinzu kommen noch die Männer des Sheriffs und die Überlebenden des Überfalls auf die Kavalkade. Er ist nicht mit allen unterwegs, aber der Trupp ist doch so groß, daß Sigurd uns sofort verständigt hat.«

»Damit war ja zu rechnen. Wir hätten ohnehin nicht viel länger in der Abtei bleiben können, ohne daß jemand über uns gestolpert wäre. Sind wir darauf vorbereitet, sie gebührend zu empfangen?«

Sparrow nickte so eifrig, daß seine Locken flogen. »Alle Männer sind auf ihren Posten und warten nur auf deine Befehle. Du warst der einzige, den wir nicht finden konnten, du und ... und ...«

Die runden Augen des Elfen wurden noch größer, als er eine nervöse Bewegung inmitten der Dampfwolken wahrnahm. Er zwinkerte mehrmals, schluckte in letzter Sekunde wohlweislich eine Bemerkung herunter und tat so, als würde er weder die vielen nackten Gliedmaßen noch die gereizte Stimmung bemerken.

»Na ja«, sagte er statt dessen gespielt gelassen, »jetzt habe ich euch beide ja gefunden.«

»Deine Bemühungen hätten dir um ein Haar eine aufgeschlitzte Kehle eingebracht«, brummte der Wolf, während er sich in aller Eile vollends anzog. Ein Blick in Servannes Richtung genügte, um sie aus ihrer Erstarrung zu lösen. Hastig streifte sie das Samtkleid, hinter dem sie notdürftig ihre Blöße verborgen hatte, über den Kopf. Es war feucht und fühlte sich auf ihrer Haut kalt an, aber viel schlimmer war die eisige Atmosphäre in der Grotte.

»Warum habt ihr nicht das Horn geblasen?« fragte der Wolf, während er die Bänder seiner Hose durch die Gürtelschlaufen zog.

»Das haben wir«, erwiderte Sparrow. »Sogar zweimal. Friar hat schon befürchtet, ihr hättet einander in die Tiefe gestoßen und euch an den Felsen die Schädel eingeschlagen, aber der Wachposten hatte dich auf dem Weg hierher gesehen, und hier gibt es keine steilen Felsen — nur

Fallgruben«, fügte er mit einem anzüglichen Blick in Servannes Richtung hinzu.

Der Wolf zog seine hohen Stiefel an und strich sich mit den Händen die langen Haare aus dem Gesicht. »Aus welcher Richtung kommen sie?«

»Von Westen und Norden.«

»Haben sie Kundschafter vorausgeschickt?«

»Ja, zwei. Robert und Gil lassen sie nicht aus den Augen, unternehmen aber nichts ohne deinen Befehl.«

»Ich möchte, daß einer dieser Kundschafter zu mir gebracht wird. Lebend, wenn ich bitten darf.«

»Wird gemacht«, versicherte Sparrow, bevor er mit einem Seitenblick auf Servanne stirnrunzelnd berichtete: »Die alte Krähe schäumte vor Wut, und wir mußten ihr mit einem Strumpf von unserem guten Norwood das Maul stopfen. Trotzdem hat sie noch genug Lärm gemacht, um alle Vögel aufzuschrecken. Wenn sie nicht bald Ruhe gibt, könnte es schlimme Folgen für sie haben.«

»Ich werde Biddy beruhigen«, sagte Servanne. »Sie wird euch keinen Ärger mehr machen.«

»Keine von Ihnen beiden sollte uns Ärger machen«, warnte der Wolf. »Halten Sie den Mund und befolgen Sie alle Anweisungen, Mylady, dann wird Ihr sehnlichster Wunsch mit etwas Glück in Erfüllung gehen, und Sie werden uns noch vor Einbruch der Dunkelheit verlassen können. Sparrow, bring sie in die Abtei zurück, sobald sie sich angezogen hat, und übergib sie wieder der Obhut der Zwillinge.«

Am Höhleneingang drehte er sich noch einmal um, obwohl eine solche Schwäche eines Kämpfers eigentlich unwürdig war, und blickte Servanne durch den Dampf an. Was immer er sagen wollte — wenn er überhaupt etwas sagen wollte —, blieb unausgesprochen, und im nächsten Moment war er verschwunden.

Servanne starrte den Efeuvorhang an, bis sich kein

Blatt mehr bewegte. Sparrow hüstelte ungeduldig, und sie kleidete sich hastig an, ohne hinterher zu wissen, wie es ihren gefühllosen Fingern gelungen war, die Strümpfe hochzuziehen, und wie ihre Füße in die Schuhe gekommen waren. Ihre Wangen glühten vor Scham. Dem Wolf hatten ihre Liebesspiele nichts bedeutet, das hatten seine brutalen Worte bewiesen. Sie war für ihn nur ein Pfandobjekt, nur der Wetteinsatz in einem Spiel, bei dem es um Rivalität und Rache ging.

Sir Aubrey de Vere war zu Recht stolz auf seinen Jagdinstinkt. Daß er in einer mondlosen Nacht eine Ameise in einer Wiese aufspüren könnte, war keine allzu große Übertreibung — beim Kreuzzug war er schnellfüßigen Heiden auf den Fersen geblieben, sogar wenn Sandstürme über die Wüste fegten; keine schlechte Leistung für einen normannischen Edelmann.

Deshalb glaubte er seinen Ohren kaum, als er dicht neben seinem Pferd das Schwirren eines Pfeils hörte. Sein Gefährte, ein Ritter, der zu Fuß unterwegs war und gerade einen frischen Stiefelabdruck im Waldboden untersuchte, stürzte seitwärts. Der Pfeil hatte seinen Schädel mit solcher Wucht durchbohrt, daß der Stahlhelm verrutscht war.

De Vere drehte sich blitzschnell um, aber es war schon zu spät. Sein Pferd machte einen Satz, als ein enormes Gewicht auf seinem Hinterteil landete. Der Riese riß De Vere den Helm vom Kopf, verrenkte ihm den Hals und hielt ihm ein Messer an die Kehle, genau an jener Stelle unterhalb des Kinns, die durch Kettenhemd und Kapuze nicht geschützt war.

»Keinen Laut!« flüsterte eine heisere Stimme ihm ins Ohr, aber De Vere hatte seine Ellbogen instinktiv schon nach hinten gerammt, gegen etwas, das sich wie eine harte Steinmauer anfühlte.

Robert der Waliser tat den Angriff auf seine Rippen mit einem verächtlichen Grunzen ab, aber seine Hand rutschte aus, und die Stahlklinge seines Messers durchtrennte Muskeln und Gewebe. Blut spritzte aus der Halswunde hervor, rann über seine Hand und befleckte De Veres himmelblauen Waffenrock.

»Schauen Sie sich nur mal an, was Sie angerichtet haben!« knurrte Robert angewidert.

De Vere hob die Hände und stellte entsetzt fest, daß sein heißes Blut den Waffenrock durchtränkte. »Ich bin tot«, stöhnte er. »Mein Gott, ich bin tot!«

»Pah, das ist doch nur ein kleiner Kratzer! Sie werden schon noch ein Weilchen leben, Herr Ritter, jedenfalls so lang, bis mein Herr mit Ihnen gesprochen hat. Und jetzt legen Sie bitte Ihre Waffen ab!«

De Vere löste seinen Schwertgurt und ließ ihn zu Boden fallen, ebenso wie den Morgenstern und die Ketten, die an seinem Sattel hingen. Aus dem Augenwinkel sah er, daß ein zweiter Geächteter aus dem Dickicht trat und die Waffen aufhob. Dieser Mann war groß und schlank und hatte auf der linken Wange eine auffällige Narbe.

Der Riese ließ De Veres Kopf los und riet ihm grimmig, eine behandschuhte Hand auf die stark blutende Wunde zu pressen. Dann glitt Robert vom Pferd, und Gil und er führten den gefangenen Ritter tiefer in den stillen Wald hinein.

Nicolaa de la Haye wurde allmählich ungeduldig. Wardieu hatte seine Männer kaum eine Meile von der ehemaligen Abtei haltmachen lassen, obwohl niemand begriff, worauf er eigentlich wartete.

Vor einer Stunde war der kleine Söldnertrupp hier auf einen blutbeschmierten Schild gestoßen, der Sir Aubrey de Vere gehörte. Daneben lag die Leiche des Ritters, der De Vere in den Wald begleitet hatte.

Nachdem sie nun schon den Vorteil eines Überraschungsangriffs eingebüßt hatten, kam es Nicolaa doppelt töricht vor, auf einer offenen Lichtung herumzustehen und auf einen Pfeilhagel zu warten.

»Lucien, um Himmels willen, befiehl deinen Männern doch endlich den Vormarsch oder bring sie nach Alford zurück!«

»Warum so ungeduldig, liebste Nicolaa? Bist du gar nicht neugierig darauf zu hören, was mein Bruder zu sagen hat?«

»Er hat es schon gesagt.« Nicolaa deutete auf den blutigen Schild. »Er hat gesagt, daß er uns alle umbringen wird.«

Wardieu blickte zum Himmel empor, doch das dichte Laubwerk machte es unmöglich abzuschätzen, wie spät es sein mochte. »Wenn es seine Absicht wäre, uns alle zu ermorden, wären wir längst tot. Die Augen, die ich jetzt in meinem Nacken spüre, wären dann Pfeilspitzen, und die Stimmen, die ich höre, würden Heiligen und Engeln gehören, obwohl« — er warf Nicolaa einen anzüglichen Blick zu und lachte — »obwohl uns beide eher andere Wesen im Jenseits willkommen heißen dürften.«

»Augen? Stimmen?« Nicolaa hob verwundert ihre schwarzen Brauen und blickte wie Wardieu zu den Baumwipfeln empor. Ein Lichtstrahl fiel auf ihre Rüstung aus Damaszenerstahl — eine Spezialanfertigung, die ihren schlanken Körper wie eine zweite Haut umschloß und unter der sie ein blutrotes Wams aus Seidenbrokat trug. Ihr Haar war geflochten und im Nacken zu einem losen Knoten geschlungen, so daß es müheslos unter die Kapuze des Kettenhemds paßte.

Sie war sich der feindseligen Blicke der meisten Männer bewußt. Manche Männer mißbilligten es scharf, daß eine Frau eine Rüstung trug; andere waren der Grausamkeit und des Blutdurstes überdrüssig, die unter ihrer verblüffenden Schönheit lauerten, und hatten vor ihr mehr Angst als vor zehn Männern. Es hatte niemanden überrascht, daß sie heute an der Seite des Drachen geritten war, die mit Edelsteinen besetzte Kette des Sheriffs von Lincoln stolz um den Hals gehängt. Sie hatte sich von jeher so aufgeführt, als wäre nicht ihr Mann der Sheriff, sondern sie, und nachdem das Leben von Onfroi de la Haye nun am seidenen Faden hing, bedurfte es nur noch Wardieus Empfehlung und Prinz Johanns Zustimmung, damit sie das Amt endlich auch offiziell ausüben konnte.

»Da!« Wardieus Stimme riß Nicolaa aus ihren Gedanken. »Da drüben bewegt sich etwas!«

Sofort verstummten alle Unterhaltungen, und Schwerter wurden aus den Scheiden gezogen. Nicolaa konnte im Dickicht zwar niemanden erkennen, aber eine perverse Erregung bemächtigte sich ihrer, und mit unbeschreiblicher Wollust zog sie ihr eigenes Kurzschwert aus der Scheide.

»Es scheint ... es scheint Sir Aubrey zu sein, Mylord!« schrie Eduard. »Er ist verwundet!«

Zusammen mit anderen Knappen stürzte Eduard ins Dickicht, und gleich darauf trugen sie Sir Aubrey de Vere auf die kleine Lichtung und betteten den schlaffen Körper vorsichtig auf halb vermodertes Laub. De Veres Knappe, ein Bursche namens Timkin, stützte Kopf und Schultern seines Herrn.

»Allmächtiger!« murmelte Nicolaa. »Hat der Mann überhaupt noch einen Tropfen Blut im Leibe?«

De Vere atmete mit größter Mühe. Ein Tuch war straff um seinen Hals gewickelt worden, um die Blutung zu stoppen, doch durch den Transport war die Wunde wieder aufgebrochen. Sein Waffenrock sah so aus, als hätte man damit den Boden eines Schlachthofs aufgewischt. Seine Haut war aschfahl und mit kaltem Schweiß bedeckt.

Wardieu ließ sich auf ein Knie nieder und packte den Ritter am Arm. »De Vere, was ist passiert?«

Glasige braune Augen starrten ihn an. »Es war ... meine eigene Schuld«, keuchte er. »Ich habe sie nicht gesehen. Sie haben uns überfallen ... wie Gespenster ... oder wie Teufel! Das hier ...« Er deutete mit seinem blutdurchtränkten Handschuh auf die Halswunde, konnte vor Schmerzen jedoch keine Erklärung abgeben.

»Eduard! Wein — schnell!« befahl Wardieu.

De Vere schlug seine Augen wieder auf und knirschte mit den Zähnen. »Eine Botschaft, Mylord. Er ... er will sich mit Ihnen treffen ... allein ... in der Abtei ... er sagt ... er sagt, wenn Sie zu feige sind, um ihn zu treffen ... oder wenn er hinter Ihnen auch nur einen einzigen Mann sieht ... wird er Satan auf dem Altar der Abtei ein Blutopfer darbringen ... Lady Servannes Herz!«

Einige der Ritter, die sich um De Vere geschart hatten, wichen entsetzt zurück und bekreuzigten sich. Die abgehärteten Veteranen blickten mit grimmigen Gesichtern zum Himmel empor und berührten das Zeichen des heiligen Kreuzes, das sie sich durch die Teilnahme am Kreuzzug verdient hatten.

Eduard kam mit einem Weinschlauch und einem Trinkgefäß aus Widderhorn angerannt. Ein großer Teil des starken Rotweins lief über De Veres Kinn, doch die wenigen kleinen Schlucke gaben ihm die Kraft für einige weitere Worte.

»Er ... er gibt Ihnen sein Ehrenwort, daß Sie ... daß Sie die Abtei lebend verlassen werden.« Er packte Wardieu am Waffenrock. »Ich traue ihm nicht, Mylord. Ich glaube, es ist eine ... Falle! Er will Sie allein in die Abtei locken und ... und ...«

Sir Aubrey bäumte sich röchelnd in Timkins Armen auf. Wein und Blut rannen ihm aus den Mundwinkeln, und seine Augen traten fast aus den Höhlen, so als hätte er etwas Gräßliches gesehen. Dann sackte er zusammen, sein Kopf sank auf die Brust, und er hauchte sein Leben aus.

Wardieu betrachtete lange das Gesicht des toten Ritters, bevor er dessen verkrampfte Finger sanft von seinem Rock löste.

»Eduard . . . mein Pferd!«

Nicolaa, die sich gerade daran erinnert hatte, daß der kraftstrotzende De Vere erst unlängst in ihrem Bett ähnlich gestöhnt hatte wie jetzt im Todeskampf, wurde durch Wardieus Befehl aus ihren Gedanken aufgeschreckt und packte ihn am Arm.

»Nein! Du willst doch nicht etwa zu der Abtei reiten? Du hast doch gehört, daß Sir Aubrey gesagt hat, es sei eine Falle!«

Die eisigen blauen Augen blickten von Nicolaas Gesicht zu der Hand, die besitzergreifend seinen Arm umklammerte. »Und ich sage dir, daß wir alle schon tot wären, wenn er uns wirklich umbringen wollte.«

»Und wenn er dich nun als Geisel nimmt?« fauchte sie. »Wirst du auch dann noch so zuversichtlich sein, wenn er dir mit einem Messer die Haut in Streifen abzieht?«

»Dann kennen wir wenigstens seinen Plan — und du wirst bei eventuellen zukünftigen Einladungen ein gesundes Mißtrauen an den Tag legen!«

Er zog seinen Arm weg und ließ sie einfach stehen. Eduard wartete neben dem riesigen weißen Schlachtroß und nahm seinen ganzen Mut zusammen, um Wardieu anzusprechen.

»M-Mylord?«

Wardieu würdigte ihn keines Blickes.

»Mylord, würden Sie mir erlauben, Sie zur Abtei zu begleiten? Ich stelle für diesen Schwarzen Wolf keine Bedrohung dar, und er hat bestimmt nichts dagegen, wenn Sie Ihren Knappen mitbringen.«

Wardieu musterte den Burschen. Mit seinen dreizehn Jahren war er schon fast so groß wie sein Herr, mit breiten Schultern, muskulösem Brustkorb und langen, wohlgeformten Beinen. Überdies hatte der Seneschall Wardieu berichtet, daß Eduard auch in anderer Hinsicht bereits seine Männlichkeit erprobte: eines der Küchenmädchen — zehn Jahre älter als er — traf sich regelmäßig in den Stallungen mit dem hübschen Knappen.

Ein Sohn, auf den jeder Vater stolz wäre: seine eigenen Worte.

»Bitte, *Vater*«, flüsterte Eduard, obwohl es ihn große Überwingung kostete. »Ich möchte Sie vor einem Hinterhalt beschützen.«

Nicolaa tauchte plötzlich hinter ihnen auf. »Nimm den Bastard doch mit«, säuselte sie. »Vielleicht kannst du ihn ja gegen deine süße Braut eintauschen.«

Ohne auch nur mit der Wimper zu zucken, ohne jede Vorwarnung holte Wardieu mit seinem Handschuh zu einem Schlag aus, der Nicolaas halbe Wange weggerissen hätte, wenn er seinen Zorn nicht in allerletzter Sekunde gezügelt hätte. Trotzdem zuckte Nicolaa zusammen, denn die rasende Wut in seinen Augen war genauso erschreckend wie die drohend erhobene Hand.

»Du solltest aufpassen, wohin du dein Gift versprühst, Weib!« knurrte er. »Ich bin deine lächerliche Eifersucht mehr als leid.«

»Lächerlich?« fauchte sie mit hochroten Wangen und schmalen Lippen. »Meine Eifersucht kommt bei weitem nicht an deine heran ... oder an die deines Bruders!«

Eine Ader an Wardieus Schläfe schwoll gefährlich an, und sein Gesicht wurde wachsbleich.

Er hob langsam die Hand und umfaßte Nicolaas Kinn. Die Metallglieder des Handschuhs gruben sich tief in ihre weiße Haut, als er immer fester zupackte.

»D'Aeth hat oft zum Ausdruck gebracht, daß er großes

Interesse an dir hätte«, sagte er ruhig. »Vielleicht würden ein oder zwei Abende in seiner liebenswürdigen Gesellschaft dir ins Gedächtnis rufen, wessen Großzügigkeit du es zu verdanken hast, daß du deine scharfe Zunge immer noch besitzt! Eduard, sorge für eine Eskorte! Lady de la Haye wird unverzüglich in die Alford Abbey zurückkehren, um ihren verwundeten Ehemann zu pflegen.«

»Jawohl, Mylord«, murmelte der Knappe, dessen Gesicht immer noch vor Demütigung brannte. »Mylord ...?«

»Tu deine Pflicht, Eduard, anstatt mich um Gefälligkeiten zu bitten!«

»Jawohl ... Mylord.«

»Und, Eduard ...«

Der Bursche drehte sich um, einen Funken Hoffnung in den Augen.

»Rede mich nie wieder mit ›Vater‹ an! Hast du mich verstanden?«

Eduard blickte von einem kalten Gesicht zum anderen und ballte die Fäuste. »Jawohl, Mylord, ich habe Sie verstanden.«

15

Der Schwarze Wolf hatte das Signal vor einigen Minuten gesehen: ein einzelner Ritter näherte sich, und niemand folgte ihm.

»Aha«, murmelte er vor sich hin, »du bist also nach all den vielen Jahren immer noch neugierig, du Bastard!«

Aus der Schlucht, über die sich langsam der Abendnebel breitete, war das Echo von Pferdehufen zu hören. Dichte Wolken hingen am Himmel und kündigten Regen und eine ungemütliche kalte Nacht an. Doch der Wolf interessierte sich weder für das Wetter noch für die Gerüche nach Tannen und feuchter Erde. Er starrte über die sanft abfallende Wiese hinweg, und seine Finger hielten den Bogen so fest umklammert, als wollte er ihn zerbrechen.

Rechts und links von ihm standen entlang der Steinmauer sechs seiner besten Bogenschützen, darunter auch Gil Golden. Friar und Sparrow befehligten die Männer, die im Wald verteilt waren, um einen Überraschungsangriff zu vereiteln.

Die Nervenanspannung des Wolfs spiegelte sich auch in seinen harten, kalten Augen wider. Als der Reiter dann endlich zwischen den dunklen Bäumen auftauchte, atmete er tief durch, erleichtert darüber, daß die Wartezeit jetzt vorüber war.

Das Schlachtroß wurde gezügelt, sobald die Abtei in Sicht kam. Sogar auf diese Entfernung und bei hereinbrechender Dämmerung war der Drache von Bloodmoor Keep unverwechselbar. Seine imposante Statur nahm sich auf dem Schimmel so gewaltig aus, daß die Lichtung plötzlich zu schrumpfen schien. Er trug einen Kettenpanzer, und eng anliegende Eisenschienen schützten die langen muskulösen Beine. Der Waffenrock hob sich strahlendblau vom dunklen Hintergrund der Bäume ab. Das aufgestickte Wappen war aus der Ferne kaum zu erkennen, doch der Wolf kannte jede Linie und jeden Fadenverlauf, so als wären sie in seine Augen tätowiert. Unter dem konischen Stahlhelm mit dem langgezogenen Naseneisen war das Gesicht des Drachen nicht zu sehen, doch eine Strähne seines weizenblonden Haares war der Kapuze entronnen und flatterte im Wind.

»Ich könnte ihn von hier aus wie einen Kirschkern durchbohren«, erbot sich Gil, ihren Langbogen liebkosend.

»Laß deine Pfeile im Köcher, bis ich etwas anderes befehle«, erwiderte der Wolf. »Wer nicht gehorcht, stirbt durch meine eigene Hand.«

Mißmutig zog Gil sich ihren grünen Filzhut tiefer ins Gesicht, so daß von ihren kupferfarbenen Locken nichts mehr zu sehen war.

Der Schwarze Wolf von Lincoln machte einen Schritt vorwärts — und jenseits der Wiese gab der Drache seinem Pferd die Sporen. Die Stiefel des Wolfs zertrampelten das kniehohe Gras, während er auf seinen Feind zuging. Die Hufe des Schlachtrosses richteten noch viel mehr Schaden an, und die in den Wappenfarben gehaltene Decke des Pferdes, die über das Gras schleifte, erzeugte ein Geräusch, das sich wie tausend zischende Schlangen anhörte.

Die Brüder trafen in der Mitte der Lichtung aufeinander. Gegenseitiges Mißtrauen ließ sie etwas Distanz halten, aber sie konnten ein Gespräch führen, ohne brüllen zu müssen.

Der Wolf hatte seinen Blick bisher ausschließlich auf das Gesicht seines Feindes gerichtet, doch nun konnte er der Versuchung nicht widerstehen, ihn von Kopf bis Fuß — vielmehr vom Helm bis zu den Eisenspitzen der Stiefel — zu mustern.

Gleichzeitig registrierten die scharfen blauen Augen des Drachen erstaunt, daß dem Wolf nichts von den Verletzungen anzusehen war, denen er eigentlich im Wüstensand von Palästina hätte erliegen müssen. Sein Gang war kraftvoll und geschmeidig, und der Brustkorb unter dem glänzenden Wolfspelz war mindestens genauso breit wie sein eigener.

»Wir haben uns lange nicht gesehen«, sagte der Wolf, und seine grauen Augen waren so kalt und hart wie arktisches Eis. »Du hast dich gut gehalten.«

Wardieu saß wie versteinert da, mit trotzig vorgerecktem Kinn.

»Nanu?« Der Wolf lächelte ironisch. »Kannst du dich nicht einmal dazu herablassen, mir ein ähnliches Kompliment zu machen? Zugegeben, ich sehe nicht so vornehm aus, wie es unter anderen Umständen möglich gewesen wäre, aber ...«

»Was willst du?« fiel Wardieu ihm ins Wort. »Warum bist du nach all den vielen Jahren zurückgekommen?«

»Es langweilt mich allmählich, diese Frage immer wieder beantworten zu müssen«, seufzte der Wolf. »Warum sollte ich nicht zurückkehren? Lincoln ist meine Heimat.«

Die Lippen des Drachen wurden schmal. »Bloodmoor gehört mir! Du wirst in ganz England keinen Mann finden, der daran zweifelt.«

»Einer steht jetzt vor dir«, sagte der Wolf.

Die blauen Augen funkelten vor Zorn. »Ein Wolfshaupt und seine Bande? Hast du die Absicht, einfach ans Burgtor zu klopfen und dich als Baron de Gournay auszugeben, oder willst du Bloodmoor belagern?«

»Ich habe jedenfalls die Absicht, meine Ansprüche geltend zu machen.«

»Ich kann nur wiederholen, daß kein Mensch dir Glauben schenken würde. *Ich* bin Lucien Wardieu. Bei *mir* war Richard Löwenherz zu Gast. *Ich* habe an seiner Seite gekämpft, und *ich* werde von meinesgleichen geachtet.«

»Und dein Bruder? Der Feigling, der ehrlose, habgierige Bastard? Darf ich fragen, was aus ihm geworden ist?«

Es dauerte lange, bis der Drache trotz seiner Wut ein verzerrtes Lächeln zustande brachte. »Etienne Wardieu ist vor etwa vierzehn Jahren gestorben. Kaum jemand hat um ihn getrauert und niemand hat ihn in gutem Angedenken behalten. Seinem Namen haftete offenbar ein Makel von Verrat an — er soll versucht haben, seinen eigenen Vater des Verrats zu beschuldigen. Ich habe jahrelang alles daran gesetzt, Robert Wardieu zu rehabilitieren und dem Namen De Gournay wieder Geltung zu verschaffen. Ich kann dir versichern, daß Lucien Wardieu die Wertschätzung des Königs genießt, und du hättest größere Erfolgschancen, wenn du dich für Richard Löwenherz ausgeben würdest.«

»Ich beanspruche nur, was von Rechts wegen mir gehört.«

»Dann versuch doch, deinen Anspruch durchzusetzen! Jeder Mann in Lincoln würde dich auf meinen Befehl hin bedenkenlos totschlagen!«

»Vorausgesetzt, du lebst lange genug, um diesen Befehl geben zu können«, betonte der Wolf.

Wardieu wandte den Blick ab und schwieg lange. Als er den Wolf wieder ansah, spielte ein sarkastisches Lächeln um seine Lippen. »Es wundert mich nicht, daß dein Ehrenwort heute genauso wenig gilt wie früher.«

Der Wolf hob eine Braue. »Ich habe mein Ehrenwort gegeben, daß du die Abtei lebend verlassen würdest. Von der Wiese, vom Wald oder von der Straße nach Lincoln war nicht die Rede.«

Der Drache lächelte weiterhin arrogant, und dieses Grinsen machte dem Wolf mehr zu schaffen, als wenn sein Bruder plötzlich das Schwert gezogen hätte. Er begriff, daß Etienne mit den Bogenschützen an der Mauer gerechnet hatte. Der verdammte Kerl hätte vielleicht gar nichts dagegen, auf dieser Lichtung den Tod zu finden, denn dann würde jeder seine Tapferkeit rühmen, und seine Ritterehre bliebe unangetastet.

Der Wolf lockerte seinen Griff um den Bogen. »Hast du wirklich geglaubt, daß ich es dir so leicht machen würde? Ein Pfeil mitten durchs Herz oder ein ehrenhafter Schwertkampf? Ein schneller Tod ... schmerzlos ...«

Die blauen Augen wurden schmal, aber der Drache schwieg.

»Nein! Du scheinst das Ende ja direkt herbeizusehnen. Ich glaube, ich lasse dich noch eine Weile länger leben, in vollem Wissen, daß ich hier bin« — der Wolf breitete seine Arme aus, so als wollte er Bäume, Himmel und Wiese zu seinem Eigentum erklären — »daß ich dich beobachte und auf den richtigen Moment zum Zuschlagen warte — vielleicht in einer Woche. Oder in einem Monat. Oder in einem Jahr, wenn du so nervös bist, daß dir der Schweiß ausbricht, sobald sich auch nur irgendwo ein Schatten bewegt.«

»Nein, verdammt, wir werden die Sache jetzt hinter uns bringen!« rief der Drache und wollte nach seinem Schwert greifen.

Bevor er es aus der Scheide ziehen konnte, hatte der Wolf einen Pfeil in seinen Bogen eingelegt.

»Ich habe beschlossen, dich heute nicht zu töten«, warnte er, »aber mein Pfeil könnte dich verletzen. Soll ich in einen Ellbogen zielen ... oder lieber in ein Knie? Du warst sehr enttäuscht, daß kein Krüppel auf diese Wiese gehumpelt kam — vielleicht könnten wir es so einrichten, daß ein Krüppel diese Wiese verläßt?«

Wütend schob der Drache sein Schwert in die Scheide zurück.

»Ein weiser Entschluß! Deine Braut wird darüber bestimmt sehr erfreut sein. Sie kann Gewalttätigkeiten offenbar sehr schlecht verkraften.«

Der Drache knirschte mit den Zähnen. »Wo ist Lady Servanne?«

»Sie steht dir voll und ganz zur Verfügung. Und nachdem ich mit ihr bereits meinen Spaß hatte, wünsche ich dir von ganzem Herzen eine glückliche Ehe!«

»Wenn du gewagt hast, sie anzurühren ...«

»Du kannst versichert sein«, fiel der Wolf ihm ins Wort, »daß ich sie mehr als nur *angerührt* habe. Hast du das nicht von mir erwartet? Offen gesagt — ich war ziemlich enttäuscht. Oh, zum Anschauen ist sie ja ziemlich hübsch, aber ihr ständiges Jammern und Heulen feuert einen Mann nicht gerade an. Ich konnte mit ihr nicht viel anfangen. Andererseits ist es ja kein unbändiges Verlangen nach ihrem Körper, das dich zum Altar treibt, und die Mitgift der Dame dürfte eventuelle Unzulänglichkeiten im Bett mehr als wettmachen.«

Das Schlachtroß des Drachen machte einen Schritt zur Seite, irregeführt durch die plötzliche Muskelanspannung seines Herrn. Er brachte es sofort wieder unter Kontrolle, aber die Flanken und Nüstern des Tieres bebten, weil es die bedrohliche Atmosphäre spürte.

»Du wirst sie mir sofort übergeben!« schnaubte Wardieu.

»Mit Freuden. Ich verzichte sogar auf das Lösegeld — sozusagen ein Hochzeitsgeschenk für dich und deine liebreizende Braut!«

Er drehte sich um und gab Gil ein Zeichen, die ihrerseits an das geschlossene Klostertor klopfte. Die schweren Eichentüren öffneten sich, und Mutter führte einen widerspenstigen weißen Zelter heraus, dicht gefolgt von Stutter, der die Zügel von Biddys Pferd hielt. Die Matrone saß kerzengerade im Sattel, und ihr Gesicht hätte einer Furie alle Ehre gemacht.

Servanne umklammerte mit zitternden Händen den Sattelknopf. Zum Schutz vor Kälte und Nebel war sie in einen warmen Umhang gehüllt, und sie hatte ein Tuch um Kopf und Hals geschlungen. Ihr ovales Gesicht war leichenblaß, umrahmt von goldenen Haarsträhnen. Sie hatte keine Gelegenheit gehabt, ihre Locken zu kämmen und zu einem Zopf zu flechten, und es war ihr nicht einmal gelungen, Moos und Sand herauszuschütteln. Während sie an einem Lagerfeuer gewartet hatte, war das grüne Samtkleid getrocknet, aber es war hoffnungslos zerknittert und fleckig. Noch viel schlimmer war jedoch das Gefühl, auch innerlich beschmutzt zu sein. Ihr Herz klopfte zum Zerspringen, und sie wußte, daß sie an verletztem Stolz sterben würde, wenn sie dem Schwarzen Wolf in die Augen blickte.

Als sie seine Stimme hörte und begriff, daß seine harten Worte ihr galten, überkam sie eine solche Schwäche, daß Biddys flinke Hände sie stützen mußten, damit sie nicht vom Sattel glitt.

»Ich habe Ihrem Verlobten erzählt, welche Freude es für uns alle war, in den letzten Tagen Ihre Gesellschaft genießen zu dürfen. Und ich habe ihm erklärt, daß ich nur versucht habe, Ihnen eine Vorstellung von den künftigen ehelichen Pflichten zu geben. Hoffentlich werden Sie Ihrem Gemahl mehr Lust als mir bescheren.«

Servanne war zutiefst verletzt. Wie konnte er nur solche Dinge sagen? Wie konnte er sie nur so herzlos demütigen?

Tränenblind setzte sie die einzige Waffe ein, die ihr zur Verfügung stand. Mit Undines Zügeln peitschte sie ihm quer ins Gesicht, so hart, daß die Haut aufsprang und eine rote Strieme die Wange zeichnete. Sie hätte noch einmal zugeschlagen, wenn Undine nicht verwirrt zur Seite getänzelt wäre und dann einen Sprung nach vorne gemacht hätte, um Biddys Pferd auszuweichen.

Wardieu fiel der erschrockenen Stute in die Zügel, als sie dicht an sein schnaubendes Schlachtroß herankam. Einen Moment lang trafen sich die Blicke der beiden Reiter, und beide Augenpaare funkelten vor Haß auf den Mann, der sie mit grimmiger Gleichgültigkeit beobachtete.

Der Wolf rieb sich die Wange und betrachtete mit gerunzelter Stirn das Blut an seinen Fingern. »Braut und Bräutigam passen ausgezeichnet zusammen«, murmelte er vor sich hin. »Ich wünsche euch beiden eine herrliche Zukunft ... wenn ihr lange genug lebt, um sie genießen zu können!«

Servannes heißer Zorn wärmte sie während des langen Ritts durch den Wald. Sie fühlte sich verraten und verkauft. Ihr letzter Blick auf den Schwarzen Wolf hatte sich ihrem Gedächtnis unauslöschlich eingeprägt. Er hatte sich einfach abgewandt und war mit großen Schritten auf die Abtei zugegangen, ohne auch nur einen Blick über die Schulter zu werfen. Offenbar quälten ihn keine Gewissensbisse, seine Grausamkeit belastete ihn nicht. Er hatte sie nur benutzt, um seinem Feind einen Stachel ins Fleisch zu bohren.

Ihre Augen brannten von Tränen, aber sie kämpfte verzweifelt dagegen an, weil sie befürchtete, sonst bis in alle Ewigkeit zu weinen. Alles war ja ihre eigene Schuld! Hätte sie doch nur auf Biddys Rat gehört und ihrer Neugier widerstanden! Aber sie hatte ja unbedingt wissen wollen, wie es war, in diesen muskulösen Armen zu ruhen. Sie hatte kein einziges Mal versucht, seinen Händen oder Lippen Einhalt zu gebieten. Sie hatte ihm ihren Körper bereitwillig ausgeliefert, und sie hatte ihn schamlos herausgefordert, alles zu tun, was ihm — und auch ihr — Lust bereitete. Sogar jetzt, da sie diesen Mann eigentlich von ganzem Herzen hassen müßte, glühte sie in der Erinnerung an seine Hände, an seinen Mund, an sein Glied, die ihr ungeahnte Wonnen beschert hatten ...

Servanne schluchzte leise auf und verkroch sich in ihrem Umhang, um so jeden Laut zu ersticken. Selbst wenn Wardieu sie gehört hatte, machte er keinen Versuch, sie mit einem Wort oder einer Geste zu trösten. Er ritt schweigend vor ihr her — und sie sah nur den konischen Stahlhelm und den blauen Mantel, der von seinen breiten Schultern auf den Rücken seines Pferdes hinabfiel.

Auch Biddy war in trübe Gedanken versunken. Von Schuldgefühlen geplagt, weil sie nicht besser auf ihren Schützling aufgepaßt hatte, betete sie laut und inbrünstig, wodurch Servannes Nerven zusätzlich strapaziert wurden.

Sie ritten durch den dunklen Nebel, und zu allem Übel

öffnete auch noch der Himmel seine Schleusen. Bläulichweiße Blitze zuckten, Donner krachte, und eisiger Regen prasselte durch das Laubwerk auf die Erde.

Der Schwarze Wolf reckte sein Kinn und ließ den Regen auf sein Gesicht prasseln. Die Strieme auf seiner Wange brannte, und das verkrustete Blut wurde abgewaschen und rann rötlich über Kinn und Hals.

Er stützte sich auf seinen Langbogen und preßte seine Stirn gegen die straffe Sehne.

»Es mußte sein«, sagte Friar ruhig. »Du konntest sie nicht bei dir behalten. Und du konntest sie auch nicht mit leuchtenden Augen und mit Sehnsucht im Herzen wegschicken. Der Drache hätte es ihr sofort angesehen und sie entweder vor Wut auf der Stelle umgebracht oder aber ihre Gefühle als Waffe gegen dich eingesetzt. Es ist nun einmal so — das Herz eines Mannes ist seine schwache Stelle, und der Zorn einer Frau ist ihre Stärke.«

»Ich weiß«, murmelte der Wolf. »Ich weiß. Aber wird sie stark genug sein?«

Friar schürzte nachdenklich die Lippen. »Wie wütend hast du sie gemacht?«

»Sehr.«

»So sehr, daß sie versucht sein könnte, nicht nur mit einem Zügel zuzuschlagen, sondern auch dem Drachen alles zu verraten, was du ihr erzählt hast — einschließlich deiner Empfehlung, La Seyne zu vertrauen?«

Der überraschte Blick und die gerunzelte Stirn des Wolfs bestätigten Friars Vermutungen.

»Ich dachte mir schon, daß du sie dem Drachen nicht zum Fraß vorwerfen würdest, ohne ihr eine Fluchtmöglichkeit zu bieten«, bemerkte er trocken. »Ich hoffe nur, daß deine Hilfsbereitschaft keine schlimmen Folgen haben wird.«

»Ich verlasse mich in dieser Hinsicht auf die Arroganz

meines Bruders. Mein Instinkt sagt mir, daß er sich spätestens morgen einbilden wird, aus unserer Begegnung als Sieger hervorgegangen zu sein. Und er wird mit Lady Servanne kein Mitgefühl haben, weil er überhaupt nicht weiß, was dieses Wort bedeutet. Ich hoffe, daß sie Etienne Wardieu dann durchschauen und auf der Hut sein wird.«

»Du riskierst sehr viel, nur aufgrund deines Instinkts.«

»Er hat mich länger am Leben erhalten, als meine Feinde glauben wollen.«

In der Dunkelheit und im Regen konnte Friar den Gesichtsausdruck des Wolfs nicht genau erkennen, doch was er sah, gab ihm das unangenehme Gefühl, am Rande eines steilen Abgrunds zu taumeln.

»Du ... du hast ihr doch nichts von Prinzessin Eleonore erzählt, oder?« fragte er bedächtig.

Der Wolf richtete sich auf und starrte seinen langjährigen Gefährten an. »Ich mag mich in den letzten Tagen wie ein Narr benommen haben, aber ich war nicht völlig von Sinnen.« Er sah Friars forschenden Blick und seufzte. »Vielleicht habe ich erwähnt, daß versucht wurde, Prinz Arthur aus Mirebeau zu entführen, aber« — er hob die Hand, um Friar Schweigen zu gebieten — »sie glaubt wie alle anderen, daß beide Kinder unversehrt nach Mirebeau zurückgebracht wurden. Sie hat keine Ahnung davon, daß Prinzessin Eleonore nicht bei ihrer Großmutter in der Bretagne ist.«

Als Friar ihn weiterhin schweigend anblickte, explodierte der Wolf. »Du tust fast so, als wäre das alles meine Idee gewesen, als hätte ich etwas mit der Entführung der Kinder zu tun gehabt, als hätte ich im voraus gewußt, daß Johann Ohneland mit Arthurs Ermordung drohen würde, um die Königin zu zwingen, ihn als Nachfolger von Richard Löwenherz zu unterstützen!« Er wischte sich wütend den Regen von der Stirn. »Und als Johann begriff, daß seine Pläne fehlgeschlagen waren, daß er bestenfalls ein Lösegeld für die Prinzessin verlangen konnte — glaubst du, daß La Seyne Sur Mer sich freiwillig bereiterklärt hat, den Austausch zu überwachen?«

»Nein. Aber du bist unter dem Vorwand, dich in Lincoln und Umgebung gut auszukennen, früher als notwendig nach England gekommen.«

»Die Königin war von dieser Idee sehr angetan.«

»Nur weil sie hoffte, du könntest die Prinzessin irgendwie retten, ohne daß sie das Lösegeld bezahlen muß, das sie nur mit Mühe aufbringen kann. Sie hatte keine Ahnung davon, daß der Hauptmann ihrer Leibwache Bloodmoor Keep und Lucien Wardieu so gut kennt.«

»Prinz Johann wollte, daß der Austausch auf Bloodmoor stattfindet, weil er dachte, daß eine so wichtige Hochzeit die perfekte Tarnung für seine politischen Intrigen sein würde. La Seyne wurde von der Königin mit der Übergabe des Lösegelds im Austausch gegen die Prinzessin beauftragt, weil sie wußte, daß Ohneland sich nicht trauen würde, gegen diesen Mann irgendwelche Tricks anzuwenden. Das alles war beschlossene Sache, lange bevor ich erfuhr, wer Herr von Bloodmoor Keep ist.«

»Ja, und als du es erfahren hast, konntest du der Versuchung nicht widerstehen, dem Drachen einen Stachel ins Fleisch zu bohren.«

»Ich habe nichts getan, was La Seynes Mission in England gefährden könnte.«

»Immerhin hast du die Braut des Drachen geraubt und ihn veranlaßt, seine Söldner Jagd auf dich machen zu lassen. Ist das nichts? Und dann hast du dich auch noch in das Mädchen verliebt, so daß wir jetzt zwei Gründe statt einem haben, unser Leben zu riskieren.«

»Ich habe niemanden gebeten, sein Leben für Servanne de Briscourt zu riskieren«, knurrte der Wolf. »Und wer sagt, daß ich in sie verliebt bin?«

»Nun, wenn du es nicht bist, spielst du die Rolle eines gurrenden Täuberichs jedenfalls sehr überzeugend! Was ist so schlimm daran, verliebt zu sein? Warum willst du nicht zugeben, daß auch du nur ein Mensch bist?«

Der Wolf starrte vor sich hin. »Ich habe keine Zeit, ein Mensch zu sein.«

»Ja, das konnte ich in den letzten sieben Jahren beobachten. Und es scheint eine ansteckende Krankheit zu sein.«

Friar entfernte sich und stieß nach wenigen Schritten mit Gil Golden zusammen, die keine Ahnung hatte, warum er ihr einen so finsteren Blick zuwarf.

Als sie sich dem Wolf näherte und seine grimmige Miene sowie die weißen Knöchel sah, die krampfhaft den Langbogen umklammerten, beschloß sie vernünftigerweise, sich an diesem Abend lieber mit jemand anderem zu unterhalten.

16

Servanne war völlig durchnäßt und fror bis ins Mark, als sie endlich die Alford Abbey erreichten. Wardieu hatte auf der Lichtung, wo seine Männer warteten, nicht haltgemacht, sondern war trotz des Regens und trotz des jämmerlichen Zustands der beiden Frauen einfach wortlos weitergeritten, und den mürrischen Söldnern blieb nichts anderes übrig als zu ihren Pferden zu eilen und ihm zu folgen.

Mit schmerzenden Gliedern, erschöpft und erstarrt an Körper und Geist, registrierte Servanne kaum noch, was um sie herum vorging. Die Mönche schwarwenzelten wie aufgeregte Pfauen um sie herum. Zwei ihrer Zofen, Giselle und Helvise, waren nach dem Überfall in der Abtei einquartiert worden und begrüßten ihre Herrin weinend und mit Dankgebeten. Servanne wurde rasch entkleidet, und neben dem riesigen Eichenfaß, das den Mönchen als Wanne diente, wurde ein Feuer entfacht.

So erschöpft Biddy selbst auch war, ließ sie es sich doch nicht nehmen, das Bad ihres Schützlings persönlich zu überwachen und die Zofen herumzukommandieren. Daß Servanne alles völlig unbeteiligt über sich ergehen ließ, trieb die Matrone zur Verzweiflung und zu heftigen Selbstvorwürfen, und ihre Augen füllten sich mit Tränen, sobald sie auf der zarten weißen Haut einen blauen Fleck oder einen Kratzer entdeckte.

Die Schlafräume des Klosters waren nicht viel bequemer als die Kammern in den Ruinen von Thornfeld. Kahle Steinwände, Lehmböden, ein schmales Holzbett, ein Stuhl und eine einzige Kerze — mehr hatten die Mönche nicht zu bieten. Aus dem Lager des Drachen wurden jedoch viele Federkissen, warme Decken und saubere Leinenlaken angeschleppt, ebenso wie Tablette mit Suppe, Käse und Fleisch. Den Mönchen, die diese Speisen in Servannes Kammer trugen, lief das Wasser im Munde zusammen.

Sie brachte keinen Bissen hinunter, labte sich aber an dem starken warmen Met, während Giselle und Helvise ihre langen Haare kämmten. Es dauerte eine ganze Stunde, bis die Locken wieder weich und glänzend über ihren Rücken fielen. Ihre Lider waren schwer, und sie stolperte über ihre eigenen Füße, als sie die wenigen Schritte vom Stuhl zum Bett zurücklegen mußte.

Noch bevor ihre Zofen sie in die warmen Decken gehüllt hatten, schlief sie tief und fest.

Am nächsten Morgen regnete es immer noch. Aus den tiefhängenden grünlichen Wolken blitzte und donnerte es unablässig. Servanne öffnete kurz die Augen, sah nur die unfreundlichen kahlen Wände, hörte nur Biddys Schnarchen und das Prasseln des Regens, drehte sich auf die andere Seite und schlief bis in den frühen Nachmittag hinein weiter. Kurz nachdem sie aufgestanden war, wurde ihr ausgerichtet, daß Baron de Gournay im Refektorium auf sie warte und um ein Gespräch bitte.

»Was soll ich nur tun?« flüsterte Servanne. »Was soll ich ihm sagen?«

»Tun? Gar nichts. Er hat kein Recht, dir Vorwürfe zu machen. Ihn trifft viel mehr Schuld, weil er in seinem Herrschaftsgebiet nicht für Ordnung gesorgt hat. Er sollte sich dir zu Füßen werfen und dich um Verzeihung bitten. Man hätte dich auf der Reise viel besser beschützen müssen. Der Baron muß doch gewußt haben, daß die Wälder nicht sicher sind, daß sich dort Mörder und Räuber herumtreiben. Er hätte ihre Verstecke aufspüren und ausräuchern lassen müssen, um das Risiko eines Überfalls auf unsere Kavalkade auszuschließen. Nein, du brauchst ihm nicht mit gesenkten Augen und schuldbeladenem Herzen gegenüberzutreten. Dich trifft an all dem keine Schuld! Nicht die geringste!«

Servanne seufzte müde, als die Tirade gar kein Ende nehmen wollte. Biddy hatte beschlossen, sich selbst und ihren Schützling freizusprechen. Es war durchaus nichts Ungewöhnliches, daß Frauen entführt und als Geiseln festgehalten wurden, wenn zwei alte Feinde irgendeine alte Rechnung begleichen wollten. Dabei galt das allgemeine Mitgefühl meistens dem Mann, dessen Ehre und Stolz verletzt worden waren. Kaum jemand verschwendete auch nur einen Gedanken an die Gefühle der armen Frau, obwohl sie unter dem Geschehen am meisten zu leiden hatte.

Das würde in Servannes Fall nicht anders sein. Schließlich war sie keine Jungfrau mehr gewesen, und sie hatte auch keine Keuschheitsgelübde als Nonne abgelegt. Sie war Freiwild für jeden, der sich an Wardieu rächen oder auch nur zu Geld kommen wollte, und ihre Qualen würden in einigen Tagen vergessen sein, während die Männer viel Lärm um Wardieus befleckte Ehre machen würden. In diesem Licht würde die Welt den Vorfall sehen; Biddy hatte mittlerweile diese Sicht der Dinge übernommen, und das gleiche würde man zweifellos auch von Servanne erwarten, nachdem sie alles heil überstanden hatte und nun wieder Wardieus Schutz genoß.

Das Problem war nur, daß sie sich mit dieser Einstellung nicht abfinden konnte. Sie fühlte sich verraten und verkauft, und sie war verwirrt, verletzt und zornig. Es widerstrebte ihr zutiefst, in dieser Geistesverfassung dem Mann gegenüberzutreten, der sich Lucien Wardieu nannte, zumal sie ihre Gedanken immer noch nicht von dem Wolf losreißen konnte, der ebenfalls Anspruch auf den Namen Lucien Wardieu erhob.

Auf der Schwelle des kleinen Arbeitszimmers von Abt Hugo blieb sie kurz stehen, um Fassung bemüht. Der Baron stand vor der kümmerlichen Feuerstelle in einem Alkoven.

Durch das einzige Fenster fiel nur trübes Licht ein, die Luft war feucht und verraucht, und das Zischen und Prasseln der schwachen Flammen war machtlos gegen die düstere Atmosphäre.

Wähend Servanne seinen breiten Rücken anstarrte, stellte sie fest, daß er genauso groß und muskulös wie der Schwarze Wolf war. Statt des Kettenpanzers trug er jetzt einen prächtigen Samtmantel und ein langärmeliges Wams. Die enge Hose betonte seine wohlgeformten Schenkel und Waden, und an den Füßen hatte er niedrige Hirschlederstiefel. Er war barhäuptig, und seine dichten goldenen Locken reichten bis zu dem hohen Kragen und hoben sich wie Seidenfäden vom dunkelblauen Samt ab.

Eine flüchtige Bewegung lenkte Servannes Aufmerksamkeit auf die andere Seite des Zimmers, und ihre Überraschung war groß, als sie sah, daß eine Frau mit dunkelgrünen Katzenaugen sie genauso aufmerksam musterte, wie sie selbst Wardieu gemustert hatte. Ihre Miene war so feindselig, daß Servanne stumm stehenblieb, während Nicolaas Blicke verächtlich über ihr schlichtes Kleid und die bestickte Leinenhaube glitten.

»Lucien, Liebling!« Die vollen roten Lippen verzogen sich zu einem höhnischen Lächeln. »Die Stunde der Wahrheit ist endlich gekommen!«

Mit einem wütenden Seitenblick auf Nicolaa drehte Wardieu sich um.

Obwohl der Schwarze Wolf ihr erzählt hatte, daß sein Bruder ihm sehr ähnlich sah, griff Servanne hilfesuchend nach Biddys Hand, als sie Wardieus Gesicht nun ohne den Stahlhelm vom Vortag sah. Die harte Kinnpartie und die breite Stirn, die gerade Nase und der sinnliche Mund — alles verriet die enge Blutsverwandtschaft und die edle normannische Abstammung. Und auch seine Augen strahlten die gleiche magische Anziehungskraft wie die des Wolfs aus, obwohl sie nicht grau, sondern strahlendblau waren, hart wie Edelsteine und sehr selbstbewußt.

»Großer Gott«, murmelte Nicolaa de la Haye, während sie auf Servanne zuging. Der Gegensatz zwischen dem einfachen Wollkleid der jungen Witwe, das kaum etwas von deren Figur erkennen ließ, und ihrer eigenen prächtigen bestickten Seidenrobe schien der schönen Dame sehr zu gefallen. »Für zehntausend Mark bekommt man heutzutage nicht viel, stimmt's? Nur gut, daß diese Ausgabe dir erspart geblieben ist.«

»Laß das Mädchen in Ruhe«, befahl er leise. »Sie hat genug durchgemacht, auch ohne daß du deine Katzenkrallen an ihr wetzt.«

Nicolaa betrachtete lächelnd ihre Fingernägel und tat so, als müßte sie sie säubern.

Wardieu ging nun seinerseits auf Servanne zu. Die vagen Erinnerungen an eine blasse, farblose Gestalt hatten ihn am Vortag, als sie ihm übergeben worden war, darauf verzichten lassen, sie genauer zu betrachten, und deshalb war er jetzt angenehm überrascht von ihrem zarten Teint und dem ovalen Gesicht mit dem reizvoll geformten Mund. Ihre Augen waren etwas dunkler als seine eigenen und mit Gold und Grün gesprenkelt, aber er hatte, als sie nach dem Wolf schlug, gesehen, daß diese Augen vor Zorn wie Saphire funkeln konnten, und unwillkürlich fragte er sich, ob Leidenschaft denselben Effekt haben würde.

Diese Überlegung verlieh seiner Stimme einen samtweichen Klang, als er sich über ihre Hand beugte und seine Lippen auf die kühlen Finger preßte.

»Mylady, ich danke Gott, daß Sie unversehrt geblieben sind!«

Servanne traute sich nicht, in diese faszinierenden Augen zu schauen. Sie mußte sich völlig darauf konzentrieren, seine Fragen zu beantworten. Sie wußte genau, daß er ihr Fragen stellen würde, aber sie war sich alles andere als sicher, daß sie antworten konnte, ohne sich zu verraten.

»*Unversehrt*?« Es war Biddys Stimme, die ihr zu Hilfe kam. »Weder unsere Sinne noch unsere Gefühle blieben unversehrt! Das Essen stank und war voller Maden. Der Wein war sauer wie Essig, und die Binsen, auf denen wir schlafen mußten, waren vermodert und mit Rattenkot besudelt! Noch ein Tag in den Händen dieser ... dieser Schurken und Mörder, und Mylady wäre dem Tode nahe gewesen! Sehen Sie, wie bleich mein armes Lamm ist? Sehen Sie, wie ausgemergelt die Ärmste ist? Oh, ich kann gar nicht alle Schrecken und Greuel aufzählen, denen sie in der Gesellschaft dieser Bestie ausgesetzt war! Dieser brutale Mensch, dieser ... dieser Wolf! Herzlos und grausam war er, schlau und hinterlistig!«

Sie verstummte und schneuzte sich lautstark in ihre Schürze. Wardieu betrachtete sie lächelnd, aber seine Augen blieben kalt und berechnend.

»Dieser Schwarze Wolf, wie er sich nennt«, sagte er, »hat er jemals einen anderen Namen verwendet?«

Biddy schnitt eine Grimasse und schnaubte zornig. »Lucien Wardieu hat er sich genannt! Aber nur ein einziges Mal, ganz am Anfang, wahrscheinlich um uns zu provozieren. Jeder Blinde konnte doch auf den ersten Blick sehen, daß er von genauso edlem Geblüt wie ein Maulesel ist, und die Tatsache, daß er Ihren Namen wählte, Mylord, beweist zur Genüge, daß er strohdumm ist. Wer kennt nicht Baron de Gournay? Wer kennt nicht Ihren Mut, Ihre Kraft, Ihre Ehre? Wer ...«

»Ja, ja, danke für die Komplimente, gute Frau«, fiel Wardieu ihr ins Wort. »Mylady, in Ihrer Gegenwart hat er doch bestimmt einen anderen Namen benutzt.«

Servannes Herz klopfte bis zum Hals. »Nein, Mylord, er hat sich nur Lucien Wardieu genannt, wie Biddy sagt.«

»Haben Sie ihn nicht gefragt, warum er sich ausgerechnet diesen Namen zugelegt hat?« fragte Nicolaa höhnisch. »Ein Mann, der seine Verbrechen unter dem Namen Ihres Verlobten begeht, hätte Sie doch zumindest neugierig machen müssen.«

Servanne blickte sie ruhig an. »Ich habe so selten wie möglich mit ihm gesprochen.«

»Und wenn Sie unter ihm lagen? Haben Sie ihn nicht gefragt, welchen Namen Sie in Ekstase stammeln sollten?«

Servanne errötete, schwieg aber, weil sie erwartete, daß Wardieu eingreifen und die Frau energisch zurechtweisen würde. Als jedoch nur Biddys Schluchzen zu hören war, sah sie De Gournay erstaunt an, der ihrem Blick jedoch so gelassen standhielt, als wäre nur über eine Mahlzeit gesprochen worden.

Der Wolf hatte gesagt, daß Nicolaa de la Haye die Geliebte des Drachen war. Wenn das stimmte, würde es die Feindseligkeit der Frau erklären. Aber was war das für ein Mann, der seine Geliebte zu einer Unterhaltung mit seiner Braut mitbrachte?

»Bastard«, erwiderte sie tonlos. »Ich habe ihn nur Bastard genannt. Wie würden Sie denn einen Mann nennen, der Sie mißbraucht?«

Nicolaa hob eine schwarze Braue. »Nun, wenn er etwas taugte, würde ich ihn vielleicht *Liebster* nennen.«

Servanne ballte die Hände zu Fäusten, und sie hatte einen bitteren Blutgeschmack im Mund, weil sie sich zu fest in die Unterlippe gebissen hatte.

Doch anstatt Nicolaa de la Haye zu erwürgen oder ihr die Augen auszukratzen, was sie liebend gern getan hätte, überraschte sie alle, indem sie langsam vor Wardieu auf die Knie sank.

»Mylord, ich bin zutiefst dankbar für alles, was Sie für mich getan haben.«

»Mylady ...«

»Trotzdem möchte ich Sie um einen weiteren Gefallen bitten.«

Wardieu blickte mit verwirrt gerunzelter Stirn auf den gesenkten Kopf hinab. »Um welchen Gefallen?«

Mit Tränen in den Augen blickte Servanne zu ihm empor. »Wenn es Ihnen möglich ist, mir eine Eskorte zur Verfügung zu stellen, damit ich sicher nach Wymondham zurückkehren kann, würde ich Sie und Ihre Männer gern für jede Unannehmlichkeit entschädigen.«

»Sie möchten auf Sir Huberts Burg zurückkehren?« fragte er erstaunt.

»Ich kann nicht guten Gewissens hierbleiben, Mylord.

Nicht, nachdem ich Ihres Respekts nicht mehr würdig bin.«

»Wünschen Sie vielleicht irgendwelche Änderungen im Ehevertrag?«

»Nein, ich möchte Sie von allen diesbezüglichen Verpflichtungen entbinden, Mylord«, korrigierte sie ihn ruhig. »Ihr guter Name darf nicht mit dem Makel befleckt werden, der dem meinen jetzt anhaftet.«

Hinter Wardieu lächelte Nicolaa zufrieden, aber nur so lange, bis er sich bückte und Servanne sanft aufrichtete.

»Ich weiß Ihre Sorge um meinen guten Namen sehr zu schätzen, Lady Servanne, aber Sie können sicher sein, daß ich ihn selbst verteidigen kann. Was mich betrifft, so bin ich nach wie vor fest entschlossen, meinen Namen im heiligen Bund der Ehe mit Ihnen zu teilen.«

»Ich ... ich will kein Mitleid, Monseigneur.«

»Ich behalte mein Mitleid ausschließlich Narren und Krüppeln vor, und Sie sind keines von beiden. Außerdem sind Sie nicht verantwortlich für die Taten eines verkommenen Räubers. Es ist mein größter Wunsch, daß wir diesen bedauerlichen Zwischenfall so schnell wie möglich vergessen und zuversichtlich in die Zukunft blicken.« Er hob ihr Kinn mit einem Finger an. »Es sei denn, Sie hätten nie den Wunsch gehabt, mich zu heiraten. In diesem Fall würde ich Sie nicht zwingen, es jetzt gegen Ihren Willen zu tun.«

Servanne fühlte sich schwindelig. »Sie würden mir erlauben, nach Wymondham zurückzukehren?«

»Mylady, sollten Sie sich in den wenigen Tagen bis zu unserer geplanten Hochzeit nicht mit dem Gedanken aussöhnen können, meine Frau zu werden, werde ich Sie persönlich nach Wymondham begleiten.«

Servanne suchte in seinen Augen nach irgendwelchen Anzeichen von Falschheit, nach Hinweisen darauf, daß er nicht der Mann war, für den er sich ausgab, aber sie entdeckte nichts. Das tröstete sie jedoch nicht, denn sie sah in diesen Augen auch keine warmen Gefühle und hatte den Eindruck, daß er nur Zorn und Haß kannte.

»Ich ... ich werde Ihre Gastfreundschaft vorläufig gern annehmen«, flüsterte sie fröstelnd.

»Gut, dann ist ja alles klar. Meine Männer sind schon dabei, das Lager abzubrechen, damit wir möglichst schnell nach Bloodmoor kommen.«

Die blauen Augen wurden noch eisiger, als sie Biddy fixierten.

»Ich kann das nicht erlauben«, beharrte Biddy, die ihren Selbsterhaltungstrieb ausnahmsweise hintansetzte. »Es wäre absolut herzlos! Wir sind soeben erst diesen Wölfen entronnen, wo unser Leben ständig bedroht war. Sehen Sie nicht, daß mein armes Lamm völlig erschöpft ist? Sie kann sich kaum auf den Beinen halten, und Sie wollen von ihr verlangen, daß sie wieder in den Sattel steigt und die Strapazen eines weiten Ritts auf sich nimmt?«

»Du *verbietest* es?«

Biddy warf sich eingensinnig in die Brust. »Meine Herrin braucht Ruhe, Frieden und sehr viel Schlaf, um sich zu erholen.«

Wardieus Miene verriet, daß er Biddys Dickschädel am liebsten mit Fäusten traktiert hätte, aber er nickte, zuerst kaum merklich, dann etwas überzeugter, als ein heftiger Donnerschlag das Kloster bis in die Grundfesten erschütterte.

»Entgegen meinen Hoffnungen ist keine Wetterbesserung eingetreten«, gab er zu. »Und sogar mit dem Teufel auf den Fersen könnten wir Bloodmoor nicht vor Mitternacht erreichen. Also gut, dann werden wir Abt Hugos Gastfreundschaft für eine weitere Nacht in Anspruch nehmen.« Er winkte jemanden herein, der bisher unbemerkt auf der Schwelle gewartet hatte. Sir Roger de Chesnai sank sofort auf ein Knie, um Servanne zu begrüßen.

»Sir Roger!« Zum erstenmal seit einer Woche lächelte Servanne glücklich, denn sie empfand echte Zuneigung für den treuen Ritter. »Haben Sie sich von Ihrer Verletzung erholt?«

»Das war doch nur ein Kratzer, Mylady.«

»Sie werden bei Lady Servanne bleiben und dafür sorgen, daß es ihr an nichts fehlt«, sagte Wardieu. »Grüßen Sie Abt Hugo von mir und richten Sie ihm aus, daß wir seine Wiese im Morgengrauen räumen werden. Und er soll bis dahin für den Sheriff entweder einen Sarg oder eine Bahre bereitstellen.«

»Wird erledigt, Mylord.«

»Lady Servanne« — der Baron verbeugte sich wieder — »Ihre eigene Leibwache wird heute nacht für Ihre Sicherheit sorgen. Vielleicht können Sie dann ruhiger schlafen.«

»Danke, Mylord«, flüsterte sie. »Ich wollte keineswegs unterstellen ...«

Doch er hatte das Zimmer schon verlassen. Sein blauer Samtmantel wehte hinter ihm her, und Nicolaa folgte ihm hastig. Sie mußte jeweils zwei Schritte machen, um mit ihm Schritt halten zu können, und zischte atemlos:

»Willst du sie denn nicht über den Wolf ausfragen? Den ganzen Morgen hast du dir Fragen zurechtgelegt, und jetzt gehst du, ohne auch nur eine einzige gestellt zu haben?«

»Die alte Hexe hatte recht«, sagte er nachdenklich. »Das Mädchen war nicht in der Verfassung, mit Fragen gequält zu werden.«

»Gequält?« Nicolaa verlangsamte vor Überraschung und ungläubigem Zorn ihre Schritte. »Jede Stunde, die wir nutzlos verstreichen lassen, erhöht seine Chancen, ein neues Komplott gegen uns zu schmieden. Warum in drei Teufels Namen hast du deine Männer gestern nicht sofort nach Thornfeld geschickt? Warum hast du die günstige Gelegenheit nicht ausgenutzt, um diese Schlangenbrut zu vernichten?«

»Weil die Gelegenheit *nicht* günstig war, Nicolaa. Er dürfte die Abtei mit seinen Männer verlassen haben, sobald wir weggeritten waren. Und sie hatten acht Wochen Zeit, um sich mit dem Wald vertraut zu machen. Sie hätten meine Leute erschossen, einen nach dem anderen, und sich ins Fäustchen gelacht.«

»Aber die Kleine — vielleicht weiß sie etwas! Vielleicht weiß sie, wo sich das neue Lager befindet. Und wenn sie es weiß, müssen wir es *sofort* erfahren.«

Wardieu blieb stehen. »Und wenn sie nichts weiß? Deine unablässigen Fragen und dein eifersüchtiges Gefasel würden sie nur mißtrauisch machen und auf die Vermutung bringen, daß hinter dieser Sache mehr steckte als nur eine einfache Entführung.«

»Du redest mit mir, als wäre ich ein Kind!«

»Du läßt mir keine andere Wahl, wenn du dich so kindisch aufführst«, bemerkte er trocken und trat dicht an sie heran. »Es wird keine Spielchen mehr geben, Nicolaa. Keine boshaften Bemerkungen, keine Gemeinheiten. Hast du verstanden? Sie ist hier, und ich werde sie wie geplant heiraten. Ich will, daß Sir Huberts Besitz völlig rechtmäßig auf mich übergeht, und falls es mir in den Sinn kommen sollte, vor oder nach der Hochzeitszeremonie mit ihr zu schlafen, kannst du mich nicht davon abhalten.« Er hob ihr Kinn an und blickte in die funkelnden grünen Augen. »Und wenn du deine Eifersucht in Zukunft nicht zügelst, werde ich nicht nur tagaus, tagein mit ihr schlafen, sondern du wirst gefesselt und geknebelt neben uns liegen! Habe ich mich deutlich ausgedrückt?«

Nicolaa senkte ihre langen Wimpern. »Vollkommen, Mylord.«

»Wie bitte?« Wardieu knirschte mit den Zähnen, als er ihre honigsüße Stimme hörte. »Was hast du gesagt?«

»Ich sagte ... wenn du diese Göre unbedingt haben willst, werde ich dich gewiß nicht daran hindern.«

Wardieu war sofort auf der Hut. Es sah Nicolaa gar nicht ähnlich, so leicht aufzugeben, am allerwenigsten, wenn es um eine andere Frau ging. Er warf einen Blick über seine Schulter hinweg, sah eine niedrige Eichentür mit Eisenbeschlägen, riß sie auf, übrzeugte sich davon, daß der kleine Raum leer war, packte Nicolaa am Arm und zerrte sie hinein. Es war ein Lagerraum mit Regalen, in denen irdenes Geschirr und gebündelte Pergamentstapel aufbewahrt wurden. Durch das schmale gewölbte Fenster mit einer Scheibe aus gepreßtem Horn fiel so wenig Licht ein, daß alles die Farbe von Schlacke hatte. Nur die beiden zornigen Gesichter schimmerten bläulichweiß, sobald es draußen blitzte.

»Gib's zu, Liebling«, fauchte Nicolaa. »Du findest das Gänschen interessant.«

»Sie hat ein sehr reizvolles Gesicht«, gab er zu.

»Reizvoll?« Nicolaa wich bis zum Fenster zurück. »Blaß und farblos findest du plötzlich reizvoll? Ich wette, daß sie frigide ist! Hast du nicht gesehen, wie sie bei deiner Berührung zusammengezuckt ist? Sobald sie dich zum erstenmal nackt sieht, wird sich eine stinkende Pfütze um ihre Füße ausbreiten, besonders wenn dein Bruder nicht allzu sanft mit ihr umgesprungen ist.«

Wardieu packte sie bei den Schultern. »Du wirst höflich zu ihr sein, Nicolaa! Du wirst freundlich sein und alles in deiner Macht stehende tun, damit sie sich wohlfühlt!«

»Und wenn sie sich nicht wohlfühlt? Wenn sie nun beschließt, daß sie lieber nach Wymondham zurückkehren möchte?«

»Das wird sie nicht tun«, sagte er ruhig. »Nicht, wenn wir beide uns von unserer besten Seite zeigen.«

»Ich mag sie nicht!«

»Du brauchst sie nicht zu mögen, du mußt sie nur akzeptieren.«

»Niemals.«

Wardieus Hände packten noch fester zu. »Sie wird meine Frau sein.«

»Eine vorübergehende Unannehmlichkeit.«

»Vielleicht.«

Die grünen Augen warfen ihm einen scharfen Blick zu. »Was soll das heißen — *vielleicht?*«

Lächelnd ließ Wardieu ihre Schultern los. »Sie hat gutes Blut. Sir Hubert hatte enge Beziehungen zu Wilhelm von Pembroke, und der alte Marschall war es auch, der anstelle von Richard Löwenherz die endgültige Zustimmung zu dieser Eheschließung gegeben hat.«

»Na und?«

»Na und?« imitierte er sie spöttisch. »So jemanden wirft man nicht einfach bei erstbester Gelegenheit über eine Brüstung. Vielleicht wäre es sogar klug, einige Kinder mit ihr zu zeugen. Bloodmoor braucht einen Erben. Die Zukunft der De Gournay muß gesichert sein.«

Nicolaa starrte den goldhaarigen Krieger mit offenem Mund an. In den vergangenen vierzehn Jahren war sie häufiger, als ihr lieb war, gezwungen gewesen, die Dienste von Kräuterfrauen in Anspruch zu nehmen, die sich darauf verstanden, eine unerwünschte Schwangerschaft zu unterbrechen. Wardieu hatte ihr unmißverständlich klargemacht, daß er keine Vaterschaft wünschte. Frauen, die töricht genug waren, sich zu brüsten, daß sie seinen Samen in sich trugen, lieferte er D'Aeth aus. Es hatte Nicolaa viel Geld und Mühe gekostet, hinter dieses sorgsam gehütete Geheimnis zu kommen. Und nun wünschte sich dieser verdammte Kerl plötzlich Erben? Nun, da sie selbst durch die vielen Aborte unfruchtbar geworden war?

Sie bezähmte mühsam ihre Wut und tat so, als wäre sie

fasziniert von den Blitzen vor dem Fenster. Das Trommeln des Regens gegen die Hornscheiben entsprach genau ihrem wilden Herzklopfen.

»Du hast mir gewisse Versprechen gemacht«, brachte sie Wardieu in Erinnerung.

»Ich habe sie auch erfüllt. Du besitzt mehr Reichtum, Macht und Einfluß als jede andere Frau weit und breit. Und du weißt genau, daß du noch viel mehr haben wirst, sobald dein lieber Ehemann das Zeitliche gesegnet hat — was zum Teufel hält ihn überhaupt so lange am Leben?«

Nicolaa warf ihm einen Seitenblick zu. »Sheriff?«

»Mir fällt kein Mann ein, der für dieses Amt besser geeignet wäre. Sogar Prinz Johann hat bei seinem letzten Besuch zugegeben, daß die Leute von Lincoln allen Grund haben, dich zu respektieren und deinen Zorn zu fürchten. Ich glaube, er hat selbst ein wenig Angst vor dir.«

Nicolaa wußte, daß er ihr schmeichelte, daß er ihr kleine Leckerbissen zuwarf, um sie zu besänftigen. Aber es war gut zu wissen, daß er sich verpflichtet fühlte, sie zu hofieren. »Werde ich auch den Titel bekommen? Mit allen Machtbefugnissen?«

»Du wirst befehlen können, daß jedem, der es verdient hat, die Haut abgezogen wird, wenn es dir gerade in den Sinn kommt. Sogar jenen, die es nicht verdient haben.«

Ein freudiger Schwindel erfaßte Nicolaa beim Gedanken an die Macht, die nun in ihrer Reichweite lag. Onfroi war ein schwacher, unentschlossener Sheriff gewesen. Er wurde leichenblaß und mußte sich übergeben, wenn jemandem in seinem Beisein die Augen ausgestochen wurden, und als sie einmal befohlen hatte, daß einem Mörder der Brustkorb aufgebrochen wurde, damit sie das warme Herz in ihren Händen halten konnte, war Onfroi wie eine Jungfrau in Ohnmacht gefallen.

»Geld?« erkundigte sie sich.

»Soviel, wie du an Steuern eintreiben kannst, ohne Johann um seinen Anteil zu betrügen.«

Als sie das schwache Lächeln auf seinen Lippen sah, geriet sie wieder in Wut. »Das wird mich kaum für all die Jahre der Loyalität und Willfährigkeit entschädigen.«

Wardieu lachte herzhaft. »Loyalität gibt es für dich doch nur dir selbst gegenüber, Nicolaa. Und was die Willfährigkeit betrifft« — sein Blick schweifte anzüglich über ihre üppigen Brüste — »so kann ich mich nicht erinnern, dich jemals gegen deinen Willen in mein Bett gezerrt zu haben, und ich habe von dir auch nie Treue verlangt.«

»Ich war dir so treu, wie es unter den gegebenen Umständen möglich war«, sagte sie, verärgert über seinen Sarkasmus.

»Zu diesen ›Umständen‹ gehörten doch auch ein Stallknecht, der seinen Hengsten in nichts nachstand, und ein Seneschall, verglichen mit dem sogar D'Aeth noch eine Schönheit ist, oder täusche ich mich?«

Nicolaa befeuchtete ihre Lippen. »Sollte ich etwa demütig und keusch darauf warten, daß du nach mir rufst? Außerdem vernascht du doch selbst jede Magd, die ein hübsches Lärvchen hat.«

»Du hattest aber Onfroi.«

»Onfroi? Herr im Himmel, es ist ein Jammer, daß der Pfeil ihn nicht etwas tiefer durchbohrt hat — immerhin hätte er dann wenigstens ein einziges Mal etwas Hartes zwischen den Schenkeln gehabt!«

»Fürwahr ein liebendes Eheweib«, sagte Wardieu ironisch. »Und dabei ist er dem Tode so nahe, daß die Mönche schon zweimal nahe daran waren, ihn in die Leichentücher zu hüllen. Hast du überhaupt kein Mitleid mit ihm?«

»Soll ich ihm etwa den Schweiß von der Stirn wischen und verpestete Luft einatmen? Ist es meine Schuld, daß der Pfeil nicht dich, sondern ihn getroffen hat? Vielleicht solltest *du* an seinem Bett sitzen und schuldbewußt die Hände ringen!«

»Vielleicht ... Obwohl wir nicht genau wissen, wem der Pfeil galt.«

»Du meinst doch nicht etwa — *mir*?«

»Ist es nicht ziemlich wahrscheinlich, daß mein Bruder ein paar Übeltäter aus dieser Gegend um sich geschart hat, deren Ortskenntnisse ihm nach seiner langen Abwesenheit nützlich gewesen sein dürften? Da war gestern ein Gesicht ... einer der Bogenschützen, die er entlang der Klostermauer postiert hatte ... er hatte ein Brandmal auf der Wange.«

»Tausende von Männern haben Brandmale«, erwiderte sie trocken.

»Aber eines, das die Form eines ›N‹ hat?«

Nicolaa wirbelte auf dem Absatz herum. Dieses ›N‹ war ihre ureigenste Erfindung — das Brandmal für Mädchen und Frauen, deren Schönheit sie als eine Bedrohung für ihre Eitelkeit ansah. »Willst du damit sagen, daß sich unter seinen Bogenschützen Frauen befinden?«

»Nur die eine, soviel ich sehen konnte — und wenn meine Augen mich nicht getäuscht haben, was bei der Aufregung über das Wiedersehen mit meinem totgeglaubten Bruder immerhin möglich wäre! Andererseits halte ich es nicht für gar so abwegig, daß eine Frau genauso gut mit Pfeil und Bogen umgehen und genauso abgrundtief hassen könnte wie ein Mann. Allerdings ist ein Langbogen sogar für einen Mann keine einfache Waffe, geschweige denn für eine Frau.«

»Ein Langbogen?« murmelte Nicolaa, sichtlich mitgenommen. »Bist du ganz sicher, daß es ein Langbogen war?«

»Diese Waffe kann man kaum mit einer anderen verwechseln«, bemerkte er trocken. »Die gleiche Waffe haben wir übrigens nach Onfrois Unfall im Wald gefunden

— und ihr Anblick hat dich so verstört, daß du zwei Krüge Wein geleert hast.«

Nicolaa starrte aus dem Fenster. »Vor einigen Jahren gab es in Lincoln einen geschickten Bogenmacher ... er war der einzige, der diese walisische Waffe anzufertigen und damit umzugehen verstand. Er hatte eine Tochter ... eine Tochter, deren Können dem seinen in nichts nachstand.«

Wardieu wartete schweigend, erstaunt darüber, daß Nicolaa erschrocken und fast furchtsam aussah.

»Aber nein . . .« Sie schüttelte heftig den Kopf und wandte sich ihm wieder zu. »Soviel ich weiß, wurden sie alle verhaftet — Vater, Mutter, diese Bogenschützin und ihre beiden Schwestern, die nicht so scharfzüngig, aber genauso schuldig waren, schuldig der ... der Aufständigkeit gegen die Krone. Die ganze Familie hat ihre gerechte Strafe erhalten. Sie kann unmöglich überlebt haben!«

»Genauso wenig, wie mein Bruder überleben konnte, der jetzt im Wald sein Unwesen treibt?«

Ein besonders lauter Donnerschlag erschreckte Nicolaa so, daß sie vom Fenster zurückwich.

»Verdammt, warum hast du deine Männer nur nicht in diese Abtei geführt?« griff sie ihn wütend an, um ihre Furcht zu kaschieren. »Das Risiko hätte sich gelohnt. Du hättest dieses Wolfsrudel ausrotten müssen, auch wenn es einige deiner Männer das Leben gekostet hätte.«

»Verstört dich die Nähe meines Bruders so sehr?« fragte Wardieu. »Weckt sie so viele schöne Erinnerungen?«

»Ich habe mich nie über ihn als Liebhaber beklagt«, konterte sie, jedes Wort genau abwägend. »Verstört es *dich* nicht, daß jetzt jemand hier ist, der es sowohl als Liebhaber als auch als Kämpfer durchaus mit dir aufnehmen kann?«

Wütend schnaubend, riß er sie an seine Brust. »Du hattest schon einmal die Vergleichsmöglichkeit — und letztlich bist du in *meinem* Bett gelandet, nicht in seinem.«

»Vielleicht hatte ich andere Gründe für meine Entscheidung.«

Wardieu preßte sie noch fester an sich, und Nicolaa nahm befriedigt zur Kenntnis, daß er eine Erektion hatte und schneller atmete. »Wirst du Ohneland über die Auferstehung deines Bruders informieren?«

»Mir bleibt wohl keine andere Wahl.«

»Er wird alles andere als erfreut darüber sein«, prophezeite Nicolaa, die ebenfalls Mühe hatte, ihren Atem unter Kontrolle zu halten. »Zweifellos wird er vor Wut schäumen und damit drohen, den ganzen Wald niederzubrennen.«

»Ich glaube, daß ich ihn eines Besseren belehren kann«, murmelte Wardieu, amüsiert über die Hast, mit der Nicolaas Finger sich an seiner Hose zu schaffen machten. »Ich werde ihm klarmachen, wie vorteilhaft es ist, wenn eine Bande gefährlicher Wölfe ganz Lincolnshire unsicher macht.«

»Vorteilhaft?« keuchte sie. »Was sollte daran vorteilhaft sein?«

»Begreifst du wirklich nicht, wie nützlich eine Bande verräterischer Aufständischer sein kann? Ich müßte natürlich auf meinem ganzen Herrschaftsgebiet gründlich nach den Verbrechern und nach ihren Sympathisanten suchen ... und das ist eine kostspielige Sache, die natürlich eine Erhöhung der Abgaben rechtfertigt.«

Nicolaa befeuchtete wieder ihre Lippen. »Und ... als Sheriff von Lincoln ...«

»Selbstverständlich müßtest du mir dabei behilflich sein, diese Räuber und Halsabschneider aufzuspüren.«

Nicolaa warf stöhnend den Kopf zurück, als Wardieus Knie sich zwischen ihre Schenkel zwängte. Sein Mund preßte sich auf ihren Hals, seine Hände zerrten an den Haarnadeln, die den Knoten in ihrem Nacken zusammenhielten. Draußen zuckten Blitze über den wolkenverhangenen Himmel, und der Donner ließ die dünnen Hornscheiben des Fensters erzittern.

Wardieu schob Nicolaas Mieder hoch und entblößte die weiße Haut. Kaum saugte er brutal an einer Brustwarze, die schon so hart wie eine Pfeilspitze war, als sie auch schon seinen Namen schluchzte und in Ekstase auf die Knie sank.

Wardieu folge ihr auf den Boden hinab. Es amüsierte ihn, aber es stieß ihn auch ein wenig ab, daß sie um so lustvoller schrie und stöhnte, je mehr Schmerz er ihr zufügte. Trotz ihrer Fähigkeit, ihn bis zur totalen Erschöpfung zu befriedigen, wurde Nicolaa ihm allmählich lästig. Sie zum Sheriff zu machen, würde in mancher Hinsicht ihren Hunger stillen, aber es änderte nichts am Problem ihrer schrecklichen Eifersucht. Bedauerlicherweise kannte sie zu viele Geheimnisse und war viel zu gerissen, um sie nur in ihrem Kopf zu bewahren, andernfalls hätte er das Problem schon vor langer Zeit durch einen kraftvollen Messerstich gelöst.

Das schockierende Auftauchen des Drachenrings nach all den vielen Jahren hatte ihm klargemacht, daß er keine weiteren Risiken eingehen durfte. Mit dem Ring hatte Nicolaa zwar offenbar nichts zu tun gehabt, aber sie hatte zweifellos belastendes Material gesammelt, das sie jederzeit gegen ihn verwenden könnte — Material über Robert Wardieus Verhaftung und Tod und über den versuchten Mord an seinem Bruder. Nicolaa würde ihn nie vergessen lassen, daß sie vor vielen Jahren gemeinsame Sache gemacht hatten.

Den besten Beweis lieferte sie ihm dadurch, daß sie jedesmal, wenn ihr Körper in wilde Zuckungen verfiel, seinen Namen stammelte: »Etienne . . . Etienne!«

17

Als der bedrohlich aussehende Söldnertrupp — grimmige Männer in voller Rüstung und mit schweren Waffen — über den erhöhten Landstreifen ritt, der den einzigen Zugang nach Bloodmoor Keep bildete, fühlte Servanne sich immer unbehaglicher, was nicht verwunderlich war, denn beim Anblick der düsteren Festung konnte jedem angst und bange werden.

Sie glich einem riesigen Adlerhorst hoch über dem Meer, und die vielen Türme ragten wie verzweifelt gereckte Arme in die dichte Wolkendecke empor. Möwen umkreisten sie, und ihre schrillen Schreie mischten sich in das unablässige Tosen der Brandung.

Servanne hatte die Nacht in der Alford Abbey verbracht und sich vor dem Zubettgehen wieder ein langes heißes Bad gegönnt. In warme Decken gehüllt, hatte sie so tief geschlafen, daß Biddy sie dreimal wecken und ihr eine Predigt über das Laster der Faulheit halten mußte, bevor sie endlich aufstand und noch einmal badete, zum Entsetzen der Mönche, denen dieser Luxus nur viermal im Jahr erlaubt war.

Undine hatte gesattelt auf sie gewartet, als sie die Klosterkapelle verließ, und nach einem letzten feierlichen Segen von Abt Hugo war sie mit ihren Begleitern zum Zeltlager des Drachen geritten. Ein starker Wind machte alle Hoffnungen auf einen warmen Tag zunichte. Wieder zogen dunkle Wolken auf, und die Frauen suchten vor einem Wolkenbruch unter einer riesigen Eiche Schutz, während Wardieu seine Männer unerbittlich zur Eile antrieb. Am späten Vormittag setzte sich der Reiterzug in Bewegung. Onfroi de la Haye, dessen zäher Lebenswille alle in Erstaunen setzte, wurde, in warme Decken gehüllt, auf einem kleinen Karren transportiert.

Der Weg führte über sanfte Hügel, dann fruchtbare Täler und kleine dichte Wälder. Die wenigen Menschen, denen sie auf der Hauptstraße begegneten, machten den Reitern nach einem erschrockenen Blick auf das Wappen hastig Platz, standen mit gesenkten Köpfen da und mieden jeden Blick auf den Baron, der die Kavalkade anführte. Als Servanne einmal einen Blick zurückwarf, sah sie, daß eine Bäuerin verächtlich in die aufgewirbelten Staubwolken spuckte. Sie war leider nicht die einzige, die diese Aufsässigkeit beobachtet hatte, und gleich darauf wurde die völlig verängstigte Frau von donnernden Pferdehufen verfolgt und in ein Gebüsch gedrängt.

Im ersten Moment machte Servanne sich keine großen Gedanken über den Zwischenfall. Bauern und Leibeigene lebten in ständiger Furcht vor ihrem Lehnsherrn, dessen Willkür sie völlig ausgesetzt waren. Wenn es ihm in den Sinn kam, konnte er sie auspeitschen, verstümmeln oder töten lassen; ihre Frauen und Töchter konnten vergewaltigt, verkauft oder weggegeben werden, wenn die Abgaben nicht rechtzeitig bezahlt wurden oder eines der tausend privaten Gesetze übertreten worden war. Sie hatten keine Möglichkeit, sich gegen eine verhängte Strafe zur Wehr zu setzen, mochte sie auch in keinem Verhältnis zu irgendeinem kleinen Vergehen stehen.

Sir Hubert war ein gütiger und gerechter Herr gewesen, aber er hatte seine Seneschalle und Profosse stets unterstützt, wenn sie befahlen, daß Diebe gehenkt, Verräter geblendet und kleine Missetäter verstümmelt oder dem Hungertod ausgesetzt wurden. Drakonische Strafen waren zur Abschreckung unumgänglich, denn das Wohlergehen jedes Lehnsherrn hing vom Gehorsam, Respekt und Diensteifer seiner Vasallen und Leibeigenen ab, und Milde und Nachsicht könnten zur Rebellion verführen. Servanne hatte dieses System, das soviel Macht in die Hände der Reichen und Privilegierten legte, nie in Frage gestellt, hatte sich nie Gedanken darüber gemacht, ob es gerecht und menschenwürdig war. Allerdings hatte sie auch nie erlebt, daß eine Frau, nur weil sie ausgespuckt hatte, von Pferdehufen totgetrampelt wurde. Was aber noch schlimmer war — ihr Verlobter hörte sich den Bericht des Söldners ungerührt an, nickte uninteressiert und setzte die Unterhaltung mit seiner Geliebten fort.

Infolgedessen hielt Servanne sich möglichst nur noch in unmittelbarer Nähe von Biddy oder Sir Roger de Chesnai auf und mied jede Unterhaltung mit den brutalen Rittern, die sie bei jeder Gelegenheit lüstern betrachteten, wobei die Blicke wie schmutzige Hände auf ihren Brüsten und Hüften verweilten.

Das Moor links und rechts der Straße nach Bloodmoor war ein Meer von Anemonen in allen möglichen Rottönen, von Hellrosa bis Scharlach. Langes Gras wogte im Wind; nur an vereinzelten Stellen schimmerte der darunter verborgene gefährliche Schlamm durch. Je mehr sie sich der Burg näherten, desto mächtiger wirkten die Außenmauern. Die Zinnen erinnerten Servanne an riesige Zähne, und auf den Wehrgängen patrouillierten Wachposten, deren Stahlhelme an diesem trüben Tag nur matt schimmerten.

Mit ohrenbetäubendem Rasseln und Knarren wurde die äußere Zugbrücke herabgelassen. Die Hufe hörten sich auf dem Holz wie Trommelwirbel an, als jeweils drei Pferde nebeneinander unter dem hochgezogenen Fallgatter hindurchritten, wobei die Köpfe der größten Söldner fast die scharfen Spitzen des schweren Eisenrosts streiften. Das Tor aus massiven Eichenbalken, über dem der Wachtturm emporragte, wurde mit den vereinten Kräften von zehn Männern geöffnet. Gußerker in der Steinmauer warnten anrückende Feinde, daß ihnen mit siedendem Öl oder Pech ein warmes Willkommen beschieden sein würde.

Der Vorhof, ein breiter Geländestreifen, der zur Innenmauer emporführte, war mit Gräben durchzogen. Auf den ersten Blick schienen sie nur mit Heu gefüllt zu sein, doch bei näherem Hinsehen waren die spitzen Pfähle zu erkennen, mit denen sie gespickt waren. Über eine zweite Zugbrücke in der Innenmauer gelangte die Kavalkade in den großen Hof mit Werkstätten und Ställen. Die Handwerker unterbrachen ihre Arbeit für einen Augenblick und starrten die prächtige Prozession an. Geschäftiges Treiben herrschte in diesem Dorf, wo es Kürschner, Winzer, Schneider, Einsalzer, Bäcker, Bierbrauer und Waffenschmiede gab, die alle dazu beitrugen, daß das Leben der Burgbewohner reibungslos verlief.

Die Männer nahmen vor Lucien Wardieu ihre schmutzigen Filzkappen ab, und die Frauen, deren Gesichter und Körper von der täglichen Schufterei gezeichnet waren, versuchten vergeblich, sich an ihren groben Wollröcken den Schmutz von den Händen zu wischen. Mit trüben Augen betrachteten sie die schlanke Gestalt, die inmitten der Männer anmutig einherritt. Servanne lächelte den Frauen zu, erntete aber nur mißtrauische Blicke.

»Keine allzu freundliche Gesellschaft«, flüsterte Biddy ihr zu. »Und der Ort ist auch alles andere als einladend.«

Servanne unterdrückte einen Schauer und richtete ihren Blick nach vorn. Die kleine Zugbrücke über dem trockenen Burggraben war herabgelassen, das Fallgatter hochgezogen. Auch hier herrschte reger Betrieb, und auch hier machten alle dem Reitertrupp hastig Platz.

Sobald sie das Tor passiert hatten, scherten die Soldaten und die Hälfte der Söldner aus der Formation aus und ritten auf die Kasernen zu — einen imposanten Gebäudekomplex aus Stein und Holz. Die andere Hälfte der Söldner eskortierte Wardieu und die Frauen auf dem breiten Weg, der — mit Kopfsteinen gepflastert — in den innersten Burghof führte.

Dieser gepflasterte Innenhof war von Türmen umgeben, an denen sich Flechten und Efeu emporrankten. Die kalten Steinmauern waren grau und verwittert, und mit Hilfe von Stützpfeilern und Konsolen waren so viele Bäume angebaut worden, daß nur ein kleines Stück Himmel zu sehen war. Während Servanne und Biddy zu den grauen Wolken emporblickten, kamen sie sich sehr klein und unbedeutend vor. Sir Huberts Burg in Wymondham hätte ohne weiteres in einer Ecknische von Bloodmoor Keep Platz gefunden, und keine der beiden Frauen hätte zu schätzen gewagt, wieviel Personal notwendig war, um hier für einen geordneten Tagesablauf zu sorgen. Eines war Servanne jedenfalls sofort klar: mit der Haushaltsführung von Bloodmoor wäre eine Einzelperson — und mochte sie noch so tüchtig sein — völlig überfordert.

Die beiden großen gewölbten Türflügel wurden geöffnet, und Dienstboten eilten auf den Hof hinaus. Einer von ihnen stellte eine kunstvoll geschnitzte Holztreppe neben Undine ab, und ein acht- oder zehnjähriger Page stieg stolz die Stufen hinauf, um Servanne aus dem Sattel zu helfen. Ihre Glieder waren nach dem langen Ritt so steif, daß sie froh über die Kinderhand war, die sich ihr eifrig entgegenstreckte. Trotz aller Zweifel und Ängste, die sie quälten, seit das äußere Burgtor hinter der Kavalkade zugefallen war, begrüßte sie es, wieder festen Boden unter den Füßen zu haben.

Nachdem Wardieu den Stallknechten und Dienstboten kurze Befehle erteilt hatte, kam er auf Servanne zu, griff nach ihrer behandschuhten Hand und legte sie auf seinen Arm.

»Zweifellos werden Sie von der Größe der Burg zunächst überwältigt sein. Sie ist auch für meinen eigenen Geschmack viel zu protzig. Als Kind habe ich versucht, jeden Gang und Alkoven zu erkunden, aber auch heute noch verirre ich mich manchmal in einen Korridor oder in ein Zimmer, wo ich noch nie gewesen bin. Im Laufe der Jahre gab es sehr viele Anbauten, aber ich halte mich am liebsten im ursprünglichen Wohnbau auf. Es ist der gemütlichste Teil der ganzen Festung.«

Trotz seines charmanten Lächelns fragte Servanne sich unwillkürlich, ob seine Worte nur ein freundlicher Rat oder aber eine verhüllte Warnung waren.

»Ich bin nicht besonders unternehmungslustig, Mylord«, beruhigte sie ihn. »Einige wenige Räume und ein Garten werden meine Neugier vollauf befriedigen.«

»An Gärten fehlt es uns hier nicht, und es wird mir eine Freude sein, sie Ihnen zu zeigen, sobald Sie sich ein wenig von allen Strapazen erholt haben.«

Servanne hoffte, daß ihr Lächeln freundliche Zustimmung zum Ausdruck brachte, und hob ihre Röcke an, während er sie zur Treppe führte.

Die große Halle, der Mittelpunkt jeder Burg, wo sich fast das tägliche Leben der Bewohner abspielte, befand sich üblicherweise — so auch in Bloodmoor — im Obergeschoß, zu dem eine steile Steintreppe emporführte, die nach oben hin immer schmäler wurde. Die Seitenwände waren stark abgeschrägt, um jeden Angreifer daran zu hindern, auf der Treppe sein Schwert zu ziehen, obwohl es eigentlich unvorstellbar war, daß jemand alle äußeren Verteidigungsanlagen und bis hierher vordringen könnte. Servanne ging dicht an der Mauer entlang, um etwas Abstand von Wardieu zu halten, den es keineswegs zu stören schien, daß seine Hüfte häufig die ihre streifte.

Am Ende der Treppe befand sich eine breite fensterlose Galerie mit hoher gewölbter Decke. Die einzigen Lichtquellen waren große Kandelaber — einige waren wagenradförmig und hingen an beweglichen Eisenketten von der Decke herab, während andere in den Wänden befestigt waren. Zusätzlich gab es zahlreiche Eisenhalterungen für Fackeln. Im Augenblick brannten jedoch nur die Kerzen, von denen ein beißender Talggeruch ausging.

»Bitte, meine Liebe!« Wardieu deutete auf eine offene Tür zur Rechten. Servannes Röcke streiften über den kahlen Steinboden, und später kam es ihr seltsam vor, daß sie dieses leise Rascheln wahrgenommen hatte, obwohl der Raum, auf den sie zugingen, von Lärm widerhallte.

De Gournay blieb auf der Schwelle des Saals stehen, zu dem einige Stufen hinabführten, und seine blauen Augen schweiften langsam von einem Ende zum anderen. Obwohl der riesige Raum fast so hoch wie lang war, hatte er etwas Höhlenartiges an sich. Mehrere Dutzend Männer und Frauen gingen verschiedenen Arbeiten nach. An einem Ende der Halle gab es ein Podium; im rechten Winkel dazu waren entlang der Wände lange Holztische aufgestellt, und die am weitesten entfernten Hocker waren in dem schwach beleuchteten, verrauchten Raum nur vage zu erkennen. Eine relativ neue Errungenschaft — ein Kamin — war in eine Mauer hineingeschlagen worden; zwei Meter lange Baumstämme wurden darin verbrannt. An den Wänden hingen die Standarten, Schilde und Helme besiegter Feinde von einst, gekreuzte Schwerter, Morgensterne, Rüstungen, Armbruste, Lanzen und beim Kreuzzug erbeutete Krummsäbel, dazwischen einige Felle so exotischer Tiere wie Tiger, Leoparden und Panther. Der Fußboden war mit Binsen bestreut, die — ihrem Aussehen und Geruch nach zu schließen — nicht allzu frisch waren. Hunde rauften und paarten sich, und in einer Ecke des Saals waren ein Mann und eine Frau dem Beispiel der Tiere gefolgt und wälzten sich keuchend auf dem Boden, von zahlreichen Zuschauern angefeuert.

»Meine Männer kämpfen hart«, murmelte Wardieu Servanne ins Ohr. »Deshalb muß man ihnen auch das Recht zugestehen, sich tüchtig zu vergnügen.«

»Da stimme ich Ihnen zu, Monsieur«, sagte Servanne steif. »Nur halte ich es absolut nicht für notwendig, daß sie es vor Publikum tun.«

Wardieu betrachtete ihre Miene, überließ sie der Obhut seines Knappen und stieg allein die Stufen hinab. Er ging auf die rasende Gruppe zu, zog sein Schwert und klatschte dem Mann mit der flachen Klinge quer übers nackte Gesäß. Der Söldner fuhr hoch, unterdrückte aber einen heftigen Fluch, als er sah, wer ihn mitten im Liebesspiel unterbrochen hatte.

»Mylord«, lallte er statt dessen gutmütig, »wollen Sie's ihr vielleicht selbst besorgen?«

»Häh?« Der Ritter war nicht mehr der Jüngste: schneeweiße Haare hingen ihm wirr über die Schultern, und seine Haut war so gegerbt wie Ochsenleder.

»Meine Verlobte« — Wardieu warf einen bedeutungsvollen Blick zur Treppe hinüber — »findet eine solche öffentliche Zurschaustellung von Zuneigung wenig geschmackvoll.«

Der Ritter und seine Kumpane starrten Servanne an, die sie durch Rauch und Staub hindurch nur als blasse Silhouette sahen. Einer der Männer konnte sich eine lose Bemerkung nicht verkneifen, die von Sunrick mit breitem Grinsen belohnt wurde, wobei mehrere abgebrochene Zähne zum Vorschein kamen. Dann strich er der Hure liebevoll über den nackten Schenkel, bückte sich grunzend, warf sie sich über die Schulter und trug das lachende und quiekende Weib in einen Vorraum hinaus. Die anderen folgten ihm mit ihren Bierkrügen, und einige grinsten dabei anzüglich in Servannes Richtung.

»Mylady?«

Sie warf einen Blick zur Seite und stellte überrascht fest, daß Eduard genauso schockiert zu sein schien wie sie selbst. Das freundliche Gesicht des Knappen war ihr schon während des langen Ritts aufgefallen, genauso wie Biddy, die trocken bemerkt hatte: »Der Bursche hat sich in dich verguckt!«

Er lächelte ihr auch jetzt aufmunternd zu. »Die Haushaltsführung lag viel zu lange ausschließlich in den Händen von Männern«, meinte er. »Aber nachdem Sie jetzt hier sind, wird sich bestimmt manches zum Besseren wenden.«

Servanne erwiderte sein Lächeln, aber schallendes Gelächter am anderen Ende der Halle lenkte den Jungen ab, und als sie sein kantiges Profil sah, hielt sie plötzlich den Atem an, ihr wurde schwindelig, und sie hatte ein anderes — aber sehr ähnliches — Profil vor Augen. Dichte dunkle Locken fielen ihm lockig in den Nacken, und als er seine Aufmerksamkeit erneut ihr zuwandte, blickte sie in rauchgraue Augen.

Servanne starrte ihn wie ein Gespenst an.

»Eduard!« rief Wardieu. »Bring Lady Servanne her, damit ich sie einigen unserer treuesten Anhänger vorstellen kann.«

Eduards Lächeln verschwand, und Servanne wunderte sich über seine grimmige Miene. Er bot ihr seinen Arm und führte sie die Treppe hinab. Sie hätte schwören können, ein leises ›Nur Mut, Mylady‹ gehört zu haben.

Baron de Gournay kam ihnen entgegen. Wie ein König, der seine Königin zum Thron führt, hielt er seinen Arm ausgestreckt, so daß Servanne Mühe hatte, ihre Fingerspitzen auf sein Handgelenk zu legen. Er geleitete sie durch den ganzen Saal, auf das Podium zu, wobei ihre Röcke durch die schmutzigen Binsen schleiften und sie durch die Schuhsohlen hindurch die dünnen Knochen spürte, die von den Hunden übersehen worden waren.

Eine tiefe Stille trat ein, die auf Servanne genauso bedrückend wirkte wie der fensterlose Raum. Wardieu begrüßte hier und dort ein bekanntes Gesicht. Manche Hochzeitsgäste waren frühzeitig eingetroffen, um sich am guten Essen und am kräftigen Wein ihres Gastgebers gütlich zu tun. Diese Ritter und ihre Begleiterinnen starrten Servanne neugierig an. Die Männer waren ungepflegt und hatten glasige Augen, und die Frauen hatten hochrote Wangen und wirkten vulgär. Finger und Kinne trieften vor Fett, und auch die Kleider wiesen Fettflecke auf.

»Wardieu, alter Drache!« Einer der Ritter kam auf das Paar zu, einen Becher in einer Hand, ein teilweise abgenagtes Hammelbein in der anderen. »Wie ich sehe, hast du deine Probleme mit der Räuberbande gelöst. Und die Braut ist gesund und munter. Nicht besprungen worden?«

»Godfrey, Lord Tydfil«, stellte Wardieu vor. »Ein dreister alter Krieger, aber ein treuer Verbündeter, der für Ruhe und Ordnung auf meinen entlegeneren Ländereien sorgt. Lady Servanne de Briscourt.«

»Ahhh!« Er senkte die Hand mit dem Hammelbein, um die Braut näher zu begutachten. »Gott schenke Ihnen Gesundheit, Ehre und Freude, Mylady.«

»Gott schenke Ihnen Frieden und Gesundheit, Mylord«, erwiderte sie mechanisch.

Godfrey blickte durch seine buschigen Augenbrauen zu Wardieu empor. »Nicht bestiegen worden, oder?«

»Mylady befindet sich gottlob bei bester Gesundheit«, erklärte Wardieu trocken.

»Mmmm.« Der Ritter sah enttäuscht aus, nickte aber. »Gut, sehr gut.«

»Und wie geht es deiner schönen Drucilla?« erkundigte sich Wardieu.

Eine Frau mit geschminkten Wangen und schwarzen Zahnstümpfen lachte schrill und hob ihren Weinbecher, um sich für das Kompliment zu bedanken.

»Pah!« Sir Godfrey schnitt eine Grimasse und spuckte in die Binsen. »Diese alte Schachtel! Hin und wieder besteig ich sie noch, um nicht einzurosten, aber ich würde viel lieber diese süße Kleine hier vernaschen!«

Sein lüsternes Zwinkern veranlaßte Servanne, näher an Wardieu heranzurücken, was Nicolaa de la Haye nicht entging, die schmunzelnd näher kam.

»Ich glaube, du wärst für sie ein viel zu harten Brocken, lieber Godfrey«, säuselte sie. Ihre Bewegungen waren genauso geschmeidig und anmutig wie die einer Katze, und ihr schwarzes Haar fiel offen über Schultern und Rücken. Als sie lässig ihren Mantel abstreifte und einem Pagen übergab, starrten alle Männer sie bewundernd an.

»Ein harter Brocken? Das ist für mich doch ganz normal«, brüllte Sir Godfrey und klopfte zur Bestätigung auf seine Hose. »Ich hoffe doch sehr, daß sie das zu schätzen wüßte!«

Wardieu beobachtete aufmerksam Servannes Gesicht. Ihre Abneigung gegen die Gäste war an ihren zusammengepreßten Lippen und an ihrer Blässe deutlich zu erkennen.

»Sie sehen müde aus, Mylady«, murmelte er. »Es würde Ihnen bestimmt guttun, sich vor dem Abendessen ein wenig auszuruhen und zu erfrischen.«

»Ich möchte Sie bitten, mich heute zu entschuldigen, Mylord«, sagte sie. »Ich wäre keine gute Gesellschafterin.«

»Natürlich muß sie sich ausruhen«, warf Nicolaa ein. »Nach allem, was sie durchgemacht hat, kannst du doch nicht erwarten, Lucien, daß sie mit uns zu Abend speist, so als wäre dies ein ganz normaler Tag! Sind ihre Gemächer vorbereitet?«

Die kühlen blauen Augen wurden schmal, so als wollte er Einwände erheben, doch er winkte Eduard herbei.

»Führe Lady Servanne in ihre Gemächer und bleib bei ihr, für den Fall, daß sie noch etwas benötigen sollte.«

»Jawohl, Mylord.« Eduard verbeugte sich und bot Servanne eifrig seinen Arm. Erleichtert, den Gerüchen von Schweiß und fettem Essen entkommen zu können, legte Servanne ihre Finger auf sein Handgelenk und nickte Wardieu formell zu.

»Mylord«, flüsterte sie.

»Gute Nacht, Mylady.«

Nicolaa nahm sofort den Platz an Wardieus Seite ein. Ihr gurrendes Lachen und Lord Godfreys Bellen folgten Servanne und Eduard, bis sie auf der relativ stillen Galerie standen.

»Hier entlang, Mylady«, sagte Eduard sanft, nachdem sie Zeit gehabt hatten, ihre Lungen mit frischer Luft zu füllen. Er führte sie durch mehrere Korridore zu einer Wendeltreppe, die in einen Turm emporführte. Oben angelangt, riß er beflissen die Eichentür auf und trat höflich beiseite, während Servanne ihre persönliche Zimmerflucht betrat.

Der Vorraum, in dem die Zofen schlafen würden, war recht groß, und die Bettnischen in den Mauern waren mit Vorhängen ausgestattet. Eine zweite Tür führte in ein Ankleidezimmer mit geweißelten Wänden und kleinen aufgemalten Blumen an der gewölbten Steindecke. Auf einer erhöhten Plattform an einem Ende des Raums stand eine tulpenförmige Holzwanne. An den Wänden gab es unzählige Kleiderhaken. Es war genügend Platz für Schneiderinnen vorhanden, die hier sitzen und nähen konnten, und in einem Schränkchen konnte die Dame des Hauses ihre kostbaren Parfums und Toilettenartikel aufbewahren. Ein kleiner Frisiertisch mit Hocker sowie ein hübsch bemalter Schrank, hinter dem der Abort verborgen war, vervollständigten die Einrichtung.

Servanne sah sich nur flüchtig um, bevor sie Eduard durch eine zweiflügelige Tür mit kunstvoll geschmiedeten Eisenbeschlägen in eine riesige Kemenate folgte. Drei Fenster reichten von Taillenhöhe bis zu der kuppelförmigen Decke, jedes mit einem breiten Fenstersitz ausgestattet. An sonnigen Tagen würde der Raum lichtdurchflutet sein, und die Sonnenstrahlen würden über die strahlendweißen Wände tanzen. Rote Linien markierten die einzelnen Quadersteine, die mit aufgemalten Rosen, Tulpen und Geißblattblüten dekoriert waren. Das hohe französische Bett hatte rote Samtvorhänge und einen bis zur Decke reichenden Baldachin. Es gab Holz- und Ledertruhen zur Aufbewahrung von Wertgegenständen, einen niedrigen Tisch mit Hockern für Nadelarbeiten und einen unglaublichen Luxus: einen Spiegel aus poliertem Stahl, dessen Oberfläche so glatt war, daß man glaubte, in Glas zu blicken.

Ein Kamin war so groß und tief, daß die Kessel, in denen das Badewasser erhitzt wurde, mühelos darin Platz hatten. Breite Bahnen farbiger Seide auf beiden Seiten der Fenster erlaubten es, bei geöffneten Läden das Licht zu dämpfen oder bei geschlossenen Läden das Holz zu verhüllen.

Der Steinboden war mit Holzbrettern bedeckt, die im Winter die Kälte und im Sommer die Feuchtigkeit abhalten würden. Ein kunstvolles *couvre-feu* aus buntem Glas konnte vor den Kamin gestellt werden, um Funkenflug zu verhindern. Das Bett hatte eine dicke Daunenmatratze, schneeweiße Laken, warme Decken, einen Pelzüberwurf und mehr Kissen, als Servanne an beiden Händen abzählen konnte. Im Gegensatz zur strengen und kriegerischen Atmosphäre des großen Saals waren diese Gemächer sehr elegant und weiblich, aber für Servanne war diese ganze Pracht viel zu überwältigend. Tränen brannten in ihren Augen. Sie zog hastig ihre Handschuhe von den tauben Fingern und schlug die Hände vors Gesicht. Ihre schmalen Schultern zuckten und bebten, als sie in lautes Schluchzen ausbrach.

Daß die wunderschöne junge Dame vor ihm weinte, bestürzte Eduard so sehr, daß er nicht wußte, was er tun sollte. Nervös trat er von einem Bein aufs andere, bis Biddy plötzlich in die Kemenate stürzte.

»Aber, aber, mein Lämmchen! Was ist denn passiert? Was hast du zu ihr gesagt, du Tölpel? Was hast du gemacht?«

»N-Nichts, gar nichts, ich schwöre es!«

Biddy drückte ihren Schützling an die weichen Kissen ihrer Brüste und funkelte den armen Knappen wütend an. »Hinaus! Hinaus, sage ich! Wenn du schlechte Laune hast, laß sie gefälligst an jemand anderem aus! Hinaus!«

Eduard schluckte hart und verließ rückwärts gehend den Raum. Im Vorzimmer starrten ihn Helvise und Giselle so vorwurfsvoll an, daß er hastig die Treppe hinabrannte.

»Schon gut«, murmelte Biddy beruhigend. »Der Rohling ist verschwunden. Sag mir, was passiert ist.«

»Oh, Biddy«, stammelte Servanne leise, »ich bin so unglücklich!«

»Unglücklich?«

»Ich weiß, daß es sich absurd anhört. Ich müßte alles andere als unglücklich sein. Ich bin gerettet. Ich bin wieder in Sicherheit, ich bin hier« — sie hob ihr verweintes Gesicht von Biddys Schulter und sah sich in dem unglaublich luxuriösen Raum um — »ich müßte erleichtert darüber sein, die Entführung überstanden zu haben, und ich müßte mich glücklich schätzen, endlich an dem Ort zu sein, von dem ich monatelang geträumt habe ... doch statt dessen ... statt dessen fühle ich mich verloren. Ich habe Angst, und ich bin so unglücklich, daß ich sterben könnte!«

»Angst?« Biddy wurde hellhörig. »Ist etwas passiert? Hat jemand etwas gesagt, das dir Angst macht?«

Mit einem schweren Seufzer suchte Servanne wieder Trost an Biddys Brust. »Er war so grausam, so herzlos.«

»Grausam?« rief die Matrone. »Herzlos? Was hat er denn so Grausames getan?«

»Er hat mich weggeschickt. Er hätte sich weigern können, mich gehen zu lassen, das weiß ich genau. Ich ... ich glaube sogar, daß ein kleiner Teil von ihm mich bitten wollte zu bleiben, aber der andere Teil ... der stolze, arrogante Teil von ihm wollte nicht, daß es so aussah, als wäre er irgendwie ... schwach geworden ... deshalb hat er mich einfach weggeschickt!«

Biddy drehte sich der Kopf, aber sie sagte sich, daß dies nicht der richtige Zeitpunkt für eine Ohnmacht war. »Du sprichst doch nicht von Lord Lucien?«

Servanne hob den Kopf und starrte mit großen glänzenden Augen auf das stolze Wappen der De Gournay, das in den Bettrahmen geschnitzt war. »Doch«, flüsterte sie, »doch, ich glaube schon, daß ich von Lord Lucien spreche!«

18

Servanne verbrachte eine unruhige Nacht. Schlaflos wälzte sie sich in dem großen Bett von einer Seite auf die andere. Die bösen Vorahnungen, die sie schon beim ersten Blick auf die düsteren Türme und Zinnen von Bloodmoor Keep überfallen hatten, verstärkten sich von Stunde zu Stunde, von Minute zu Minute. Der Drache hatte im Grunde nichts gesagt oder getan, was als Beweis für seine Falschheit gelten könnte, und bei einer Gegenüberstellung der beiden Brüder würde die Entscheidung, wer der geeignetere Träger des Namens De Gournay war, bestimmt zugunsten des Drachen ausfallen, und doch ... etwas sagte Servanne, daß der Wolf der legitime Sohn von Robert Wardieu und dessen rechtmäßiger Erbe war.

Aber wenn das stimmte, dann war der Mann, unter dessen Schutz sie jetzt stand, ein Betrüger und Usurpator, ein Mörder und Intrigant, der seinen eigenen Vater auf dem Gewissen hatte.

»Dieser Schwarze Wolf von Lincoln hat dich verhext, Kind«, hatte Biddy ihr vorgeworfen, bestürzt über die

Geschichte, die sie Servanne mühsam entlockt hatte. »Nur weil er mit dir geschlafen und dir Lust beschert hat, solltest du nicht glauben, daß er die Wahrheit sagt. Ich hatte dich gewarnt. Bei Gott, ich hatte dich gewarnt, wohin deine Neugier führen würde, aber du hast ja nicht auf mich gehört! Du hast keinen Gedanken an mein armes Herz verschwendet, das dich so innig liebt!«

Biddy war in Tränen ausgebrochen, und Servanne hatte sie getröstet, so gut sie konnte, aber beiden war klar, daß das völlig sinnlos war, und Biddy faßte sich schließlich und versuchte, der Verwirrung ihres Schützlings mit logischen Argumenten beizukommen.

»Schau dich doch um — deutet diese ganze Pracht etwa auf einen Betrüger hin? Der Baron ist ein treuer Verbündeter des Königs und ein Freund von Prinz Johann. Er ist eine genauso bekannte Persönlichkeit wie der Marschall von England oder wie Salisbury, und beide würden bestimmt bestätigen, daß er der ist, der er zu sein behauptet. Was aber diesen Wolf betrifft — das ist nur ein Schurke, der hilflose Frauen entführt und sich einen Spaß daraus macht, ihnen mit Gefasel über fantastische Intrigen den Kopf zu verdrehen. Wenn er wirklich Lucien Wardieu wäre — warum hat er dann so lange damit gewartet, seine Ansprüche geltend zu machen? Warum wartet er sogar jetzt noch? Und warum in drei Teufels Namen hätte er dich dann einem Mann ausgeliefert, der angeblich die Familienehre durch Mord und Verrat beschmutzt hat?«

»Ich weiß es nicht«, hatte Servanne zugeben müssen. »Er hat irgendeine andere Gefahr erwähnt ...«

»Eine andere Gefahr?« zeterte Biddy. »Eine andere Ausrede, willst du wohl sagen? Ich billige zwar durchaus nicht alles, was wir hier seit unserer Ankunft gesehen haben — bei Gott, die große Halle ist ein einziger Saustall, der schleunigst ausgemistet werden muß! — aber ich habe nichts gesehen, was darauf hindeutet, daß der Baron etwas Schlimmeres getan hat als sich eine Braut zu kaufen, an deren Besitz er interessiert ist. Und wenn du ihm das vorwerfen willst, müßtest du auch jeden anderen Baron und Grafen im ganzen Königreich verurteilen, und sogar den König höchstpersönlich, der für Prinzessin Berengaria nicht mehr Liebe oder auch nur Zuneigung übrig hat als für einen Holzklotz. Trotzdem wird er sie aus politischen Erwägungen heraus heiraten — es ist eine vorteilhafte Partie, und Königin Eleonore hat ihm klargemacht, daß er heiraten muß, um den Frieden im Königreich zu sichern.«

»Von *meiner* Entscheidung hängt aber nicht der Friede im Königreich ab«, argumentierte Servanne ruhig, und Biddy, die sich mit ihrer langen Rede völlig verausgabt hatte, rang verzweifelt die Hände, als sie das eigensinnig gereckte Kinn ihres Schützlings sah.

»Du ... du willst den Antrag des Barons doch nicht etwa zurückweisen? Du willst die Hochzeit doch nicht etwa platzen lassen?«

Servanne hatte ihr keine Antwort gegeben, und auch jetzt, nach einer schlaflosen Nacht, hätte sie keine Antwort auf diese Frage gewußt. Während sie sich ruhelos im Bett herumwarf, hatte sie sich jedes Wort und jede Geste des Wolfs ins Gedächtnis zurückgerufen, hatte alle Erinnerungen an ihn heraufbeschworen. Da waren seine Hände, die ihrem Körper lustvolle Schauer beschert hatten, und da waren seine Lippen, die sie bis in die Zehenspitzen hinein in Glut versetzt hatten. Er *hatte* sie verhext, das konnte sie nicht leugnen, aber war die Ekstase, die sie mit ihm erlebt hatte, wirklich der einzige Grund, weshalb sie an seinen Anspruch auf den Titel und Besitz der De Gournay glauben wollte?

Seufzend rollte Servanne sich auf den Bauch, ohne das Tageslicht zu beachten, das durch den Spalt zwischen ihren Bettvorhängen einfiel.

»Warum?« flüsterte sie. »Warum nur hast du mich hierher geschickt?«

Ich glaube, daß du allen Prüfungen, denen der Drache dich aussetzen könnte, mehr als gewachsen bist.

»Ein solches Kompliment ist lachhaft«, murmelte sie niedergeschlagen, ein Kissen an die Brust gedrückt. »Ich hätte lieber andere Komplimente von dir gehört, Mylord Wolfshaupt!«

Vor ihrem geistigen Auge tauchte sein Bild auf, so wie sie ihn zuletzt gesehen hatte: in der Abenddämmerung, auf der Lichtung, mit dem dichten grünen Wald als Hintergrund, dichte graue Wolken am Himmel, während in der Ferne Donner grollte. Die blutige Strieme auf seiner Wange, das arrogante, selbstzufriedene Lächeln. Und seine Augen ...

Ihr fiel plötzlich ein, daß seine Augen weder Zorn noch Triumph widergespiegelt hatten, nur ... nur ...

»Nur — was?

Ihr Herzschlag hatte sich während der letzten Minute erheblich beschleunigt, doch bevor sie die Ursache dafür ergründen konnte, wurde sie durch lautes Klopfen aufgeschreckt, und jemand stürzte wie ein Wirbelsturm ins Zimmer.

»Seine Lordschaft läßt dir bestellen, daß er deine Gesellschaft in der Halle wünscht«, rief Biddy, während sie die Bettvorhänge aufriß und Giselle und Helvise ungeduldig aus dem Ankleideraum hereinwinkte. »Ich ließ ihm ausrichten, daß du noch nicht einmal deine Morgengebete in der Kapelle verrichtet hättest, und seine Antwort war, daß du dich mit dem Beten beeilen solltest. Er ist heute morgen offenbar ziemlich gereizt, aber wie ich gehört habe, wird Prinz Johann demnächst erwartet, und deshalb müssen wir unserem Gastgeber seine Unhöflichkeit wohl verzeihen — obwohl ich für meine Person kein solches Aufheben um diesen schlauen Fuchs machen würde, nicht einmal, wenn er König anstatt nur Regent wäre.« Völlig außer Atem, schlug sie verärgert die Decken zurück. »Herrgott, Kind, worauf wartest du noch? Steh auf! Bruder Michael wartet in der Kapelle auf dich — ein sehr netter junger Mann, aber wenn du weiter so trödelst, wird er bald keine Fingernägel mehr haben, an denen er kauen könnte! Und dieser Tölpel von Eduard ist auch wieder angekrochen gekommen, um dir das Geleit zu geben. Schnell, schnell! Strümpfe, Strumpfbänder, Tunika ... Helvise, Herr im Himmel, ein Schuh fehlt! Hol ihn schnell! Giselle, wasch Myladys Gesicht und Hände!«

Teilnahmslos ließ Servanne die ganzen hektischen Aktivitäten über sich ergehen. Strümpfe wurden ihr über die zarten weißen Füße gezogen, die Strumpfbänder befestigt, das Leinennachthemd wurde durch ein leichtes weißes Unterhemd ersetzt, und eine Tunika aus goldfarbener Seide wurde zurechtgezupft. Das leuchtendblaue Samtkleid, das Biddy ausgewählt hatte, war mit Goldfäden reich bestickt, passend zur Farbe der Tunika, die am Hals und an den Handgelenken zum Vorschein kam. Ein mit Edelsteinen besetzter Gürtel betonte Servannes schmale Taille; ein goldener Armreif, mehrere Ringe und eine lange Perlenkette vervollständigten ihre Ausstattung.

Sie beobachtete die Bemühungen ihrer Zofen in dem glänzenden Stahlspiegel. Als ihre langen Haare geflochten werden sollten, zeigte sie erste Anzeichen von Ungeduld und verkündete, daß mindestens die Hälfte der Damen, die sie am Vorabend in der Halle gesehen hatte, keine Haube getragen hätte.

»Nur Huren und liederliche Weibsbilder zeigen sich unbedeckten Hauptes in der Öffentlichkeit«, wies Biddy sie energisch zur Ordnung. »Und du willst ja nicht auf den Jahrmarkt, sondern in die Kapelle!«

Sie eilten die Wendeltreppe hinab und in einem nahegelegenen Turm die Wendeltreppe hinauf. Die Kapelle war klein und staubig, und der Priester leierte die Messe eintönig herunter. Anschließend wurden Servanne und ihre Begleiterinnen in den Saal hinabgeführt, um mit dem Baron und seinen Gästen zu frühstücken. An den langen Tischen saßen viel mehr Ritter als am Vortag, und die riesigen Tablette mit Brot, Käse und Bier leerten sich, kaum daß die Dienstboten sie aus den Küchen herbeigeschleppt und auf den weißen Leinentischtüchern abgestellt hatten.

Baron de Gournay stand auf, um seine Braut zu begrüßen, und sein charmantes Lächeln machte es Servanne leichter, den Anblick von Nicolaa de la Haye zu ertragen, die auf dem Podest an seiner linken Seite saß. Die Frau des Sheriffs hatte keine Mühe gescheut, um sich auf diesem Ehrenplatz in Szene zu setzen. Ihr Kleid aus rotem Seidendamast erweckte den Eindruck, als hätte der Stoff nur knapp ausgereicht — es war hauteng und bot den lüsternen Blicken der männlichen Gäste viel nackte Haut dar. Nur ein feines Netz aus Goldfäden bedeckte ihre rabenschwarzen Flechten.

»Ich hoffe, daß Sie sich heute etwas besser fühlen«, sagte Wardieu höflich, während er Servanne zu ihrem Platz führte. Ihm war natürlich nicht entgangen, daß der Lärm in der Halle beim Eintritt seiner Braut neugierigen Blicken und aufgeregtem Getuschel Platz gemacht hatte, und auch er selbst betrachtete wohlgefällig die dezente Eleganz und die Vornehmheit ihrer ganzen Erscheinung.

Als er ihr lächelnd entgegenkam, stolperte Servanne fast über ihre eigenen Füße und bekam rasendes Herzklopfen. Dieser Mann war unglaublich attraktiv, und sie konnte sich mühelos vorstellen, daß es schwierig wäre zu entscheiden, ob er oder Richard Löwenherz prächtiger anzusehen war. Die goldenen Locken und die leicht gebräunte Haut hoben sich reizvoll von der Kleidung in verschiedenen Blautönen ab. Hemd und Hose waren dunkel wie die Mitternacht, während die Tunika seiner Augenfarbe entsprach und mit Hunderten funkelnder Saphire besetzt war. Das Wappen auf seinem breiten Brustkorb war mit Silberfäden so kunstvoll gestickt, daß Drache und Wolf bei jedem Atemzug, den er machte, ihren tödlichen Kampf auszufechten schien. Die gebieterische Geste, mit der er alle Gäste augenblicklich zum Schweigen brachte, lenkte Servannes Aufmerksamkeit auf seine breite, schwielige Hand und auf die langen, wohlgeformten Finger, die mit zahlreichen Goldringen geschmückt waren.

»Meine Damen und Herren«, rief er mit kraftvoller Stimme, »ich möchte Ihnen meine Braut vorstellen — Lady Servanne de Briscourt.«

Seine Finger schlossen sich besitzergreifend um die ihren, und seine Lippen verweilten so lange auf ihrem Handrücken, daß ein leises Raunen durch den Saal ging.

»Sind Ihre Gemächer zufriedenstellend, Mylady?« erkundigte er sich, während er anstelle des Pagen eigenhändig ihren Stuhl zurechtrückte.

»O ja, Mylord, überaus zufriedenstellend.«

»Es soll Ihnen an nichts fehlen, solange Sie hier sind. Wenn Sie noch irgendwelche Wünsche haben, brauchen Sie sie nur zu äußern.«

Das großzügige Angebot und die samtige Stimme veranlaßten Nicolaa de la Haye, ihr Speisemesser mit unnötigem Kraftaufwand in eine Birne zu stoßen. Falls Wardieu das überhaupt bemerkte, so ignorierte er es. Ihn interessierte im Moment viel mehr, was das Sonnenlicht enthüllte, das durch die schmalen Fenster hoch oben in der Ostmauer auf das Podium fiel: das strahlende Blau von Servannes Augen und ihre langen honigfarbenen Wimpern. Seine Vermutung, daß ihr Haar genauso blond wie sein eigenes war, vielleicht etwas heller, wurde bestätigt, als er eine vorwitzige Locke entdeckte, die unter der strengen Haube hervorlugte, und plötzlich fiel ihm ein, daß eine lange silberhelle Strähne ihr ums Gesicht flatterte, als er sie von Thornfeld weggebracht hatte.

Wardieu hatte stets dunkelhaarige Frauen mit weißer Haut bevorzugt und Blondinen ein wenig farblos gefunden, doch plötzlich fand er durchaus Gefallen an der Vorstellung, eine Schönheit mit goldenen Haaren neben sich im Bett liegen zu haben.

»Noch zwei Tage, Mylady«, murmelte er. »Eine unendlich lange Wartezeit!«

Servanne las in seinen Augen dasselbe wie Nicolaa und war ausnahmsweise dankbar, daß die Frau des Sheriffs sofort energisch protestierte.

»Du kannst die Ehe nicht vollziehen, bevor Prinz Johann die Braut zum Altar geführt hat! Und diese alte Hure, Eleonore von Aquitanien, würde zweifellos ebenfalls vor Wut kochen, wenn du ihren heißgeliebten La Seyne Sur Mer düpierst.«

Servannes Herzschlag setzte aus, sie starrte das Tischtuch an und umklammerte mit zittriger Hand ihr Speisemesser. Glücklicherweise hatte Wardieu sich seiner Geliebten zugewandt, und beiden entging Servannes heftige Reaktion auf den Namen des Favoriten der Königin.

»Es war reines Wunschdenken, Nicolaa, keine Absichtserklärung«, seufzte der Baron. »Doch nachdem Johanns Kavalkade sich schon dem Moor nähert und auch La Seyne nur noch einen Tagesritt von Bloodmoor entfernt ist, wie mir berichtet wurde, könnte ich durchaus geneigt sein, die Hochzeit vorzuverlegen . . . selbstverständlich nur, wenn unser verehrter Bischof seine Zustimmung erteilt.«

Servannes Herz hatte sich kaum von dem ersten Schock erholt, als ein zweiter — noch schlimmerer — es fast zerspringen ließ. Ein tiefer, melodischer Bariton beantwortete Wardieus Frage. Die vertraute Stimme gehörte einem der Gäste, die am anderen Ende des Podiums saßen. Servanne beugte sich weit vor und verrenkte sich fast den Hals, um an Wardieus breiter Schulter vorbeisehen zu können. Mit angehaltenem Atem schweifte ihr Blick von einem weiten schwarzen Wollärmel zu der Hermelinmozetta und dem goldenen Brustkreuz, die das ansonsten schlichte Gewand schmückten. Die sanften braunen Augen waren so ernst und ohne Falsch wie an jenem Abend, als Friar ihr in Kutte und Holzsandalen das Tor der Thornfeld Abbey geöffnet hatte. Nur hatte er sich diesmal nicht als einfacher Mönch verkleidet. Diesmal beging Alaric FitzAthelstan das Sakrileg, einen Bischof zu spielen.

»Ich überbringe Ihnen den Segen Gottes und Seiner heiligen Kirche, mein Kind«, murmelte er fromm. »Wenn mich nicht alles täuscht, sind wir uns schon einmal irgendwo begegnet — ich glaube, Sie waren damals in Begleitung Ihres mittlerweile bedauerlicherweise verstorbenen Gemahls, Sir Hubert de Briscourt. Ein mehr als tapferer Kreuzritter war das, und seine alljährlichen Spenden an die Kirche waren sehr großzügig. Äußerst großzügig.«

Servanne fühlte sich einer Ohnmacht nahe. Was machte er hier? Wie konnte er hier am Tisch des Drachen sitzen, in Seelenruhe essen und trinken und sich so liebenswürdig mit den Gästen des Barons unterhalten, als wären es gute alte Bekannte?

»Bischof Gautier kommt von weither«, erklärte Wardieu. »Aus Canterbury. Unser Bischof von Sleaford ist letzte Woche erkrankt, und nachdem der Bischof von Canterbury sich zufällig in dieser Gegend aufhielt, hat er sich liebenswürdigerweise bereiterklärt, die Trauung zu vollziehen.«

Servanne blickte Alaric tief in die Augen. »Ich . . . ich danke Ihnen für den Segen, Monseigneur«, stammelte sie. »Ja, ich glaube, wir sind uns schon einmal irgendwo begegnet.«

Sie glaubte, einen Moment lang so etwas wie Erleichterung über die edlen Gesichtszüge huschen zu sehen, doch gleich darauf wandte er sich mit undurchdringlicher Miene an Wardieu.

»Was La Seyne Sur Mer betrifft, so habe ich ihn und sein Gefolge gestern auf der Straße nach Lincoln überholt. Er behauptete, in der Stadt noch einige Angelegenheiten erledigen zu müssen, aber ich soll Ihnen versichern, daß er heute vor Einbruch der Dunkelheit in Bloodmoor eintreffen wird. Ein sehr unangenehmer Mensch, muß ich leider sagen. Übertrieben selbstbewußt, arrogant und unfreundlich zu Fremden, sogar zu mir als geistlichem Würdenträger.«

»Stimmt es«, gurrte Nicolaa, »daß er immer eine Seidenmaske trägt?«

»Das stimmt, Mylady«, erwiderte Friar. »Wie ich gehört habe, soll sein Gesicht nach einem schweren Unfall in früher Jugend so grausam entstellt sein, daß niemand diesen Anblick ertragen kann. Königin Eleonore, der er so treu dient, hat sein Gesicht nur einmal gesehen und war so entsetzt, daß sie seitdem diese Masken aus feinster orientalischer Seide für ihn anfertigen läßt, um seine Gesellschaft genießen zu können, ohne daß er sich hinter einem Wandschirm verstecken müßte. Aber er hat einen so durchdringenden Blick und eine so scharfe Zunge, daß ich mir beim besten Willen nicht vorstellen kann, wie eine sensible Dame seine Gesellschaft genießen kann, ob nun mit Maske oder ohne.«

»Eleonore ist keine sensible Dame«, murmelte Nicolaa, die ihre Birne mit dem Messer malträtierte, als wäre es Menschenfleisch. »Und man sagt ja, daß Männer, die besonders abstoßend sind, diesen Mangel gern kompensieren, indem sie sich in anderer Hinsicht besonders hervortun. Vielleicht bedient sich die geile alte Königin ja nicht nur seines unvergleichlichen Schwertarms, sondern auch gewisser anderer Körperteile.«

»Er entfernt sich nicht gern allzu weit von seiner heißgeliebten Bretagne. Ich glaube, wenn nicht die Königin höchstpersönlich ihn hierher abkommandiert hätte, würde er immer noch dort herumsitzen und seine Trophäen zählen.«

»Die Prahlsucht dieses Mannes ist in der Tat krankhaft«, warf Friar ein. »Wußten Sie, daß er auf Reisen die Standarten aller Herausforderer mit sich führt, die er jemals in Turnieren besiegt hat? Es sind unzählige, kann ich Ihnen sagen, und er hat sie auf Stangen gespießt wie tote Fische.«

Er beugte sich vor, so als wollte er ein großes Geheimnis verraten. »Wußten Sie, daß er demjenigen, der es schafft, ihn aus dem Sattel zu werfen, nicht nur seine Rüstung und sein Pferd verspricht, sondern auch diese erstaunliche Sammlung von Standarten? Eine solche Arroganz ist wirklich provozierend, finden Sie nicht auch, Mylord?«

»Ich zweifle nicht daran, daß Lord Lucien sich an jedem anderen Tag bereitwillig dieser Herausforderung stellen würde«, meinte Nicolaa. »Doch da das Turnier zur Feier seiner Hochzeit stattfindet, wird er seine junge Braut bestimmt nicht der Gefahr aussetzen wollen, um die Freuden der Hochzeitsnacht gebracht zu werden.«

Wardieu legte seine Hände auf das Tischtuch und trommelte mit seinen langen Fingern auf das weiße Leinen. Es war üblich, anläßlich von Festlichkeiten Turniere zu veranstalten, und im Falle einer Hochzeit durfte sich der Bräutigam von einem Ritter seiner Wahl vertreten lassen, um die Möglichkeit auszuschließen, daß die Braut noch am selben Tag zur Witwe wurde.

»Dieser La Seyne«, knurrte er, »möchte also ein paar

Schädel spalten, sozusagen als Entschädigung für die Reisestrapazen?«

»Ja, in dieser Stimmung schien er mir gestern zu sein«, nickte Alaric bedächtig. »Immerhin ist er ja der Favorit der Königinwitwe, und er hat seinerzeit die besten Ritter von Frankreich, von der Normandie und den südlichen Provinzen aus dem Sattel gehoben. Allerdings ist er jetzt nicht mehr der Jüngste — er muß schon über dreißig sein und hat seine beste Zeit hinter sich. Ich bin sicher, daß Sie einige tatendurstige Knappen finden könnten, die sich liebend gern ihre goldenen Sporen verdienen möchten, indem sie La Seyne in den Staub werfen.«

Wardieus Finger umklammerten jetzt die Tischkante, und sein Gesicht war vor Zorn gerötet, denn nach den Maßstäben des Bischofs war auch er nicht mehr der Jüngste und hatte seine beste Zeit hinter sich.

Servanne riskierte einen flüchtigen Blick auf Friar, bevor sie sich in ihrem Stuhl zurücklehnte. Er provozierte den Drachen sehr geschickt, stachelte dessen Eitelkeit und Neid auf den Ruf eines Rivalen an — aber warum? Warum wollte er De Gournay zu einem Turnierkampf mit La Seyne Sur Mer verführen?

»Er hat auch gesagt ...« Der Bischof verstummte mitten im Satz und lächelte entschuldigend. »Nein, nein, ich möchte wirklich keinen Ärger heraufbeschwören.«

»*Was* hat er gesagt?« fragte Wardieu scharf.

Friar ließ seinen Blick über die Gäste auf dem Podium schweifen, so als bemerkte er erst jetzt, daß sämtliche Unterhaltungen verstummt waren. »Nun ja, er hat ... äh ... er hat gesagt, daß er es unfair fände, gegen einen Gegner anzutreten, der in den letzten ein-zwei Jahren kaum noch bei Turnieren zu sehen war, der deshalb vielleicht ... äh ... nicht in bester Form ist ...« — Friar blickte verlegen in Wardieus kalte blaue Augen und schluckte hart — »und auch nicht mehr so kühn und mutig wie früher.«

Servanne verpaßte Wardieus erste Reaktion, denn zufällig fielen ihr in diesem Moment sechs Gestalten an einem der unteren Tische ins Auge, die offenbar den Bischof begleiteten. Wie große graue Motten saßen diese Mönche da, lehnten alle Speisen außer Schwarzbrot und Obst ab und nippten nur an ihrem mit Wasser verdünnten Wein. Sie hatten ihre großen Kapuzen tief ins Gesicht gezogen und hielten die Köpfe gesenkt, aber Servanne war fast sicher, daß sie diese Männer schon in den Ruinen von Thornfeld gesehen hatte — jedenfalls Gil Golden.

Vor Schreck fiel ihr das mit Edelsteinen besetzte Speisemesser aus der Hand. Es schlug klirrend auf dem Tisch auf, was jedoch niemandem auffiel, weil im selben Augenblick Wardieus Faust so heftig auf der Tischplatte landete, daß alle Gäste zusammenzuckten.

»Bei Gott«, brüllte er, »wir werden ja sehen, wer nicht in Form ist, wem es an Mut fehlt! Er wird es mit mir zu tun bekommen, und wenn er im Staub liegt und seine Gedärme heraushängen, werden wir ja sehen, für wen dieser Kampf eine Demütigung war!«

An den überfüllten Tischen wurde Jubel laut. Hocker und Stühle scharrten über den Steinboden, als die Ritter aufsprangen und ihrem Lehnsherrn zuprosteten, bevor sie damit begannen, untereinander Wetten abzuschließen.

Wardieu hatte einen hochroten Kopf und war von sich so begeistert, daß ihm weder Friars Gesichtsausdruck noch der flüchtige Blick auffiel, den der Bischof und Servanne tauschten. Wie durch Zauberei tauchten plötzlich zwei Akrobaten im Saal auf, schlugen Räder und Purzelbäume und brachten mit ihren Kunststücken alle zum Lachen. Musikanten heizten die Stimmung weiter an, so daß der Saal kurz darauf vom Lärm widerhallte.

Die Stunden zogen sich für Servanne endlos in die Länge, bis der erwartete Besucher am Nachmittag endlich gemeldet wurde. Sie hatte Biddy verschiedene Aufträge erteilt, um die Glucke loszuwerden, und so war sie allein, als Geoffrey, der Page, Alaric in ihre Kemenate führte.

In Gegenwart des jungen Zeugen spielte Friar überzeugend seine Rolle als Bischof, der mit der Braut über die bevorstehende Hochzeit und ihre künftige Stellung als Baronin de Gournay sprechen und ihr eventuelle Ängste nehmen wollte. Servanne ging auf diesen Ton ein und tauschte einige belanglose Floskeln mit Friar, bevor sie Geoffrey beauftragte, aus der Küche Wein und etwas Konfekt für ihren erlauchten Gast zu holen.

Der Page eilte dienstbeflissen davon, und als Servanne und Alaric endlich allein waren, trat zunächst ein beklemmendes Schweigen ein.

»Bist du verrückt geworden?« fragte sie schließlich. »Hast du total den Verstand verloren, daß du in dieser Verkleidung hierher kommst?«

Er betrachtete seine voluminösen schwarzen Gewänder und klopfte etwas Staub von seinen weiten Ärmeln. »Es war eine notwendige List, um in die Burg zu gelangen. Ich dachte, daß ich meine Rolle ganz überzeugend spiele.«

»Und Gil Golden und die anderen Männer? Fühlen sie sich in dieser Umgebung wohl, mit der Aussicht vor Augen, daß ihre Köpfe demnächst auf Pfählen zur Schau gestellt werden?«

»Ihrer aller Schicksal liegt ebenso wie das meine ausschließlich in Ihrer Hand, Mylady. Sie entscheiden darüber, ob wir leben oder sterben.«

»Soll ich mich für diese Verantwortung etwa auch noch bedanken?« rief sie wütend. »Warst du so sicher, daß ich dich in der Halle nicht verraten würde?«

»Ich hatte es gehofft.«

»Das ist keine Antwort.«

»Stellen Sie mir eine konkrete Frage, dann werde ich versuchen, Ihnen eine ehrliche Antwort zu geben.«

Servanne trat ans Fenster. »Du gehst ein großes Risiko ein, Friar. Und *er* geht ein genauso großes Risiko ein, indem er davon ausgeht, daß ich euch nicht an Wardieu verraten werde.«

»Lucien hat große Achtung vor der menschlichen Natur«, erwiderte Alaric ruhig. »Er konnte sich nicht vorstellen, daß Sie zu den Frauen gehören, die sich an einem Blutbad ergötzen.«

»Nicht einmal aus Rache?«

Friar zuckte die Achseln. »Ein gewisses Risiko mußten wir eingehen.«

»Lucien«, — sie ließ den Namen genüßlich auf der Zunge zergehen — »Lucien sollte sich seiner selbst nicht immer so verdammt sicher sein. Das könnte ihn eines Tages in Schwierigkeiten bringen, denen er nicht gewachsen ist.«

»Das ist schon jetzt der Fall, Mylady, obwohl er es niemals zugeben würde.«

»Oh? Wieso denn das? Fehlt es ihm etwa an Frauen, die er entführen könnte?«

Alaric ignorierte ihren Sarkasmus, den er insgeheim für ein gutes Anzeichen hielt. »Lucien wußte genau, daß eine Konfrontation mit seinem Bruder unvermeidlich war. Das ist es nicht, was ihm schwer zu schaffen macht — aber das wissen Sie besser als ich.«

»Ich weiß nur, daß er gern mit Menschenleben spielt. Es macht ihm Spaß, sich wie eine Katze in einem Raum voller Mäuse aufzuführen: er treibt eine Maus in die Ecke, und wenn sie halbtot vor Angst ist, verliert er das Interesse an ihr, läßt sie laufen und jagt hinter einer anderen her.«

»Er hat das Interesse an Ihnen nicht verloren, Mylady«,

entgegnete Friar geduldig. »Seit Sie von der Abtei weggeritten sind, hat er sich wie ein Kater mit verbrannten Pfoten aufgeführt.«

»Ich bin nicht weggeritten — ich wurde weggeschickt! Er hat mich einfach weggeworfen, sobald er keine Verwendung mehr für mich hatte!«

»Das glauben Sie doch selbst nicht.«

»Wirklich nicht?« Sie wandte sich vom Fenster ab und funkelte ihn wütend an. »Was soll ich denn anderes glauben? Dieser Mann lebt doch nur seiner Rache. Nichts anderes zählt für ihn.«

Alaric seufzte. »Er ist sehr stolz und eigensinnig, und diesem Stolz und Eigensinn ordnet er weichere Gefühle unter, weil er befürchtet, daß sie nicht nur ihm selbst, sondern ganz sicher auch Ihnen gefährlich werden könnten.«

»Weichere Gefühle?« Sie lachte bitter. »Er weiß überhaupt nicht, was Gefühle sind! Er ist kalt und herzlos, arrogant und selbstgerecht! Seine Handlungen sind nur von Eigennutz bestimmt! Mich hat er dazu benutzt, seinem Bruder einen Stachel ins Fleisch zu bohren. Er hat kein Herz, keine Seele! Eigenliebe und Prahlsucht sind die einzigen Beweggründe, die ihn zum Handeln veranlassen! Das ist es, was ich glaube.«

Alaric holte tief Luft. »Dann sollten Sie vielleicht etwas mehr über ihn erfahren — Dinge, die er selbst Ihnen nie erzählen würde.«

»Ich weiß schon mehr als genug. Ich weiß, daß er grausam, bösartig und völlig ehrlos ist.«

»Lucien hat mir erzählt, daß Sie ihn einmal gefragt haben, warum ich nicht Priester geworden bin«, sagte Friar ruhig.

Servanne begriff zwar nicht, was das mit ihrem Thema zu tun hatte, faßte sich aber in Geduld.

»Lucien würde nie darüber sprechen, aber Sie sollten

die Wahrheit kennen.« Er betastete das goldene Kruzifix auf seiner Brust. »Ich stand kurz vor der Priesterweihe und sollte dafür sorgen, daß es dem Bischof, der diese Weihe vollziehen würde, an nichts fehlte. Bei der Ausübung dieser Pflichten stolperte ich nachts über den Bischof und die Äbtissin eines benachbarten Klosters. Daß die Keuschheitsgelübde gebrochen werden, ist nichts Ungewöhnliches, und es hätte mich nicht weiter schockiert. Das Schlimme war nur, daß sie sich mit einer jungen Novizin amüsierten, die von der Äbtissin dazu gezwungen worden war, und daß sie das Mädchen anschließend wie ein Opferlamm abschlachten wollten. Ich kam gerade noch rechtzeitig, um dem Mädchen das Leben zu retten, aber dafür hatte der Bischof das Messer in der Brust. Bevor ich wußte, wie mir geschah, lag ich in Ketten, und man machte mir den Prozeß. Die Anklage lautete auf Mord und Teufelsanbetung. Das hatte ich der Äbtissin zu verdanken, und das Tribunal bestand aus Kirchenmännern, die sich nicht trauten, über die perversen Neigungen ihres Bischofs zu sprechen.«

»Und das Mädchen? Du sagtest doch, du hättest es retten können. Warum hat es nicht zu deinen Gunsten ausgesagt?«

»Es war halb tot und hatte einen schweren Schock erlitten. Es dauerte fast drei Jahre, bis die Ärmste wieder ein Wort sprach — und auch das nur, weil Lucien keine Mühe und keine Kosten gescheut hatte, um sie von den besten Ärzten in der Normandie behandeln zu lassen.«

»Lucien? War er denn in diese Angelegenheit verwikkelt?«

»Er wohnte dem Prozeß als Repräsentant der Königin bei — nur als Beobachter, der keinen Einfluß auf das Urteil hatte. Am Tag meiner voraussichtlichen Hinrichtung befreite er mich aus der Todeszelle, wobei ein halbes Dutzend Tempelritter, die keine Beihilfe zu meiner Flucht leisten wollten, den Tod fand. Wie Sie sich vorstellen können, war Königin Eleonore, auf deren Herrschaftsgebiet sich jene Abtei befand, über diesen Vorfall alles andere als erfreut. Doch Lucien setzte sein Leben und seinen Ruf aufs Spiel, um Zeugen aufzutreiben, die bisher über die perversen Lüste des Bischofs geschwiegen hatten. Dank seinem unermüdlichen Einsatz wurden schließlich an anderen Orten, die der Bischof besucht hatte, verstümmelte Mädchenleichen gefunden, und ich wurde von der Mordanklage freigesprochen. Ich bin übrigens nicht der einzige, dem Lucien das Leben gerettet hat. Alle Männer, die bei ihm sind — Sparrow, Robert, die Zwillinge —, schulden ihm viel mehr, als sie jemals wiedergutmachen können. Sogar Gil verdankt es nur Luciens Unterstützung, daß sie aufgenommen wurde.«

Servanne runzelte verwirrt die Stirn. »*Sie*? Gil Golden ist eine Frau?«

Friar hätte sich wegen seines Versprechers die Zunge abbeißen mögen, nickte aber nach kurzem Zögern. »Ja, sie ist eine Frau, obwohl kein Mann es an Sturheit mit ihr aufnehmen kann.«

Kleinere Überraschungen dieser Art konnten Servanne nicht mehr erschüttern. »Also gut — er hat dir das Leben gerettet, er ist der Wohltäter von Mißgeburten und Aufsässigen, und er führt im Dienste der Königin Eleonore ein ehrbares Leben. Das ist alles sehr lobenswert, aber seine derzeitigen Untaten sind deshalb nicht minder verwerflich.«

»Zugegeben, seine Methoden sind mitunter etwas ... etwas fragwürdig, milde ausgedrückt, aber er ist nichtsdestotrotz der anständigste Mann, dem ich jemals begegnet bin — und treu wie Gold, wenn Menschen ihm etwas bedeuten«, fügte er mit weicher Stimme hinzu.

»Willst du mir etwa weismachen, daß ich ihm etwas bedeute?« forderte Servanne ihn absichtlich heraus.

»Ich würde sogar noch weiter gehen, Mylady, auch wenn Sie mich auslachen — ich würde behaupten, daß dieser herzlose Grobian Sie liebt.«

»Du erlaubst dir einen grausamen Scherz mit mir!« rief Servanne mit hochroten Wangen. »Er liebt nur sich selbst. Wenn ich ihm tatsächlich etwas bedeuten würde, hätte er mich von diesem Ort ferngehalten, anstatt mich seinem Feind auf dem Präsentierteller auszuliefern!«

»Warum schneidet jemand sich ins eigene Fleisch? Wenn er Sie bei sich behalten hätte, hätte er zugeben müssen, daß er Sie liebt, und ich glaube, er war noch nicht soweit, es auch nur sich selbst einzugestehen.«

»Wie kannst *du* dann so sicher sein?« wollte Servanne wissen.

Friar lächelte bescheiden. »Ich erkenne die Symptome — bei ihm ebenso wie bei Ihnen.«

»Bei mir? Du bist wirklich verrückt! Ich liebe ihn nicht. Ich mag ihn nicht einmal. Ich werde keine einzige Träne vergießen, wenn ich ihn nie wiedersehe und nie mehr seinen Namen höre — wie er auch immer heißen mag!«

Friar betrachtete die trotzig hochgezogenen Schultern und kratzte sich nachdenklich am Kinn. »Dann wird es Sie natürlich auch nicht interessieren, daß er an Ihrem Hochzeitstag hier sein wird.«

»Er kommt hierher?« Servanne schnappte nach Luft. »In die Burg? Aber wie ... wann ...?«

»Das ist nicht wichtig ...«, begann Alaric, doch sie fiel ihm aufgeregt ins Wort. »Nicht wichtig? Lord Wardieu hat befohlen, daß jeder, der die Festung betritt, seine Identität nachweisen muß. Du hast doch bestimmt gesehen, wieviel Wachposten auf den Wehrgängen und Türmen patrouillieren — seit meiner Ankunft wurde ihre Anzahl bereits verdoppelt, und heute war die Rede von noch strengeren Sicherheitsmaßnahmen, *um* unliebsame Zwischenfälle auszuschließen.«

Friar nickte, so als wären ihm all diese einleuchtenden Argumente bestens bekannt. »Er rechnet damit, die Kontrollen umgehen zu können, wenn er sich La Seyne anschließt. Der Mann hat ein Gefolge von achtzig Personen, da werden ein paar mehr wohl nicht auffallen.«

»Ist dieser La Seyne denn genauso verrückt wie alle anderen?« stöhnte Servanne.

»Noch verrückter«, gab Friar grimmig zu. In seinen dunkelbraunen Augen spiegelte sich ein kurzer innerer Kampf wider, bevor er sanft nach Servannes Händen griff. »Mylady, von dem Moment an, als Lucien erfuhr, daß sein Bruder lebte und es sich in Bloodmoor Keep gutgehen ließ, wußten wir alle, daß er nicht ruhen würde — nicht ruhen *konnte* —, bis einer von beiden tot am Boden liegen würde. Er ist arrogant, stolz und eigensinnig, und wenn er sich etwas in den Kopf setzt, ist es verdammt schwer, ihn davon abzubringen. Das tut der Tod einem Menschen nun einmal an, und Lucien hatte die Schwelle zum Jenseits fast schon überschritten. Weder Sie noch ich können ihn davon abhalten, Rache zu nehmen. Wir sind völlig machtlos.«

Servannes Augen füllten sich mit heißen Tränen. Sie entriß Friar ihre Hände und wich einige Schritte zurück.

»La Seyne!« rief sie. »La Seyne könnte der Sache ein Ende bereiten, indem er selbst De Gournay tötet!«

In den Tiefen von Alarics Augen spielte sich wieder ein Kampf ab, bevor er antwortete. »La Seyne wird hocherfreut sein, daß der Drache seine Herausforderung angenommen hat — aber beim Turnier wird es Lucien sein, der gegen seinen Bruder antritt.«

»Was?« flüsterte Servanne kaum hörbar. »Was hast du da gesagt?«

»La Seyne kommt nur wegen Prinz Johann hierher, und wenn diese Angelegenheit erledigt ist ...«

»Welche Angelegenheit?«

»Das darf ich Ihnen nicht verraten, Mylady. Es würde Sie nur in Gefahr bringen. Nur soviel — das Turnier und La Seynes Herausforderung soll den Drachen ablenken, und das scheint zu klappen. Er hat jedenfalls seine Gäste schon allein gelassen, um zu trainieren, und die Kunde von dem bevorstehenden Zweikampf ist schon über die Burgmauern hinausgedrungen und wird die Massen herbeiströmen lassen — Menschenmassen, die sich genauso wenig aufhalten lassen wie eine Springflut, und die für ein Chaos sorgen, das sehr nützlich sein kann.«

»Alles ist genauestens geplant worden, nicht wahr?« murmelte Servanne tonlos. »Sogar daß du in deinen Bischofsgewändern zu mir kommst und mir mit Versprechungen von Liebe und Treue das Herz erwärmst. Aber falls nun trotzdem etwas schiefgeht? Was, wenn er dem Drachen unterliegt, was, wenn der falsche Mann den Sieg erringt? Du und La Seyne und all die anderen Abenteurer — ihr werdet einfach davonreiten und nach neuen Heldentaten streben — aber was wird aus jenen, die ihr hier zurückläßt? Was wird aus mir?«

»Lucien hat bereits Vorkehrungen getroffen . . .«

»Vorkehrungen! Er hat Vorkehrungen getroffen!« rief sie ungläubig und empört. »Er . . . er hat Vorkehrungen getroffen und es nicht für nötig befunden, mich vorher zu fragen, ob ich damit einverstanden bin?«

»Er hat angenommen . . .«, begann Friar verlegen.

»*Was* hat er angenommen? Woher nimmt er die Anmaßung, über mich verfügen zu wollen?«

Friar errötete.

»Ach ja, ich verstehe! Weil er mit mir geschlafen hat, glaubt er jetzt, mich zu besitzen?«

»Nein! Nein, ich bin mir sicher, daß er das nicht . . .«

»Mylady! Mylady!«

Alaric und Servanne wirbelten bestürzt herum, doch als sie den Pagen Geoffrey atemlos auf der Schwelle stehen sahen, ließ der vermeintliche Bischof seine Hand sinken, die nach dem unter seinen Gewändern versteckten Dolch getastet hatte.

»Verzeihen Sie, Mylady, verzeihen Sie, Herr Bischof ... aber ich soll Ihnen mitteilen, daß Prinz Johann eingetroffen ist! Er hält sich schon in der großen Halle auf, und Seine Lordschaft wünscht, daß Sie sich sofort dorthin begeben.«

Alaric blickte Servanne tief in die Augen.

»Danke, Geoffrey«, sagte sie sanft. »Und Ihnen, Monseigneur, danke ich für all Ihre weisen Ratschläge und gütigen Worte, die mir in den nächsten Tagen viel zu denken geben werden.«

Alaric verzichtete zähneknirschend auf eine gebührende Antwort und murmelte statt dessen einen Segen.

19

Servanne war Prinz Johann im vergangenen Sommer an der Seite ihres Gemahls Sir Hubert vorgestellt worden, konnte sich aber nicht mehr genau an sein Aussehen erinnern. Trotzdem erkannte sie ihn sofort inmitten all der Ritter, die zu seinem Gefolge gehörten. Die Dynastie der Plantagenets brachte im allgemeinen blonde Männer und Frauen von ungewöhnlicher Schönheit hervor, doch Johann Ohneland, der fünfte Sohn von Eleonore und Heinrich, bildete eine Ausnahme. Sein Haar war schwarz und wuchs ihm in Büscheln tief in den Nacken. Sogar seine Handrücken waren dicht behaart. Das Gesicht war leicht verquollen, weil er zuviel aß und trank und auch in jeder anderen Hinsicht ein ausschweifendes Leben führte. Seine hohe, breite Stirn verriet die edle Abstammung, aber die spitze Nase und die tief in den Höhlen liegenden

Augen verliehen ihm etwas Heimtückisches und legten beredtes Zeugnis von der Grausamkeit ab, für die er berüchtigt war.

Die Hand, die er Servanne entgegenstreckte, war lang, schmal und feucht, die Fingernägel abgekaut. Wenn er einen seiner Tobsuchtsanfälle hatte, die manchmal Tage dauerten, war nichts und niemand vor ihm sicher. Dann wieder verfiel er in völlige Lethargie, verließ kaum sein Bett und nahm keine Nahrung zu sich. Unter diesen Anwendungen hatten auch alle Ritter seiner Umgebung zu leiden. Ein mit Ehren überhäufter Günstling mußte jederzeit damit rechnen, von einem Tag auf den anderen in Ketten gelegt und dem Hungertod preisgegeben zu werden, auch wenn er sich nicht des geringsten Vergehens schuldig gemacht hatte.

Es gab nur wenige Männer, die er fürchtete oder respektierte. Wilhelm Penbroke war einer davon, und der Marschall widersetzte sich denn auch als einziger den ständigen Steuererhöhungen, die Englands Bauern in den Ruin trieben. Unter dem Vorwand, daß Richards Kreuzzug sehr kostspielig sei, besteuerte der Regent alles und jedes. Seine Feinde wurden unter irgendeinem Vorwand ihres gesamtes Besitzes beraubt, während seine wenigen Freunde immer mehr Reichtümer anhäuften und einflußreiche Positionen innehatten — im Rahmen seines ausgeprägten Verfolgungswahns.

Servanne hatte sich ursprünglich sehr geschmeichelt gefühlt, daß der Prinz bei ihrer Hochzeit mit Wardieu zugegen sein würde, bewies es doch, welch hohes Ansehen ihr Bräutigam genoß.

Und sogar noch, als sie auf der Galerie ein paar Minuten stehengeblieben war, um ihr rasendes Herzklopfen unter Kontrolle zu bringen, hatte sie überlegt, ob sie Ohneland nicht um Hilfe bitten sollte, damit die Hochzeit verschoben würde, so daß sie die Möglichkeit hatte, einen Appell an König Richard zu richten, um ihre Verlobung mit Wardieu zu annullieren.

Doch sobald sie dem Prinzen gegenüberstand, begriff sie, daß es sinnlos wäre, ihn um einen Gefallen zu bitten. Seine Blicke hatten sie ausgezogen, noch bevor sie ihm vorgestellt worden war, und sein zweideutiges Grinsen verriet nur allzu deutlich, welche Bezahlung er für den kleinsten Gefallen fordern würde.

Außerdem war es ja kein anderer als Johann gewesen, der Servannes beträchtliche Mitgift seinem Günstling Wardieu zugespielt hatte — Richard Löwenherz durfte mit solchen Belanglosigkeiten ja nicht belästigt werden. Andere Bewerber hatten um Servannes Hand angehalten, und einige hatten dem Prinzen so großzügige Angebote gemacht, daß er sie ernsthaft in Betracht gezogen hatte, aber letztlich war doch De Gournay als Sieger aus dem Wettbewerb hervorgegangen, und deshalb bestand kaum Hoffnung, Ohneland umstimmen zu können.

Zudem war die Stimmung denkbar ungeeignet für ein ernsthaftes Gespräch. Als Servanne die Halle mit ihren Zofen betrat, war dort schon ein Trinkgelage im Gange. Es überraschte sie nicht, daß Johann von Frauen umringt war, denn er machte weder aus seiner Lüsternheit noch aus seiner Vorliebe für blutjunge Mädchen ein Geheimnis. Von seinen Begleiterinnen mochte kaum eine älter als siebzehn sein, und alle trugen hautenge Kleider mit unanständig tiefem Dekolleté.

Das einzige, was Servanne an dieser Szene Freude bereitete, waren Nicolaas unnatürlich gerötete Wangen. Es war nicht zu übersehen, wie sehr die Eitelkeit der Frau des Sheriffs darunter litt, daß diese jungen Dinger mit dem makellosen Teint und den leuchtenden Augen sie in den Schatten stellten. Die alternde Schönheit konnte ihre Wut an den Dienstboten auslassen, die ihr nichts recht machen konnten.

Die Verärgerung ihrer Rivalin bereitete Servanne solches Vergnügen, daß sie den einzigen gesenkten Kopf in der Umgebung des Prinzen fast übersehen hätte. Weil es keine Mode speziell für Kinder gab, waren sie meistens wie kleine Erwachsene gekleidet, und so trug auch das Mädchen, das zwischen zwei von Johanns Ratgebern stand, ein Kleid aus blauem Samt, das genauso raffiniert geschnitten war wie die Roben der älteren Frauen. Die kindlich gerade Taille war mit goldenen Gliederketten umgürtet, und die lange Schleppe schlang sich anmutig um die kleinen Füße.

Die eng anliegende Haube umrahmte ein ebenmäßiges Gesicht, das in einigen Jahren bestimmt sehr reizvoll sein würde. Himmelblau strahlende Augen und helle Wimpern legten die Vermutung nahe, daß das Kind genauso blond wie Servanne selbst war — fast so, als wären sie Schwestern.

Die Kleine konnte nicht älter als acht oder neun Jahre sein und fühlte sich in dieser Gesellschaft lüsterner Männer und Frauen sichtlich unwohl. Servannes Augen wurden vor Ekel schmal, und sie preßte die Lippen zusammen, als sie Prinz Johann betrachtete und an die Gerüchte dachte, die über seine Ausschweifungen kursierten. Es war zwar nicht unüblich, daß elf- oder zwölfjährige Mädchen mit wesentlich älteren Männern verheiratet wurden, doch der tatsächliche Vollzug der Ehe wurde meistens auf einen späteren Zeitpunkt verschoben. Daß der Prinz ein kleines Mädchen zwang, sich zwischen seinen Huren aufzuhalten, hinterließ einen bitteren Geschmack in Servannes Mund.

»Ahhh ... entzückend, wirklich entzückend!« rief Johann, während seine feuchten Hände sich um Servannes Finger schlossen. »Unser Drache hat eine gute Wahl getroffen. Vielleicht ein bißchen mager, Wardieu«, fügte er an seinen Günstling gewandt hinzu, »aber ich nehme an, daß du ihr in kürzester Zeit einen dicken Bauch bescheren wirst!«

Als er sich lachend auf den eigenen Bauch schlug, fiel Servanne auf, daß seine Zähne faulig waren und sich überschnitten. Sein Atem stank nach Wein, und sein schwarzes Samtwams war voller Flecken. Außerdem war er viel kleiner, als sie ihn in Erinnerung gehabt hatte, und sie mußte sich sogar ein wenig bücken, um ihn nicht zu überragen.

»Sie werden beim Essen neben mir sitzen«, verkündete Johann mit einer großartigen Geste zum Podium hinüber. »Und du, Wardieu«, fuhr er augenzwinkernd fort, »wirst dir plausible Gründe ausdenken müssen, warum ich deine Braut nicht für mich selbst beanspruchen sollte! Kommt ... Breauté, Gisbourne ... setzt euch! Setzt euch alle! Mein Magen knurrt so laut, daß er es mit jedem Rammbock aufnehmen könnte! Und wo ist meine hübsche kleine Nichte? Ahhh, die schönste Prinzessin der ganzen Bretagne ... ich habe mich so an ihr lächelndes Gesicht gewöhnt, daß ich es sehr vermissen werde.«

Sein höhnisches Lachen änderte nichts an der ernsten Miene des Mädchens; nur die bleichen Wangen röteten sich ein wenig. Hingegen machten Johanns engste Berater betretene Gesichter, und einer von ihnen trat hastig an den Prinzen heran und flüsterte ihm einige warnende Worte ins Ohr.

»Pah! Welchen Unterschied sollte das jetzt noch machen? Morgen wird sich das gehässige kleine Luder ohnehin auf dem Rückweg in die Bretagne befinden, und sie wird wieder dort sein, noch bevor irgendwelche Gerüchte jemanden überzeugen könnten, daß sie Mirebeau jemals verlassen hat.« Er rülpste laut, bevor er fortfuhr: »Das Spiel ist langweilig geworden, Breauté. Ich habe meine Genugtuung gehabt: die alte milchlose Kuh wird jetzt wissen, daß mit mir nicht zu spaßen ist. Sperr die

Schnepfe ein, wenn es dich so beunruhigt, daß jeder sie hier sehen kann, aber verdirb mir nicht die Laune! Wir sind hergekommen, um die Hochzeit meines tapferen Freundes zu feiern. Eßt! Trinkt! Ich will heute keine düsteren Mienen sehen! Und wer sich nicht daran hält, der hat bald überhaupt kein Gesicht mehr!«

Beifall brandete durch die große Halle, als der Prinz Servanne zu ihrem Platz am langen Tisch geleitete. Ihre Beine waren steif und schwer, und ihre Bewegungen waren so hölzern, daß ihre Schleppe an der Ecke einer Bank hängenblieb. Während ihr Page sich bückte, um den Stoff zu lösen, trafen sich Servannes und Friars Blicke über den Kopf des Prinzen hinweg.

Johann Ohneland hatte nur eine einzige Nichte, und es gab nur eine Prinzessin von der Bretagne — Eleonore, benannt nach ihrer Großmutter, der Königinwitwe von England.

Doch sowohl die Prinzessin als auch ihr Bruder Arthur hielten sich in der Bretagne auf. Seit dem Tod ihres Vaters hatten sie keinen Fuß mehr auf englischen Boden gesetzt. Königin Eleonore von Aquitanien behielt ihre Enkel vorsichtshalber bei sich in Mirebeau, weil sie Johanns Machthunger mißtraute.

Und wenn ich Ihnen nun sagen würde, daß Arthur und seine Schwester vor vier Monaten aus dem Schloß der Königinwitwe entführt wurden?

Die Stimme des Wolfs hallte in ihren Ohren wider, so als stände er jetzt vor ihr, und sie bekam einen trockenen Mund, als sie daran dachte, daß sie seine Worte als lächerliche und absurde Unterstellung abgetan hatte, genauso wie seine Andeutung, daß er in geheimer Mission für die Königin nach England gekommen war.

Es gibt wichtige Gründe für Diskretion und Stillschweigen. Diese Gründe hindern sowohl Etienne als auch mich daran, unseren Konflikt offen auszutragen, aber ich kann dir nicht erklä-

ren, worum es dabei geht, weil dieses Wissen dich in Gefahr bringen könnte.

In Gefahr bringen?

Servannes Page berührte sie am Arm, zum Zeichen, daß er ihre Schleppe losgemacht hatte. Sie murmelte etwas — sie wußte nicht, was —, und als sie wieder zu Friar hinüberblickte, saß er schon auf seinem Platz und hatte sein Gesicht abgewandt.

La Seyne kommt nur wegen Prinz Johann hierher ... er wird hocherfreut sein, daß der Drache seine Herausforderung angenommen hat ... aber beim Turnier wird es Lucien sein, der gegen seinen Bruder antritt ... La Seyne kommt nur wegen Prinz Johann hierher ... nur soviel — das Turnier und La Seynes Herausforderung soll den Drachen ablenken ...

Ablenken?

Gefahr?

Servanne starrte den Prinzen an.

Morgen wird sich das gehässige kleine Luder ohnehin auf dem Rückweg in die Bretagne befinden ...

Mein Gott, dachte Servanne, es stimmte also! Johann hatte die Kinder tatsächlich entführen lassen. Er hatte tatsächlich geplant, Arthur als Geisel festzuhalten, um seine eigenen ehrgeizigen Ziele durchzusetzen. Daß sein Plan fehlgeschlagen war, daß der Prinz gerettet worden war, mußte ihn in rasende Wut versetzt haben — in solche Wut, daß er sogar riskiert hatte, von jedem anständigen Ritter im Lande scharf verurteilt zu werden. Es war ein unverzeihlicher Verstoß gegen Ehre und Ritterlichkeit, die Prinzessin gefangenzuhalten. Daß er sie zudem noch dem dekadenten Treiben an seinem Hof ausgesetzt und sie möglicherweise sogar selbst mißbraucht hatte, würde ihm den gerechten Zorn jedes Barons und Lords zuziehen, zumal die meisten von ihnen mit seiner Politik ohnehin nicht einverstanden waren.

La Seyne hatte zweifellos den Auftrag, die Prinzessin

gegen Bezahlung eines Lösegelds zu ihrer Großmutter zurückzubringen. Aber worin bestand die geheime Mission des Schwarzen Wolfs — sollte er sicherstellen, daß der Austausch friedlich vonstatten ging?

Eine ungeheure Last — die Last der Zweifel an Luciens Worten — fiel von Servanne ab, als die einzelnen Informationen sich zu einem überzeugenden Gesamtbild zusammenfügten, das alles — oder fast alles — erklärte. Sie war so aufgeregt, daß es ihr schwerfiel, neben Johann Ohneland zu sitzen und den Anschein von Normalität zu wahren, als Trompetenstöße den Beginn des Festmahls ankündigten.

Scharen von Dienstboten schleppten Terrinen mit Brühe und Eintopf an, gefolgt von Platten mit Hühnern, Wachteln und Spanferkeln. Der Lärm im Saal schwoll immer mehr an, als gierige Hände das Fleisch in Stücke rissen und halb abgenagte Knochen den bellenden und sabbernden Hunden zuwarfen. Lippen und Kinne trieften vor Fett, und es wurde geschmatzt und gerülpst. Fisch und Gemüse wurden ebenso verschlungen wie die gezuckerten Hühnerpasteten mit einer Kruste aus Mandelmilchreis. Platten und Terrinen wurden mit frisch gebackenem Brot ausgewischt, Wein und Ale flossen in Strömen, und so war es nicht weiter verwunderlich, daß einige Gäste mit den Köpfen in ihren Essensresten landeten, noch bevor das Dessert — Waffeln mit Obstkompott — serviert wurde.

Auch Servannes Wangen waren hochrot, aber nicht vom Essen und Trinken, denn sie hatte die Speisen kaum angerührt und vom Wein nur genippt, sondern vor Ungeduld.

Sie sprang als erste vom Tisch auf, als die Männer eine Falkenjagd anregten, bat aber, sie bei dieser Veranstaltung zu entschuldigen, weil sie sich bis zum Abendessen ausruhen wolle. Wardieu blickte ihr neugierig nach, als sie auf den Bischof zuging, doch er wurde durch Prinz Johanns Schmeicheleien und durch das Gekicher der Frauen abgelenkt, so daß Servanne Zeit hatte, einige Worte unter vier Augen mit Alaric zu wechseln.

»Wenn La Seyne Sur Mer eintrifft, möchte ich ihn sehen«, sagte sie.

»Was?« Friar machte ein so bestürztes Gesicht, als hoffte er, sich verhört zu haben.

»Ich will mit La Seyne sprechen«, zischte sie wieder mit funkelnden Augen. »Ich weiß, warum er hier ist. Ich weiß, welche Angelegenheit er mit Prinz Johann zu regeln hat, und ich möchte mit ihm sprechen, bevor noch mehr Fehler gemacht werden.« Sie straffte ihre Schultern. »Natürlich könnte ich auch warten und in Gegenwart von De Gournay und Johann Ohneland mit ihm sprechen, aber ich glaube bestimmt nicht, daß ihm das so recht wäre.«

Friar wollte protestieren, aber als Wardieu plötzlich an ihre Seite trat, lächelte er gezwungen. »Ich werde sehen, was ich arrangieren kann, Mylady.«

»Arrangieren?« Wardieus kalte blaue Augen schweiften mißtrauisch von einem Gesicht zum anderen. »Was zum Teufel gibt es denn noch zu arrangieren?«

»Oh«, hauchte Servanne mit einem mädchenhaft scheuen Lächeln. »Das ist eine Überraschung, von der Sie noch nichts wissen dürfen, Mylord.«

»Ah, eine Überraschung!« Er schlang seinen Arm besitzergreifend um Servannes Taille, und seine Finger gruben sich in ihr Fleisch. »Ich liebe Überraschungen, Mylady ... besonders jene, die uns in der Hochzeitsnacht erwarten!«

20

»La Seyne schätzt keine Überraschungen«, murmelte Friar. »Er schätzt sie überhaupt nicht.«

»Du hast ihm doch gesagt, daß ich ihn sprechen möchte?« flüsterte Servanne so leise, daß ihre Stimme im Rascheln ihres Rockes auf dem Steinboden fast unterging.

»Ja.«

»Dann ist es für ihn ja keine Überraschung mehr.«

Friar blieb am Ende eines Korridors stehen und schien sich orientieren zu müssen, bevor er in einen anderen dunklen Gang mit gewölbter Decke einbog.

»Das ist glatter Wahnsinn!« knurrte er. »Es ist fast Mitternacht, und wir werden uns entweder hoffnungslos verlaufen und bis zum Morgen durch diese verdammte Burg irren, oder aber wir stolpern über eine Patrouille.«

»Warum hast du dich nicht schon vor einer Stunde zurückgezogen — oder vor zwei? Die meisten Gäste waren doch ohnehin schon so betrunken, daß dein Aufbruch ihnen gar nicht aufgefallen wäre.«

»Und warum konnten Sie nicht bis morgen warten, um La Seyne zu sehen? Er hält sich erst seit wenigen Stunden auf dem Burggelände auf und ist nicht in der Stimmung, törichte junge Damen zu unterhalten.«

»Ich habe gehört, daß er an der Falkenjagd auf dem Moor teilgenommen hat.«

»Das ermöglichte es ihm, eine Einladung zu dem Gelage dieses Abends auszuschlagen, ohne Prinz Johann und seinen Gastgeber zu beleidigen — obwohl er keineswegs davor zurückschreckt, einen Prinzen oder sogar einen König zu beleidigen. Diese Begegnung mit der Jagdgesellschaft hat ihm aber gründlich die Laune verdorben, und nachdem Sie ja behaupten, den Grund für seine Anwesenheit in Bloodmoor Keep erraten zu haben, muß Ihnen doch klar sein, daß er nur den einen Wunsch hat, diese

Angelegenheit zu einem guten Ende zu bringen und dann möglichst schnell wieder abzureisen.«

»Natürlich ist es wichtig, Prinzessin Eleonore in Sicherheit zu bringen, aber ...«

Alaric blieb diesmal so abrupt stehen, daß Servanne ihm auf die Fersen trat und gegen seine Schulter prallte. »Erstens«, zischte er wütend, »haben die Wände Ohren, und zweitens ist die von Ihnen erwähnte Angelegenheit *so* wichtig, daß sie absoluten Vorrang vor allem anderen hat. *Absoluten Vorrang,* ist das klar?«

Servanne ärgerte sich über seinen schroffen und herablassenden Ton, begriff aber gleich darauf, daß Furcht und Sorge die Motive für seinen Ärger waren — Sorge um die Sicherheit der Prinzessin, aber auch um ihre eigene Sicherheit.

»Ich möchte doch nur helfen«, flüsterte sie sanft. »Glaub mir, ich weiß genau, wie der kleinen Prinzessin zumute sein muß, und ich werde nichts tun, was ihre sichere Rückkehr nach Mirebeau gefährden könnte.«

Friar seufzte inwendig, verzichtete aber darauf, ihr klarzumachen, daß sie ihrer aller Sicherheit schon jetzt gefährdete. Hoffentlich war das, was sie La Seyne zu sagen hatte, wirklich so wichtig, daß es dieses Risiko rechtfertigte. Andererseits hätte La Seyne sich einfach weigern sollen, sie zu sehen — welches Spiel spielte *er*?

Sie gelangten ohne Zwischenfälle zum Hinterausgang des Hauptgebäudes, und hier schob Friar seine Begleiterin in einen kleinen Lagerraum. Leise fluchend rieb er Zunde gegen Feuerstein, bis er an den Funken einen Kerzenstummel anzünden konnte. Nachdem Servanne die lärmende Gesellschaft in der Halle verlassen hatte, um in ihrer Kemenate auf Alaric zu warten, hatte sie ihre auffällige Samtrobe mit Seidenschleppe wohlweislich mit einem schlichten Wollkleid vertauscht und ihre Haube abgelegt, so daß der dicke Zopf ihr jetzt über den Rücken fiel. Damit die Wachen sie nicht erkannten, mußte sie auf Friars Geheiß eine weite Mönchskutte anziehen – eine jener mottengrauen Roßhaarkutten, die Gil und die anderen beim Frühstück getragen hatten.

»Einen hübscheren Mönch kann ich mir nicht vorstellen«, schmunzelte Friar. »Die Wachen haben mich heute schon einige Male gesehen, und deshalb dürften wir mühelos in den Hof gelangen. Außerdem wird überall schon eifrig gefeiert, nicht nur im Saal, und das kommt uns sehr gelegen. Fertig?«

Servanne nickte, und nachdem Friar ihr die große Kapuze tief ins Gesicht gezogen hatte, blies er die Kerzen aus, nahm Servanne bei der Hand und führte sie vorsichtig auf den Korridor hinaus.

Ihr Herzschlag stockte, als sie zwei andere Gestalten in Mönchskutten sah, doch gleich darauf erkannte sie im Schein einer fernen Fackel die Zwillinge und nickte ihnen erfreut zu. Es war ein beruhigendes Gefühl, Mutter und Stutter im Rücken zu haben. Vor der Tür schlossen sich ihnen zwei weitere ›Mönche‹ an, und in der Nähe des Tors zum Außenhof gesellte sich ein drittes Paar – darunter Gil Golden – zu der kleinen Gruppe.

Die Posten am ersten Wachtturm beachteten die Mönche kaum. In jeder Ecke des Innenhofs brannten große Lagerfeuer, und in den Nischen an den Mauern flackerten Fackeln. Oben auf dem Wehrgang patrouillierten weitere Posten, aber sie schenkten den Personen, die sich bereits auf dem Burggelände aufhielten, wenig Beachtung. Das schrille Lachen einer Frau irgendwo auf dem Turm bewies, daß sie an dem unablässigen Menschenstrom über die Zugbrücke kein Interesse hatten.

Der Außenhof war nicht so hell beleuchtet, aber das ganze kleine Dorf schien auf den Beinen zu sein, betrank sich mit billigem Bier und fieberte den Ereignissen der nächsten Tage entgegen. Das funkelnde Bischofskreuz auf Alarics Brust sorgte dafür, daß man ihm und seinen Begleitern in dem Labyrinth von Gassen und Werkstätten bereitwillig Platz machte. Das Gefolge der Ritter, die zur Hochzeit geladen waren, war in den überfüllten Kasernen entlang der Mauern untergebracht, und die Soldaten hatten nicht lange gebraucht, um Huren zu finden, die ihnen für wenig Geld recht viel boten. Spielleute und Gaukler probten im Feuerschein für ihre Auftritte beim Turnier, und überall wurde gesungen und getanzt.

Das Bild, das Servanne jetzt vor Augen hatte, unterschied sich gewaltig von der deprimierenden Atmosphäre bei ihrer Ankunft in Bloodmoor. Diese Menschen lächelten und lachten und hatten vorübergehend ihre Furcht verloren. Sogar die Wachen, die zu zweit im Hof patrouillierten, blieben gelegentlich stehen, um einen Akrobaten zu bewundern oder einen Happen brutzelndes Fleisch zu ergattern, das allerorten am Rost gebraten wurde.

Verlockende Gerüche erfüllten die Luft. Die Bäcker hatten alle Hände voll zu tun, um den Bedarf an Brot und Kuchen für den nächsten Tag zu decken. In den Metzgereien wurden Schweine, Lämmer, Ziegen und Hühner geschlachtet, gehäutet und gerupft, denn nach dem Turnier und nach der Trauung würde es jeweils ein Festmahl geben. In der Gasse der Waffenschmiede hatten Knappen Zelte aufgestellt, die mit den Wappen und Standarten ihrer Herren geschmückt waren. Von den Schmiedefeuern stieg öliger Rauch auf, und die schweißbedeckten Schmiede hämmerten auf ihren Ambossen herum, pausenlos damit beschäftigt, Hufeisen, Lanzen oder Schwerter zu reparieren. Die Knappen überwachten diese Arbeiten und würden anschließend bis zum Morgengrauen Waffen und Rüstungen ölen und auf Hochglanz polieren. Beim Turnier mußte der Verlierer dem Sieger Rüstung und Pferd überlassen, und jeder Ritter setzte seinen Stolz darein, mit makelloser Ausrüstung ohne Rostflecke und ohne gebrochene Kettenglieder anzutreten.

Servannes Beine schmerzten, lange bevor Alaric seine Schritte verlangsamte und warnend einen Finger an seine Lippen legte. Sie hatten den Lärm der Hammer und Ambosse hinter sich gelassen und eine dunkle, stille Gasse betreten. Servanne hatte keine Ahnung, wo sie waren; sie hatte bisher keine Vorstellung davon gehabt, wie riesig dieser Burghof war, und sie wunderte sich darüber, daß Alaric sich in diesem Labyrinth mühelos zurechtfand. Dann fiel ihr ein, daß der Wolf hier aufgewachsen war, und wenn er sich nach fünfzehnjähriger Abwesenheit sogar noch an Waldpfade und Klosterruinen erinnerte, würde er sich natürlich um so besser an jeden Winkel der Burg erinnern. Und offenbar hatte er seine Freunde über sämtliche Einzelheiten der komplizierten Festungsanlage informiert.

Die abgelegene Hütte, zu der Alaric sie geführt hatte, machte einen trostlosen Eindruck — und das aus gutem Grunde, wie Servanne bestürzt feststellte, als sie das Schild über der Tür sah: hier wurden Leichentücher und Särge angefertigt.

»Mein Gott!« flüsterte sie und wich unwillkürlich einen Schritt zurück.

»Selbst Gott ist gnädig genug, sich heute nacht von diesem Ort fernzuhalten.« Alaric drückte ihren Arm, um ihr Mut zu machen. »Es war der sicherste Ort, der uns für ein Treffen eingefallen ist. Trotzdem ... fassen Sie sich kurz, Mylady. Wir werden hier draußen aufpassen. Gehen Sie jetzt, und vergessen Sie nicht, vor der Tür irgendein Geräusch zu machen, sonst haben Sie ein Messer zwischen den Schultern, bevor Sie Ihr Versäumnis wiedergutmachen können. Bleiben Sie möglichst im Schatten ...«

Servanne holte tief Luft und hastete über den schmalen

Streifen, der vom Mond beleuchtet wurde. Ihre Schritte knirschten auf Heu und Stroh, und eingedenk Alarics Warnung gab sie sich keine Mühe, leise aufzutreten. Vor der niedrigen Tür blieb sie stehen und betete inbrünstig zu allen Heiligen, die sie noch nicht gegen sich aufgebracht hatte. Nach ganz kurzem Zögern verzichtete sie darauf anzuklopfen, hob einfach den Holzriegel an und trat ein.

Dichter Staub hing wie Nebel in der Hütte aus Stein und Stroh, und Servannes Augen brauchten einige Sekunden, um sich auf das schwache bernsteinfarbene Licht einer flackernden Kerze einzustellen.

Er lehnte an der hinteren Wand, die Arme über der Brust verschränkt, und blickte ihr gelassen entgegen, so als wäre es für ihn ganz alltäglich, sich nachts mit Edelfrauen in einer Werkstatt voller Särge zu treffen.

»Sie wollten mich sprechen?« fragte er mit einer rauhen, knarrenden Stimme, die ihr eine Gänsehaut verursachte.

»Sind Sie ... sind Sie Lord La Seyne?«

Sein schwerer Seufzer warnte Servanne, daß er für überflüssige Fragen nichts übrig hatte. Als er die Arme senkte, begriff Servanne, warum seine Gestalt etwas Gespenstisches an sich hatte: er war von Kopf bis Fuß schwarz gekleidet und verschmolz fast mit der Dunkelheit. Schwarze Lederhandschuhe, schwarzes Hemd und schwarze Hose, schwarze kniehohe Stiefel, schwarzes Wams mit winzigen Silberknöpfen — und über dem Wamskragen die Maske aus schwarzer Seide, die Servanne so erschreckte, daß sie am liebsten davongerannt wäre.

»Tragen Sie mir Ihr Anliegen vor, Lady de Briscourt«, knurrte er. »Ich habe keine Zeit für weibliche Hysterie.«

»Der Schwarze Wolf von Lincoln hat mir gesagt, ich könne Sie aufsuchen, wenn ich Hilfe brauche«, sagte sie zögernd.

»Und? Brauchen Sie Hilfe?«

»Ja, aber nicht für mich.«

»Halten Sie mich etwa für einen Wohltäter der Menschheit, der allen Unterdrückten Schutz und Hilfe gewährt?«

Servanne senkte kurz den Kopf, doch als sie wieder aufblickte, war ihr Blick fest und ruhig, und ihre Stimme zitterte nicht mehr.

»Ich möchte Sie bitten, Lord Wardieu zu helfen. Mir wurde gesagt, daß er morgen beim Turnier an Ihrer Stelle gegen den Drachen kämpfen will.«

»Lord Wardieu?«

»Lord Lucien Wardieu. Der *echte* Lord Lucien Wardieu, der Mann, der sich Schwarzer Wolf von Lincoln nennt ... Ihr Freund, wenn ich mich nicht irre.«

»Ich habe keine Freunde«, schnarrte La Seyne.

»Vielleicht sollten sie das Lord Wardieu mitteilen, denn er hat eine sehr hohe Meinung von Ihnen.«

Die Augen hinter den Schlitzen in der schwarzen Seide verengten sich. »*Mir* wurde gesagt, daß Sie seiner Geschichte keinen Glauben schenken.«

»Das stimmt. Anfangs habe ich ihm nicht geglaubt.«

»Und jetzt tun Sie es?« höhnte er. »Darf ich fragen, was diese wundersame Meinungsänderung bewirkt hat?«

»Sie können mich natürlich verspotten, Sir«, sagte Servanne ruhig, »und Sie können sich über die wankelmütige Natur der Frauen lustig machen, aber ich versichere Ihnen, daß diese wundersame Meinungsänderung, wie Sie es nennen, durchaus auf vernünftigen Gründen basiert, und daß ich mir auch der Konsequenzen voll und ganz bewußt bin. Sie sind nach Bloodmoor gekommen, um Prinzessin Eleonore zu retten. Ich bin zu Ihnen gekommen, um Sie inständig zu bitten, auch Lord Lucien zu retten.«

Der Ritter holte tief Luft.

»Lucien ist ein fähiger Bursche. Er braucht meine Hilfe

nicht, um diesen Bastard von Bruder aus dem Sattel zu werfen.«

»Glauben Sie wirklich, daß Prinz Johann ihm diesen Sieg gönnen würde — falls er siegen sollte?«

»Ihm kommt es nur auf den Sieg an«, sagte La Seyne langsam. »Was danach kommt, ist unwichtig. Damit wird er sich auseinandersetzen, wenn es soweit ist.«

»Umgeben von Johanns Männern und von den Söldnern des Drachen? Ganz allein und auf sich gestellt? Er wird sich mit nichts mehr auseinandersetzen können, Mylord, denn auf einen einzigen kaltblütigen Befehl hin werden hundert Bolzen aus hundert Armbrusten abgeschossen werden, und er wird tot am Boden liegen, ohne seine Ehre wiederhergestellt zu haben.«

La Seyne schwieg lange, und jetzt konnte Servanne nicht nur die Umrisse seiner Maske erkennen, sondern auch das leichte Flattern der Seide bei jedem Atemzug.

»Frauen sollten sich vom Krieg und von der Politik fernhalten — sie verstehen nichts davon. Zum einen wird Lord Lucien nicht allein sein. Ich habe hundert loyale Männer im Gefolge, die dafür sorgen werden, daß kein Bolzen aus einer Armbrust abgeschossen wird.«

»De Gournay ist Prinz Johanns Verbündeter — sein Günstling! Ohneland wird es niemals stillschweigend hinnehmen, daß Lord Lucien ihn und den Drachen als Mörder und Betrüger entlarvt!'»

»Gott und der König müssen ein Urteil über Johanns Habgier fällen. Lucien will nur mit seinem Bruder abrechnen.«

»Das wird Johann aber nicht hinnehmen.«

Die Seide bewegte sich wieder. »Er wird es tun müssen, wenn ihm nur die Wahl bleibt, entweder Lucien Wardieu als rechtmäßigen Erben anzuerkennen, oder aber vor Zeugen seiner eigenen Verbrechen — Entführung und versuchter Mord — angeklagt zu werden. Ohneland hat in seiner Arroganz vermutet, daß es für ihn am sichersten sein würde, Prinzessin Eleonore hier in Bloodmoor freizulassen, wo er von seinen treuesten Verbündeten umgeben ist. Diese Arroganz wird ihn aber auch zwingen, keinen Widerspruch zu erheben, wenn sein Günstling schwerer Verbrechen beschuldigt wird. Selbstverständlich wird er so tun, als wäre er entsetzt über De Gournays Doppelspiel, aber um zu vermeiden, daß die Prinzessin seine eigenen Intrigen aufdeckt, wird er jenen Mann unterstützen, der morgen beim Turnier den Sieg erringt.«

»Sind Sie so sicher, daß Lucien siegen wird?«

»Ihr Vertrauen in ihn ist überwältigend, Mylady«, stellte La Seyne trocken fest. »Zweifeln Sie etwa daran?«

»Ich glaube, daß *Sie* eher ein ebenbürtiger Gegner für Etienne Wardieu wären. Sie genießen den Ruf, unbesiegbar zu sein.«

»Lucien ist auch kein schlechter Turnierkämpfer — er hat schon mehr als einen Mann aus dem Sattel gehoben.«

»Aber bestimmt nicht so viele wie Sie, Lord Randwulf!«

La Seyne wandte sein verhülltes Gesicht ab und fluchte leise vor sich hin. »Ein Mann muß seine Ehre um jeden Preis verteidigen«, erklärte er. »Das ist nun einmal der Ehrenkodex eines Ritters, für den er lebt und stirbt. Wenn ein Dritter sich einmischen würde, käme jeder Ritter sich erbärmlich vor.«

»Trotzdem flehe ich Sie an — retten Sie ihm das Leben!«

»Wie?«

»Indem Sie morgen selbst kämpfen, anstatt ihm das Feld zu überlassen. Sie können Etienne Wardieu ungestraft töten — eine neue Herausforderung, eine neue Trophäe in Ihrer Sammlung. Ich habe den Schmerz in Luciens Augen gesehen, als er vom Verrat seines Bruders sprach. Er hat ihn einst geliebt, und obwohl er allen Grund hätte, ihn umzubringen, würde er sich für den

Rest seines Lebens Gewissensbisse machen, wenn er ihn wirklich töten würde.«

La Seyne schwieg so lange, daß Servanne zu schwitzen begann.

»Wenn man Sie so reden hört, könnte man fast glauben, daß Ihnen etwas an dem ungehobelten Kerl liegt«, murmelte er endlich.

»Das ... das stimmt«, gab sie flüsternd zu. »In gewisser Weise ...«

La Seyne stemmte sich plötzlich von der Wand ab, und Servanne stieß einen leisen Schreckenslaut aus, als er auf sie zukam, denn dieser große, muskelstrotzende Mann sah so aus, als könnte er ihr mühelos alle Knochen im Leibe brechen.

»In welcher Weise, Mylady? Liegt Ihnen vielleicht etwas an ihm, weil Sie jetzt an seine Ansprüche glauben und nicht verlieren wollen, was Sie schon fast als Ihr Eigentum wähnten — Bloodmoor Keep und alles, was dazugehört?«

»Ländereien und Titel bedeuten mir nichts!« widersprach sie vehement.

»Nein? Und warum haben Sie dann den Heiratsantrag des Drachen so bereitwillig angenommen, kaum einen Monat nach dem Tod Ihres Gemahls?«

»Ich ... ich hatte keine andere Wahl! Es war ein königliches Dekret.«

»Sie hatten eine andere Wahl — im Wald. Sie hätten sich weigern können, Wardieu zu begleiten.«

»Nein! Diese Wahl hatte ich nicht!« rief sie leidenschaftlich. »Glauben Sie, daß ich sonst hier wäre?«

»Woher sollte ich das wissen?« erwiderte La Seyne trocken.

In Servannes Kopf hallten ihre eigenen Worte wider, lauter und immer lauter, und als sie die Bedeutung dieser Worte begriff, klopfte ihr Herz wie ein Schmiedehammer, und sie überwand ihren Stolz. »Nein«, flüsterte sie mit Tränen in den Augen. »Nein, ich wäre nicht hier, Monseigneur. Ich glaube … ich wäre liebend gern bei ihm im Wald geblieben, ohne auch nur einen Gedanken an das zu verschwenden, was ich dadurch verliere. Ich würde sogar jetzt mit ihm gehen, wohin er will, wenn Sie ihm diesen irrsinnigen Zweikampf ausreden könnten. Ich würde ihm in die Bretagne oder nach Frankreich oder in irgendein anderes fremdes Land folgen.«

»Und wenn er Ihre Gesellschaft gar nicht wünschen sollte?« knurrte La Seyne und trat so dicht an Servanne heran, daß ihr Herz noch lauter klopfte.

»Ich … ich würde ihm trotzdem folgen«, murmelte sie. »Es würde mir genügen, nur in seiner Nähe zu sein.«

Randwulf de la Seyne Sur Mer blickte sie lange durchdringend an, bevor er die Spannung mit einem leisen Lachen durchbrach. »Nein! Nein, Mylady, Ihre Augen strafen Ihre demütigen Worte Lügen. Sie würden sich niemals damit zufriedengeben, ihn nur aus der Ferne anzuhimmeln. Sie möchten mit Eisenketten an seine Hüften gefesselt sein, nicht mehr und nicht weniger.«

Servanne bekam eine Gänsehaut. Seine Stimme hörte sich plötzlich nicht mehr so schnarrend an, und sein Lachen … sein Lachen war so vertraut, daß sie unwillkürlich die Hand nach seiner Maske ausstreckte, aber die behandschuhten Finger waren schneller und schlossen sich fest um ihr Handgelenk.

»Ich möchte Ihr Gesicht sehen, Monseigneur«, flüsterte sie.

»Ihnen würde nicht gefallen, was Sie sehen müßten.«

»Es gefällt mir noch weniger, von einem Mann verhöhnt zu werden, der zu feig ist, der Welt sein wahres Gesicht zu zeigen.«

Seine Finger umklammerten ihr Handgelenk jetzt so fest, daß sie sich vor Schmerz auf die Unterlippe biß.

Doch dann ließ er sie plötzlich los, senkte den Kopf und nahm ohne weitere Warnungen die schwarze Seidenmaske ab.

Das Kerzenlicht fiel auf sein Profil, auf ein eckiges Kinn mit dunklen Bartstoppeln. Das dichte kastanienbraune Haar fiel wellig auf die Schultern hinab, und seine Augen mit den langen dunklen Wimpern waren so grau wie ein stürmischer Winterhimmel. Keine einzige Narbe verunstaltete dieses Gesicht, nur eine verschorfte Wunde auf der Wange.

»Du!« flüsterte sie mit zugeschnürter Kehle und griff sich mit eisigen Fingern an die Brust, um ihr Herz vor dem Zerspringen zu bewahren. Seine Nähe war sinnbetörend — bis ihr zu Bewußtsein kam, daß er sich für La Seyne ausgegeben hatte, daß sie ihm ihre Sorgen und Gefühle anvertraut hatte, über die er sich jetzt bestimmt lustig machte.

»Du!« schrie sie. »Wie konntest du es wagen, mich so in die Irre zu führen? Wie konntest du es wagen, mich Dinge aussprechen zu lassen, die nicht für deine Ohren bestimmt waren?«

Der Wolf blickte über ihre Schulter hinweg zur offenen Tür. »Für die Ohren aller Burgbewohner sind sie auch nicht bestimmt«, murmelte er, ging um sie herum und schloß rasch die knarrende Holztür.

Sie wirbelte herum. »Wie kannst du es wagen, mich so hereinzulegen? Wo ist La Seyne?«

»Er ist hier.«

»Wo? Versteckt er sich in einer dunklen Ecke und spitzt die Ohren, damit ihr beide hinterher über mich lachen könnt?«

»Ich wollte dich nicht hereinlegen, und ich lache über nichts, was du gesagt hast.«

»Wo ist La Seyne Sur Mer?« Sie stampfte mit dem Fuß auf den Boden, um nicht in Tränen auszubrechen.

Der Schwarze Wolf focht einen harten Kampf mit den letzten Resten seines gesunden Menschenverstands aus, unterlag und drückte die seidene Maske in ihre Hand.

»Du hast mich einmal gefragt, wie ich auf Reisen gehen könne, ohne befürchten zu müssen, erkannt zu werden.« Er umfing ihre Hand mit beiden Händen. »Ich habe mich anfangs hinter dieser Maske versteckt, weil der Name Wardieu mit dem Makel eines Hochverratsprozesses befleckt war. Ich mußte mir Respekt verschaffen, und ich brauchte Geld, wenn ich wieder als unabhängiger Mensch leben wollte — und diese Verkleidung war die einfachste Lösung meiner Probleme.«

»Du ... du bist La Seyne Sur Mer?« stammelte Servanne völlig fassungslos.

»Das kleine Dorf in Frankreich, wo ich — sozusagen von den Toten auferstanden — an Land ging, lieferte mir den Familiennamen. Den Vornamen hatte mir der Arzt gegeben, der schwor, daß ich während der Monate, in denen ich mich von meinen Verletzungen erholte, mindestens ein dutzendmal hätte sterben müssen. Alles paßte — der Name, die Maske.«

»Und die Königin hat dich in ihre Dienste genommen, ohne Fragen zu stellen?«

Ein leichtes Lächeln huschte um die Mundwinkel des Wolfs. »Die Königin hielt es für eine köstliche List — so hat sie sich ausgedrückt —, sowohl ihr Gefolge als auch ihre Feinde von einem maskierten Ritter in Angst und Schrecken versetzen zu lassen.«

»Und der Schwarze Wolf?«

»Das ist ihr Kosename für mich.«

»Aber was ist mit diesem ... diesem *Wahnsinn?* Dazu kann die Königin doch unmöglich ihr Einverständnis gegeben haben.«

»Sie weiß nicht, daß Bloodmoor Keep einst mein Zuhause war, und sie weiß auch nicht, daß ich mit dem jetzigen Herrn von Bloodmoor eine private Rechnung zu begleichen habe. Für sie ist Randwulf de la Seyne Sur Mer ein Mann, der ihr volles Vertrauen genießt, ihr Favorit, den sie damit beauftragt hat, ihre geliebte Enkelin zu befreien, koste es, was es wolle.«

»La Seyne Sur Mer ... der Schwarze Wolf von Lincoln ... Lucien Wardieu ...« — Servanne schüttelte verwirrt den Kopf — »wer bist du *wirklich?*«

»Ein Mann mit drei verschiedenen Namen.« Als er sich voll dem Licht zuwandte, sah sie die dunklen Ringe unter seinen Augen, die Zeugnis von seiner Müdigkeit ablegten. »Du hättest heute nacht nicht herkommen dürfen — es war ein törichtes Risiko.«

»Warum hast du dann eingewilligt, mich zu sehen? Du hättest dich doch weigern können.«

Er setzte eine grimmige Miene auf. »Du hast völlig recht — es war dumm von mir, mein Versprechen zu halten, daß du dich an La Seyne wenden könntest, wenn du Hilfe brauchst. Aber das ist jetzt unwichtig — wenn du hier entdeckt wirst, ist es um uns beide schlecht bestellt.«

»Alaric und die anderen sind draußen. Sie werden uns rechtzeitig vor jeder Gefahr warnen.«

Die Gefahr ist *hier,* wollte der Wolf schreien. Ihre Augen, ihre Lippen, ihre schmale Gestalt und die schimmernden blonden Haare — *das* war die Gefahr, die seinen ganzen Körper in Glut versetzte, seit sie die Sargmacherei betreten hatte. Unter Aufbietung aller Willenskraft zwang er seine Hände, sich von ihr fernzuhalten, und er versuchte krampfhaft, nicht an den Duft ihrer Haut zu denken.

»Bist du ... seit deiner Ankunft gut behandelt worden?«

»De Gournay war sehr höflich, sehr kultiviert. Er hat mir nur wenige Fragen über dich gestellt — bestimmt glaubt er, daß ich dich für einen ganz gewöhnlichen Räuberhauptmann halte.«

»Er … er hat dich nicht angerührt oder … oder dir etwas zuleide getan?«

Während Servanne ihm tief in die Augen blickte, fragte sie sich, wie lange ihre zitternden Beine sie wohl noch tragen würden. »Würde es dir denn etwas ausmachen, wenn er mir etwas angetan hätte?«

»Selbstverständlich.« Er hörte selbst, wie schroff seine Stimme klang, und grinste unbeholfen. »Ich will doch nicht, daß er Ihnen den Hals umdreht, Mylady.«

»Liegt dir nur etwas an meinem Hals?«

Er biß die Zähne zusammen, und die Ader an seiner Schläfe trat bläulich hervor. Ihre Kapuze war vom Kopf geglitten, so daß die goldenen Haare im Kerzenschein schimmerten, und er sah plötzlich allzu deutlich vor sich, wie wild und ungezügelt ihr diese Locken über die nackten Schultern gefallen waren, als er sie in der Grotte in Besitz genommen hatte.

Doch schon im nächsten Moment sah er statt dessen das Turnierfeld vor sich, und statt der goldenen Locken hatte er ein Meer von Blut vor Augen.

»Du hättest heute nicht herkommen sollen«, wiederholte er barsch. »Ich habe diesem Treffen nur zugestimmt, weil ich dir versprochen hatte, daß La Seyne dir notfalls Hilfe und Schutz gewähren würde. Nachdem du aber selbst sagst, daß alle sehr höflich und kultiviert waren, und nachdem du auch erfreulich gesund und wohlbehalten aussiehst …«

»Dein Bruder«, fiel sie ihm scharf ins Wort, »zeigt noch weniger Gefühle als du — wenn das überhaupt möglich ist.«

Sie wandte ihm den Rücken zu und versteckte sich hinter einer dicken Haarsträhne, die der Gefangenschaft des Zopfes entronnen war.

»Sein Gesichtsausdruck verändert sich kaum«, klagte sie bitter, »aber ich habe beobachtet, daß kräftige Männer sich in seiner Gegenwart vor Angst fast in die Hose machen! Diese Furcht ist allgegenwärtig, in jedem Raum, in jedem Korridor! Die Luft in Bloodmor Keep stinkt nach Angst! Gewiß, zu mir war er sehr höflich, aber ich spüre die Kälte in ihm, die Grausamkeit, die unter der glatten Oberfläche lauert ... Vielleicht hätte ich das alles nicht bemerkt, wenn du nicht die Saat des Zweifels in meinem Geist ausgestreut hättest. Aber wie soll ich jetzt damit fertigwerden? Wie soll ich die Trauung durchstehen, wie soll ich ihm eine lächelnde, ehrerbietige Gemahlin sein? Und wenn er abends in mein Bett kommt und mich anrührt?«

»Bei Gott, es wird keine Trauung geben!« rief der Wolf. »Und wenn er dich anrührt ... *wenn er dich anrührt ...*« Er packte sie bei den Schultern und drehte sie zu sich herum, und als er in ihren Augen las, drückten seine Hände unwillkürlich so fest zu, daß blaue Flecken unvermeidlich waren.

Tränen glänzten wie winzige Edelsteine in Servannes Wimpern, aber sie lächelte. »Du machst dir etwas aus mir!« rief sie glücklich. »Du machst dir wirklich etwas aus mir!«

»Nein«, knurrte er, »nein, da irrst du dich!«

»Tatsächlich? Dann stoß mich von dir. Sag mir, daß du Gott darum bittest, mich nie wiedersehen zu müssen, mich nie mehr berühren zu müssen, mich nie mehr in deinen Armen halten oder mit mir verschmelzen zu müssen. Sag mir, daß du mein Herz nicht haben willst, sag mir das alles, Mylord Wolfshaupt, nicht nur mit den Lippen, sondern auch mit den Augen, und ich werde zur Tür hinausgehen und nie mehr einen Blick zurückwerfen. Es wird nicht leicht sein, denn ich habe jetzt begriffen, daß mein Leben ohne dich öde und leer sein wird. Aber ich werde es tun. Ich werde dir gehorchen, wenn du mir befiehlst, dich aus meinem Gedächtnis und aus meinem Herzen zu reißen ... wenn du das wirklich willst!«

Mit jeder warmen, glänzenden Träne, die sich von ihren Wimpern löste und über ihre Wangen rollte, schmolz der stählerne Panzer um sein Herz dahin. Es hatte Jahre gedauert, bis er gelernt hatte, seine Gefühle völlig unter Kontrolle zu halten, aber es war ihm so perfekt gelungen, daß die meisten Menschen ihn mittlerweile für kalt und herzlos hielten — manchmal sogar er selbst. Er wollte Servanne von sich wegstoßen. Er versuchte es ... doch er riß sie plötzlich in seine Arme und küßte sie stürmisch.

Ihre Lippen verschmolzen, und sie umschlangen einander so wild, daß sie kaum noch Luft bekamen. Er küßte sie immer und immer wieder und stammelte Liebesworte, die von seinen Händen und von seinem bebenden Körper bestätigt wurden.

»Lucien«, stöhnte sie leise. »Lucien . . .«

»Pssst!« befahl er und zog seine Handschuhe aus, bevor er ihr tränennasses Gesicht in seine Hände nahm. »Für eine Nacht hast du mich genug verhext.«

Sie kostete die sengende Hitze seiner Lippen aus, bis sie sich einer Ohnmacht nahe fühlte, und dann schmiegte sie ihre Wange in seine Halsgrube und genoß die Geborgenheit in seinen starken Armen.

»Bring mich fort von hier, Lucien«, bat sie. »Bring mich fort . . . jetzt! Noch heute nacht! Ich fürchte mich so!«

»Du brauchst dich nicht zu fürchten.«

»Solange du die Absicht hast, morgen zu kämpfen, werde ich vor Angst vergehen!«

Diesmal ließ sie sich nicht mit einem Kuß ablenken. »Servanne«, erklärte er seufzend, »ich kann vor dem üblen Treiben hier auf Bloodmoor nicht einfach davonlaufen. Wenn es nur um meinen eigenen Namen und um meine eigene Ehre ginge, könnte ich vielleicht auf Rache verzichten und diesen Ort sofort mit dir verlassen. Aber ich kann nicht vergessen, daß mein Vater des Verrats bezichtigt wurde, daß Männer, die Etiennes Lügen glaubten, bei der Nennung des Namens Robert Wardieu ausspuckten, daß er in einer Zelle erbärmlich verhungert ist. Ich kann mich nicht einfach vor der Verantwortung drükken, meinen Vater zu rächen — genauso wenig, wie ich jemals meinen Schwur brechen könnte, Prinzessin Eleonore zu ihrer Großmutter zurückzubringen.«

Servanne vergrub ihr Gesicht in seinem dicken Wams. Natürlich hatte er recht, und es war egoistisch, nur an ihre eigenen Wünsche und Bedürfnisse zu denken, aber sie konnte einfach an nichts anderes denken.

Lucien schob sie widerwillig ein wenig von sich ab und versuchte, ihre Arme von seinem Hals zu lösen, aber sie klammerte sich nur noch fester an ihn und blickte mit riesigen glänzenden Augen flehend zu ihm auf.

»Du mußt jetzt zurückgehen«, sagte er sanft. »Du warst schon viel zu lange fort ...«

»Lucien!«

Er schüttelte den Kopf und legte einen Finger auf ihre Lippen. »Und du darfst mich nicht Lucien nennen. Noch nicht. Nicht, solange uns tausenderlei Dinge verraten könnten.«

»Was sollte uns denn verraten?«

»Eine lose Zunge, ein unvorsichter Blick. Der Drache ist sehr schlau; wir dürfen so kurz vor dem Ende nicht sein Mißtrauen wecken.«

Sie umschlang ihn noch verzweifelter und stellte sich auf die Zehenspitzen, so daß ihre Lippen die seinen fast berührten.

»Versprich mir«, flehte sie, »versprich mir, daß dies nicht das Ende für uns sein wird.«

»Ist dein Vertrauen in La Seynes Fähigkeiten plötzlich geschwunden? Traust du ihm jetzt genauso wenig zu wie dem Schwarzen Wolf?«

»Versprich es mir«, beharrte sie, ohne auf seinen Scherz einzugehen. »Schwöre, dann werde ich daran glauben.«

Luciens graue Augen betrachteten sie eindringlich, und trotz seiner eisernen Willenskraft reagierte sein Körper auf ihre Nähe.

»Ich schwöre Ihnen feierlich, Mylady«, sagte er leise, »daß wir, sobald diese Angelegenheit erledigt ist, oft zusammen in der Grotte beim Stillen Teich baden werden. Und dann werden wir auch über deine Sturheit diskutieren. Wir werden darüber diskutieren, bis du viel zu erschöpft bist, um mich jemals wieder damit zu plagen.«

Servanne starrte auf seine Lippen. »Ihr Wort in Ehren, Monseigneur . . . ich zweifle nicht daran, aber . . . kann man einen feierlichen Schwur nicht auf andere Weise besiegeln?«

Lucien stand regungslos da, so als hätte er sich in eine Statue verwandelt. Servannes Augen glühten.

»Man wird dich vermissen . . .«

»Ich habe die letzten Nächte allein verbracht und wurde von niemandem vermißt«, betonte sie. »Aber ich habe mich nach etwas gesehnt . . . nur wußte ich bis heute nicht, wonach.«

»Servanne . . .«

»Nach dir, Mylord Wolfshaupt. Ich habe mich so nach dir gesehnt. Ich fühle mich einsam und leer, wenn du nicht bei mir bist. Ich weiß, daß es entehrend ist, darum zu bitten, aber ... aber ich möchte dich wieder in mir spüren«, flüsterte sie zögernd. »Ich möchte, daß du die Leere in mir füllst, daß du etwas von deinem Mut und deiner Stärke auf mich überträgst, damit ich den morgigen Tag überstehen kann.«

Weder Lucien Wardieu noch der Schwarze Wolf noch Randwulf de la Seyne Sur Mer wußten, was sie sagen oder tun sollten, um sich dem Zauberbann dieser blauen Augen zu entziehen. Er umfaßte ihr Gesicht wieder mit beiden Händen, und die Tränen, die ihr über die Wangen rollten, ließen seine Finger zittern.

»Wir haben keine Zeit«, murmelte er heiser. »Das Risiko ...«

»Das Risiko besteht darin, daß wir vielleicht nie wieder diese Gelegenheit haben werden. Du hast selbst gesagt, daß uns tausenderlei Dinge verraten könnten, eine lose Zunge, ein unvorsichtiger Blick ...«

Seine Daumen legten sich zärtlich auf ihre Lippen, um sie zum Schweigen zu bringen. Dann wischte er ihr behutsam die Tränen von den Wangen, und als der Strom nicht versiegen wollte, nahmen seine Lippen die Herausforderung an und glitten über ihre Wimpern und Wangen, um die salzigen Tropfen aufzusammeln. Die Versuchung wurde übermächtig, und mit einem leisen Fluch tauchte seine Zunge in die samtige Wärme ihres Mundes ein. Sie spürte, daß seine Arme zitterten, als er sie wieder an sich zog, und sie spürte auch seine mächtige Erektion durch die Kleider hindurch.

»Liebe mich«, flüsterte sie. »Liebe mich, Lucien, damit ich weiß, daß alles nicht nur ein Traum war.«

Es war sinnlos, den Hunger leugnen zu wollen, der in ihm wütete, und es war sinnlos, sich des weichen, geschmeidigen Körpers erwehren zu wollen, der sich in fieberhafter Begierde an ihn klammerte. Der Schwarze Wolf kapitulierte.

Die grobe Mönchskutte landete achtlos auf dem Boden, und seine Finger lösten ungeduldig die Bänder und Schnüre ihrer Kleidungsstücke, während seine Lippen immer wieder die ihren suchten. Als sie nur noch in einem dünnen Leinenhemd vor ihm stand, trat er etwas zurück und betrachtete sie mit glühenden Augen, bevor er hastig seine eigenen Kleider abstreifte.

Servanne konnte nicht abwarten, bis er damit fertig war. Magisch angezogen von der breiten Brust, kraulte sie mit den Fingern die dichten krausen Haare und entdeckte dabei seine Brustwarzen, die so heftig auf die Berührung reagierten, daß sie angeregt wurde, an ihnen zu saugen, bis er keuchend den Atem ausstieß.

Seine Antwort ließ nicht lange auf sich warten. Er sank vor ihr auf die Knie, und seine Hände glitten liebkosend über ihre Schenkel und Hüften und schoben das Unterhemd immer höher, bis zur Taille, bis zu den Brüsten, wo es ihm so hinderlich war, daß er es in seiner Ungeduld einfach zerriß und beiseite warf, bevor er seine Finger um das weiche Fleisch wölbte und seine Lippen auf die harten Knospen preßte.

Servanne schlang die Arme um seinen Hals und schmiegte sich an ihn. Lustvolle Schauer überliefen sie bei jeder Bewegung seiner geschickten Zunge, und sie stöhnte leise, als er sanft an den Brustwarzen saugte und knabberte, bis ihre Haut glühte.

Der Wolf zog sie auf seine Knie hinab, schlang ihre weißen Schenkel um seine Taille und knetete die verführerischen Pobacken.

»Ja ...«, flüsterte sie. »O ja ...!«

Mit einem heiseren Laut hieß sie ihn in ihrem Körper willkommen, doch auch er konnte ein Stöhnen nicht unterdrücken. Sie war heiß und feucht und paßte sich seinem Fleisch so perfekt an, als wäre ihm eine zweite Haut gewachsen. Und während er langsam und genußvoll immer tiefer vordrang, schoß ihm durch den Kopf, daß er seine Manneskraft zwar schon unzählige Male erprobt, aber niemals eine so verzehrende Leidenschaft verspürt hatte.

»Nur noch diese eine Frau, dachte er. *Fülle mich,* hatte sie gestammelt, *liebe mich* ...

Stöhnend vergrub er den Kopf an ihrer Schulter, und das schier unerträgliche Fieber, das in ihm wütete, ließ ihn befürchten, daß alles viel zu schnell vorüber sein könnte. Zähneknirschend umschlang er ihre Taille, um ihren wilden Bewegungen Einhalt zu gebieten, doch ihre

Protestlaute veranlaßten ihn, sie wieder freizugeben und sich ihrem Rhythmus anzupassen.

Servannes Hände gruben sich in seine Schultern, und sie warf den Oberkörper zurück, als die Lust so übermächtig wurde, daß sie jede Kontrolle über sich verlor und am ganzen Leibe zitterte, auch nachdem ihr eine schwindelerregende Erlösung zuteil geworden war.

Erschöpft sank sie an Luciens Brust, keuchte an seiner Schulter und war dankbar für die Arme, die sie stützten und festhielten. Seine Haut unter ihrer Wange war heiß, sein Herz klopfte laut an ihrer Brust, und verblüfft nahm sie zur Kenntnis, daß er sie immer noch groß und hart ausfüllte.

Sie schaute auf, und ihre Blicke tauchten ineinander. »Ich bin noch da«, murmelte er. »Wie ich diesen Sturm überstehen konnte, werde ich nie begreifen, aber ich bin noch da.«

Er vergrub seinen dunklen Kopf zwischen ihren Brüsten, und Servanne schloß wieder die Augen und legte einen Arm um seine Schultern. Ihre Finger strichen zärtlich über die narbige Haut, während sie die verzehrende Hitze in ihrem Körper spürte, nach der sie sich so schamlos gesehnt hatte. Sie wußte nicht, ob sie über ihre törichte Unschuld lachen oder weinen sollte. Er hatte sie genauso begehrt wie sie ihn, und diese Erkenntnis machte sie stolz und glücklich und weckte neue Leidenschaft in ihr.

Luciens Hände wühlten in ihren Haaren und zerstörten die letzten Reste des züchtigen Zopfes. Er zog die Mönchskutte näher heran, bettete sie auf den rauhen Stoff und nahm sie fast gewalttätig in Besitz, seinen Mund auf ihren gepreßt, um so ihre Schreie zu ersticken.

21

Servanne schlug langsam die Augen auf. Sie hatte völlig vergessen, wo sie war, sie hatte nichts mehr von ihrer Umgebung wahrgenommen, nur noch die Kraft und Leidenschaft des Mannes, in dessen Armen sie lag. Der dunkle Raum war ihr so wenig vertraut, daß sie einen schrecklichen Moment lang glaubte, alles nur geträumt zu haben.

Nein, es war kein Traum gewesen! Kein Traum konnte einem jemals solche Seligkeit bescheren. Kein Traum hielt eine muskulöse Schulter als Kissen bereit, warme Arme als Decke, einen so herrlich geformten und köstlich riechenden Körper als Matratze. In keinem Traum gab es so kühne und zärtliche Hände, die ihren Kopf stützten oder ihren Mund zu seinen Lippen herabzogen, damit sie die letzten seligen Schauer der Ekstase gemeinsam erlebten, einer erschöpfenden und doch lebenspendenden Ekstase.

Sie seufzte enttäuscht, als er ihre Lippen endlich freigab. Das lange Haar fiel wirr über ihre Schultern, klebte feucht an Schläfen und Hals, vermischte sich mit seinen dunklen Brusthaaren und hüllte seine Arme und Schultern wie ein goldener Kokon ein. Von einem nie gekannten Gefühl der Geborgenheit durchdrungen, legte Servanne ihre Wange auf seine Brust.

»Ich möchte für immer hierbleiben, Mylord Wolfshaupt«, flüsterte sie verträumt, »mit dir vereint, bis irgendwann in ferner Zukunft jemand unsere Knochen findet und uns darum beneidet, daß wir an unserer Lust gestorben sind.«

Lucien schob seine Hände unter ihren seidigen Haarschleier, doch anstatt darauf zu bestehen, daß sie sich jetzt beide so schnell wie möglich anziehen müßten, drückte er sie noch fester an sich.

»Du übst einen verderblichen Einfluß auf die Willenskraft eines Mannes aus.«

Servanne unterdrückte ein Lächeln. »Du bist selbst nicht gerade ein Heiliger.«

»Du hast dich schon viel zu lange hier aufgehalten«, mahnte er leise. »Jemand könnte deine Abwesenheit bemerken und Alarm schlagen. Komm« — er küßte sie, während er sie von sich wegschob — »ich werde dir beim Ankleiden helfen, so gut ich kann.«

Servanne stand auf, aber ihre langen Beine waren so schwach wie die eines neugeborenen Rehs. Kniend streckte Lucien eine Hand aus, um sie zu stützen, doch statt dessen zog er sie langsam wieder an sich und lehnte seine Wange an ihre Brust.

Seine Arme umschlangen ihre Taille, und einen Moment lang standen ihm Schmerz und Unsicherheit so deutlich ins Gesicht geschrieben, daß Servanne gegen eine neue Tränenflut ankämpfen mußte. Er war immer so selbstsicher, so arrogant, so stolz und scheinbar unbesiegbar, daß es Servanne erschreckte, plötzlich seine Verwundbarkeit zu entdecken und zu wissen, daß sie daran schuld war. Sie wühlte mit den Händen in seinen Haaren und berührte die kastanienbraunen Locken mit den Lippen.

»Ich fürchte mich jetzt nicht mehr, Lucien«, flüsterte sie. »Du suchst Gerechtigkeit, und ich weiß jetzt, daß du nicht unterliegen kannst. Ich hatte dich gebeten, deine Stärke mit mir zu teilen, um mir Mut zu machen, und du hast es getan. Wenn *du* mich nun um mein Herz, meine Liebe und mein Leben bitten solltest, werde ich sie dir schenken, jetzt und bis in alle Ewigkeit.«

Der Wolf gewann allmählich seine Fassung zurück. »Die Ewigkeit ist eine sehr lange Zeit, Mylady, und ich bin kein gewöhnlicher Mann, wie du ja weißt. Ich habe mich mit Dämonen und elfischen Unholden umgeben.

Du solltest dich deshalb davor hüten, mir deine Seele anzuvertrauen.«

»In deinen Armen fürchte ich weder Tod noch Teufel, und was meine Seele betrifft, so gehört sie schon seit Tagen nicht mehr mir. Sie wurde mir bei einem Überfall auf einem Waldweg geraubt, und kein noch so hohes Lösegeld könnte sie mir zurückgeben, das weiß ich jetzt.«

Der Wolf stand auf, und in seinen Augen glühte wieder ein Feuer, das sie mühelos deuten konnte. Sie öffnete bereitwillig ihre Lippen, und er küßte sie zärtlich. Ihre Zungen fanden sich und entfachten erneut solche Leidenschaft, daß Servanne überrascht und enttäuscht war, als der Wolf sie energisch von sich wegschob.

»Es darf keine weiteren Verzögerungen geben«, erklärte er. »Die Gefahren sind unabsehbar. Du mußt mir gehorchen, Servanne.«

»Woher sollte ich die Kraft nehmen, dir zu gehorchen? Woher soll ich die Kraft nehmen, auch nur einen Schritt zu machen?«

Lucien hob ihr Kinn an. »Du wirst diese Kraft finden und möglichst schnell in deine Gemächer zurückkehren.« Er hob ihr Kleid vom Boden auf und schüttelte es aus. »Und du wirst die Tür abschließen und verriegeln und dort bleiben, bis entweder Friar oder ich dich abholen.«

»Aber . . . das Turnier!«

»Täusche eine Krankheit oder einen Unfall vor — irgend etwas, damit er dir erlaubt, in deinen Privaträumen zu bleiben.«

»Das wird er niemals erlauben. Ich kenne ihn zwar wenig, und ihm liegt im Grunde nichts an mir, aber ich weiß genau, daß er auf meiner Anwesenheit bestehen wird, damit ich seinen Triumph beim Turnier mit ansehen kann, und auch, damit er allen seine Braut präsentieren kann.«

Lucien hatte ihr gerade das Kleid über den Kopf ziehen wollen, hielt bei ihren Worten aber mitten in der Bewegung inne.

»Dann mußt du wenigstens eine Verzögerung erreichen. Versprich ihm nachzukommen, damit er keinen Verdacht schöpft. Er wird es eilig haben, auf den Turnierplatz zu kommen, und wird deshalb bestimmt nicht warten wollen, bis du ein versehentlich beschmutztes Kleid gewechselt oder irgendein vergessenes Schmuckstück geholt hast. Und sobald er gegangen ist, schließt du dich in deinen Gemächern ein.«

»Willst du mich unbedingt aus dem Weg haben?«

»Ich will, daß du in Sicherheit bist, daß dir nichts geschieht.«

»Du hast mich schon einmal weggeschickt, obwohl ich bereitwillig bei dir geblieben wäre«, sagte sie leise.

Der Wolf griff nach ihren Händen und küßte ihre kühlen Finger. »Ich habe mich selbst hundertmal dafür verflucht, daß ich dich jemals angerührt habe. Ich hätte die Gefahr erkennen und mich um jeden Preis von dir fernhalten müssen, aber ich hatte dich schon im Blut, und plötzlich war es zu spät.«

»Warum hast du mich weggeschickt? Du mußt doch lange vor mir gewußt haben, daß ein Wort oder eine Geste von dir genügt hätte, und ich ...«

Er legte einen Finger auf ihre Lippen. »Und du wärst bei mir im Wald geblieben? Servanne, ich hatte zwanzig Männer in Thornfeld bei mir, und weitere achtzig hatten ihr Lager an der Straße nach Lincoln aufgeschlagen. Unsere Aufgabe bestand darin, nach Bloodmoor Keep zu gelangen und Prinzessin Eleonore zu retten. Du warst ...«

«Nur ein Bauer im Schachspiel?« fragte sie ohne Groll oder Bitterkeit, was Lucien zu noch heftigeren Gewissensbissen veranlaßte.

»Zu meiner Schande muß ich gestehen, daß wir die

Hochzeit brauchten, um in die Burg zu gelangen, und ohne dich hätte es keine Hochzeit gegeben.«

»Aber du hättest die Prinzessin doch bestimmt trotzdem auslösen können?«

»Zweifellos, aber auf neutralem Boden, außerhalb der Burgmauern, und dann . . .«

»Dann hätte Monsieur La Seyne Sur Mer den Baron nicht zum Turnierkampf herausfordern können, und Lucien Wardieu hätte nicht um seinen Namen und um sein Geburtsrecht kämpfen können, und es hätte nicht jede Menge Zuschauer gegeben, in deren Gegenwart du deine Ansprüche geltend machen kannst.«

Der Wolf seufzte schwer und schüttelte resigniert den Kopf. »Ich habe dir schon einmal gesagt, daß du gewitzter bist, als gut für dich ist. Vielleicht hätte ich dich doch lieber im Wald lassen sollen.«

»Vielleicht könnte ich helfen . . .«

»Nein«, fiel er ihr barsch ins Wort, und seine soeben noch samtweiche Stimme wurde stahlhart. »Laß es dir nicht einfallen, dich irgendwie einzumischen oder mit Kräften zu spielen, die du nicht verstehst und nicht einschätzen kannst. Etienne ist wahnsinnig — wahnsinnig vor Habsucht und Machthunger. Er würde dich wie eine Fliege zerquetschen, wenn er in dir auch nur die geringste Gefahr sähe. Versprich mir . . . schwör mir hier und jetzt, daß du nichts tun wirst, was seine Aufmerksamkeit auf dich lenken könnte.«

»Aber wie kannst du verlangen, daß ich dem Turnier fernbleibe, wenn auf dem Feld nicht nur über dein Leben entschieden wird, sondern auch über meines.«

»Glaubst du denn, ich könnte mich auf den Kampf konzentrieren, wenn ich dich zwischen Johann Ohneland und Nicolaa de la Haye sitzen sehe?«

Daran hatte Servanne nicht gedacht. Aber sie fand sich nicht so leicht mit ihrer Niederlage ab und runzelte die

Stirn, während Lucien ihr endlich das Kleid über den Kopf zog und die Falten zu glätten versuchte. Die vezweifelte Suche nach irgendeiner vernünftigen Alternative war ihrem Gesicht so deutlich anzusehen, daß Lucien unwillkürlich lächelnd mußte.

»Verdammt, Mylady, ich hoffe nur, daß nicht jede Entscheidung, die in Zukunft getroffen werden muß, solche langen Diskussionen auslösen wird. Ich glaube, du bist viel zu sehr verwöhnt worden und hast dir deshalb angewöhnt, deinen Dickschädel durchzusetzen.«

»Und du hast zu lange wie ein Wilder gelebt und legst deshalb einen bedauerlichen Mangel an Einfühlungsvermögen und Zartgefühl an den Tag.«

»Ich warne dich lieber gleich — zähmen lasse ich mich nicht«, knurrte er.

»Ich auch nicht!« konterte sie mit funkelnden Augen.

Lucien fand sie hinreißend in ihrem Zorn. Ihr goldenes Haar fühlte sich unter seinen Fingern wie Seide an, die Haut wie warmer Satin. Ihre Augen waren so tief und unergründlich wie das Wasser des Stillen Teichs, und ihm fiel plötzlich sein Schwur ein, sie wieder in die magische Grotte zu bringen.

»Versprich es mir, Servanne«, verlangte er sanft. »Versprich mir, daß du dich nicht in Gefahr begeben wirst.«

Servannes Augen verschleierten sich, und ein heißer Schauer überlief sie, als seine Hände unter dem Kleid über ihre Schenkel glitten.

»Ich werde tun, was du willst«, flüsterte sie. »Das verspreche ich.«

Er bettete sie wieder auf die Mönchskutte. »Ihr Wort in Ehren, Mylady ... ich zweifle nicht daran, aber ...«

Alaric brachte sie ohne Zwischenfälle in die Burg zurück und verabschiedete sich im Obergeschoß von ihr. Erst als sie am Fuße der steilen Wendeltreppe stand, die zu ihren

Gemächern emporführte, spürte sie, wie erschöpft sie war. Mühsam erklomm sie Stufe um Stufe, nach Luft ringend und mit weichen Knien. Endlich oben angelangt, blieb sie stehen, um Atem zu schöpfen und Kraft für die letzten Schritte bis zu ihrem Bett zu sammeln. Heilfroh, es fast geschafft zu haben, taumelte sie durch das Vorzimmer, ohne auf ihre Umgebung zu achten.

Erst als sie das große Ankleidezimmer durchquerte, bemerkte sie, daß das Licht aus dem Schlafgemach nicht auf ihre Kleider fiel, sondern auf Wämse und Tuniken, auf Kettenhemden und Mäntel aus himmelblauer Wolle. Es roch nach Leder und Schweiß, und wie ein Blitz traf sie die Erkenntnis, daß sie in ihrer Benommenheit versehentlich die Türme verwechselt hatte und in den Privaträumen des Drachen gelandet war.

Ein gedämpfter Laut aus dem Schlafzimmer riß ihren entsetzten Blick von den männlichen Kleidungsstücken und Waffen los. Schreckensstarr spähte sie zu der offenen Tür hinüber und traute sich nicht kehrtzumachen und zu flüchten, aus Furcht, dabei irgendein Geräusch zu machen, das ihre Gegenwart verraten könnte.

Was sollte sie nur tun? Sie konnte nicht bleiben, wo sie war. Sie konnte weder vor noch zurück, aber sie konnte sich auch nicht bis zum Morgen hier verstecken. Es wäre töricht, und außerdem würden ihre Kräfte und ihre Nerven lange vor der Dämmerung versagen.

Wo waren die Knappen Rolf und Eduard? Waren sie ihrem Herrn beim Zubettgehen behilflich? Würden sie jeden Moment herauskommen und sie hier stehen sehen, vor Angst zur Salzsäule erstarrt?

Bei der Vorstellung, welcher Anblick sich den Knappen bieten würde, stockte ihr Herzschlag erneut. Ihre Haare hingen wirr über Schultern und Rücken, mit Stroh gespickt. Ihr Kleid war zerknittert und schmutzig von dem langen Fußmarsch. Ihre Lippen waren geschwollen, und

Luciens harte Bartstoppeln hatten ihre zarte Haut gerötet. Noch schlimmer war jedoch der Gedanke, auf welche Ideen der Drache zweifellos kommen würde, wenn er sie zu dieser späten Nachtstunde in seinen Gemächern finden würde. Sie war nicht ganz ehrlich gewesen, als sie Lucien erzählt hatte, der Dache würde sie kaum beachten. Sie hatte das wachsende Interesse in seinen strahlendblauen Augen gesehen und gespürt, daß er neugierig auf die Genüsse war, die ihn in der Hochzeitsnacht erwarteten.

Nein, der Drache würde verständlicherweise annehmen, daß sie aus einem einzigen Grund zu ihm gekommen war: weil sie es nicht mehr erwarten konnte, ihm zu gehören.

Was sollte sie nur tun? Wie sollte sie unentdeckt entkommen?

Das Problem wurde fürs erste gelöst, als Servanne eine Frauenstimme hörte, so dicht bei der Tür, daß sie hastig bis zur Wand zurückwich und sich hinter einem langen Mantel versteckte, darauf gefaßt, im nächsten Moment von rauhen Händen gepackt und ans Licht gezerrt zu werden.

Als nichts geschah, drehte sie sich vorsichtig um, bis sie einen Teil des Schlafgemachs überblicken konnte.

Hier gab es keine geweißelten und mit Blumen bemalten Wände. An den kalten Steinmauern hing nur das Wappen der De Gournay. Das Bett war mindestens doppelt so groß wie ihr eigenes; es stand auf einem fast meterhohen Podest und war mit dicken blauen Samtvorhängen ausgestattet. Den Kamin konnte Servanne nicht sehen, aber sie sah den flackernden Widerschein des Feuers. Zwei große Wandleuchter auf beiden Seiten des Bettes, in denen zwanzig Kerzen brannten, erweckten fast den Eindruck, als handle es sich um eine zeremonielle Beleuchtung.

»Du solltest versuchen, etwas zu schlafen«, sagte die Frauenstimme. »Du willst doch bestimmt nicht vor La Seyne gähnen.«

»Ich habe geschlafen, und ich werde wieder schlafen – morgen, mit seiner Standarte als Kopfkissen.«

Servanne verkroch sich noch tiefer in den Mantelfalten, als sie Nicolaas Lachen hörte. Die Frau des Sheriffs kam in Sicht und nahm auf dem Sedile am Fußende des Bettes Platz, von wo aus sie jenen Teil des Ankleideraums überblicken konnte, den Servanne überqueren müßte, um zu flüchten.

»Nun, haben wir von unserem hochheiligen Regenten morgen bei der Begrüßung einen Wutanfall mit Schaum vor dem Mund zu erwarten? Ich nehme doch an, daß ihr beide nicht den ganzen Abend über nur über seine politischen Intrigen geredet habt.«

»Er war nicht allzu erfreut über die Nachricht von Luciens Auferstehung«, gab De Gournay trocken zu. »Aber er blieb bemerkenswert ruhig und gelassen. Zweifellos hatte er sich von Anfang an gründlich überlegt, was er tun und sagen würde, wenn die ganze häßliche Affäre jemals ans Licht käme.«

»Er spielte bei der Diskreditierung des Namens Wardieu doch eine genauso wichtige Rolle wie du. Ich hätte gedacht, daß er Gift und Galle spucken würde.«

»Weshalb sollte er? Unser heißgeliebter Ohneland kann notfalls doch jederzeit behaupten, von mir getäuscht worden zu sein wie jeder andere auch.«

»Gott steh uns bei, wenn der Kerl jemals König werden sollte«, murmelte Nicolaa, während sie anmutig ein Bein ausstreckte. Sie trug eine durchsichtige ärmellose Tunika, die in der Taille lose gegürtet war und ihre Brüste schamlos zur Schau stellte.

»Ich habe auf dich gewartet«, gurrte sie. »Bist du gar nicht neugierig, warum?«

»Nachdem du mir soeben erst geraten hast zu schlafen, kann ich es mir beim besten Willen nicht vorstellen.«

Sie machte einen verführerischen Schmollmund und deutete einen Kuß an. »Wenn du so ekelhaft bist, werde ich dir nicht erzählen, wo ich vorhin gewesen bin, und noch viel weniger werde ich dir dann verraten, was ich erfahren habe, während ich La Seynes Lager einen Besuch abstattete.«

»Du warst in La Seynes Lager?«

»Natürlich nicht offiziell, du verstehst schon ... Aber mir war langweilig, und da dachte ich mir, daß ich vielleicht irgend etwas über unseren geheimnisvollen Gast erfahren könnte, was dir morgen zugute kommt.«

»Wie ich gehört habe, sollen seine Männer genauso verschlossen sein wie der verdammte Kerl selbst.«

Nicolaa seufzte und schnalzte mit der Zunge. »Kein noch so verschlossener Mann ist gegen bestimmte Überredungskünste gefeit. Da war ein Gardist, der bereitwillig alle meine Fragen beantwortet hat, weil er so fasziniert war, was meine Lippen alles vermögen. Natürlich hat er sich größtenteils nur mächtig gebrüstet, aber hin und wieder schimmerte doch ein Funke Wahrheit durch, wenn man nachhakte.«

Nun trat auch De Gournay in Servannes Gesichtsfeld, und sie schnappte unwillkürlich so laut nach Luft, daß das Paar sie vielleicht gehört hätte, wenn nicht glücklicherweise zur selben Zeit das Holz im Kamin laut geknackt und einen Funkenregen erzeugt hätte. Er war völlig nackt, und sein Körper bot einen atemberaubenden Anblick muskulöser Symmetrie. Keine Narbe beeinträchtigte diese Vollkommenheit. Die Brust war unbehaart, so daß die unglaublichen Muskelpakete um so besser zu sehen waren.

Sein Bauch war flach und hart, und die kräftigen Schenkel zeugten von unzähligen Stunden im Sattel. Er hatte einen Stiernacken, und die Schultern glichen zwei Granitfelsen.

Die Ähnlichkeit mit seinem Bruder war frappierend. Der Größe und Statur nach zu schließen, konnte es keine ebenbürtigeren Gegner geben. Was die Stärke anging, so konnte Servanne angesichts von De Gournays makellosem Körper nur hoffen und beten, daß jener unbekannte Arzt, der Lucien vor vierzehn Jahren zusammengeflickt hatte, wirklich ein Könner gewesen war.

»Nun? Was hast du erfahren?«

Die smaragdgrünen Augen lösten sich widerwillig von seinem Unterleib.

»Mir wurde gesagt, daß er wie ein Sturm aus der Hölle dahergeritten kommt, auf einem Schlachtroß, das ebenfalls der Hölle entsprungen zu sein scheint. Er verachtet den Gebrauch abgestumpfter Lanzenspitzen und setzt sich hemmungslos über die ungeschriebenen Gesetze der Ritterlichkeit hinweg, indem er direkt auf das Visier des Gegners zielt. Außerdem hat er in den neun Jahren, seit er im Dienste der Königinwitwe steht, noch nie einen Kampf verloren. Niemand schafft es, ihn auch nur aus dem Sattel zu werfen.«

Nicolaa legte eine Pause ein und streckte sich genüßlich. »Anfangs dachte ich, das wäre nur Angabe, denn sogar du bist schon einige Male im Staub gelandet — allerdings konntest du immer weiterkämpfen und doch noch den Sieg davontragen. Aber ihn hat offenbar wirklich noch nie jemand aus dem Sattel befördert.«

Wardieu beobachtete sie, ohne mit der Wimper zu zukken, und nur seine schmalen Hüften strafften sich, als Nicolaas Finger über seine Schenkel glitten und ihr Spiel sodann an einer noch empfindlicheren Stelle fortsetzten.

»Ich mußte mich wirklich sehr anstrengen, um noch mehr aus ihm herauszuholen«, seufzte sie. »Der Kerl hat mich richtig erschöpft . . .«

De Gournay wartete geduldig, obwohl sein Glied unter Nicolaas geschickten Fingern deutliche Anzeichen von Ungeduld zeigte.

»Was hat er sonst noch gesagt?«

Nicolaa beugte sich lächelnd vor und intensivierte ihre Bemühungen, bis er keine Gleichgültigkeit mehr heucheln konnte und die Arme besitzergreifend um ihren Hals schlang.

»Offenbar haben La Seynes Gegner selten Gelegenheit, ihn wirkungsvoll zu treffen ... weil er von der falschen Seite angreift.«

De Gournay mußte mehrmals tief durchatmen, bevor er seine Aufmerksamkeit wieder ihren Informationen anstatt ihren Händen zuwenden konnte. »Was meinst du damit — von der falschen Seite?«

»Er bevorzugt die linke Hand, wie es scheint.«

De Gournay starrte sie fassungslos an, und Nicolaa nutzte seinen Schock aus, um aufzustehen. Sie ging so dicht an der Tür vorbei, daß ihr Parfum Servanne in die Nase stieg. Servannes Puls raste, und ihr Herz schien in ihren Ohren wilde Trommelwirbel zu vollführen. Sie glühte am ganzen Körper, mit Ausnahme der Hände, die sich kalt und feucht anfühlten, als sie sie in Panik vor den Mund preßte.

De Gournay hatte sich soweit gefaßt, daß er den Weinpokal entgegennahm, den Nicolaa ihm reichte, aber ein gefährlicher Glanz in seinen Augen und die gerunzelte Stirn verhießen nichts Gutes.

Nicolaa setzte sich wieder, nippte an ihrem Wein und schlug nachlässig die Beine übereinander.

»Es ist schon merkwürdig«, gurrte sie, »daß zwei Linkshänder — beide hervorragende Kämpfer — sich zur selben Zeit in Lincolnshire aufhalten.«

De Gournay wirbelte plötzlich herum und schleuderte seinen Pokal mit solcher Wucht an die Wand, daß der

Wein nach allen Richtungen spritzte und Nicolaas Tunika befleckte.

»Allmächtiger! Ich hätte es wissen müssen! Ich hätte es erraten müssen!«

Nicolaa wippte mit dem Bein. »Wie hättest du es wissen sollen, Liebster? Wer hätte das erraten können? Wie hätte jemand auf die Idee kommen können, daß Randwulf de la Seyne Sur Mer kein anderer als dein *toter* Bruder ist?«

»Ich *hätte* es erraten müssen!« brüllte De Gournay. »Er hat es sich also all diese Jahre hindurch gutgehen lassen. Wie schlau von ihm! Die Maske, die Ernennung zum Hauptmann der Leibwache von Königin Eleonore ... wie gottverdammt schlau von ihm!«

»Mehr als nur schlau«, betonte Nicolaa. »Er hat nicht nur Johanns Machenschaften geschickt ausgenutzt, um in die Burg zu gelangen, sondern es ist ihm auch gelungen, deine Aufmerksamkeit abzulenken, mit deiner unschuldigen jungen Braut als Werkzeug. Ich würde sagen, daß er alles brillant geplant hat.«

De Gournay ballte seine Hände zu Fäusten, so daß die Knöchel weiß und blutleer hervortraten.

»Ich werde ihn umbringen! Bei Gott, ich werde ihn sofort mit eigenen Händen umbringen, und dann werden wir ja sehen, ob er als Leiche auch noch so brillant ist!«

Er stürmte auf die Tür zu und war nur noch einen halben Meter von Servannes Versteck entfernt, als Nicolaas Stimme ihn stehenbleiben ließ.

»Was hast du davon, wenn du ihn jetzt umbringst?« fragte sie scharf. »Eine flüchtige Befriedigung, weiter nichts. Er hat seinen Vorteil verloren, Etienne. Jetzt kannst *du* ihn überraschen. Warte und kämpfe morgen mit ihm, wie geplant.«

»Ich will sein Blut!« knurrte De Gournay auf der Schwelle zu seinem Ankleideraum. »Ich will ihm das Herz aus der Brust reißen!«

Nicolaa stand auf und ging langsam auf ihn zu, mit leicht geöffneten Lippen, glänzenden Augen und geblähten Nasenflügeln, so als sähe und röche sie schon das süße rote Blut. »Du wirst sein Herz bekommen, Liebster, und jeden anderen Körperteil, den du als Trophäe begehrst, aber warum willst du nicht ein paar Stunden warten, wenn du dann so viel mehr haben kannst?«

»Mehr?« keuchte er mit schmalen Augen.

»Wenn du ihn jetzt tötest, wirst du alle Barone des Königreichs gegen dich aufbringen — vom Zorn der alten Königin ganz zu schweigen. Überleg doch mal, Liebling. Randwulf de la Seyne Sur Mer gilt als Ritter ohne Furcht und Tadel, als Mann von legendärem Mut und Kampfesgeschick. Ist es nicht rühmlicher, der Drache zu sein, der den Schwarzen Ritter in ehrenhaftem Kampf bezwang, als ein verzweifelter Mann, der seinem Bruder in rasendem Zorn die Kehle aufschlitzte?«

De Gournays Körper versteifte sich bei Nicolaas Berührung. Sie legte ihre Hände auf seinen Rücken und massierte die stahlharten Muskeln mit gespreizten Fingern — eine Beschäftigung, die heiße und kalte Schauer erotischer Erwartung durch ihren sinnlichen Körper jagte.

»Er hat seinen legendären Ruf erworben, weil nur wenige Männer wissen, wie man gegen jemanden kämpfen muß, dem Luzifer die Hand führt. Aber du, Etienne — du hast in eurer Jugend mit ihm trainiert. Du weißt, wie er im Sattel sitzt. Du weißt, welche Schläge er bevorzugt. Du weißt, wann er Lanze oder Schwert hebt. Du kennst seine Stärken und seine Schwächen. Herrgott, du hast dieses Wissen doch schon einmal erfolgreich eingesetzt! Der Teufel muß seine Hand mit im Spiel gehabt haben, daß er überlebt hat. Morgen wird ihm dieses Glück nicht noch einmal widerfahren. Morgen wird das Glück auf unserer Seite sein.«

De Gournay atmete tief durch. »Ich will aber, daß er

leidet. Ich gönne ihm keinen schnellen Tod durch Schwert oder Lanze.«

»Ein gut gezielter Stoß wird ihn deiner Gnade ausliefern«, versicherte Nicolaa, »der Gnade von heißen Eisen oder stumpfen Messern, je nachdem, was dir lieber ist. Sobald er vom Turnierplatz gezerrt wird, gehört er dir, und du kannst dich mit ihm vergnügen, solange du Lust dazu hast.«

Das Gesicht des schönen goldenen Ritters war zu einer Fratze kalten Zorns verzerrt, als er sich wütend umdrehte. »Du und er — ihr habt zusammen einen Sohn gezeugt, Nicolaa!« schnaubte er. »Könnte es nicht sein, daß ein kleiner Teil von dir Mitleid mit ihm empfindet? Plädierst du deshalb so leidenschaftlich für einen Aufschub?«

»Ich habe dir schon einmal gesagt, daß ich Eduards Schädel gleich nach der Geburt am liebsten zerschmettert hätte. Ich bin bereit, es hier und jetzt, vor deinen Augen, zu tun, wenn du einen Beweis für meine Ergebenheit haben willst.«

De Gournay packte sie bei den langen schwarzen Haaren und zerrte so heftig daran, daß ihre Gesichtshaut unnatürlich gestrafft wurde und die Augen schräg standen. »Was würdest du sonst noch für mich tun, Nicolaa?« fragte er zynisch. »Was sonst noch?«

»Alles! Ich tu alles, worum du mich bittest.«

»Blut, Nicolaa!« lautete die wilde Antwort. »Ich will Blut sehen!«

Mit vor Erregung glänzenden Augen entwand Nicolaa sich seinem Griff und ging zu einem kleinen Tisch in Türnähe. Eine Messerklinge funkelte im Licht des Kaminfeuers und der Kerzen — eine Klinge, die sich im nächsten Moment blutrot verfärbte, als Nicolaa in ihr weißes Fleisch schnitt, vom Brustansatz in Richtung der Brustwarze.

Der Schnitt war fast drei Zentimeter lang und halb so tief, als Wardieu ihr fluchend das Messer aus der Hand schlug. Ihr Schrei wurde von seinem Mund erstickt, und ihr Blut beschmierte seine nackte Brust, während er ihr die Tunika vom Leibe riß. Ihre langen Nägel zerkratzten ihm den Rücken, aber weder der Schmerz noch ihre Proteste hielten ihn davon ab, sie — nackt und wild um sich schlagend — zu seinem Bett zu tragen.

Servanne war übel von allem, was sie gesehen und gehört hatte. Blindlings rannte sie in den kleinen Vorraum hinaus. Sie glaubte schon, den gutturalen Lustschreien aus dem Schlafgemach entronnen zu sein, als ihr Fuß an einem etwas vorstehenden Stein hängenblieb. Entsetzt sah sie, daß sie geradewegs in einen Ständer voller funkelnder Schwerter fallen würde.

22

Servannes Aufschrei wurde von einer großen, schwieligen Hand erstickt, die sich auf ihren Mund preßte. Ein Arm umschlang ihre Taille und bewahrte sie gerade noch davor, in die Waffen zu stürzen. An einen harten Männerkörper gedrückt, wurde sie aus dem Vorraum auf den quadratischen Treppenabsatz gebracht — halb getragen, halb gezogen.

»Wenn Sie irgendein Geräusch machen, sind wir beide tot«, flüsterte er heiser. »Gehen Sie rasch die Treppe hinab und warten Sie unten auf mich!«

Servanne nickte, viel zu verängstigt, um zu versuchen, das Gesicht ihres Retters in der Dunkelheit zu erkennen. Sie raffte ihre Röcke und hastete die Wendeltreppe hinab, so als stünden die Stufen hinter ihr lichterloh in Flammen. Auf dem schwach beleuchteten Korridor lehnte sie sich erschöpft an die Wand, atemlos, mutlos, völlig durcheinander.

Sie zitterte wie Espenlaub, und ihre Zähne klapperten hörbar in der Stille, als er sie wenige Minuten später fand.

»Kommen Sie, Mylady, wir müssen Sie in Ihre eigenen Gemächer bringen, damit Sie sich an einem Feuer aufwärmen können.«

»Eduard?« flüsterte sie. »Bist du das?«

»Mylady.« Er verbeugte sich leicht, und als er sich wieder aufrichtete, konnte Servanne durch den Tränenschleier hindurch ein eckiges Kinn und vertraute Augen und Brauen erkennen.

Eduard! Der Sohn des Schwarzen Wolfs! Natürlich war es ein Schock für sie, und doch war sie nicht allzu sehr überrascht.

»Eduard ... warst du in dem Raum? Hast du alles gehört?«

Das Gesicht des Knappen versteinerte. »Wir dürfen uns hier nicht unterhalten, Mylady. Wir müssen Sie sicher in Ihre Räume bringen.«

Er führte sie schnell und leise durch die Galerie zu ihrem Turm und stützte sie auf der Wendeltreppe. An der Tür zum Vorraum blieb er zögernd stehen und hätte sie am liebsten der Obhut ihrer Zofen anvertraut, doch sie packte ihn bei der Hand und führte ihn in ihre Kemenate.

Biddy saß auf einem Stuhl neben dem Bett und schnarchte mit offenem Mund.

»Bitte«, flüsterte Servanne Eduard zu, »könntest du noch ein paar Scheite ins Feuer legen? Ich glaube zwar, daß nicht einmal das Höllenfeuer mich erwärmen könnte, aber vielleicht hilft es doch ein wenig.«

Eduards graue Augen schweiften zu Biddy hinüber.

»Sie schläft wie eine Tote«, beruhigte Servanne ihn, erschrak aber gleich darauf über ihre eigenen Worte.

Während Eduard ein passendes Stück Holz auswählte und auf das glimmende Feuer legte, trat Servanne neben ihn und streckte ihre Hände der Wärme entgegen. Weil sie nicht wußte, was sie sagen oder tun sollte, betrachtete sie den Knappen durch ihre langen Wimpern.

Wenn auch er in dem Ankleidezimmer gewesen war und gehört hatte, was zwischen Nicolaa de la Haye und dem Drachen gesprochen wurde, so wußte er, daß Etienne Wardieu nicht sein Vater war, für den er ihn sein Leben lang gehalten hatte.

»Es tut mir leid, daß Sie das alles hören mußten, Mylady«, brachte Eduard mit zugeschnürter Kehle mühsam hervor. »Es tut mir leid, daß wir *beide* das hören und sehen mußten, aber für Sie muß es besonders schlimm gewesen sein.«

»Für mich? Aber, Eduard . . .«

»Nein.« Er stand so plötzlich auf, als hätte er Sprungfedern in den Gelenken, und sein Gesicht war so zornig, daß sie glaubte, seinen Vater vor sich stehen zu sehen. »Nein, Mylady, glauben Sie bitte nicht, mir Ihr Mitgefühl aussprechen zu müssen. Ich habe immer gewußt, daß ich ein Bastard bin. Welcher Mann mich so im Vorübergehen gezeugt hat, spielt keine große Rolle.«

»O doch, Eduard, es spielt eine Rolle! Es macht einen großen Unterschied, welcher Mann dein Vater ist.«

»Der gefürchtete und berüchtigte Randwulf de la Seyne Sur Mer?« Eduards Kinn zitterte leicht, und seine Augen glänzten verdächtig, bevor er hastig seinen Blick abwandte und ins Feuer starrte. »Er bedeutet mir nichts. Ich kenne ihn ja nicht einmal.«

»Dann habt ihr etwas gemeinsam, denn er kennt dich ja auch nicht — und ich könnte schwören, daß er nicht einmal etwas von deiner Existenz weiß. Insofern hast du ihm sogar etwas voraus — du weißt immerhin, daß es ihn gibt.«

Der dreizehnjährige Junge bemühte sich sichtlich, mit der plötzlichen Bürde eines Mannes fertigzuwerden. »Ich ... ich habe gehört, daß er ein Ritter ohnegleichen ist, ein Ritter, dessen Schwert auf Satans Amboß geschmiedet wurde, und dessen Rüstung sich wegen der unbereuten Sünden seiner Vorfahren schwarz verfärbt hat.«

»Nun, diese Geschichten dürften leicht übertrieben sein ...«

»Ich war auf dem Übungsgelände, als er heute eingetroffen ist, Mylady, und ich habe ihn nur flüchtig gesehen, aber es stimmt — seine Rüstung war schwarz, und die Standarten und Helmbüsche seiner Männer sind schwarz-gold. Es war ein sehr eindrucksvoller Anblick! Und die Mädchen fielen reihenweise in Ohnmacht, weil sie sich schreckliche Narben unter der schwarzen Seidenmaske vorstellten.« Seine Aufregung ließ etwas nach. »Diese Maske, Mylady ...?«

Servanne legte impulsiv eine Hand an seine Wange. »Diese Maske verbirgt ein Gesicht, das genauso schön und unversehrt ist wie dein eigenes. Furchterregend ist es nur für jene, die es nicht kennen — und natürlich für seine Feinde, die es genau kennen.«

»Der Drache und seine Geliebte schienen ziemlich erschüttert zu sein.«

»Aus gutem Grunde. Der Drache ... dein Onkel ... hat Lord Luciens Namen und Geburtsrecht gestohlen. Er hat versucht, Lucien zu ermorden und ihrer beider Vater zu diskreditieren und ... und ...« — Eduards ungläubige Miene ließ sie verstummen — »... und vielleicht sollte nicht *ich* dir das alles erzählen.«

Die Nase des Knappen war weiß und spitz. »Sie sprechen so, als würden Sie Lord La Seyne gut kennen.«

»Ich kenne ihn gut. Ich vertraue ihm. Mehr noch — ich liebe ihn von ganzem Herzen ... und auch du wirst ihn lieben, sobald du ihn kennenlernst.«

»Wie und wo sollte ich ihn kennenlernen? Werde ich ihn auf dem Turnierfeld aus der Ferne sehen können, während ich meinem Herrn bei den Vorbereitungen behilflich bin? Oder wird man mir, falls der Baron gewinnen sollte, einen kurzen Blick auf La Seynes blutüberströmten Körper erlauben, bevor er weggeschleppt wird?«

Servanne preßte ihre gefalteten Hände an die Brust. »Aber, Eduard ...«

»Ich bin Lord Wardieus Knappe, und ich habe ihm Lehnstreue geschworen. Daran ändert sich nichts, auch wenn ich jetzt weiß, daß ich nicht sein Sohn bin. Glauben Sie, ich wäre der erste Bastard, der jemals hören mußte, daß er unerwünscht und ungeliebt war? Und glauben Sie, dies wäre das erste Mal gewesen, daß ich Zeuge der Brutalität und Verkommenheit meines *Onkels* wurde? Glauben Sie, meine ...« — er knirschte mit den Zähnen, brachte das Wort ›Mutter‹ aber nicht über die Lippen — »glauben Sie, diese *Frau* hätte heute zum erstenmal ihre Grausamkeit und ihren Blutdurst zur Schau gestellt? Keineswegs, Mylady! Und obwohl mich davor ekelt, bin ich durch meinen Eid gebunden. Als Knappe muß ich ihm dienen und notfalls sogar für ihn sterben. Nichts kann daran etwas ändern. Verzeihen Sie, Mylady, *aber nichts kann daran etwas ändern*!«

Mit Tränen in den Augen blickte Servanne dem Burschen nach, der hastig aus der Kemenate eilte. Am liebsten wäre sie ihm nachgelaufen udn hätte ihn geschüttelt, bis er zur Vernunft kommen würde. Er war doch noch ein Junge, auch wenn er sich noch so sehr bemühte, wie ein Mann aufzutreten. Aber sie wußte, daß es sinnlos wäre, ihn umstimmen zu wollen. Der Sohn hatte den gleichen strengen Ehrenkodex wie der Vater, und sie stieß bei beiden auf Granit, wenn sie daran zu rütteln wagte.

»Ooooh ...« Sie suchte nach etwas, das sie an die Wand schmettern und in tausend Scherben zerbrechen könnte, um ihre ohnmächtige Wut abzureagieren, und als sie sich umdrehte, stand Biddy hinter ihr. Eduards letzter herzzerreißender Ausbruch hatte die Matrone geweckt, und obwohl sie nur dieses letzte Bruchstück der Unterhaltung gehört hatte, sah sie auf den ersten Blick, wie verstört Servanne war.

Ihr Doppelkinn zitterte, während sie die Arme ausbreitete, und ihr Schützling warf sich auch sofort an ihre tröstlich weiche Brust.

»O Biddy, was soll ich nur tun? Was soll ich tun? Warum haben wir Wymondham jemals verlassen? Warum hast du mir nicht geraten, in ein Kloster einzutreten und mein restliches Leben hinter Mauern zu verbringen, die mir Frieden und Einsamkeit beschert hätten?«

Biddy schürzte die Lippen. »Weil du dich immer nach dem Leben außerhalb der Klostermauern gesehnt hättest, mein Kind. Dein Blick wäre ständig zum Horizont geschweift, und es hätte dir das Herz gebrochen, nicht frei zu sein.«

»Jetzt bricht mir auch das Herz! Es tut so weh, daß ich es kaum ertragen kann.«

»Das habe ich befürchtet, aber dieser Schmerz darf nicht dein Urteilsvermögen trüben. Und du solltest die Last auch nicht allein tragen. Erzähl mir, was dich bedrückt, mein Lämmchen. Geteiltes Leid ist halbes Leid.«

Servanne vergrub ihr Gesicht an Biddys Schulter. »Es ist soviel passiert«, schluchzte sie. »Ich weiß gar nicht, wo ich anfangen soll.«

»Na, na, ganz so schlimm wird es doch nicht sein.«

»Doch, Biddy, es ist sogar noch viel schlimmer!«

»Noch schlimmer als die Tatsache, daß du mir irgendeinen blödsinnigen Auftrag erteilt hast, nur um unbemerkt mit diesem Schurken Friar davonschleichen zu können?«

Servanne hob den Kopf.

»Du hast es gewußt? Du hast uns gesehen?«

»Ich mag alt sein, aber blind bin ich noch lange nicht. Heraus damit, mein Fräulein — wohin seid ihr gegangen, und mit wem warst du so lange zusammen? Um Himmels willen, es muß ja fast schon Tagesanbruch sein! Und was hatte es mit diesem ganzen Geschrei über Väter und Söhne und feierliche Eide auf sich?«

»Eduard hat mich davor bewahrt, in den Privatgemächern des Drachen erwischt zu werden. Er und ich waren im Ankleidezimmer versteckt, und wir haben gehört, wie Nicolaa de la Haye dem Baron erzählte, daß sein Bruder kein anderer als Randwulf de la Seyne Sur Mer ist. Und sie hat ihn Etienne genannt, Biddy! *Sie hat ihn Etienne genannt!*«

»Wen hat sie Etienne genannt — Eduard?«

»Aber nein, den Baron! Der Baron ist Etienne Wardieu, und Randwulf de la Seyne Sur Mer ist Lucien Wardieu.«

Biddy wurde das beunruhigende Gefühl nicht los, daß ihre junge Herrin den Verstand verloren hatte. »Und das glaubst du?«

»Natürlich glaube ich es!« rief Servanne. »Ich war nachts lange mit Lucien zusammen. Wir ... wir haben unsere Liebe besiegelt.«

Biddy wischte sich mit ihrer Haube den Schweiß von der Stirn. »Zuerst behauptest du, der Schwarze Wolf von Lincoln wäre Lucien Wardieu, und jetzt soll La Seyne plötzlich Lucien Wardieu sein! Was stimmt nun?«

»Beides. Alle drei sind derselbe Mann. Ich weiß, daß es sich verwirrend anhört — es *ist* verwirrend, und am schlimmsten muß es für Eduard sein, der soeben erfahren hat, daß der Mann, den er immer für seinen Vater gehalten hat, in Wirklichkeit sein Onkel ist, und daß der Mann, den sein Onkel beim Turnier töten will, in Wirklichkeit sein Vater ist.«

Das alles war zuviel für Biddy. Mit weichen Knien ließ

sie sich schwerfällig auf einen Schemel fallen, den Servanne ihr hastig hingeschoben hatte.

»Was soll ich nur tun, Biddy? Lucien muß vor der Gefahr gewarnt werden — er muß erfahren, daß sein Bruder jetzt sein Geheimnis kennt.«

»Ja, ja, Kindchen, wir werden uns etwas einfallen lassen.«

Servanne sank langsam neben Biddy auf die Knie. Die Matrone streichelte beruhigend die goldenen Haare auf ihrem Schoß, obwohl sie das Gefühl hatte, daß ihr eigenes Herz vor Aufregung und Angst gleich zerspringen würde.

»In einer Stunde wird der Morgen dämmern«, riet sie weise, »und dann werden wir überlegen, was wir tun können. Ruh dich ein wenig aus. Später werden wir uns etwas einfallen lassen.«

23

Schon im Morgengrauen herrschte auf dem Burggelände geschäftiges Treiben. Die Veranstaltungen — Ringkämpfe, Wettbewerbe im Bogenschießen, Auftritte von Akrobaten, Jongleuren und Spielleuten sowie das große Turnier als Höhepunkt — sollten auf einer großen Wiese im Außenhof stattfinden, und über Nacht waren entlang der Wälle Seidenzelte wie Pilze aus dem Boden geschossen. Hölzerne Palisaden markierten den Kampfplatz, und für die privilegierten Zuschauer war eine große Tribüne errichtet worden. Mehrere Sitzreihen an einem Seitenflügel dieser Tribüne waren für die Damen reserviert, die sich gegen Mittag einfinden würden, in kostbaren Roben und mit funkelndem Schmuck behangen — bunte Schmetterlinge, die kichernd den neuesten Klatsch austauschten und darüber spekulierten, wem dieser oder jener Ritter wohl huldigen würde, indem er sein Roß mit gesenkter Lanze vor der Angebeteten zügelte, die ihn daraufhin mit einem Tuch oder einem Stückchen Spitze belohnte.

Die Farben der De Gournay herrschten überall vor, doch dazwischen flatterten auch die Fahnen und Standarten der Gäste in der salzigen Meeresbrise.

Während die Herrschaften sich noch in Schale warfen und in der großen Halle ausgiebig frühstückten, nahmen Wachposten ihre Positionen entlang des Kampfgeländes ein, um Kinder davon abzuhalten, in der Nähe der Zelte zu spielen, und um Unbefugte zu vertreiben, die nichts mit den Vorbereitungen zu tun hatten.

Soldaten patrouillierten auf den Wehrgängen, in Rüstungen aus Ochsenleder, Brust und Rücken zusätzlich durch Stahlplatten geschützt. Jeder zehnte Mann trug einen Kettenpanzer und einen Schild mit dem Wappen der De Gournay. Alle waren mit Schwertern umgürtet und hatten ihren Finger am Abzug der Armbrust.

Das zwei Tonnen schwere Fallgatter blieb geschlossen, obwohl sich draußen eine riesige Menschenmenge aus den Dörfern der Umgebung versammelt hatte. Der Drache von Bloodmoor Keep hatte ihnen zwar noch nie Zutritt zu irgendwelchen Veranstaltungen gewährt, aber immerhin bestand ja ein Funke Hoffnung, daß er diesmal eine Ausnahme machen würde. Die unternehmungslustigen Händler, die hier ihre Kuchen und Fleischpasteten feilboten, machten gute Geschäfte, und Spielleute und Gaukler heiterten die düstere Kulisse des Moores etwas auf.

Einige Nachzügler, die Einladungen vorweisen konnten, wurden durch ein niedriges Eichentor in einem der Wachttürme eingelassen, und die bestechlichen Posten ließen auch Gaukler passieren, die genügend Münzen in den Taschen hatten, darunter einen Zwerg in buntem Kostüm mit Schellenmütze, der die Bauern auf der Zugbrücke mit Zauberkunststücken beeindruckt hatte, und einen riesigen Waliser, der auf dem Burghof sofort seinen Mantel abwarf und mit nacktem Oberkörper demonstrierte, daß er auf Gegner für Ringkämpfe wartete.

Die Knappen und Pagen jener Ritter, die am Turnier teilnehmen wollten, hatten alle Hände voll zu tun, um in den Zelten Waffen und Rüstungen bereitzulegen und das Zubehör ein letztes Mal auf irgendwelche Mängel zu überprüfen.

Während die ersten Gaukler und Spielleute mit lautem Beifall der Zuschauer belohnt wurden, war im Hintergrund das Schnauben und Wiehern der Schlachtrösser zu hören, die für ihren großen Auftritt vorbereitet wurden. Beim Turnier mußten sie einen genauso prächtigen Anblick wie ihre Reiter bieten: goldene Bänder und Quasten wurden in die Mähnen und Schweife geflochten, und später würde man sie mit seidenen Satteldecken und Federbüschen schmücken. Diese riesigen Pferde — mindestens ein Meter achtzig hoch — reagierten auf jeden Schenkeldruck ihrer Herren, die beide Hände frei haben mußten, um ihre Waffen zu schwingen, und sie waren äußerst aggressiv, bissen manchmal sogar ihre Betreuer und gerieten beim Geruch von Blut völlig außer sich, so daß nicht einmal ihre Herren vor den tödlichen Hufen sicher waren, wenn sie schwer verletzt am Boden lagen.

Bei einem Turnier, das zur Unterhaltung der Zuschauer stattfand, wurden andere Gefahren auf ein Minimum reduziert, indem man stumpfe Waffen verwendete. Natürlich konnte ein Ritter sich trotzdem bei einem unglücklichen Sturz aus dem Sattel den Hals brechen, und ein heftiger Lanzenstoß konnte bewirken, daß eine gebrochene Rippe das Herz durchbohrte. Brustpanzer verhinderten jedoch zumeist schwere Verletzungen, und die meisten Ritter hielten sich bei Kampfspielen an die Regel, mit der sechs Meter langen Lanze nicht höher als auf die Schulter des Gegners zu zielen.

Schiedsrichter beurteilten den fairen Verlauf eines Kampfes, und wenn ein Ritter durch einen Verstoß gegen die Regeln den Tod fand, gehörten sein Pferd und seine Rüstung nicht — wie sonst üblich — dem Sieger, sondern den Erben des Unterlegenen. Trafen allerdings zwei erbitterte Feinde aufeinander, so wurden alle Gesetze der Ritterlichkeit mißachtet, und es entbrannte ein Kampf auf Leben und Tod.

Natürlich fieberten alle besonders dem Duell zwischen dem Drachen von Bloodmoor Keep und dem Schwarzen Ritter La Seyne Sur Mer entgegen: beide galten als unbesiegbar und würden sich bestimmt über alle Regeln hinwegsetzen, um ihrem Ruf gerecht zu werden.

In den Morgenstunden wurde viel darüber diskutiert, wie die Gegner sich auf ihren Zweikampf vorbereiteten, denn beide Männer fehlten beim Frühstück in der großen Halle.

»Was soll das heißen — Sie können ihn nicht finden?« brüllte De Gournay, während er wütend einen Diener wegstieß, der ihm beim Ankleiden behilflich war.

Rowlens, der Seneschall und Oberhofmeister von Bloodmoor, schluckte hart und wischte sich mit einem Ärmel den Schweiß vom Gesicht.

»Mylord, meine Männer haben in den Stallungen und Kasernen vergeblich nach ihm gesucht. Seit gestern abend hat ihn auch keiner der Waffenschmiede mehr gesehen. Er war heute morgen nicht in der Kapelle, und entgegen seinen sonstigen Gepflogenheiten hat er auch nicht gefrühstückt.«

»Ausgezeichnet«, schnaubte Wardieu. »Nachdem wir jetzt wissen, wo er *nicht* war, möchte ich, daß Sie unverzüglich herausfinden, *wo er sich zur Zeit aufhält*!«

»Mylord, bestimmt könnte ein anderer Knappe Ihnen behilflich sein . . .«

»Verdammt, ich möchte keinen anderen Knappen!« Ein irdener Topf wurde an die Wand geschmettert und zerbrach in tausend Scherben. »Ich will Eduard! Ich will, daß er sofort zu mir gebracht wird, notfalls in Ketten!«

»Mylord?«

Die beiden Männer wirbelten herum, der Seneschall erleichtert, der Baron mit geballten Fäusten. Drohend ging er auf den Knappen zu.

»Wo in drei Teufels Namen hast du gesteckt?«

Eduards Blick schweifte ruhig vom Seneschall zu seinem Herrn und weiter zu Nicolaa de la Haye, die in einer blutroten Tunika unweit des Barons stand.

»Ich . . . ich war bei den Waffenschmieden«, sagte Eduard. »Ich wollte mich vergewissern, daß Ihre Lanzen . . .«

»Lügner!« De Gournay schlug dem Knappen so heftig ins Gesicht, daß er gegen die Steinmauer taumelte. »Du warst nicht bei den Waffenschmieden! Du bist seit gestern nicht mehr dort gewesen!«

Eduard wischte sich mit dem Handrücken das Blut von den aufgeplatzten Lippen und von der Wange, die er sich an der rauhen Wand aufgeschürft hatte.

»Ich frage dich nur noch ein einziges Mal«, drohte De Gournay. »Wo bist du heute nacht und heute morgen gewesen? Ich warne dich — noch eine Lüge, und ich lasse dir die Haut abziehen!«

Eduards graue Augen zuckten vor Schmerz, hielten Wardieus wütendem Blick aber tapfer stand.

»Ich war mit dem Küchenmädchen Glyneth zusammen«, erklärte er heiser. »Ich . . . wir haben verschlafen, Mylord, und ich habe Mary, der Köchin, gerade erklärt, daß es nur meine Schuld war, und daß sie Glyneth deshalb eine Tracht Prügel ersparen solle.«

»Du hast herumgehurt?« grinste Nicolaa. »Also doch ein echter Wardieu!«

»Nicolaa — hast du eigentlich nichts Besseres zu tun als hier herumzulungern und dummes Zeug zu reden?«

»O je, o je!« spottete Nicolaa mit schmalen grünen Katzenaugen. »Wir sind heute morgen ziemlich säuerlich, nicht wahr? Zwei Dienstboten haben schon die Peitsche zu spüren bekommen, nur weil ein paar Brotkrumen auf den Boden gefallen sind, und jetzt schlägst du deinen Knappen halb bewußtlos, nur weil er deiner eigenen Lieblingsbeschäftigung nachgegangen ist! Hat diese ungewöhnliche Nervosität vielleicht etwas damit zu tun, daß deine liebreizende Braut so lange auf sich warten läßt?«

De Gournay fletschte wütend die Zähne, wandte seine Aufmerksamkeit aber wieder Eduard zu. »Wasch dir das Blut ab und begib dich zu Lady Servanne. Sag ihr, daß ich keine weiteren Verzögerungen dulden werde — sie wird mich unverzüglich zum Turnierplatz begleiten, ganz gleichgültig, ob sie nun perfekt gekleidet oder noch splitternackt ist!«

Sobald Eduard sich entfernt hatte, fixierte De Gournay den Seneschall.

»Suchen Sie diese Hure Glyneth auf und unterziehen Sie sie einem gründlichen Verhör. Wenn sie Eduards Geschichte nicht voll und ganz bestätigt, möchte ich sofort darüber unterrichtet werden.«

»Jawohl, Mylord.« Der Seneschall zog sich mit düsterer Miene zurück, und Nicolaa hob fragend die Brauen.

»Du bist heute wirklich übertrieben mißtrauisch, Liebling, findest du nicht auch? Oder verheimlichst du mir etwas?«

»Es hat in letzter Zeit einfach zu viele merkwürdige Zufälle gegeben. Ich möchte weitere Überraschungen dieser Art vermeiden.«

Prinz Johann lächelte träge. »Sagen Sie meiner lieben Mutter bitte herzlichen Dank für ihren … äh … großzügigen Beitrag zu den Kosten, die während des Besuchs meiner Nichte entstanden sind.« Er öffnete den Deckel der Truhe, und seine dunklen Augen funkelten vor Gier mit den Goldmünzen um die Wette. »Wirklich sehr großzügig!«

Randwulf de la Seyne Sur Mer stand dem Prinzen gegenüber, eine große imposante Gestalt, wie immer ganz in Schwarz: Leinen und Leder, Samt und Seide — alles war schwarz. Dicht hinter ihm stand eine Phalanx schwer bewaffneter Ritter, die genauso grimmig dreinblickten wie die Gardisten des Prinzen. Das Mißtrauen war auf beiden Seiten groß, und die Männer ließen einander nicht aus den Augen.

»Prinzessin Eleonore?« knurrte La Seyne.

Johann starrte noch eine Weile verzückt das Gold an, bevor er einem Gardisten ein Zeichen machte. Der Ritter nickte, öffnete eine niedrige Tür und winkte jemanden herein.

Prinzessin Eleonore von der Bretagne war acht Jahre alt und bemühte sich nach Kräften, tapfer zu sein. Sie war schon im Morgengrauen geweckt und von der ordinären Person mit den rauhen Händen und dem übelkeitserregenden Mundgeruch angekleidet worden, die ihr Onkel ihr als Zofe zugeteilt hatte. Niemand hatte es für nötig gehalten, dem Kind zu erklären, was es nach der stundenlangen Wartezeit in einem kleinen fensterlosen Vorzimmer zu erwarten hatte.

Während der vier Monate, seit ihrer Entführung aus Mirebeau, war Eleonore sehr schmal geworden, weil sie nie Appetit gehabt hatte. Ihre einzige Waffe war eigensinniges Schweigen gewesen, seit sie bemerkt hatte, daß diese völlige Teilnahmslosigkeit ihren Onkel viel mehr ärgerte als Temperamentsausbrüche. Insgeheim war Johann heilfroh, daß die strahlendblauen Augen, die Eleonore als eine typische Plantagenet auswiesen, ihn nun nicht mehr bei jeder Begegnung mit eisiger Verachtung und grenzenlosem Haß mustern würden.

Die kleine Prinzessin blieb auf der Schwelle stehen und blinzelte im hellen Licht des großen Raums. Die vielen Gardisten jagten ihr einen Schrecken ein, bis sie genauer hinschaute und feststellte, daß die Hälfte dieser Männer die Farben von La Seyne Sur Mer trug. Ihr Blick schweifte über die grimmigen Gesichter, bis sie endlich die schwarze Seidenmaske sah, nach der sie sich in all diesen Monaten so gesehnt hatte. Sir Randwulf! Sie hatte gehofft und gebetet, daß er sie retten möge, und nun war er endlich da! Er würde sie befreien — so, wie sie es sich stets ausgemalt hatte!

La Seyne war seinerseits grenzenlos erleichtert, als er die Prinzessin sah. Sie schien unversehrt zu sein, schmal und bleich und viel zu ernst, aber immerhin unversehrt.

Eleonore wollte auf ihren Retter zurennen, doch einer von Johanns Gardisten versperrte ihr mit einer gebieterischen Geste den Weg. Im nächsten Moment wollten La Seynes Männer ihre Schwerter zücken.

»Wie Sie sehen können«, beruhigte Ohneland hastig die Gemüter, »erfreut meine Nichte sich bester Gesundheit. Sie wird demnächst Ihrer Obhut übergeben, La Seyne, doch zuvor ... Sie haben doch nichts dagegen, wenn zuvor ein Jude das Lösegeld nachzählt? In diesen schwierigen Zeiten kann man gar nicht vorsichtig genug sein. Man darf nicht einmal seinen Verwandten trauen ... den engsten Verwandten am allerwenigsten.«

La Seyne schien völlig ungerührt, im Gegensatz zu seinen Männern, deren Mienen sich bei dieser Beleidigung so bedrohlich verdüsterten, daß nun Johanns Gardisten ihrerseits vorsichtshalber nach den Schwertern tasteten.

»Ich will Sie aber nicht aufhalten, La Seyne«, fuhr der Prinz gutmütig fort. »Ich weiß ja, daß Sie sich auf das Turnier vorbereiten müssen. Sie könnten ja einen Ihrer Männer beauftragen ...«

»Ich werde warten!« knurrte La Seyne unter seiner

schwarzen Maske, und in dem großen kalten Raum hallten seine Worte unheimlich wider.

Johann Ohneland, den der Anblick des Goldes noch mehr wärmte als sein dickes Samtwams, lehnte sich selbstzufrieden im Stuhl zurück, legte die Fingerspitzen beider Hände zusammen und trommelte damit auf seine geschürzten Lippen. »Es dürfte höchstens ein-zwei Stunden dauern. Geldverleiher zählen allerdings meistens langsam, um jeden Irrtum zu vermeiden.«

La Seyne verschränkte die Arme über der Brust und bot ein Bild unerschütterlicher Stärke. Dieser durchsichtige Versuch des Regenten, ihn vor dem Turnier zu verstören, verfehlte jede Wirkung. Die Seidenmaske kräuselte sich ein wenig, als er grimmig lächelte. »Ich werde warten«, wiederholte er ruhig. »Ich habe Zeit.«

Servanne zuckte erschrocken zusammen, als es an der Tür zum Vorzimmer klopfte, und griff hilfesuchend nach Biddys Hand. Die beiden Frauen standen an einem der hohen Fenster und starrten auf den Innenhof hinab, wo schon Sänften bereitstanden, um die Damen zum Turnierplatz zu bringen.

»Wer ist da?« rief Biddy mit erstaunlich fester Stimme. Das schwache Herz der Kammerfrau hatte in den letzten Stunden schon allerhand verkraften müssen — all die Neuigkeiten, daß der angebliche Lucien Wardieu in Wirklichkeit Etienne hieß und ein Bastard, ein Betrüger und Mörder war, während der Schwarze Wolf von Lincoln sich nicht nur als der echte Baron de Gournay, sondern nun auch noch als Lord Randwulf de la Seyne Sur Mer entpuppt hatte. Biddy begriff besser als ihr Schützling, daß sie alle in Gefahr schwebten, verraten und ermordet zu werden, daß ihre Leichen schon bald zur Abschrekkung auf Pfähle gespießt und zur Schau gestellt werden könnten.

Der Anblick von Eduards geschwollenem und aufgeschürftem Gesicht war auch nicht dazu angetan, Biddy zu beruhigen.

»Eduard!« Servanne stürzte auf den Knappen zu. »Was ist passiert?«

»Nichts Schlimmes, Mylady. Es ist *Ihr* Wohlergehen, das mir viel mehr Sorgen bereitet als das meine.«

»Das Wohlergehen meines Lämmchens?« Biddy watschelte ihrerseits auf Eduard zu. »Was soll das heißen?«

»Wir haben keine Zeit für lange Erklärungen, Mistress Bidwell. Nur soviel — der Drache ist heute so gereizt, daß es lebensgefährlich ist, ihm zu widersprechen. Er tobt, weil Mylady sich in der Kapelle und beim Frühstück entschuldigen ließ, und er hat mir ausdrücklich befohlen, nicht ohne sie in der Halle zu erscheinen.«

Servanne reckte trotzig das Kinn, und ihre Wangen röteten sich. »Wie kann er es wagen, mir etwas zu befehlen? Ich bin doch nicht seine Leibeigene — jedenfalls nicht vor unserer Hochzeit.«

Biddy war praktischer veranlagt. »Eduard, mit welchen Problemen rechnest du?«

»Es sind so viele, daß wir allein damit nicht fertigwerden können, aber ich gebe Ihnen mein Wort, Mistress Bidwell, daß der Bastard Mylady kein Haar krümmen wird. Dafür werde ich sorgen.«

Servanne preßte ihre kalten Finger an die Schläfen. »Es ist nicht meine eigene Sicherheit, um die ich am meisten fürchte, Eduard. Wir müssen unbedingt deinen Vater warnen — deinen *richtigen* Vater, den echten Lucien Wardieu! Etienne dürfte jetzt zu allem fähig sein, nur um sein Geheimnis zu wahren. Er wird Lucien eine Falle stellen — und dein Vater wird blindlings in diese Falle gehen, wenn wir ihn nicht warnen.«

»Diese Aufgabe werden *Sie* übernehmen müssen, Mylady«, sagte Eduard.

»Ich? Von Herzen gern — aber wie?«

Eduard hob einige Kleidungsstücke vom Boden auf, die bisher keiner der beiden Frauen aufgefallen waren.

»Ich habe das hier mitgebracht ...« Er überreichte Biddy ein langärmeliges Hemd, ein Wams und eine gelbe Lederhose. »Etwas Besseres konnte ich in der kurzen Zeit leider nicht auftreiben, aber ...« — er wandte sich Servanne zu — »Sie müßten in dieser Verkleidung den Außenhof erreichen können, und dort herrscht jetzt schon ein solches Durcheinander, daß die Wachen völlig überfordert sind.«

»Ich soll diese Sachen anziehen?« fragte Servanne. »Ist das wirklich notwendig?«

Eduard warf errötend einen Blick auf ihr dünnes gelbes Seidenkleid. »Sogar ein Toter würde aufmerksam werden, wenn Sie *so* an ihm vorbeikämen. Ja, Mylady, es ist lebenswichtig, daß Sie sich verkleiden. Leider wäre es unklug, wenn ich selbst Sie begleiten würde, aber ich habe mir erlaubt, Sir Roger de Chesnai zu benachrichtigen und ihn — ohne nähere Angabe von Gründen — zu bitten, am Hinterausgang auf Sie zu warten. Er müßte Sie mühelos in La Seynes Lager bringen können, und von dort ...«

Seine Stimme klang lange nicht mehr so überzeugend wie anfangs.

»Und was ist mit dir, Eduard? Ich kann nicht einfach davonlaufen und dich hier zurücklassen, damit du den Zorn des Drachen ausbaden mußt.«

Der Knappe reckte seine breiten Schultern, und die grauen Augen ließen keinen Zweifel an seiner Entschlossenheit. »Lady Servanne, Ihre Sicherheit ist im Augenblick das einzige, was zählt. Ich habe den Zorn des Drachen schon mehr als einmal zu spüren bekommen, und diesmal werde ich ihn gern ertragen, wenn ich weiß, daß ich Ihnen dadurch Unannehmlichkeiten ersparen kann. Ich ... ich habe gründlich über alles nachgedacht, nachdem ich Sie letzte Nacht verlassen hatte, und ich weiß jetzt, daß meine Ehre keinen Schaden nähme, wenn ich diesen Ort verlassen würde, um einem anderen Ritter zu dienen. Ich ... ich hoffe, daß ich eines Tages meinen Vater kennenlernen werde, doch wenn er mich aus irgendwelchen Gründen nicht sehen will ...«

»Oh, Eduard, nein!« fiel Servanne ihm ins Wort. »Nein, er wird stolz und glücklich über einen Sohn wie dich sein, dessen bin ich mir ganz sicher. Und genauso sicher bin ich mir, daß du jetzt mit uns kommen mußt. Was erhoffst du dir davon, wenn du ohne mich beim Drachen erscheinst? Glaubst du, ihn einige Minuten hinhalten und mir dadurch helfen zu können?«

»Einige wenige Minuten könnten lebenswichtig sein«, murmelte er zögernd.

»Aber auf wessen Kosten?« fragte sie sanft. »Und wie sollte ich deinem Vater erklären, daß ich dich hier zurückgelassen habe? Biddy, hol unsere Mäntel! Wir gehen entweder alle zusammen oder gar nicht.«

»Heilige Agnes, wir sind verloren!« jammerte Biddy, besaß aber sogar noch die Geistesgegenwart, die Schmuckschatulle ihrer Herrin aus der Nische in einer Zimmerecke holen zu wollen.

»Wir müssen bei La Seyne unsere Zuflucht suchen«, sagte Servanne zu Eduard, der immer noch zweifelnd dreinblickte. »Er ist nicht nur dein Vater, sondern auch der Mann, den ich liebe und heiraten werde.«

»Nur über meine Leiche, Madam«, ertönte eine Stimme von der Schwelle des Vorzimmers her.

Servanne erbleichte und ließ den Mantel fallen. Eduard stand wie angewurzelt da, während Etienne Wardieu langsam die Kemenate betrat, dicht gefolgt von Nicolaa de la Haye, deren Augen vor Bosheit und sadistischer Freude funkelten.

24

»Aha!« zischte der goldhaarige Drache von Bloodmoor Keep. »Sie lieben also La Seyne und wollen ihn heiraten?«

Servanne reckte trotzig ihr Kinn. »*Sie* würde ich mit Sicherheit nicht heiraten, Mylord, nachdem ich weiß, daß Sie Ihren Vater dem Hungertod preisgegeben haben und Ihren Bruder ermorden wollten, um seinen Namen und sein Geburtsrecht zu stehlen!«

Die Nasenflügel des Drachen bebten vor Zorn, während er tief Luft holte. »Mein Bruder kann mit zunehmendem Alter seine Zunge offenbar nicht mehr im Zaume halten. Kann er diese unglaublichen Behauptungen beweisen, oder hat er Sie einfach auf irgendeine Weise verhext?«

»Sie sagt, daß sie ihn liebt«, warf Nicolaa trocken ein. »Da braucht man sich doch nicht lange den Kopf darüber zu zerbrechen, auf welche Weise er sie verhext hat. Sie glaubt ihm jedes Wort, weil er es ihr ein paarmal tüchtig besorgt hat, das ist doch sonnenklar!«

Servanne errötete heftig, aber vor allem bemühte sie sich, nicht zu der Nische hinüberzuschauen, wo Biddy mit der Schmuckschatulle in der Hand hinter dem dikken Samtvorhang hervorlugte, Mund und Augen schrekkensweit aufgerissen. Glücklicherweise zog sie ihren Kopf hastig zurück, bevor der Drache oder Nicolaa auf sie aufmerksam wurde, und Eduard besaß die Geistesgegenwart, den Drachen von der Nische abzulenken, indem er sich Servanne näherte.

»Soll ich mir eine passende Strafe für sie ausdenken, Liebling?« säuselte Nicolaa. »Oder möchtest du sie lieber D'Aeths Einfallsreichtum überlassen? Für ihn wäre das bestimmt eine Abwechslung von den Stallknechten, mit denen er herumspielt. Vielleicht würde es ihm aber noch mehr Spaß machen« — ihr Blick schweifte zu Eduard — »sich diese beiden abwechselnd vorzunehmen.«

Der Drache ging langsam auf Servanne und Eduard zu, und seine Augen verrieten der jungen Frau, daß alle Schrecken, die sie seit dem Überfall im Wald erlebt hatte, völlig harmlos gewesen waren, verglichen mit dem, was sie von diesem Mann zu erwarten hatte.

»Ein bißchen Disziplin dürfte ihr zweifellos guttun«, murmelte er, »aber D'Aeths Methoden sind doch ein wenig brutal, und ich möchte, daß sie noch eine Weile gehen und sprechen kann — jedenfalls bis nach der Hochzeit. Wenn sie sich dann reumütig erweist, könnte ihre Strafe relativ milde ausfallen.«

»Ich habe nicht die Absicht, Sie zu heiraten«, erklärte Servanne ruhig. »Ich werde *niemals* Ihre Frau werden.«

Der Drache lächelte. »*Niemals* ist eine viel zu endgültige Aussage, meine Liebe! Eigensinn ist schön und gut, aber der menschliche Körper kann nun einmal nur ein begrenztes Ausmaß an Schmerzen ertragen.«

»Ich werde Sie nicht heiraten«, wiederholte sie störrisch.

Der Drache schnalzte leise mit der Zunge, um seinem Unmut Ausdruck zu verleihen, und dann schlug er ihr ins Gesicht, so hart, daß sie mit wild flatternden Haaren seitwärts stolperte. Vor Schmerz benommen und vor Tränen halb blind, sah sie dennoch, daß Eduard dem Drachen an die Kehle sprang.

Ihn abzuwehren kostete Etienne Wardieu nicht viel mehr Mühe, als eine lästige Fliege zu erschlagen. Seine Faust landete mit geballter Kraft in der Magengrube des Knappen, der zusammengekrümmt und nach Luft ringend rückwärts taumelte.

Der Drache wandte sich wieder Servanne zu, die an der Wand lehnte, packte sie bei den seidigen Haaren, die ihr wirr ins Gesicht fielen, und schlug zu Nicolaas größtem Entzücken noch brutaler als beim erstenmal zu.

»Sie werden mich heiraten, meine Liebe! Sie werden vor dem Bischof stehen und mir Ihr Jawort geben, wie es sich für die pflichtgetreue und demütige Braut gehört, mit der ich mich verlobt habe. Und wenn die Trauung vorbei ist, werden Sie auf allen Vieren angekrochen kommen und betteln. mir zu Diensten sein zu dürfen.«

»Nein«, keuchte Servanne. »Nein, niemals!«

»Da höre ich ja schon wieder dieses törichte Wort!« Er wickelte seine Faust so fest um eine Locke, daß sie das Gefühl hatte, er wollte ihr die Haare mit den Wurzeln ausreißen.

»Sie werden mir gehorchen, Madam«, fauchte er, und sie spürte seinen heißen Atem an ihrem Hals. »Sie werden mir demütig und freiwillig gehorchen, oder Sie werden es blutend und mit gebrochenen Knochen tun. Die Wahl liegt ganz bei Ihnen!«

»N-Nein«, schluchzte sie. »Nein!«

Wardieu stieß ihren Kopf gegen die Steinmauer, und sie wäre — vor Schmerz einer Ohnmacht nahe — zusammengesackt, wenn er ihr nicht brutal ein Knie zwischen die Schenkel gerammt hätte.

Ihr Aufschrei veranlaßte Eduard, sich wieder auf den Drachen zu stürzen, doch Nicolaa zog blitzschnell ihre Kurzschwert aus der Scheide. Die Stahlklinge sauste zischend durch die Luft und richtete sich bedrohlich auf den Hals des Knappen.

»Misch dich nicht ein, Bursche!« warnte sie. »Paß lieber gut auf, dann lernst du vielleicht, wie man überlebt.«

Servanne schlug verzweifelt nach Wardieu, aber ihre kleinen Fäuste prallten an dem harten Brustkorb, der durch das dicke Samtwams zusätzlich geschützt war, hilflos ab und entlockten ihm nur ein mitleidiges Lächeln. Ihr Kleid war hingegen so dünn, daß es sofort bis zum Brustansatz zerriß, als er einmal kräftig am Kragen zerrte.

»Sie haben beim Baden ein starkes Parfum verwendet, meine Liebe, aber Sie stinken trotzdem noch nach meinem lieben Bruder!«

Servanne wollte ihm das Gesicht zerkratzen, aber er packte sie bei den Handgelenken und riß ihre Arme schmerzhaft über den Kopf hoch. Seine Lippen preßten sich hart und naß auf die ihren. An dieser grausamen Parodie eines Kusses fast erstickend, warf Servanne würgend ihren Kopf zur Seite, doch er lachte nur höhnisch.

»Sie werden feststellen, meine Teure, daß ich nichts so sehr begehre wie das, was mir verweigert wird. Es hat mir stets den größten Genuß bereitet, meinen Bruder auszustechen, mir zu nehmen, was er nicht haben konnte, und zu wissen, daß ich etwas besitze, was ihm mehr als alles andere bedeutet.«

»Nein!« fauchte sie. »Nein! Sie werden mich nie besitzen. Mein Herz wird immer Lucien gehören.«

Wardieu grub seine Finger in ihre Handgelenke. »Aber ich habe immer noch Ihren Körper, meine Süße, und in wenigen Stunden werde ich auch den seinen haben. Vielleicht ... vielleicht werde ich euch beiden eine kleine Lektion erteilen, indem ich ihn zuschauen lasse.« Seine blauen Augen funkelten haßerfüllt. »Ja, das würde mir sehr gefallen ... ihn zuschauen zu lassen, wie Sie nackt um Gnade winseln und mir zu Willen sind, was auch immer ich von Ihnen verlangen mag. Bei Gott, dafür werde ich sein Leben gern um einige Stunden verlängern. Und Sie könnten Ihr eigenes um Tage ... oder vielleicht sogar um Wochen ... verlängern, wenn Sie mit Eifer bei der Sache und mir genug Genuß bereiten.«

Servanne starrte ihn mit Tränen in den Augen entsetzt an. De Gournay lachte nur noch lauter, schob eine Hand unter ihr zerrissenes Mieder und quetschte eine Brustwarze zwischen seinen Fingern.

Servanne schrie wieder auf, und im nächsten Moment stieß Eduard wutschnaubend Nicolaa beiseite und stürzte sich von hinten auf seinen Herrn, bereit, ihm ein Messer zwischen die Schultern zu stoßen. Der Drache konnte in letzter Sekunde ausweichen, holte zum Schlag aus und schleuderte Eduard gegen die Wand. Von Servanne ablassend, zerrte er seinen Knappen vom Boden hoch und packte ihn bei der Hand, die den Dolch immer noch krampfhaft umklammert hielt. Eduard zuckte vor Schmerz zusammen, ließ das Messer aber nicht los und starrte Wardieu haßerfüllt an.

Mit einem bösartigen Grinsen blickte der Drache zu Servanne hinüber.

»Offenbar haben Sie ja noch einen zweiten Verehrer gefunden, Mylady. Schauen wir mal, ob *er* nicht auch ganz nützlich sein kann, um Sie zu überzeugen, daß Sie sich auf dem falschen Weg befinden!«

Bevor sie reagieren konnte, umschloß der Drache Eduards geballte Faust mit seiner Hand und verrenkte sie derart, daß die Klinge auf den Oberschenkel des Knappen gerichtet war. Dann trieb er den Stahl durch die Hose tief ins Fleisch hinein. Eduard schrie auf, versuchte verzweifelt, sich den Schmerz zu verbeißen, schaffte es aber nicht mehr, als der Drache das Messer in der Wunde drehte.

»Hören Sie auf! « kreischte Servanne, die den Anblick von Eduards qualvoll verzerrtem Gesicht nicht ertragen konnte. *»Hören Sie auf!«*

»Nein, Mylady!« schrie Eduard. »Nein, machen Sie keinerlei Zugeständnisse! Auaaah!«

Die Klinge wurde wieder gedreht, und nun bespritzte Blut die beiden Hände, die den Griff umklammerten. Tränenblind warf sie sich auf De Gournay und trommelte mit den Fäusten auf seine Schultern.

»Aufhören! Aufhören! Ich tu alles, was Sie wollen, aber hören Sie endlich auf!«

Nach einer letzten Drehung ließ De Gournay das Messer los. Eduard glitt langsam an der Wand hinab zu Boden, zog mit letzter Kraft den Dolch aus seinem Fleisch und preßte beide Hände auf die Wunde.

»Eduard!« Servanne fiel neben ihm auf die Knie und legte eine zitternde Hand an seine aschfahle Wange, wurde aber schon im nächsten Moment grob bei den Schultern gepackt und hochgezerrt. Entsetzt starrte sie auf das Blut, das zwischen Eduards Fingern hervorquoll und auf den Boden tropfte.

Sie hörte, wie Nicolaa von draußen zwei Wachen hereinrief, und mußte hilflos mit ansehen, wie die Männer Eduard unter die Arme griffen und aus dem Zimmer schleppten, wobei sein Bein eine Blutspur hinterließ.

»Wohin bringen sie ihn!?« rief sie. »Was werden sie mit ihm machen?«

»Sie werden meine Befehle ausführen«, erklärte der Drache kurz und bündig.

Servanne blickte ihn durch wirre Haarsträhnen hindurch an. Ihre Brüste hoben und senkten sich rasch bei dem vergeblichen Versuch, ihre Panik zu bekämpfen. Ihre Hände zitterten heftig, als sie versuchte, das zerrissene Kleid am Ausschnitt zusammenzuhalten, um ihre Blöße zu bedecken. Sie hatte in ihren achtzehn Lebensjahren genug Wunden gesehen, um zu wissen, daß Eduard sterben würde, wenn die Blutung nicht sofort zum Stillstand gebracht und ausgebrannt wurde. Und sie wußte auch, daß der Drache diesen Befehl nur geben würde, wenn sie selbst bereit war, teuer dafür zu bezahlen.

»Bitte«, brachte sie zähneknirschend hervor, »bitte helfen Sie ihm.«

»Warum sollte ich? Er bedeutet mir nichts.«

»Wenn dem so wäre, hätten Sie ihn gleich umgebracht«, rief sie mit dem Mut der Verzweiflung, ohne zu bedenken, daß es unklug war, ihn noch mehr zu reizen. Sie machte sich auf einen weiteren Schlag ins Gesicht gefaßt, doch statt dessen packten seine blutigen Finger sie bei der Kehle.

»Aha, unser Widerstandsgeist ist also doch noch nicht

gebrochen«, murmelte er. »Bewundernswert, aber äußerst töricht. Ein Wort von mir, und der Junge stirbt — und Sie an seiner Seite.«

»Wenn Sie diesen Befehl geben«, konterte sie ohne Rücksicht auf Verluste, »gehen Ihnen die Ländereien, an denen Sie solches Interesse haben, durch die Lappen und fallen statt dessen dem König zu — beziehungsweise Prinz Johann!«

Ein schrecklicher kalter Zorn glomm in den Augen des Drachen und versteifte seinen ganzen Körper. Seine Finger schnürten ihr jetzt fast vollständig die Luftzufuhr ab.

»Ein Ultimatum schätze ich noch viel weniger als Eigensinn«, schnarrte er, »und am allerwenigsten ein Ultimatum, das jeglicher Grundlage entbehrt. Wie schon gesagt — mir ist es egal, ob Sie halbwegs unversehrt oder aber mit gebrochenen Knochen und blutend vor den Altar treten. Ein Dutzend Zeugen oder mehr würden jederzeit schwören, daß Sie mir bereitwillig Ihr Jawort gegeben haben. Außerdem würde eine Untersuchung zweifellos ergeben, daß die Ehe kürzlich vollzogen wurde. Sie sehen also« — er ließ ihren Hals mit einem verächtlichen Schnauben los — »Sie haben überhaupt keine Wahl. Über Ihr Schicksal und über das Schicksal der Ländereien, die zufällig in Ihre Hände gelangt sind, wurde schon vor langer Zeit entschieden. Lange bevor Ihr schwacher alter Gemahl an Belladonna verschieden ist.«

Servanne starrte ihn entgeistert an.

»Er war ein zäher Bursche«, fügte De Gournay genüßlich hinzu. »Mir wurde berichtet, daß er erst nach der dreifachen Dosis, die sonst erforderlich ist, das Zeitliche gesegnet hat.«

Nicolaa de la Haye war von dieser Enthüllung sichtlich genauso überrascht wie Servanne. »Du schlauer Bastard! Das hast du mir nie erzählt!«

»Es gibt sehr viele Dinge, die ich dir nicht erzähle, Nicolaa«, seufzte er. »Aus reinem Selbsterhaltungstrieb, könnte man ...«

Er verstummte abrupt, als Servanne sich auf ihn stürzte, die Finger zu Klauen gekrümmt, um ihm das hämische Grinsen vom Gesicht zu kratzen. Er hatte Sir Hubert de Briscourt umbringen lassen! Er hatte den gütigen alten Krieger vergiften lassen, nur um der Ländereien habhaft zu werden, die einst zum Besitz der De Gournay gehört hatten. Der Schwarze Wolf hatte recht gehabt! Er hatte in allem recht gehabt!

Servannes schnelles Handeln führte vorübergehend zum Erfolg. Befriedigt spürte sie, wie zwei scharfe Fingernägel sich tief in seine Haut gruben, doch schon im nächsten Moment flogen ihre Arme zur Seite, und eine harte Faust schleuderte sie gegen die Bettkante. Dann wurde sie hochgezerrt und erhielt einen weiteren Fausthieb, so daß sie hilflos über den Boden schlitterte und sich die Hände aufschürfte.

Der Drache starrte fassungslos auf das Blut, das er sich vom Hals gewischt hatte. Er bückte sich, stellte sie brutal auf die Beine und drückte ihr den Kopf in den Nacken, so daß sie ihm ins Gesicht sehen mußte.

»Dafür bringe ich dich um, du Luder!« versprach er. »Langsam und qualvoll. Dich und deinen Geliebten, Seite an Seite! Ihr werdet beide um Gnade winseln ...«

Servanne nahm ihre letzten Kraftreserven zusammen und spuckte ihm verächtlich ins Gesicht. Der Speichel lief ihm über die Wange und sammelte sich an seinem Kinn, wo er wie ein tropfenförmiger Diamant schimmerte. Mit blutbeschmierten Fingern fuhr er sich über die nasse Haut, ohne Servanne aus den Augen zu lassen. Sein Blick drohte ihr endlose Grausamkeiten an, bevor er den mit Blut vermischten Speichel an ihren nackten Brüsten abwischte.

»Nicolaa, ich glaube, ein bißchen Einsamkeit könnte

der Dame nicht schaden. Die Wachen sollen sie in den Adlerhorst bringen. Bevor sie stirbt, soll sie sich in aller Ruhe darüber klarwerden können, wer hier der Herr ist — und wer nur eine Hure!«

Er schleuderte sie von sich wie ein Stück verwestes Fleisch, und der Aufprall ließ sie nach Luft ringen. Sie fühlte sich am ganzen Körper zerschlagen, war aber weit davon entfernt, um Gnade zu winseln, sondern starrte De Gournay voller Ekel und Haß nach, als er ihre Kemenate verließ.

»Na sowas!« murmelte Nicolaa. »Also hattest du doch etwas Temperament! Hat *er* das bewirkt? Der Wolf? Nur bedauerlich, daß dieses Temperament bei falscher Gelegenheit durchbrach.«

Als sie keine Antwort erhielt, bückte Nicolaa sich, packte Servanne bei den Haaren und zog ihren Kopf hoch. Servannes Gesicht war geschwollen, und Blut sikkerte aus ihrer Nase und aus ihren aufgeplatzten Lippen.

»Du hättest warten sollen«, höhnte Nicolaa. »Dann hättest du festgestellt, daß ein Drache dir genauso einheizen kann wie ein Wolf. Ich habe diese Erfahrung auch gemacht. Aber andererseits ... du wärst nie stark genug für ihn gewesen. Dies hier« — sie deutete verächtlich auf die blonden Locken und die kleinen weißen Brüste — »hätte seine Aufmerksamkeit nicht einmal die Hochzeitsnacht hindurch gefesselt. Er hätte anschließend zu mir kommen müssen, um Befriedigung zu finden.«

Lachend ging sie hinaus, um Wachen herbeizurufen.

Servanne drehte sich mühsam auf die Seite, um herauszufinden, ob Biddy noch hinter dem Vorhang versteckt war. Ein kalkweißes Gesicht mit schreckensweit aufgerissenen Augen starrte zu ihr herüber.

»Biddy, nein!« keuchte Servanne, als die Kammerfrau Anstalten machte, ihr zu Hilfe zu eilen. »Du mußt Sir Roger finden. Erzähl ihm, was geschehen ist, und sag ihm

— sag ihm, er soll den Schwarzen Wolf aufsuchen und warnen. Biddy, und ...«

»Hier ist sie!« Nicolaa ging vier kräftigen Gardisten voran und deutete auf Servanne, die immer noch am Boden lag. »Euer Herr hat befohlen, daß ihr sie in den Adlerhorst bringen sollt. Dort wird sie bleiben, bis er entschieden hat, was weiter mit ihr geschehen soll. Behandelt sie wie den letzten Abschaum, denn wenn ihr sie mit Samthandschuhen anfaßt, werdet *ihr* es zu büßen haben.«

Die Männer bückten sich, um Servanne hochzuziehen. Einer blieb mit seinen Stiefeln in ihren Röcken hängen und trat — nicht zuletzt, weil er sich von Nicolaa beobachtet fühlte — fluchend nach Servannes Bein. Der Schmerz schoß ihr durch den ganzen Körper, und sie verlor einen Schuh, während die groben Hände sich ihres schlaffen Körpers bemächtigten und ihre Brüste und Pobacken begrapschten, während sie die schmale Wendeltreppe hinabgetragen wurde.

Biddy blieb noch mehrere Minuten schreckensstarr in ihrem Versteck stehen, das verzweifelte Schluchzen ihrer Herrin immer noch in den Ohren. Als sie ziemlich sicher war, daß die Räume sich geleert hatten, trat sie hinter dem Vorhang hervor und ließ sich kraftlos auf den breiten Fenstersitz fallen. Ihr Herz klopfte zum Zerspringen, und ihr linker Arm prickelte so, als benutzten wahnsinnige Schneiderinnen ihn als Nadelkissen. Sie massierte ihn und preßte ihn an ihre Brust, doch der Schmerz wurde immer stärker, breitete sich auf den ganzen Oberkörper aus und benahm ihr den Atem.

Sie glitt hilflos auf den Boden hinab, warf den Kopf zurück und schnappte verzweifelt nach Luft, wie ein Fisch auf dem Trockenen.

Sie durfte jetzt nicht schwach werden! Sir Roger de Chesnai würde am Hinterausgang warten, und sie mußte zu ihm gehen, ihm alles erzählen und ihn zum Schwarzen Wolf schicken. Der Wolf war der einzige, der jetzt vielleicht noch helfen konnte. Der Wolf alias La Seyne Sur Mer alias Lucien Wardieu ...

Stöhnend griff Biddy sich an die Brust. Ihr Herz pochte unter ihrer Hand, doch dann wurde der Schmerz übermächtig, ihr wurde schwarz vor Augen, und sie spürte nichts mehr ...

Prinz Johanns Geldverleiher ließ gerade die letzte Goldmünze in die kleine Mahagonitruhe fallen, als Lärm auf dem Korridor die spannungsgeladene Stille jäh durchbrach. Die Tür wurde aufgerissen, und Baron de Gournay stand auf der Schwelle.

»Wardieu!« Ohneland bedeutete seinen Männern, daß sie sich entspannen konnten, blickte seinen Gastgeber jedoch mit gerunzelter Stirn an. »Womit haben wir diese unerwartete — und unbefugte Störung verdient?«

De Gournay ließ seine kalten blauen Augen durch den überfüllten Raum schweifen, wo die Macht von England und Aquitanien gleichermaßen eindrucksvoll zur Schau gestellt wurde. Noch imposanter war der Schwarze Ritter mit der Seidenmaske, dessen mächtige Statur und selbstsichere Haltung absolute Dominanz ausstrahlte.

»Wardieu!« wiederholte Prinz Johann seine Frage. »Was hat das zu bedeuten?«

Der Drache betrat langsam den Raum, ein genußvolles Lächeln im Gesicht. »Ich dachte, es wäre an der Zeit, La Seyne Sur Mer zu treffen. Schließlich werden wir heute nachmittag die Lanzen kreuzen, und ich möchte den Mann kennenlernen, bevor ich ihn töte.«

Die grauen Augen unter der schwarzen Maske musterten den Drachen von Bloodmoor Keep aufmerksam und registrierten verwundert, daß er unbewaffnet war. Er hatte weder ein Schwert noch einen Dolch bei sich, und unter dem eleganten mitternachtsblauen Wams verbarg sich auch kein Kettenhemd. Er war barhäuptig, und die goldenen Locken fielen wellig bis zum Kragen hinab. Bei ihrer Begegnung im Wald hatte der Wolf das Gesicht des Drachen kaum erkennen können, doch jetzt sah er jedes Fältchen, jedes Wimpernhaar, jeden Muskel und Knochen.

»Du bist entschieden im Vorteil«, murmelte De Gournay, dem die eindringliche Musterung nicht entgangen war.

»La Seyne und ich haben unsere Angelegenheiten fast geregelt, Wardieu«, knurrte Prinz Johann gereizt. »Hättest du nicht noch ein paar Minuten warten können . . .«

»Gewiß, die Angelegenheit mit La Seyne ist geregelt«, fiel De Gournay ihm sanft ins Wort, »falls Sie aber noch etwas mit dem Schwarzen Wolf von Lincoln zu regeln haben sollten . . .«

»Mit dem Schwarzen Wolf? Was soll das heißen? Ist er hier? Hält er sich in der Burg auf?«

De Gournay grinste. »O ja, er ist hier ... sogar in diesem Raum!«

Johann Ohneland sprang so hastig von seinem Stuhl auf, als hätte man ihn mit einer Nadel ins Gesäß gestochen, riß dem Juden die Geldtruhe aus den Händen und brüllte, daß seine Männer sich um ihn scharen sollten.

»Er ist hier? Dein Bruder ist *hier?*«

De Gournays Augen blieben auf die Schlitze in der schwarzen Seidenmaske gerichtet. »Er hat sich in ein Chamäleon verwandelt und bedient sich verschiedener Namen und Kostümierungen. Sein berühmtester Name ist vermutlich — Randwulf de la Seyne Sur Mer!«

Atemlose Stille folgte dieser Enthüllung. Niemand bewegte sich. Alle starrten die beiden Ritter in der Mitte des Raums an.

Lucien Wardieu hob eine schwarz behandschuhte Hand, nahm zum zweitenmal seit seiner Ankunft in Bloodmoor Keep die Maske ab und schüttelte die langen kastanienbraunen Locken. Den gespannten und gleich darauf enttäuschten Mienen von Johanns Gardisten entsprachen auf der Gegenseite die herablassenden Mienen der Männer von Königin Eleonore, die natürlich gewußt hatten, daß die Maske keine grauenhaften Entstellungen verbarg.

»Meinen herzlichen Glückwunsch!« murmelte De Gournay. »Deine kleine Maskerade wäre fast gelungen!«

»Wachen!« brüllte Johann. »Nehmt diesen Mann fest!«

Seine Gardisten zogen ihre Schwerter, sahen sich aber sofort mit den funkelnden Klingen von La Seynes Gefolge konfrontiert. Der Prinz wich verängstigt in eine Ecke zurück und wollte beschützt werden, und in dem allgemeinen Durcheinander wurde Prinzessin Eleonore blitzschnell hinter die fest geschlossenen Reihen von La Seynes Männern gezogen.

»Ein Patt?« fragte De Gournay höflich.

Der Wolf zog seinen Dolch aus der Scheide und hielt die Spitze unter das Kinn des Drachen.

»Nicht ganz«, sagte er lächelnd.

»Glaubst du, daß du diesen Raum lebend verläßt, wenn du mich umbringst?«

»Einer meiner Hauptgründe für die Rückkehr nach England war, dich zu töten. Glaubst du wirklich, daß ich dabei viele Gedanken auf mein eigenes Überleben verschwendet habe?«

»Und was ist mit deinen Männern und mit Prinzessin Eleonore? Ist ihr Überleben dir ebenfalls keinen Gedanken wert?«

Die Dolchspitze berührte jetzt fast die Haut des Drachen. »Meine Männer sind bereit, für eine gerechte und ehrenvolle Sache zu sterben — aber sie werden einige deiner Männer mit in den Tod nehmen, und sogar dir dürfte es schwerfallen, den anderen Hochzeitsgästen zu erklären, warum es innerhalb der Burgmauern zu einem Gemetzel gekommen ist. Und was die Prinzessin anbetrifft, so bist du nicht dumm genug, ihr etwas zuleide zu tun. Die Königin hat mich nach Enland entsandt, damit ich die Angelegenheit diskret regle — aber wenn du ihrer Enkelin auch nur ein Haar krümmst, geschweige denn sie tötest, wird nicht nur demnächst eine Armee in der Bretagne Segel setzen, sondern du und dein ... dein Wohltäter« — er spie das Wort verächtlich in Richtung des zitternden Regenten aus — »... werdet jeden halbwegs anständigen Baron und Lord diesseits des Ärmelkanals gegen euch haben.«

»Ich habe mit dieser Sache nicht das geringste zu tun«, erklärte Johann hastig. »Die Prinzessin ist nicht länger in meiner Obhut. Was jetzt geschieht, liegt einzig und allein in der Verantwortung des Barons de Gournay.«

Der Wolf grinste amüsiert. »Du hattest schon immer eine Vorliebe für besonders treue Freunde, Etienne!«

»Ich habe kein Interesse an Prinzessin Eleonore. Sie kann die Burg jederzeit verlassen, ebenso deine Männer.«

»Mit mir an der Spitze?«

»In ein Leichentuch gehüllt — vielleicht«, höhnte der Drache. »Aber du würdest doch bestimmt ohnehin nicht in Erwägung ziehen, deine Zelte hier frühzeitig abzubrechen. Stell dir nur mal diese Schande vor: der Schwarze Ritter von Mirebeau zieht den Schwanz ein wie ein Straßenköter und ergreift zähneklappernd die Flucht. Deine Königin wäre gedemütigt, meine Gäste wären enttäuscht, und meine liebreizende Braut ... stell dir doch nur mal vor, wie betrübt sie wäre!«

Die stahlgrauen Augen schluckten den Köder nicht, aber der Drache bemerkte, daß sein bisher so gelassener Bruder plötzlich die Zähne zusammenbiß.

»Lady de Briscourt ist wirklich ein süßes junges Geschöpf, findest du nicht auch?« forderte er den Wolf weiter heraus. »So erfrischend unschuldig in ihren Leidenschaften. Na ja ... vielleicht nicht ganz so unschuldig, wie sie war, als sie in deine Hände fiel, aber immerhin begierig, ihre … sollen wir es Neugier nennen? … weiterzumachen.«

Der Wolf preßte seine bereits blutleeren Lippen noch fester zusammen, und der Drache schob den Dolch mit dem Handrücken beiseite. »Ich dachte, du hättest deine Lektion bei Nicolaa gelernt!«

»Wo ist sie?« knurrte der Wolf.

»Wer? Nicolaa? Ich nehme an, daß sie sich zur Zeit um Lady de Briscourt kümmert.«

»Wo ist Servanne?«

Der Drache grinste. »Sie ist bestens untergebracht — und leckt sich im Augenblick die Wunden verletzten Stolzes, könnte ich mir vorstellen.«

»Wenn du sie angerührt hast . . .«

Die Augen des Drachen funkelten triumphierend, als er die Worte des Wolfs benutzte, die dieser ihm vor der Abtei entgegengeschleudert hatte. »Du kannst versichert sein, daß ich sie mehr als nur angerührt habe. Und ich werde sie wieder und wieder anrühren, so oft und auf so verschiedene Weise, wie ich will, denn schließlich ist sie ja meine Braut!«

Der Wolf bemühte sich, seinen Zorn zu bezähmen. Seine Hand umklammerte den Dolchgriff so fest, daß die Handschuhnähte aufplatzten. Er hatte viel zu lange nur dank seines Gespürs überlebt, um nicht zu merken, daß man ihm eine Falle stellen wollte, aber solange er nicht wußte, wieviel Menschenleben außer seinem eigenen auf dem Spiel standen, blieb ihm nichts anderes übrig als so zu tun, als hätte er Etiennes Köder geschluckt.

»Du sagst, daß meine Männer gehen könnten. Ich bin neugierig auf die Bedingungen, die an deine Großzügigkeit geknüpft sind.«

»Es gibt keine solchen Bedingungen. Sie können die Burg jederzeit verlassen — am besten unverzüglich, damit meine Leute nicht ständig vor ihnen auf der Hut zu sein brauchen. Meine Leibwache wird ihnen sogar bis Lincoln das Geleit geben, um sie vor Gefahren zu beschützen. Wie du ja bestens weißt, wimmelt es in den Wäldern von Gesetzlosen.«

Der Wolf ignorierte diesen Sarkasmus. Es überraschte ihn nicht, daß sein Bruder einen möglichst schnellen Aufbruch der Männer von Königin Eleonore wünschte. Sobald sie das Burggelände verlassen hatten, würde der Drache sich vor einem Angriff sicher wähnen und überzeugt sein, daß der Wolf nun allein in der Falle saß. Lucien war jetzt äußerst dankbar für Friars Weitsicht, der darauf bestanden hatte, daß ein Teil ihrer Leute sich unerkannt unter die Menge mischte. Ein Dutzend hervorragender Bogenschützen, die gut placiert waren, erhöhte immerhin seine Überlebenschancen — vorausgesetzt, daß er überhaupt noch die Gelegenheit bekommen würde, gegen seinen Feind zu kämpfen.

»Was ist mit unserem Zweikampf? Du willst ihn doch nicht etwa absagen?« ging der Wolf nun seinerseits in die Offensive. »Einem Feigling wie dir würde es allerdings ähnlich sehen, eine Auseinandersetzung zu vermeiden, die du nicht gewinnen kannst, wenn es mit rechten Dingen zugeht.«

Der Drache lachte. »Allmächtiger, es würde mir nicht einmal im Traume einfallen, unsere Zuschauer so zu enttäuschen. Sie wollen heute Blut sehen — und ich ebenso!« Sein Lächeln verschwand, und sein flackernder Blick verriet nicht nur grenzenlosen Haß, sondern auch Unsicherheit. »Du hättest tot bleiben sollen, aber nachdem du das nicht getan hast, will ich mich nicht um den Genuß bringen, dich ein zweites Mal zu töten. Das Turnier findet natürlich wie geplant statt.«

»Mit welchem Ausgang? Bekomme ich einen Armbrustbolzen in den Rücken, falls ich gewinnen sollte?«

»Solltest du den Kampfplatz lebend verlassen«, erklärte der Drache großartig, »gehört dies alles dir — einschließlich der errötenden Braut. Solltest du aber verlieren ...« Er verstummte, versuchte vergeblich, seine rasende Wut zu bezähmen, und stolperte in seine eigene Falle. »Du *wirst* verlieren, und dann wirst du wissen, daß alles umsonst gewesen ist. Die Aasgeier werden deinen Leichnam zerfleddern, und in Bloodmoor wird das Leben genauso weitergehen wie in den letzten vierzehn Jahren. Kein Mensch wird um dich trauern — vielleicht abgesehen von meiner jungen leidenschaftlichen Braut. Vielleicht wird sie anfangs noch einige Male deinen Namen rufen, aber auch das wird vorbeigehen, und sie wird sich bald damit abfinden, daß sie unter *mir* und nicht unter dir liegt.«

Die unverhohlene Bösartigkeit in der melodischen Stimme des Drachen rief im Wolf bittere Erinnerungen wach — Erinnerungen an unerträgliche Schmerzen im Wüstensand, an die sengende Sonne, an das Messer des Chirurgen, an das Blubbern von siedendem Pech in einem Kessel. Seine Stimme verriet nichts von all diesen Emotionen, als er eisig sagte: »Ich nehme die Herausforderung an, und ich akzeptiere die Bedingungen.«

Der Drache war mit sich selbst mehr als zufrieden. Er neigte leicht den Kopf, zum Zeichen, daß auch er einverstanden war, und verließ den Raum, ohne Prinz Johann auch nur eines Blickes zu würdigen. Ohneland, der die Konfrontation der beiden Brüder mit schreckensweit aufgerissenen Augen verfolgt hatte, riß sich mühsam zusammen, befahl seinen Gardisten, ihre Waffen kampfbereit zu halten, und hastete hinaus. In dem nun halbleeren Raum herrschte so tiefe Stille, daß die auf dem langen Korridor widerhallenden Schritte deutlich zu hören waren.

Schließlich trat einer der Männer vor und wartete, bis die grauen Augen des Wolfs sich von der Tür abwandten.

»Mylord, wir werden diese Burg nicht verlassen, solange Sie innerhalb der Burgmauern zurückbleiben.«

»Ganz im Gegenteil, Sir Richard, Sie alle werden wie vereinbart unverzüglich aufbrechen.«

»Aber, Mylord ...«

»Ich weiß Ihre Loyalität sehr zu schätzen, aber es war und ist Ihre vorrangigste Pflicht, für eine sichere Rückkehr von Prinzessin Eleonore zu sorgen. Sie muß diesen Ort sofort verlassen, bevor Johann sich von der ersten Überraschung erholt und nachzugrübeln beginnt, ob er aus der neuen Situation nicht irgendwie Kapital schlagen könnte. Vor allem dürfen Sie sich nicht darauf verlassen, daß die Männer des Drachen Sie nach Lincoln bringen werden. Schütteln Sie sie bei erstbester Gelegenheit ab, bringen Sie sie notfalls um, und schlagen Sie dann die entgegengesetzte Richtung ein. Das Schiff der Königin liegt in Hull vor Anker. Überqueren Sie den Kanal so schnell wie möglich und bleiben Sie wachsam, sogar wenn Sie sich wieder auf dem Boden der Bretagne befinden. Ich vertraue Ihnen das Leben der Prinzessin an, Sir Richard von Rouen! Schwören Sie, sie heil nach Mirebeau zu bringen. Einen besseren Beweis für Ihre Loyalität könnten Sie niemals erbringen.«

Sir Richard blickte von der behandschuhten Hand, die sich ihm entgegenstreckte, in die grauen Augen.

»Jawohl, Mylord.« Er ergriff die Hand des Wolfs. »Ich gebe Ihnen mein Wort. Ich schwöre Ihnen bei meinem Leben, die Prinzessin zu beschützen.«

»Mylord La Seyne?« Die hohe Kinderstimme veranlaßte die Ritter sofort beiseite zu treten.

»Mylord La Seyne«, wiederholte die kleine Prinzessin, während sie unerschrocken auf den Schwarzen Ritter zuging, »werden Sie gegen den Drachen kämpfen?«

»So ist es, Euer Gnaden.«

»Sie werden gegen ihn kämpfen und ihn besiegen?«

»Ich werde mein Bestes tun, Prinzessin, darauf gebe ich Ihnen mein Wort.«

»Ich verlange mehr als nur Ihr Wort, Mylord«, sagte das Kind, und es versetzte dem Wolf einen Stich ins Herz, fast dieselben Worte zu hören wie vergangene Nacht aus einem anderen Munde.

»Was verlangen Sie?« fragte er behutsam.

Die kleine Prinzessin krümmte einen Zeigefinger, und der riesige Ritter sank vor ihr auf ein Knie. Sie schlang ihre Arme um seinen Nacken und schmiegte sich an ihn, bis ihre Wangen glühten und Tränen in ihren Augen standen.

»*Das* ist es, was ich verlange, Mylord«, flüsterte sie. »Jetzt und später, nachdem Sie den Drachen erlegt haben. Ich . . . ich *befehle* es Ihnen.«

Lächelnd erwiderte der Wolf ihre Umarmung. »Ich werde Ihrem Befehl gehorchen, Euer Gnaden, das schwöre ich Ihnen.«

25

Der Schwarze Wolf hatte zwanzig seiner besten und wandlungsfähigsten Männer in die Wälder von Lincoln mitgenommen. Gil Golden und Robert der Waliser waren kurz darauf zu ihnen gestoßen, ebenso wie einige Dörfler, die bereitwillig jedem dienten, bei dem sie ein paar Münzen verdienen konnten, um ihre ausgehungerten und ausgebeuteten Familien am Leben zu erhalten. Fünfundachtzig weitere Gardisten der Königin hatten die Bretagne unter der fähigen Führung von Sir Richard von Rouen viel später verlassen und waren erst zwei Monate nach dem Wolf in England eingetroffen. All diese Männer wären bereit gewesen, für ihren grimmigen Hauptmann, Lord Randwulf de la Seyne Sur Mer, durchs Feuer zu gehen und ihm bis ans Ende der Welt zu folgen, ohne Fragen zu stellen.

Es war Friars Idee gewesen, die beiden Gruppen auch weiterhin getrennt zu halten und einige der ›Waldgänger‹ in dieser oder jener Verkleidung nach Bloodmoor einzuschleusen, wo sie sich unter die Gäste oder Gaukler mischen sollten. Die restlichen ›Gesetzlosen‹ hatten ihr Lager in der Nähe aufgeschlagen, damit sie ihre Kameraden in der Burg rasch warnen konnten, falls irgendwo unvermutet Leute des Sheriffs oder des Prinzen auftauchten.

Alaric hatte auch seine eigene Maskerade vorgeschlagen; die Kleidung und die sonstige Ausstattung gehörten dem echten Bischof Gautier, der nun als Gast in einem nahegelegenen Dorf weilte. Es war ein riskantes Unternehmen, nicht nur für Alaric selbst, sondern auch für seine sechs als Mönche verkleideten Begleiter. Der große Vorteil bestand jedoch darin, daß ein Bischof jederzeit mit der jungen Braut ein Gespräch unter vier Augen führen konnte, ohne Verdacht zu erregen, und daß er in Servannes Nähe sein würde, falls es Probleme geben sollte.

Bedauerlicherweise brachte Friars Rolle es aber auch mit sich, daß er die Morgenmesse für die adligen Hochzeitsgäste zelebrieren mußte, und sein Ehrenplatz an der langen Tafel im großen Saal machte es ihm unmöglich, sich unauffällig zurückzuziehen. Anschließend mußte er in seiner prächtigen schwarzen und roten Gewandung den Drachen und Johann Ohneland zum Turnierplatz begleiten. Natürlich konnte er nicht ahnen, daß Servanne währenddessen halb bewußtlos zu einer abgelegenen Zelle geschleppt wurde, und daß eine schwere Holztür hinter ihr zufiel und verriegelt wurde. Alaric machte sich über ihre Abwesenheit keine Sorgen. Im Gegenteil, er war erleichtert, daß es ihr offenbar gelungen war, Luciens Anweisungen zu befolgen und den Drachen zu überreden, ohne sie zum Turniergelände aufzubrechen.

Die übrigen Männer des Wolfs hielten jedoch erstaunt und bestürzt in ihren diversen Beschäftigungen inne, als sie sahen, daß alle Ritter von Sir Randwulf de la Seyne Sur Mer, kenntlich an ihren schwarz-goldenen Helmbüschen, langsam durch das massive Haupttor hinausritten. Sie hatten ein Kind mit blonden Haaren in ihrer Mitte, aber keiner der Männer trug eine schwarze Seidenmaske.

»Was glaubst du, was das zu bedeuten hat?« fragte Sparrow.

Gil schüttelte verwirrt den Kopf. Sie trug immer noch eine Mönchskutte, und die riesige Kapuze behinderte ihre Sicht, aber sie war ziemlich sicher, daß Alaric FitzAthelson nicht unter den Rittern gewesen war.

Sparrow, der auf einem mit Stroh beladenen Karren hockte, war in seiner bunten Gauklerkleidung so auffällig, daß viele Ritter zu ihm herüberblickten. Der Gnom setzte seine lebhafte Mimik ein, um ihnen stumme Fragen zu stellen, doch von den grimmigen Gesichtern war nur verhaltener Zorn und Frustration abzulesen.

»Irgend etwas ist schiefgegangen«, vermutete Sparrow weise. »Sind die Zelte abgebrochen worden?«

»Nein.« Robert der Waliser bückte sich, um ein Steinchen aus seiner Schuhsohle zu holen, wollte aber nicht länger als unbedingt notwendig neben dem Karren stehenblieben, denn es würde unweigerlich Aufmerksamkeit erregen, wenn sich auch noch ein Ringkämpfer zu dem seltsamen Paar — einem Mönch und einem Zwerg geselle. »Nein, ich war gerade auf dem Turniergelände. Unsere Zelte stehen noch, mit Schilden und Standarten, und ein Knappe polierte eine Rüstung. Trotzdem stimmt etwas nicht. Ich wittere, daß Ärger in der Luft liegt.«

Er ging weiter, und sein Mantel flatterte hinter ihm her wie ein Segel im Wind. Vor einer der Buden, wo es Hammel, Kaninchen und Fisch vom Grill gab, blieb er stehen und spähte über die Köpfe der anderen Käufer hinweg.

»Das sieht dem Vielfraß ähnlich, sogar in einem solchen Augenblick nur an seinen knurrenden Magen zu denken«, murrte Sparrow.

»Falls etwas schiefgegangen ist, werden wir Roberts Kraft gut gebrauchen können«, wies Gil ihn zurecht. »Wir alle werden unsere ganze Kraft und unseren ganzen Verstand benötigen.«

Sparrow warf einen Blick über Gils Schulter hinweg und zuckte nervös zusammen, als die rostigen Ketten des riesigen Fallgatters quietschten, das hinter den letzten Reitern langsam hinabgelassen wurde. Auf den Wehrgängen und Türmen patrouillierten auffallend viele schwer bewaffnete Gardisten in voller Rüstung.

Sparrow blinzelte zum Himmel empor und stellte fest, daß die Sonne im Zenit stand. »Ich glaube, einer von uns sollte möglichst schnell herausfinden, was passiert ist. Gil, du darfst nicht länger hier herumlungern. Such lieber Friar auf und frag ihn, ob er irgend etwas Auffälliges bemerkt hat. Ich sehe mich derweilen auf dem Turniergelände um.«

»Und was ist mit uns?« fragten die Zwillinge wie aus einem Munde, hinter dem Karren auftauchend.

»Ihr versucht, möglichst viele unserer Leute zu finden. Alle sollen zum Kampfplatz kommen und auf eventuelle Signale warten.«

»Ohne Waffen werden wir sowieso nicht viel ausrichten können«, seufzte Gil.

Sparrow klopfte auf den Karren. »Robert soll ihn möglichst dicht an den Turnierplatz heranschieben, und ein Mann muß ihn ständig scharf bewachen. Und jetzt sollten wir uns alle beeilen, denn wenn mich meine Ohren nicht täuschen, kündigen diese Fanfarenstöße die Ankunft unseres heißgeliebten Regenten auf dem Turnierplatz an.«

Während die Fanfarenstöße von der Meeresbrise davongetragen wurden, nahmen Prinz Johann und Baron de Gournay auf der Tribüne Platz. Adlige und Ehrengäste — darunter auch Bischof Gautier — saßen zu beiden Seiten des Gastgebers und des Regenten. Ihre Leibwachen, Knappen und Diener standen dicht geschart hinter ihnen. Nicolaa de la Haye beanspruchte in ihrer Position als Sheriff den Platz neben dem Drachen, der eigentlich für Servanne vorgesehen gewesen war.

Die Aktivitäten des Vormittags — Ringkämpfe, Preisschießen, Akrobatik und Zauberkunststücke — hatten bei den vornehmen Herrschaften wenig Interesse geweckt. Diese Veranstaltungen wurden von den einfachen Burgbewohnern besucht, die jedem Sieger begeistert Beifall klatschten und jeden Verlierer auspfiffen und beschimpften. Gegen Mittag nahm die Aufregung und Spannung zu, und immer mehr prächtig herausgeputzte Zuschauer trafen in Sänften oder zu Pferd ein. Die Damen trugen Seidenroben in allen leuchtenden Farben, auffällige Hauben und kostbaren Schmuck. In dem für sie reservierten Flügel ging es wie in einem Taubenschlag zu.

Die Turnierkämpfe waren die gefährlichsten Veranstaltungen des Tages, und all jene, die sich in den Morgenstunden ausgeschlafen, gefrühstückt oder viel Zeit auf ihre extravagante Toilette verschwendet hatten, verrenkten sich jetzt fast die Hälse, um die Vorbereitungen zu beobachten, die vor den Zelten in vollem Gange waren. Sogar die Tische, die sich unter der Last der Leckerbissen für die Gäste bogen, verloren an Reiz, als ein weiterer Fanfarenstoß den Beginn der Wettkämpfe ankündigte und die beiden ersten Gegner aus ihren Zelten hervortraten.

»Was schätzt du, wieviel unparteiische Augenpaare hier sind?« fragte der Wolf, während er seine Metallschienen an den Schenkeln befestigte.

»Mindestens zweihundert Gäste und Adlige«, erwiderte Sparrow. »Vielleicht doppelt so viele Gefolgsleute, Dienstboten und Handwerker aus dem Burgdorf, obwohl die meisten von ihnen aus der unmittelbaren Nähe des Kampfplatzes auf den Hügel vertrieben wurden. Was mir am meisten Sorgen macht, sind die vielen Wachen. Sie sind allgegenwärtig, nicht nur auf den Türmen und Wehrgängen, sondern auch unter der Menge und um die Zelte herum. Robert sagt, daß er Ärger wittert, und ich glaube ihm aufs Wort.«

»Ja, Robert hat eine gute Nase«, kommentierte der Wolf trocken.

Sparrow stemmte seine kleinen Hände in die Hüften und runzelte die Stirn über diesen völlig unangebrachten Humor. Er hatte den Wolf dort gefunden, wo er ihn am wenigsten vermutet hatte: in seinem Zelt am Rande des Kampfgeländes. Noch beunruhigender fand Sparrow die Tatsache, daß ihr Anführer allein war, abgesehen von einigen Knappen und Stallknechten, die der Zwerg nicht kannte.

»Ich habe damit gerechnet, daß jemand mir erzählen würde, du seist tot«, sagte er barsch.

»Tut mir leid, daß ich dich enttäuschen muß.«

Sparrows glänzende schwarze Augen wurden schmal. »Wir haben gesehen, wie unsere Männer die Burg verließen. Du hättest uns sagen sollen, daß du deine Pläne geändert hast.«

»Es lag nicht in meiner Absicht, sie zu ändern.« Der Wolf sah Sparrow zum erstenmal an, und der Zwerg erschrak über den rasenden Zorn, der in den Tiefen der kühlen stahlgrauen Augen flackerte.

»Was ist passiert? Was ist schiefgegangen?«

Der Wolf brauchte einen Moment, um sich zu fassen, bevor er über die Auseinandersetzungen des Vormittags — zuerst mit Ohneland, dann mit dem Drachen — berichten konnte. »Es war natürlich unmöglich, sein Angebot, Prinzessin Eleonore unverzüglich freizulassen, abzulehnen«, schloß er, »und genauso wenig kam es für mich in Betracht, die Burg zu verlassen, ohne meine Rechnung mit dem Drachen beglichen zu haben.«

»Und damit hat er natürlich gerechnet.«

»Natürlich.«

»Wie hat er dein Geheimnis entdeckt?« fragte Sparrow düster.

»Nicht auf *die* Weise, wie du vermutest — und wie er mich glauben machen wollte«, knurrte der Wolf.

»Verzeih mir, aber bist du so überzeugt von der Loyalität der Kleinen?«

Anstatt zu antworten, stapfte der Wolf zum Zelteingang und schlug eine Seidenbahn zurück, um die Tribüne überblicken zu können. De Gournay und seine Komplizin Nicolaa de la Haye waren sogar aus der Ferne leicht zu erkennen. Auf der anderen Seite des Drachen saß ein ungewöhnlich schlapper Johann Ohneland und neben diesem Bischof Gautier.

Friars Miene war unergründlich, aber ihm waren mittlerweile einige beunruhigende Dinge aufgefallen: zum einen die Vielzahl von Wachen, zum anderen das Fehlen von schwarz-goldenen Helmbüschen.

»Wo sind unsere Leute?« fragte der Wolf.

»Die wenigen, die noch hier sind, haben wir gut postiert«, versicherte Sparrow. »Sie werden aber ohne ein Zeichen von dir nichts unternehmen.«

»Sie werden *überhaupt* nichts unternehmen. Lady Servannes Leben hängt davon ab.«

Sparrow zuckte angesichts des Grolls in der Stimme des Wolfs zusammen, und unwillkürlich fiel ihm sein weiser Ratschlag im verwilderten Garten der ehemaligen Abtei ein, daß der Wolf mit Lady Servanne schlafen solle. Er hatte geglaubt, daß sie den Verführungskünsten des

Wolfs nicht lange widerstehen würde, aber er hätte sich niemals träumen lassen, daß statt dessen der Wolf dem Charme der Kleinen erliegen würde.

»Wo ist sie jetzt?«

»Ich weiß es nicht. Wahrscheinlich hat der Drache sie irgendwo in der Burg versteckt.« Der Wolf wandte sich vom Zelteingang ab, und Sparrows Herz rutschte in die Hose. »Ich hätte nie mit ihrem Leben spielen dürfen! Ich hätte nie zulassen dürfen, daß sie die Abtei verläßt! Ich hätte sie letzte Nacht nicht treffen dürfen! *Ich hätte sie nie anrühren dürfen!*«

O Gott, dachte Sparrow, der Wolf redete ja wie im Fieber! Der Mann war liebeskrank, er erging sich in Gefühlen, die er jahrelang völlig verdrängt hatte, so daß er ihnen jetzt völlig hilflos ausgeliefert war. Rache und Haß waren die Ecksteine der unbezwingbaren Mauer gewesen, die der neugeborene La Seyne Sur Mer um sein Herz errichtet hatte. Emotionen wie Schuld, Eifersucht und Liebe waren ihm fremd gewesen, und jetzt konnte er damit genauso wenig umgehen wie ein Fisch, dem plötzlich Hände wachsen würden.

Noch beängstigender war jedoch die Vorstellung, wie der Wolf wohl reagieren würde, falls sich herausstellen sollte, daß seine so lange verschütteten Gefühle nicht erwidert wurden. Wenn seine Liebe betrogen oder enttäuscht würde, wenn sein Vertrauen mißbraucht und seine Loyalität schlecht belohnt würde, wäre er ein gebrochener Mann. Und in seinem unbändigen Zorn und Haß würde er nicht nur sich selbst vernichten, sondern auch alle Menschen in seiner näheren Umgebung.

Sparrow atmete tief durch und versuchte, Ruhe und Gelassenheit zu heucheln. »Er hat sie versteckt, sagst du? Sogar in einer Burg von dieser Größe haben die Wände Ohren, und die Fenster haben Augen. Jemand muß gesehen haben, wohin sie gebracht wurde. Ich werde alles daran setzen, das herauszufinden — allein schon, um nicht jeden Abend hören zu müssen, wie du den Mond anheulst! Es sei denn, du willst uns allen die Mühe ersparen, unsere Zukunft zu planen, indem du der unmittelbar bevorstehenden Konfrontation mit dem Drachen nicht genügend Aufmerksamkeit schenkst.«

Der Wolf starrte düster vor sich hin und ballte immer wieder die Fäuste. Gewalttätigkeit war für ihn die einzige Möglichkeit, seinem Schmerz Ausdruck zu verleihen.

»Dein Bruder ist stark und gefährlich«, fuhr der Zwerg fort, ohne die blinde Mordlust im Gesicht des Wolfs zu beachten. »Er hat seinen Ruf nicht zufällig erworben, und er unterschätzt seine Feinde nicht. Der beste Beweis dafür ist die Tatsache, daß seine Spione die wahre Identität von Randwulf de la Seyne Sur Mer herausfinden konnten.«

Red einfach drauflos, sagte Sparrow sich. *Denk nicht an die Größe seiner Fäuste.*

»Du hast dich gut auf diesen Tag vorbereitet, aber man muß immer damit rechnen, daß Faktoren wie Glück oder Schicksal einem ins Handwerk pfuschen. Du mußt sie sofort ausschalten, damit sie keine Rolle spielen können. Ziel auf sein Visier, auf sein Herz oder auf die Eingeweide! Wirf ihn möglichst gleich beim ersten Zusammenprall aus dem Sattel, ohne irgendwelche Regeln von Ehre und Ritterlichkeit zu beachten, denn der Drache wird sich mit Sicherheit einen Dreck darum kümmern. Du darfst keine Fehler machen. Erinnerst du dich noch genau an seine Schwächen? Weißt du noch, ob er auf die rechte oder lieber auf die linke Seite zielt? Auf die Schulter oder auf die Brust? Auf den Arm oder Schenkel? Du hast ihm gegenüber einen großen Vorteil: wenn er in den zurückliegenden Jahren nicht mit einem anderen Linkshänder trainiert hat, was unwahrscheinlich ist, wird er aus der Übung sein, während dich nichts Ungewöhnliches erwartet. Ist dein braver Triton gestriegelt und einsatzbereit, oder hat er diesen Tölpeln solche Angst eingejagt, daß sie seinen Pferdeäpfeln ihre eigenen Haufen hinzugefügt haben?«

»Triton benimmt sich ganz manierlich«, erwiderte der Wolf langsam.

»Ausgezeichnet. Ich werde ihm aber trotzdem noch ein paar Worte ins Ohr flüstern, damit er weiß, was er zu tun hat.«

Sparrows Geplapper hatte die erhoffte Wirkung erzielt. Die Mordlust war nicht ganz aus den Augen des Wolfs verschwunden, aber sie war jetzt in vernünftige Bahnen kanalisiert. Er öffnete wieder das Zelt und blickte zu De Gournay hinüber, alle Gedanken auf die bevorstehende Konfrontation konzentriert.

Sparrow trat herzklopfend an ihn heran, befestigte eine lose Schnalle am Harnisch und überprüfte auch alle anderen Schnallen, Spangen und Gurte. »Es sind insgesamt zwanzig Zweikämpfe angesetzt. Bei drei davon tritt ein Kerl aus Nottinghamshire an, ein gewisser Guy de Gisbourne, der Ohneland in den Arsch kriecht. Er ist für Sie Aubrey de Vere eingesprungen, dem ja, wie wir wissen, in den Wäldern ein bedauerlicher Unfall zugestoßen ist. Gisbourne soll im Sattel ein gefährlicher Mann sein, aber wie mir berichtet wurde, findet er das Denken so anstrengend, daß er es am liebsten ganz unterläßt. Trotzdem solltest du ihn im Auge behalten, falls es Ärger gibt.«

»*Falls?*« Der Wolf ließ die Zeltbahn wieder fallen. »Ich bewundere deine Begabung für Untertreibungen.«

»Pah! Du zweifelst doch nicht etwa daran, daß du den Drachen aus seiner Höhle verjagen kannst?«

»Wer keine Zweifel kennt, ist ein Narr, der leicht Fehler machen könnte.«

»Dann wollen wir hoffen, daß der Drache genau der Narr ist, als der er sich bisher erwiesen hat.«

Sparrows schüchternes Lächeln verflog sofort wieder,

als der Wolf sich bückte und ihn bei den schmalen Schultern packte.

»Sie muß gefunden werden, mein kleiner Freund! Ganz egal, was heute nachmittag geschieht — sie muß gefunden und von hier weggebracht werden, denn sie würde in der Gewalt des Drachen keinen Monat überleben.«

Sparrow legte seine Hand auf die des Wolfs. »Wir werden Lady Servanne retten, Mylord, oder wir werden alle bei dem Versuch unser Leben lassen, darauf gebe ich dir mein Wort. Diese Sorge brauchst du jedenfalls nicht mit aufs Kampffeld zu nehmen.« Er überlegte kurz, bevor er durch seine langen dunklen Wimpern zum Wolf aufschaute. »Bedeutet das, daß wir auch die alte Krähe retten müssen? Ich könnte mir vorstellen, daß einige von uns davor zuschrecken werden, denn sie wird zu ihren Rettern bestimmt nicht höflicher sein als zu ihren Peinigern.«

Ein Lächeln huschte über das Gesicht des Wolfs. »Gib's zu — du vermißt es, von ihr herumkommandiert zu werden.«

»Pah! Ich hätte dieses zänkische Weib im Stillen Teich ersäufen sollen, als ich die Gelegenheit dazu hatte. Das hätte uns allen viel Ärger erspart.«

Der Wolf grinste. »Ärgere dich noch ein bißchen mehr, Waldgeist, und hilf mir beim Anlegen der Rüstung. Ich möchte frühzeitig fertig sein und mir einige der anderen Kämpfe ansehen.«

26

Der Herold rief die beiden ersten Kämpfer auf. Sir Guy de Gisbourne trat gegen einen Ritter an, der ihn in der Hoffnung herausgefordert hatte, auf diese Weise einen Streit über ein Stück Land entscheiden zu können. Es war durchaus üblich, Geschäfte und Unterhaltung zu vermischen. Der Besiegte würde in Zukunft alle Ansprüche auf besagtes Grundstück aufgeben, ganz abgesehen davon, daß er Rüstung und Waffen dem Gewinner übergeben mußte.

Ein Fanfarenstoß ertönte. Prinz Johann hob den zeremoniellen goldenen Pfeil hoch über seinen Kopf, und als er ihn senkte, galoppierten die Pferde los. Zur Enttäuschung der Zuschauer schleuderte Gisbournes Lanze den Gegner schon beim ersten Zusammenprall aus dem Sattel, und auch die nächsten Kämpfe boten wenig Aufregendes. Immerhin sorgte die Tatsache, daß Gisbournes zweiter Herausforderer so unglücklich stürzte, daß er sich beide Beine brach, für eine gewisse Abwechslung. Andere Gegner waren so lahm, daß sie von der Menge ausgebuht und beschimpft wurden. Gisbourne gewann mühelos auch seinen dritten und letzten Kampf und verließ den Rasen, ohne auch nur einen Kratzer abbekommen zu haben.

Lauter Jubel brach aus, als De Gournay von seinem Platz auf der Tribüne aufstand und sich lächelnd verbeugte, bevor er zu seinem Zelt schritt, um seine Rüstung anzulegen. Alle Blicke folgten dem breiten Rücken — jedenfalls so lange, bis die allgemeine Aufmerksamkeit sich auf das etwas abseits stehende schwarze Seidenzelt verlagerte, zu dem gerade ein riesiges rabenschwarzes Schlachtroß geführt wurde, das vor Ungeduld mit seinen Hufen den Boden aufwühlte. Mit seiner schwarzen Satteldecke hätte es durchaus das Pferd des Teufels sein können, wenn Mähne und Schweif nicht schneeweiß gewesen wären. Aufsehenerregend war ferner die Tatsache, daß die glänzenden Haare des mächtigen Tieres weder geflochten noch mit Bändern oder Federn geschmückt waren, sondern frei im Wind flatterten.

Bei den restlichen Kampfspielen hatten die Kontrahenten nicht mehr die ungeteilte Aufmerksamkeit der Zuschauer. Männer und Frauen spähten mit einem Auge immer wieder zu dem schwarzen oder zu dem blauen Zelt hinüber, und als sich das letzte Duell in die Länge zog, weil die Gegner gleichzeitig von ihren Pferden gestürzt waren und den Kampf nun auf der Erde mit Schwertern und Keulen fortsetzten, wurden sie mit Orangenschalen, Feigen und — vom einfachen Volk — mit Pferdeäpfeln beworfen. Durch diese Ungeduld aus dem Konzept gebracht, schlitzte der überlegene Ritter seinem Rivalen versehentlich die Kehle auf.

Von diesem Drama nahm jedoch kaum noch jemand Notiz, weil in diesem Moment zwei Knappen mit hochroten Gesichtern den Eingang des schwarzen Zeltes weit öffneten. Lauter Jubel ertönte, als der Herausforderer zum Vorschein kam.

Randwulf de la Seyne Sur Mer, der Schwarze Ritter von Mirebeau, wurde seinem Namen durchaus gerecht und sah genauso bedrohlich wie sein Schlachtroß aus. Er war von Kopf bis Fuß schwarz gekleidet. Sogar seine Rüstung hatte die Farbe von Ebenholz, so als hätte sich ein Zauberer daran zu schaffen gemacht. Brustpanzer, Halsschutz, Arm- und Beinschienen — alles war dem muskulösen Körper perfekt angepaßt. Das Helmvisier war schon herabgelassen, um die schwachen Nerven der Damenwelt zu schonen und Ohnmachten zu vermeiden.

Zwei nervöse Knappen und ein völlig verängstigter Stallknecht halfen ihm in den Sattel. Kein Happen wurde gegessen, kein Schluck Ale getrunken, als dem Schwarzen Ritter die Waffen gereicht wurden: eine sechs Meter lange Stahllanze mit tödlich scharfer Spitze sowie ein riesiger schwarzer Schild, den ein goldener Wolf zierte.

Die Zuschauer verharrten in ehrfürchtigem Schweigen, als Reiter und Pferd im Schrittempo die zeremonielle Ehrenrunde absolvierten. Vor der Tribüne zügelte La Seyne kurz sein feuriges Roß und salutierte mit gesenkter Lanze vor dem Regenten. Nachdem diese lästige Formalität erledigt war, wartete er an einem Ende des Turnierplatzes auf das Erscheinen seines Gegners.

Erneut brandete Beifall auf, als Lord Wardieu, Baron de Gournay, aus seinem Zelt ins grelle Sonnenlicht trat. Die Herzen der Frauen schlugen höher, als er seinen mit Eisen versehenen Lederhandschuh zum Gruß hob. Seine Rüstung funkelte wie Silber, und die Haare schimmerten wie Gold, bevor er die Kapuze seines Kettenhemds hochzog und den Helm aufsetzte.

Nach einem flüchtigen Blick auf den Schwarzen Ritter bestieg er sein schneeweißes Roß, nahm seine Waffen entgegen und ritt ebenfalls die Ehrenrunde.

In atemloser Spannung lauschte die Menge, als der Herold den letzten Zweikampf des Nachmittags ankündigte.

»Im Namen des Königs«, begann er feierlich, »messen jetzt ihre Kräfte: Lord Randwulf de la Seyne Sur Mer und Lord Lucien Wardieu, Baron de Gournay. Der Sieger dieses Kampfes ...«

»Der Sieger«, fiel Prinz Johann ihm unerwartet ins Wort, »wird durch Gottes Gnade ermittelt werden. Dies ist ein Kampf auf Leben und Tod. Die Gegner haben die sonst übliche Begrenzung auf drei Tournaden ebenso abgelehnt wie die Verwendung stumpfer Waffen und das Einhalten von Regeln. Folglich ist bei diesem Kampf alles erlaubt.«

Die Gäste waren so verblüfft, daß sie nur fassungslos von einem Ende des Kampfplatzes zum anderen starrten. Friar lief unwillkürlich ein Schauer über den Rücken, und ein rascher Blick in die Runde bestätigte seinen früheren Eindruck, daß etwas nicht stimmte. De Gournays Gardisten schoben sich plötzlich durch die Menge und bildeten einen Wall aus Stahl und Ochsenleder um den Rasen. Hier und dort sah Friar ein vertrautes Gesicht, das erschrocken zu ihm herüberblickte, aber er schüttelte leicht den Kopf, um seine Freunde vor überstürztem Handeln zu warnen.

»Ferner«, fuhr der Regent pathetisch fort, »ist uns zu Ohren gekommen, daß es in diesem Kampf nicht nur um Tapferkeit und Geschick geht, sondern um die Ehre zweier Männer. Und weil einem Ritter nichts so heilig ist wie sein Name und seine Ehre, sind beide Parteien übereingekommen, daß dem Sieger alles gehören soll: nicht nur die üblichen Trophäen — Rüstung, Waffen und Pferd —, sondern auch Titel, Ländereien und jeglicher sonstige Besitz, den sie im Laufe ihres Lebens erworben haben. Gilt diese Vereinbarung — vor Gott und Seinen Zeugen?«

Im Damenflügel fielen zartbesaitete Geschöpfe scharenweise in Ohnmacht, und sogar hartgesottene Kämpfer hielten erschrocken die Luft an.

»Ich werde mich Gottes Entscheidung unterwerfen«, erklärte der Wolf.

»Auch ich werde mich Gottes Entscheidung unterwerfen«, verkündete der Drache, bevor er demonstrativ sein Visier herabließ.

Pferde und Reiter verharrten regungslos und warteten auf Prinz Johanns Zeichen.

Ohneland hob den goldenen Pfeil wieder hoch über seinen Kopf empor, damit jeder ihn sehen konnte. Er kniff seine schwarzen Augen zusammen, weil die schon ziemlich tief am Himmel stehende Sonne ihn blendete, und sein Gesicht spiegelte perverse Freude am Geschehen wider, als er seinen Arm blitzschnell senkte.

Im nächsten Moment galoppierten die Rösser aufeinander zu, und in der Mitte des Feldes hoben beide Reiter gleichzeitig ihre Lanzen. Metall prallte auf Metall und klirrte so laut, daß die Pferde scheuten und die Reiter Mühe hatten, im Sattel zu bleiben.

Die Menge hielt die Luft an und atmete erleichtert auf, als Männer und Pferde sich trennten und unverletzt zu den Begrenzungen des Kampfplatzes galoppierten. Beide Ritter warfen ihre zersplitterten Lanzen beiseite und ließen sich neue reichen, bevor sie wendeten und erneut aufeinander zu galoppierten ...

Bei jedem mörderischen Zusammenprall jubelte die Menge lauter. Der Wolf wehrte verheerende Stöße gegen Brust und Schultern ab, der Drache nicht minder gefährliche Stöße gegen Rippen, Schultern und Oberschenkel. Beide Männer zeigten Ermüdungserscheinungen, und auch die Pferde brauchten immer länger, um zu wenden und wieder loszustürmen.

Drei ... fünf ... *sieben* Tournaden! Unglaublich! Die Zuschauer waren längst von ihren Sitzen aufgesprungen, begeistert über diesen Mut, diese Kraft und Ausdauer.

Wieder galoppierten die Rösser aufeinander zu, jetzt schon mit Schaum vor den Nüstern und blutunterlaufenen Augen. Wieder prallten die Lanzen aufeinander, und keiner der Ritter wollte aufgeben, nicht einmal, als die Pferde sich aufbäumten und mit ihren Hufen die Holzpalisade zertrümmerten. Statt dessen sprangen sie aus den Sätteln und setzten den Kampf auf der Erde mit blitzenden Langschwertern fort. Sie kreuzten die Klingen und schlugen in blinder Mordlust aufeinander ein. Teile ihrer Rüstungen lösten sich unter der Wucht dieser Schläge, und das grüne Gras verfärbte sich rot, als hier ein Oberschenkel, dort ein Arm getroffen wurde. Schließlich warfen beide Männer sogar ihre Schilde beiseite und schwangen die Schwerter beim Endkampf mit beiden Händen.

Ein seitlicher Hieb gegen seinen Helm brachte den Drachen aus dem Gleichgewicht. Er taumelte rückwärts, und der Wolf warf sich sofort mit seinem ganzen Gewicht auf ihn, um ihn zu Fall zu bringen. Angefeuert von der blutrünstigen Menge, gelang es ihm auch. Der Drache lag keuchend und fluchend unter ihm am Boden, und als der Wolf seine Schwertspitze in die schmale Lücke zwischen

Helm und Halsschutz trieb, hielten rasende Wut und Todesangst des Drachen sich in etwa die Waage.

Selbst völlig außer Atem, übte der Wolf doch genügend Druck auf sein Schwert aus, um seinen Bruder von jeder Bewegung abzuhalten. Jeder Muskel in seinem Körper schmerzte, und jede alte Narbe schrie nach schneller Rache. Etiennes Visier hatte sich beim Sturz geöffnet, und die blauen Augen, die ihn jetzt in ungläubigem Entsetzen anstarrten, waren dieselben kalten Augen, die einst triumphierend auf seinen im Wüstensand verblutenden Körper herabgeblickt hatten.

»Warum?« murmelte Lucien. »Sag mir, warum du es getan hast, Etienne!«

Der Mund des Drachen öffnete sich, schloß sich, öffnete sich wieder. »Verzeih mir, Lucien! Verzeih mir!«

»Was? Was hast du gesagt?«

Der Drache machte sich auf den Tod gefaßt, während er keuchte: »Verzeih mir! Im Grunde ... im Grunde bin ich froh, endlich von der Schuld befreit zu werden, die ich all die Jahre mit mir herumgeschleppt habe. Wie oft habe ich den Neid und die Eifersucht verflucht, die mich zu dieser gräßlichen Tat veranlaßt haben! Ich habe *mich* verflucht! Du warst mein Bruder, Lucien, und ich wollte dich umbringen. Ich mache dir keinen Vorwurf daraus, daß jetzt du mich töten willst ...«

»Du machst mir keinen Vorwurf?« knurrte der Wolf. »Du gottverfluchter Bastard wagst es überhaupt noch, das Wort ›Vorwurf‹ in den Mund zu nehmen?«

Das Schwert bewegte sich, und Etienne holte mit zusammengebissenen Zähnen ein letztes Mal tief Luft. Ihre Blicke trafen sich, und Blau vermischte sich mit Grau, Grau mit Blau, bis jeder ein Teil des anderen wurde. Unerwünschte Erinnerungen schossen dem Wolf plötzlich durch den Kopf — Erinnerungen an längst vergangene glückliche Zeiten, an sorgloses Gelächter und an zwei

Jungen, die an einer Holzfigur ihre Künste als Lanzenreiter erprobten, obwohl ihre Arme kaum kräftig genug waren, die Waffe zu heben, geschweige denn, sie auf ein Ziel zu richten.

»Du warst mein Bruder, und ich habe dich geliebt!« rief der Wolf gequält. »Ich hätte alles gern mit dir geteilt.«

»Alles — bis auf den Namen, Lucien«, flüsterte der Drache. »An mir wäre immer der Name ›Bastard‹ haften geblieben.«

Die Fäuste des Wolfs zitterten, aber er brachte es einfach nicht über sich, seinem Bruder die Schwertspitze in den Hals zu stoßen und zu beobachten, wie das Blut aus der Schlagader hervorspritzte. Fluchend schleuderte er sein Schwert über die zertrümmerte Palisade hinweg.

»Bei Gott, ich kann dich nicht töten«, murmelte er heiser. »Ich kann dir nicht verzeihen, aber ich kann dich nicht töten. Es genügt mir, daß die Wahrheit endlich ans Licht kommt.«

Er wandte sich zum Gehen. Etienne stützte sich auf einen Ellbogen, kam auf die Knie. Während er sich mit einer Hand den Hals massierte, tastete er mit der anderen im Gras nach seinem Schwert. Habgier und Haß verliehen ihm die Kraft, es hoch über seinen Kopf zu heben und die schwere Klinge auf Luciens Helm niedersausen zu lassen. Der Wolf verspürte einen rasenden Schmerz, der ihm alle Sinne benahm. Er stürzte, und sein Körper entzog sich völlig seiner Kontrolle, sogar als er spürte, daß Etienne sich triumphierend über ihn beugte.

»Ich dachte mir fast, daß du niemanden umbringen könntest, der dich um Verzeihung bittet, ganz egal, welcher Verbrechen dieser Mann sich schuldig gemacht hat!« höhnte der Drache. »Feigling! Schwächling! Du gehörst nicht mehr hierher! Bloodmoor gehört mir, und ich werde meinen Besitz nicht mit einem Gespenst teilen, auch wenn es noch so edel sein mag!«

Seine Schwertspitze schwebte über dem Rand des Visiers seines Bruders. Ein einziger Stoß konnte ihm süße Rache bescheren . . . aber alles wäre viel zu schnell vorüber. *Viel zu schnell!* Hatte er Servanne nicht versprochen, daß sie für ihren Betrug und Verrat teuer bezahlen würde? Es wäre fürwahr ein Hochgenuß, die beiden gemeinsam sterben zu sehen, ihre Schreie zu hören und ihr heißes Blut über seine Hände rinnen zu sehen.

Von sadistischer Erregung überwältigt, richtete Etienne sich hoch auf und ließ seine Stimme erschallen wie ein mächtiger Eroberer.

»Wache! Legt diesen Mann in Ketten! Er ist ein Feigling und Mörder, der sich unter Vorspiegelung falscher Tatsachen in Bloodmoor Keep eingeschlichen hat!«

»Wie bitte?« Prinz Johann sprang von seinem Platz auf und tat so, als wäre er empört über De Gournays Verhalten. »Was könnte die Verhaftung von Sir Randwulf de la Seyne Sur Mer rechtfertigen?«

»Dieser Mann« — der Drache deutete verächtlich auf den halb ohnmächtigen Ritter zu seinen Füßen — »hat sich schwerer Verbrechen gegen die Krone schuldig gemacht. Er hat anständige Menschen überfallen und ermordet, und er hat sogar meine eigene Braut entführt, unter dem Namen *Der Schwarze Wolf von Lincoln!*«

Ein ungläubiges Raunen ging durch die Menge. Der Drache hob gebieterisch die Hand, um für absolute Ruhe zu sorgen.

»Ferner liegen Beweise vor, daß er nicht nur *mir* Schaden zufügen wollte, sondern auch Ihnen, Hoheit!« Die kalten Augen suchten den Blick des Regenten und forderten ihn zur Unterstützung auf. »!ch habe berechtigten Grund zu der Annahme, daß er nach England geschickt wurde, um seine Hand gegen die Krone zu erheben.«

Johann hätte der grandiosen Vorstellung des Drachen am liebsten laut Beifall geklatscht. Statt dessen rief er:

»Sie sagen, Sie könnten diese Beschuldigungen beweisen, Lord Wardieu — auf welche Weise?«

»Es beginnt schon *hiermit.*« Mit dramatischer Geste riß der Drache seinem Bruder den schwarzen Helm vom Kopf. Die Menge hielt den Atem an, und das narbenlose Gesicht des Ritters legte tatsächlich beredtes Zeugnis davon ab, daß er alle getäuscht hatte.

Als das verblüffte Schweigen zu lange anhielt, sprang Nicolaa de la Haye auf. Sie mußte sich auf das Geländer stützen, weil sie die gleiche heftige erotische Erregung verspürte, die sie an Etiennes Gesicht ablesen konnte. Von Lustschauern geschüttelt, kreischte sie, um die Menge anzufeuern: »Verrat! Verhaftet diesen Hund! Verrat!«

Prinz Johann Ohneland nickte zustimmend. »Ja, verhaftet ihn. Wir werden diesem Verrat auf den Grund gehen.«

Die Gardisten stürmten auf den Kampfplatz, legten den immer noch benommenen Ritter in Ketten und schleppten ihn fort.

Friar saß wie gelähmt da. Er konnte kaum glauben, was er soeben gesehen und gehört hatte. Alles war so schnell gegangen, daß es unmöglich gewesen wäre einzuschreiten, und so hatten die Freunde des Schwarzen Wolfs hilflos mit ansehen müssen, wie ihr Anführer in Ketten weggeschleppt wurde. Prinz Johann baute die Lügen seines Gastgebers mittlerweile schon weiter aus und spekulierte über politische Motive und Hintergründe. Alaric hörte nur mit halbem Ohr zu, weil andernfalls die Versuchung, den aufgeblasenen Regenten eigenhändig zu ermorden, übermächtig werden könnte.

Er fragte sich besorgt, wo Gil, Sparrow und die anderen sein mochten. Sparrow hatte sich einmal kurz vor dem Zelt des Wolfs blicken lassen, war dann aber in der Menge untergetaucht. Robert der Waliser, der normalerweise wegen seiner Größe und mächtigen Statur nicht zu übersehen war, mußte sich entweder in den Stallungen versteckt haben, oder aber er hatte sich zu irgendeiner unüberlegten Handlung hinreißen lassen — etwa zu dem Versuch, den Wolf auf eigene Faust zu befreien — und lag jetzt irgendwo tot herum.

Es trug auch nicht gerade zu Alarics Beruhigung bei, daß die Wachposten am Haupttor Verstärkung erhielten. Vermutete der Drache, daß sein Bruder die Weitsicht besessen hatte, einige Freunde unbemerkt einzuschleusen? Oder handelte es sich nur um Vorsichtsmaßnahmen, um eine mögliche Rebellion des einfachen Volks im Keime zu ersticken, dessen Sympathien beim Turnier eindeutig La Seyne Sur Mer gegolten hatten. Und der Schwarze Wolf von Lincoln, der sich so kühn und erfolgreich gegen die Tyrannei des Barons und der königlichen Steuereintreiber aufgelehnt hatte, war in ihren Augen ein Held. Die Enthüllung, daß sich hinter den beiden legendären Gestalten ein und derselbe Mann verbarg, hatte zur Folge gehabt, daß mindestens zweihundert aufgebrachte Dörfler gegen die Eisenstangen des Fallgatters anstürmten.

Trotzdem wäre es geradezu lachhaft anzunehmen, daß sie tatsächlich durchbrechen könnten. Nein, der Drache mußte befürchten, daß jemand einen *Aus*bruchversuch unternehmen würde.

Die Gäste begannen die Tribüne zu verlassen. Die Damen nahmen in den gepolsterten Sänften Platz, in denen sie auch hergebracht worden waren, und die Herren schwangen sich auf ihre Pferde, umringt vom Gefolge. Prinz Johann brach als einer der ersten auf, begab sich aber zunächst zum Zelt seines Komplicen, um diesem zu gratulieren. Der Burgchirurg war gerade dabei, den Drachen zu verarzten, Eisensplitter aus zerfetztem Fleisch zu entfernen und die Wunden zu nähen und zu verbinden. Die meisten Verletzungen waren ziemlich leicht; nur eine veranlaßte den Medicus zu besorgtem Kopfschütteln und

Schnalzen sowie zu dem Vorschlag, vorsichtshalber Blutegel anzusetzen, um eine Infektion zu vermeiden.

Friar verließ die Tribüne als einer der letzten Ehrengäste. Langsam ging er in Richtung der Zelte und starrte gedankenverloren auf das leere Kampffeld, das von den Pferdehufen zerwühlt und mit Holzstücken von den zertrümmerten Palisaden übersät war. Er überlegte verzweifelt, wie sie den gefangenen Ritter befreien könnten, aber die Situation war schier aussichtslos. Ohne Luciens Ortskenntnisse würden sie mindestens eine Woche brauchen, um ihn in der riesigen Burg zu finden — und in einer Woche würde er zweifellos nicht mehr am Leben sein.

»Herr Bischof — auf ein Wort!«

Alaric wurde von der barschen Männerstimme dicht hinter seiner Schulter jäh aus den trüben Gedanken gerissen. Er drehte sich um und fröstelte unwillkürlich, als er sich einem Ritter und drei stämmigen Gardisten gegenübersah. Der Ritter mit der langen, dünnen Nase, den tiefliegenden Augen und wenig ansprechenden Gesichtszügen kam ihm irgendwie bekannt vor, aber das scharlachrote und gelbe Wappen sagte ihm nichts. Mit geheuchelter Ruhe faltete Alaric seine Hände unter den langen, weiten Ärmeln seines Bischofsgewands und nickte förmlich.

»Kenne ich Sie, Herr Ritter?«

»Durchaus möglich. Wenn Sie vor einer Woche in den Wäldern an einem Überfall auf unschuldige Reisende beteiligt waren ... könnten Sie mich kennen.«

Friars rechte Hand schob sich unter dem Ärmel auf den Dolch zu, den er am linken Handgelenk festgeschnallt hatte, doch der Ritter sah die flüchtige Bewegung und fiel ihm in den Arm.

»Ich möchte mit Ihnen unter vier Augen sprechen, Herr Bischof«, sagte der Ritter wieder, und seine Stimme verriet, daß er gewohnt war, Befehle zu erteilen. »Sie haben nichts zu befürchten, es sei denn, daß Mistress Bidwell nicht bei Sinnen war, als sie sagte, ich sollte Sie um Hilfe bitten.«

»Mistress Bidwell? *Biddy?*«

Der Ritter hielt Friars Arm mit eisernem Griff umklammert. »Ich habe ihr versprochen, daß ich Sie aufsuchen würde, und ich habe mein Wort gehalten. Jetzt werden Sie mich begleiten müssen, wenn Sie nicht vorzeitig sterben wollen.«

Friar warf einen Bick über die Schulter des Ritters hinweg und schüttelte unmerklich den Kopf, weil jemand hinter einem kleinen, mit Stroh beladenen Karren aufgetaucht war. Der Ritter witterte die Gefahr und wirbelte herum, ebenso seine drei Gefolgsmänner. Ein langer Pfeil zielte genau auf die Gruppe. Der Mönch, der den Bogen hielt, war groß und sehr schlank; seine Kapuze war etwas zurückgeglitten, so daß nicht nur die kurzen kupferfarbenen Locken zu sehen waren, sondern auch die gräßliche Narbe auf seiner linken Wange.

Die drei Gardisten wollten ihre Schwerter zücken, wurden aber durch einen barschen Befehl ihres Herrn daran gehindert, der in Gils bernsteinfarbene Augen starrte.

»Du? Bei Gott, dich kenne ich! Dir habe ich dies hier zu verdanken!« Sir Roger de Chesnai klopfte sich oberhalb des Verbands, der seine Hose ausbeulte, auf den Schenkel. Mit finsterer Miene betrachtete er Gils Mönchskutte. »Dein Glück, daß du dich hinter deiner Kapuze versteckt hattest, sonst wäre jetzt auch deine andere Gesichtshälfte gezeichnet.«

»Sie können es ja jetzt noch versuchen«, sagte Gil ruhig. »Allerdings habe ich Ihrer Prahlerei schon einmal erfolgreich Einhalt geboten.«

»Ein Zufallstreffer!« knurrte De Chesnai.

Die Pfeilspitze bewegte sich etwas höher. »Mit einem ebensolchen Zufallstreffer könnte ich jetzt dafür sorgen, daß Ihr Augapfel hinten zum Schädel rauskommt!«

»Schluß jetzt!« rief Friar. »Für törichte Wortgefechte haben wir jetzt wirklich keine Zeit. Bringt euch später um, wenn es unbedingt sein muß, aber vorerst sollten wir den Streit beilegen und versuchen, Antworten auf einige wichtige Fragen zu finden. Sir Roger de Chesnai — ja, mir ist Ihr Name inzwischen eingefallen —, Sie dienten Sir Hubert de Briscourt?«

Ohne Gil aus den Augen zu lassen, nickte der Ritter. »Ja, und jetzt diene ich Lady Servanne.«

»Ist ihr etwas passiert?« fragte Alaric besorgt.

Bevor Sir Roger antworten konnte, ertönte Gils Stimme. »Alaric, ich habe versucht, mich dir zu nähern, bevor du auf der Tribüne Platz genommen hast, aber du warst von zu vielen Menschen umringt.«

»Ist Lady Servanne etwas zugestoßen?«

»Nicht hier«, befahl De Chesnai kalt. »Ein Dutzend Augenpaare könnte uns beobachten, und überall könnte jemand die Ohren spitzen. Und sagen Sie diesem rothaarigen Teufel, daß er endlich seinen Bogen senken soll.«

»Gil ...« Friar gab ihr ein Zeichen, und sie gehorchte widerwillig.

»Die alte Kammerfrau ist in der Nähe versteckt«, fuhr De Chesnai fort. »Am besten lassen Sie sich alles von ihr selbst erzählen. Kommen Sie mit! Möglicherweise hängt ihr Leben nur noch an einem seidenen Faden. Wir dürfen keine Zeit vergeuden.«

Alaric zögerte, ob es ratsam war, Sir Roger de Chesnai zu folgen, der es Gils Treffsicherheit zu verdanken hatte, daß er immer noch leicht hinkte, und der auch keinen Grund hatte, den Schwarzen Wolf zu schätzen, der seine Herrin entführt hatte. Vielleicht war alles nur eine List, um Friar selbst und alle anderen, die zwischen den Burgbewohnern untergetaucht waren, in eine Falle zu locken?

Er beschloß, das Risiko einzugehen. »Also gut«, sagte er, »zeigen Sie uns den Weg — aber lassen Sie sich gesagt sein, daß aufmerksame Bogenschützen uns auf Schritt und Tritt beobachten werden.«

Die Augen des Ritters wurden schmal, aber er verzichtete auf eine Erwiderung, bedeutete seinen drei Männern, dicht hinter ihm zu bleiben, und ging rasch auf das kleine Burgdorf zu. Er fand sich mühelos in dem Labyrinth schmaler Sträßchen zurecht, so daß sie bald in der Gasse der Waffenschmiede standen.

So hektisch es hier in den vergangenen Nächten zugegangen war, so ruhig war es jetzt. Die Feuer in den Schmieden waren erloschen, und die Männer feierten jetzt irgendwo ihr handwerkliches Können. Roger de Chesnai ging auf eine besonders erbärmliche Hütte zu, und Friar wurde sich erst jetzt so richtig bewußt, wie verdächtig er hier in seinen prächtigen Bischofsgewändern aussehen mußte.

Auf einen Befehl des Ritters hin bezogen die drei Gardisten Position, so daß niemand sich ungesehen der Hütte nähern konnte. Gil war vor einiger Zeit in einer der Gassen verschwunden, tauchte aber plötzlich wieder auf und nickte Friar beruhigend zu.

»Außer unseren eigenen Leuten beobachtet uns niemand«, verkündete sie mit einem arroganten Seitenblick auf De Chesnai.

Der Ritter, der sich in seiner Ehre verletzt fühlte, zog brüsk den Jutevorhang zur Seite, der die Tür ersetzte. »Hinein mit euch beiden!« knurrte er. »Und keine Tricks, wenn ihr nicht einen Dolch in den Bäuchen haben wollt!«

In der Hütte gab es keine Fenster, und das schmutzige Stroh stank bestialisch nach Tierurin. Das einzige Licht fiel durch die Löcher im Jutevorhang und durch Risse im Strohdach ein.

Biddy lag in der Ecke auf einem Strohsack, so bleich und regungslos, daß Alaric sie auf den ersten Blick für tot hielt.

»Biddy?« Er ließ sich neben ihr auf ein Knie fallen und

griff nach ihrer eiskalten Hand. »Mistress Bidwell? Können Sie mich hören?«

Biddy öffnete mühsam ein Auge. Es dauerte einen Moment, bis sie ihn erkannte, doch dann drückte sie seine Hand mit mehr Kraft, als er für möglich gehalten hätte.

»Was ist Ihnen zugestoßen, Biddy?«

»Das ist unwichtig.« Sie hatte Mühe, deutlich zu sprechen.

»Mein Lämmchen ist das einzige, was jetzt zählt. Sie müssen sie finden und von diesem schrecklichen Ort fortbringen.«

»Sie finden? Ist Lady Servanne denn nicht in ihren Gemächern?«

»Die Wachen des Barons ...«, keuchte Biddy. »Sie haben sie aus dem Turm weggeschleppt. Er ... er hat sie verletzt ... sie geschlagen ... immer und immer wieder ...«

Biddy verdrehte die Augen, so daß nur noch das Weiße zu sehen war. Ihr Atem war unregelmäßig und rasselnd, und Alaric, der nicht wußte, wie er ihre Schmerzen lindern könnte, hielt wenigstens ihre Hand fest.

»Irgendwie hat sie es geschafft, aus dem Turm nach unten zu kommen und mich am Hinterausgang zu finden, wo ich auf Lady Servanne gewartet hatte«, berichtete Roger de Chesnai leise. »Diese Anstrengung war zuviel für sie, aber sie war fest entschlossen, nicht zu sterben, bevor ich sie zu La Seyne Sur Mer bringen würde.«

«La Seyne?« Alaric blickte hoch.

»So ist es. Aber meine Männer und ich hatten sie erst bis hierher tragen können, als die Nachricht von De Gournays Sieg die Runde machte. Nachdem sie begriffen hatte, daß La Seyne nicht mehr zu sprechen war, waren Sie ihre zweite Wahl.«

Friar blickte wieder auf Biddy hinab. Ihre Augen waren geöffnet und klar, abgesehen von den Tränen, die ihr über die Schläfen liefen.

»Er will sie umbringen, Friar«, weinte sie. »Er will sie foltern und umbringen. Und auch den armen Eduard — diesen tapferen Burschen! Er hat versucht, meinem Lämmchen zu helfen, aber gegen den Drachen hatte er natürlich keine Chance. Und weil er der Sohn des Wolfs ist, können Sie sich ja vorstellen, wieviel Genuß es dem Drachen bereiten würde, ihn zu quälen.« Biddy schluchzte jetzt herzerweichend. »Und noch mehr Genuß wird es ihm bereiten, mein armes Lämmchen zu foltern.«

Friar schüttelte verwirrt den Kopf. »Haben Sie gesagt ... der *Sohn* des Wolfs?«

»Eduard ... der Knappe des Drachen ... man hat ihn so schwer verletzt weggeschleppt, daß er bestimmt keine Stunde überlebt haben dürfte.«

»Wissen Sie, wohin er gebracht wurde? Und wohin Lady Servanne gebracht wurde?«

Biddy schluckte hart und fuhr sich mit trockener Zunge über die Lippen. »Der Junge — nein. Aber ich habe gehört, daß der Drache befahl, sie in ... in den Adlerhorst zu bringen. Ja, ja, das hat er gesagt ... in den Adlerhorst.«

Alaric warf einen fragenden Blick in Roger de Chesnais Richtung, aber der Ritter kannte sich in der riesigen Burg mit ihren tausend Räumen genauso wenig aus wie der vermeintliche Bischof. Allerdings hatte er jetzt seinerseits einige Fragen. »Stimmt es, was sie mir erzählt hat? Ist La Seyne Sur Mer ... oder auch der Schwarze Wolf von Lincoln ... der echte Lucien Wardieu? Stimmt es, daß der Mann, der sich für Lucien Wardieu ausgibt, ein Betrüger und Mörder ist?«

»Ja, das stimmt«, erwiderte Friar ruhig.

»Können Sie das irgendwie beweisen?«

»Heute nachmittag beim Turnier war der Beweis für jeden sichtbar. Kein redlicher Mann würde seinen Gegner rücklings niederschlagen — am allerwenigsten, wenn ihm gerade das Leben geschenkt wurde.«

»Sie haben recht«, murmelte De Chesnai. »Dieser Wolfshaupt hat heute wirklich gut gekämpft — besser als ein gewöhnlicher Räuber oder politischer Intrigant.«

»Aber Sie zweifeln trotzdem immer noch an seiner Identität!« rief Gil empört.

Sir Roger hob die Hand, um ihr Einhalt zu gebieten. »Ehrlich gesagt, Bursche, zweifle ich nur an unseren eigenen Fähigkeiten. Meine Loyalität gehört natürlich in erster Linie Lady Servanne, doch obwohl ich mit Freuden mein Leben für sie hingäbe, sehe ich keine Hoffnung, sie finden, geschweige denn befreien zu können, wenn uns nicht jemand hilft, der diese Burg so gut kennt, als wäre er hier geboren.«

»Lucien Wardieu *ist* hier geboren«, betonte Alaric.

»Dann ist es nur vernünftig, ihn zuerst zu befreien«, meinte Sir Roger milde.

»Aber wie? Ich komme mir hier wie ein Fisch auf dem Trockenen vor«, wandte Alaric ein.

»Ja, ich auch, aber der Drache glaubt, den allergrößten Fisch an Land gezogen zu haben. Wird er sich nicht vor seinen Gästen . . . und vor seinem Bischof . . . brüsten? Und wäre es da nicht ein Leichtes, sich ganz nebenbei zu erkundigen, wohin der Schurke denn gebracht worden ist, und ob man nachts wirklich ruhig schlafen kann?«

»Das wäre machbar«, stimmte Friar bedächtig zu. »In der Halle wird es heute bestimmt ein großes Trinkgelage geben.«

»Meinem Befehl unterstehen sechs Männer«, fuhr Sir Roger fort, »die ebenso wie ich nichts für diesen goldhaarigen Drachen übrig haben, der Ohneland so nahesteht, daß beide gleichermaßen nach Korruption stinken. Diese Männer werden tapfer kämpfen, wenn es uns gelingt, die Voraussetzungen für einen Kampf zu schaffen.« Er blickte mit gerunzelter Stirn zu Gil hinüber. »Ist dieses magere Bürschchen das einzige, was Sie beitragen können?«

»Wir haben ein Dutzend kräftige Männer auf dem Burggelände, und ebenso viele warten draußen im Moor.« Mit einem schiefen Lächeln fügte Alaric hinzu:» Sie sollten mit Ihren Bemerkungen über Gil lieber vorsichtig sein — sie reagiert sehr empfindlich auf beleidigende Äußerungen.«

»Was — sie? Eine Frau?«

»Eine Frau, von der sogar der Schwarze Wolf im Bogenschießen noch das eine oder andere lernen konnte. Für Bayard von Northumbria wäre es jedenfalls besser gewesen, wenn wir einen anderen Lehrer gehabt hätten.«

De Chesnai kratzte sich das kurz geschnittene Kinnbärtchen. »Nun, dann müssen wir eben mit zwanzig Männern — und einer Frau — auskommen, jedenfalls solange, bis es uns gelingt, ein paar unzufriedene Gardisten des Drachen auf unsere Seite zu ziehen. Es gibt bestimmt welche, die nichts dagegen hätten, wenn der Drache kein Feuer mehr speien könnte.«

Friar schüttelte den Kopf. »Wir haben keine Zeit, um seine Leute auf unsere Seite zu ziehen. Wir müssen noch heute nacht handeln, solange in der Burg gefeiert und gezecht wird. Morgen früh wird der Drache wieder klar denken können und begreifen, daß er schleunigst all jene beseitigen muß, die eine Gefahr für ihn darstellen könnten.«

»Ja, Sie haben recht«, stimmte De Chesnai grimmig zu. »Er wird Ihren Herrn und meine Herrin umbringen — und uns alle auch, falls wir das Pech haben, ihm in die Hände zu fallen.«

»Das müssen wir eben vermeiden.«

Ein leises Geräusch am Jutevorhang schreckte alle auf. Die Schellen an Sparrows buntem Gauklerkostüm klingelten, als er wie ein Wirbelwind in die Hütte gestürzt kam. Drei grimmige Gesichter und drei Waffen brachten ihn in einer Staubwolke abrupt zum Stehen.

»Sparrow, verdammt!« Alaric entspannte sich und schob seinen Dolch wieder in den Ärmel.

»Ich habe gehört, daß die alte Krähe hier sein soll. Robert hat gesagt, sie sei verletzt ...«

»Waldschnepfe?« stöhnte Biddy. »Bist du das, Waldschnepfe?«

Mit großen runden Augen betrachtete der Gnom die stille Gestalt auf dem Strohsack.

»Ja, ich bin's. Was soll denn dieser Blödsinn?«

»Waldschnepfe?« Biddy streckte einen zittrigen Arm aus, und Sparrow war im Nu an ihrer Seite und griff nach ihrer Hand. »Waldschnepfe — hast du schon gehört, was meiner Herrin zugestoßen ist?«

»Sie ist nicht in ihren Gemächern?« sagte er grimmig. »Ja, der Wolf hat schon so etwas befürchtet, obwohl er besser daran getan hätte, sich auf sein eigenes Wohlergehen zu konzentrieren. Wissen Sie, wohin man sie gebracht hat?«

»An einen Ort namens Adlerhorst«, warf Friar ein. »Du steckst deine Nase doch immer dorthin, wo sie nichts verloren hat. Hast du diesen Namen schon einmal gehört?«

Sparrow machte ein gekränktes Gesicht. »Meine Nase hat deinen Arsch bei mehr als einer Gelegenheit gerettet, Herr Bischof, und daran dürfte sich auch in Zukunft nichts ändern, wenn ...«

»Waldschnepfe!« Biddy zerquetschte ihm fast die kleine Hand. »Ich habe dem Tod nicht getrotzt, um mir jetzt dieses kindische Gezänk anzuhören! Mein Lämmchen schwebt in höchster Gefahr. Sie muß gerettet werden, und sie *wird* gerettet werden, auch wenn ich höchstpersönlich jeden Quadratmeter dieser gottverfluchten Burg nach dem Adlerhorst absuchen muß!«

Sie wollte aufstehen, doch die Wände der Hütte begannen sich sofort um sie zu drehen, so daß sie stöhnend auf den Strohsack zurücksank. Sparrow vergaß sofort seine gequetschte Hand und beugte sich besorgt über sie.

»Sehen Sie, das kommt davon, wenn man immer alle

herumkommandieren will! Sie haben für einen Tag schon mehr als genug getan — überlassen Sie den Rest uns!«

»Waldschnepfe ...« — sie packte ihn am Kragen seines Kostüms und zog ihn dicht zu sich heran. »Du wirst Mylady finden? Du wirst sie unversehrt zurückbringen?«

»Ich habe schon einem anderen versprochen, genau das zu tun«, sagte Sparrow. »Und falls es mir nicht gelingen sollte, dürfte *sein* Zorn schlimmer sein, obwohl ...« Sparrow schluckte mühsam, weil Biddy ihm fast die Luft abschnürte, und er starrte mit schreckensweit aufgerissenen Augen auf das scharfe Messer, das sie plötzlich aus ihrer Schürze gezogen hatte und zwischen seine Schenkel preßte. »... Obwohl ich den Vorteil eines doppelten Versprechens durchaus einsehe. Schon gut, schon gut, ich gebe Ihnen mein Wort. Ich werde Lady Servannes Hand mit Freuden in die Ihre legen.«

»Sieh zu, daß es dir gelingt, Waldschnepfe!« zischte Biddy. »Oder du wirst nie mehr durch die Lüfte fliegen, das verspreche ich dir.«

27

Der Schwarze Wolf zwang seine bleiernen Lider, sich einen Spalt weit zu öffnen, damit er seine Umgebung sehen konnte. Sein Körper schmerzte an tausend Stellen. Er hatte sich nicht bewegt, seit man ihn vor Stunden in die feuchte, kalte Ecke einer Steinzelle geworfen hatte, aber jetzt verriet ihm ein vorsichtiges Anspannen aller Muskeln, daß er jede Menge Prellungen haben mußte. Er glaubte nicht, daß Knochen gebrochen waren, aber das faulige Stroh um ihn herum war rot verfärbt, und er hatte den Blutgeruch in der Nase und den Blutgeschmack auf der geschwollenen Zunge, die sich pelzig anfühlte.

Wenn sein Gedächtnis ihn nicht trog, war dies das Verlies unter dem alten Wohnbau. Vor vielen Jahren hatte er als Junge die unterirdischen Gewölbe der Burg erforscht, und er glaubte, die steile, schmale Treppe wiederzuerkennen, die sich um den mächtigen Stützpfeiler aus Stein und Mörtel wand. Dieses höhlenartige Verlies war ein Ort unvorstellbaren Grauens: in die dicken Steinmauern waren Nischen geschlagen worden — Einzelzellen, in denen ein Gefangener liegen oder, falls er noch die Kraft dazu hatte, sitzen konnte, mit Händen und Füßen an die schweren Eisenringe gekettet, die fest in den Mauern verankert waren. Wasser tropfte ständig in schleimige schwarze Pfützen auf dem Boden, und jeder Tropfen erzeugte ein hohles Echo. Ratten tummelten sich überall und beschnupperten die hilflosen Gestalten, die in dieser Hölle allmählich verfaulten und den Verstand verloren. Hin und wieder stöhnte jemand, aber wohlweislich nicht laut genug, um die Aufmerksamkeit der Wächter auf sich zu lenken.

Das schwache orangefarbene Licht der Fackeln reichte nicht aus, um die gewölbte Decke zu erhellen, unter der sich der Rauch von der riesigen Feuerstelle in dicken gelblichen Schwaden sammelte, die sich nur auflösten, wenn der Luftzug vom Korridor am oberen Ende der Wendeltreppe ausnahmsweise stark genug war.

Jetzt war das Feuer fast niedergebrannt, bis auf die rote Glut in der Mitte des Rostes. Früher am Tag mußten darin die Eisen erhitzt worden sein, mit denen man die Blutung der tiefen Wunde am Oberschenkel des jungen Mannes gestoppt hatte, der mit gespreizten Armen und Beinen auf einen Tisch gefesselt war. Als der Wolf ins Verlies geworfen worden war, hatte es noch durchdringend nach verbranntem Fleisch gestunken, und dieser widerliche Geruch hatte auf die benebelten Sinne des Wolfs eine ähnliche Wirkung wie starker Essig ausgeübt.

Mit zusammengebissenen Zähnen gegen den Schmerz

ankämpfend, rückte der Wolf ein wenig vor, um mehr sehen zu können. Der Bursche bewegte sich nicht, und man hätte ihn für tot halten können, wenn D'Aeth sich nicht hin und wieder dem Tisch genähert hätte, um mit seiner riesigen Pranke die Genitalien des Jungen zu quetschen, bis dieser gequält aufschrie. Offenbar hatte der Folterknecht den Befehl erhalten, diesen Gefangenen möglichst lange am Leben zu erhalten, denn er grinste nach jeder Inspektion zufrieden und ließ seine wäßrigen Schweinsäuglein sodann voller Genugtuung über die besetzten Zellen gleiten, bevor er zu der Werkbank zurückkehrte, wo er mit einer wichtigen Arbeit beschäftigt war.

Der Wolf betrachtete angewidert dieses Ungeheuer, dessen nackter Oberkörper aus massivem Felsgestein zu bestehen schien. Außer dem Folterknecht hielten sich sechs Wächter im Raum auf. Sie saßen an einem kleinen Holztisch unweit der Treppe und vertrieben sich die Zeit mit einem Knobelbecher, blickten aber hin und wieder schaudernd zu D'Aeth hinüber, der seine gräßlichen Folterinstrumente geradezu andächtig reinigte und schärfte.

Zwei Wachen standen am oberen Ende der Treppe, an der offenen Gittertür zum Korridor, durch die etwas Licht einfiel. Lucien konnte nur ihre Schatten sehen, aber er wußte auch so, daß auf den Gängen des Kellergeschoßes weitere Wachen postiert waren, ebenso wie auf der zweiten Treppe, die in den großen quadratischen Innenhof emporführte. Der Wolf sah das alles deutlich vor sich. Jede Stufe und jeder dunkle Korridor hatten sich seinem Geist, noch mehr aber seinen Knien und Schienbeinen eingeprägt, während er in diese Hölle am tiefsten Punkt des unterirdischen Labyrinths geschleppt worden war.

Er lehnte sich zurück und konnte nur mühsam ein Stöhnen unterdrücken, als die Wunde an seinem Hinterkopf die rauhe Steinmauer berührte. Der Drache hatte mit der flachen Schwertklinge zugeschlagen, und die

Beule war so groß wie eine Männerfaust. Man hatte ihm Rüstung, Waffenrock und Kettenpanzer ausgezogen, und Hemd und Hose waren zerrissen. Daß er fror, war jedoch seine geringste Sorge. Das Wichtigste war, bei klarem Verstand zu bleiben, und sein schlimmster Feind war im Moment der Schmerz, den es deshalb energisch zu bekämpfen und auszuschalten galt. Um sich besser auf diese Aufgabe konzentrieren zu können, identifizierte er zunächst die verschiedenen Geräusche — das unablässige Tropfen von Wasser, das leise Stöhnen der Gefangenen, das metallische Kreischen der Folterwerkzeuge, die am Schleifstein gewetzt wurden, das Rascheln der Ratten im Stroh. Er wählte eines dieser Geräusche aus und stellte sich vor, wie jeder Wassertropfen entstand und immer größer und schwerer wurde, bis er schließlich in eine dunkle Pfütze fiel. Ein Tropfen für jede Schmerzquelle, die es zu betäuben galt. Diese Methode der Schmerzbewältigung hatte man ihn vor vielen Jahren gelehrt, als er keinen sehnlicheren Wunsch hatte als endlich dem Wahnsinn zu verfallen oder sterben zu dürfen. Diesmal wollte er nicht sterben, sondern überleben, und er betete darum, noch einmal ein Schwert in die Hand zu bekommen ... oder einen Dolch ... oder einen Bogen ... Nur noch ein einziges Mal, und nur lange genug, um Etienne Wardieu zur Strecke bringen zu können!

Die beiden Wachen waren gerade dabei, den verirrten Mönchen zu erklären, wo sie falsch abgebogen waren, als sich von den Kasernen her eine Patrouille dem Innenhof näherte. Die Stiefel der Männer hallten auf dem Kopfsteinpflaster laut wider. Der Hauptmann war denkbar schlechter Laune, was er damit erklärte, daß man ihn mitten beim Abendessen gestört und ihm befohlen hatte, die Wachposten um das Hauptgebäude zu verdoppeln. Bissig erkundigte er sich, weshalb die beiden Wachen eigentlich ihre Posten verlassen hatten, und warum es auf dem Hof von verlausten, stinkenden Mönchen wimmelte.

Die beiden Wachen hätten sich das Gesicht hinter dem Naseneisen genauer anschauen sollen, denn als sie sich schließlich fragten, warum die Stimme des Hauptmanns anders als sonst klang, war es schon zu spät. Klingen blitzten durch die Dunkelheit und bereiteten ihrer Neugier für immer ein Ende.

Sir Roger de Chesnai befahl seiner Handvoll Männer, die Leichen zu verstecken und die Posten der Toten zu übernehmen. Die vermeintlichen Mönche entledigten sich in aller Eile ihrer Kutten. Darunter trugen alle, bis auf einen, Lederrüstungen und blaue Waffenröcke, die sie aus den Kasernen gestohlen hatten.

»Das war viel zu leicht!« Alaric blickte besorgt zu den efeubewachsenen Mauern empor. Die meisten Gäste würden zum Glück in der großen Halle sein, wo der Drache seinen Triumph feierte, aber überall waren Wachposten, und jeder Schatten war verdächtig.

»Beeilen wir uns«, sagte De Chesnai eindringlich. »Strekken Sie die Hände aus, damit ich sie Ihnen fesseln kann.«

»Locker, wenn ich bitten darf«, knurrte Friar, während eine Schnur um seine Handgelenke geschlungen wurde.

»Dort unten muß es doch Hunderte von Räumen geben«, flüsterte Gil. »Wie sollen wir es schaffen, alle zu durchsuchen?«

»Notfalls einen nach dem anderen«, brummte De Chesnai. »Allerdings wird dieses Ding da« — er deutete mißmutig auf den Langbogen, den sie über die Schulter geschlungen hatte — »da unten in den schmalen und kurzen Korridoren wohl kaum von großem Nutzen sein.«

Gil wollte etwas erwidern, doch ein warnender Blick von Alaric hielt sie in letzter Sekunde davon ab. Sie traute dem Ritter nicht ganz, und ihr mißfiel die Idee, Alaric als Köder zu benutzen. Es war die einzige Möglichkeit, um sich Zutritt zu den unterirdischen Kammern zu verschaffen, das sah sie ein, aber es verursachte ihr Herzklopfen, Alaric ohne Schwert und Rüstung zu sehen.

»Herrgott!« schimpfte Robert der Waliser, der seinen massigen Körper in einen der gestohlenen Waffenröcke gezwängt hatte und wie eine zu fest gestopfte Pastete aussah, die jederzeit aufplatzen konnte.

»Du bist selber schuld, wenn du plötzlich die Statur eines Ochsen hast!« kicherte Sparrow, der sich unter dem Waffenrock an die breiten Schultern des Walisers klammerte, von einem Tragriemen gestützt.

Ein Zwerg wäre jedem Wachposten sofort verdächtig vorgekommen, während man die Ausbuchtungen am Rükken des Walisers ohne weiteres für Muskelpakete halten konnte — vorausgesetzt, daß Sparrow nicht herumzappelte.

»Sind alle fertig?« fragte Roger de Chesnai. »Wir haben nur diese eine Chance, wie ihr wißt. Du bleibst am besten dicht an meiner Seite, Mädchen, wenn du wirklich eine so großartige Schützin bist, wie der Bischof behauptet. Ziel aber immer auf die Kehle, damit sie keinen Laut mehr von sich geben können.«

»Ich weiß genau, wie man Normannen erlegt«, fauchte Gil. »Sehen Sie lieber zu, daß Sie selbst gute Arbeit leisten, Hauptmann!«

De Chesnai schob Alaric auf die niedrige Tür zu. Beide Männer mußten sich ducken und hintereinander eine kurze Treppe hinabgehen. Unten wurden sie schon von drei Wächtern erwartet, die mißtrauisch ihre Schwertgriffe umklammerten.

»Nur keine Aufregung, Jungs!« knurrte De Chesnai. »Wir wollen D'Aeth nur ein neues Spielzeug bringen. Dieser Kerl wurde erwischt, als er in der Küche Wildbret klauen wollte — und das auch noch, während Prinz Johann hier ist!«

Die Wächter kicherten und ließen die Schwertgriffe los. Einen Augenblick später lag einer bewußtlos am Boden, und die beiden anderen standen an der Wand und starrte entsetzt auf die Dolche, deren scharfe Klingen sich schmerzhaft in ihre Hälse bohrten.

»Wo ist der Schwarze Ritter?« fragte Sir Roger seinen Gefangenen.

»An einem Ort, wo ihr ihn nie finden werdet!« zischte der Wächter.

Seufzend schüttelte De Chesnai den Kopf und schlitzte ihm mit einer einzigen raschen Handbewegung die Kehle auf, und während er zuckend zusammensackte, stand der Ritter schon vor dem zweiten und schob Gil beiseite, die ihn bisher in Schach gehalten hatte.

»Ich wiederhole die Frage: wo ist der Schwarze Ritter?«

»U-U-Unten« stammelte der Wächter. »Im V-Verlies.«

»Sehr gut! Sei ein braver Junge und führ uns dorthin.« De Chesnai berührte mit der Dolchspitze die Wange des Mannes, damit dieser das warme Blut seines Kameraden spürte. »Und falls du versuchen solltest, die anderen zu warnen oder Alarm auszulösen, schiebe ich dir dieses Ding hier in den Hintern, und ich verspreche dir, daß das kein angenehmes Gefühl sein wird!«

Der Wächter schluckte und nickte eifrig.

»Vorwärts!« befahl De Chesnai.

Der Mann stolperte den schwach beleuchteten Korridor entlang. De Chesnai, Alaric und die anderen hielten sich dicht hinter ihm. Drei ihrer Leute hatten die Plätze der Wachen eingenommen.

Dieses Vorgehen erwies sich auch an den nächsten beiden Kontrollpunkten als äußerst erfolgreich. Die Männer des Drachen wurden gefesselt und geknebelt, wenn sie keinen Widerstand leisteten, andernfalls wurden ihre Leichen versteckt. Überall blieben die ›Waldgänger‹ des Schwarzen Wolfs als Ersatz zurück.

Am dritten Kontrollpunkt waren vier Männer in ein Spiel mit Würfeln und Kieselsteinen vertieft. Froh über die Abwechslung, wollte einer von ihnen sich den neuen Gefangenen etwas genauer ansehen, und er wunderte sich sowohl über die lockeren Fesseln als auch darüber, daß sein Kamerad vom Eingang trotz der kalten Luft schweißgebadet war. Ausgerechnet in diesem Moment riß auch noch der Tragriemen um Roberts Taille, und Sparrow landete mit einem erschrockenen Quieker auf dem Boden.

Gil reagierte unverzüglich und durchbohrte die Kehle des neugierigen Wächters mit einem Pfeil. De Chesnais Dolch brachte einen weiteren Mann für immer zum Schweigen, und Robert erledigte die beiden restlichen, indem er sie bei den Hälsen packte und ihre Köpfe mit Wucht aneinander schlug.

Die Geisel nutzte das Durcheinander zu einem Fluchtversuch, kam allerdings nicht weit, weil ein kleiner Pfeil aus Sparrows Köcher ihn gegen die Steinmauer schleuderte. Der Mann versuchte noch, sich an einer Kette festzuhalten, doch sie entglitt seinen kraftlosen Händen, und er brach in die Knie, den Mund zu einem lautlosen Schrei aufgerissen.

Alaric streifte seine lockeren Fesseln ab und nahm die Waffen eines toten Wachtpostens an sich. Sie standen an einer Weggabelung: vor ihnen führte ein Korridor nach links, ein anderer nach rechts. Ihre Geisel war auf den linken Korridor zugerannt — weil er näher lag? Weil es dort Hilfe gegeben hätte? Oder weil er sie in die Irre führen wollte?

»Alle Männer des Drachen, die ich in den letzten Tagen kennengelernt habe, hatten Spatzenhirne«, meinte De Chesnai. »Der hier war bestimmt keine Ausnahme. Er wollte zweifellos nur seine eigene Haut retten und uns in die Arme des ehrenwerten Monsieur D'Aeth treiben.«

»Also nach links?«

»Ja, nach links.«

Sie vergeudeten keine Zeit mehr damit, die Leichen zu verstecken, sondern rannten durch den niedrigen Gang, vorbei an unbewachten Kellerräumen, die somit nach Alarics Einschätzung auch nichts Wichtiges enthielten.

Der abschüssige Korridor schien geradewegs in die Hölle zu führen, und auch der immer schlimmere Gestank paßte zu dieser Vorstellung. Vorsichtig um eine Ecke spähend, sahen sie eine offene Gittertür vor sich, die von zwei Männern bewacht wurde.

Gil und Sparrow tauschten einen kurzen Blick und schossen ihre Pfeile gleichzeitig ab. Lautlos brachen die beiden Wachen zusammen.

Nach einem ersten Blick auf das düstere Verlies, das unter der Wendeltreppe gähnte, preßte Gil sich entsetzt an die Steinwand und rang um Fassung. Sogar De Chesnai hatte plötzlich einen bitteren Gallegeschmack im Mund, als er all die Fleischerhaken, Stricke und Ketten über den blutbefleckten Tischen und Bänken sah. Brandeisen und Zangen von verschiedener Größe und Form hingen wie Kochutensilien über der Feuerstelle, und daneben standen Kessel mit Öl und Pech, von denen noch etwas Dampf aufstieg. Rauhe Stimmen und das Klappern von Würfeln waren zu hören, aber die Spieler saßen in jenem Teil des Verlieses, der hinter dem mächtigen Stützpfeiler verborgen war.

»Alaric!« Gil deutete auf einen Tisch direkt unter ihnen. Ein junger Mann lag mit gefesselten Armen und Beinen darauf. Sene Augen waren geöffnet, und er starrte zur Treppe empor, aber er zuckte nicht einmal mit der Wimper, so daß sie nicht wußten, ob er sie gesehen hatte oder nicht.

»Das ist Eduard«, raunte De Chesnai. »Sie hatten recht, Bischof — morgen wäre es zu spät gewesen!«

Alaric betrachtete besorgt die riesige Alarmglocke, die so aussah, als könnte sie die Mauern von Jericho zum Einsturz bringen, wenn sie kräftig geläutet wurde. Noch besorgter stimmte ihn die mit dem Glockenseil verknüpfte Eisenkette, die an der Mauer emporführte und in einem Loch zwischen den Deckenbalken verschwand: zweifellos war sie mit Alarmglocken in den oberen Stockwerken verbunden.

Alaric fiel plötzlich siedend heiß ein, daß ihre Geisel im Sterben nach einer Kette gegriffen und daran gezogen hatte.

»Allmächtiger! Der Alarm ist bestimmt schon ausgelöst worden! Wir müssen uns beeilen!«

Sie schlichen die Treppen hinab, bis der Tisch in Sicht kam, an dem die Wächter seelenruhig würfelten, bis zwei von ihnen röchelnd zusammenbrachen. Die vier anderen starrten fassungslos auf die Pfeile in den Hälsen ihrer Kameraden, sprangen auf und griffen hastig nach ihrem Armbrusten. Einer besaß die Geistesgegenwart, den Tisch umzuwerfen und dahinter Deckung zu suchen, so daß Gils nächster Pfeil sich nur ins Holz bohrte. Triumphierend zielte der Mann auf eine riesige Gestalt auf der Treppe, und der Bolzen schwirrte durch die Luft, bevor Sparrow von den Stufen auf eine Werkbank springen und den Schützen mit einem seiner kleinen Pfeile ins Jenseits befördern konnte. Der Zwerg stieß einen Freudenschrei aus, der gleich darauf in herzhaftes Fluchen überging, denn vor Übermut hatte er das Gleichgewicht verloren, sein Köcher rutschte ihm von der Schulter, und die Pfeile wurden auf dem Boden verstreut. Gil hatte mittlerweile den vierten Wächter zur Strecke gebracht. Die beiden restlichen hatten ihre Schwerter gezückt, waren De Chesnai und Alaric jedoch hoffnungslos unterlegen gewesen.

Während die Zwillinge Eduards Fesseln durchschnitten, ließ sich aus einer Zelle eine Stimme vernehmen.

»Ihr habt euch verdammt viel Zeit gelassen!« schimpfte der Schwarze Wolf, grinste aber übers ganze Gesicht.

»Undank ist der Welt Lohn!« knurrte Friar, der bestürzt feststellen mußte, daß Lucien angekettet war. »Wo sind die Schlüssel für deine Hand- und Fußschellen?«

»Die Schlüssel?« schnarrte eine Stimme hinter ihm. »Komm, hol sie dir!«

Alaric wirbelte herum. Ein kahlköpfiges Monster mit nacktem Oberkörper stand einige Schritte entfernt, eine schwere Eisenkette in der Hand. Mit seiner anderen Pranke preßte D'Aeth die Kehle von Roger de Chesnai zusammen. Das Schwert war dem Ritter entglitten, seine Augen traten fast aus den Höhlen, seine Lippen waren blau, und seine Finger zerrten verzweifelt an der Hand des Folterknechts, die nicht aus Fleisch und Blut, sondern aus Stahl zu bestehen schien.

»Weg mit dem Schwert, oder dieses Miststück stirbt!« drohte D'Aeth.

Alaric sah aus dem Augenwinkel heraus, daß Gil einen Pfeil aus dem Köcher zog, aber er wußte, daß die wenigen Sekunden, bevor sie schießen konnte, De Chesnai das Leben kosten würden. Die Zwillinge hatten ihre Waffen weggelegt, um Eduard auf die Beine zu helfen, und Sparrow war irgendwo im Gebälk verschwunden, doch ohne seine Pfeile konnte der Zwerg nicht viel ausrichten.

»Laß ihn los«, sagte Alaric, während er sein Schwert auf den Boden legte.

Grinsend bleckte D'Aeth seine scharfen Raubtierzähne und schleuderte Sir Roger beiseite. Im nächsten Moment schnellte die Eisenkette durch die Luft, schlang sich um Alarics Knöchel und riß ihn zu Boden. Sein Kopf schlug hart auf den Steinen auf, und er war so benommen, daß er nicht schnell genug zur Seite rollen konnte. Die Kette traf ihn an der Hüfte, zerriß seine Hose und grub sich in sein Fleisch.

Die Zwillinge wollten ihm zu Hilfe eilen, doch die Eisenkette peitschte wieder durch die Luft und schleuderte Mutter und Stutter gegen die Spieße, Haken und Morgensterne, die an einer Wand hingen. Vor Schreck, Alaric blutend am Boden liegen zu sehen, schoß Gil haarscharf an D'Aeths Kopf vorbei, und bevor sie einen neuen Pfeil aus dem Köcher ziehen konnte, brachte die Kette auch sie zu Fall, und ihr Bogen schlitterte über die Steine.

Während Friar sich mühsam aufrappelte und nach seinem Schwert griff, wurde D'Aeth von einer kleinen quiekenden Gestalt aufgehalten, die von irgendwo hoch oben angeflogen kam und mit voller Wucht auf dem Brustkorb des Folterknechts landete. Der Aufprall war für Sparrow weitaus schmerzhafter als für D'Aeth, und auch die beiden Messer, die er ihm in den Nacken stoßen konnte, bevor er wie ein lästiges Insekt weggeschleudert wurde, schienen dem Unhold nichts anhaben zu können.

Alaric schwang sein Schwert mit beiden Händen, doch D'Aeth handhabte seine Kette mit solchem Geschick, daß ihm einfach nicht beizukommen war. Plötzlich verzerrte seine grinsende Fratze sich jedoch vor Schmerz und ungläubigem Schrecken, und er stürzte wie ein gefällter Baum zu Boden.

Mit dem schweren Morgenstern in der Hand kam Gil taumelnd auf Alaric zu, und er legte ihr dankbar eine Hand auf die Schulter, bevor er das tote Monster auf die Seite wälzte, um an den großen Schlüsselbund heranzukommen.

Von seinen Hand- und Fußschellen befreit, massierte Lucien sich die schmerzenden Gelenke. Hilflos beobachten zu müssen, wie seine Freunde für ihn kämpften und starben, war schlimmer als alles Vorangegangene gewesen.

Roger de Chesnai atmete rasselnd, weil D'Aeth ihm die Luftröhre gequetscht hatte. Sparrow blutete am Arm, aber sein lautes Gejammere war der beste Beweis dafür, daß er keinen großen Schaden genommen hatte. Einer der Zwillinge — Mutter — war tot: ein Fleischerhaken hatte sich tief in seine Schläfe gebohrt. Gil hatte nur einige Prellungen und Schürfwunden abbekommen. Robert der Waliser war schwer verletzt: der Bolzen des hinter dem Tisch verschanzten Armbrustschützen hatte ihn mitten in die Brust getroffen. Gil und Sparrow lehnten ihn behutsam an die Steinmauer; mehr konnte niemand für ihn tun.

»Wir sind fast sicher, daß Alarm ausgelöst wurde.« Alaric berichtete dem Wolf von dem Wächter, der nach der Kette gegriffen hatte, und fügte überflüssigerweise hinzu: »Unsere Männer auf den Korridoren werden die Leute des Drachen natürlich so lange wie möglich aufhalten, aber auf Dauer sind sie der Übermacht nicht gewachsen.«

»Diesmal war die Rache wohl viel zu teuer erkauft«, murmelte der Schwarze Wolf bitter.

»Erzähl das deinem Sohn ... und Lady Servanne, falls wir sie finden!«

Die grauen Augen starrten Friar fassungslos an. »Was hast du da gesagt?«

»Lange Erklärungen und förmliche Vorstellungen sollten wir lieber auf später verschieben, aber ...« — Alaric deutete auf den Knappen, der zitternd an einer Wand lehnte — »... das dort ist dein Sohn Eduard. Nicolaa de la Haye hat ihn geboren, aber das wirst du ihm wohl nicht zum Vorwurf machen wollen. Allem Anschein nach hat er sein Leben aufs Spiel gesetzt, um Lady Servanne vor dem Drachen zu beschützen.«

Der Wolf brauchte einen Moment, um sich zu fassen. »Und Servanne ... wißt ihr, wo sie ist?«

»Wir hatten gehofft, daß du es uns sagen könntest.«

»Was?«

»Biddy zufolge wurde Lady Servanne an einen Ort namens *Adlerhorst* gebracht. Weißt du, was das ist?«

Der Wolf runzelte die Stirn. »Der Adlerhorst? Der Adlerhorst?« Er schnappte nach Luft. »Dieser Dreckskerl! Wie konnte er ihr so etwas antun? Bei Gott, dafür bringe ich ihn um! Ich schwör's, daß ich ihn umbringen werde!«

»Nun, wir werden dir liebend gern dabei helfen — vorausgesetzt, es gelingt uns, ein kleines Problem zu lösen.« Sein Blick schweifte demonstrativ von den massiven Steinmauern zur Wendeltreppe, die den einzigen Zugang zum Verlies bildete. »Glaubst du, daß wir gute Chancen haben, uns den Weg zurück freizukämpfen?«

»War das dein ursprünglicher Plan?«

»Wir haben uns nur überlegt, wie wir dich finden könnten. Die Hoffnung, daß es uns gelingen würde, war so gering, daß wir keine Gedanken darauf verschwendeten, wie wir hier wieder herauskommen würden.«

Der Wolf hatte ihm kaum zugehört. »Die Mönchszelle«, murmelte er. »Vielleicht . . .«

Er ging an den Zellen entlang und kauerte vor einer nieder. »Als ich ein Kind war, wurde mir erzählt, daß hier einmal ein Mönch gefangengehalten wurde. Hinter seiner Zelle befand sich der Schacht eines ausgetrockneten Brunnens, und wenn es regnete, hörte er, wie das Wasser an den Wänden hinablief. Mit seinem Kruzifix kratzte er den Mörtel zwischen den Steinen heraus und unternahm einen Fluchtversuch. Diese Geschichte hat mich damals sehr fasziniert, und ich habe die losen Steine in der Mauer tatsächlich entdeckt. Aber das ist natürlich sehr lange her. Gut möglich, daß sie in der Zwischenzeit wieder befestigt wurden.«

Die beiden Männer blickten erschrocken zur Wendeltreppe hinüber. Aus der Ferne war Kampflärm zu hören.

»Wir sollten schnellstens nachschauen«, sagte Alaric. Er nahm eine Fackel aus der Wandhalterung und kroch hinter dem Wolf in die feuchte Zelle. Lucien tastete die hintere Wand ab, schob seine Finger in einen Spalt und rüttelte an dem großen mittleren Steinblock. Mit vereinten Kräften zogen die beiden Männer ihn und drei weitere Steine aus der Mauer heraus.

Lucien schob die Fackel durch die Öffnung und sah einen gähnenden Schacht, der nach unten und oben hin kein Ende zu haben schien.

»Was ist aus dem unternehmungslustigen Mönch geworden?« fragte Alaric. »Ich nehme an, daß seine Gebeine irgendwo dort unten liegen.«

»Nein, nein, er ist entkommen. Er ist durch diesen Brunnenschacht geflohen, und wir werden es ihm nachmachen. Sieh mal — dort . . . und dort, weiter oben!«

Im flackernden Schein der Fackel sah nun auch Alaric die Metallsprossen, die vermutlich angebracht worden waren, um den Brunnen reinigen zu können.

»Weißt du zufällig auch, wohin der Schacht führt?«

»Jedenfalls nach oben«, erwiderte der Wolf lakonisch, »und das ist im Moment das einzige, was für mich zählt.«

Sie krochen aus der engen Zelle und berichteten den anderen von ihrer Entdeckung. Gil und Sparrow tauschten einen zweifelnden Blick, doch der wendige Zwerg erklärte sich immerhin bereit festzustellen, wohin die Sprossen führten. Er war im Nu zurück, hustend und staubig, aber übers ganze runde Gesicht grinsend.

»Nie wieder werde ich über einen Mönch lästern«, sagte er. »Man kommt oben in einem Garten heraus. Das Gitter, mit dem der Brunnen abgedeckt war, lag zum Glück nur lose auf. Und es ist auch keine allzu schwierige Kletterpartie«, fügte er an Gil gewandt hinzu.

»Ich bleibe trotzdem lieber hier«, erwiderte Gil grimmig. »Mich bringen keine zehn Pferde in diesen Schacht. Ich bin doch keine Ratte! Lieber sterbe ich mit meinem Bogen in der Hand!«

Bevor Alaric sich in die Auseinandersetzung einmischen konnte, taumelten drei Männer des Wolfs, die auf den Korridoren die Plätze der Wächter eingenommen hatten, verletzt die Treppe hinab und berichteten, daß De Gournays Söldner schon in den Kellern waren und rasch näher kamen. Nur noch drei oder vier Männer versuchten sie aufzuhalten, und sie würden der Übermacht nicht mehr lange gewachsen sein.

»Dann ist der Schacht unsere einzige Chance«, sagte Lucien und sah sich nach einer Waffe um. Eine Armbrust wurde ihm in die Hand gedrückt, und er blickte in Augen, die genauso stahlgrau wie seine eigenen waren. Eduard hatte unaufgefordert die Waffen der toten Wachen eingesammelt, obwohl seine Wunde ihm unerträgliche Schmerzen bereiten mußte.

»Glaubst du, daß du klettern kannst, Junge?«

»Ich glaube schon, Mylord. Doch, bestimmt — ich kann klettern, Mylord.«

»Gut. Sparrow, ab mit dir. Nimm den Burschen mit und paß auf, daß er nicht abstürzt, wenn dir dein magerer Hals lieb und teuer ist.«

»Wird gemacht ... und viel Glück euch allen!«

»Gil« — der Gesichtsausdruck des Wolfs warnte die Meisterschützin vor weiteren Debatten — »du kümmerst dich zusammen mit Sir Roger um die Verletzten. Nimm ein paar Seile mit, damit ihr sie notfalls hochziehen könnt.«

»Was ist mit Robert?« fragte sie leise. »Er kann nicht klettern, und wir werden es wohl auch nicht schaffen, ihn hochzuziehen.«

»Robert kann verdammt gut auf sich selbst aufpassen!« knurrte der Waliser. »Ich brauche keine rothaariges Teufelsweib als Glucke! Und jetzt verschwinde! Tu, was Mylord sagt, sonst zeige ich dir nicht nur, wie schnell ich klettern kann, sondern du kriegst von mir auch noch auf jeder Stufe einen Tritt in den Arsch!«

Gil gehorchte widerwillig, und der Wolf kniete neben dem riesigen Waliser nieder. »Robert ...«

»Machen Sie sich um mich keine Sorgen, Mylord. Ich bin schon so gut wie tot und würde diesen Weg durch den Brunnen niemals überleben, selbst wenn Ihnen eine Möglichkeit einfiele, mich irgendwie hochzubekommen. Hier kann ich wenigstens noch von Nutzen sein. Legen Sie Armbruste und Bolzen in meine Nähe, und ich werde diese Schweine so lange wie möglich aufhalten.«

Lucien griff nach der Pranke des Walisers. »Du warst ein treuer Freund, Robert. Ich habe dich um deinen Mut und um dein Lachen beneidet, und es war mir eine Ehre, daß du an meiner Seite gekämpft hast.«

»Pah, *mir* war es eine Ehre, für jemanden zu kämpfen, der eine gerechte Sache vertritt. Was den Mut betrifft — von dem haben Sie selbst mehr als genug, und in diesem gottverlassenen Adlerhorst wartet jemand, mit dessen Hilfe Sie auch wieder lachen lernen werden.«

Alaric war neben sie getreten. Oben in den Gängen hatte der Kampflärm einer gespenstischen Stille Platz gemacht. »Ich glaube nicht, daß noch jemand von unseren Leuten kommen wird«, murmelte er.

»Habt ihr die Verletzten wegschaffen können?«

»Ja. Sir Roger wollte partout zurückbleiben, aber ich habe gedroht, ihn vollends zu erwürgen, wenn er nicht sofort hinaufklettern würde. Lucien ... die anderen Gefangenen können wir nicht befreien. Die meisten ... die meisten haben keine Hände und Füße mehr.«

Der Wolf blickte zu den düsteren Zellen hinüber, und seine versteinerte Miene wirkte bedrohlicher als ein heraufziehender Sturm.

»Einige, die besonders schlimm zugerichtet waren, habe ich von ihrem Elend erlöst«, sagte Alaric sanft. »damit bleiben jetzt nur noch wir drei und ...« Er deutete mit dem Kopf auf die Werkbank, wo Stutter saß, den Kopf seines Zwillingsbruders an sein Herz gedrückt.

»Geh«, sagte der Wolf. »Wir kommen gleich nach.«

»Gott sei mit dir, Robert!« Alaric legte dem tapferen Waliser eine Hand auf die Schulter, bevor er sich entfernte.

»Stutter, du bist der nächste. Ab mit dir!«

»Ich ... ich kann Oswald nicht verlassen«, stammelte der verzweifelte Zwilling und blickte mit tränennassem Gesicht flehend zu Lucien empor. »Ich wüßte nicht, was ich ohne ihn tun sollte.«

»Du könntest weiterleben«, beharrte der Wolf. »Dein Bruder hätte das bestimmt gewollt.«

»Nein.« Stutter schüttelte traurig den Kopf. »Wir hatten uns geschworen, zusammen zu leben und zu sterben.«

»Verdammt, brich diesen Schwur und steig in den Brunnenschacht! Später können wir dann über Ehre diskutieren.«

»Nein, Mylord ... nein. Selbst wenn ich wollte ...« Er warf einen demonstrativen Blick auf sein Bein, und dem Wolf wurde es noch schwerer ums Herz, als er sah, daß die Blutpfütze auf dem Boden nicht von Mutter stammte. Von D'Aeths Eisenkette getroffen, war Stutter so unglücklich gestürzt, daß er sich das Bein gebrochen hatte, und der zersplitterte Knochen ragte aus dem Fleisch hervor.

»O Gott!« murmelte der Wolf und ließ sich schwerfällig auf die Werkbank fallen.

Stutter schüttelte den Kopf. »Sie dürfen nicht länger hierbleiben, Mylord. Robert und ich — wir werden einander Gesellschaft leisten und mit wahrer Wonne noch ein paar dieser Dreckskerle zur Strecke bringen. Ich bin zwar kein so guter Schütze wie Robert, aber ich kann die Bolzen auflegen und ihm die Waffen anreichen. Außerdem muß jemand hinter ihnen die Steine an Ort und Stelle schieben, sonst klettern die Leute des Drachen Ihnen einfach hinterher. Sollen sie sich lieber die Köpfe zerbrechen, wohin Sie verschwunden sind.«

»Stutter hat recht«, sagte Robert. »Sie gewinnen Zeit, wenn die Drachenbrut hier keine Antworten findet. Von uns werden sie jedenfalls nichts erfahren, das verspreche ich Ihnen. Tote können nicht reden.«

Lucien Wardieu blickte von Robert zu Stutter, und selten war ihm etwas so schwergefallen wie das widerwillige Nicken, mit dem er sich geschlagen gab. »Wenn auch nur die geringste Chance bestünde ...«, murmelte er.

»Für uns gibt es die nicht mehr«, fiel Robert ihm ins Wort. »Aber Sie haben die Chance, die anderen in Sicherheit zu bringen. Gehen Sie jetzt, Mylord, und Gott sei mit Ihnen!«

»Gott sei mit euch!«

Der Wolf drückte beiden Männern zum Abschied die Hand. Dann trug er Stutter bis zur Mönchszelle und schob sich durch das Loch in der Mauer. An die Metallsprossen geklammert, hörte er, wie die Steine zurückgeschoben wurden. Sein Herz klopfte zum Zerspringen, seine Stirn war mit kaltem Schweiß überzogen, und er hatte einen bitteren Geschmack im Mund. Trauer und Zorn erfüllten ihn — Trauer um all die wertvollen Männer, die seinetwegen ihr Leben verloren hatten, und Zorn über seine eigene Hilflosigkeit.

28

»Der Adlerhorst ist der unzugänglichste Ort, an den er Lady Servanne überhaupt bringen konnte«, erklärte Lucien tonlos. »Zwei Männer mit einem unerschöpflichen Vorrat an Pfeilen könnten dort eine ganze Armee aufhalten, bis die Hölle gefriert.«

Die erbärmliche Gruppe hatte in einem verwilderten Obstgarten neben dem Hauptgebäude Zuflucht gesucht. Von hier aus konnte man das ganze Burggelände überblicken. Im Augenblick war alles noch ruhig, aber der

Schwarze Wolf wußte, daß es bald überall von Gardisten wimmeln würde, die mit Fackeln und gezückten Schwertern jeden Winkel absuchen würden, zweifellos auch den Obstgarten. Dann wäre es schier aussichtslos, die Außenmauern zu erreichen, geschweige denn den Adlerhorst.

»Ich werde Biddy ewig dankbar sein«, sagte er. »Ehrlich gesagt, hätte ich jeden Turm und jedes Kellergewölbe innerhalb der Burgmauern abgesucht, bevor mir vielleicht der Adlerhorst eingefallen wäre.«

»*Innerhalb* der Burgmauern?« fragte Alaric ungläubig. »Willst du damit sagen, daß dieser Adlerhorst kein Turm oder sowas Ähnliches ist?«

»Er ist eine Einzelzelle — aber ich dachte, daß sie längst nicht mehr benutzt wird.«

»Wahrscheinlich hat der Drache sie gerade deshalb dort eingesperrt.«

»Biddy hat erstaunliche Tapferkeit bewiesen«, fuhr der Wolf fort. »Vielleicht sollte ich ihr zum Dank ein Geschenk machen — beispielsweise eine junge Waldschnepfe!«

Sparrow schüttelte empört seine braunen Locken. »Das würdest du mir antun?«

»Wenn ich wüßte, daß es zu ihrer raschen Genesung beiträgt, dir die Flügel zu stutzen, würde ich nicht zögern«, grinste der Wolf, bevor er Sir Roger besorgt fragte: »Sind Sie ganz sicher, daß Biddy in Sicherheit ist?«

»O ja.« De Chesnai nickte grimmig. »Sie würden sich wundern, wie viele der Burgbewohner den Namen Lucien Wardieu heimlich verfluchen.«

»Das wird sich bald ändern«, versprach der Wolf.

»Wenn du hier etwas ändern willst, solltest du uns vielleicht zunächst einmal erklären, wo sich dieser verdammte Adlerhorst überhaupt befindet«, warf Alaric trocken ein. »Je länger du trödelst, desto mehr sträuben sich mir die Nackenhaare, und ich wünsche mir fast, ich wäre ein Benediktiner geblieben.«

»Der Adlerhorst befindet sich auf der Felsklippe, Mylord«, antwortete Eduard an Luciens Stelle. »Auf halben Weg zum Strand. Die Zelle ist eigentlich nur eine kleine Höhle, und der Pfad dorthin ist so schmal, daß zwei Männer kaum aneinander vorbeikommen.« Er warf sich in die Brust. »Natürlich bin ich oft hinabgeklettert, und ich werde es mit Freuden auch jetzt wieder tun, um Lady Servanne zu retten.«

Lucien betrachtete eindringlich das Gesicht des Burschen, soweit das im Dunkeln möglich war. Er konnte es immer noch kaum glauben: er hatte einen Sohn, einen fast erwachsenen Sohn, und bis vor einer Stunde hatte er nicht einmal gewußt, daß Nicolaa damals schwanger von ihm gewesen war.

»Wie geht es deinem Bein, Junge?«

Eduards Puls ging schneller, als er die Stimme des Wolfs hörte. Dieser kühne Ritter war sein Vater — und dieses Wissen schenkte ihm einen nie gekannten inneren Frieden, denn die Vorstellung, der Sohn des blutrünstigen Drachen zu sein, hatte ihn in den letzten Jahren immer mehr belastet.

Er brachte ein verzerrtes Lächeln zustande. »D'Aeth hat mir einen Gefallen erwiesen, als er die Wunde mit seinen heißen Eisen ausgebrannt hat. Dadurch wurde die Blutung gestillt, und ich kann das Bein benutzen, Mylord.«

»Das freut mich«, sagte der Wolf. »Das Wichtigste ist jetzt nämlich, möglichst schnell von hier zu verschwinden. Ein Teil meiner Männer — allesamt hervorragende Bogenschützen — wartet am Waldrand ungeduldig darauf, ins Geschehen eingreifen zu können.«

»Wenn wir sie benachrichtigen könnten«, warf Sparrow eifrig ein, »würden sie den Drachen bestimmt liebend gern von unserem eigentlichen Vorhaben ablenken.«

»Nicht zu vergessen die Menge vor dem Burgtor. Die Sympathien des Volks waren eindeutig auf Seiten von

Randwulf de la Seyne Sur Mer, und es dürfte nicht weiter schwierig sein, diese Leute aufzuwiegeln, damit die Wachposten auf den Wehrgängen damit beschäftigt sind, das Moor zu überwachen, anstatt das Burggelände im Auge zu behalten.«

»Mylord?« meldete Eduard sich wieder zu Wort. »Ich glaube ... ich meine, ich *weiß*, wie wir die Burg unauffällig verlassen könnten.«

Alle Blicke richteten sich auf den Knappen, der sich mit dem Ärmel den Schweiß von der Oberlippe wischte. »Es gibt ein kleines, selten benutztes Tor in der Ostmauer. Man gelangt von dort auf die Klippen unten am Meer. Die Fischer schleichen sich manchmal auf diesem Weg hinaus, wenn sie mehr Fische brauchen als der Seneschall ihnen zu fangen erlaubt, und Schmuggler, die am Haupttor abgewiesen werden, gelangen auf diese Weise in die Burg. Der Wärter stellt sich blind, taub und stumm, wenn man ihn mit ein paar Münzen besticht, und nachdem er mich gut kennt, würde er keine Fragen stellen und sich meine Begleiter auch nicht genau anschauen.«

Lucien ließ den Jungen nicht aus den Augen.

»Es wäre gefährlich, die Verletzten auf diesem Wege wegzubringen«, sagte Friar bedächtig, »aber immerhin ist es besser als hier zu warten, bis wir alle wie überreife Früchte aufgelesen werden.«

Sir Roger de Chesnai stand auf. »Ich bin auch dafür, das Risiko mit diesem blinden und taubstummen Wärter einzugehen«, krächzte er. »Übrigens wäre ich gern bereit, Ihre Leute zu verständigen — nur befürchte ich, daß sie mich — falls ich sie überhaupt finde — mit Pfeilen spikken, bevor ich ihnen erklären kann, warum sie mir vertrauen sollten.«

Sparrow stieß einen schweren Seufzer aus. »Mein Gott, er hat recht! Sie werden ihn durchlöchern, ohne auch nur nach seinem Namen gefragt zu haben. Außerdem haben sie in den vergangenen Monaten so gut gelernt, sich im Wald zu verstecken, daß nur ein geschultes Auge sie aufstöbern kann.«

Der Schwarze Wolf hob eine Braue. »Du meldest dich also freiwillig?«

»Aber nein! Ich werde hier dringend gebraucht, um dir zu helfen, deine kleine Taube aus ihrem Käfig zu befreien.«

Lucien lächelte grimmig. »Dann werde ich die Frage anders stellen: Es muß jetzt weit nach Mitternacht sein. Was glaubst du, wie lange du brauchen wirst, um unsere Männer zu finden und mit ihnen hierher zurückzukommen?«

Sparrow warf erbittert die Arme in die Luft und verfluchte das Schicksal, das ihn vom Ort des eigentlichen Geschehens verbannen wollte. »Schon gut, du brauchst mich nicht auf Knien zu bitten! Ich gehe auch so. Nach Mitternacht, meinst du? Dann frühestens im Morgengrauen — vorausgesetzt, ich komme überhaupt aus der Burg raus, und vorausgesetzt, daß böse Feen das Moor bei Mondschein nicht in Treibsand verwandeln!«

Lucien und die anderen blickten zum Himmel empor. Dicke schwarze Wolken hoben sich vom etwas helleren, mit Sternen übersäten Hintergrund ab, und ein kräftiger Salzgeruch hing in der Luft. Der Mond stand noch zu tief am Horizont, um viel Licht spenden zu können. Wahrscheinlich tobte draußen auf dem Meer ein Sturm — für jene, die den Schutz der Dunkelheit benötigten, war das ein Segen, aber für jeden, der versuchen wollte, sich einen schmalen Pfad am Rande eines Abgrunds entlangzutasten, war es ein Fluch.

»Sir Roger, glauben Sie, daß Sie mit Hilfe von Cedric, Sigurd, Gadwin und Eduard einen Karren von den Dörflern vor dem Burgtor stehlen könnten? Er müßte in der Morgendämmerung einige Kilometer von hier entfernt an der Küste bereitstehen.«

Sir Roger de Chesnai, der als Karrendieb keinerlei Erfahrung hatte und diese Aufgabe für ehrenrührig hielt, blickte mit finsterer Miene zu den drei verletzten Rittern des Wolfs hinüber, die er schon aus dem Brunnen gezogen hatte. »Man müßte mir einen verdammt guten Grund nennen, warum ich so etwas tun sollte.«

»Den Grund kann ich Ihnen sagen, Mylord«, erwiderte Lucien geduldig. »Wir wissen nicht, wie gut oder schlecht es Lady Servanne geht. Jedenfalls kann man nicht von ihr erwarten, daß sie nach allem, was sie durchgemacht hat, auch noch ein Moor durchquert.«

Sir Roger machte sich Vorwürfe, nicht selbst daran gedacht zu haben. »Sagen Sie mir, wohin Sie den Karren gebracht haben wollen, und er wird rechtzeitig bereitstehen.«

»Mylord« — Eduard hatte vor Aufregung hochrote Wangen — »mit meinem Bein wäre ich Sir Roger und den anderen nur hinderlich, aber meine Arme sind unverletzt und sehr kräftig. Wie schon gesagt, fahren die Fischer manchmal nachts heimlich hinaus. Ihre Boote sind sehr wendig und dabei stabil, und wenn man sich mit den Strömungen auskennt, kann man ein solches Boot an den Wellenbrechern vorbei in eine kleine Bucht am Fuße der Felsklippe manövrieren. Wenn Sie den Weg zum Adlerhorst kennen, müssen Sie auch die Bucht kennen, von der ich spreche.«

»Als Junge bin ich oft mit den Fischern rausgefahren«, sagte Lucien. »Ich kenne die Bucht, und ich erinnere mich noch genau an die tückischen Strömungen. Ein Boot kann sehr schnell an den Felsen zerschellen, wenn der Ruderer nicht verdammt gut aufpaßt.«

Der Bursche stand auf. Er war fast so groß wie der Wolf und hatte das gleiche trotzige Kinn. »Sie brauchen eine zweite Fluchtmöglichkeit, Mylord«, argumentierte er. »Sparrow könnte im Moor versinken, und Sir Roger könnte mit seinem Karren den Söldnern des Drachen in die Arme laufen. Ich kenne die tückischen Strömungen und bin ein guter Ruderer. Das Boot wird bestimmt nicht an den Felsen zerschellen.«

»Gewiß, Sparrow könnte im Moor versinken — und ich könnte dir jetzt den Arm brechen«, knurrte der Wolf. »Dann wirst du kein guter Ruderer mehr.«

»Das stimmt, Mylord, aber mit einem lahmen Bein und einem gebrochenen Arm könnte ich Ihnen auch kein guter Knappe mehr sein.«

Vater und Sohn maßen einander mit Blicken. Schließlich wandte der Wolf sich ab, um sein stolzes Schmunzeln zu verbergen. »Also gut, tu, was du nicht lassen kannst. Aber du wirst nicht allein rausfahren. Gil!«

Gil Golden schaute bestürzt auf. »Nein, ich werde hier gebraucht!«

»Ich brauche dich unten«, erwiderte der Wolf barsch.

»Meine Arme und Beine sind völlig in Ordnung«, protestierte sie, und ihr Blick schweifte hilfesuchend zu Alaric. »Mein Bogen kann hier oben von großem Nutzen sein. Ich kann euch Rückendeckung geben.«

Alaric kaute an seiner Unterlippe, packte Gil am Arm und führte sie einige Meter beiseite. Unter einem alten Apfelbaum blieb er stehen.

»Ich möchte, daß du Eduard begleitest«, sagte er freundlich. »Er braucht jemanden, der ihm mit dem Boot hilft.«

»Aber . . .«

»Ich will keine langen Debatten, Gillian. Glaub mir, es hat nichts damit zu tun, daß ich dich in Sicherheit wissen möchte — weiß Gott, im Augenblick gibt es für uns nirgendwo einen sicheren Ort! Und es hat auch nichts damit zu tun, daß du eine Frau bist, denn du hast seit Beginn dieser ganzen Aktion den Mut von zehn Männern bewiesen. Nein, es ist ganz einfach so, daß wir dich und deinen Bogen unten brauchen. Falls es uns mit Gottes Hilfe gelingen sollte, Lady Servanne zu befreien, und falls wir den Abstieg zum Strand überleben, wird es ein beruhigendes Gefühl sein zu wissen, daß dein Bogen dort auf uns wartet und uns vor unliebsamen Überraschungen beschützen kann.«

Gil wollte protestieren, verzichtete aber darauf, weil ihr Kinn zitterte.

»Außerdem weißt du doch selbst«, fuhr er sanft fort, »daß du unter Höhenangst leidest. Du kannst ja kaum auf einen Baum klettern, ohne genauso grün wie das Laub zu werden. Wir werden im Dunkeln dicht an einem Abgrund entlanggehen müssen, und das würdest du niemals schaffen.«

Er legte ihr zärtlich eine Hand auf die Wange, und zum erstenmal riß sie sich nicht von ihm los, sondern lehnte im Gegenteil ihre Stirn an sein Kinn. Ihr leiser Seufzer klang wie Sphärenmusik in seinen Ohren.

»Es ist eine so törichte Sache«, flüsterte sie.

»Nichts ... absolut gar nichts an dir ist töricht oder schwach, Gillian. Und wenn wir dieses Abenteuer überleben, werde ich dir beweisen, wie sehr ich dich liebe, und ich werde dir beweisen, daß wir beide um vieles stärker sein können, wenn wir unseren Schmerz und unsere Liebe teilen.«

Seine schlanken Finger hoben ihr Kinn an, und er küßte sie so zart, daß es ihr fast den Atem benahm. Ihr monatelanger Widerstand brach in sich zusammen, und sie schmiegte sich selig an ihn. Ihre Münder verschmolzen, und sie hielten einander leidenschaftlich umklammert, bis ein entschuldigendes Hüsteln sie aus ihrer Verzükkung riß.

»Verzeiht mir«, sagte Lucien, »aber es hört sich ganz danach an, als wären die Männer des Drachen ins Verlies vorgedrungen. Wir müssen jenes Tor erreichen, bevor der Großalarm ausgelöst wird.«

Alaric lächelte flüchtig. »Die Angelegenheit ist geregelt. Gil wird Eduard begleiten.«

Gil entfernte sich mit Tränen in den Augen.

»Dann bleiben also nur noch du und ich, mein Freund«, murmelte der Wolf.

Alaric schnitt eine Grimasse. »Weißt du, ich habe für große Höhen auch nicht viel mehr übrig als Gil. In diesem Adlerhorst waren nicht zufällig irgendwann ebenfalls unternehmungslustige Mönche eingesperrt, die einen Tunnel entdeckt oder selbst gegraben haben?«

»Tut mir leid, nein. Es gibt nur einen einzigen Weg dorthin. Aber du mußt die ganze Sache positiv sehen: sobald wir Servanne gerettet haben, können wir zwischen verschiedenen Fluchtmöglichkeiten wählen.«

Alaric beobachtete, wie Eduard aus dem Obstgarten hinkte, gefolgt von einem Ritter mit gequetschter Luftröhre, drei ziemlich schwer verletzten Rittern und einer schlanken jungen Frau, die ihren Langbogen über die Schulter geschlungen hatte.

»Wie könnten wir mit solchen Leuten unterliegen?« murmelte er vor sich hin.

»Wie sind sie nur hier rausgekommen? Wohin sind sie verschwunden?«

Der Drache stand neben D'Aeths blutüberströmter Leiche. Kalter Zorn ließ das Blut in seinen Adern fast gerinnen. Sein Blick schweifte von einem Toten zum anderen. Er bedauerte den Verlust von Menschenleben nur insofern, als es lästig war, neue Männer anwerben zu müssen.

»Diese gottverdammten Narren!« fluchte er. »Keiner von ihnen hatte Verstand genug, die Alarmglocke zu läuten. Wir hätten bis morgen früh überhaupt nichts von der Flucht bemerkt, wenn nicht einer der Wächter weiter oben ein bißchen Hirn gehabt hätte.«

Nicolaa beugte sich über einen Mann. »Der da lebt noch! Er hat soviel Blut verloren, daß er eigentlich schon zweimal tot sein müßte, aber er atmet noch.«

Der Drache ging rasch um D'Aeth herum und stieg über eine weitere Leiche hinweg, um zu Nicolaa zu gelangen. Der Wächter zu ihren Füßen hatte Schüttelfrost und war sichtlich dem Tod nahe. Ein langer dünner Pfeil hatte ihm die Brust aufgeschlitzt.

»Was ist hier passiert?« fragte der Drache.

»A-A-Angriff, Sire«, keuchte der Mann.

Etienne Wardieu riß die Geduld. Er bückte sich, packte den Wächter bei den Haaren und riß das blutleere Gesicht hoch.

»Ich weiß, daß ihr angegriffen worden seid, du blöder Hund! Du sollst mir sagen, wie sie hier hereingekommen sind, wie viele es waren, und wohin in drei Teufels Namen sie verschwunden sind!«

»Die W-W-Wand, Sire. Sie sind durch die W-Wand gegangen.« In blinder Wut zerrte Etienne den Sterbenden hoch und schüttelte ihn kräftig. Ein Stöhnen unvorstellbarer Qual entrang sich der Kehle des Mannes, und der verdrehte die Augen. Der Drache ließ ihn fluchend los, versetzte ihm aber noch einen verächtlichen Fußtritt. Dann blickte er zu den düsteren Zellen hinüber, deren Insassen kaum noch Ähnlichkeit mit Menschen hatten, die D'Aeth aber am Leben erhalten hatte, um sich mit ihnen amüsieren zu können.

»Wer mir sagt, was hier passiert ist, ist ein freier Mann!«

Das Schweigen war beklemmend. Wasser tropfte in die Pfützen, und die letzte Glut knisterte in der Feuerstelle, doch keine der gebrochenen Kreaturen in den Zellen ging auf das großzügige Angebot des Drachen ein.

Wütend stapfte er zu den drei toten Männern des Wolfs hinüber. Einer von ihnen war so groß wie ein Bär. Der Armbrustbolzen, der aus seiner Brust ragte, hatte einen großen roten Fleck auf dem Waffenrock hinterlassen, aber das war nicht die unmittelbare Todesursache gewesen. Er hatte sich selbst die Kehle aufgeschlitzt.

Die beiden anderen Toten sahen, verglichen mit diesem Riesen, wie Kinder aus. Ihre Ähnlichkeit verblüffte den Drachen so, daß er sie sogar eines zweiten Blickes würdigte. In der Schläfe des einen Zwillings steckte ein Fleischerhaken, in der des anderen ein Armbrustbolzen. Der mit dem Bolzen hielt die Hände seines Bruders umklammert, so als wollte er sicherstellen, daß sie ihre Reise in die Ewigkeit gemeinsam antreten würden.

Etienne wollte sich gerade mit einem ungeduldigen Schnauben abwenden, als ihm die Blutflecke auf dem Boden auffielen. Der Riese und einer der Zwillinge hatten offenbar die letzte Verteidigungslinie gebildet, und es war ihnen gelungen, mehr als ein Dutzend Männer zu töten oder schwer zu verletzen, bevor ihnen die Bolzen ausgegangen waren. Das Blut um die leeren Köcher herum interessierte den Drachen nicht; der Zwilling mußte sein gebrochenes Bein hinter sich hergezogen haben, um die Armbruste zu laden, das war klar. Hingegen gab es für die Blutspur, die zu den Zellen führte, keine plausible Erklärung.

»Eine Fackel!« brüllte Etienne gebieterisch und streckte die Hand aus.

Er hielt die rauchende Pechfackel dicht über den Boden, um die Blutspur besser sehen zu können. Sie endete vor einer Zelle an der hinteren Wand des Verlieses. Der Drache bückte sich und leuchtete in die Zelle hinein.

»Sieh mal!« rief Nicolaa dicht neben ihm und deutete auf vier große Steine, die ein wenig aus der Mauer hervorragten.

Der Drache reichte Nicolaa die Fackel und zog an den Steinen. Sekunden später gähnte ein Loch in der Mauer, und im Licht der Fackel entdeckte er — wie vor ihm Lucien und Alaric — die Sprossen im Brunnenschacht.

»Du da!« brüllte er einem Gardisten zu. »Klettre rauf und stell fest, wohin dieser verdammte Schacht führt!«

Die kalten blauen Augen verrieten dem Mann, daß eine Weigerung noch gefährlicher wäre als die Kletterpartie. »Jawohl, Mylord. Und wenn ... wenn ich das festgestellt habe ... was dann?«

Der Drache knirschte mit den Zähnen. »Nun, wenn du oben niemanden findest, könntest du ja vielleicht deinen Kameraden zurufen, daß du noch am Leben bist. Sollte oben jemand auf dich warten, werden wir es sofort wissen, denn beim Sturz in die Tiefe wirst du bestimmt laut brüllen!«

Der Wächter schluckte schwer und kroch zur Öffnung.

»Hast du etwas von diesen losen Steinen gewußt?« fragte Nicolaa.

Die törichte Frage brachte ihr einen wütenden Blick des Drachen ein, bevor er seinen Gardisten befahl: »Die Posten an allen Toren müssen verdoppelt werden. Der Innenhof wird komplett abgeriegelt. Sie können noch nicht weit gekommen sein, denn einige von ihnen sind ja verwundet. Ferner müssen sämtliche Kellerräume gründlich durchsucht werden, für den Fall, daß sie eine falsche Spur gelegt haben. Dreht jedes Faß um, rückt jeden Schrank ab, stellte die ganze Burg vom Keller bis zum Dach auf den Kopf! Ich will, daß er gefunden wird!« tobte er. »Ich will sein Herz in meinen Händen halten, und Gott gnade dem Mann, der ihn noch einmal entkommen läßt!«

»Beruhige dich, Etienne.« Nicolaa legte eine Hand auf seinen Arm. »Der Wolf mag seine Ketten abgeworfen haben und vorübergehend frei herumlaufen, aber er wird nicht untertauchen. Nicht, solange du etwas hast, was er unbedingt haben will.«

»Was er haben will?« Der Drache starrte sie verständnislos an. In seiner wilden Rage konnte er keinen klaren Gedanken mehr fassen.

»Das Mädchen, Etienne! Dein Bruder wird die Burg nicht verlassen, bis er das Mädchen gefunden hat.«

»Aber er wird sie niemals finden, denn außer uns beiden wissen nur die Männer, die sie bewachen, wo sie versteckt ist.«

»Wir haben ihn schon einmal unterschätzt. Das sollte uns nicht wieder passieren.«

»Wie sollte er etwas wissen, das er unmöglich wissen kann?«

»Wie? Er ist kein normaler Mensch, das hat er bereits zur Genüge bewiesen.« Nicolaa trat dicht an ihn heran. »Aber die Kleine ist sehr menschlich — ein weiches und zartes Geschöpf — der perfekte Köder, um einen Wolf zu fangen — tot oder lebendig!«

Der Zorn und die Gewalttätigkeit, die das Gesicht des Drachen verzerrten, erregten Nicolaa ungeheuer. Sie beobachtete ihn mit glitzernden Augen und stellte entzückt fest, daß auch in seinen Augen die ersten Funken sadistischer Lust aufflackerten.

»Vielleicht hast du recht«, murmelte er nachdenklich. »Vielleicht sucht er tatsächlich am unwahrscheinlichsten Ort nach ihr. Ja ... ja, er wird wissen, daß sie im Adlerhorst ist, und er wird versuchen, zu ihr zu kommen.«

»Wir sollten sofort fünfzig Mann auf die Klippen schicken!« rief Nicolaa wild.

»Nein, nein, wir werden nichts dergleichen tun. Wenn er die blonde Maid um jeden Preis retten will, werden wir ihn nicht daran hindern. Wohin kann er mit ihr flüchten? Doch nur nach unten, an den Strand.« Grinsend registrierte er Nicolaas perverse Erregung, aber ihm selbst ging es auch nicht anders. »Dort werden wir unsere fünfzig Mann postieren, meine Liebe. Und dort werden wir den letzten schwarzen Wolf in England zur Strecke bringen.«

29

Der Weg von der Burg zum Adlerhorst war genauso haarsträubend und selbstmörderisch, wie Eduard ihn beschrieben hatte. Vor langer Zeit mochte der Pfad breit genug für zwei Pesonen gewesen sein, doch Wind und Wetter trugen die nackte Felswand langsam, aber sicher ab, und diese Erosion hatte bewirkt, daß jetzt ein einziger falscher Schritt genügte, um zweihundert Meter in die Tiefe zu stürzen und von der tosenden Brandung verschlungen zu werden.

Diesen steilen Pfad bei Tageslicht hinabzugehen, war schon mehr als eine Mutprobe. Den Abstieg bei sporadischem Mondschein und ohne Fackel zu wagen, war glatter Wahnsinn, wie Alaric seinem Gefährten von Zeit zu Zeit zubrüllte, um das Donnern der Wellen zu übertönen.

Der Wolf versuchte, Nerven zu bewahren — obwohl sie längst nicht so eisern waren, wie er es sich in dieser stürmischen Nacht gewünscht hätte. Er zwang sich, nur auf den Pfad zu schauen und keinen Blick in die Tiefe zu riskieren, und er zwang sich, sowohl seinen rebellierenden Magen als auch den kalten Schweiß zu ignorieren, der ihm in Strömen über den Rücken lief. Er konzentrierte sich ausschließlich darauf, vorsichtig einen Fuß vor den anderen zu setzen.

Als unbesonnener Junge hatte er seinen ganzen Stolz daran gesetzt, jeden gefährlichen und verbotenen Winkel der Burg und der Umgebung zu erkunden: die düsteren Verliese, die schmalen Wehrgänge und die dichten Wälder, in denen angeblich noch Druiden hausten, die Herne dem Jäger Opfer darbrachten. Die Felsklippen waren eine besonders befriedigende Herausforderung gewesen, denn die einzige Waffe, die er gegen seine Angst vor dem Wind und vor der Höhe einsetzen konnte, war sein eigener Mut.

Der Adlerhorst war eine Laune der Natur, eine Höhle mit vorgelagertem breitem Felsvorsprung. Bei stürmischem Wetter konnte dort ein Feuer entzündet werden, um Schiffe vor den gefährlichen Klippen zu warnen, aber seit der Drache die Herrschaft über Bloodmoor Keep an sich gerissen hatte, ließ man die Schiffe zerschellen und bereicherte sich an der Ladung, die an den Strand gespült wurde.

Luciens Lippen schmeckten salzig, und der kalte Wind zerrte an seiner Mönchskutte. Alaric hatte argumentiert, daß diese Verkleidung sich schon einmal bewährt hatte, und daß sie kostbare Sekunden gewinnen könnten, während Servannes Bewacher sich überlegten, ob sie auf Mönche schießen sollten oder nicht. Außerdem gehörte der erste Karren, den Sir Roger keine fünfzig Meter außerhalb der Burgmauer erspäht hatte, zufällig einer Schar von Mönchen, die hofften, am nächsten Vormittag an der Trauung teilnehmen zu dürfen.

Alaric war zwar bisher noch keine plausible Erklärung eingefallen, warum zwei Mönche mitten in der Nacht einen gefährlichen Felspfad hinabstiegen, aber immerhin boten die warmen Wollkutten einen gewissen Schutz vor der Kälte.

Es hatte ziemlich viel Zeit gekostet, jenes selten benutzte Tor zu erreichen, von dem Eduard gesprochen hatte, und den Wächter zu bestechen. Sparrow war daraufhin als erster in der Dunkelheit verschwunden: er hatte den weitesten Weg vor sich und mußte sich sehr beeilen, wenn er bis zum Morgengrauen mit den restlichen Männern des Wolfs zurück sein wollte. Sir Roger fand es immer noch unter seiner Würde, einen Karren stehlen zu müssen, tat es aber dennoch um Servannes willen, und Lucien beschrieb ihm und den drei Verletzten genau, wohin sie das Gefährt bringen sollten. Eduard und Gil machten sich frohgemut auf den Weg zu den Fischerbooten, und erst nach ihrem Aufbruch bemerkte Alaric, daß der Knappe frische Blutspuren hinterlassen hatte.

Friar und der Wolf hatten sich, in die Mönchskutten gehüllt, an der Burgmauer entlanggeschlichen, wobei sie sich wie zwei Ameisen vorkamen, die um den Stamm einer mächtigen Eiche herumkrochen. Endlich am höchsten Punkt angelangt, hatte der gähnende Abgrund zu ihren Füßen ihnen fast den Atem geraubt. Tief unten glänzte das Meer im Mondlicht schwarz und ölig, und die Wellen hatten weiße Schaumkronen. Alaric hatte den lächerlich schmalen Pfad betrachtet und entsetzt seinen Begleiter angestarrt, dessen langes dunkles Haar im Wind flatterte.

»Ich hätte dich vorhin dort oben von der Klippe stoßen und selbst hinterher springen sollen«, schrie er jetzt. »Das ist doch Wahnsinn! Absoluter Wahnsinn!«

»Wir haben schon mehr als die Hälfte des Weges zurückgelegt«, erwiderte der Wolf. »Und wenn du weiter so brüllst, wird man von den Mauern auf uns schießen.«

»Mehr als die Hälfte? Wirklich?« fragte Alaric mißtrauisch.

»Siehst du, wo der Pfad breiter wird?«

Alaric verrenkte sich den Hals, konnte aber jenseits der Schulter des Wolfs nur schwarze Leere sehen. Trotzdem nickte er im Vertrauen auf Luciens schärfere Augen.

»Hinter jener Kurve befindet sich der Adlerhorst. In wenigen Minuten müßten wir eigentlich den Feuerschein auf dem Felsvorsprung sehen können — falls die Wachen ein Feuer entzündet haben. Wir sind in Anbetracht der widrigen Umstände ziemlich schnell vorangekommen, würde ich sagen. Vielleicht sollten wir uns hier einige Minuten ausruhen.«

Alaric lehnte sich dankbar an die Felswand, blieb aber angespannt, denn aus einem Augenwinkel heraus sah er die Silhouette der Burg, die düster in den Nachthimmel emporragte, und aus dem anderen Augenwinkel sah er das Gesicht des Wolfs. Was von beidem furchterregender war, konnte er nicht so recht entscheiden.

»Wir können uns in der Hölle ausruhen, alter Freund«, sagte er. »Gehen wir weiter.«

Lucien tastete nach dem Schwert, das er einem der drei Verletzten abgenommen hatte, weil dieser seinen Arm ohnehin nicht mehr gebrauchen konnte, und er versteckte die beiden Dolche, die bisher in seinem Gürtel gesteckt hatten, in seinen Ärmeln.

»Sobald der Pfad breiter wird, solltest du mich lieber vorangehen lassen«, meinte Friar. »Und zieh die Kapuze möglichst tief ins Gesicht. Deine mordlustige Miene würde den Teufel bestimmt begeistern, aber ich bezweifle, daß irgendein Christenmensch daran Gefallen finden könnte.«

Lucien befolgte widerwillig den weisen Rat seines Freundes. Bisher hatten in dieser Nacht andere für ihn das Töten besorgt, und nun konnte er es kaum erwarten, seinen Blutdurst zu stillen.

Nach weiteren fünfzig Schritten, die vorsichtig und in tiefem Schweigen zurückgelegt wurden, atmete Alaric mehrmals tief durch, um sein rasendes Herzklopfen unter Kontrolle zu bekommen. Dann stieß er einen jämmerlichen Hilfeschrei aus.

»Um Christi willen, ist dort jemand?«

Er stolperte um den letzten Felsen herum und war nicht überrascht, daß Männer mit grimmigen Gesichtern ihre Armbruste schußbereit auf ihn richteten.

»Oh, Gott sei Dank, Gott sei Dank!« Er klammerte sich an den Felsen, so als wollte er ihn nie wieder loslassen. »Heiliger Vater im Himmel, es ist ein Wunder, ein *Wunder,* daß wir endlich hier sind!«

»Verdammt, wer seid ihr, und woher kommt ihr?« fragte einer der Wächter, der inzwischen den zweiten Mönch gesichtet hatte.

»Ich bin Bruder Benedict, und ds ist Bruder Aleward. Wir kommen aus der Burg, auf Befehl von Lord Wardieu. Ich muß schon sagen ... der Baron muß grenzenloses Gottvertrauen besitzen, wenn er geglaubt hat, daß wir ohne einen kundigen Führer unser Ziel erreichen würden. Wir hatten eine Fackel, aber die ging unterwegs aus, und wir trauten uns nicht umzukehren, ohne die Befehle des Barons ausgeführt zu haben ... Wie geht es dir, Bruder Aleward? Der arme Mann leidet unter Höhenangst, müßt ihr wissen, und hat sich schon zweimal übergeben. Mir graut bei der Vorstellung, ihn auch wieder zurückführen zu müssen, aber immerhin wird bald der Morgen dämmern, und dann wird uns Gottes Licht hoffentlich den Weg weisen.«

»Wozu seid ihr hergekommen?« Der Wächter war immer noch mißtrauisch und hielt seine Armbrust auf die Mönche gerichtet.

Lucien spähte vorsichtig unter seiner Kapuze hervor. Die Zelle wurde von vier Männern bewacht — von zwei Soldaten mit Armbrusten und zwei Söldnern mit Schwertern.

»Ehrlich gesagt — wir haben einfach Lord Wardieus Befehl befolgt, ohne viele Fragen zu stellen. Weil dies ja sein Hochzeitstag ist, nehme ich an, daß er seiner Braut Gelegenheit geben will, eine Beichte abzulegen und ihre Seele von der Sündenlast zu befreien. Wir können ihr mit Gebeten und guten Ratschlägen dabei helfen, wieder Gnade vor den Augen unseres Herrn Jesus Christus zu finden.«

Einer der Ritter steckte lachend sein Schwert in die Scheide. »Gebete und gute Ratschläge? Wenn wir freie Hand hätten, wäre das Weibsbild bald lammfromm! Vielleicht ein bißchen wund zwischen den Schenkeln, aber sehr zahm und demütig!«

Alle vier Wächter grinsten obszön und tauschten beredte Blicke, die verrieten, daß sie schon ausgelost hatten, wer Servanne als erster vergewaltigen würde.

»Jammerschade«, murmelte Friar vor sich hin. »Vielleicht hätten wir euch am Leben lassen können ...«

Lucien schob seine Hände in die Ärmel der Mönchskutte, und im nächsten Moment blitzten zwei Stahlklingen im Mondlicht. Die beiden Soldaten brachen röchelnd zusammen und tasteten mit kraftlosen Fingern nach den Griffen der Dolche, die ihre Herzen durchbohrt hatten.

Friar schlug dem einen Söldner mit dem Schwert die Hand ab, bevor dieser sein eigenes Schwert zücken konnte. Der Ritter starrte ungläubig auf seinen blutenden Armstumpf, taumelte benommen umher, geriet zu dicht an den Rand des Felsvorsprungs und stürzte mit einem lauten Schrei, der vom Wind verweht wurde, in die Tiefe.

Lucien focht einen Schwertkampf mit dem zweiten Ritter aus. In die Enge getrieben, wich dieser bis zur Zelle zurück und riß seinen Dolch aus der Scheide. Der Schwarze Wolf kreuzte mit ihm die Klingen und drückte das Schwert seines Gegners gegen die Steinmauer. Mit der freien Hand packte er die Faust, die den Dolch umklammerte, bog sie nach innen und schlitzte dem Söldner die Kehle auf.

Noch während der Mann zu Boden glitt, schob Lucien den rostigen Eisenriegel an der Tür zurück, die so niedrig war, daß er sich bücken mußte, um über die Schwelle treten zu können. Alaric war dicht hinter ihm und leuchtete mit einer Fackel in die Zelle hinein.

Im ersten Moment sah der Wolf nichts, und er verfluchte bereits das neueste Täuschungsmanöver seines Bruders, als eine Bewegung in der hinteren Ecke und ein gelber Farbfleck ihn erleichtert aufatmen ließen.

»Servanne?«

Schreckensweit aufgerissene, vom Licht der Fackel geblendete Augen starrten ihn an. Er schob die Roßhaarkapuze zurück und sah das ungläubige Staunen auf ihrem Gesicht.

»Lucien?« stammelte sie. »Bist … bist das wirklich du?«

»Kennst du einen anderen Mann, der töricht genug wäre, dich in einer Nacht wie dieser zu suchen?« grinste er, obwohl ihm nicht danach zumute war, als er sah, daß ihr Gesicht geschwollen und bläulich verfärbt war. Die aufgeplatzten Lippen waren blutverkrustet, und auch ihre Arme waren aufgeschürft und mit blauen Flecken übersät.

»Ich dachte, du wärest tot«, flüsterte sie. »Als niemand kam … als nichts zu hören war … dachte ich, du wärest tot!«

»Hast du wirklich geglaubt, mich so schnell loswerden zu können?«

Mit Tränen in den Augen sprang Servanne auf und warf sich in seine Arme, die sich so fest um sie schlossen, als wollte er sie zermalmen. Der blutige Dolch fiel zu Boden, und seine Hände gruben sich in ihre strähnige Locken und bogen ihren Kopf zurück. Er preßte seine Lippen auf ihren Mund, und dieser Kuß war so leidenschaftlich und sinnbetörend wie ein Liebestrank.

»Lucien!« zischte eine Stimme von der Schwelle her. »Kannst du nicht später feiern, wenn wir dafür Zeit und Muße haben?«

Der Wolf riß sich fluchend von ihr los, aber seine Sinne waren von ihrer Nähe so benommen, daß er Mühe hatte, Alarics eindringliche Stimme zu hören.

»Mylady?« Obwohl Alaric lächelte, sah sie die Sorge in seinen sanften braunen Augen, denen weder ihr geschwollenes Gesicht noch ihr zerrissenes Kleid entging. »Glauben Sie, daß Sie laufen können?«

»Ich werde so schnell wie der Wind rennen, wenn es sein muß«, versicherte Servanne, unter Tränen lächelnd.

Lucien nahm sie bei der Hand und führte sie in die kalte Nachtluft hinaus. Bildete er es sich nur ein, oder wurde der Himmel wirklich schon heller? Der Wind war jedenfalls noch stärker geworden und zerrte rücksichtslos an

Servannes dünnem Kleid. Rasch zog er die wollene Mönchskutte aus.

»Hier, zieh das an«, befahl er. »Wir haben noch ein ganzes Stück Weges vor uns, und ...«

»Lucien«, rief Alaric leise, »komm schnell her!«

Lucien blickte in die Richtung von Alarics ausgestrecktem Zeigefinger und sah hoch über sich orange Lichtpunkte am hinteren Tor der äußeren Burgmauer. Ein Dutzend Wächter mit Fackeln, die einem weiteren Dutzend Männer mit Schwertern und Armbrusten leuchteten, näherte sich auf dem Felspfad.

»Los, flieht!« rief Alaric, während er sich der hinderlichen Mönchskutte entledigte. »Ich werde sie aufhalten, bis du mit Lady Servanne unten bist!«

»Es sind zu viele!«

»Du hast selbst gesagt, ein Mann mit einem unerschöpflichen Vorrat an Pfeilen könnte hier eine ganze Armee aufhalten, bis die Hölle gefriert.«

Lucien zögerte, hin und her gerissen zwischen seinen wilden Rachegelüsten und dem Wunsch, seine Liebste in Sicherheit zu bringen.

»Um Himmels willen«, schrie Alaric, um das Heulen des Windes und das Donnern der Wellen zu übertönen, »willst du etwa alles aufs Spiel setzen, was wir bis jetzt erreicht haben? Mach, daß du wegkommst! Nur keine Angst, du wirst nicht lange auf mich warten müssen — ich habe nicht die Absicht, an diesem gottverlassenen Ort zu krepieren!«

Lucien wußte, daß sein Freund recht hatte. Sie durften keine Zeit verlieren. Er packte Servanne wieder fest bei der Hand und führte sie vorsichtig den steilen Pfad hinab, der hier noch schmäler und bröckeliger war als weiter oben. Einen Arm und eine Hüfte schmerzhaft an die kalte Felswand gepreßt, mußte Servanne sich eingestehen, daß ihre Behauptung, schnell wie der Wind rennen zu können, maßlos übertrieben gewesen war. Ihr unbeschuhter Fuß schien jeden spitzen Stein zu finden, und die schwere Mönchskutte blieb an Dornbüschen und Felszakken hängen und mußte mühsam losgerissen werden. Auch Lucien schien sich bei jedem Schritt nur auf seinen Instinkt zu verlassen — oder auf seine inbrünstigen Gebete.

Am Adlerhorst wartete Alaric, bis die ersten Gardisten in Schußweite kamen, und kurz hintereinander stürzten zwei Männer schreiend über die Felskante in die Tiefe. Während er neue Bolzen in beide Armbruste einlegte, spähte er zu der gespenstischen Silhoulette der mächtigen Burg empor. Überrascht stellte er fest, daß die Männer des Drachen den Rückzug angetreten hatten.

Das war verdächtig einfach gewesen!

Im schwachen grauen Licht der Morgendämmerung konnte Alaric die Köpfe der Wachposten auf den Wehrgängen deutlich erkennen, und wenn er sie sehen konnte ...

Alaric wirbelte herum und starrte entsetzt auf den Pfad, der zum Strand hinabführte. Es gab nur diesen einzigen Fluchtweg, und wenn der Drache erfahren hatte, daß zwei Männer zum Adlerhorst hinabkletterten, brauchte er nur darauf zu warten, daß der Wolf ihm in die Falle ging. Lucien, Servanne, Gil, Eduard ...!

»Verdammt!« fluchte er und rannte in halsbrecherischem Tempo den Pfad hinab. Weil er keine verängstigte Frau zu führen brauchte, kam er viel schneller voran als Lucien und Servanne und sah gerade noch, wie die beiden den Felsvorsprung am Fuße des Kliffs umrundeten.

Das flüchtende Paar wurde von der Gischt durchnäßt, und im ersten schwachen Morgenlicht konnte Servanne erkennen, daß der Pfad plötzlich breiter wurde und in eine kleine Bucht mündete, die durch riesige Felsblöcke vor der Brandung geschützt war. Obwohl die Luft auch hier vom Tosen und Donnern der Wellen vibrierte, war die schillernde Wasseroberfläche relativ ruhig — und einem Boot war es gelungen, bis auf etwa sechs Meter ans Ufer heranzukommen.

Die letzte Fluchtetappe führte über scharfe Schieferplatten, und Servanne schrie unwillkürlich vor Schmerz auf, als ein Gesteinsplitter sich wie Glas in ihre nackte Fußsohle bohrte. Lucien fackelte nicht lange. Er hob sie einfach hoch und trug sie ins knietiefe Wasser hinein. Platschende Schritte veranlaßten ihn, sich kurz umzudrehen, und im nächsten Moment grinste er breit, denn Alaric war dicht hinter ihnen und watete ebenfalls schon auf das Boot zu.

Gleich darauf verging ihm jedoch das Lachen, denn Alaric winkte heftig, brüllte etwas und deutete auf die vielen konischen Stahlhelme, die das Ufer säumten.

Sie saßen in der Falle! Die Männer des Drachen hatten am Strand auf sie gewartet, ohne die Bootsinsassen anzugreifen, weil es in erster Linie darauf ankam, den Wolf zu erlegen.

Wasserfontänen spritzten auf, als ein Hagel von Armbrustbolzen dicht um sie herum niederging. Lucien zwang seine Beine, ihr Letztes herzugeben, doch das Wasser, das ihm jetzt schon bis zur Taille reichte, verhinderte ein schnelles Vorwärtskommen, und trotz der Wellenbrecher gab es in der Bucht eine tückische Unterströmung, die ihm den Stand unter den Füßen wegzog.

Kaum zehn Schritte vom rettenden Boot entfernt brachte eine Welle Lucien zu Fall. Hustend und fluchend kam er wieder auf die Beine, ohne Servanne losgelassen zu haben.

Eduard sprang plötzlich ins Wasser und schwamm auf das Paar zu, das nur noch mühsam vorwärtskam. Gil legte einen Eschenholzpfeil in ihren straff gespannten Langbogen ein und erwiderte das Feuer der Leibgarde, die jetzt parallel zum Ufer dahinrannte, aber zwischendurch immer wieder stehenbleiben und niederknien mußte, um die kurzen Bolzen in die Armbruste aufzulegen und abzuziehen. Dieses umständliche Hantieren mit den unhandlichen Waffen ermöglichte der geschmeidigen Gestalt im Boot, sorgfältig zu zielen und exakt zu treffen. Viele Gardisten hörten das Schwirren der Pfeile, die aus der Dunkelheit auf sie zugeflogen kamen, und brachen tot auf den Schieferplatten zusammen. Andere suchten Deckung hinter den Felsen, was sie aber nicht daran hinderte, ihre eigenen Waffen zu gebrauchen, und die Wut stachelte sie sogar zu größerer Treffsicherheit an.

Servanne hörte einen Aufschrei, warf einen Blick über Luciens Schulter hinweg und sah, wie Alaric seitwärts ins Wasser stürzte, vom Eisen eines Armbrustbolzens in die Brust getroffen. Lucien brüllte etwas, stelle sie rasch auf die Beine und stieß sie auf das Boot zu, bevor er kehrtmachte und hastig zu der Stelle watete, wo Alaric untergegangen war. Servannes Warnung verhallte ungehört. Einer von De Gournays Rittern gab einen Schuß ab, und der Bolzen traf Luciens rechte Schläfe.

Vor Schmerz benommen und von seinem eigenen Blut geblendet, taumelte Lucien dennoch weiter auf Alaric zu. Der Ritter legte einen neuen Bolzen auf, doch bevor er abziehen konnte, hörte er ein Surren und spürte, wie ein Pfeil in seinen ledernen Brustpanzer eindrang. Die Pfeilspitze durchbohrte sein Herz und zersplitterte einen Rückenwirbel. Er starb, bevor er auch nur einen Laut von sich geben konnte.

Kaum war der tote Ritter in der schäumenden Brandung verschwunden, da tauchte auch schon ein anderer Goliath scheinbar aus dem Nichts auf. Mit gezogenem Schwert eilte er auf Lucien zu, das Gesicht zu einer Fratze grenzenlosen Hasses verzerrt.

Servanne erkannte den Mann und schrie wieder auf, während sie verzweifelt versuchte, sich von dem kräftigen Arm zu befreien, der ihre Taille umschlang und sie zum Boot zog.

»Nein!« kreischte sie. »Nein! Lassen Sie mich los! Lassen Sie mich zu ihm! Lucien ... Lucien ...«

Der Arm hielt sie unbeirrt fest, obwohl sie wild strampelte. Salzwasser brannte in ihren tränenden Augen, und ihr langes nasses Haar wickelte sich um ihren Hals und drohte sie zu ersticken. Sie schlug blindlings nach dem Mann, der sie von ihrem Liebsten trennen wollte. Ihre Hand prallte gegen etwas Hartes: das Boot! Ein rasender Schmerz schoß durch ihren Arm und zwang sie, ihren Kampf einzustellen und einen Blick auf ihren Feind zu werfen.

Es war Eduard! Trotz seiner eigenen schweren Verletzung bemühte er sich heldenhaft, sie in das heftig schwankende Boot zu heben. Ein Schmerzenslaut entrang sich seiner Kehle, als sein verwundetes Bein von der Strömung an den Kiel gepreßt wurde. Servanne spürte, daß sein Griff sich lockerte, sie sah, daß er verzweifelt nach einem Halt am Bootsrand suchte, doch seine Finger glitten ab, und er wurde von den Wellen überrollt. Instinktiv wollte sie nach ihm greifen — und schrie wieder auf.

Ihre Hand war kurz zuvor nicht einfach gegen das Boot geprallt, sondern von einem Armbrustbolzen getroffen worden. Das mit Widerhaken versehene Eisen hatte ihr Fleisch zwischen Daumen und Zeigefinger durchbohrt und war tief im Holz des Bootes steckengeblieben. Ihre Hand war festgenagelt. Eine Welle schwappte über ihren Kopf hinweg, und sie bekam Salzwasser in Augen, Mund und Nase. Ihre Widerstandskräfte erlahmten, und das Boot, das unaufhaltsam den am Ufer lauernden Gefahren zutrieb, riß sie mit sich. Sie verlor den Boden unter ihren Füßen und wurde von der Strömung in die Tiefe gezogen.

Nicolaa de la Haye war Etienne Wardieu dicht auf den Fersen, als er hinter den Felsen hervortrat und seinen Männern befahl, ihre Waffen bereitzuhalten. Die List hatte perfekt geklappt. Der Wolf war ihnen in die Falle gegangen, und nun brauchte der Drache nur noch genußvoll den Todesstreich zu führen.

Nicolaas Erregung hatte fieberhafte Ausmaße angenommen, als die Wachposten meldeten, daß tatsächlich zwei Männer den steilen Felspfad hinabstiegen. Sie hatte darauf bestanden, Etienne und seine Garde zum Strand zu begleiten, und sie war an seiner Seite durch das seichte Wasser galoppiert. Erfüllt von wilder Rachsucht, hatten beide ihren Pferden die Sporen gegeben, so daß Sand und Wasser meterhoch aufstoben.

Hundert Meter von der Bucht entfernt war Etienne vom Pferd gesprungen und hatte seinen Männern ihre Positionen zwischen den Felsen angewiesen. Sie brauchten nicht lange zu warten, bis ein Boot das Riff umrundete und in Ufernähe haltmachte. Daß ausgerechnet Eduard am Ruder saß, stachelte Wut und Haß des Drachen zusätzlich an, und als er etwas später auch noch mit ansehen mußte, daß der Junge ins Wasser sprang, um seinem Vater und Servanne zu Hilfe zu eilen, verzerrte Etiennes Gesicht sich zu einer Fratze mörderischer Bösartigkeit.

Nicolaa hätte über Luciens Versuch, ihren glorreichen Drachen überlisten zu wollen, laut lachen mögen. Das Mädchen und Eduard waren am Ertrinken, und der zweite Bootsinsasse konnte keinen unerschöpflichen Vorrat an Pfeilen haben. Der Wolf hatte sich im knietiefen Wasser hochgerappelt und stand jetzt seinem Bruder gegenüber. Die beiden so ähnlichen Profile hoben sich als dunkle Silhouetten vom blutroten Morgenhimmel ab. Der fünfte Mann, der an dieser unterhaltsamen Farce beteiligt war, hatte einen Armbrustbolzen in der Brust und kroch mühsam auf das Schwert eines toten Gardisten zu.

Nicolaa zückte ihr Kurzschwert und schlenderte gemächlich auf ihn zu. »Na sowas!« gurrte sie in gespielter Überraschung. »Das ist ja Bischof Gautier! Und wir hatten uns schon gefragt, wo Sie nach dem Turnier abgeblieben waren!«

Gil Golden wußte, daß übertriebene Rücksichtnahme jetzt fehl am Platze wäre. Servanne wurde von den Wellen überrollt, und Eduards Kräfte reichten gerade noch dazu aus, seinen eigenen Kopf über Wasser zu halten. Über den Bootrand gebeugt, brach Gil die Befiederung am Ende des Armbrustbolzens ab, der Servannes Hand am Holz festnagelte, und dann riß sie deren Arm mit einem Ruck los.

In diesem Moment strandete das Boot auf einer Sandbank, und Gil wäre um ein Haar ebenfalls kopfüber ins Wasser gestürzt. Mühsam die Balance haltend, sah sie, daß Nicolaa de la Haye Alaric hart bedrängte. Es war ihm gelungen, das Schwert eines Gardisten zu packen, doch als er sich mühsam aufrichten wollte, brachte Nicolaa ihn mit einem Tritt vors Schienbein erneut zu Fall, und er griff sich mit schmerzverzerrtem Gesicht an die Schulter, die auf einer Schieferplatte aufgeprallt war.

Gil starrte die Frau an, die sie abgrundtief haßte und in den letzten fünf Jahren mit jedem Atemzug verflucht hatte. Nicolaa hatte mit einem ihrer Liebhaber, einem attraktiven Soldaten, den Jahrmarkt in Lincoln besucht, wo Gils Vater als geschickter Bogenmacher seinen Stand aufgeschlagen hatte. Weil Gil so hübsch war, daß der Soldat ihr zuzwinkerte, bezichtigte Nicolaa sie des Diebstahls und ließ sie sofort festnehmen. Ihr Vater wollte ihr zu Hilfe eilen und wurde auf der Stelle niedergemetzelt. Ihre Mutter und ihre beiden jüngeren Schwestern — zehn und elf Jahre alt — wurden in die Kaserne gebracht, wo die Wächter sie immer und immer wieder vergewaltigten, bis sie nicht einmal mehr die Kraft hatten, um Gnade zu flehen.

Gil war zunächst nur gebrandmarkt worden, denn Nicolaa wollte, daß sie die Schreie ihrer Mutter und ihrer Schwestern bei vollem Bewußtsein miterlebte — als Vorgeschmack darauf, was ihr selbst bevorstand. Zum Glück war einer der Gefängniswärter ein Freund von Gils Vater gewesen. Als das zweite kleine rothaarige Mädchen tot aus der Kaserne geschleppt wurde, trug er die Leiche in Gils Zelle, versteckte Gil in einem leeren Bierfaß und brachte sie in Sicherheit.

Sie hatte überlebt, aber in ihren Alpträumen hörte sie immer noch die Schreie ihrer Mutter und ihrer Schwestern, und sie hörte auch, wie Nicolaa lachte und die Wachen zu einer weiteren Vergewaltigung anfeuerte ... zu noch einer ... und noch einer ...

»Nein«, stöhnte sie, als Nicolaa ihr Kurzschwert über Alarics Kopf schwang. »Nein! Bei Gott, du wirst nicht noch einmal jemanden umbringen, den ich liebe!«

Sie sprang aus dem Boot und schrie Nicolaas Namen. Viel zu spät fiel ihr ein, daß sie ihren Bogen beiseite gelegt hatte, um Servannes Hand zu befreien, und während Nicolaa sich mit dem Schwert in der Hand nach ihr umdrehte, hob sie rasch eine bereits gespannte Armbrust auf und drückte auf den Abzug, doch die nasse Waffe gab den Bolzen nicht frei. Nicolaas flüchtige Panik machte einem höhnischen Grinsen Platz, und als die schlanke rothaarige Gestalt auf sie zugerannt kam, schwang sie ihr Kurzschwert mit beiden Händen.

Etwas Nasses und Salziges klatschte ihr plötzlich ins Gesicht. Vor Schreck ließ sie ihr Schwert fallen und griff sich an Mund und Augen. Alaric schleuderte eine zweite Handvoll nassen Sand nach ihr, doch sie hatte sich hastig abgewandt und wischte fluchend und spuckend den Dreck ab. Gil kam wie ein Blitz auf sie zugeschossen und rammte ihr den Kopf in die Brust. Gleich darauf wälzten sich die beiden Frauen in den Wellen und bildeten ein unentwirrbares Knäuel aus Armen und Beinen. Alaric fiel erschöpft auf Knie und Ellbogen. Unweit von ihm umkreisten Lucien und Etienne einander mit gezückten Schwertern. Nicolaas Kurzschwert lag kaum zwei Meter von Alaric entfernt im seichten Wasser, doch bevor er hinkriechen konnte, beförderte ein mit Metall verkleideter Stiefel die Waffe außer Reichweite. Friar brachte kaum noch die Kraft auf, den Kopf zu heben. Ein Söldner schwang über ihm das Schwert und würde ihm im nächsten Moment den Todesstoß versetzen.

S-S-Surr!

Der Söldner versteifte sich, als der kaum zwanzig Zentimeter lange Pfeil aus einem kleinen harfenförmigen Bogen mit erstaunlicher Wucht in seinen Körper eindrang. Gleich darauf schwirrten zwei lange Pfeile durch die Luft, und die Stahlspitzen durchbohrten mühelos seine Lederrüstung und den Kettenpanzer und drangen tief in Schultern und Rücken ein. Der Ritter taumelte mit weit ausgebreiteten Armen hilflos vorwärts, und sein Schwert viel neben Alaric ins Wasser, ohne Schaden angerichtet zu haben.

Während Sparrow einen quiekenden Freudenschrei ausstieß, tauchten überall hinter den Felsen Ritter in schwarz-goldenen Waffenröcken auf. Die eine Hälfte nahm De Gournays überraschte Söldner mit Pfeil und Bogen aufs Korn; die andere Hälfte stürmte — angeführt von Sir Roger de Chesnai und Sir Richard von Rouen — mit funkelnden Schwertern den Strand entlang.

Der Drache sah, daß seine Männer hastig den Rückzug antraten.

Der Wolf lächelte, und seine Müdigkeit und Verzweiflung verflogen schlagartig.

»Also läuft doch alles wieder auf einen Zweikampf zwischen uns hinaus, Etienne«, sagte er mit leiser beherrschter Stimme. »Möge Gott unser Zeuge sein — und die Ehre unser Richter!«

Etiennes haßsprühende Augen waren Antwort genug. Beide Männer wußten, daß dies der Endkampf war — jener auf dem Wappen der De Gournay dargestellte mörderische Kampf zwischen Drachen und Wolf — aber ausgefochten mit Schwertern, die in der Morgensonne blitzten.

Diesmal riefen die eisigen blauen Augen in Lucien keine Erinnerungen an glückliche Zeiten hervor. Diesmal sah er nur das irre Flackern von Neid und Habsucht, von Gier und abgrundtiefer Verderbnis. Und er sah noch mehr: er sah das Gesicht seines Vaters, dem Etienne einen schmählichen und qualvollen Tod beschert hatte; er sah Eduard mit gespreizten Armen und Beinen auf der Folterbank liegen; er sah die Zwillinge, Robert den Waliser und all die anderen tapferen Männer, die in den letzten zwanzig Stunden ihr Leben verloren hatten; und er sah Servanne ...

All die gräßlichen Bilder vor Augen, holte Lucien mit dem Gebrüll eines Löwen zu einem mörderischen Schlag aus. Der Drache sprang zurück und parierte geschickt ... doch der Schlag kam von links, nicht von rechts! Die Erkenntnis seines verhängnisvollen Irrtums spiegelte sich auf Etiennes schmerzverzerrtem Gesicht wider, während Luciens Klinge Seide und Leder, Kettenhemd und Muskeln, Fleisch und Sehnen zerfetzte und das wild klopfende Herz durchbohrte.

Der Drache brach stöhnend in die Knie, ließ sein Schwert fallen und starrte ungläubig die rote Lache im Sand an. Er preßte seine Hände auf die Brust, so als könnte er damit den Blutstrom hemmen, doch den Bruchteil einer Sekunde später war er tot, sein Kopf sank vornüber, und das goldene Haar verfärbte sich blutrot.

Mit geballten Fäusten blickte Lucien auf seinen toten

Bruder hinab, doch ein gellender Schrei ließ ihn auf dem Absatz herumwirbeln. Gil hielt mit beiden Händen ein Messer umklammert und stieß die Klinge tief in Nicolaas Brust. Die grünen Augen starrten entsetzt auf das Brandmal, das Gil ihr zuwandte, aber ihrer Kehle entrang sich nur noch ein kraftloses Röcheln.

Servanne stand zitternd inmitten dieses Gemetzel, ihre verletzte Hand an die Brust gepreßt. Sie sah, daß Gil zu Alaric rannte und neben ihm auf die Knie sank, und sie sah, daß Sparrow mit Hilfe einiger kräftiger Männer Eduard ans Ufer zog. Doch im Grunde sah sie nur Lucien, und er sah nur sie.

Der Schwarze Wolf atmete mehrmals tief durch, bevor er langsam auf sie zukam. Sein Gesicht war blutig, und sein zerfetztes Hemd klebte wie eine schwarze Haut an dem muskulösen Brustkorb, aber Servanne fand ihn einfach hinreißend. Nie zuvor hatte sie solches Glück, solchen Stolz und solche Liebe empfunden.

Er blieb auf Armeslänge von ihr entfernt stehen, und sie las in seinen grauen Augen mehr, als sie jemals zu hoffen oder zu träumen gewagt hatte. Mit weichen Knien wartete sie darauf, daß er etwas sagte oder sie in die Arme nahm, denn andernfalls würde sie kraftlos in den Sand sinken und von den Wellen davongetragen werden.

Lucien hatte offenbar wieder einmal in ihren Gedanken gelesen, denn er riß sie plötzlich an sich und preßte sie an seinen muskulösen Körper, so als wollte er sie zermalmen. Sein Kuß war so wild, daß es sie vielleicht erschreckt hätte, wenn ihre eigenen Lippen nicht genauso hungrig gewesen wären.

»Hmm . . . hmmm!«

Das diskrete Hüsteln verfehlte jede Wirkung.

»Mylord?«

Sparrow trat kichernd hinzu. »Wetten, daß Sie von einem Baumstamm eher eine Reaktion erwarten könnten,

Sir Richard? Diese beiden werden sich nicht mehr bewegen, bis Hunger, Durst oder sonstige menschliche Bedürfnisse sie dazu zwingen!«

Luciens Mund löste sich mit einem widerwilligen Seufzer von Servannes Lippen, aber er hielt sie weiterhin fest umschlungen.

»Sir Richard ... sollten Sie nicht längst unterwegs nach Hull sein, wo das Schiff der Königin vor Anker liegt?«

»Undank ist der Welt Lohn!« zirpte Sparrow vergnügt, was ihm einen finsteren Blick des Ritters einbrachte.

»Es war folgendermaßen, Mylord: wir waren noch nicht allzu weit von der Burg entfernt, als meine Männer die Geduld mit den Idioten verloren, die unseren Trupp nach Lincoln geleiten sollten. Wir haben kurzen Prozeß mit ihnen gemacht und sodann den Weg nach Hull eingeschlagen, doch plötzlich begann mein Pferd zu lahmen und bedurfte dringend der Hilfe eines Hufschmieds. Natürlich wollte ich wegen einer solchen Lappalie die Sicherheit von Prinzessin Eleonore nicht aufs Spiel setzen, und deshalb schickte ich sie mit dem Großteil der Männer voraus und behielt nur einige brave Burschen bei mir, die mir helfen sollten ... äh ... die mir helfen sollten, eine Schmiede zu finden.«

Lucien blickte Servanne in die Augen, und sie hatte das Gefühl, an seinem warmen Körper zu zerschmelzen.

»Und? Haben Sie eine Schmiede gefunden?«

Sir Roger ignorierte Sparrow, der wild mit den Augen rollte, und nickte ernsthaft. »Ja, Mylord, aber da brach schon die Abenddämmerung herein, und im Wald war es so neblig, daß man kaum die Hand vor Augen sehen konnte. Stellen Sie sich meine Überraschung vor, als wir plötzlich wieder am Moor standen, obwohl wir geglaubt hatten, uns auf der Straße nach Hull zu befinden.«

»Na sowas!« murmelte der Wolf, während seine Arme sich noch fester um Servannes schlossen.

»Ja, und dann stolperten wir auch noch überraschenderweise ins Lager unserer eigenen Leute! Natürlich drängten sie uns, bei ihnen zu übernachten, und ...«

»Und deshalb waren sie noch dort, als ich heute früh hinkam«, fiel Sparrow ihm ins Wort. »Obwohl ich ganz sicher bin, daß Sir Richard sich mit seinen Männern schon auf den Weg nach Hull gemacht hätte, wenn ich auch nur einige Minuten später eingetroffen wäre.«

»Zweifellos.« Der Wolf fühlte sich magisch von Servannes Lippen angezogen. »Nun, Mylady, was halten Sie von dieser Geschichte?«

»Ich finde sie großartig«, flüsterte sie. »Sir Richard steht offenbar schon lange in deinen Diensten und hat sich an deiner Fabulierkunst ein Beispiel genommen.«

»Sie sind unverschämt und beleidigend, Madam!«

»Das muß man sein, wenn man es mit einem Teufel wie dir zu tun hat«, seufzte sie und stellte sich auf die Zehenspitzen, um ihn am Reden zu hindern.

EPILOG

Servannes Hände glitten zärtlich über den warmen Männerkörper unter ihr, und als sie die harten Brustwarzen im dichten Pelz entdeckte, konnte sie der Versuchung nicht widerstehen, ihre feuchten Lippen darauf zu pressen. Stöhnend vergrub Lucien seine Finger in ihrer seidigen Haarpracht, doch es war ein Fehler gewesen, ihre Hüften freizugeben, denn nun bestimmte sie unbändig das Tempo und drohte wieder einmal seine männliche Autorität zu untergraben.

Seine Ritterlichkeit gebot ihm aber, sie gewähren zu lassen — und er wollte ihr auch gar nicht Einhalt gebieten, denn sie vollbrachte mit Zunge, Lippen und Zähnen wahre Wunder, und er überließ sich bereitwillig den heißen Schauern, die durch seinen ganzen Körper jagten. Den Kopf ins weiche Moos gepreßt, blickte er zur Höhlendecke empor, die — in Dampfwolken gehüllt — bläulich und grünlich schillerte, und er dachte grinsend, daß sie wohl auch diesmal mit aufgeschürfter Haut in die Burg zurückkehren würden. Warum sollte dieser Ausflug in die Abgeschiedenheit der Grotte am Stillen Teich anders enden als all die vorangegangenen? Wenn sie einen Tag hier verbracht hatten, mußten sie anschließend immer einige Nächte auf weichen Pelzen schlafen.

Lucien schloß die Augen und versuchte, nicht an ihr heißes Fleisch zu denken, das ihn umfangen hielt, aber genausogut hätte er sich befehlen können, nicht zu atmen.

Servanne war genauso wie ihm daran gelegen, die Lust möglichst lange zu genießen. Sein heftiges Erschaudern sagte ihr, daß es an der Zeit war, den Ritt zu verlangsamen und sich nur noch behutsam auf ihm zu bewegen. Sie löste ihre Lippen von seinen Brustwarzen und stemmte sich hoch. Die grauen Augen öffneten sich einen Spalt weit, aber sie lächelte nur und streichelte den harten flachen Bauch. Sein Körper war ihr mittlerweile so vertraut wie ihr eigener, und doch entdeckte sie immer wieder neue Stellen, die besonders empfindlich auf jede noch so zarte Berührung reagierten. Dieser Mann war ihre Liebe, ihr Leben, und nach sechsmonatiger Ehe war ihr Hunger nach ihm — und umgekehrt — noch genauso groß wie in der ersten Stunde nach ihrer wundersamen Rettung am Strand.

Bloodmoor Keep gehörte jetzt Lucien, doch mit den düsteren Türmen und Zinnen waren so viele unheilvolle Erinnerungen verknüpft, daß ihm dort jedes Lächeln schwerfiel. Er hatte die Zelle am Adlerhorst eigenhändig zerstört, und das grausige Kellerverlies war ausgeräuchert und anschließend zugemauert worden .. aber das genügte nicht. Überall prangte das Wappen der Wardieu, auf dem Drache und Wolf sich in ewigem Kampf gegenüberstanden. Lucien hatte zwar seinen Namen und sein Geburtsrecht zurückerhalten, doch Etienne schien immer noch in jedem Raum und in jedem Hof präsent zu sein, und es gab zu viele verunsicherte und ängstliche Augenpaare, die dem neuen Herrn folgten.

Außerdem hatte Prinz Johann zwar kleinlaut sein Siegel unter die Dokumente gesetzt, die Lucien ihm an einer blutigen Schwertspitze unter die Nase gehalten hatte, doch diese Demütigung nagte unablässig an ihm. Nachdem er gezwungen gewesen war, seinen Komplicen Etienne Wardieu als Betrüger zu entlarven und Lucien als rechtmäßigen Erben aller Titel und Besitztümer der De Gournay anzuerkennen, hatte er Bloodmoor Keep in ohnmächtiger Wut verlassen. Seitdem war ein halbes Jahr vergangen, und zweifellos schmiedete er Rachepläne. Daß er bisher noch nichts unternommen hatte, war nur der Tatsache zu verdanken, daß viele Lords und Barone sich eindeutig auf Luciens Seite gestellt hatten. Bestimmt standen nun auch ihre Namen auf Johanns Abschußliste, aber im Augenblick konnte er nicht mit ihnen abrechnen, weil sie treue Gefolgsleute von Richard Löwenherz waren.

Servanne hatte geahnt, daß wichtige Veränderungen geplant waren, als Lucien vor zwei Monaten Alaric und Gil in die Bretagne geschickt hatte. Angeblich sollten sie nur nachschauen, ob auf seinen Ländereien in der Normandie alles in Ordnung war, doch Alarics begeisterte Briefe, in denen er alles in höchsten Tönen lobte, legten die Vermutung nahe, daß Servanne auf subtile Weise zu einem Umzug bewegt werden sollte. Außerdem trafen Schreiben von Königin Eleonore ein, die sich darüber beschwerte, daß Lucien in einem Land verweilte, daß ihm so übel mitgespielt hatte. Die Königinwitwe hatte ihm zum Dank für die sichere Rückkehr der kleinen Prinzessin in die Bretagne ein Baronat in der Touraine verliehen und fragte an, ob es weiterer Köder bedürfe, damit er den Herzenswunsch einer alten Frau erfüllte und an ihren Hof zurückkehrte. Sir Richard von Rouen sei ein ausgezeichneter Hauptmann ihrer Leibwache, fügte sie hinzu, aber sie vermisse den Witz und die Stärke ihres Schwarzen Wolfs.

Ein zweiter Hinweis auf bevorstehende Veränderungen war Eduards plötzliches Interesse an Geographie. Seine schwere Verletzung war wie durch ein Wunder völlig verheilt, und er diente Lucien jetzt als Knappe. Mit jedem Tag wurde er seinem Vater ähnlicher, nicht nur im Aussehen, sondern auch im Auftreten, und ihre enge Beziehung ließ es fast unglaubhaft erscheinen, daß sie bis vor einem halben Jahr nichts voneinander gewußt hatten. In wenigen Jahren würde Eduard sich jedoch seine eigenen goldenen Sporen verdienen wollen, und das ließ sich von der Bretagne aus leichter bewerkstelligen als von einer abgelegenen Burg an der windgepeitschten englischen Küste, denn die wichtigsten Turniere fanden in Frankreich und Italien statt.

Biddy war ebenfalls völlig genesen und trat so selbstbewußt auf wie eh und je. Sie schrieb den glücklichen Ausgang des ganzen Abenteuers in erster Linie ihrer eigenen Tatkraft zu — eine Interpretation, die Sparrow unverblümt in Frage stellte. Tagtäglich jagte Biddy mit einem Besen oder Feuerhaken hinter dem Zwerg her, und tagtäglich wurde ihre Haube von einem kleinen Pfeil durchbohrt oder ihre Schürze an eine Holztür genagelt.

Luciens körperliche Wunden waren schnell verheilt und hatten nur einige zusätzliche Narben hinterlassen, die bei der Vielzahl bereits vorhandener kaum auffielen. Auch seine seelischen Wunden heilten unter Servannes Fürsorge, und er konnte sogar wieder lachen, wie Robert der Waliser prophezeit hatte. Er hätte ohne weiteres in

Bloodmoor Keep bleiben und sich der unvermeidlichen Auseinandersetzung mit Johann Ohneland stellen können — doch wozu? Er hatte bereits einen Drachen bezwungen, und nun hatte er ein Anrecht auf Frieden und Wohlstand. Johann war Englands Drache, und das Land mußte selbst zusehen, auf welche Weise es seine Machtgier bekämpfen konnte. Lucien würde Bloodmoor ohne Bedauern verlassen. Er hatte in der Bretagne eine neue Heimat gefunden, und dort wollte er mit seiner schönen jungen Frau in Ruhe leben.

Servanne blickte sich verträumt in der Grotte um. »Das einzige, was ich in der Touraine vermissen werde, ist dieser Ort. Glaubst du, daß es dort auch so etwas Inspirierendes gibt?«

Obwohl Lucien vor Leidenschaft kaum noch einen klaren Gedanken fassen konnte, beruhigte er sie. »Wir werden etwas finden, das schwöre ich dir.«

Ohne in ihrem Ritt einzuhalten, nahm Servanne ihre Hände von seinem Bauch und wölbte sie um ihren eigenen, in dem ein neues Leben keimte. »Sparrow glaubt, daß unserem Kind eine große Zukunft beschieden sein wird, weil es in dieser magischen Grotte gezeugt wurde. Und er will es unter seine Fittiche nehmen, damit es lernt, seine Kräfte voll einzusetzen.«

»Ich möchte meine Kräfte jetzt endlich auch voll einsetzen, Madam!«

»Zu welchem Zweck denn, Mylord Wolfshaupt?«

Während Lucien ihr zeigte, wozu er seine Kräfte benötigte, rauschten draußen vor dem Efeuvorhang die mächtigen Eichen, und der kleine Wasserfall am Stillen Teich plätscherte silberhell. Ein Reh stellte neugierig die samtweichen Lauscher auf, denn es hatte hier noch nie so viele Geräusche vernommen. Der Zauberbann der Druiden war endlich gebrochen worden, und nun war der Wald wieder von Leben, Hoffnung und Freude erfüllt.